国家出版基金项目
NATIONAL PUBLICATION FOUNDATION

科幻之路

The Road to Science Fiction

Ⅳ

从现在到永远

FROM HERE TO FOREVER

[美国]詹姆斯·冈恩 编著

赵佳铭 等 译

译林出版社

图书在版编目（CIP）数据

从现在到永远 ／（美）詹姆斯·冈恩（James Gunn）编著；赵佳铭等译．—南京：译林出版社，2024.5

（科幻之路；Ⅳ）

书名原文：The Road to Science Fiction Volume 4: From Here to Forever

ISBN 978-7-5753-0047-6

Ⅰ.①从… Ⅱ.①詹… ②赵… Ⅲ.①幻想小说－作品集－世界 Ⅳ.①I14

中国国家版本馆 CIP 数据核字（2024）第 044266 号

著作权合同登记号　图字：10-2023-21 号

从现在到永远　［美国］詹姆斯·冈恩／编著　赵佳铭 等／译

策　　划	姬少亭　李兆欣
项目统筹	吴莹莹
责任编辑	刘　池
特约编辑	郭　凯　武甜静　李不撑
装帧设计	韦　枫
封面插画	赵恩哲
校　　对	张　萍
责任印制	闻媛媛

原文出版	The Scarecrow Press, Inc.
出版发行	译林出版社
地　　址	南京市湖南路 1 号 A 楼
邮　　箱	yilin@yilin.com
网　　址	www.yilin.com
市场热线	025-86633278
排　　版	南京展望文化发展有限公司
印　　刷	南京爱德印刷有限公司
开　　本	652 毫米 ×960 毫米　1/16
印　　张	46.75
插　　页	4
版　　次	2024 年 5 月第 1 版
印　　次	2024 年 5 月第 1 次印刷
书　　号	ISBN 978-7-5753-0047-6
定　　价	108.00 元

目录

前言

［美国］詹姆斯·冈恩

1

这是“科幻之路”的第四卷。“科幻之路”是一套带有评论的选集，整部选集试图追溯科幻小说的发展，从所有小说最早的源头直到其最现代的表达方式。第一卷是《从吉尔伽美什到威尔斯》，第二卷是《从威尔斯到海因莱因》，第三卷是《从海因莱因到现在》。整个系列似乎已经到此完结；从“现在”再要去哪里？显然，从现在出发，可以去的是任何地方。

这一卷是《从现在到永远》，试图为之前几卷查漏补缺，并将这份现在接近一百万字的科幻小说概览延伸到 20 世纪 90 年代。从计划和必要性来看，第四卷不同于前三卷。前三卷选择的内容是为了展示科幻小说这一类型的发展，但是随着这套概览的内容渐渐接近当代，内容选择变得越来越困难。具体作品对其所属小说类型发展的重要性通常在它们出现后很久才会显现出来，而其所属类型也需要足够的时间对它们做出回应，吸取它们的教益，消化它们的观点并在此基础上进步。

因此，在第四卷中，“以类型为重”的原则不得不完全抛弃。20 世纪 60 年代以后，如何塑造科幻小说面貌的作品只能由时间进行筛选决定。此外，正如我在《交错的世界：世界科幻图史》（*Alternate Worlds: The Illustrated History of Science Fiction*）中预测的，这个时期最重要的趋势是多样性。在这十年里，推动科幻小说发展的力量更多的是在让它四分五裂，而不是合而为一；大多数作者探索的是个人的梦魇，而不是集体的梦幻。

这并不是说在过去的四十年里没有对整个科幻小说这一类型产生重大影响的事件发生。最引人注目的是有几部科幻电影——比如《第三类接触》（*Close Encounters of the Third Kind*，1977）和《星球大战》（*Star Wars*，1982）等——风行一时，大赚特赚。事实上，《星球大战》成为电影史上最大的吸金片，直到它被《E.T. 外星人》（*E.T. The Extra-Terrestrial*，1982）取代，接着后者又被另一部科幻电影《侏罗纪公园》（*Jurassic Park*，1993）超过。从《超人》（*Superman*，1978）和《星际迷航：无限太空》（*Star Trek: The Motion Picture*，1979）开始，到印第安纳·琼斯系列电影[1]，再到当时制作成本最昂贵的电影《未来水世界》（*Waterworld*，1995），有史以来票房最高的十部电影都是科幻电影。与此同时，科幻小说的影视化开始变得更加普遍，比如《沙丘》[2]（*Dune*），比如罗伯特·A. 海因莱因（Robert A. Heinlein）的《傀儡主人》[3]（*The Puppet Masters*）和《星船伞兵》[4]（*Starship Troopers*）……这种现象以前几乎闻所未闻。

“星际迷航”系列电影和电视剧《星际迷航：原初系列》的不断成功，导致电视续集绵绵不断：《星际迷航：下一代》《星际迷航：深空九号》《星际迷航：航海家号》《星际迷航：企业号》[5]《巴比伦五号》《星舰复国记》[6]等等。数千万的电影和电视观众能否被转化为书籍和杂志的读者，对此的争论尚未结束，尽管答案似乎是这类人大多转向阅读影视相关小说：相关系列小

---

1. 即“夺宝奇兵”系列。——本书脚注若无特别说明，均为译者注
2. 指 1984 年大卫·林奇导演的电影。
3. 1994 年电影，由海因莱因的《傀儡主人》改编，中文名《异形杀机》。
4. 1997 年电影，由海因莱因的《星船伞兵》改编，中文名《星河战队》。
5. 以上四部“星际迷航”电视剧续集分别为该电视剧系列第三、四、五、六部，由派拉蒙影视出品。
6. 指 2004 年美加合拍的电视连续剧《星舰复国记：仙女座号》。虽然剧情上和“星际迷航”系列并无直接联系，但普遍认为它在内核上和“星际迷航”相通。

说和类似的独立系列。科幻小说出现在畅销书排行榜上始于杰瑞·普尔内尔（Jerry Pournelle）与拉里·尼文（Larry Niven）的《上帝眼中的木屑》（*The Mote in God's Eye*）和弗兰克·赫伯特（Frank Herbert）的《沙丘之子》（*Children of Dune*）及其续集；到了20世纪80年代，十大畅销书中有七本是科幻或奇幻小说，包括艾萨克·阿西莫夫（Isaac Asimov）的《基地边缘》（*Foundation's Edge*）、阿瑟·C. 克拉克（Arthur C. Clarke）的《2010》[1]（*2010: Odyssey Two*）和海因莱因的《星期五》[2]（*Friday*）。但是像"星际迷航"和"星球大战"等电影系列小说以及科幻电影改编的科幻小说比大多数原创科幻小说卖得好得多。科幻小说市场扩大的最终结果可能是其思想和行为上的革命性遭到了稀释。

衡量科幻小说当代状况的另一个指标是科幻杂志的情况。主要杂志的发行量持续下降，从20世纪80年代的十多万份下降到不到四万份或更少，包括最古老的《惊奇故事》[3]（*Amazing Stories*）在内的几份杂志也停刊了。《万象》[4]（*Omni*）作为一本图文并茂的杂志曾经有着非凡的表现，它每期会刊发几篇科幻小说，但它后来进入了电子出版领域，然后销声匿迹了。另一个手段灵活的竞争者《科幻时代》[5]（*Science Fiction Age*）曾一度表现不错，它十万份的发行量远远赶不上《万象》巅峰时期的近一百万份，但哪怕是到了被关闭以支持更有利可图的企业时，它也一直在盈利。它的姊妹刊《奇幻国度》（*Realms of Fantasy*）则继续发行。《玛丽昂·齐默·布拉德利[6]的奇幻杂志》（*Marion Zimmer Bradley's Fantasy Magazine*）在布拉德利身

1. 指《太空漫游 2010》，是他的名作《太空漫游 2001》的续集。
2. 海因莱因后期小说，初版于 1982 年。"星期五"是该书的女主角，一个女性人造人的名字。
3. 雨果·根斯巴克创办于 1926 年的杂志。一般被公认为世界上第一本科幻杂志。
4. 1978 年至 1997 年间在英美发行的科普 / 科幻杂志。1986 年创建电子版，1996 年后仅发行电子版，1998 年后网站也关闭。
5. 1992 年至 2000 年间美国"王权媒体"发行的科幻杂志。该公司同时还发行下文提到的《奇幻国度》，以及多媒体杂志《科幻娱乐》。
6. 美国科幻和奇幻作家，以从女性角度重述亚瑟王故事的《阿瓦隆之雾》和"黑暗之极"系列而知名，她在 1988 年创立和主编了一本幻想文学季刊，在她死后由她的信托基金会主持又继续出版到 2000 年底。

故后不久也同归寂灭。21 世纪初，只有三家重要的科幻杂志还健在：《类比》(*Analog*)、《艾萨克·阿西莫夫科幻杂志》(*Isaac Asimov's Magazine*) 和现在由戈登·范·格尔德[1] (Gordon Van Gelder) 编辑出版的《奇幻与科幻杂志》[2] (*The Magazine of Fantasy and Science Fiction*)。但是出版商沃伦·卢平[3] (Warren Lapine) 的印刷和推广业务给一系列发行量有限的杂志带来了经济效益，包括《绝对星等》[4] (*Absolute Magnitude*)、《怪谭》[5] (*Weird Tales*)，甚至还包括一份新闻杂志《科幻编年史》(*Science Fiction Chronicle*)。有不少杂志尝试网上模式，它们通常在发行几期后就夭折了，但是有少数坚持了下来，甚至蓬勃发展。无论是在短篇还是长篇领域，电子出版的潜力，都仍然没有定论。

科幻、奇幻和恐怖小说的发行量在 1991 年达到峰值的 1 990 种，在接下来的几年里有所下降，最终在 2001 年攀升超过了 2 000，达到 2 158 种。这个领域已经变得太大了，任何人都无法完全理解它，最初以读者为导向的这一类型变成了以市场为导向的类型，所依赖的标准和决定其他类别出版物的标准是一样的：销售预测和预订单，这些通常由销售该国一半以上书籍的大型图书零售连锁店提供。在如此大的领域里，任何读者所熟谙的都只能是一小部分，而科幻小说这一类型又被分成了具有自己识别符号和读者群的子类，例如硬科幻、格斗科幻、科学奇幻、女性主义科幻、言情科幻、同性科幻、太空歌剧、或然历史、赛博朋克和被布鲁斯·斯特林[6] (Bruce Sterling) 称之为“滑流”[7] 的新类别。于是，图书出版领域为作家们提供了相当可观的收入，但它没有提供任何方向指引；要做到这点大概只能指望出现一名强大

1. 美国科幻编辑，曾两次获得雨果奖最佳短篇编辑奖。
2. 简称 *F&SF*，创刊于 1949 年，美国最具影响力的杂志之一。
3. 美国推想小说作家、出版商，1993 年至 2007 年间和妻子安吉拉·科斯勒合办的 DNA 出版社对美国奇幻和科幻出版贡献良多。
4. 美国科幻杂志，1993 年至 2006 年间不定期出版了二十一期。
5. 美国奇幻和恐怖小说杂志，创建于 1922 年。
6. 美国科幻作家、编辑，他 1986 年编辑出版的《镜影：赛博朋克选集》为赛博朋克做出了后来最常用、最重要的定义。
7. 一种介于传统科幻小说和主流文学之间的小说，有时带有奇幻色彩，强调现代社会中人的疏离感。

的编辑，能够给出版商的科幻系列打上自己的印记，然后再给整个科幻领域打上；或者是某位作家能提出一个影响力极大以至于感染了大量作者的图景。威廉·吉布森（William Gibson）的《神经漫游者》（*Neuromancer*, 1984）创造了赛博朋克的子类，但无法像1937年的约翰·W. 坎贝尔[1]（John W. Campbell）、1949年的东尼·鲍彻[2]（Tony Boucher）和J. 弗朗西斯·麦科马斯[3]（J. Francis McComas）、1950年的H. L. 戈尔德[4]（H. L. Gold）或1964年的迈克尔·摩考克[5]（Michael Moorcock）那样改变整个领域：赛博朋克作为一种运动，似乎像新浪潮一样已经消亡。

随着20世纪临近千禧年，世界对科学的依赖几乎被所有人所认知，即便并非得到普遍认可（“大学航空炸弹怪客”只是抗议者中最暴力的一个）。科学新闻有自己的杂志、专栏和电视节目，甚至为新的科学发现专门出头版头条，已经自成一体。但对科学的无知和向神秘主义的倒退似乎比以往任何时期都更加盛行，从宣扬不明飞行物和“外星人绑架”事件到新纪元运动[6]，幻想小说和恐怖小说的出版量在大大增加，这些书籍的总数达到甚至超过了科幻小说。在这个时代，五六部每周播出的科幻系列电视连续剧可能会满足读者对科幻小说的渴望，他们会通过相关漫画书或图画小说或新闻媒体相关出版物的纪念册，去寻找他们喜欢看的东西。

尽管这些潮流的趋向分歧如此之多，让预测科幻世界的结局几乎变得不可能，科幻小说写作的状况却比以往任何时候都更好。何以如此？这就是本卷的主题。

---

1. 美国编辑、作家，美国科幻黄金时代的领袖人物，培养了一大批科幻小说家，对科幻小说的发展做出了很大贡献，约翰·W. 坎贝尔纪念奖（John W. Campbell Memorial Award）即为纪念他而立。
2. 美国作家、评论家、编辑安东尼·鲍彻（Anthony Boucher）的昵称。
3. 美国科幻作家、编辑。他和安东尼·鲍彻在1949年共同创办了《奇幻与科幻杂志》，该杂志对科幻发展产生了重大影响。
4. 美国科幻作家，编辑。1950年开始主持《银河》杂志，对世界科幻影响惊人。
5. 英国科幻作家、编辑，新浪潮运动的旗手。
6. 20世纪七八十年代西方兴起，逐渐扩散到全球的新兴宗教和社会运动。思想和人员组成都相当复杂，常有环保主义和万物有灵倾向。

2

在放弃了以类型为重作为“科幻之路”第四卷的标准后，我决定把重心放在写作的特点，而非视野的特点上。这并不意味着本卷的故事在内容上没有前三卷那么令人惊奇——在很多情况下，它们可能更“奇妙”，就这个词的原本含义而言——但选择它们的一个主要考虑因素是它们的写作技巧。这个决定并不像看起来那样武断；在过去的几十年里，随着读者和作家变得更加成熟，大家都越来越重视作品的质量。

艾萨克·阿西莫夫在对科幻小说的一篇分析文章中写道，科幻小说在1926年至1938年期间是“冒险主导型的”，在1938年至1950年期间是“科学主导型的”，在1950年至1965年期间是“社会学主导型的”，此后是“技巧主导型的”。阿西莫夫自己的偏好是显而易见的——在科学主导和社会学主导时期，他感觉最自在——但尽管他声称对写作过程一无所知，他自己在1965年后的作品，如《神们自己》(*The Gods Themselves*)，都变得更加注重写作技巧。

技巧不是20世纪60年代和70年代唯一重要的方面。视角和题材也发生了变化。这些与以往不同类型的科幻小说聚集在一起，由一家专门研究它的杂志和一位热衷它的编辑进行宣传，被称为“新浪潮”。这个词似乎倾向于把许多各种各样因素影响下不同的作家创作的不同作品混在一块，但这种混合太深入人心了，以至于不使用这个词就不可能讨论20世纪60年代和70年代的科幻小说。

很多不同的力量推动科幻小说偏离其传统的杂志形式和风格：一望可知、英雄了得的主角处理变化带来的各种问题，整个叙述直截了当，文字脉络清晰。在这些故事中，读者期望人类用理性来找到合理的答案——阿西莫夫的故事就是典型的例子。美国在第二次世界大战中摆脱了独裁和科学技术两大威胁，由此产生了乐观的心境，但冷战的不确定性、亚洲战争的久久不决，还有苏联在原子武器和太空探索方面的突破，导致美国科技优势的丧失，让这种心情渐渐消退。20 世纪 60 年代，人们面对的问题似乎并非理性所能战胜的。

第一代科幻作家来自为各种杂志撰写各种类型故事的通俗作家群体。除此之外，还有一些作家，他们主要是自学成才的，或者是在 1926 年以前的通俗杂志上接触幻想和科幻小说而受到引导的，他们被那些如儒勒·凡尔纳（Jules Verne）、埃德加·爱伦·坡（Edgar Allan Poe）和 H. G. 威尔斯（H. G. Wells）的故事所吸引——《惊奇故事》早期用这些故事填充版面。这些人在 20 世纪 20 年代末和 30 年代初开始了新的科幻故事的书写。

第二代科幻作家来自科幻杂志本身，他们受其启蒙，受其教导，一心一意致力于科幻事业。一些读者受阅读科幻小说的影响去科技领域寻求职业；一些科学家则开始写科幻小说。第三代科幻作家长大后想成为新的海因莱因或阿西莫夫。他们开始接受其他方式的教育——一般来说，他们上大学，他们中的很多人学习人类学或社会学、哲学、语言和文学，而不是“硬科学”。他们的故事开始显示出对人文科学和物理科学的熟谙。

20 世纪 60 年代崭露头角的第五代科幻作家，出现在一个充满不满的年代。他们不仅对之前的科幻小说不满——尽管正是这些给他们带来了灵感——而且对这个世界不满。他们中的一些人开始写反科学的，甚至反科幻的故事，攫取这一科幻类型的符号，然后展示出它们的空洞和脆弱。1964 年，特德·卡内尔[1]（Ted Carnell）在英国主持《新世界》（*New Worlds*）失败之后，新的出版商任命 25 岁的迈克尔·摩考克为主编，然后第五代科幻作家们得到了一个聚会场所，一个论坛，正如《惊异故事》[2]（*Astounding*

---

1. 即爱德华·约翰·卡内尔，英国早期科幻编辑。
2. 全称是《超科学的惊异故事》（*Astounding Stories of Super-Science*），后文简称为《惊异》，坎贝尔接手后它迅速成为科幻市场上的王者，开启了美国科幻的黄金时代。坎贝尔先是将其改名为《惊异科学幻想》（*Astounding Science-Fiction*），后又改为《惊异科幻》（*Astounding Science Fiction*）；1960 年开始，坎贝尔在标题中引入了“类比”（Analog），先后命名为《惊异 / 类比，科学事实与幻想》（*Astounding / Analog Science Fact & Fiction*）、《类比，科学事实-幻想》（*Analog Science Fact-Fiction*）、《类比，科学事实-科学幻想》（*Analog Science Fact-Science Fiction*），最终改名为《类比，科学幻想-科学事实》（*Analog Science Fiction-Science Fact*），此四种本书简称为《类比》。——中文版编注

Stories）在20世纪30年代后期为坎贝尔式的作家们提供了聚会场所和论坛那样，正如《奇幻与科幻杂志》和《银河》[1]（*Galaxy*）在20世纪50年代为它们的作家提供了聚会场所和论坛一样。之后，来自《新世界》的被称为“新浪潮”的声音震彻了整个科幻世界。自从《帕尔摩集萃》[2]（*Pall Mall Budget*）发表H. G. 威尔斯的第一批短篇小说以来，从没有一本英文杂志有如此大的影响力——尤其还是一本有财务困难、发行量低于平均水平的杂志。

新浪潮反叛的主要特征是从传统科幻走向文学主流。[3]尽管总的来说，作者们首先在科幻世界中为他们的愿景和读者找到了出版市场，但现在，他们开始寻求不同的读者和更广阔的空间，或者在某些情况下，将科幻小说读者看待世界的方式转变得和他们一致。这意味着引入主流文学写作技术与主流文学对科学、生活和人的态度，包括看待人的行为和命运的态度。原本透明的写作技巧变成半透明或不透明的；原本简单的事情变得复杂；原本合理的东西变得不合理；原本被公认的英雄人物变成了复杂的、非英雄的，有时甚至是现实的角色。对人物性格和背景的强调有时意味着传统情节的消失；故事也经常为出于个人问题、个人权利而引发群体或物种的问题，或是损害后者权利的行为进行辩护，而且经常拒绝理性，甚至会坚持认为宇宙是非理性的，或者至少是人类无法理解的。

这些科幻小说写作的新路径给对其下定义带来了新的困难。读者、作者或评论家并不总是清楚作为科幻小说出版的作品——或者，正如许多新浪潮的作者更喜欢称之的那样，“推想小说”——怎么能与之前出版的那些科幻

---

1. 美国科幻杂志，发行于1950年至1980年，由一家法国意大利合资公司成立，借以打入美国市场。H. L. 戈尔德及弗雷德里克·波尔（Frederik Pohl）等知名编辑曾在此杂志社担任主编。此杂志在美国科幻界中拥有巨大的影响力。

2.《帕尔摩报》的附属周刊，初期内容为上一周《帕尔摩报》所发表文章的文摘，后来向威尔斯长期约稿。

3. 新浪潮运动主要发源于英国科幻文学，是科幻文学史上继坎贝尔主导的黄金时代之后又一次有意识的文学探索。在此之前，科幻小说几乎被太空冒险类型所垄断，一些新生代作家认为：科幻小说已经到了必须改革的时刻，而改革必须先从文学角度寻找突破口。倡导写作重心从描写外部物质世界转向内心世界，关注心理学、社会学和语言学。在其发展过程中，将科幻文学引入了更广阔、更深入的天地中，而新浪潮的影响也波及世界各地。

小说处于同一保护伞之下。

在“科幻之路”的前三卷中，我对科幻小说给出了以下定义：

> 科幻小说是文学的一个分支，它描述变革对生活在现实世界里的人们所产生的影响，其范围可以延伸到过去或未来，也可以延伸到遥远的地方。科幻小说所关注的往往是科学和技术的变革；所涉及的常常是其重要性大大超过个人或集体层面的事件，在科幻小说中，往往是整个文明或整个种族处于危亡之中。

也许定义问题只是次要的。新的推想小说确实涉及现实世界中变化对人们所产生的影响——通常是这样。司空见惯的不同是变化的原因经常被忽略，因为变化是未知的或不可知的，而身处变化之中的人们很少询问其原因，或是因为变化如此之大，以至于原因已无关紧要；或是原因如此神秘，以至于探寻徒劳无益；又或者是因为人们对此漠不关心，或被事件或生活本身所麻痹，或对理性的探寻能力已经失去了信心。原因被最小化了，这样做的起因可能多种多样，但效果是明显的：（当原因不存在，解决方案是如此遥不可及，以至于探寻压根就不被予以考虑时）理性被短路了，人物成了受害者。

J. G. 巴拉德（J. G. Ballard）20 世纪 60 年代的末日系列小说——《淹没世界》（*The Drowned World*，1962）、《旱》（*The Drought*，1964）和《结晶世界》（*The Crystal World*，1966）（前两部出版于新浪潮正式开始之前）——就是很好的例子。这些小说涉及没有明显原因而发生的大灾难，其中的人物也没有试图以任何理性的方式去理解——他们甚至协力招致了自己的毁灭。这些角色和他们所遭遇的变化是否存在于现实世界中颇为可疑；他们在许多方面看起来不像真实的人类。在某些情况下，他们应该被评价为符号，但一些批评家则乐于声称，现代人被许多当代的变化所困扰，这些变化的原因模糊不清，很可能就无法找到，故而麻木地接受，甚至与自己的末日携手，而不是理性地寻求解决方案——这正是现实世界的特征。

定义的第二部分，被谨慎地加上了限定词“往往”和“常常”，而这带来的麻烦更多了。它提到科幻小说关注“科学和技术的变革”，并涉及“重要性大大超过个人或集体层面”的事件。新浪潮作家经常拒绝这样的想法。他们或许是厌倦了那些着眼于未来的合理化论述，被那些证明自己所需时间漫长得犹如生物进化的论证所激怒，于是经常把焦点放在个人身上，放在他或她相对有限的感知和相对有限的关注范围上；人类物种很少出现在故事里，除非是遭到大规模毁灭。很少有主题有关个人的悲剧能给整个物种带来成功，像海因莱因的《安魂曲》（“Requiem”）或汤姆·戈德温（Tom Godwin）的《冷酷的方程式》（“The Cold Equations”）那样的作品。

讲述故事的方式往往比所讲的内容更重要——风格重于内容（尽管近年来人们越来越普遍地认为二者是不可分割的）。风格上的实验变得司空见惯：主观性成了规则，它与对宇宙的理性探索不搭，但和非理性相得益彰。这些实验可能并不特别新——约翰·布伦纳（John Brunner）的《站立在桑给巴尔》（*Stand on Zanzibar*，1968），写作技法源自约翰·多斯·帕索斯[1]（John Dos Passos）“美国三部曲”（*U.S.A.*）中作于1930年的第一卷，布赖恩·W.奥尔迪斯（Brian W. Aldiss）的《头中赤足》（*Barefoot in the Head*，1969）效法的是詹姆斯·乔伊斯（James Joyce）的《芬尼根守灵夜》（*Finnegans Wake*），而J. G. 巴拉德在写“浓缩小说”[2]系列的时候，他取法的是更晚近些的反传统小说家，其代表为阿兰·罗布-格里耶[3]（Alain Robbe-Grillet）——但对科幻小说来说都是新的。在最好的情况下，这种风格能有效地表达出其他任何方式都不能表达的东西；在最坏的情况下，它们会拒人千里之外，分散读者注意力，令表达的东西模糊不清。

这卷“科幻之路”强调了科幻小说的文学性，但这点不是新浪潮引发的结果，而是与新浪潮并行出现的。

---

1. 美国作家。代表作为“美国三部曲”：《北纬四十二度》（1930）、《一九一九年》（1932）和《赚大钱》（1936）。
2. 巴拉德一系列作品的别称。
3. 法国“新小说”流派的创始人，电影导演，法国学士院院士。他反对现实主义的小说传统。

3

莱斯特·德尔·雷伊[1]（Lester del Rey）指出，科幻小说往往有其文学性的一面——不一定在所有的科幻小说中都有，但在某些科幻小说中会有。科幻杂志并不反对优质的写作，尽管有时看似这样。一名读者在1927年写给雨果·根斯巴克（Hugo Gernsback）的《惊奇故事》的信中，曾指责H. G. 威尔斯“用太繁复的辞藻来描述一个情境”；随后，不知道是不是对威尔斯和其他人过于“文学化”的普遍看法的回应，根斯巴克不再重视对威尔斯故事的再版，也不复在封面上使用威尔斯的名字。后来的编辑们会敦促作家对自己的语言降格以求，把故事写下去就好——也就是说，避免“优秀的写作”、文艺的笔触以及任何带有难度的东西——但还是有些文风“矫揉造作”的故事以某种方式发表——当然并不总在重要的杂志上，发表过程也不总是一帆风顺，但时不时就是会有。

约翰·W. 坎贝尔本人在成为《惊异》的编辑之前，就以唐·A. 斯图尔特的名字写下更加注重文笔的故事，并在该杂志上发表。斯坦利·G. 温鲍姆（Stanley G. Weinbaum）受到赞誉，不仅是因为他创造了不同寻常的外星人，而且也因为他的写作技巧比他同时代的许多人更为巧妙。大卫·H. 凯勒博士[2]（David H. Keller）还在早些时候就开创了达蒙·奈特（Damon Knight）所说的“科幻艺术故事”。但是这些故事并不总是出现在《惊异》上。有些作家，如埃德·汉密尔顿[3]（Ed Hamilton），写的故事直到多年后才卖得出去；还有些人，如杰克·威廉森（Jack Williamson），似乎调整了自己的作品以适应每个新年代的需求。有些作家，如雷·布拉德伯里（Ray Bradbury），很快就改给女性杂志《时尚淑女》投稿，创作起科幻领域之外

---

1. 美国科幻作家、编辑、出版商，1990年被美国科幻作家协会（Science Fiction Writers of America，简称SFWA）评为第十一位科幻大师。
2. 美国早期幻想文学作家，心理医生。
3. 美国科幻作家埃德蒙德·汉密尔顿（Edmond Hamilton）的昵称。他主要活跃于20世纪中叶。

的东西。但西奥多·斯特金[1]（Theodore Sturgeon）似乎无论怎么写，他的作品都能被接受；而阿尔弗雷德·贝斯特（Alfred Bester）异彩纷呈的文学秀也为他赢得了奖项和赞誉。

出现在20世纪30年代和40年代的一些故事，似乎在大声主张着它们和自身所属类型中的那些故事有所不同；有些奇怪的是——或许其实完全不奇怪——这些故事往往最受好评，最被读者铭记。例如，在20世纪40年代，当其他作家忙于战争之时，亨利·库特纳（Henry Kuttner）和他的妻子C. L. 穆尔（C. L. Moore）用好几个笔名为约翰·坎贝尔写作。他们最早在作品中引用文学典故并使用文体技巧，赋予他们的作品一种不同寻常的味道，成为那种直到20世纪60年代才会真正出现的写作风格的先驱。《全都馍馍碎，那些鸫鸪鸽儿》（"Mimsy Were the Borogoves"）就是一个例子，还有《绝代佳人》（"No Woman Born"）、《人间好时节》（"Vintage Season"）等许多其他的例子也是如此。这些故事的特点是更加强调个人和他/她对情境的感受，引用历史、文学和文化典故，给故事注入更多充盈的活力，并明显地更加关注用词和文字呈现的顺序。

1949年创刊的《奇幻与科幻杂志》似乎为这些故事的发表提供了一个天然的家园。该杂志的鲍彻和麦科马斯这两位编辑更喜欢文学性的小说，诸如理查德·马西森（Richard Matheson）的《父母的结晶》（"Born of Man and Woman ", 1950）、阿夫拉姆·戴维森（Avram Davidson）的《我的男友叫杰洛》（"My Boy Friend's Name Is Jello"）、小沃尔特·M. 米勒（Walter M. Miller, Jr.）的《莱博维茨的赞歌》（"A Canticle for Lei-bowitz", 1960）和丹尼尔·凯斯（Daniel Keyes）的《献给阿尔吉侬的花束》（"Flowers for Algernon"）等作品都于20世纪50年代在这上面发表。但其他杂志也接受文学性强的故事，如杰克·万斯（Jack Vance）的《月蛾》（"The Moon Moth"）发表在H. L. 戈尔德的《银河》上，阿尔吉斯·布德里斯（Algis

---

1. 美国知名科幻作家，据说可能是作品被收入小说选集最多的英文作家，善于使用引人共情的文字，被誉为"现代科幻小说的良心"。

Budrys）的《无人扰格斯》（“Nobody Bothers Gus”）发表在约翰·坎贝尔的《惊异》上。[1]

作家们对专业精神和更高艺术标准的内在渴望开始以其他方式表现出来。达蒙·奈特的评论被收集在《寻找奇迹》（*In Search of Wonder*）（1956年第一版）中，当中的评论最早发表于1945年，不过大部分是在1950年到1955年之间写的。詹姆斯·布利什（James Blish）的评论被收集在《紧迫问题》（*The Issue at Hand*，1964）中，包括原本发表于1952年到1960年间的文章。这促成了1956年奈特和布利什发起的米尔福德科幻作家协会的成立，以及十年后美国科幻作家协会[2]的成立。

到20世纪60年代，文学性科幻小说的趋势正在加速发展。科幻小说单行本的出版开始在数量和意义上与科幻杂志出版相媲美，单行本的作者们获得了更大的自由，编辑们对杂志的严格控制也开始放松。弗兰克·赫伯特的（弗洛伊德式的）心理惊悚小说《海龙》（*The Dragon in the Sea*，1956）于1955年至1956年在《惊异》上以《重压之下》（*Under Pressure*）为篇名连载，为他发表《沙丘》铺平了道路。赫伯特的《沙丘》是一部关于宫廷阴谋和生态问题的复杂的长篇小说，1963年至1964年间《惊异》（现改名为《类比》）将它分为八个部分，以《沙丘世界》（*Dune World*）之名连载；1965年又开始了他的《沙丘先知》（*The Prophet of Dune*）连载。1966年，《类比》发表了鲍勃·肖（Bob Shaw）的一篇恬淡故事《昔日之光》（“Light of Other Days”），讲述了个人悲剧和人类对新发明的反应。

与此同时，新的杂志和选集酝酿着掀起叛旗：先是《新世界》，然后是达蒙·奈特始于1966年主编的选集《轨道》[3]（*Orbit*）；1967年出版了哈伦·埃利森（Harlan Ellison）的单本《危险幻象》（*Dangerous Visions*，

1. 本段和下面的一些作家作品均收录于本卷中，其资料参见后面的专文介绍。
2. 成立于1965年，于1991年正式更名为“美国科幻和奇幻作家协会”（Science Fiction and Fantasy Writers of America）。
3. 达蒙·奈特主编的一系列科幻小说选集，不计入特别发行的《轨道精选集》（*The Best from Orbit*，1975）的话，一共出版发行二十一卷。第一卷出版于1966年，第二十一卷出版于1980年。

1967）[五年后出了本续集，《又见危险幻象》（*Again Dangerous Visions*，1972）]。萨缪尔·R. 德雷尼（Samuel R. Delany）和诗人玛里琳·哈克[1]（Marilyn Hacker）编辑的实验性季刊《夸克》（*Quark*），从 1970 年开始，只发行了四期。罗伯特·西尔弗伯格（Robert Silverberg）于 1971 年推出了《新维度》[2]（*New Dimensions*）；同年，哈里·哈里森（Harry Harrison）编辑出版了《新星》（*Nova*）；特里·卡尔（Terry Carr）编辑出版了《宇宙》（*Universe*）。这些杂志和选集大多为短篇推想小说的作者们提供了新的发表渠道，并在此过程中让他们——有时还包括编辑——赢得了数量惊人的奖项。此外，在 1965 年后的十年里，出版了数量非同寻常的一次性原创选集。几部年度最佳作品集的出版延续了朱迪斯·梅丽尔（Judith Merril）早期的作品，将注意力集中在实验性作品上，科幻大奖中至少星云奖[3]（Nebula Award）[雨果奖[4]（Hugo Awards）或许未必] 经常会更多地授予文学性强的科幻作品。

这段时间里，有新思想和新方法的新作家开始零零散散地四处发表作品，后来几乎无处不在：有罗伯特·西尔弗伯格、哈伦·埃利森、罗杰·泽拉兹尼、萨缪尔·R. 德雷尼、诺曼·斯宾拉德，还有一位比较传统的作家拉里·尼文（他们的作品都收录在第三卷中），另外还有托马斯·M. 迪什。在世界其他地方出现了不少有趣的作家，有的正在被发现，他们的影响逐渐渗透到科幻小说中。除了常见优秀的英国作家群体，在波兰有不断创作出新颖的短篇故事和长篇小说的斯坦尼斯瓦夫·莱姆（Stanislaw Lem）。虽然他的第一部作品出版于 1951 年，但在 1970 年的《索拉里斯星》（*Solaris*）之前，他没有任何作品被翻译成英语。苏联科幻小说的复兴始于 20 世纪 50 年

1. 美国诗人，翻译家，评论家。同时也是萨缪尔·R. 德雷尼的妻子。
2. 罗伯特·西尔弗伯格主编的小说集，共出版十二卷。
3. 美国科幻作家协会所设立的奖项，首创于 1965 年。评选范围仅限于美国原创作品或在美国译介出版的外国作品，且是在评奖当年出版的。
4. 世界科幻协会（World Science Fiction Society，简称 WSFS）所颁发的奖项，自 1953 年起每年在世界科幻年会上颁发。正式名称为“科幻成就奖”（The Science Fiction Achievement Award），为纪念“科幻杂志之父”雨果·根斯巴克而命名为雨果奖。

代末，一直持续到20世纪60年代，引领者是I. 叶夫列莫夫[1]（I. Yefremov）、斯特鲁伽茨基兄弟[2]（Strugatsky brothers）及其他一些人。达科·苏恩文[3]（Darko Suvin）向我们指出，其他社会主义国家中也有人撰写和发表了质量喜人的作品。国际知名的阿根廷作家豪尔赫·路易斯·博尔赫斯（Jorge Luis Borges）的短篇小说中也有一部分是科幻和奇幻题材，它们在1962年第一次被翻译成英文，取名《虚构集》（*Ficciones*）。

20世纪70年代，大批新的美国作家涌入这个领域，这也许是对新获得的自由的回应（或者相反，是对其他地方出版机会匮乏的回应，因为高档杂志减少或停止刊载小说，而其他类别的廉价杂志减少到屈指可数）。在20世纪70年代，巴里·N. 马尔兹伯格、吉恩·沃尔夫[4]、加德纳·多佐瓦[5]和小詹姆斯·提普奇——后来才揭晓其真名为爱丽丝·谢尔登——崭露头角，尽管他们实际上是在20世纪60年代后期才开始发表作品。在他们之后又涌现出了帕梅拉·萨金特、乔治·泽布洛斯基[6]、爱德华·布莱恩特、乔治·亚力克·艾芬格、戴维·杰罗尔德[7]、冯达·N. 麦金太尔、乔治·R. R. 马丁、迈克尔·毕晓普[8]以及许多其他作家。

将20世纪50年代和60年代的米尔福德科幻作家协会发扬光大的一个新角色是“号角（Clarion）科幻作家写作营”。该写作营由罗宾·斯科特·威尔逊[9]（Robin Scott Wilson）于1968年在宾夕法尼亚州克拉里昂州立学院创建，后来在威尔逊离开宾夕法尼亚州时搬到密歇根州立大学。写作营

---

1. 即伊凡·叶夫列莫夫，苏联古生物学家、科幻作家、社会学家。
2. 阿卡迪·斯特鲁伽茨基和鲍里斯·斯特鲁伽茨基。他们兄弟俩都是苏联科幻小说家、编剧，其“正午世界”系列中的未来社会是现代罕见的正面乌托邦类型。
3. 美国作家和评论家、科幻史研究者。生于南斯拉夫，19世纪60年代移居美国。
4. 美国科幻和奇幻作家，曾被誉为“当世最伟大的英语作家”。
5. 美国科幻和奇幻小说家、编辑，多次获雨果奖和星云奖最佳短篇小说奖。
6. 美国科幻和奇幻作家、编辑、编剧。
7. 原名戴维·杰罗尔德·弗里德曼，美国科幻作家、编剧。幻想中的外星种族“蜥蜴人”的创造者。
8. 美国科幻作家，创作了十余部长篇小说及三十余部中短篇小说。多次获得星云奖、雨果奖提名，其作品《加速》（“The Quickening”）获得1982年星云奖最佳短中篇小说奖，作品《除了时间没有敌人》（*No Enemy But Time*）获得1983年星云奖最佳长篇小说奖。
9. 美国作家、编辑，曾任加州州立大学奇科分校校长。

只接纳新手作家，在达蒙·奈特、凯特·威廉[1]（Kate Wilhelm）和哈伦·埃利森等客座教师指导下进行为期一周的活动。写作营产出了数量惊人的新作家，包括布莱恩特、泽布洛斯基、艾芬格、麦金太尔、F. M. 巴斯比[2]（F. M. Busby）和丽莎·塔特尔[3]（Lisa Tuttle）。后来写作营扩张到了西雅图，在那里创建号角西部写作营。

20 世纪 70 年代还没完，新浪潮就已完全被科幻小说吸收同化了。随着单行本成为科幻小说的主要出版渠道，科幻杂志的影响力减退了，一度由科幻杂志强力推行的类型统一标准也随之四分五裂，陷入相对混乱的状态；不仅如此，在基调、哲学、内容和风格上类似于曾经被称为“新浪潮”的小说也在所有的主流杂志上发表——包括《类比》。新浪潮并没有控制一切——冒险故事和小说仍在出版，硬科幻和社会学科幻小说也一样——但许多别具一格的，甚至反科幻的小说正与其他种类的科幻小说在同一份杂志上共同发表。这场叛乱的主旨已经融入每个作家和每本杂志的作品之中。

4

是什么特性造成 20 世纪 60 年代中期科幻小说的分歧如此之大，而到了 70 年代中期却如此之小呢？

作家在写作中可用来将自己的故事和其他人的故事区分开来的变量是相当有限的。文字是最基本的工具，但除此之外，小说还涉及情节（发生了什么）、人物（发生在谁身上）和背景（发生在何时何地）。所有的小说都是由这些基本元素组合而成的。然而，赋予小说独特性的不仅仅是事件、人物或

1. 美国作家，主要创作科幻、悬疑和推理小说。达蒙·奈特是她的第二任丈夫。2003 年进入科幻名人堂。
2. 全名为弗朗西斯·马里昂·巴斯比，美国科幻作家。
3. 美国科幻和恐怖小说作家，女权主义者。1982 年，她成为史上第一个也是目前为止唯一一个拒领星云奖的人。

地点——尽管这些可能有或多或少的原创性和趣味性，也可能以或多或少，或彻底或不彻底，或复杂的技巧方式呈现——而且还有事件、人和地点共同呈现的喻义。

如果我们把一部小说想象成一个封闭的世界，则其中人物的存在是为了情节发展，情节发展是为了描述人物，小说背景是为前两者而存在，而喻义就是这个封闭世界与其他世界的联系——包括我们作为读者所熟悉的世界。通过故事对现实世界（经验世界）的隐喻，作为读者的我们获得了相关性、意义、主题等种种属性——让我们在小说结束时不会问“那又怎样?”。通过隐喻的故事，我们学会了如何解读在故事的那个封闭世界中发生的事情。

在各种类型的科幻小说中，隐喻往往将小说中的虚构世界与其他类型的作品联系起来，或者有时与硬科学或软科学的世界联系起来，或者与哲学或历史联系起来，只是以一种有限的方式才与日常世界联系起来。在文学性强的科幻小说中，隐喻将虚构的世界与日常生活、传统、神话、文学、历史等联系起来。

一个简单的冒险故事可能有简单的喻义——如果约翰·卡特不能及时赶到，他心爱的德佳·索利斯将被杀死[1]；我们理解卡特行动的合理性，因为我们理解爱、死亡和时效性。但是埃德加·赖斯·巴勒斯（Edgar Rice Burroughs）让卡特和地球保持联系，不仅通过基本的关系和这些关系所激起的情感，还通过其他的纽带：卡特不时地会回来，或者发回手稿；在一些小说［例如《火星主宰》(*The Mastermind of Mars*)］中巴勒斯对人类的习俗、传统和宗教做了些影射，有时表示赞同，有时加以批判。这些隐喻让他的故事不再仅仅是冒险故事。

在更复杂的小说中，喻义可以提供许多层次的含义。一个读者可能只是在情节层面上阅读故事，而另一个更仔细或更精通阅读规则的读者可能会感知到故事的其他层面，这些层面可能会对情节进行补充、增强、改变甚至颠

1. 约翰·卡特是埃德加·赖斯·巴勒斯的“火星公主”系列故事的男主角，德佳·索利斯是故事的女主角。

倒。有时隐喻可能是优雅的注脚，为故事的基本事件提供历史、神话或文学方面的支撑；有时还会为正在发生什么事提供线索。

例如，《献给阿尔吉侬的花束》中就有多个隐喻——事实上，本文叙事结构的成功取决于读者从查理·戈登的词汇和他有限的世界经验中获得关于查理状况和心智能力的线索。不能把“原始冲击”解读成“罗尔沙赫”[1]的读者至少会错过一些正在发生的事情的某些意义，甚至可能更多地忽略掉故事中的一些趣味。随着查理心智能力的提高，他的拼写能力越来越好，视野也越来越开阔；没有注意到这一点的读者也可能错过他智力衰退的证据。

有时在科幻小说中，对其他类型作品的引用，其含义会令不熟悉科幻的读者感到困惑：比如“超光速”，或者“超空间”，或者“冲击波”。在有些时候，作者将故事情节或其意义的重要线索打包成无关紧要的描述或对话，这也可能会让新手读者错过大部分正在发生的事情。正如萨缪尔·R. 德雷尼所指出的，科幻小说发展出了属于自己的阅读规则，这不仅需要读者熟悉科幻小说本身，还需要他们对科学知识有一定的理解。

但有时候，比如在《继续航行！》（“Sail On! Sail On!”，1952）中，作者并不期望读者能马上理解故事发生的背景，相反，读者必须通过收集证据——帆船的名称、船上有无线电的事实，以及描述和对话中透露的其他点点滴滴的信息——来推断这是哥伦布第一次横渡大西洋，但是在一个完全不同的历史情境中。这就是科幻小说读者所说的或然历史故事；在这段或然历史中，修士培根的科学工作会被教会接受，而不是受到谴责。最后，作者带来了意想不到的转变：这个故事发生的背景不是一个或然历史，而是一个物理定律与我们宇宙不同的另一个宇宙。

阅读《可爱的华氏度》（“Fondly Fahrenheit”）所需的技巧是相似的。读者必须跟随故事叙述中的代词移位来理解机器人的人类主人是其精神错

1. 原文中这两个词谐音，男主角以为是“原始冲击”（raw shock），实际是“罗尔沙赫”（Rorschach）。“罗尔沙赫”指赫尔曼·罗尔沙赫，他第一个提出用墨迹图片来进行心理测试，故这种测试亦被冠以他的姓氏。

乱的根源。在《我没有嘴，但我必须尖叫》（“I Have No Mouth, and I Must Scream”）中，认出故事中间断的部分是计算机语言，甚至认出它们在陈述的是“我思故我在”，这件事也许很有趣，但并不重要。另一件事倒是更为关键：要知道笛卡尔在哲学上正是从这一短句出发建立起一套对整个宇宙的假设，这也是计算机“AM”的得名由来，及其作为一个独立实体存在的正当理由所在。此处同样还会引人想起上帝对摩西所说的“我是自有者”[1]。

20 世纪 60 年代和 70 年代更富文学性故事的阅读方式成为主流阅读方式。其中的喻义不在于科幻小说，也不在于科学，而在于一种更广泛地为人共享的体验。现实世界不仅包括每个人都共享的日常经历，还包括神话、文学和历史等文化遗产，然而这些文化遗产（有时错误地）被认为是所有受过教育的男女所共有的。

5

文学性强的科幻小说中的喻义不是简单的打趣，尽管它们可能是有趣的；也不仅仅是文化符号，以展示作者的学识，并与老练的读者建立某条引用共同典故的纽带——尽管它们可能起到这种作用。在最好的情况下，它们用来将故事与更传统的价值观——有时是更基本的价值观联系起来，并把故事融入人类生存的大框架中，包括人类的过去。当然，有时把故事和过去联系起来则不利于把故事和未来联系起来，故事中的事件越多地评论当下，就越少地被解读为对可能出现的新情况的推想。讽刺也陷入了同样的困境：弗雷德里克·波尔和西里尔·M. 科恩布鲁斯（Cyril M. Kornbluth）的《太空商人》（*The Space Merchants*）被解读为对当代广告实践的幽默评述越多，这部小说就越少地被解读为是从当前趋势对未来的推想。在文学性科幻小说

1.《出埃及记》3：14。英文原文中的“自有”的缩写和系动词“是”一样，都是“AM”。

中，波尔的《通向宇宙之门》[1]（*Gateway*）越是被解读为一个关于人类现状的寓言，我们就越不会认真对待“希奇人”和他们的神奇飞船。

文学性科幻小说对生活中一些更为实际的方面的强调，并不仅仅是对杂志上的科幻小说中缺乏这些方面的反叛。在《危险的幻象》或诺曼·斯宾拉德（Norman Spinrad）的《怪虫杰克·巴伦》（*Bug Jack Barron*）中呈现出的一些语言和场景——导致《新世界》被一家英国发行商禁止发行，并在议会上受到谴责——被放进书里肯定不仅是为了哗众取宠。无疑，这当中有反叛的成分和哗众取宠的愿望，但那些语言和描写也是为了隐喻现实世界。在现实生活中，这些事情会发生，这些话会被说出来。传统科幻小说认为没有必要反映生活的这一部分，认为它无关紧要；新生代科幻小说不仅试图将生活的这一部分引入科幻小说，还试图将科幻小说更多地与现实世界联系起来。

文学性科幻小说还强调其他类型的细节——服饰、行为、动作、背景——这些在传统科幻小说中可能只是被轻描淡写地触及。在传统科幻小说中，人物的行为、动作和着装只有在它们影响了情节的时候才重要；在文学性科幻小说中，这些元素本身就很重要，而其对现实世界的暗示使它们变得更为重要。人物的过去影响了他们的行为，他们不得不接受这些过去；他们需要应对过去的经历。场景变得更加现实，也就越发鲜活，越发重要；与此同时，场景有时又变得超现实或隐喻化。如果场景描写的重心更多地放在对现实的暗示上，而不是作为情节的背景设定上，再往前走一两步，场景就是直接在反映社会状况，或者是人物的情绪状况，或者是代表着其他的什么了。J. G. 巴拉德的《终点海滩》（“The Terminal Beach”）中的埃尼威托克氢弹试验场[2]，或者弗里兹·雷伯（Fritz Leiber）的《时尚诱惑》（“Coming Attraction”）中女人戴的面具就是这样的例子。

---

1. 波尔的代表作之一。“希奇人”是其中虚构的外星种族。
2. 埃尼威托克环礁，太平洋上的珊瑚岛礁。第二次世界大战后为美国托管地，建有海军基地。1946 年曾作为美国核武器试验场。

有些喻义是通过明喻、隐喻或象征来实现的。两个不同事物的比较，无论是直接陈述还是暗示，都使得另一个层次的意义成为可能。“火箭的尾焰就像一根火柱”是一个比喻，可能出现在任何传统的科幻故事中，试图让读者的阅读体验更加直观；在《亚实基伦街上》(“The Streets of Ashkelon”)里，哈里·哈里森形容一艘着陆的飞船底下是“下探的火舌”。换一说法，“火箭的尾焰就像一把火焰之剑”，这个比喻就会暗示其正在对地球施加暴力。如果用一个更具文学意味的比喻——“火箭的尾焰就像天堂大门前的燃烧之剑”——这是期望读者能自己补上《圣经》故事的其余部分：在亚当和夏娃被放逐后，上帝在伊甸园的入口前放置了燃烧之剑，以阻止人类返回。那么，这种比较将给视觉体验增添一层意义：火箭的飞行将阻止人类返回伊甸园，也许是字面意义上的——通过毒害地球，也许是象征意义上的——通过耗尽可供返回的燃料。将明喻改为暗喻——“火箭的尾焰是天堂大门前的燃烧之剑”——会使得这种联系更加间接，但或许会更加有力。

在同一个虚构故事的另一个版本中，地球可能会慢慢被揭晓是天堂的象征，人类必须从天堂中被驱逐出去，永远不要回来——如果人类要完成自己的使命，“多子多孙”并继承众星的话。就像是在亨利·库特纳和C. L. 穆尔1947年的小说《烈怒》(*Fury*)中，萨姆·里德强迫人类离开金星舒适的海底堡垒[1]，前往吞噬人命的金星地表，以使人类物种再度前行；他随后还让海底堡垒充满放射性，以确保人们无法回去。

缺乏耐心的读者可能会问，为什么作者不干脆站出来把要说的挑明，偏偏总要曲折地暗示。这是一个好问题，其答案注定会让许多人不满。在小说写作中，作者必须做出一系列决定性的选择，从最初的设想到人物、观点、语气、情绪、措辞，再到最终的成品。理想情况下，所有的选择应该相互增强，这样作品整体就超过了各部分之和。因此，微妙和间接，或者说比喻，可能是一个特定作者写特定类型故事时的选择。读者可以选择不读这样的作

1. 小说中的金星海底。在故事发生前七百年地球已被毁灭。

者或故事，但抱怨是没有意义的：这些选择是正当合理的，由此产生的故事需要读者更多的参与，但那些克服了困难的读者，那些能够并且愿意跟随作者的比喻或暗示然后做出推论的读者，可能会得到更大的回报。同样，有经验的科幻小说读者必然愿意并能够在《继续航行！》这样的故事中投入耐心和思考，这样才能理解它。阅读《继续航行！》中所投入的耐心和思考会使读者得到回报：一次更丰富、更有益的阅读体验。文学性强的科幻小说也是如此：学会带着理解去阅读，结果会使你获得更大的乐趣。

6

并非所有的创新都会带来改进；结果有时只是有所不同，有时甚至是失败。一些作家试图扩大科幻喻义的尝试仅仅是一种叛逆：为了改变而改变。一种趋势是最小化情节，或者消除因果关系，或者为了引导读者注意故事的其他方面而忽略结果。带来的后果之一就是，阅读一部多层次小说时，专注于情节层面的读者会感到被抛弃或背叛了。结果有时就好像作者切断了三脚凳的一条腿：人物和背景的重要性被放大了，但凳子倒了。

当写作重点发生变化时，人物通常也会发生变化，以适应和制造新的价值和新的含义。这点在19世纪和在20世纪60年代同样真切。例如，爱伦·坡写了一些过于敏感的男人，对他们来说，日常生活中的感觉就太多了，他们试图靠旅行或毒品来逃离日常生活的侵蚀；对他们来说，一个动作、一个词就会引发一场形容词爆炸般的连锁反应，引出噼里啪啦的一串事。而凡尔纳探索尚无人踏足的广阔海洋、陆地、天空和太空，他需要坚忍不拔、敢于冒险、不容易情绪化或自我怀疑的角色。H. G. 威尔斯描写社会问题，于是他的主角通常是些普通的公民，有着普通的常识，其精神的坚忍程度足以让他们度过痛苦的经历。

杂志创建时，编辑们就会开始确定他们购买的故事中人物的属性。雨果·根斯巴克喜欢发明家；约翰·坎贝尔想要的是像真正的科学家一样的科学家和知道事物如何运行的人；H. L. 戈尔德想要的是普通公民，他们没有创造变革，但投身其中，设法适应它。如今，大多数杂志编辑想要的都是会招人喜爱的角色，他们要足够聪明，能够认识到自己处境的本质，还要足够坚强，能够对此有所作为。

像他们的前辈一样，新时代的作家们选择的人物常常与上一代人的选择恰好相反。如果说坎贝尔的作家创造的人物形象是知道事情如何运作的人，那么新时代作家会写的就是些不知道事情如何运作，也不在乎的人；如果说戈尔德的作家是与挣扎求生的普通人打交道，新时代作家会写的就是些不寻常的人，他们主动配合自己所遭遇的灾难。新浪潮中的人物角色变得困惑、痴迷、内省——反省深思，但徒劳无功。有时，尽管这些故事的意图在于更加“真实”，但这些人物角色则是象征性的——其中一些人物角色的反应被大面积地予以忽略——读者需要明白，这些人物代表着别的某种含义。

然而，大多数文学作家会否认他们写作是为了对任何事情做出回应或者反应：他们选择的人物代表了作家所看到的真实的人。当作者坚持——通过他们的小说或在现实生活中发表评论——他们的角色代表真实的人，或者读者没有意识到他们的隐喻所在时，意识形态之战就开始了。

战斗在几年内结束了。这场战争以平局告终，但和所有战争一样，参与者都发生了变化。传统科幻小说——从根斯巴克到坎贝尔到鲍彻再到戈尔德，各式各样的——在市场上与文学性的科幻小说共存。新浪潮开创的主题和技术创新对更传统的作家来说是可行的，并且经常被纳入他们的小说中。更极端的实验性写作已基本消失，更多的实验性写作者回到了更容易理解的题材和形式上。托马斯·迪什写了《乘歌之翼》[1]（*On Wings of Song*, 1979），J. G. 巴拉德写了《无限美梦公司》（*The Unlimited Dream Company*），吉恩·沃尔夫（Gene Wolfe）写了《新日之书》（*The Book of the New Sun*）。

1. 该书名来自歌德的诗歌，讲述了一个飞翔的歌者的故事。

一些作家远离了科幻小说，或者与科幻小说断然决裂，比如J. G. 巴拉德和埃利森；还有些人做了告别声明，然后改变了主意，比如西尔弗伯格和马尔兹伯格。一些新的作家继续为旧传统增添新的内容，比如约翰·瓦利、格雷戈里·本福德、格雷格·贝尔[1]和大卫·布林[2]；在英国有史蒂芬·巴克斯特[3]、保罗·麦考利[4]、伊恩·M. 班克斯[5]、肯尼斯·麦克劳德[6]和阿拉斯泰尔·雷诺兹[7]。

换句话说，科幻小说，一如既往地处于变动不居的状态；并且也一如既往地期盼着更伟大的前景。

（何锐　译）

1. 美国作家和插画家，主要从事科幻题材创作，作品多描写太空冲突、加速进化、人造宇宙，也涉足人文和意识领域。他也是圣地亚哥漫画大会的创始者之一。

2. 美国未来学家、物理学家、太空专家、科幻作家。主要作品为“提升”系列（其前三部已有中文版），曾多次获得各种奖项。

3. 英国硬科幻作家，数学和工程学专业出身，1995 年起专职从事科幻写作，随后迅速获得英美和欧洲的多个奖项，也撰写科幻评论文章。

4. 英国植物学家，科幻小说家。作品以长篇系列为主，有多本获奖小说。

5. 苏格兰作家。他创作科幻小说时使用的署名中间名用首字母 M 代替，写作传统小说时署名伊恩·班克斯。他的科幻作品多涉及文化艺术方面的内容。

6. 全名肯尼斯·麦克雷·麦克劳德，苏格兰科幻小说家，生物学和计算机学家，发表科幻作品常用笔名“肯·麦克劳德”。

7. 英国科幻作家，天文学博士。作品主要包括若干关于黑暗未来的硬科幻和以他的“天启宇宙”为舞台的太空歌剧系列，但也写过几百个单词的超短篇。

源于技巧与金钱

在《星云奖获奖小说·第八卷》(*Nebula Award Stories Eight*, 1973)的序言中，艾萨克·阿西莫夫写道："如果不怕费力的话，一位优秀的科幻作家很有可能有能力创作其他任何他想要创作的作品(而且还可以拿到更多报酬)。很多科幻作家都已经这么做了，其结果就是，有些作家转向了其他领域，这是科幻界的一大损失。"阿西莫夫自己就是一个最好的例子。这么做的人还有弗雷德里克·布朗(Fredric Brown)、约翰·D. 麦克唐纳(John D. MacDonald)、哈伦·埃利森、罗伯特·布洛克(Robert Bloch)、西奥多·斯特金和理查德·马西森。这些作家中的大部分人仍然会偶尔创作科幻小说，但是他们都把大部分精力分给了其他的文学题材。

马西森生于新泽西州艾伦代尔，在第二次世界大战中服过兵役，1949 年在密苏里大学取得了新闻学学士学位。一年后，他的首篇短篇小说《父母的结晶》发表于《奇幻与科幻杂志》。在 1954 年创作第一部长篇小说《我是传奇》(*I am Legend*)之前，他还写了另外一些短篇科幻小说和三部长篇悬疑小说。他将他的第二部长篇小说《收缩人》(*The Shrinking Man*，1956)的影视改编权卖给了环球影业，条件是他为电影续篇《了不起的收缩人》(*The Incredible Shrinking Man*，1957)撰写剧本。

此后，马西森将自己的时间同时分配给了剧本和小说创作，其中大部分时间都分配给了报酬更高的剧本。他做过编剧的电影包括《厄舍古厦的倒塌》(*The House of Usher*，1960)、《陷坑与钟摆》(*The Pit and the Pendulum*，1961)、《大地之王》[*The Master of the World*，1961，这部电影改编自凡尔纳在1905年创作的同名长篇小说，但是大多数情节出自另一篇更早一些的小说，即1886年出版的《征服者罗比尔》(*Robur the Conqueror*)]、《恐怖故事》(*Tales of Terror*，1962)、《魔鸟》(*The Raven*，1963)、《地球上最后一人》[*The Last Man on Earth*，1965，与1963年上映的《奥米伽人》(*The Omega Man*)同为《我是传奇》的不同版本]、《狂热者》(*Die! Die! My Darling!*，1965)、《魔鬼的新娘》(*The Devil's Bride*，1968)、《年轻的战士》(*The Young Warriors*，1968)、《古屋传奇》(*The Legend of Hell House*，1973，改编自马西森自己的小说)、《时光倒流七十年》(*Somewhere in Time*，1980，同样也改编自马西森自己的小说)。[1]他还为电视剧《阴阳魔界》(*Twilight Zone*)、“星际迷航”系列和《夜间画廊》(*Night Gallery*)写了许多剧本，也创作了若干独立的剧本，如《决斗》(*Duel*，1971)、《午夜煞星》(*The Night Stalker*，1972)、《花街恶魔》(*The Night Strangler*，1973)和《火星编年史》(*The Martian Chronicles*，1980)。

马西森创作的长篇小说包括《回声微颤》(*A Stir of Echoes*，1958)、《没有胡子的战士》(*The Beardless Warriors*，1960)、《地

1. 值得注意的是，其中《厄舍古厦的倒塌》《陷坑与钟摆》《恐怖故事》《魔鸟》均改编自著名作家埃德加·爱伦·坡的小说。

狱之屋》(*Hell House*，1971)、《重返的时刻》(*Bid Time Return*，1977)和《梦向何方》(*What Dreams May Come*，1978)。他的短篇小说被收录在如下小说集中：《父母的结晶》(又名《太阳系第三颗行星》)、《空间之岸》(1957)、《冲击》(1961)、《冲击 II》(1964)、《冲击 III》(1966)、《冲击波》(1970)和《理查德·马西森短篇小说集》(1989)。

许多评论家认为，马西森主要是一位恐怖小说作家，他的小说中最主要的主题是妄想症，《决斗》和《我是传奇》正是典型例子。《科幻大百科》[1]认为马西森最初是把《父母的结晶》当作“一篇简单的恐怖小说”来创作的，当人们普遍认为这篇小说是科幻小说后，马西森才转而撰写科幻小说。这篇小说既可以作为恐怖小说来读，也可以作为科幻小说来读，其反响主要来自读者对于小说的预期。

作为恐怖小说，《父母的结晶》和《弗兰肯斯坦》[2](*Frankenstein*，1818)一样，选取了哥特风格。读者对于这篇小说的反应也和他们对《弗兰肯斯坦》去掉了科幻元素后的反应(在许多版本的改编电影中正是如此)一样，他们对怪物和怪物的破坏力感到恐惧。但就像《弗兰肯斯坦》在去掉与科学家和他的抱负相关的情节后意蕴会大为逊色一样，马西森的小说也同样因为其科幻元素而让读者有所感触。正是以这种方式，《奇幻与科幻杂志》中的奇幻小说在它们所能建立关联的科幻小说之中找到共鸣，而科幻小说也从奇幻小说中汲取人文关怀。

当《奇幻与科幻杂志》收到马西森的短篇小说投稿时，这份杂志仍处在开办的第一年——马西森可能是被 1949 年秋季该杂志的创

1. 可能指代若干以此为题或以此书名为简称的书籍，此处原作者指代的究竟是哪一本并不清楚。
2. 英国作家玛丽·雪莱（Mary Shelley）所著的长篇小说，被诸多科幻研究者认为是世界上第一篇科幻小说。文中讲述了一位科学家用尸体拼凑出一个类人的怪物，并用电流刺激怪物活过来的故事。

刊号所吸引而投稿的——但是编辑们已经确定了杂志的基调。安东尼·鲍彻和 J. 弗朗西斯·麦科马斯想要刊载文学性强的短篇小说，而尽管《父母的结晶》中的叙事者是一位文盲，但小说本身很有文学性。

20 世纪 40 年代晚期和 50 年代早期的许多科幻短篇小说都在谈及基因突变的问题，一般认为这种热度源于原子武器和核灾难。刘易斯·帕吉特[1]（Lewis Padgett）创作的以《笛手的儿子》（“The Piper's Son”，1945）开篇的“光头仔”系列就是一例。同样的例子还有波尔·安德森（Poul Anderson）和 F. N. 沃尔德罗普（F. N. Waldrop）合著的《明日之子》（“Tomorrow's Children”，1947）、威尔玛·H. 夏伊拉斯（Wilmar H. Shiras）的《隐匿》（“In Hiding”，1948）和朱迪斯·梅丽尔的《为母之心》（“That Only a Mother”，1948）。《父母的结晶》中简单的词汇和直白的叙述表明了文中怪物的诞生是出于自然的原因，而不是科幻或超自然的原因。

然而，马西森的这篇小说最为突出的特点在于视角的运用。故事以怪物的视角讲述，用词也并不文雅，就好像《弗兰肯斯坦》中有一部分是怪物讲述自己的经历和想法一样。在《父母的结晶》中，读者们只能读到怪物的想法，只能从怪物的视角去了解怪物父母的行动和反应。因为带入怪物的视角，读者会同情怪物所处的困境，就好像读者在读《弗兰肯斯坦》的时候也在某种意义上会同情其中的怪物一样。（马西森小说中的怪物是一次自然意外的产物，而不是人造生物。但是和弗兰肯斯坦的怪物相同，它也被称为“可怜鬼”。）读者们会觉得，作为一个怪物是多么糟糕，而且还有更糟糕的——不被父母承认、被链子锁在一间昏暗地下室的墙上、被棍打——并

1. 科幻小说家亨利·库特纳和 C. L. 穆尔夫妇合用的笔名。

且仅仅 8 岁大。怪物青春年少，他对美丑有着认知，这些都揪着读者的同情心。

正是这种视角倒置给了这篇小说独特的效果。这种倒置跟科幻小说在其黄金时期对观点和思维方式的倒置如出一辙。小说的写作技巧和悉心挑选的幼稚用词都有助于体现父母的困境，尽管小说中的情节展示了自然的天性和情感的缺失是如何将本来无辜的意念转变成暴力和死亡的。

（赵佳铭　译）

父母的结晶

［美国］理查德·马西森

X——这天天刚亮，母亲就喊我是恶心东西。你这个恶心东西，她是这么说的。我在她的眼中看到了怒气。我在想什么是恶心东西。

这一天，楼上有水滴下来。到处都在滴水。我看着这个场面。我看到了那片土地，那片土地就在我往外看的小窗户的后面。土地就像是干涸的嘴唇一样吸收了水。它吸得太多了，生病了，像流着棕色的鼻涕，我不喜欢。

母亲很漂亮，我知道。在被四面冰冷的墙壁围起来的床那儿，我有张纸，就贴在炉子后面。纸上面写着“电影明星”。我看过那上面的人的脸，很像我的母亲和父亲。父亲说那上面的人都很漂亮。有一次他这么说过。

他说我的母亲也很漂亮。母亲这么漂亮，我对此也感觉很好。看看你，父亲说，你的脸可不好看。我碰了一下他的胳膊说，没关系的爸爸。他甩开我的手，闪到了我够不到的地方。

今天母亲把我的链子解开了一小会，我可以透过小窗户往外看看。所以我才能看到水从楼上滴下来。

XX——今天楼上金黄一片。现在我知道，当我看向这片金光时，我的眼睛会刺痛。当我看完之后，整个地窖都变成了红色。

我想这就是礼拜。他们离开了楼上。大机器吞下了他们，滚滚远去，消失不见。大机器的后面坐着小母亲。她比我小很多。我很大。我已经把链子从墙上拔出来了，这件事情要保密。我现在可以透过小窗户看到我想看的一切。

这天天黑的时候，我吃了饭，还吃了几只虫子。我听到楼上传来笑声。我想知道他们在笑什么。我把链子从墙上拔下来，缠在身上。我哗啦哗啦地爬上楼梯。我走在楼梯上的时候，楼梯嘎吱作响。我的双腿在楼梯上打滑，因为我从没在楼梯上走过，我的脚是粘在木头楼梯上的。

我走了上去，打开一扇门。那是个白色的地方。白得如同楼上偶尔会掉下来的白色宝石。我走进房间，静静地站在那里。我听到笑声更大了。我朝着有声音的方向走了过去，望向人群。那里的人比我想象中的还要多。我想，我应该和他们一起笑。

母亲出来关上了门，门打在我身上，很疼。我向后跌倒在光滑的地板上，链子发出响声。我哭了。母亲发出了嘶的一声，把手捂在嘴上。她的眼睛睁得很大。

她看着我。我听见父亲在喊。什么东西倒了，他喊。母亲说是一块铁板。过来帮忙把铁板搬起来，她说。父亲走过来，说，铁板那么重，都需要帮忙了吗？他看到了我，眼睛睁大了，目光中露出了怒火。他打了我。我的一只胳膊上流出了绿色的液体，滴在了地板上。这不好。地板上现在有了不好看的绿色。

父亲让我回到地窖去。我不得不离开了。这里的光有点刺眼，地窖里面不是这样的。

父亲把我的腿和胳膊绑了起来，他把我放在了床上。我静静地躺着，看着一只在我上方晃荡下来的黑色蜘蛛，听着楼上传来的笑声。我想着父亲的话。上帝啊，他说，他才 8 岁。

XXX——这天天亮前，父亲又把铁链钉在了墙上。我不得不再次试着把它拉出来。他说，我上楼很不好。他说，再也不要这么做了，否则他会重重地打我。那很痛。

我很痛。我睡了整整一天，把头靠在冰冷的墙壁上休息。我想着楼上白色的地方。

XXXX——我把链子从墙上拉出来了。母亲在楼上。我听到了微弱的尖声大笑。我透过窗户看去。我看到很多和小母亲、小父亲一样的小人。他们很漂亮。

他们发出了愉悦的声音，在地上跳来跳去。他们的双腿动得很快。他们就像是母亲和父亲一样。母亲说，很好，所有人都跟着他们一起跳。

一个小父亲一样的人看到了我。他指着窗户。我从窗边走开，沿着墙壁滑入黑暗中。我蜷起身子，这样他们就看不到我了。我听到他们在窗边谈论，听到奔跑的脚步声。楼上有敲门声。我听到楼上的小母亲在高喊。我听到沉重的脚步声，我冲向我睡觉的地方。我撞在墙上的铁链上，扑倒在地上。

我听到母亲下来了。你去过窗户旁边吗，她说。我听出了她的怒气。离窗户远一点。你又把链子拉出来了。

她拿起棍子，打了我。我没有哭。我不能哭。但是我身上流出的液体溅了满床。她看到了，赶紧远离我，发出刺耳的尖叫。哦，上帝啊，上帝啊，她说，为什么你这么对待我？我听到棍子摔在了石地上。她跑上楼。我睡了一整天。

XXXXX——这天又有水滴下来。母亲在楼上的时候，我听到小母亲一样的人慢慢走下来的脚步声。我把自己藏在煤箱里面，因为如果她看到我，母亲会生气的。

她身边带着一个小小的活物。它用双臂走路，长着尖尖的耳朵。她对它说了些什么。

一切本来都很好，只是那个东西闻到了我的气味。它跑到煤堆上面，向下看着我。它的毛竖了起来，喉咙里发出生气的声音。我嘘了一声，但是它朝着我跳了过来。

我不想伤害它。我很害怕，因为它咬得比老鼠疼。我很痛，小母亲一样的人尖叫起来。我紧紧抓起那个活物。它发出了我从未听过的声音。我把它揉成了一团。黑色的煤上到处都是一块块的红色。

母亲喊我的时候，我藏了起来。我害怕棍子。母亲离开了。我带着那个东西小心地爬过煤堆，把它藏在枕头下面，躺在上面。我把链子又塞回了墙上。

X——这是另外一些时候了。父亲把我紧紧锁住。我很痛，因为他在打我。这一次我把棍子从他手中打掉，大声叫喊。他离开了，脸色很白。他匆忙离开我睡觉的地方，锁上了门。

我不是很高兴。这里整天都很冷，链子慢慢从墙上掉出来。我对母亲和父亲很生气。我会让他们知道的。我会做那件我曾经做过的事情。

我会尖叫，会大笑。我会在墙上跑。最后我会用上我所有的腿大头朝下挂着，大笑，把绿色的液体滴得到处都是，直到他们因为之前对我不好而道歉。

如果他们想要再打我的话，我会弄疼他们的。我会的。

（赵佳铭　译）

黑暗的心

许多善用文学技巧撰写小说的作家在科幻领域相对来讲属于新人。然而，对人物、意象和语言上的细微差别十分敏感的作品在科幻小说之中从不罕见；尽管在科幻领域里，它必须与人们对这样一个概念的兴趣相竞争，这个概念产生自科幻的文类焦点，那就是人类对变化的反应。

有一位作家非常典型，在他的故事中，叙事前景的发展里总是蕴藏着艺术表达，这位作家就是西里尔·M. 科恩布鲁斯。在 20 世纪 30 年代末期那个纽约科幻迷组织里，他是最年轻的成员，这个组织后来发展成了未来派，即使科恩布鲁斯不能算是其中最高产的一个，他也成了他们当中最重视文体的那个。另一位比他大 3 岁的未来派成员——弗雷德里克·波尔在 19 岁那年成了编辑，他从他的未来派同僚手中买故事，倒不是因为他对这个群体有多忠诚，而是因为他预算有限，而他的同侪又天赋超群。在他的自传回忆录《未来过去的样子》（*The Way the Future Was*）中，他写道："西里尔·科恩布鲁斯生就锦心绣口，张口就是警句格言。他非常年轻，未经世事——

当我为他发表第一部小说时他不过 15 岁左右。但他掌握那些故事架构技巧的过程很快，至于词句表达技巧，他则从来不必学习。”

未来派作家经常合撰小说。他们的组合搭配形式多种多样。科恩布鲁斯的大部分声誉就是从这些合写小说中获得的。他在第二次世界大战里以步兵身份在军中服役（“因在阿登战役中运送一挺机枪导致心肌劳损”，波尔曾说），后来他摒弃他和其他未来派成员喜欢使用的化名，以本名回归科幻创作领域。他创作了经典的《小黑包》（“The Little Black Bag”，1950）、《前进的傻瓜》（“The Marching Morons”，1951）、《脑虫》（“The Mindworm”，1950）、《愚蠢的季节》（“The Silly Season”，1950）、《戈麦斯》（“Gomez”，1954）与《鲨舟》（“Shark Ship”，1958）。

他为芝加哥的无线电转播出版机构做了两年编辑，接着在 1951 年复归全职作家行列。这主要是因为科幻图书出版蒸蒸日上，次则是由于他与波尔的时任妻子朱迪斯·梅丽尔的合著取得了成功。他们以笔名西里尔·贾德（Cyril Judd）合撰了两部长篇小说，分别是《火星前哨》（*Outpost Mars*，1952，初以《火星之子》为名刊载于《银河》杂志 1951 年刊）和《枪手凯德》（*Gunner Cade*，1952，同年《惊异》杂志以原名对这部作品进行了系列化）。接着，科恩布鲁斯帮助波尔重塑了一部长篇小说的开头两万词，这部作品初以连载形式发表于 1952 年的《银河》杂志之上，名为《图利星球》（*Gravy Planet*），后又于 1953 年以小说形式出版，此即著名的《太空商人》。那时，波尔与梅丽尔已经离婚，而波尔——用他自己的话说——“取得了西里尔的监护权”。

波尔与科恩布鲁斯又以诙谐讽刺的风格为“太空商人”系列进一步合撰了三部长篇科幻小说，分别是《探索天空》（*Search the Sky*，1954）、《律法斗士》（*Gladiator-at-Law*，1955）与《狼灾》

（*Wolf-bane*，1959）。他们还合写了两部非科幻长篇，《城市正被淹没》（*A Town Is Drowning*，*1955*）与《总统大选之年》（*Presidential Year*，1956），以及一系列短篇小说，当中部分由波尔在科恩布鲁斯辞世多年后最终完成；其中一部《会面》[1]（“The Meeting”）赢得了1973年的雨果奖。科恩布鲁斯独立创作了《起飞》（*Takeoff*，1952）、《评审员》（*The Syndic*，1953）与《非此八月》（*Not This August*，1955）。他的短篇小说集《他那份荣耀》（*His Share of Glory*）出版于1997年。

科恩布鲁斯死于1958年的一次心脏病突发，当时他在铲雪后又跑步去追一辆城郊往返列车。他为后世留下许多才华横溢、见解非凡的短篇与长篇小说，他的英年早逝也使人哀伤地想到，那些他未及写就的作品原本可能成为怎样的旷世杰作。他的大部分小说都充满怀疑和讽刺，主题总是带着可怕的洞见，好像是在预言即将到来的黑暗。《全丹佛最幸运的人》（“The Luckiest Man in Denv”）便是其中之一，这部小说发表于《银河》杂志1952年6月刊，这一期同时也刊载了他以笔名西蒙·艾斯纳（Simon Eisner）发表的《图利星球》第一期。这部作品预测了一个敌托邦的未来，市民酣然接受那就是“事情该有的样子”，同时又以一种貌似简单实则深刻的方式揭示了人类的灵魂能够多么表里不一。

（憬怡　译）

---

1. 这是波尔拿到的第一个雨果奖，此前他曾拿过编辑奖。《会面》与R. A. 拉弗蒂（R. A. Lafferty）的《尤瑞玛的缺陷》（“Eurema’s Dam”）战成平手共同获奖。拉弗蒂后来曾宣称“《会面》是有史以来最烂的故事之一”。

全丹佛最幸运的人

［美国］西里尔·M. 科恩布鲁斯

当双筒望远镜在强光一闪后忽然变暗，鲁本一下就知道出事了。他是梅的下属，在八十三层工作的原子操作员。他在心里咒骂，希望自己不必为此担责，而面上依然泰然自若。他面带微笑地将望远镜交还给阿尔蒙，后者是鲁道夫的下属，一个在八十九层工作的维护员。

“这望远镜不太好。”他说。

阿尔蒙将望远镜放到自己眼前，从防护栏上方朝下看，一时委婉地咒骂道：“比个安吉洛疯子的心还黑，啊？别介意；这儿还有一副。”

这副望远镜很寻常。鲁本透过它仔细研究起下方成千的建筑退台和阁楼遮篷，它们鳞次栉比地挤在底下这座丹佛城里。他太过焦虑，根本无心品味首次从八十九层向下眺望的盛景，但还是发出了小声的赞叹。当务之急是赶紧离开旁边这个忽然变成邪恶分子的家伙，设法弄清事情的真相。

“我们能不能——？”他隐秘地问，下巴微微一耸。

“最好别。”阿尔蒙忙说，一边从他手中抽回望远镜，“如果恰巧被某个佩戴星章的人瞧见了，你知道会怎样？要是你看到某个莽撞无礼的小年轻从底下盯着你看，你是什么感受？”

“他竟敢！”鲁本装出一副愚蠢又愤怒的模样，很快又在阿尔蒙同情的笑声之下跟着一起笑了起来。

“别介意，”阿尔蒙说，“我们还年轻。谁知道将来有一天会怎样呢？也许我们会从九十五层往下看，甚至是一百层。”

尽管鲁本知道维护员并不是他的朋友，这慷慨激昂的发言还是使他热血沸腾；有那么一瞬间，他感到野心勃勃。

他拉长了脸，对阿尔蒙说：“让我们希望如此吧。多谢你的款待。现在我必须回到自己的区域去了。”

他离开寒风料峭的防护栏，走进宁静奢华的八十九层室内走廊，继而搭上缓缓下行的移动电梯，经过若干舒适度渐次降低的楼层，返回到自己那个斯巴达式层级。当他走下电梯时，塞琳正微笑着等他。她装扮得很美——太美了。她穿一身钢铁色调的胸衣，身上散发着一点香味儿，头发长长地披散下来。这样的搭配十分合他品味，于是他立刻警觉起来。她为什么要费心记得他的喜好？她图什么？毕竟，她是格里芬的女人。

“你从上面下来？”她一脸敬畏，“去哪儿了？”

“第八十九层，那个叫阿尔蒙的家伙邀我去做客。上头的景色好极了。”

“我还从没去过……”她喃喃念着，随即果断地对他说，“你属于那里，甚至是更高的层级。格里芬总是嘲笑我，但他是个傻子。昨晚我们在卧室里谈起你，我也不知是怎么说到的，他最后变得很生气，说他再不想听我说一个字。”她笑得顽皮邪恶，“不过我也是在报仇。”

他面无表情地说：“你一定很擅长报仇，塞琳，也很擅长激发人的报复欲。”

她的笑容微微有些发僵，这就是说他赢了，于是他相当正式地朝她敬了个礼，便匆匆从她身边走过去了。

把他当个安吉洛人烧了吧，不过拿下她相当容易！她那金属衣物映衬下的肌肤柔软洁白，确实乱人心弦，那头长发也在暗示着什么。很难想象她那个样子能密谋策划什么，或是搞出什么事情，在他的脑海里，阴谋家塞琳被卧室里的塞琳取代了。

不过她究竟图什么呢？会不会是听说他要被拔擢到上层去了？会不会是格里芬要被维护员们干掉了？她会不会是想要他杀了格里芬，让她能坐收渔利地攀上某个第三方上升势力？或者她只是日常敲打她的丈夫？

他沮丧地想到，要是双筒望远镜的事儿和塞琳这事儿没有同时出现就好了。那个骗子阿尔蒙说起年轻二字时，就好像那是什么好东西似的。他痛恨自己的年轻和愚蠢，痛恨自己无法弄清双筒望远镜的故障原因，也痛恨自己猜不透格里芬的女人为何如此热情。

攻击警报骤然响彻斯巴达层级的走廊。他低头穿行过最近的一扇门，进入一间空卧室，躲到一张厚重的钢桌之下。片刻之后，另一个人也慌慌张张地潜入这张桌子底下，接着第三个人也试图挤进来。

先来者咆哮道：“出去！去找你自己的掩护！我既不想被你挤出去，也不想在遭受攻击时把你挤出去，看到你恶心的鲜血和脑浆。你走！立刻！”

“对不起，长官。立刻离开，长官！”后来者哀号着，在持续不断的警报声中连滚带爬地离开了。

听着那一声声“长官”，鲁本倒抽着气看向他这邻居。是梅！毫无疑问，他是在视察本楼层的过程中被困在了这里。

“长官，”他的语气充满敬意，“如果您想独处，我就去另找房间。”

“你可以留下来陪我。你是我的属下吗？”将军的声音和嶙峋的脸上都镌刻着力量。

“是，长官。梅的下属鲁本，八十三层原子操作员。”

梅打量着他，而鲁本也注意到他的颧骨和下巴上长着许多疙瘩——呆板沉闷、毛孔粗糙。

“你是个英俊的小伙子，鲁本。你有女人吗？”

“是，长官。”鲁本连忙答话，“一个接一个——我总是不缺女人。最近我正跟一个可人的尤物交往，她叫塞琳。她浑圆有致又结实，柔软灵活。一头绯红长发，一双大白腿。”

“细节就省省吧，”那将军咕哝道，“我们的工作需要各种各样的人。你说你是个原子操作员。有前途，这肯定有前途。我自己过去是个控制员。这种职业现在似乎已经不流行了——”

警报声突然停止了。突如其来的静默令人难以忍受。

梅咽了下口水继续说道：“——也不知是出于什么缘故。现在的年轻人为什么不愿意选择控制员这种职业了呢？就比如说你，为什么？”

鲁本真希望现在能有枚炮弹当头砸下，救他出此窘境。双筒望远镜、塞琳、突袭，现在他居然还得跟一位将军进行一番需要动用智力的交谈。

“我真的不知道，长官。”他的语气很是可怜。“彼时这些职业看着没多大分别——控制员、原子操作员、导弹操作员、维护员。我们有句话说‘就按钮不一样’，每回提到这个话题，最后都是用这句话作结。”

“真的？”梅心不在焉地问。他的脸上挂着薄薄一层汗。“你觉得艾莱这回会打垮我们吗？”他的嗓音几乎嘶哑，“几星期来他们一直在全力攻击，不是吗？”

“四个星期。”鲁本说，“我记得清楚，因为我最好的辅助员之一被一块坠落的走廊顶板砸死了——这是唯一的死亡，偏偏就发生在了我们组！”

他神经兮兮地笑起来，随即意识到自己像个傻子，但梅似乎并没注意到。

在下方远处，导弹拦截系统伴随着一系列尖厉的哨声开启了，系统开始在丹佛周边构筑复杂的网状双重防御墙，最终形成一个高耸的圆筒。

“接着说，鲁本，”梅说，“都挺有趣的。”他的眼睛一直在搜索钢桌下面。

鲁本把自己的视线从那张惊恐的脸上挪开，感到自己没那么敬畏了。跟一个将军一起躲在桌子底下，这会儿也没那么奇怪了。

“长官，或许您能教教我这事儿意味着什么，今天下午发生了一件令人迷惑的事。有个家伙——鲁道夫的下属阿尔蒙，八十九层的，给了我一副双筒望远镜，那东西在我眼前一闪就变黑了。您见多识广，是否——”

梅嘶哑地笑了，继而用颤抖的声音说：“老把戏了！他是在拍摄你的视网膜，意图获取你的血管形态。鲁道夫的一个下属，啊？很高兴你对我说了；我已经老到这把年纪，都察觉不出这种故技重施了。也许我的好朋友鲁道夫是在计划——”

空中迸发出群弹齐射的轰隆声，继而传来一次微弱的爆炸声。应当是那堆炮弹中的一枚突破了拦截系统，在丹佛脚下远远地炸了一下。

警报声再次响起，在爆炸之中，这声音意味着警报已经解除；只有一波导弹攻势，且已被化解。

原子操作员和将军从桌子底下爬出来，梅的秘书忽然推门而入。将军再次挥手让他出去，随即重重地靠倒在桌子上，他的手臂在颤抖。鲁本急忙拿来一把椅子。

“给我来杯水。”梅说。

原子操作员取来一杯水。他看到将军用水送服了一些绿色胶囊——看起来像是三份剂量的 ××× 药，此事最好还是不要理会为妙。

片刻之后，梅说：“这下我感觉好些了。别一脸惊讶，年轻人；你不了解我们面临的压力。这只是暂时的权宜之计，等事态稍微和缓些，我就马上停用。我刚才正要说，也许我的好友鲁道夫是在计划用一个他的手下来替换我的手下。告诉我，你跟这个叫阿尔蒙的家伙成为朋友多久了？”

“他上周才开始与我建立友谊。我早该意识到——”

“你当然应该。一个星期。这时间已经绰绰有余了。至今为止你已经被拍了照片，取了指纹，录了声音，你的步态也在不知不觉间被他们研究过了。只有获取视网膜是最艰难的，但为了造出一个真正的替身，冒这个险也值得。你杀过自己的手下吗，鲁本？”

他点点头。那是两年前的一场愚蠢争斗，就为了争夺食堂里的优先坐席；他不喜欢别人提起这件事。

“很好，”梅阴冷地说，“这种事情都是这样完成的，你的替身先在预设的地点杀死你，消解你的尸体，然后取代你的角色。我们来一个反转。你要杀死你的替身，然后取代他的角色。”

将军用他那有力而有条理的声音条分缕析着种种可能与意外，方法与对策。鲁本全神贯注地聆听铭记，感觉那股敬畏之情又回来了。也许梅在桌下时并不是真在害怕，或许鲁本在将军脸上看到的其实是他自己的恐惧。梅当时也许是在与他探讨时下的背景和政策。“从第八十三层向上！”当那些伟大的名字被说出口的时候，他对自己这样发誓。

“我的好朋友鲁道夫当然想要五星肩章。你也许不知道，但现在那位五星上将已经 80 岁了，而且行将就木。我认为我是那个适合替代他的人。所以显然，鲁道夫也会这样想。毫无疑问，他计划着让你的替身在选举之夜犯下些可怕的错误，那种耻辱必将影响我的名声。现在你和我必须要做的就是——”

你和我——梅的下属鲁本和梅——从第八十三层向上！从空空如也的廊道和沉闷阴郁的寝室，到大理石装点的大厅和拱顶豪华的卧室！从拥挤嘈杂的食堂到小型的明亮餐厅，在那里你可以拥有自己的桌子和侍者，墙上还会传出悦耳的音乐！不必再为赢得或这或那的女人的青眼而终日与人争斗，比拼智识魅力或是交出自己所能负担的那点儿可怜贿赂，而是将荣升显赫高位，只要一声令下，就能任意挑选丹佛的所有美人！不必再处心积虑地给同僚原子操作员下绊子，或是提防他们给自己下绊子，而是将像将军们那样英勇地攻击与防卫！

从第八十三层向上！

接着，梅用这样一番话将他遣走，其中的暗示令他兴奋到痴狂：“我需要一个年轻而有能力的人，鲁本。或许我等这人已经等了太久。如果你能出色地处理掉这件棘手的事儿，我会很严肃地考虑给你安排一个极重要的任务，这事儿我已经思量很久了。”

那天深夜，塞琳来到了他的寝室。

“我知道你不喜欢我，”她娇嗔地说，“但格里芬真的是个傻瓜，我就想找个人说说话儿。你介意吗？你今天去上头看着那里怎么样？你看见地毯了吗？我真希望我有块地毯。”

他试图去想象地毯，而不是金属色胸衣与美人肌肤间那令人兴奋的对照。

"我透过一扇开着的门看见了一块，"他记起来了，"看着很奇怪。不过我想，人都会慢慢习惯的。也许我看到的那块不太好，好的地毯应该很厚吧？"

"是的，"她说，"你会感到双脚都能陷进去。我希望我能拥有一块好地毯，再配四把小椅子和一张跟我膝盖同高的小桌子，让我能放东西，我还想要许多许多枕头。但格里芬那么蠢。你觉得我还能有一天得到这些东西吗？我还从没得过哪位将军的青眼呢。你觉得我够不够漂亮，配不配得到一位将军的垂青？"

他局促地说："你当然是个尤物，塞琳。但地毯和枕头——"这感觉让他很不舒服，就像他透过双筒望远镜从防护栏往下看时一样。

"我就想要嘛，"她郁郁不乐地说，"我非常喜欢你，但我想要很多东西，我很快就会变老，在我升到更高层前，我就会老得连八十三层的人也配不上，只能把余生虚度在照看孩子或是给食堂做厨娘上了。"

她突然停下，整顿仪容，冲他微笑，在昏暗的光线里那笑容多少有些吓人。

"你这笨蛋。"他说。她立即朝门口看了一眼，笑容凝固在了脸上。

鲁本从枕下抽出一支手枪，质问道："你预计他什么时候会来？"

"你是什么意思？"她尖声问道，"你在说谁？"

"我的替身。别傻了，塞琳。梅和我——"他品味着这个说法，"梅和我都知道了。他警告过我要谨防被女人分散注意力，我的替身会在这时潜进来把我做掉。你预计他什么时候会来？"

"我真的喜欢你，"塞琳抽泣道，"但阿尔蒙答应会带我上去，而我知道，到了那些人能瞧见我的地方，我就有机会见到一些真正要紧的人物了。我真的喜欢你，但我很快就会老得——"

“塞琳，听我说。听我说！你会有机会的。除了你我，没有人会知道这个换人计划没有成功！”

“那么下面我就要为你监视阿尔蒙了，是吗？”她哽咽地说，“我所要的无非就是在变得太老前得到一点好东西。好吧，我本应在23点50分时躺在你的怀里。”

时下是23点49分。鲁本跳下床来，站到门边，消音手枪已经准备好了。23点50分时一个浑身赤裸的人溜进卧室，径直走向床边，举起一把十厘米长的匕首。发现床上空无一人时，他惊讶地停了下来。

鲁本用一粒穿喉而过的子弹结束了他的生命。

“但他看起来一点儿也不像我，”他语带困惑，仔仔细细地查看起那张脸来，“就总体而言。”

塞琳闷闷地说：“阿尔蒙说所有人在见到自己替身的时候都会这样说。真有意思，不是吗？他看起来跟你一模一样，真的。”

“我的尸体要怎么消解？”

她取出一个扁平小盒。“一套隐形衣。你会被留在这里，明天会有人前来处理。”

“我们可不能叫他扑空。”鲁本将隐形衣盖到他的替身身上，打开电源。在这光线昏暗的屋子里，隐形衣完全发挥了作用；等到白天，隐形效果就没这么完美了。

“他们会问为什么这尸体是被枪射死的，而不是被刀捅死的。告诉他们是你用枕头下的手枪把我射杀的。就说我听到替身进来的动静了，你害怕会有械斗。”

她倦倦地问：“你怎么知道我不会背叛你？”

“你不会的，塞琳。”他的声音咬牙切齿，“你已经破碎不堪了。”

她茫然地点了点头，才欲开口说些什么，又一言不发地走了出去。

鲁本在他那张狭窄的小床上舒适地舒展着四肢。很快，他的床就会变得宽敞柔软，他想。坠入梦乡之际，他的脑海中模模糊糊地有了这样一个想法，将来有一天他或许会跟那些将军一起投票选举五星上将——甚至可能是他自己戴上五星肩章，成为丹佛之主。

他睡得很好，一觉睡过了早晨的警报时间，到达设在二十层的常规防卫站时已经迟到了。他看到他的上司，梅的下属奥斯卡——一个八十五层的原子操作员——耀武扬威地记下他的名字。随他去吧！

奥斯卡召集下属是为了宣布一件可怕的事："我们要跟艾莱把账扯平，也许还能小胜半局。日落时分一号发射台将射出三批导弹。"

人群中响起一阵愉悦的窃窃私语声，鲁本快步跑去执行自己的任务。

整个上午，他一直忙着从极度多疑的巨型采石场地下仓储管理员手里领取钚燃料，然后看着它们通过数不清的审核和检验程序，最终进入装配程序。奥斯卡在那里监督装配人员将弯曲的钚燃料和爆炸透镜装入六十公斤重的弹头里。

下午 3 点左右时，发生了一起意外事故。鲁本看到奥斯卡走到一边去同一个维护员说了一会儿话，那维护员的警卫便扑向一个装配助手，将他拖走，对他喊冤的声音充耳不闻。那人被发现正在从事破坏工作。当弹头全部装好，导弹准备就位，只待发射后，两位原子操作员上到了第八十三层的食堂里。

有消息称今天的反击要开到接近最大火力；这消息很是激动人心。鲁本听到四面八方的闲聊都带着自我庆祝的语调："我们今晚要弄死他们！"

"你抓的那个装配助手，"他对奥斯卡说，"他是要干什么？"

他的上司瞪着他："你是在试图偷窥我的工作？别白费劲了，我警告你。你要是还嫌你在我心里的印象不够糟，我总能想法子让你保管的裂变物质不翼而飞。”

“不，不！我只是纳闷，怎么会有人做那种事。”

奥斯卡怀疑地哼了哼鼻子。“他可能疯了，就像所有其他安吉洛人一样。我听说那都是气候造成的。你既不是维护员也不是控制员。你操哪门子心？”

“我猜他们会对他处以脑灼之刑？”

“我猜是的。快听！”

一号发射台发射了。一、二、三、四、五、六。一、二、三、四、五、六。一、二、三、四、五、六。

人们面面相觑，相互握手，放声大笑，尽兴地互拍肩膀。十八枚导弹正穿越平流层，眼见便要砸在艾莱领地上。只要运气好些，会有一两枚穿透对方拦截网的第一道防御墙，在足够近的地方爆炸，将那沿海的疯子城市里的一些玻璃震碎，墙面震塌。这会给那群疯子一些颜色看看。

五分钟后，一个兴高采烈的声音充满了大半个丹佛。

“侦察导弹报告，”这声音说道，“发射导弹十八枚，十八枚全部按预定轨道发射成功。十五枚被艾莱的一线截击导弹击落，三枚被艾莱的二线截击导弹击落。在艾莱的格里菲斯公园地区观察到爆炸造成了大面积破坏。”

人群中传来欢呼声。

同时，八个全副武装的维护员突然静默地闯入食堂，又挟着鲁本齐齐整整地走了出去。

鲁本知道自己不能挣扎，也知道问问题徒劳无益。你向维护员提出任何问题都是白问。然而当他们将他推上上行电梯时，他对他们怒目而视。

电梯行过第八十九层后，鲁本就数不清楼层了。他只看得到丹佛上层的奇迹。他看到铺满整个走廊的地毯、造型奇特的喷泉、嵌着马赛克图案的墙面、彩色玻璃窗，这一切比他的认知更加美妙，有些东西他甚至叫不出名字。

最终，他被带入一间铺着木板的屋子，屋里摆着一张抛了光的桌子，桌子后是一张地图。他看见梅和另一个人，那人一定也是位将军——鲁道夫？——而坐在桌前的是一个瘦弱的老人，两边卡其色肩章上各佩戴着一串星星。

那老人对鲁本说："你是个艾莱间谍，一个破坏者。"

鲁本看看梅。他竟能直接同一位星级如此高的人说话吗，尽管是为了回答这样的指控？

"回答他，鲁本。"梅亲切地说道。

"我是梅的下属鲁本，八十三层原子操作员。"他说。

"解释，"另一位将军语气不善，"如果你能解释，为什么今天你装配的十八枚导弹全部发射失败。"

"但它们发射成功了呀！"鲁本叫道，"侦察导弹报告说，穿透敌军防御网的三枚导弹造成了大面积破坏，报告完全没提其他导弹没有发射成功。"

另一位将军突然满面病容，而梅愈加亲切了。那佩戴星章的人一脸疑问地转向维护员的头领，后者点头道："侦察导弹报告确实是这样说的，长官。"

那将军厉声道："我说的是他企图破坏这次攻击。显然他失败了。我也说了，他是个有毛病的替身，不知怎的轻而易举就潜入我这位朋友梅的队伍。你会发现他的左手大拇指指纹是一个拙劣的伪造品，复刻的是真鲁本的指纹，你还会发现他的头发是人工染黑的。"

那人冲维护员的头领点了点头，后者说道："我们拿着他的卡片，长官。”

鲁本突然发现有人来取他的指纹，还拽了几根头发。

“这是指纹验证，长官。”一个维护员说，“他就是鲁本。”

“头发是自然的，长官。”另一个维护员说。

将军展开了最后一搏：“我得到的有关他头发的情报似乎有欠准确。但指纹就只能说明艾莱的间谍将我们档案中的鲁本指纹替换掉了。”

“够了，先生，”佩戴星章的老人说，“所有人解散。鲁道夫，我很意外。你们所有人，都走。”

鲁本发现自己正跟梅待在宽敞的豪华寓所中，后者咕哝着，难以自禁地咯咯直笑，直到将三粒绿色胶囊匆匆塞进嘴里才终于止住。

“这意味着我的好朋友鲁道夫要失势很多年了。”他志得意满地说，“他的计划是叫你的替身破坏进攻导弹，好叫我的组织看起来充满间谍。那替身肯定已被催眠，审讯时就会承认一切。鲁道夫太自信了，于是在进攻开始前就已经报告了一切，这蠢货！”

他又翻出绿色胶囊。

“长官。”鲁本慌道。

“这只是暂时的，”梅咕哝着又吞了第四粒，“但你是对的。你别管这些。有些大事必得靠你这一生来完成了，我已经时日无多。我同你说过，我需要一个能一路爬上高位的年轻人。鲁道夫是个蠢货。他不需要这些胶囊是因为他从不提出任何问题。有意思，我以为像替身事件这种政变必然会沉重地打击我，但我眼下一点感觉也没有。现在不像从前了。过去我总是计划了又计划，当敌方的诡计遭到破坏，我的感觉也比现在好得多。但现在我什么感觉也没了。”

他从椅子上向前倾身，他的瞳仁宛如黑色的子弹。

“你想要工作吗？”他盘问道，“你想要你的世界地覆天翻，要你的头脑发狂，你想去做这世上唯一值得去做的那件工作吗？回答我！”

“长官，我是一个忠心耿耿的人。我愿意遵循您的命令，尽我全力去实现它。”

“很好，”将军说，“你有头脑，有追求。我会给你打好基础，但我命不久矣，无法完成这件事。你必须跟随我的脚步。你去过丹佛之外吗？”

鲁本僵住了。

“我没有指控你是间谍的意思。去丹佛之外真的不是什么坏事。我去过外面。开始时，外面没有什么好看的——只有布满弹坑的地面，都是被艾莱和我们的枪炮炸的。但再远一些，特别是东面，情况就不一样了。到处是青草、绿树、鲜花。还有可供种植食物的田地。

“当我到了丹佛之外后，这一切都困扰着我。让我产生了种种疑问。我想知道我们是怎么开始这一切的。是的——怎么开始的。事情本来不是这个样子的。有人建造了丹佛。你理解我的意思了吗？事情本来不是这个样子的！

“有人建造了核反应堆，生产铀和钚。有人把我们运送上来装配导弹。有人连接了电路去控制它们。有人开始建造了水培箱。

“我曾在档案堆里埋头寻找。也许我找到了点儿什么。我翻到堆积如山的力量报告、配给报告、供应报告，但始终没找到原点。我找到这样一张纸，也许它能说明什么，也许不能。那是关于科罗拉多河以及哪一方应分配到多少水源的。你要怎么分割一条河里的水？但这可能就是一切的起因，丹佛、艾莱和这些导弹攻击。”

将军摇摇头，困惑地接着说下去：“我无法清楚地看到前方面临的是什么。我想让丹佛与艾莱之间和平相处，但我不知道该怎样开始，也不知道这会带来什么。我想这肯定意味着停火，甚至停止制造更多的武器。也许这意味着我们中的一些人，我们中的很多人将离开丹佛，去过一种全然不同的生活。这就是我一路向上爬的原因。这就是我为什么需要一个愿意尽己所能向上攀爬的年轻人。告诉我你是怎么想的。”

“我想，”鲁本衡量着分寸说，“这很伟大——这是在救赎丹佛。如果您愿意，我会为了守护您的事业战斗到最后一息。”

梅疲惫地微笑着倒在了椅子里，而鲁本蹑手蹑脚地溜出房间。

这是什么运气，鲁本想——能身处如此重要的历史转折点究竟是多么不可思议的运气！

他找了找鲁道夫的寓所所在楼层，并获得了准入许可。

面对这位将军，他说道：“长官，我不得不向您报告，您的好友梅发了疯。他适才疯疯癫癫地向我鼓吹要颠覆我们现有的文明，还劝诱我追随他的脚步。我假装同意了——因为我若能取得梅的信任，便能为您提供更好的服务。”

“所以？”鲁道夫若有所思地说，“给我讲讲替身的事儿。那事儿是为什么搞砸了的？”

“漏洞完全在于塞琳和阿尔蒙。塞琳没能成功吸引我，反倒引起了我的警觉。阿尔蒙则是没能体察到塞琳的不成熟。”

“他们该被处以脑灼。这就会在我部门的第八十九层空出一个缺来，是不是？”

“您真好心，长官。但我觉得我最好还是留在梅的手下——只是表面上。如果您想给我任何奖赏，我愿意以后再领受。我猜测梅会被选为下一任五星上将。在那以后，他很难活过两年，就他目前的服药状况来看，概率上就是这样。”

“我们可以把两年的时间缩到更短，”鲁道夫笑道，“我有一位药剂师看得出，他服用的药量比正常药量强效许多。”

“这太好了，长官。等到他过于虚弱，再也无力履行职责时，他也许会重翻旧账，试图用这次替身的事儿诋毁您的名誉。到时我可以出来做证我一直是您的人，是梅利用权势强逼我的。”

他们将脑袋挤在一处，自以为是文明的两个救世主，在无尽暗夜中，进行着一番漫长的巧妙密谋。

（憬怡　译）

符号之辩

四个重大事件或者重要人物的影响让科幻小说作家们看到了科幻小说可能成为——也许是应该成为——艺术的可能性。第一个是1950年《奇幻与科幻杂志》的创刊。第二个是达蒙·奈特从1945年开始发表在多个科幻迷和专业杂志上，并在50年代继续专注撰写的评论最终结集成书，这便是《寻找奇迹》（*In Search of Wonder*，1956，1967年出版了增补版）。在20世纪50年代中期，奈特和詹姆斯·布利什共同参与创立了一份名为《科幻论坛》（*Science Fiction Forum*）的评论期刊，不过该刊物持续时间不长。第三个影响是朱迪斯·梅丽尔编辑的一系列年度最佳选集。这些选集不仅看重优秀的写作水准，还开始收录来自科幻杂志之外的故事。第四个影响是詹姆斯·布利什，他甚至比奈特更注重将艺术潜力而非仅仅技术素养设立为衡量作品的标准。他们的成功部分归功于他们在写作和评论两方面的资历。

像奈特一样，布利什一开始以小威廉·阿塞林（William Atheling, Jr.）为笔名为业余爱好者杂志撰稿。这是对他崇拜的文学人物埃兹拉·庞德（以那个名字撰写音乐评论）的致敬。尽管布利什坦然承认自己就是那个笔名背后的真尊，但他的批评文章都是以小威廉·阿塞林之名被收录在《手头的问题》（*The Issue at Hand*，1964）和《手头的更多问题》（*More Issues at Hand*，1970）中的。奈特和布利什的书都是由科幻界的关键力量之一——由粉丝组织的降临出版社出版的。

在《手头的更多问题》的第二章中，布利什提出了批评的理论基础："是作者给出了文学运动的实质、形式和自我意识；然而定义和描绘它的，通常为其指明方向的，有时候对它进行提炼的（这一命题尚无定论），则是批评家……"在《手头的问题》导言中，他说科幻评论的作用（和在任何其他领域一样）是"要求编辑和作家意识到能力的最低标准"，并"让非专业读者清楚这些标准是什么"。在《手头的更多问题》导言中，他把优秀的批评家定义为"一个善于倾听、热爱自己的领域并对该领域的技术有着广博而详细了解的人"。

布利什便是这样的人，除了这个定义的要求，他还加上了大量科幻小说之外的文学知识，特别是有关他那个时代的巨擘们，其中格外值得一提的是詹姆斯·乔伊斯。布利什也是一位天才作家，因其1958年的小说《事关良心》（*A Case of Conscience*）而获得了雨果奖。布利什写过二十部长篇科幻小说，其中最著名的是"飞行城市"四部曲（*Cities in Flight*），由《地球人，我们回家》（*Earthman, Come Home*，1955）、《他们将拥有星辰》（*They Shall Have Stars*，1956）、《在时空的尽头凯旋》（*The Triumph of Time*，1958）和《流浪星海》（*A Life for the Stars*，1962）组成。它们也被称为"移民故事"。在垂暮之年，他汇集了一套雄心勃勃的三部曲，名为《既已知晓》（*After Such Knowledge*），其中包括关于罗杰·培根（Roger Bacon）的历史小说《神奇医生》（*Doctor Mirabilis*，1964）、《事关良心》、《黑色复活节》（*Black Easter*，1968）和《审判翌日》（*The Day After Judgment*，1971）——他把最后两部看作一部小说。他也是一位多产的短篇小说作家和短篇小说批评家。他最好的作品包括《豆茎》（“Beanstalk”，1952）、《表面张力》（“Surface Tension”，1952）和《嗡鸣》（“Beep”，1954）。后来他把这几个作品改写成长篇小说《泰坦的女儿》（*Titan's Daughter*，1961）、《幼苗之星》（*The Seedling Stars*，1957）和《时光之梅》（*The Quincunx of Time*，1973）。具有讽刺意味的是，也许是在晚年搬到英国之后，他的名气又变得更大了一些，这是因为他改写的“星际迷航”系列小说，包括一至十二集和《斯波克必须死！》（*Spock Must Die!*，1970）。他出版了几本短篇小说集，包括《詹姆斯·布利什的最佳作品》（*The Best of James Blish*，1979），《偶像的黄昏》（*A Dusk of Idols*，1996）是在其去世后出版的。

他最受好评的短篇小说之一是《通用时间》（“Common Time”），它是受一家小众杂志《科幻季刊》（*Science Fiction Quarterly*）委托创作的封面故事，于1953年8月出版。它将第一次“成功的”星际飞行及其造成的创伤与潜意识的象征主义融合起来。在1967年发表于《科幻论坛》并被收编在《寻找奇迹》第二版中的一篇文章中，达蒙·奈特提出了他对困惑的布利什的弗洛伊德式解读。对于大多数读者而言，象征主义解读可能更适合保留在潜意识层面上，但很明显，小说通过叙述解决了解释星际空间陌生环境的困难，并且谈到了人类所处的境况，以及人类星际旅行的艰难。

（秦鹏　译）

通用时间

［美国］詹姆斯·布利什

……日子一天天慢慢过去，无休无止、平淡无奇，一如日月星辰的往复流转。时间和时间碎片！伴着航船沉闷地摇晃，我的吊床像钟锤一般摆动了多少个世纪，计数着小时和岁月。

——赫尔曼·梅尔维尔，《玛迪》

1

不要动。

这是杰拉德醒来后的第一个念头，也许这个念头救了他的命。他在自己的位置上躺着，被绑在垫子上，听着发动机的嗡嗡声。这本身就不对劲，他根本不应该听得到超速转动的声音。

他心想：它已经启动了吗？

除此之外似乎一切正常。DFC-3 已经达到了星际速度，他还活着，飞船还在运转。此时此刻，飞船应该正以 22.4 倍光速的速度飞行——也就是每秒415.7万英里。

不过，杰拉德并不怀疑飞船在飞行。在之前的两次尝试中，到了超速转动应该启动的时候，飞船都适时地朝着半人马座阿尔法星的方向倏然而去了。在它们消失后，人们对转瞬即逝的残留图像进行了光谱学分析，得到的多普勒频移与希泰尔预测的那一刻的加速度是吻合的。

问题不在于布朗和塞利尼没有按部就班地离开，而是他俩从此杳无音讯。

他非常缓慢地睁开了眼睛，感觉眼皮沉重得要死。根据座椅对皮肤造成的压力判断，重力应该是正常的。然而，动一动眼皮却好像成了一项不可能的任务。

漫长的凝神聚气之后，他终于完全睁开了眼睛。仪器底架就在他面前，靠着弯接头的支撑伸到了他的躯干中部上方。他仍然全身纹丝不动，只用眼睛——而且这也要凭借着极大的耐心——查看了每一个仪表。速度：22.4倍光速；运行温度：正常；飞船温度：37摄氏度；气压：778毫米汞柱；燃料：一号油箱满，二号油箱满，三号油箱满，四号油箱90%；重力：1克；日历：停止。

他仔细地看了看日历，尽管眼睛的聚焦好像也非常慢。当然，它不只是一个日历——它是一个全功能时钟，旨在向他展示时间分分秒秒地流逝，以及他预计耗时十个月的双星之旅已经过去了多久。然而它无疑出了问题：秒针一动不动。

这是第二个异常。杰拉德有种起身看看能否重启时钟的冲动。说不定造成时钟停摆的问题只是暂时的，已经成了过去时。他的脑海里立刻响起了旅行开始前他对自己整整灌输了一个月的禁令——

不要动！

不要动，先把不用动弹就能掌握的情况都掌握了再说。那种将布朗和塞利尼无可挽回地掳至乌有之所的力量是强大且完全无法预知的。他们两个都是优秀的人，聪慧，机智，训练水平刚好达到收益开始递减的程度，而且一丝一毫也没超出——堪称项目中的佼佼者。针对各种已知问题的应对方案已经被内置到他们的飞船中，一如它们被内置到 DFC-3 中。因此，如果还是出了什么问题，它有可能出在某个不起眼的角落——而且只出一次。

他听着嗡嗡声。声音平稳沉静，不算响亮，却给他造成了严重的困扰。超速转动应该是无声的，第一批无人操作的飞船试飞器上的录音带上没有记录到这样的嗡嗡声。噪声似乎没有干扰超速转动的运行，也没有表明超速转动有任何故障。它就是那么莫名其妙，他想不出任何造成这个声音的原因。

但总得有一个原因。找到这个原因之前，哪怕是喘气这样的事情杰拉德也不打算做。

令人难以置信的是，他这才意识到，自打苏醒过来，他实际上还没有喘过一口气。尽管他并没有感到丝毫的不适，但这一发现引起了他压倒性的恐慌，以至于他差点就直挺挺地从座椅上坐起身来。幸运的是——或者说看起来幸运的是，在恐慌开始消退之后——影响他眼睑的奇特昏睡感似乎扩散到了他的全身，因为在他能够聚集力量应对之前，那股冲动就消失了。恐慌虽然一度非常深刻，但终归还是完全符合理智的。过了一会儿，他注意到，就他所知，不能呼吸丝毫没有让他觉得难受——他就是没有气息，而这一点有待解释……

或者会要了他的命。不过还没有，暂时。

发动机嗡嗡作响；眼睑沉重；呼吸缺失；日历停止。这四件事搁到一起也说明不了任何问题。他很想让自己某个部位活动一下——哪怕只是一个大脚趾，但是他压制住了这个念想。他才醒过来很短一段时间——最多半个小时——便已经注意到四种异常情况。肯定还会有更多的异常，比这四种更难察觉；但是仍然可以在他不得不活动之前通过仔细检查而发现。除了关心自己的需要，他也没有什么特别的事情要做。考虑到布朗和塞利尼没能回来搞不好是因为超速转动遭到了篡改，这个项目让计算机全盘接管了 DFC-3。在一种非常现实的意义上，杰拉德只是在听天由命。只有当超速转动关闭时，他才能调整——

砰。

传来一个柔和而低沉的声音，有点像酒瓶的软木塞弹飞了，似乎就来自控制底盘的右侧。他用坚定的意志制止了自己靠在垫子上的脑袋朝那边猛转的动作。慢慢地，他把目光瞥到那个方向。

他看不出来任何可能的声音来源。飞船的温度计没有显示任何变化，这排除了膨胀率或者收缩率的差异造成的热噪声——这是他能想到的唯一可能的解释。

他闭上眼睛——这个过程和睁开眼睛一样困难——试图回想他刚从麻醉中醒来时日历的样子。在想出来一幅清晰而——他几乎可以肯定——准确的图像之后，杰拉德又睁开了眼睛。

声音是日历向前走动一秒时发出来的。它现在又一动不动了，显然停了下来。

他不知道正常情况下秒针跳一次需要多长时间。这个问题他从来没有考虑过。当然，每一秒钟结束时的那一下跳动太快了，眼睛根本跟不上。

他后知后觉地意识到，进行这些思考让他遗漏了多少关键信息。日历已经走动了。最重要也最优先的一件事情是，他必须确切知道多久之后日历会再次走动……

他先估计时间已经过去了五秒，然后开始数秒。六秒、七秒、八秒——

才刚刚数到这里，杰拉德便发现自己正在堕入地狱。

一开始，一股令人作呕的恐惧毫无来由地迅速涌入他的血管，变得越来越强烈。他的肠子开始以极其缓慢的速度打结。细微而缓慢的脉冲流过他的整个身体——并不足以让他抖动起来，只是让他的四肢来回轻摇，皮肤在衣服下微波轻漾。在嗡嗡声的映衬下，他听到了另一个声音，某种近乎次声波的雷鸣，仿佛来自他自己的脑袋里面。恐惧仍在加剧，随之而来的是疼痛和沉坠感——他的肌肉像木板一样僵硬，尤其是腹部和肩膀，对前臂也造成了差不多同样严重的影响。他觉得自己身体的中部开始非常平缓地弯折，这是一个他完全无力阻止的动作——一种可怕的渐进瘫痪……

恐惧持续了几个小时。在它最严重的时候，杰拉德的思想，甚至个性，都被冲刷得一干二净；他只是一个恐怖的容器。当几股理智的涓涓细流开始返回那毫无理智的炽热情感沙漠时，他发现自己正坐在垫子上，用一只胳膊将控制底盘推回到它的肘接点上，不让它继续伸在自己的身体上面。他的衣服被汗水湿透了，而汗水倔强地既不蒸发也没令他凉快一点。他的肺有点疼痛，尽管他仍然没有感觉到一丝气息。

到底是怎么回事？布朗和塞利尼就是因这个而死的吗？因为如果这种事情经常发生的话，杰拉德也会因此丧命——对此他确信无疑。哪怕仅仅再发生两次，他也会被杀死，如果接下来的两次紧接着第一次的话。在最好的情况下，他也会沦为一个流口水的白痴。计算机也许能把杰拉德和飞船带回地球，但它无法告诉该项目他经历的这场毫无道理的恐惧风暴。

日历显示这段地狱般的漫长历程仅仅持续了三秒钟。当他恼怒而质疑地看着它的时候，它又砰地响了一声，纡尊降贵地让整场发作的总时长延续到了四秒钟。怀着坚定的决心，杰拉德再次开始数秒。

他小心翼翼地将读秒设置成一个绝对均匀的自动过程，无论他在处理什么问题，或者应对着什么样的情绪风暴，这一过程都会在他心智的深处持续进行。真正强迫性的计数不会被任何东西阻止——无论是刻骨铭心的爱恋还是帝国的惨痛。杰拉德知道在自己心中故意建立这样一个机制的危险性，但他也知道自己有多么迫切地需要计时。他正开始理解自己遭遇到了什么事情——但是要想运用这种理解，他需要准确的度量。

当然，关于超速转动对飞行员主观时间可能造成的影响，人们已经提出了很多猜测，但是那些猜测都没有得出什么重要结果。在低于光速的任何速度下，对飞行员来说，主客观时间都是完全一致的。对于地球上的观察者来说，飞船上的时间在接近光速时似乎会大幅变慢，然而飞行员本人不会觉察到明显的变化。

目前的两种相对论都否认了超光速飞行的可能性——尽管原因略有不同，因此从这两个理论中都得不出任何线索能够说明在超光速飞船上会发生什么。它们甚至否认任何这种飞船存在的可能性。事实上，令 DFC-3 得以飞行的希泰尔变换是属于非相对论范畴的：它表明一次超光速旅行的表观时间流逝应与飞船时间以及旅途两端的观察者所测得的时间一致。

但是由于飞船和飞行员属于同一个系统，两者在希泰尔方程中由同一个表达式描述，所以从来没有人想到飞行员和飞船会保持不同的时间。这个想法很荒谬。

一千七百零一，一千七百零二，一千七百零三，一千七百零四……

飞船保持着飞船时间，与观察者时间一致。它将在十个月后到达半人马座阿尔法星系。但是飞行员保持着杰拉德时间，在这个时间中他看起来好像根本到达不了那儿。

这是不可能的，然而事实在这里摆着。某种因素——几乎可以肯定是超速转动场对人体新陈代谢产生的某种意料之外的生理副作用，显然这种副作用在超速转动的机器人自动驾驶测试中是无法检测到的——加速了杰拉德对时间的主观感知，而且加速效果相当彻底。

随着日历的内部构造开始提供动力，秒针开始了缓慢的、初步的颤抖。七千零四十一、七千零四十二、七千零四十三……

数到七千零五十八，秒针开始跳到下一个刻度。它花了几分钟的表观时间才越过这一小段距离，又花了几分钟才完全止住。又过了一会儿，声音传到了他耳边：

砰。

他身体没有什么动静，脑子却狂热地运转起来，开始摆弄数字。随着数字变大，他计一个数需要更长的时间，所以日历两次跳针之间的间隔可能更接近七千二百秒，而不是七千零五十八秒。通过反向计算让他很快得到了他想要的换算值：

飞船时间的一秒相当于杰拉德时间的两个小时。

他真的数了对他自己来说的整整两个小时吗？这似乎是毫无疑问的。看来以后的旅程还有好久好久。

具体的时长给他造成了猛烈的心理冲击。

对他来说，时间慢了七千两百倍。他将需七万两千个月才能到达半人马座阿尔法星。

也就是——

六千年！

2

之后，杰拉德一动不动地坐了很长时间。温暖的汗水如同涅索斯的毒衬衣一直包裹着他，甚至拒绝冷却。毕竟，不着急。

六千年。在这么长时间里，食物、水和空气都不会缺，哪怕六万年、六十万年也没问题。只要还有燃料，飞船就会自然而然地制备出满足他需求的物资，而燃料本身能够自我补充。即使杰拉德每隔客观时间——或者说飞船时间——的三秒钟就吃一顿饭（他突然意识到，他做不到，因为收到命令之后，飞船要花几秒钟的客观时间准备和上饭；而在杰拉德时间里，他一天能吃上一顿就算走运了），也没有理由担心供应短缺。这是项目工程师在设计 DFC-3 时最先排除的事故可能性之一。

然而没人想到要提供一种能够无限期翻新杰拉德的机制。六千年后，在 DFC-3 微光闪烁的平滑表面上，除了薄薄的一层灰尘，他什么也不会剩下。他的尸体保存的时间或许比他的寿命还要长，因为飞船本身是无菌的——但最终他会被自己消化道里的细菌吞噬。活着的时候，他需要这些细菌来合成他的部分维生素 B，但是一旦他不再是飞行员这种复杂而精妙的平衡体——或者任何其他种类的生命——它们就会毫无顾忌地消耗掉他。

简而言之，杰拉德将在 DFC-3 离开太阳系之前死去；一万两千年的表观时间之后，当 DFC-3 返回地球时，连他的干尸都将不复存在。

这时候他内心感到一阵寒意，而这寒意似乎与他认为自己对这个发现的感受几乎没有关系。这种寒意持续了很长一段时间，就他所能描述的而言，它似乎是一种紧迫感和兴奋感所交织带来的寒意——而不是他在虚拟死刑判决中应该感受到的那种寒意。幸运的是，它并不像上一次情绪痉挛那样猛烈得令人难以忍受。时钟嘀嗒过两次，当寒意消退的时候，它在杰拉德心里留下了一丝疑惑。

如果这种时间延长的效果只是精神上的呢？他身体的其余部分

可能仍然保持着飞船时间。杰拉德没有直接的理由不这样认为。如果是这样，他也只能按照飞船时间活动，完成最简单的任务也需要几个月的表观时间。

但如果是这样，他会活下来。抵达半人马座阿尔法星的时候，他的大脑会比身体老 6 000 岁，也许还会疯癫，但是他会活着。

另一方面，如果他的身体运动和心理过程一样快，他就必须非常小心。他将不得不慢慢移动，施力要尽可能地小。在拿起铅笔这样的任务中，为了让铅笔从一个静止状态进入另一个静止状态，正常人类手部运动要给它施加大约 2 英尺 / 秒的加速度——当然还要有等值的“减速度”。如果杰拉德试图以他的时间给保持着飞船时间的 2 磅重物体施加 14 440 英尺 / 秒^2 的加速度，他必须对其施加 900 磅的力。

并不是说这做不到，关键是这需要像推一辆熄火的吉普车一样费力。他永远不可能只用前臂肌肉拿起那支铅笔。他必须使上全身的力量。

人体的构造并不适用于无限期地维持如此大的压力。即使是最强大的职业举重运动员也不需要每时每刻都展示自己的伟力。

砰。

日历又响了。又过了一秒钟，或者说又过了两个小时。这时间感觉确实超过了一秒钟，但也不到两个小时。主观时间显然是一个被频繁再复杂化的度量体系。即使在这个微观时间的世界里——至少杰拉德的心智似乎正在其中运转——他也可以通过对某个问题产生积极的兴趣而让日历两次跳动的时间间隔变得更短一些。这在他醒着的时候将有助于消磨时间，但也只有在他身体的其他部分没有和大脑保持相同时间的情况下才会有帮助。如果真是这样，那么在他醒着的许多世纪里，他会过着极其活跃，但也许并非不可忍受的精神生活，并且会幸运地睡上差不多一样长的时间。

这两个问题——他的身体可以施展多大的力量，以及他可以指望在脑海中睡多久——同时浮现在他意识的前台，而他仍然懒洋洋地坐在吊床上，两个问题的先决条件仍然乱作一团。日历嘀嗒一声后，飞船——或者说杰拉德从这里可以看到的那部分——又恢复了彻底的僵硬。引擎的声音至少在他听来，似乎也没有频率或者振幅方面的变化。他仍然没有呼吸。什么都没动，什么都没变。

他仍然觉察不到胸膈或者胸腔的任何运动，正是这一事实最终决定了他的命运。他的身体肯定保持着飞船时间，否则他早就因缺氧而昏迷了。这一假设也解释了他所遭受的那两次漫长得难以置信而且看似毫无来由的情绪风暴：它们只不过是他的内分泌腺对他早先经历的纯智力反应的反馈。他发现自己没有呼吸，感到一阵恐慌，并试图坐起来。在他的心智忘记了这两股冲动很久以后，它们才从他的大脑沿着神经一点一点地移动到腺体和相关的肌肉，于是真正的身体上的恐慌发生了。当这一切结束时，他实际上是坐了起来，尽管肾上腺素的泛滥使他没有注意到自己所做的动作。后来的寒意——没之前的恐惧感那么剧烈，而且显然与他发现了自己可能在旅行结束前很久就死去有关——实际上是他的身体对更早的精神指令的反应。他在计算时间差异时，所感受到的抽象兴趣狂热是造成这种现象的原因。

显然，以后他必须非常小心地对待各种看起来冷淡和理智的冲动——否则他终究还是要以漫长而痛苦的腺体反应来为这些冲动付出代价。不过，这个发现给他带来了相当大的满足感，杰拉德把它前前后后想了个通透。几个小时的快乐当然不会伤害他，而且如果这种腺体的快乐是在他抑郁的时候找上门来，它甚至可能会有所帮助。毕竟，六千年的漫漫光阴，沮丧的机会多的是。因此，最好是努力促成所有那些快乐的时刻，并尽可能延长其后续反应。而恐慌、恐惧和忧郁这些情绪是他必须在它们进入他的心智瞬间就对其严格控制的，否则它们会使他深陷四、五、六，甚至十个杰拉德小时的情感地狱而难以自拔。

砰。

这就放心了，非常好：他已经度过了两个杰拉德小时，几乎没有遇到任何困难，没有特别意识到这段时间的流逝。如果他能真正安定下来并习惯这种安排，这趟旅行也许不会像他起初担心的那样糟糕。睡眠将会占据其中很大一部分时间。在醒着的时候，他可以投身于大量创造性的思考。在飞船时间的一天内，杰拉德进行的思考可以超过地球上任何一位哲学家的一生。如果杰拉德足够自律的话，他可以花一个世纪的时间去追寻一个想法的结果，详尽到每一个细节，然后还有一千年的时间去继续下一个想法。等到六千年过去的时候，还能有什么样的整套纯粹理性是他不能拥有的呢？只要足够的专注，他可能会在飞船时间一天的早餐和晚餐之间想出罪恶问题的解决方案，而在一个月的飞船时间里，他说不定能够触及第一推动！

砰。

杰拉德倒也没有乐观到认为自己可以全程保持逻辑性甚至理智。从大部分细节来看，前景仍然黯淡。但机遇也是有的。有那么一瞬间，他遗憾是他自己而不是希泰尔得到了这样一个机会——

砰。

——因为这个老人家当然可以比杰拉德更好地利用它。必须是受过严格数学训练的人才能对这种情况加以最充分的应用。尽管如此，杰拉德开始感到——

砰。

——他自己也能做得很好，而且他意识到（只要他保持基本的理智）他就能——

砰。

——在十个地球月后回到地球，而且带着超前许多世纪的知识——

砰。

——远超希泰尔，或者任何人——

砰。

——那些只能在正常的一生中工作的人。噗。整个前景令他开心起来。噗。甚至日历的嘀嗒声听起来也更加欢快了。噗。现在，尽管他给自己定下了不能移动的铁律，噗他还是觉自己相当安全噗，因为无论如何噗，他已经噗动过了，而且噗没有噗受到噗伤害噗噗噗噗噗噗噗噗噗噗噗……

他打了个哈欠，伸了个懒腰，站了起来。毕竟，过于高兴可行不通。需要应对的问题肯定还有好多，例如，当他较高级的中枢正在关注一些纯粹哲学观点的推论时，如何同时保持住执行某个飞船时间任务的冲动。此外……

此外，他刚刚移动了。

不仅如此，他的身体刚刚以正常时间做了一个复杂的动作！

杰拉德还没有看向日历，便领悟到了它一直嘀嘀嗒嗒地向他投送的信息。虽然他一直在享受早先满足感持久的腺体回流作用，他还是没能注意到，至少没能有意识地注意到，日历在加速。

再见，能让希腊先贤相形见绌的宏大伦理体系。

再见，远超狄拉克旋量计算不知多少倍的演算。再见，令上帝沦为 N 维后场里一个三等茶水小子的杰拉德宇宙学。

还有，再见了，他曾经在大学里尝试过的一个项目——描述并统计做爱的体位——人们私下传说应该至少有四十八个。杰拉德从来没能让自己的纪录超过二十，而他刚刚失去了也许是最后一次尝试的机会。

他所经历的那一段微时间已经结束了，这时候距离飞船进入超速转动，以及他从麻醉中苏醒，仅仅过去了几分钟。理智上的漫长痛苦，及其相应的腺体反应已经消失。杰拉德现在保持着飞船时间。

杰拉德坐回吊床上，不确定自己应该苦恼还是放松。最终这两种情绪都不能让他满意，他就是感觉意难平。在微时间持续期间确实挺糟糕的，但是现在它已经消失了，一切看起来都很正常。如此转瞬即逝的现象怎么会杀死了布朗和塞利尼？他们都是稳稳当当的人，杰拉德私下估计，他们比他自己还稳当。然而，他都能挺过来。难道它不止看上去那么简单？

如果真是那样，它到底还有什么不简单之处？

没有答案。在他的胳膊肘处，在无休无止的恐慌刚开始的时候被他推到一边的控制底盘上，日历继续嘀嗒作响。发动机的噪声消失了。他呼吸正常，节奏平稳而自然。他感到身轻体健。飞船平静沉稳，没有什么变化。

日历嘀嗒得越来越快。它到达并超过了超速转动飞行的第一个小时，飞船时间。

砰。

杰拉德惊讶地抬起头来。这一次，那个熟悉的声音是时针前进一格时发出来的。分针已然扫过了半小时的刻度。秒针转得像个螺旋桨——就在他看着的这会儿工夫，它加速到了完全不可见——

砰。

又一个小时。半小时已经过去了。砰。又一个小时。砰。又一个小时，砰。砰。砰，砰，砰，砰，噗噗噗噗噗噗……

随着时间在杰拉德身边流逝，日历的指针越转越快，直至看不见。然而飞船并没有发生什么改变。它还在那里，刚硬死板，不受侵犯。当日期的变化也到了杰拉德看不清的地步，他发现自己再次动弹不得——而且，尽管他的整个身体仿佛蜂鸟一样兴奋，他的感官却接收不到任何连贯的信息。舱室变暗了，变得更红了。或者不是，它……

但他没能见到这一过程的结束，也没能抵达希泰尔超速转动将他带往的宏观时间的顶峰观察这种现象。

他先陷入了假死状态。

3

杰拉德的死亡并不彻底，在 DFC-3 进入超速转动之后相对较短的时间内没有完全死亡，这纯粹是偶发情况，但是杰拉德对此并不知情。事实上，他在一段不确定的时间里一无所知，只是僵硬地坐在那里呆视前方，新陈代谢慢到几乎停止，头脑中也基本上没有任何活动。不时有一波低水平的新陈代谢活动经过他的身体——那是对某种神秘的生存冲动的回应，要是让电工来描述，它们也许会被称为“维护周转”。但它们都是非常基本的本能，因此他根本没有意识到。这是假死。

不过，当观察者真正到达时，杰拉德醒了。即便是现在，他也无法理解自己的所见所感；但是有一个事实是明确无误的：超速转动关闭了——时间流逝速率的疯狂变化也随之消失——有强光从某个舱口射进来。旅程的第一阶段结束了。正是环境中的这两个变化使他恢复了生机。

然而，使他恢复意识的那东西（或者说那些东西）是——是什么？它根本让人无法理解。它是一个结构，相当脆弱的结构，完全包围了他的吊床。不，它不是一个结构，而是某种显然有生命的东西——一个横向组织的生物，绕着他围成了一个圆圈。不，是很多生物。或者所有这些东西的组合。

它进入飞船的手段还是个谜，但它就在那里。或者说它们就在那里。

“你怎么听？”生物忽然间没头没脑地问了一句。它的声音，或者它们的声音，从圆圈的每一点以相同的音量传来，但又不是从圆圈的任何特定一点传来。杰拉德想不出这声音有什么不寻常。

“我——”他说，“或者我们——我们用耳朵听。这儿。”

他的回答无意中带着一长串元音，听起来荒腔走板。他好奇自己为什么说着这么奇怪的语言。

“我们-它们向你求爱，向你-你的——如此明智。”那个生物说。砰的一声，一本书从 DFC-3 宽敞的图书室里跌落到吊床旁边的甲板上。“我们到处求爱了很多次。你就是生物-杰拉德。我们-它们是克林斯特顿·比德蒙，带着所有的爱。”

“带着所有的爱。”杰拉德附和道。比德蒙对双方都在说的这种语言用法很奇怪，但是杰拉德还是找不到任何合理的理由来解释为什么比德蒙的用法应该被认为是错误的。

“你——你们-它们来自半人马座阿尔法星吗？”他犹豫不决地说。

“是的，我们听到了双音囊，在礼品孔外面现身。怀着最高的爱慕之情，我们-它们争取生物-杰拉德，有意于双音囊，温柔而响亮。你怎么听到的？”

这一次——生物-杰拉德听懂了这个问题。“我听到地球的声音，”他说，“但那很柔软，而且并不表现出来。”

“是的，”比德蒙说，“这是一种和谐，并非第一次，一如我们的。全食者在那里倾听爱人的声音，而不是在音囊上。让我-我的争取你-你的，好让你沿着对生物-杰拉德来说馥郁芬芳的通道记住美好的比德蒙和其他兄弟以及恋人们。”

杰拉德发现自己毫无困难地理解了这番话。他想起来，用其本身的词汇理解一种语言——而不必在心里将其译回英语——是一种只有通过克服困难和长期练习才能获得的能力。然而，他的脑海中立刻出现了“但这就是英语啊”这句话，当然是英语。克林斯特顿·比德蒙刚刚提出的好意是非常热心的，而令他自己和比德蒙都十分开心的是，他继而也变得非常热心、非常有爱。这几乎毋庸赘言。

在那之后，发生过许多次飞船的配对，生物-杰拉德定下了比德蒙的和谐，让他有着许多礼物孔的飞船处于和谐之中，供全食者去爱，而比德蒙则展示了它们-它们的。

他还试图讲述他如何失去了对超速转动的爱，超速转动只追求空间和时间，还产生了微特征。美好的比德蒙追求超速转动，但超速转动没有争取它-它们。

然后生物-杰拉德知道所有的时间都被吞噬了，他必须再次听到地球。

“我向你-它们献上最真挚的爱，”他告诉比德蒙，“我将崇拜阿尔法和比邻星的音囊，‘在地球上，就像在天堂一样’。现在，超速转动的我-其他必须追求并赢得我，让我崇拜一个非常像沉默的微特征。”

“但你会再次被追求的，”克林斯特顿·比德蒙说，“在你崇拜地球之后。时间爱你，全食者就是时间。我们-它们将等着这另一个到来。”

杰拉德私下里不太相信，但他说：“是的，我们-他们会在别的地方向比德蒙示好。带着所有的爱。”

比德蒙也向他表示了崇敬之意，就在这时，超速转动启动了。那艘有着许多礼物孔还带着生物-杰拉德的飞船-其他的飞船看见了双音囊分开了。

然后，又一次出现了假死。

4

当杰拉德无边无际的假死意识洞穴中燃起了一支小小的蜡烛时，DFC-3 已经进入了天王星的轨道内。太阳仍然很小、很远，从近旁的舱口看去，毫无壮观可言。接近两天的时间里，也没有什么呼唤沉浸在假死后酣眠中的他。

电脑耐心地等待着他。它们已经可以接受他的控制。如果愿意的话，他现在可以亲自操控飞船返回地球。但是电脑的设计也考虑到了这样一个事实：等到 DFC-3 回来时，他可能真的已经死了。它们等了他整整一周，在此期间他除了睡觉什么也没做，于是它们再次接管了控制权。无线电信号调至一个特殊的频道开始向外发送。

一小时后，传回来一个非常微弱的信号。这只是一个方向信号，在 DFC-3 内部没有引起什么动静——但足以让这艘巨大的飞船再次动起来了。

正是这个进展唤醒了杰拉德。他的清醒意识仍然沉浸在假死的冰冷泡沫中。就他所见，除了甲板上的那本书，船舱的内部一点也没有改变——

书。克林斯特顿·比德蒙把它丢在那里的。但是老天爷啊，克林斯特顿·比德蒙到底是什么东西？而他，杰拉德，又在喊什么？这说不通。他依稀记得半人马星双星附近的某种经历——

——双音囊——

又是一个这样的词。听起来好像带有希腊词根，然而他并不懂希腊语——另外，为什么半人马座的人会说希腊语？

他向前探了探身子，启动了将前舱口的盖板移开的开关。前舱口实际上是一台带有半透明显示屏的望远镜。它显示着几颗星星，一侧边缘附近有一个微弱的光轮，可能是太阳。屏幕大约一点钟方向有一颗豌豆大小的行星，两侧各有一个茶杯把手似的微小突起。启程的时候 DFC-3 没有经过土星。当时土星与飞船的预定路线分别位于太阳的两侧。不过这颗星球确实很难认错。

杰拉德正在回家的路上——他还活着，心智正常。不过他真的心智正常吗？这些关于半人马座人的幻想对他的情绪似乎仍然影响巨大——这可算不上他心智稳定的有力证据。

不过这些幻想正在迅速消失。他努力回想起“记忆”中最呼之欲出的一个片段，发现了比德蒙的复数形式竟然有个德语词根，便不再认真对待这个问题。很明显，说希腊语的半人马座人肯定不会使用德语弱名词复数。整件事显然是被他的潜意识编造出来的。

然而他在半人马座星星边发现了什么？

这个问题没有答案，只有一堆呓语，说着什么爱、全食者和比德蒙，让人无法理解。也许他根本没有见到半人马座的星星，只是在这里躺了整整二十个月，像条冰冷的鲭鱼。

或者已经过了一万两千年了？经过了超速转动玩弄的那一通时间把戏，客观日期到底是什么时候已经无从得知了。杰拉德慌乱地操作起望远镜来。地球在哪里？一万两千年过去了——

地球就在那里。他很快意识到，这说明不了什么问题。地球已经存在了亿万年，一万两千年对于一颗行星来说算不了什么。月亮也在那里，两颗星球都清晰可见，位于太阳的远侧——但也并不算太远，用望远镜的最高功率就能清楚地分辨出来。杰拉德甚至可以看到格陵兰岛以东不远的大西洋洋面上反射着一片清晰明亮的阳光。很明显，计算机正把 DFC-3 从黄道平面以北大约 23 度带往地球。

月亮也没有变。他甚至看到了它表面上白色的巨大溅射痕迹，就像地球洋面上的太阳亮斑，那是由氢氧化镁构成的着陆信标，在太空飞行时代的早期被人类撒在汽海上。在信标南部边缘有一个黑点，肯定是曼尼里乌斯陨石坑。

但这还是说明不了什么问题。月亮从未改变。现代人在它表面撒下的一层灰尘会保留几千年。气海信标面积达四千多平方英里。在不到一个世纪的时间里，岁月不会使它暗淡，人类自己也没能力抹掉它，别管是偶然还是有意。在一个没有大气层的世界上，一旦你在那么大的区域撒上尘土，那些尘土便会一直留着。

他比照图表核对星星。它们没有动过。仅仅一万两千年而已，它们怎么会动呢？北斗七星的斗柄仍然指向北极星；天龙座如同一条神奇的带子，缠绕在大熊座、小熊座、仙王座和仙后座之间，一如既往。这些星座只能告诉他地球北半球正值春天。

然而是哪一年的春天呢？

这时候，杰拉德忽然想到他有一个找到答案的方法。月亮在地球上引起潮汐，作用和反作用永远势均力敌而又针锋相对。月球不可能只移动地球上的东西而自身不受到影响——这种影响表现在月球的角动量上。月球与地球的距离每年稳定增加 0.6 英寸。经过了一万两千年，它与地球的距离应该增加了 600 英尺。

有可能测出来吗？杰拉德对此表示怀疑，但他还是拿出了星历表和分线规，拍了照片。在他工作的过程中，地球变得更近了。完成第一次计算时——计算结果并没有什么用处，因为允许的误差范围超过了他试图验证的距离——地球和月球在望远镜中已经足够近，可以进行更精确的测量。

他苦笑着意识到，这些都没什么必要。计算机已经把 DFC-3 带回来了，不是带回到某颗被观测到的恒星或者行星，而是带回到一个计算出的位置。计算机不会做出 DFC-3 返回时地球和月球不在那个位置的假设。从这里可以看到地球便已经是很好、很充分的证明，证明这趟旅程并没有比最初的计算结果耗费更多的时间。

这个结论对杰拉德来说也算不上新鲜，只不过一直被他搁置在了脑后。事实上，他一直在思考这个问题，而这是有原因的，也只有一个原因：在他自己的大脑深处，他设立了一个计时机制。很久以前，在尝试确定飞船日历的时间时，他就启动了强迫性的计时——似乎从那以后，他的计时就一直没有停止过。这是有意启动某种心理机制的已知危险之一。现在它在这些完全无用的天文学操练中结出了果实。

对这一点的认识有着治愈性的效果。他粗暴地结束了计算，大脑深处那个不被理睬的白痴终于停止了计时。它已经在算盘上拨弄了二十个月，杰拉德想象着它退休时应该是很愉快的，一如他自己感觉到它离开时的心情。

他的无线电发出嘎嘎声，传出了焦急的声音：“DFC-3，DFC-3。杰拉德，你听到我的呼叫吗？你还活着吗？这里每个人都要急疯了。杰拉德，如果你听到了，呼叫我们！”

那是希泰尔的声音。杰拉德合上了分线规，因为动作太猛，被一个尖头扎到了手腕。“希泰尔，我在这里。DFC-3 呼叫项目组。这里是杰拉德。”然后，不知道为什么，他补充道，“带着所有的爱。”

喧闹结束之后，希泰尔对时间效应更感兴趣了。“这无疑大幅增加了我的工作量，”他说，“但我认为我们能够在转换中找到对它的解释，甚至还可能把它分解出来。这样在飞行员看来，它就被排除了。不管怎样，我们会看到结果的。”

杰拉德一边沉思一边摇晃着他的威士忌。在该项目组的行政楼，希泰尔逼仄老旧的办公室里，他感到陌生，又感到衰老、压抑，伸不开手脚。他说：“我认为我不想那么做，阿道夫。我认为它救了我的命。”

“怎么救的？”

“我告诉过你，我好像死过一段时间。自打回来以后，我就一直在读书；我发现心理学家对人类精神的个性的重视程度远不如你我。你和我都是物理科学家，所以我们认为世界都在我们皮肤之外——可以被观察到，但不会改变本质的我。但是很显然，那种旧的唯我论立场并不完全正确。我们的个性，其实在很大程度上取决于我们环境中的一切，那些存在于我们皮肤之外的东西，无论大小。如果你能以某种方式切断外界向一个人施加的所有感官影响，他将在两三分钟内结束作为一个有着鲜明个性的人的存在。他可能会死。”

“引文结束：哈里·斯塔克·苏利文。”希泰尔冷淡地说，“所以呢？”

“所以，”杰拉德说，“想想宇宙飞船内部的环境有多么单调吧。它完全僵硬、静止、毫无变化、毫无生气。在普通的星际飞行中，在那样的环境下，即使是最坚强的太空人也会时不时地失去理智。我猜你和我一样了解典型的宇航员精神病。人的个性变得像他周围的环境一样僵硬。通常而言，只要进了港，并与多少算是正常的世界再次接触，他就会恢复。

“但是在 DFC-3 中，我与周围世界的隔绝要严重得多。我看不到舱外——我在超速转动状态下，什么也看不见。我无法和后方交流，因为我走得比光还快。这时候我又发现，在很长一段时间内，我也不能移动。即使对普通宇航员来说，不断变化的仪器在我看来也好像没有运转。就连它们都凝滞了。

“时间流逝的速率开始回升后，我发现自己身陷一个更加不可能的盒子里。仪器动起来了，这倒是不假，然而它们动得太快了，我看不清楚。这时候整个形势完全僵化了，事实上我已经死了，就像我周围的这艘飞船一样凝滞如冰，在超速转动运转的整个过程中保持着那种状态。”

“那只能说明，”希泰尔冷淡地说，“时间效应很难算是你的朋友。”

“其实是的，阿道夫。听着。你的引擎对主观时间产生影响，令它在太慢和太快之间沿着连续的曲线变化——而且，我想，还会再变回去。那么，这是一个连续变化的情形。从长远来看，它不够显著，不足以让我免于假死，但也足以保护我不致被彻底消灭，我想布朗和塞利尼就是遭遇了这个。他们知道，只要能够到达超速转动，他们就可以关掉它，他们在尝试的过程中丢掉了性命。但是我知道我必须坐下来接受它——而且我的运气确实很好，你那个沿着正弦曲线的时间变化让我活了下来。”

“啊，啊，”希泰尔说，“这一点值得考虑——尽管我疑心它可不会让星际旅行变得非常受欢迎！”

他噘着薄薄的嘴唇，再次陷入了沉默。杰拉德感激地啜了一口手中的佳酿。

最后希泰尔说：“你为什么会因为那些半人马座人而烦恼？在我

看来，你做得很好。你做了英雄倒不是什么大事——傻瓜都可以勇敢——但我也注意到了，你动过脑子，而布朗和塞利尼显然只是被动反应而已。你到达双星时发现了什么，有什么秘密吗？”

杰拉德说：“是的，有。但我已经告诉你是什么了。走出假死之后，我仿佛沦为某种塑料复写本，谁都可以在我身上留下点印记。我自己的环境，我普通的地球环境，都远在天边。我当时所处的环境几乎和以前一样僵硬。在我遇到半人马座人的时候——如果我遇到了，我对这一点完全不确定——它们成了我的世界中最重要的东西，我的性格也随之发生了改变，以适应和理解它们。那是一个我无能为力的改变。

“也许当时我确实理解它们。但理解它们的人不是现在和你对话的这个人，阿道夫。由于我现在已经回到了地球，我并不理解那个人。甚至他讲英语的方式对我来说都是胡言乱语。如果我不能理解那段时间的自己——我确实不能；我甚至不相信那个人是我所知道的杰拉德——我能指望对你或者项目组讲述什么半人马座人的事情呢？它们在一个受控的环境中发现了我，并通过进入这个环境改变了我。现在它们走了，什么都没留下；我甚至不明白为什么我认为它们会说英语！”

“它们有自己的名字吗？”

“当然，”杰拉德说，“它们是比德蒙。”

“它们长什么样？”

“我没有见到它们。”

希泰尔朝前探了下身子。“那么……”

“我听到了它们的声音。我想。”杰拉德耸耸肩，再次品尝了他的威士忌。他回家了，总体来说，他心情不错。

但在他可塑的头脑中，他听到有人说，在地球上，就像在天堂一样；然后，另一个声音，也可能是他自己的声音（为什么他会想到“他-他者”？）说，比你想象的要晚。

“阿道夫，”他说，“项目就这样了吗？还是我们要更进一步？制造一艘更优秀的星际飞船，DFC-4需要多长时间？”“很多年，”希泰尔带着温和的微笑说，“别着急，杰拉德。你回来了，其他人都没能做到，没人会要求你再出去。我真的认为在你有生之年，我们都不太可能再造一艘飞船。即便造了，我们也不会急于发射它。关于你在那里发现了什么样的乐土，我们所知真的寥寥。”

“我愿意去。”杰拉德说，“我不怕回去——我想去。既然我知道DFC-3的表现了，我可以再承受一次，给你带回合适的地图、磁带、照片。”

“你真的认为，”希泰尔说，他的脸突然严肃起来，“我们可以让DFC-3再出去吗？杰拉德，我们要把那艘船拆解到分子，如果要建造DFC-4，这便是初步的准备工作。另外我们也不能让你走了。我不是有意要这么残忍，但是你有没有想过，这种回去的愿望说不定是某种催眠暗示的结果？如果是这样，你越想回去，对我们所有人来说就越危险。我们必须像检查飞船一样彻底地检查你。如果这些比德蒙想让你回去，它们一定有原因——我们必须知道这个原因。”

杰拉德点点头，但他知道希泰尔可以看到，他的眉毛在轻微颤动，额头上出现了皱纹，小肌肉的收缩阻止了眼泪流下来，却让他脸上其他地方更加显得悲伤了。

“简而言之，”他说，“别动。”

希泰尔露出一副礼貌的困惑神情。然而，杰拉德不能再说什么了。他已经回到了人类的通用时间里，再也不会离开了。

哪怕他还依稀记得自己的诺言，哪怕带着他心中所剩的所有的爱。

（秦鹏　译）

魔法之语

《奇幻与科幻杂志》将故事所呈现的文学内涵的重要性与创意和叙事性列作同等级别，甚至高于后两者。这为科幻小说领域带来了一批全新的读者和作者。当科幻文学的形态还比较单一，其定义由约翰·坎贝尔的《惊异》杂志划定的那会儿，这种文学性强的故事也会偶尔出现在《惊异》上。但通常它出现的地方——如果出现的话——会是在更小众、稿酬更低的杂志上。于那些杂志而言，作品气质与风格的一致性并不重要。因此，在雷·布拉德伯里发表了头三篇小说［其中两篇发表在约翰·坎贝尔主编的《惊异》杂志的《概率为零》（"Probability Zero"）栏目上］后，他的其他早期作品都在诸如《星球故事》（*Planet Stories*）、《惊险神奇故事》（*Thrilling Wonder Stories*）等杂志上发表。

《银河》杂志为科幻小说提供了另一条可行的出版渠道。在那里文学技巧得到了认可，但仍以故事情节为王。《银河》杂志支付的稿酬不亚于《惊异》杂志，甚至往往更高，声名也不下于它。《奇幻与科幻杂志》提供了第三种可能性，同样极具吸引力。许多作者被行业的美好前景所吸引而投身创作。阿夫拉姆·戴维森正是其中一位。他的小说对读者的文化知识储备和文学素养提出了要求，正如约翰·坎贝尔式的科幻小说对读者在科学知识和社会学隐喻层面的要求一样。

阿夫拉姆·戴维森在纽约的扬克斯出生。1940 年至 1942 年，他就读于纽约大学，随后参军，投身第二次世界大战。1950 年至 1951 年间，他就读于皮尔斯学院。早在 1946 年，他已崭露头角，在《正统犹太人生活》杂志上发表过短篇小说。1954 年 7 月，他的短篇小说《我的男友叫杰洛》（“My Boy Friend’s Name Is Jello”）发表于《奇幻与科幻杂志》。这是他第一次从文学类杂志赚到稿酬。随后他在《奇幻与科幻杂志》及《银河》上发表了一系列诙谐优秀的短篇小说。1962 年至 1964 年间，他在《奇幻与科幻杂志》担任执行编辑；他曾参与编辑该杂志的三本年刊。随后戴维森成为自由职业者，经常受邀担任各大学院、大学的客座讲师和签约作者，直至 1993 年去世。

1962 年，戴维森发表了与沃德·穆尔（Ward Moore）共同撰写的首部长篇小说《快乐的腿》（*Joyleg*）。在整个写作生涯里，他还发表了另外十一部长篇小说。其中《迷宫大师》（*Masters of the Maze*，1965）、《异常的恶龙》（*Rogue Dragon*，1965）、《星王之战》（*Clash of Star-Kings*，1966）、《凤凰与镜子》（*The Phoenix and the Mirror*，1969）、《佩里格林之一》（*Peregrine: Primus*，1971）、《佩里格林之二》（*Peregrine: Secundus*，1981）尤为出色。尽管如此，令他广为人知的还是其短篇小说。它们被收录进《或者海中处处牡蛎》（1962）、《无比奇怪的星空》（1965）、《奇怪的海与岸》（1971）、《埃斯特哈齐博士探案集》（1975）、《雷德沃德·爱德华文书》（1978）和《阿夫拉姆·戴维森精选集》（1979）。他的短篇小说和长篇小说多次获得星云奖提名。其中短篇小说《或者海中处处牡蛎》在 1968 年获得雨果奖。

在千禧年来临之际，戴维森的创作得以重生。他的一部分未完成或未发表的作品得以问世，其他作品也进行了重印或再版。这要归功于他的前妻格拉妮娅·戴维斯和一些忠实书迷的努力付出。比如亨利·维塞尔斯（Henry Wessells），常年维护着戴维森的个人网站，还制作了电子刊物《纳特麦戈角[1]地方邮报》（*The Nutmeg Point District Mail*）。在那些年间出版的小说集有《阿夫拉姆·戴维森的宝藏》（1998）、《阿夫拉姆·戴维森研究》（1999）、《每个人都有挚爱在天堂》（2000）和《另一个十九世纪》（2001）。

《我的男友叫杰洛》是一部迂回表现主题的短篇小说。它以第一人称视角，描述了一个头脑发热、思维跳跃的男人。这在一定程度上让繁复的文风获得了合理性。“……半途行过（... its course half run）”是诗意的倒装；“……半途已然行过（... its course half i-run）”则令人想起乔叟的文风。叙述者拒绝称那位临床医师为“医生”，而叫他“药剂师”。类似的用词，像“草药灌肠”“咽喉肿痛”“疟疾”“痘疹”“汤粥”“食物”“濡湿”等等，让读者置身于拼写、文采和感受都被重视的时代。

不只是古色古香的词语和语法，文学典故也能让读者的历史和文学知识在阅读故事中起到作用。例如“奎沃夫牧师”[2]，是来自安东尼·特罗洛普（Anthony Trollope）的小说《巴彻斯特大教堂》（*Barchester Towers*）中那位拥有十多个孩子的人物。普里阿普斯是一位罗马小神，他的神像（他被视作男性生殖力量之神，有着突出的阳具而且常被涂成红色）曾被人们当作稻草人，用于护卫花园。

---

1. 纳特麦戈角为地名，是戴维森 1977 年的短篇故事《海牛女孩，你今晚可出来？》中提到的一个以谷物交易为主业的小镇。
2. 该名字来自《圣经·诗篇》，字面意思是“箭袋装满”，实际意为“多子多孙”。

卡图卢斯曾给普里阿普斯写了许多污秽的诗，就像那些在传统中为了警告入侵者，而专门插在神像口中的诗词一样。陶瓷碎片令人想到人类学；托尔特克人的徽章、石匠的标记和印度教徒的符号都暗指远古的魔法。香柠檬树是一种小型柑橘树，这种树结出的果子的皮可以提炼出一种芳香的油。曼德拉草根部分叉，形似人体，在古代它以神奇的催情功效而闻名。“我令汝退却（Araint thee）”——听起来有斯宾塞式味道的短语，其意为“你给我走开”；许门是希腊传说中的婚姻之神，“许门的祭品”指的是丈夫；“如尼（Runes）”指的是古日耳曼语字母表中的字母和字符，它们曾被斯堪的纳维亚人用于施展魔法。对抗疗法是一种治疗疾病的方法，这种方法通过使用药物会引起与患者所患疾病不同的症状。顺势疗法是一种引起患者产生与原病症相似症状的治疗方法——叙述者借这个词暗示瑟尔小姐也许对他施展了相同的魔法。“请用银币在我掌心画个十字”是吉卜赛占卜师的传统要求[1]。

对于理解和欣赏戴维森的小说，上述信息并非不可或缺。正如对于理解一个硬科幻小说来说，科学知识并非不可或缺。但是对于读者来说，获得更多的参考信息，将有助于他们更好地欣赏戴维森的智慧。

（王克　译）

1. 中世纪吉卜赛占卜师在开始占卜前往往会说这么一句。据称银和十字都能辟邪，因此这一举动可以澄清占卜师与魔鬼勾结的可能——然后占卜师会收走银币，作为预付的报酬。

我的男友叫杰洛

［美国］阿夫拉姆·戴维森

流行。问题不在于其他，只在于流行。病毒X在它的黄道上已然行过半途，可那位临床药师——其实我觉得他只是药剂师，根本谈不上是医生——却说，我感染的是病毒Y。毫无疑问，如果这事发生在海军里，他们还会说这是卡他热病毒。人们说从前根本就没几个人得阑尾炎，直到爱德华七世得了这档子病——就在他加冕礼前一两周。然后这病就流行起来啦。他（那个男医师）正把小药瓶里的液体一股脑地注射进我的身体。如果是在几个世纪前，他可能就给我用草药灌肠了……我在哪儿读过那些治咽喉肿痛（在字典里这种病叫“咽喉溃疡”）的旧式疗法？从七块草地里摘出七片草叶，从七匹骏马上敲下七片马掌。我的天啊！我到底在想什么？我的脑子肯定烧坏了。我一定是发烧了。这事毋庸置疑，我得了疟疾。

不过得疟疾也比痘疹好一些。痘疹这玩意儿非同小可。我倒是盼望那群编辑都染上这个病……编辑是个稀奇古怪的族类。通常女编辑叫璐璐·安娜贝勒·史密斯，或是明妮·伦德奎斯特·布卢姆，男编辑的额头上长着两只小尖角[1]。我猜他们都是贵格会教徒，因为他们的书信总是一成不变地以“亲爱的理查德·罗”或“亲爱的约翰·多伊”的方式作开头；至于“先生”这个称谓，他们似乎觉得毫无意义……如果他们真的写信的话；这会儿房东穆斯太太又在叫唤着大家交本周的房租。如果我有个儿子（没什么比这更不可能的啦），他只要表现出了一丁点儿成为作家的倾向，那我会立刻把他送到鱼贩子或烟囱清洁工师傅那儿当学徒。编辑们总说不要描写性爱，也不要去写和宗教相关的东西，历史也不行。然而，如果你真的要写历史，那么请务必把宗教和性爱也写进去。如果有人给你发一个禁欲的无神论主义者的故事，即使它非常精彩，你觉得会有人买账吗？

在屋舍的前方，两个小女孩正在做击掌游戏。右手，左手，双手交叠在胸口；左手拍右手，右手拍左手……这情景看得人眼花缭乱。她们一边拍手还一边唱：

“我的男友叫杰洛，
他来自辛辛内洛。
他的鼻头有颗小丘疹，
还有三根胖脚趾；
我的故事就此开始！”

这当中有种令人愉悦的超现实的氛围，深深打动了我。我常觉得小女孩非常可爱。遗憾的是，大人们的纵容让她们有恃无恐。在

1. 在《圣经·出埃及记》第三十四章第二十九节中有一句话：摩西从西奈山下来时，脸上发光。但在最早的拉丁文译本里，译者误解了希伯来语的原意，把这句话译成：头上长了两只角的摩西走下西奈山。因此后来许多人就误以为犹太男子头上长角，比如米开朗琪罗，他的著名作品大理石雕像（《摩西》）就头顶两角。

长大以后，她们总能把生活弄得一团糟，而且每况愈下。那些思想肮脏且愚昧的评论家把可怜的查尔斯·道奇森描绘成一个扭曲变态的怪物，仅仅因为道奇森一直深爱着爱丽丝，还可以随心所欲地陪她漫游仙境。我猜他们宁肯让他去当一名乡村牧师助理，并最终成为又一名“奎沃夫牧师”。一个平平无奇却极其恐怖的现实，它会把我们全都留在镜子[1]这一边。

那些小瓶里的不知名液体于我毫无药效。我觉得从前的杜佛氏散[2]虽说根本不能杀灭细菌，更别说病菌或病毒，可它至少可以让人出汗（有吐根），而且有种温和，不会上瘾的陶然感（来自鸦片）。但那已经不再流行啦。我们就是这样子，像一只日本华尔兹小老鼠[3]那样，一圈一圈，转个没完。我曾经认识一个日本人，他叫——算了，不说这事。转移自己的注意力。赶紧去和小女孩聊几句吧……

回想起来，那是一段有趣的小插曲。我向她们诉说生病带来的不便和酷热天气下的郁闷。讨论相当严肃，因为我从来都不会瞧不起孩子们。我们达成了共识——一场滂沱大雨会让世间万物变得清爽平静。然后她们渐渐变得心不在焉。我也只好重新靠坐在椅背上。瑟尔小姐可能很快就到了。穆斯太太（多完美的名字！她就缺一双鹿角[4]了！）这么说过，当时她正给我带来一碗汤粥，经过药剂师批准的食物。“她迟些时候会来，还会给你带来些好看的鲜花装点。”我相信，瑟尔小姐一定花了很多时间研习插花。她加入了一个大型营火协会，青年男女们会在周末结伴远足，然后带着晒得黝黑的皮肤、汗流浃背的身体、一堆植物和小动物的标本满载而归。不过，

1. 在道奇森的《爱丽丝镜中奇遇记》中，镜中的一切景象都是颠倒的，花草动物会交谈、工作、玩耍，人反而成了格格不入的怪物。道奇森通过荒诞的世界观和故事情节，揶揄了 19 世纪后期英国社会的人情世故。

2. 英国医生托马斯·杜佛发明的药散，20 世纪 60 年代前曾长期用于治疗流感和普通感冒等疾病，由鸦片粉、糖和吐根混合而成，后被禁止使用。

3. 据说产自日本的一种老鼠，（因某种疾病）无法直线行走，只会一个劲打圈，像是在跳舞。

4. 原文此处是文字游戏。原文“Moos”（穆斯）和“Moose”（驼鹿）相近。

我必须说一句，瑟尔小姐其实是一个沉默寡言的人。她的姐夫、绰号“公牛穆斯”的家伙，会在病房里赖着不走——只要我还忍得下去。他总是把自己的愚蠢观点安在别人的头上。他会高谈阔论天气，哪怕我一言不发，然后他会说：“你看，正如你说的，这一切不是因为高温，而是湿气！”

想到这里，我注意到闷热的空气中出现了一滴雨露，顷刻间变成倾盆大雨。久旱逢甘霖，万物皆清爽。多么美妙的事情！唯一可惜的是，这场雨也将小女孩们方才游戏时留下的痕迹冲刷得干干净净。她们在人行道上用粉笔勾勒图形，加上些石子和玻璃碎片作为道具。她们哼着歌谣、在粉笔线框之间来回地单腿跳跃，踢开石子和玻璃碎片——其中也许还有陶罐的碎片——“踢房子”（potsie）这个单词或许就来源于“陶罐碎片”（potshard）？我应该写一篇专题著作。或许我可以指望拿个博士学位。我大可将那些粉笔标记与托尔特克人的徽章、石匠的标记，还有印度教徒用木屑和香喷喷的牛粪在身上涂画的符号来做类比研究。这些可都是高深的学问呢！

我感觉非常难受，尽管外面一直下着冷雨。要是没有这场雨，我或许会更难过。片刻之前，瑟尔小姐还在这里。她把一大盆绽放的鲜花放在房间一角的桌上。我本觉得花显得杂乱无章，但她轻声哼着歌，又摆弄了几下。那曲调有一丝怀旧的情愫，恍惚间让我感到惴惴不安。就在那时，她罕有地对我说话了。“你需要一个妻子来照顾你。”她说。我的血液骤然凝固，一股冷若冰霜的汗液将四肢打湿（引用那个可怜的普里阿普斯追随者卡图卢斯的话）。于是我呻吟起来。瑟尔小姐立刻离开了，嘴里嘀咕着“我去倒一杯茶”。要是我的身体好一些，我会立刻把床单连起来系成死结，爬窗逃跑。然而我现在实在虚弱得可怕。

大丈夫有泪不轻弹！

她真的端着一杯茶回来，咕哝咕哝地灌进我喉咙里。这茶的味道很奇特。是黄樟陈皮泡的？还是香柠檬片？抑或是曼德拉草根？我猜不到的还有瑟尔小姐的年龄。中分后卷的秀发，使她看上去毫不显老……青春永驻……

感谢上帝的眷恋，让阿耶劳先生在那一刻及时出现。他住在我的楼上，是一个品行正直的菜贩子，但他的脾气不是很好。阿耶劳先生给我送上早日康复的祝愿，然后开始倾诉自己足病的痛楚。我虽然置若罔闻，却也一直附和着他。其实我只想让瑟尔小姐速速去休……脚趾……他的脚趾有什么问题。有三根肿胀不已、疼痛难忍。刹那间，我的大脑突然清醒了。“您的名字怎么念？”我问阿耶劳先生。“阿——杰——洛。”他说。真奇怪，我早先居然一直没想到。现在让我好奇的是，他到底干了什么事惹毛了那些小女孩？也许他曾经粗暴地把她们从铺面前轰走？他的鼻头长了一颗扎眼的丘疹。到明天，那颗东西看上去就像美国丽人才有的雀斑。

幸运啊，他和瑟尔小姐一道出去了。我必须想明白这事。我必须保持冷静。高烧之雾，我令汝退却！事实显而易见：此处有巫师作祟。确切地说，是*女巫*。小女巫们呼风唤雨，而且她们给可怜的阿杰洛下了无伤大雅的诅咒。至于年长的女巫，则对我狠下毒手。如果我有一头奶牛，它此刻毫无疑问应已不再产奶。我应该挣扎求存？我应该就此认命？谁又知道，在色若青苔[1]的眼睛背后、在浓密发丝包裹的头骨里面，她们打着什么主意？与穆斯夫妇共处的日子，本来就危机四伏，难以思忖。她为什么不给阿杰洛下套？为什么选中我作为许门祭祀上的圣洁祭品？真是毫无意义的问题！一旦被女人用上如尼咒文，大部分的男人都无法脱身。而若有使用对抗疗法的医师，他的黑色小背包也空空如也，根本没有解药。

---

1. 原文此处是文字游戏，“青苔”（moss）字面和“穆斯”（Moos）相同。

文字之间的联系真是大妙！对抗疗法——顺势疗法——同源，相似，相同，悲伤，情感，苦痛——以毒攻毒——

那些小女孩又在我的窗外做游戏。她们拍着手，唱着歌。歌词里提到一个叫托尼的男朋友——他爱吃通心粉，手握大刀，怀抱娇妻，日子过得优哉游哉……他对孩子特别友善，跟那个屠户正好相反……力量，赐我力量！我轻而易举地从钱包里掏出两枚硬币，扔了出去。小女孩怎么可能对落在跟前的硬币熟视无睹呢？“英俊的先生，请用银币在我的掌心画一个十字……”是时候跟她们讲讲我的故事了……

我的感觉好多了。我想在很长一段时间里不会再见到瑟尔小姐。她刚打开门，大前门，然后孩子们唱出了新的歌谣，她立刻怒不可遏地关上门。砰！

阿杰洛又该倒霉了。但现在只能各顾各罢了。

听着她们的歌声从远处传来，我愿上天保佑她们幼小的心灵吧！我爱她们！多么纯真甜美的嗓音！

“我的男友快康复，
他会变得很富足。
女士请你不要抢，
也别着急去结婚。
二加二才等于四，还差一个没带来！”

我希望财富能真的让人快乐。我一定找阿杰洛问清楚，辛辛内洛究竟在哪里。

（王克　译）

一曲 50 年代的赞歌

20 世纪 50 年代是科幻小说前景一片光明的年代。这个年代本身正值蓬勃兴旺发展时期，科幻杂志像雨后沙漠中的野花一样遍地开花。位居正中的那片最初的绿洲以约翰·坎贝尔的《惊异》杂志为主，但安东尼·鲍彻的《奇幻与科幻杂志》和 H. L. 戈尔德的《银河》也明显与之旗鼓相当。

作家们似乎在杂志里写满了以前见所未见的故事。春天既在眼前，夏日成熟的果实也必定不远了。然后，杂志一本接一本地凋零，作家们一个接一个地转而从事其他活动，或投身于其他类型作品的写作。沃德·穆尔在《我们带来解放》（*Bring the Jubilee*）之后只写了一部科幻长篇小说，查德·奥利弗（Chad Oliver）把大部分时间都奉献给了人类学，弗兰克·罗宾逊（Frank Robinson）只与另一位转行者托马斯·N. 斯科蒂亚（Thomas N. Scortia）合写了几部灾难小说，西奥多·科格斯韦尔（Theodore Cogswell）投身于教学和学术演讲，马克·克利夫顿（Mark Clifton）于 1963 年去世，甚至就连罗伯特·谢克里（Robert Sheckley）的打字机在 1960 年后也几乎归于沉寂。也是在这十年间，艾萨克·阿西莫夫转而从事科普读物写作，弗雷德里克·波尔改行当了编辑，阿尔弗雷德·贝斯特则转而为《度假》撰稿。还有其他人也流失了：米尔德里德·克林哲曼、雷蒙德·班克斯、F. L. 华莱士、罗伯特·阿伯纳西，以及其他诸多人士。

其中一些人找到了报酬更高的职业；有些人江郎才尽；还有些人或许再也无法为其作品找到市场，或是失去了从事这项工作的欲望。在一本50年代短篇小说集的序言中，巴里·N. 马尔兹伯格（Barry N. Malzberg）写道：*是为夏末*。他声称，造成这一局面的部分原因在于最重要的报摊分销商美国新闻服务公司被拆分，许多杂志随之倒闭，其他杂志发行量也出现减少；还有受苏联人造卫星上天的影响；亨利·库特纳和西里尔·M. 科恩布鲁斯去世；安东尼·鲍彻退休；H. L. 戈尔德病退；以及图书市场的不断萎缩。

上述理由均不适用于小沃尔特·M. 米勒。他出生于佛罗里达海滨，除了在田纳西大学求学两年，在二战期间服役并参与五十三次战斗任务，以及在得克萨斯大学学习了两年工程学之外，他的大部分人生都是在佛罗里达海边度过的。他在一场车祸康复期间开始写小说，发表的首部作品是刊载于《美国信使报》的《麦克杜格尔太太》（“MacDougal's Wife”）。他在科幻杂志上发表的首部作品是《惊异》杂志1951年1月刊上的《死亡穹顶的秘密》（“Secret of the Death Dome”）。他最知名的作品包括《附加条件下的人》（“Conditionally Human”，1952）；《钉上十字架》（“Crucifixus Etiam”，1953）；《达夫星》（“The Darfstellar”），该篇获1955年雨果奖；以及《前锋》（“The Lineman”，1957）。他在25岁时改信天主教。

米勒仅有的长篇小说是《莱博维茨的赞歌》，但其短篇小说被收录在《附加条件下的人》（1963）、《自群星眺望》（1965）、《小沃尔特·M. 米勒科幻小说集》(1978)和《小沃尔特·M. 米勒佳作集》(1980)中。《莱博维茨的赞歌》获得了雨果奖，被译为五种语言，在美国出版了四次精装本和至少二十次平装本，几乎从未绝版过。或许是《莱博维茨的赞歌》的成功令人生畏，抑或是该作品写作之难令米勒创作的欲望消弭殆尽。可以肯定，米勒的沉寂不是因为缺乏读者欣赏。

《莱博维茨的赞歌》分三个部分独立成篇，发表在《奇幻与科幻杂志》上，开篇为《莱博维茨的赞歌》——在本选集中名为《第一曲赞歌》(*The First Canticle*)，在小说中这一部分名为“要有人”(“Let there be man”)——载于1955年4月刊；继之以《光起》(*And the Light Is Risen*)——在小说中名为“要有光”(“Let there be light”)——载于1956年8月刊；终章为《最后一曲赞歌》(*The Last Canticle*)——在小说中名为“只为成就你的旨意”(“Let there be done”)——载于1957年2月刊。长篇小说成书时，原先的三个短篇故事经过了大篇幅扩写。例如，第一篇最初发表时在杂志上仅有十八页篇幅；而长篇小说成书后，此篇长达九十八页。不仅在最初的短篇故事中增添了诸多事件、人物和对事件的反思，而且一些事件也经过了改写。尽管如此，原来的短篇故事仍是确保长篇小说得以成书的基础，是长篇小说刊登在杂志上的范本，也展示了其自身的卓越水平。

《第一曲赞歌》讲述的是大灾难之后的故事——亦即它关注的是大灾难以后发生的事件，而非大灾难本身。最早的后灾难（同时也是灾难）故事或许是《圣经》中叙述的诺亚及其家人的故事。在科幻小说中，最早出现的灾难小说则是玛丽·雪莱的《最后一人》(*The Last Man*, 1826)，其后是乔治·汤姆奇恩斯·切斯尼爵士(Sir George Tomkyns Chesney)的《多尔金之战》(“The Battle of Dorking”，1871）、H. G. 威尔斯的《世界大战》（“The War of the Worlds”，1896）、M. P. 希尔（M. P. Sheil）的《紫云》（*The Purple Cloud*，1901）、乔治·艾伦·英格兰（George Allen England）的《黑暗与黎明》（*Darkness and Dawn*，1912），以及其余众多篇目，包括 H. G. 威尔斯的《在彗星年代》（*In the Days of the Comet*，1906）和《未来世界》（*The Shape of Things to Come*，1934）以及 L. 罗恩·哈伯德（L. Ron Hubbard）的《最后一次停电》（*Final Blackout*，1940）。

后核灾难故事或许始自 1943 年劳伦斯·奥唐奈[1]（Lawrence O'Donnell）——亨利·库特纳和 C. L. 穆尔——的一部题为《夜间冲突》（“Clash by Night”）的作品，随后还有奥唐奈的小说《暴怒》（*Fury*，1947）、帕特·弗兰克（Pat Frank）的《哀哉巴比伦》（*Alas, Babylon*，1949）、朱迪斯·梅丽尔的《壁炉之影》（*Shadow on the Hearth*，1950），以及其他多如牛毛的篇目，以至于编辑们都开始将其列为最不受欢迎的陈词滥调了。米勒对这一设想所做的处理，其独特之处在于小说设定的后灾难时代之遥远，融入了重获新生的修道院使命概念，以及对语言和人物刻画进行了细致入微的描写。

《第一曲赞歌》的吸引力部分在其犹如民间传说般的简洁，以及读者所意识到的复杂现实与数百年时光间隔、对信仰的诠释以及人物之不谙世事造成的扭曲之间形成的对比。然而，其激发读者想象的基础还在于这样的概念：历经了另一场文明的大破坏之后——这一次的破坏是由城市中的市民而非城墙外的野蛮人一手造成的——在保存和抄写希腊及罗马古卷手稿方面，天主教会将发挥类似于中世纪修道院的作用。莱博维茨修会的修士们就保存着手册和蓝图。

1. 库特纳与穆尔夫妇共同创作时所用的笔名。

对于宗教冲动的框架和细节，以及宗教符号和寓言，这部小说倾注了很多的关注。它对于基本思想也做出了更丰富、更深沉和更具反思性的处理。但如同《第一曲赞歌》一样，它既关注人物之间的相互关系，也注重情节发展。

20 世纪 50 年代中期是一个转折点。将近五十年后，特里·比森（Terry Bisson）完成了米勒直至临终前一直在创作的续集《圣莱博维茨与野马女》（*Saint Leibowitz and the Wild Horse Woman*），并于 1997 年出版。

（罗妍莉　译）

第一曲赞歌

[美国] 小沃尔特·M. 米勒

若不是那位腰间束着腰带的朝圣者于这位年轻修士的大斋期在沙漠中出现，犹他州的弗朗西斯·杰拉德修士永远也不会发现这份圣卷。弗朗西斯修士此前从未见过束着腰带的朝圣者，但他只瞥了一眼，就相信面前的这一位的确名副其实。这位朝圣者是个身材瘦高的老人，拄着根拐杖，戴着一顶柳编帽，蓄着毛茸茸的胡子，下巴周围已被黄沙染黄。他走起路来一瘸一拐，一侧肩上挎着只小小的革制水囊。他腰间缠的其实是块破破烂烂的脏麻布，除了帽子和凉鞋，他浑身上下就这么一件衣物了。他一路走，一路吹着不成调的口哨。

朝圣者拖着沉重的脚步，沿着破败的小径，从北方缓缓走来，似乎正朝着南面六英里开外莱博维茨兄弟会修道院而去。隔着一大片历尽沧桑的瓦砾，朝圣者和这名修士彼此都注意到了对方。朝圣者的口哨声停了，他盯着修士瞧。由于在斋戒期间独处的规矩有某些特定要求，修士很快移开了目光，继续手头的工作——搬来大石头，完成临时住所的防狼工事。弗朗西斯修士已经一连吃了十天的仙人掌果，身体不免有些虚弱，他发现这桩活计让他眩晕不已；周遭的景物在他眼前闪烁着、舞动着，还带有一些黑点。起初，他还不太确定忽然冒出来的这个胡子拉碴的身影到底是不是饥饿引起的幻觉，但片刻之后，那身影便向他欣喜地喊道：“你好啊！”

这声音悦耳动听。

受大斋期止语的规则所限，年轻的修士无法作答，只好羞涩地对着地面微笑。

“这是去往修道院的路吗？”流浪者问道。

见习修士朝着地面点点头，伸手到地上去拿一块类似粉笔的碎石。朝圣者小心地穿过瓦砾堆，向他走来。“你搬这些石头干什么？”他问道。

修士跪下来，在一块平坦的大石头上匆忙写下了“独处、止语”几个字，以便让朝圣者明白——如果他识字的话，这种概率不大——他这是在给忏悔者制造犯罪的机会，或许他会开恩，平静地离去。

“哦，好吧。”朝圣者说。他在那里站了片刻，四处张望了一下，然后用手杖在一块大石头上敲了敲：“那块石头看起来你用着应该挺称手的，”他主动开口帮忙，然后又道，“好吧，祝你好运。如你所愿，希望你能获得**声音**。”

弗朗西斯修士没有立刻意识到，那个陌生人所说的“声音”一词中包含着大写的字母“V”，他只是以为那位老人把他错当成聋哑人了。当朝圣者吹着口哨缓步走开的时候，他再次抬头看了一眼，即刻无声地在他身后祝福他一路平安，又接着砌起了石头。他正在砌一处跟棺材差不多大小的围场，这样晚上他就可以睡在里面，而不至于变成狼饵。

天空中游荡的积云从沙漠上空飘来，欲雨还休，让沙漠无奈，正要飘到群山那边去洒下湿漉漉的甘霖。在灼热的阳光下，这片云给了他求之不得的喘息之机，他干得飞快，想在云层飘走之前赶紧弄完。他不时停下手头的活计，悄声祈祷，希望能确知自己真正的天命，因为这就是他在沙漠中斋戒时内心探求的真正目标。

最后，他搬起了朝圣者先前敲过的那块石头。

他精疲力竭的脸唰一下变了颜色。他退后一步，扔下那块石头，仿佛刚才发现了一条蛇。

瓦砾堆里躺着一个锈迹斑斑的金属盒，几乎快被压扁了……

他好奇地朝那盒子走去，然后又停下脚步。有东西，真有东西。他急忙在胸前画了个十字，对着天空喃喃念了几句拉丁语，这样他仿佛就获得了什么防护似的，重新审视着那盒子。

"*Apage Satunas!*"

他擎着诵经用的念珠串上沉甸甸的十字架来吓唬它。

"滚开，肮脏的诱惑者！"

他悄悄从袍子底下拿出一个洒圣水用的小瓶，趁那盒子还没反应过来他要干什么，就把圣水洒到了盒子上。

"如果你是魔鬼的造物，那就滚吧！"

盒子没有表现出萎缩、爆炸或熔化的迹象，也没有渗出亵渎神灵的脓水。它只是静静地躺在原地，任由沙漠里的风将一滴滴圣水吹干。

"那就顺其自然吧。"这位修士说着，跪倒在地，把盒子从它的藏身之地拖了出来。他在瓦砾堆上坐下，花了将近一个小时，才用一块石头把它砸开。他脑海中闪过一个念头：这样的考古文物——这显而易见是件文物——或许正是上天赐下的对他天命的昭示。但他旋即又将这个想法按捺了下去，其速度跟念头冒出来的时候一样迅疾。他所在修道院的院长曾经严正警告过他，绝不要企盼自然奇观会给个人带来直接的启示。确实，他从修道院出来，在此斋戒并苦修四十天，以期或许可以获得圣职召唤的灵感；但若是指望有一种景象或一个声音呼唤道："弗朗西斯，你在哪里？"那简直就是异想天开。有太多的见习修士从沙漠守夜归来，带回了各种流言，称天空中曾出现过各种征兆、预示和幻象，凡此种种，善良的修道院院长都对其制定了严格的规则。唯有梵蒂冈才有资格判定这些事情的真假。他曾咆哮道："中了一次暑算不上什么表明你适合宣誓担任圣职的征兆。"当然了，随着内在的真谛逐渐成形，除了内在的心灵之耳，来自上天的召唤甚少通过其余方式来传达，这是真实不虚的。

然而，弗朗西斯修士在处理这只旧金属盒时，心中仍然尽可能地怀着敬畏之情。

盒子猛地打开，盒内有东西掉了出来。他目不转睛地瞧了半天，才敢伸手去摸，一阵凉意随之袭上他的脊梁骨。这是如假包换的古代文物！作为一名考古学专业的学生，他几乎不敢相信自己眼前晃动的景象。他心想，杰瑞斯修士会嫉妒得发疯的，不过他很快就对这样的恶念感到后悔了，于是他向着上苍喁喁细语，对赐下了这样的宝藏表示感激。

他轻手轻脚地抚摸着这些物件——这些都是再真实不过的存在——然后开始加以整理。他所具备的专业知识使他得以辨认出了螺丝刀——这是一种古代工具，曾用于将金属螺丝拧进木头——以及一副刀具，刀刃并不比他的拇指长，却坚固得足以割开柔软的金属或骨头。有一件奇怪的工具，木柄已经腐烂，还带着个沉重的铜头，上面粘着几片熔化了的薄薄铅片，但他根本不明白这是什么东西。有一圈用树胶做成的黑乎乎的环形物，千百年来已然严重变质，早已面目全非了，让他根本无法辨认。有奇怪的金属碎片、碎玻璃，以及各式各样带有金属线的微小管状物，正是山里的异教徒们当作宝贝般珍视的那种符咒和护身符，不过也有一些考古学家认为，这是传说中所谓"分析机"的残留物，据说可以一直上溯到"大火灾时代”。

他仔细查看过这一切，在平坦宽阔的石头上摊开来。他将文件留到了最后。一如往常，这些文件才是真正难得的珍品，因为在“简化时代”漫天的大火中，得以幸存下来的文件寥若晨星，当无知群氓叫嚣着复仇时，即便是神圣的文献也在烈火中烧卷了边，熏得焦黑，化作了一缕青烟。

他发现了两张叠起来的大纸和三张字迹潦草的手写纸条。由于年代久远，都有了裂痕，轻轻一碰就会损坏，他轻手轻脚地拿着文件，用长袍遮挡起来，免得被风吹到。上面的字迹难以辨认，并且是匆忙用“大火灾时代”以前的英文潦草写成的——这种语言如今与拉丁文一样，只有修士才会在圣礼上使用。他慢慢地拼出上面写的话，辨认出了单词，但话中的含义他却并不确定。其中一张纸条上写着：“一磅熏牛肉，一罐泡酸菜，六个百吉饼，给艾玛。”另一张上的整理出来则是：“别忘了给瑞文纽叔叔取1040表格。”第三张纸条上只有一列数字，在一个圆圈里写着总和，又在此基础上减去另一个数字，最后算出一个百分比，然后写着“该死！”二字。他从中什么也推断不出来，只好检查了一下算术是否正确，结果验算无误。

那两页面积更大的纸张当中，有一张卷得紧紧的，在修士企图展开时便碎成了一片片；他只能辨认出“赛马新闻”几个字，仅此而已。他把它放回盒子里，以备日后复原。

第二张大纸是折好的单页纸，折痕处相当易碎，他只能把折好的部分掀开一点，尽力往其中窥看。

这是张图……深色的纸上画着白线组成的网状图案！

他的脊梁上再次生起一阵寒意。这是一份蓝图——这是一种相当罕见的古代文献，最受研究古代文物的学生重视，而且其含义往往对翻译者和研究者来说都极具挑战性。

而且，仿佛这样的发现本身还不足以称其为一件幸事似的，在文件底下一角的方块里所写的词当中，竟有他所在修会的创始人——“真福者[1]莱博维茨”本人的名字！

他激动得双手颤抖，简直险些要把这张纸撕碎。临别时，朝圣者说过的话又浮现在他脑海中：“如你所愿，希望你能获得声音。”他确实获得了声音，“声音（Voice）”这个词其中的字母V是大写的，由从天而降的鸽子的双翼组成，以金叶为背景，发出三色光芒。V，一如“天命”（Vocation）当中包含的V字，他看得一清二楚。

他又偷偷地瞄了一眼，确信的确如此，然后舒了一口气：“真福者莱博维茨，请指引我……圣者莱博维茨，请倾听我。”第二句祷词可谓胆大包天，因为他所在修会的创始人尚未被追封为圣徒。

他忘记了修道院院长的警告，飞快地爬起来，目光越过那片闪着微光的地带，远眺南方，这是那位裹着粗麻腰布的老流浪者前往的方向，但那朝圣者早就走得无影无踪了。毫无疑问，他若非真福者莱博维茨本人，便定是上帝派来的天使，因为是他指出了这块石头应该挪开，并喃喃说出了那句预言般的道别之语，难道这一神奇的宝藏不正是他揭示的吗？

弗朗西斯修士站在阳光下，沉浸在满心敬畏之中，直到红日沉落山间，夜幕降临，似要用阴影将他吞噬。最后，他动了动，提醒自己有狼。天赐的这份礼物并不能确保他拥有征服野兽的神授之力，他急忙接着搭建藏身之处，要赶在黑暗笼罩沙漠之前完成。当星星出现在天空中的时候，他重新点燃了篝火，采到了每日果腹所需的小小的紫色仙人掌果，除了教士在每个安息日给他捎来的那把炒玉米，这就是他唯一的营养来源了。有时，他发现自己竟饥肠辘辘地

1. 文中莱博维茨此时仅列入真福品，尚未列入圣品，故下文称其为“圣者”属于逾矩。

盯着岩石上匆匆跑过的蜥蜴，并被大快朵颐的噩梦所困扰。

可是今晚，饥饿感倒在其次，更令他煎熬的是那股急不可耐的冲动，他想要跑回修道院去，向其他修士们宣告他的这场奇妙邂逅。当然这种做法是难以想象的。无论这是不是他的天命，他都必须留在这里，一如既往地修行，就像什么特别的事也没发生过一样，直到斋戒期结束。

这座遗址上将会建起一座大教堂，他坐在篝火旁，恍惚地想道。他似乎眼看着教堂从古老村庄的瓦砾堆中拔地而起，壮观的尖塔在沙漠中数英里开外的地方就能看到……

但教堂这种地方是为熙熙攘攘的人群准备的，而沙漠里只居住着零星的狩猎部落和修道院里的修士们。他在有关圣地的梦中安然入睡，束着腰带的朝圣者们如潮水一般被梦中的圣地吸引而来……他昏昏沉沉地睡着，等他醒来时，篝火已然仅剩下闪烁的余烬。好像有什么东西不对劲。他真是自己一个人吗？他眨巴着眼睛，在黑暗中四下张望。

烧得红通通的炭层上方，黑乎乎的狼也冲他眨了眨眼睛。修士尖叫一声，冲进掩体里躲了起来。

他躺在石头砌成的窝里瑟瑟发抖，一边在心中认定，方才的那声尖叫并不算严重违反了止语规定。外面传来带着肉垫的狼爪在石墙上四处抓挠的声音，他躺在那里，抱着金属盒，祈祷着斋戒期赶紧结束。

每天晚上，狼群都在他的营地四周踱来踱去，黑暗中充斥着它们的嚎叫。白天则是饱受饥饿、酷暑和炎炎烈日刺眼之苦的噩梦。他把白昼的时间用来祈祷和捡拾木柴，尽量抑制着急不可耐地期盼圣星期六正午赶紧到来的迫切心情——那意味着大斋期及他的守夜到此结束。

但等到那一刻终于来临的时候，弗朗西斯修士发现自己已经饿得连欢呼的力气都没有了。他疲惫不堪地打好小包袱，拉起蒙头斗篷以遮挡阳光，腋下夹着他的宝贝盒子。此时，他已经比大斋首日那会儿轻了三十磅、虚弱了好几倍，他踉踉跄跄地走了六英里的路，回到修道院，还没走到大门口，他便精疲力竭地倒下了。他的弟兄们把他抬进门，为他沐浴修面，往他干裂的身子上涂抹圣油。据他们传言，他一直在喋喋不休地说着胡话，讲起了一个裹着粗麻腰布、离奇出现的存在，他跟它说话，时而把它当作天使，时而又把它当作圣徒，他还频频提及莱博维茨的名字，感谢他揭示出了神圣的文物和一份赛马新闻。

这样的话透过修道院的集会，很快就传到了修道院院长的耳朵里，他的眼睛立刻眯成了一条缝，下巴也因坚如磐石的规定而僵硬起来。

“把他带来。”那位德高望重的院长咆哮道，他的语气令书记员急匆匆地碎步小跑而去。

修道院院长踱来踱去，心中的怒火越蹿越高。并不是说他反对神迹本身，前提是要经过充分的调查和证实，且秘而不宣；因为神迹——即便其总是有悖于行政效率，而修道院院长既是教士，也是管理者——恰是他的信仰建立的基石。但是去年，诺银修士就弄出了一根神奇的刽子手绞索；前年，斯米尔诺夫修士因触碰了很可能是真福者莱博维茨留下的遗迹，所患的痛风又神奇地痊愈了；然后再前年……呸！这些事件出现得太频繁，离谱得过了头，根本无法容忍。自从莱博维茨行过宣福礼[1]以来，这些小傻瓜就一直在到处闻

1. 天主教追封过世者的一种仪式，即列入真福品，意在尊崇其德行足以上升天堂。经过宣福的人，便可享有“真福者”称号，位阶仅次于圣徒。

来闻去，追寻着神迹的残片，就像一群好脾气的猎犬在天堂的后门急切地抓挠着，想要讨点残羹剩饭。

这完全可以理解，但也相当难以忍受。每个修会都莫不渴望着其创始人能列入圣品，且会高兴地拿出任何一种证据来支撑这一主张。但修道院院长手下这群人正在失控，他们对于神迹的痴迷快要令亚尔伯莱博维茨修会沦为新梵蒂冈的笑柄了。他已经下定决心，要让任何一位带来新神迹消息的人为此承担后果，要么算是因鲁莽和不当轻信而接受惩罚，要么算是为恩赐之物苦修而付出代价，以防今后万一神迹得到确证。

当年轻的见习修士敲响他的房门时，修道院院长已经切换到了他所期望的那种在温和的外表下随时准备扑食的状态。

“进来吧，我的孩子。”他呼吸柔缓。

“您派人来……”见习修士顿了顿，注意到了修道院院长桌上那只熟悉的金属盒子，他高兴地微笑起来，接着说道，“……来找我吗，胡安神父？”

“是的……”修道院院长犹豫了一下，声音里带着一种尖酸刻薄的笑意，又加了一句，“或者你兴许更乐意我去找你吧，因为你已经声名鹊起了。”

“哦，不是的，神父！”弗朗西斯修士的脸涨得通红，有些喘不过气来。

“你今年 17 岁，显然是个白痴。”

“毫无疑问是这样的，神父。”

“你狂妄自大到如此地步，竟相信自己能胜任圣职，你能找出什么不可思议的借口来为你的虚荣开脱呢？”

“我什么借口也找不出，我的领袖和老师。我的骄傲罪孽深重、不可饶恕。”

“想象其大到不可饶恕的程度，这是一种更为强烈的虚荣。”教士咆哮道。

“是的，神父，我其实就是个小人物。”

修道院院长冷冰冰地一笑，又恢复了戒备的淡然：“那你现在已经准备好了否认你在高烧之下的胡言乱语，说什么有个天使在你面前现身，为你揭示了这……”他朝着那盒子轻蔑地指了指，“……这些杂七杂八的垃圾？”

弗朗西斯修士咽了口唾沫，闭上了眼睛：“我——我恐怕我不能否认这一点，我的院长。”

“什么？”

“我不能否认我亲眼所见的事，神父。”

“你知道自己现在会面临着什么吗？”

“知道，神父。”

“那就准备受罚吧！”

见习修士忍气吞声地叹了口气，把长袍撩到腰间，弯腰趴在桌上。好心的修道院院长从抽屉里拿出胡桃木做的粗尺子，在他光溜溜的臀上噼里啪啦狠狠抽了十下。他每打一下，见习修士都要乖乖地对这顿教训报以一句“*承神之佑！*”以示谦逊的美德。

“现在，你收回你说过的话吗？”修道院院长一面放下卷起的袖子，一面问道。

“神父，我不能。”

教士转过身去，沉默了一会儿。“很好，”他简洁地说，“去吧。不过就别指望在这一季你还能跟其他人一起郑重宣誓了。”

弗朗西斯修士含泪回到他的单间。他的伙伴们即将宣誓，跻身于修道院的正式修士之列，而他还必须得再等一年——在沙漠里的狼群之中再熬过一次大斋期，寻觅他觉得已经向他断然昭示过的天命。然而，数周过去后，他不无满意地发现，胡安神父并没有完全认真地把他的发现当作“杂七杂八的垃圾”。考古文物引起了修士们极大的兴趣，大家花费了许多时间清理工具、分类整理、把文件纸张复原到柔软的状态，并试着确定其中的含义。见习修士们甚至还悄悄传言，弗朗西斯修士发现了真福者莱博维茨留下的真正遗物——尤其是那张蓝图，上面印着传奇的“操作员科博尔斯通，申请人莱博维茨及哈丁”，这些字样上染有若干棕色的斑点，这或许是他的血；或者同样也有可能（正如修道院院长所指出的那样）是腐烂的苹果核留下的污渍。但蓝图标示的日期是公元 1956 年，而在这一日期——几乎可以确定——这位尊者恰在人世，他的一生如今已被传说和神话弄得模糊不清，所以除了少数事实之外，关于他的事迹已几乎不可考。

据说，上帝为了考验人类，曾命令那个时代的智者——其中就包括真福者莱博维茨——完善残忍的武器，并交给后世的法老。有了这样的武器，在短短几周之内，人类便摧毁了自身的大部分文明，消灭了大部分人口。在“大火灾时代”之后，继之而来的是瘟疫、疯狂，“简化时代”的血腥开始了，那些愤怒的幸存者将政治家、技术员和学者撕得粉碎，并把或许包含着可能再次导向人类毁灭的所有信息记载统统付之一炬。再也没有什么比书面文字和有学问的人更招人切齿痛恨的了。正是在这一时期，“傻瓜”这个词的意思变成了“诚实、正直、有道德的公民”，而过去代表这一概念的那个词是“普通人”。

为了躲避幸存下来的傻瓜们正义的怒火，许多科学家和学者逃进了唯一试着为他们提供保护的避难所。圣母教堂接纳了他们，给他们裹上了修士的长袍，企图不让他们被暴民发现。庇护所有时确有其效，在大部分情况下还是不起作用。修道院遭到入侵，许多记录和圣书被人烧毁，避难的人们被抓起来绞死。莱博维茨逃到了西多会修道院那里，按照他们的方式宣誓，成为一名教士，十二年后，他经罗马教廷许可，建立起了一个全新的教派，名为“亚尔伯会”，这一修会得名于圣大亚尔伯[1]，他是托马斯·阿奎那[2]的老师、科学家的守护神。新修会的宗旨在于保存世俗和宗教知识，而弟子们的职责就是记住从世界各地偷偷运来的这些书籍和文件上的内容。最终，莱博维茨被傻瓜们判定为前科学家，并施以绞刑，不幸殉道；但修会却延续了下来，等到拥有书籍、文件不再构成危险的时候，许多书籍上的内容又根据记忆重新誊写成了文字。然而，优先记录下的是圣书、历史、人文和社会科学方面的书籍——因为记忆者的记忆是有限的，几乎没有多少弟子接受过可以理解物理科学的训练。在人类浩如烟海的知识宝库中，只有少得可怜的手写书籍留存了下来。

如今，在历经六个世纪的黑暗之后，修士们仍然保留着它、研究着它、抄写着它，并且等待着。对于他们而言，他们所拯救的知识毫无用处，有些甚至于无法理解，而这一点对他们来说完全无所谓。知识就在那里，拯救它是他们的责任，即便世上的黑暗再持续一万年，它也仍然会与他们同在。

次年，犹他州的弗朗西斯·杰拉德修士又重返沙漠，再次独居斋戒。他又一次虚弱无力地回到修道院，回到院长面前，院长需要知道，他是要声称曾与天国的一员有过进一步的会谈，还是准备否认他去年讲过的那个故事。

“我的老师，看到了就是看到了，我也没办法否认。”小伙子重复了一遍。

修道院院长又一次以基督之名惩罚了他，他正式宣誓的时间又

1. 中世纪化学家、神学家。
2. 意大利中世纪经院哲学的集大成者，下文中的《神学大全》即是他的著作。

一次被推迟了。然而，这份文件在誊抄了一份副本之后，已经被转交给一所神学院进行研究。弗朗西斯修士仍然是一名见习修士，仍然继续满怀希望地梦想着总有一天，在他发现的那处遗址上或许会建起一处圣地。

“倔小子！”修道院院长发火道，“要真是像他说的那样，那个邋遢的家伙正往修道院的方向去的话，为什么没有别人见过他说的那个傻呵呵的朝圣者呢？这就是魔鬼代言人导演的又一出恶作剧，还粗麻腰布呢，跟真的似的！”

关于粗麻布的那段内容一直令修道院院长备感困扰，因为按照传统说法，莱博维茨就是被人拿做兜帽用的粗麻布袋绞死的。

弗朗西斯修士当见习修士一当就是七年，先后七回在沙漠里斋戒守夜，他模仿的狼嗥惟妙惟肖。为博诸位弟兄一乐，天黑以后，他会在墙里学狼叫，把狼群唤到修道院附近来。白天，他就在厨房里打杂，擦洗石头地板，继续进行对古人的研究。

后来有一天，神学院派出的一名信使骑着毛驴来到了修道院，带来了令人雀跃不已的消息。“现在已知，”信使说，“在这附近发现的文件的形成年月真实可靠，而那份蓝图与你们修会创始人的工作存在着某种联系。文件已被送往新梵蒂冈做进一步的研究。”

“这么说，有可能真是莱博维茨的遗物吗？”修道院院长平静地问道。

但信使不可能打包票打到那个地步，他只挑了挑一侧的眉毛：“据说，莱博维茨在领受神职的时候已经丧妻。如果能找到他已故妻子的名字的话……”

修道院院长回想起了盒子里的那张纸条，上面提到了某些食品，是写给一个女人的，他也挑了挑一侧的眉毛。

没过多久，他便把弗朗西斯修士召到了面前。“我的孩子，”教士笑容可掬地说，“我相信，现在终于到了你可以宣誓的时候了。我还要赞扬你的耐心和毅力。我们再也不会说起你，呃……与那个，呃，沙漠里的流浪者相遇的事了。你是个好傻瓜。如果你愿意的话，你可以跪下来领受我的祝福。”

弗朗西斯修士叹息一声，向前栽倒在地，不省人事了。修道院院长为他祈福，又让他苏醒过来，批准他可以庄严宣誓加入亚尔伯莱博维茨修会，并让他发誓要永远安于清贫、守贞，服从并遵守教规。

不久以后，弗朗西斯修士被分派到誊抄室，师从一位名叫霍纳的老修士。弗朗西斯修士无疑会在这里度过他的余生，用橄榄叶和欢乐的小天使图案来装饰一页页的代数文本。

“你每周有五个小时的时间，”弗朗西斯修士那位上了年纪的监督人哑着嗓子说，“如果你愿意的话，可以用来从事你自行选择、经过批准的项目。如若不然，这段时间就会被指定用于誊抄《神学大全》和现存的《大不列颠百科全书》零散的残篇副本。”

年轻的修士仔细考虑了一下，然后问道：“我可以把这段时间用来为莱博维茨的蓝图制作一份漂亮的详尽摹本吗？”

霍纳修士怀疑地皱起了眉头：“我不知道，孩子——我们的好院长对这个话题相当敏感。我恐怕……”

弗朗西斯修士恳切地请求他。

“好了，也许吧，”老人勉强答道，“这个项目似乎需要的时间挺短，所以——我批准了。”

年轻的修士挑选出了手头上好的羊羔皮，花了好几个星期的时间来加工、拉长，把它压制成完美的平面，漂白得像雪一样白。他花了更长的时间，钻研他那份珍贵的文件副本的每一处细节，以便熟知由几何标志和神秘符号组成的错综复杂的网中每一道细小的线条和标记。他专心致志地研究着，直到他即便闭上眼，整份副本惊人的复杂图案也历历在目。他又额外花了数周时间，泡在修道院的图书馆里，煞费苦心地搜寻着任何可能会带来些许灵感、让他得以理解图案的信息。

杰瑞斯修士是一名年轻的修士，与他一起在誊抄室工作，经常拿他在沙漠中的那次神奇邂逅来取笑他。他走过来，斜着眼越过弗朗西斯肩头瞅了瞅，问道："请问，6-B 单元的晶体管控制系统是什么意思？"

"很明显，这幅图所代表的事物就叫这个名字。"弗朗西斯有些愤愤地说，因为杰瑞斯刚才只是大声读出了文件的标题。

"那是肯定的，"杰瑞斯说，"但是这幅图代表的东西又是什么呢？"

"很明显，就是 6-B 单元的晶体管控制系统。"

杰瑞斯嘲弄地笑起来。

弗朗西斯修士的脸涨得通红。"据我猜想，"他说，"它代表的是一个抽象的概念，而不是一件具体的实物。这显然不是某种物体可以识别的图像，除非这种物体的外形根本不是写实的，必须经过特殊的训练才能识别得出来。在我看来，晶体管控制系统就是某种具有先验价值的高度抽象理论。"

"是关于哪个学术领域的呢？"杰瑞斯问道，脸上依旧挂着扬扬得意的笑容。

"唔……"弗朗西斯修士顿了顿，"既然我们的真福者莱博维茨在宣誓和领受神职之前是名电子学家，那么我想，这个概念应当适用于被称为电子学的那种已经消亡的艺术。"

"书上是这么写的。可是那门艺术的主旨又是什么呢，修士？"

"这个书上不也写了吗？电子学的主旨就是电子，在某部断简残篇当中，将其定义为'对虚无的否定扭曲'。"

“你的机敏给我留下了深刻的印象，”杰瑞斯说，“现在，说不定你可以告诉我，如何否定虚无呀？”

弗朗西斯修士略微涨红了脸，局促不安地思索着该如何作答。

“我估计，对虚无的否定应该会产生某种实在，”杰瑞斯继续说，“所以，电子就肯定是对某种实在的扭曲。除非否定针对的是‘扭曲’，那样的话，我们就是在进行‘虚无的非扭曲’，嗯？”他吃吃地笑起来，“这些古人得有多聪明啊。我看，弗朗西斯，你要是坚持研究下去的话，你就会学到如何‘对虚无进行非扭曲’，然后我们当中就会有一个电子了。我们把它搁在哪儿呢？或许该供在高高的圣坛上？”

“我说不好，”弗朗西斯生硬地回答，“但我抱着一种信念，即电子必定曾经一度存在过，即便我说不清它是如何构建的，或者它有怎样的用途。”

那位破坏偶像的反传统人士嘲弄地笑起来，又回去工作了。这件事让弗朗西斯感到难过，但并没有终止他对自己这个项目的潜心钻研。

图书馆里关于亚尔伯修会创始人那门失传艺术的信息少得可怜，等到把那点信息榨干以后，他就开始为打算绘在羊皮上的图案起草初步草图。由于这张图本身所代表的含义模糊不清，所以将对其进行精确的重绘，要临摹得与蓝图中一模一样，用炭黑色的线条绘出。不过，他并没有采用古人那种朴实无华的大写印刷体，而是把文字和数字改为更富装饰性、更色彩缤纷的字体。原先在一个标有“规格说明”的方框内所写的文字，他会以一种赏心悦目的方式，将其分散到文件四周的边沿，写在由鸽子和小天使撑起的蔓叶和盾牌上。他会将几何形花饰图案想象成框架，用绿色藤蔓、金色果实、鸟类来作为装饰，或许还要再添上一条诡计多端的蛇，好让图中的黑色线条显得不这么刻板、朴素。页面顶部的图案象征着三位一体的上帝，底部则是代表亚尔伯修会的盾形纹章。如此一来，真福者莱博维茨的晶体管控制系统就会变得更美观，无论是在外观上还是思想内涵上都显得赏心悦目。

等他完成草图以后，他羞赧地拿去给霍纳修士看，征求他的意见或认可。“我明白了，”老人有点懊悔地说，“你的计划所需的时间不像我所希望的那么短。但是……不管怎样，你还是继续干下去吧。设计得很美，真的很美。”

“谢谢您，修士。”

老人凑近了他，诡秘地眨眨眼：“我听说，真福者莱博维茨被追封为圣徒的进程加快了，所以我们亲爱的院长可能不像以前那样为之前那事儿烦恼了。”

当然了，听到追封速度加快的消息，本修会中的所有修士都很欣喜。莱博维茨的宣福礼早就行过了，但将他追封为圣徒的最后一个步骤尽管正在审理中，却可能还需再过多年才能完成；事实上，魔鬼代言人[1]可能会挖出一些证据来彻底阻止他封圣。

从最初构思这个项目的时候开始算起，又过了好些月份，弗朗西斯修士才开始在羊皮上进行实际绘制。错综复杂的蔓叶花样、精细到令人难以忍受的金箔镶嵌、发丝般精致的细节，致使这项工作需要耗费数年的辛劳才能完成；当他的眼睛开始难受的时候，有好几个星期，他根本不敢动手去碰它，生怕因为一个小小的差错而让其毁于一旦。但经过艰苦的努力，慢慢地，这张古代图表变得光彩夺目。修道院的弟兄们纷纷聚在一起欣赏，对着这张图窃窃私语，有些人甚至还说，这幅图的灵感本身便足以证明，他确实曾经邂逅过那位可能就是真福者莱博维茨本人的朝圣者。

然而，杰瑞斯修士却如是评论：“我不明白，你为什么不把你的

1. 封圣过程中，魔鬼代言人的职责是对封圣候选人的资格进行质疑，以确保封圣的严谨性。

时间花在有实际用处的项目上。”这位持怀疑态度的修士一直在利用闲暇时间为礼拜堂里的油灯制作和装饰羊皮灯罩。

年迈的主誊抄师霍纳修士病倒了。未过几周，这位深受爱戴的修士已是奄奄一息。在修道院众人的悲痛中，院长悄然任命杰瑞斯修士为誊抄室主管。

降临节一大早，人们在吟唱声中举行了大葬，那位圣洁老人的遗体被安葬到他的故土。第二天，杰瑞斯修士便告知弗朗西斯修士，他觉得现在是时候把小孩子的把戏收起来开始干大人的工作了。弗朗西斯顺从地把他珍贵的作品用羊皮纸包起来，用厚木板遮好，搁到架子上，开始制作羊皮灯罩。他没有半点怨言，他意识到，总有一天，杰瑞斯修士的灵魂也会步霍纳修士的后尘而去，开始全新的生活，誊抄室只不过是其中的一个阶段而已，这个想法令他心安。到那以后，上帝保佑，他也许就会获准把他心爱的文件画完。

然而，上帝介入这件事的时间比那要早。次年夏天，一位蒙席大人带着几名书记员，乘着驴车来到了修道院，宣布他来自新梵蒂冈，乃是作为莱博维茨在圣徒追封程序中的代言人，前来调查修道院所能出示的证据，这样的证据或许会对追封产生影响，其中包括所谓的在一位犹他州的弗朗西斯·杰拉德面前离奇出现的真福者本人。

这位先生受到了热烈的欢迎，下榻在专为来访的高级教士准备的套间里，由六名年轻的修士无微不至地服侍，以满足他各种一时兴起的念头——这样的念头他几乎没有。尽管贵客坚持让修道院里的众人一切照旧，但他们还是开了上好的酒，猎人捕来了最肥的鹌鹑和丛林鸡，每天晚上都有小提琴手和一班小丑为这位代言人提供消遣。

到了贵客来访的第三天，修道院院长派人召来了弗朗西斯修士。“迪·西莫内蒙席大人想见见你，”他说，“小子，如果你又异想天开的话，我们就把你的肠子绷在小提琴上当琴弦，拿你的尸体去喂狼，把你的骨骸埋在渎神之地。现在快走，去见见这位好先生吧。”

弗朗西斯修士并不需要这样的警告。自从他结束了沙漠中的第一次大斋期，从发着高烧的胡言乱语中醒来以后，除了有人问及与朝圣者的邂逅，他再也没有提起过这件事，也不允许自己进一步揣测朝圣者的身份。一想到这位朝圣者可能会引起教会的高度关注，他就有点害怕。敲响蒙席大人的房门时，他的敲门声也是怯生生的。

事实证明，他的恐惧毫无道理。蒙席大人是一位温文尔雅、善于交际的长者，对小修士的经历似乎颇感兴趣。

寒暄了几分钟后，他说道：“现在谈谈你与我们这位真福创始人的相遇吧。”

“哦，可我从来没说过他就是我们的真福者莱博——”

“你当然没说过，我的孩子。这是我从其他地方收集到的一份关于此事的叙述材料，我希望你能读一读，要么确认一下，要么做出更正。”他停下来，从箱子里抽出一卷东西，递给弗朗西斯，“当然了，这个版本的消息来源只是道听途说罢了，”他补充说，“只有你能给出第一手的描述，所以我希望你能对其进行极为严谨的修改。”

“当然可以。发生的事情真的非常简单，大人。”

但是，从他手中这卷材料的厚度来看，道听途说的叙述显然没那么简单。弗朗西斯修士越往下读，心里就越是害怕，没过多久，他彻底变得惊恐万分。

“我的孩子，你的脸色很苍白。是有什么地方错了吗？”那位尊贵的教士问道。

“这……这……根本不是这样！”弗朗西斯喘着气道，“他根本没跟我说上几句话。我只见过他一次。他只是问我去修道院的路该怎么走，然后敲了敲块石头，我在那石头下面发现了圣物。”

“没有犹如天籁的唱诗声吗？”

“哦，没有！”

“那圈光轮，还有他走过的那条路上沿路长出的玫瑰花毯，都不是真事吗？”

“上帝为我做证，根本没发生过这样的事！”

“啊，好吧，”代言人叹了口气，“旅行者的故事总是夸大其词的。”

他似乎很难过，弗朗西斯急忙道歉，但代言人认为这对此事来说无关紧要。“还有其他神迹，都被仔细记录下来了，”他解释道，“不管怎样——关于你发现的这些文件，有一个好消息。我们已经获知了他妻子的名字，她在我们的创始人入教之前就去世了。”

“是吗？”

“是的，她叫艾米丽。”

尽管弗朗西斯修士对朝圣者的描述令他感到失望，但迪·西莫内蒙席大人还是在弗朗西斯发现文物的地方待了五天。修道院一群热心的见习修士陪同他前往，人人都拿着锄头和铁锹。经过大范围的挖掘，这位代言人带着一小批其他杂七杂八的人工制品回来了，还有一个膨胀的锡罐，里面装着一团干瘪的东西，可能曾经是德国泡菜。

临行前，教士去了一趟誊抄室，要求看一看弗朗西斯修士为那张著名的蓝图绘制的摹本。修士一边说这完全算不上什么，一边急切地把摹本捧出来，连双手都在颤抖。

“哎哟喂！”蒙席大人说，或是发出了类似这样的声音，“画完哪，伙计，画完哪！”修士笑眯眯地看了看杰瑞斯修士。杰瑞斯修士迅速转过身去，后颈渐渐变得通红。第二天早上，弗朗西斯又拿起了金箔、羽毛笔、刷子和染料，重新开始辛勤绘制那幅蓝图装饰华丽的摹本。

然后又有一队驴车自新梵蒂冈而来，带了齐整的书记员和武装护卫随行，以抵御路上的强盗。这一回队伍里领头的是位长着犄角和尖牙的（或者说几名见习修士事后是这样证实的）蒙席大人，自称是魔鬼代言人，反对莱博维茨封圣，他到此是进行调查——并且还暗示，或许还要弄清楚始作俑者究竟是谁——因为有好些难以置信、得了癔症般捕风捉影的谣言从修道院传出来，甚至传到了新梵蒂冈的高层耳中。他明确表示，他绝不会容忍空想出来的无稽之谈。

院长彬彬有礼地迎接了他，道歉说客房最近发生天花病菌感染，然后在一个朝南的单间里给他提供了一张简易铁床。这位蒙席大人由他自己的随员侍奉，在修道院的餐厅里和修士们一起喝稀饭、吃草药。

"我知道，你很容易晕厥，"当那一可怕的时刻来临时，他对弗朗西斯修士说，"你家里有多少人患有癫痫或精神错乱？"

"一个也没有，阁下。"

"我不是什么'阁下'，"教士厉声说，"现在，我们要从你嘴里把真相刨出来。"他的语气表示，他认为这只不过是一次简单直接的外科手术，在几年前就该进行了。

"你知道文件可以进行人为老化吗？"他问。

弗朗西斯对此一无所知。

"你知道莱博维茨的妻子名叫艾米丽吗？你知道艾玛并不是艾米丽的昵称吗？"

这个弗朗西斯也不知道，但他想起来，在他小时候，自己的父母对彼此的称呼相当随意："如果真福者莱博维茨乐意叫她艾玛的话，那我肯定……"

蒙席大发雷霆，用语义学上的尖牙利齿对着弗朗西斯狂撕乱咬，令这名困惑的修士自己都怀疑之前是不是真的见过那位朝圣者了。

在这位代言人离开之前，他也要求看一看那份蓝图华丽的摹本，这一次奉上抄本的时候，修士的手仍然颤抖着，不过是出于恐惧，因为他怕自己可能会再次被迫退出这个项目。然而，蒙席只是站在那里，凝视着摹本，略微咽了口唾沫，勉强点点头："你的想象很生动，"他承认，"不过当然了，这一点我们大家都知道，对吧？"

蒙席的犄角似乎立刻缩短了一寸，当天晚上，他便回新梵蒂冈去了。

岁月如梭，让曾经青春的面孔平添了沟壑，让两鬓染上了风霜。修道院永无休止的劳作日复一日，如涓涓细流般，为外面的世界提供着誊抄和再次转誊的手稿。杰瑞斯修士生出了制造印刷机的雄心壮志，但当院长要他说明原因时，他却只答得出："这样我们就可以批量生产了。"

"哦？在一个以目不识丁为荣的世界里，你打算用那种玩意儿做什么？当成引火用的纸卖给农民吗？"

杰瑞斯修士不快地耸了耸肩，于是誊抄室里继续使用墨水壶和羽毛笔。

然后，有一年春天，在大斋期开始之前不久，一位信使为修会带来了可喜的消息。莱博维茨封圣一事已经办成。枢机团即将召开会议，而亚尔伯修会的创始人即将被列入圣徒历。在宣布这一消息之后的欢庆时刻，修道院院长——如今他已衰朽老迈——召来了弗朗西斯修士，气喘吁吁地说：

"奉教皇大人之命，艾萨克·爱德华·莱博维茨的封圣典礼需要你到场。准备动身吧。

"这回不要再在我面前晕倒了。"他抱怨地又加了一句。

去新梵蒂冈至少得走上三个月，或者更久，具体时间取决于弗朗西斯修士在毛驴被不可避免会碰到的强盗抢走之前能走出多远，因为他会手无寸铁地独自一人上路。他随身仅仅带了一只乞食用的碗，还有莱博维茨那份蓝图的华丽摹本，祈祷着无知的强盗们会认为摹本没什么用。不过为防万一，他在右眼上蒙了只黑色眼罩，因为农民是一帮迷信的人，只要有一点恶魔之眼的蛛丝马迹，他们往往就会被吓跑。他带上这样的武器和装备，动身响应教宗的召唤去了。

走了两个多月，他在一条山间小道上遇到了强盗，这里草木繁茂，又地处偏僻。他遇见的这个强盗身材矮小，却壮如牛，圆不溜秋的脑袋油光光的，下颌跟花岗岩差不多。他站在小路上，双腿分得很开，粗壮的胳膊交叉在胸前，看着那个小小的身影骑着毛驴走近。强盗似乎只有一个人，只带了一把刀，他根本懒得把刀从腰带上解下来。看清他的模样以后，弗朗西斯有些失望，因为他一直暗自希望能再次遇见很久以前碰到过的那位朝圣者。

“下来！”强盗说。

毛驴在小路上停下。弗朗西斯修士把蒙住脑袋的斗篷向后一甩，露出了眼罩，举起颤抖的手指来摸了摸。他开始慢慢地掀起眼罩，仿佛是要露出藏在底下的某种可怕的东西。强盗把脑袋向后一仰，放声大笑，这笑声简直像是从撒旦本尊的喉咙里冒出来的。弗朗西斯喃喃地念了一道驱魔咒，但强盗似乎不为所动。“好几年前，你们这些穿着黑口袋的笨蛋就戴着这玩意儿出来了。”他说，“下来！”

弗朗西斯笑了笑，耸耸肩，乖乖地下了毛驴。

“日安，先生。”他和蔼地说，“你可以牵走这头驴。我想，走路会增进我的健康。”他又是一笑，转身要走。

“等一下，”强盗说，“把衣服都脱了，咱们看看包袱里头都有啥。”

弗朗西斯修士摸了摸乞食用的碗，做了个无奈的手势，但这个动作只招来了强盗又一阵轻蔑的笑声。

“我以前也见过这种要钱罐罐的把戏。”他说，“上一个带着讨饭碗的人在靴子里藏了半赫克罗的金子。现在赶紧脱。”

弗朗西斯修士亮了亮脚上的凉鞋，但还是脱起了衣服。强盗搜遍了他的衣服，什么也没找到，然后把衣服扔回给他。

“现在咱看看包袱里头。”

“里头只有一份文件，先生，”修士抗议道，“除了所有者，对谁都没价值。”

“打开。”

弗朗西斯修士默不作声地照办了。在透过树荫照进来的阳光下，金叶和五彩斑斓的图案熠熠生辉。强盗张大了嘴，宽阔的下巴往下掉了得有一英寸。他轻轻地吹了声口哨。

“真漂亮！难道我婆娘不愿意把它挂在墙上吗？”

他继续盯着文件瞅，而修士心中慢慢变得难受起来。*噢，主啊，您若差遣他来试验我，*他在心里祈求道，*那就求您助我死得像个人样吧，因为他若非要不可，便只能从您仆人的尸首手中夺走。*

“给我包起来。”强盗下令，他突然下定了决心，闭起了嘴巴。

修士轻声啜泣道：“求你了，先生，你不会抢走一个人耗费毕生心血才完成的工作吧。我花了十五年的时间来装饰这份手稿，而且……”

“好啊！你是自个儿画的，对吧？”强盗把头往后一仰，又狂笑起来。

弗朗西斯面红耳赤地说：“我看不出有哪儿好笑，先生……”

强盗一边狂笑，一边指着那份文件：“你！花了十五年的时间，搞了这么个没用的纸玩意儿。你就干这事儿。告诉我，这是为啥呀。给我个不错的理由。十五年了，哈！”

弗朗西斯目瞪口呆地望着他，没有作声，也想不出任何回答来消除他的轻蔑。

修士小心翼翼地把文件递了过去。强盗双手抓过来，作势要把它从中间撕成两半。

“耶稣，玛丽，约瑟夫啊！”修士尖叫着，跪倒在小路上，“看在上帝的分上，先生！”

强盗的态度稍稍和缓了一点，把文件扔到地上，窃笑了一声：“那咱们就为了它摔摔跤。”

“怎么着都行，先生，你要怎么着都行！”

他们摆好了架势。修士在胸前画了个十字，回想起来，摔跤曾是一项为教会所认可的运动——抱着坚定的信念，他大步迈向了战场。

三秒钟之后，他呻吟着，仰面躺在地上，被压在一座矮小的肉山下，一块锋利的石头好像快把他的脊梁骨给割断了。

“嘿嘿。”强盗说着站起来，准备去拿他的文件。

弗朗西斯修士像在祷告一样双手合十，跟在他背后膝行而前，声嘶力竭地乞求着。

强盗转过身来：“我相信，为了把它拿回去，你会不惜吻我的靴子的。”

弗朗西斯赶上了他，热诚地吻了吻他的靴子。

就算是强盗这么个铁石心肠的家伙也受不了了。他咒骂了一声，把手稿重新撂到地上，爬上了修士的驴背。修士一把抄起那份珍贵的文件，小跑着跟在强盗旁边，一再地感谢他，一边反复地祝福他，而强盗则骑着驴离开了。弗朗西斯对着那个离去的身影热情洋溢地画了个祝福的十字，一面感谢上帝，世上竟有这样无私的强盗。

只不过，当那人消失在树林中时，他心中泛起了一阵悲哀的余波。花了十五年的时间，搞了个没用的纸玩意儿……那嘲弄的声音仍然在他耳边回响。为什么呢？说个不错的理由，为什么花了十五年。

他不习惯外面的世界直来直去的方式，不习惯这里恶劣的习惯和简单粗暴的态度。他发现自己的心被这些嘲弄的话深深地扰乱了，他步履沉重地往前走，脑袋在斗篷底下耷拉着。他一度想过要把文件扔到灌木丛里去，任凭雨打——但胡安神父已经批准了他把文件当作礼物，他总不能空着手去吧。他抑制住这样的冲动，继续往前走。

那一刻终于来临了。在宏伟的大教堂里，这场仪式犹如一场壮丽的奇观，声音、庄严的动作和鲜艳的色彩交织在一起，洪流般在他周围涌动着。当绝对正确的圣灵终于被唤醒时，一位蒙席——弗朗西斯注意到，那正是迪·西莫内，这位圣徒的代言人——站了起来，并请圣彼得通过利奥二十二世[1]之身发言，命全体会众倾听。

于是，教皇语调平稳地宣称艾萨克·爱德华·莱博维茨为圣徒，仪式到此结束。这位默默无闻的古代技术员从此跻身于天国的圣人之列，当唱诗班高唱起“赞美颂”时，弗朗西斯修士向他的新恩主虔诚地祈祷。

教皇快步走进小修士等候着的会客室，令弗朗西斯修士大吃一惊，一时之间说不出话来。他飞快地跪下，亲吻了教皇的图章戒指，领受了祝福。站起来的时候，他紧紧攥着那份华美的文件，把它藏在背后，仿佛感到羞愧似的。教皇察觉到了他这个动作，笑了起来。

“孩子，你给我们带来了一件礼物吗？”他问道。

修士有些哽咽，傻乎乎地点点头，把文件拿了出来。这位基督的代表盯着文件看了良久，没有露出明显的表情。随着时间一分一秒地流逝，弗朗西斯修士的心也不断地往下沉。

“这算不得什么，”他不假思索地脱口道，“只是一份微不足道的

---

1. 历代有十三位天主教教皇名为“利奥”，二十二世应为作者杜撰的未来教皇称号。

礼物。我感到很羞愧，浪费了这么多时间在这……”他哽住了，说不出话来。

教皇似乎没有听见他的话。“你理解圣艾萨克符号学的意义吗？”他问道，一面好奇地盯着电路的抽象图案。

修士默然摇摇头。

“无论它到底是什么意思……”教皇起了个头，但又打住了。他微笑着说起了别的事情。弗朗西斯之所以受到如此礼遇，并非因为人们对他所说的朝圣者做出了任何官方定论；乃是因为他在发现如此重要的文件和圣徒遗物的过程中发挥的作用，因为无论当初是如何发现的，人们都将这些发现认定为重要的文件和圣徒遗物。

弗朗西斯结结巴巴地表示了感谢。教皇再次凝视着他那五彩斑斓的华美图稿。“不管这是什么意思，”他又吸了口气，“这点学问尽管已经消亡，却仍会再次复活。”他抬起头，朝修士微笑着眨了眨眼，“而我们会守护着它，直到那一天来临。”

小修士这才头一回注意到教皇的长袍上有个洞。事实上，他的衣物已经破旧不堪了。会客室里的地毯有些地方已经磨穿了，天花板上的石膏也在剥落。

但沿墙放置的书架上摆着书。书中有美丽的图画，讲述了无法理解的事情，誊抄者的工作不是去理解，而是去挽救。而书籍仍在等待着。

“再见了，亲爱的孩子。”

这位知识之火的小小守护者步履艰难地跋涉着，要走回修道院去。当他走近那个强盗出没的偏远地区时，他的心在歌唱。如果强盗这天碰巧在休息的话，修士打算坐下来，等他回来。这一次，他有了答案。

（罗妍莉　译）

科幻小说如磁石

直至近年，科幻小说始终吸引着众多才华横溢的作家投身创作，而能从中获得充分收益的作家数量却相对较少。在 20 世纪 50 年代尤其如此，当时科幻小说经历了罗伯特·谢克里所称的“虚假繁荣”，蓬勃发展的杂志和图书市场似乎可以养活一大批全职作家，但这样的兴盛只是幻象，最终坚持下来的作家屈指可数。

其中一位成就卓然的作家便是阿尔吉斯·布德里斯——尽管他几乎一直都另有其他工作在身。他是立陶宛人，出生于东普鲁士的格尼斯堡，父亲是当地的一名外交官。6 岁时，他随家人来到美国。他父亲在纽约市担任立陶宛总领事多年。

布德里斯曾就读于迈阿密大学和哥伦比亚大学，曾在美国运通公司任调查专员。1952 年，他将处女作《崇高目标》（“The High Purpose”）卖给了《惊异》杂志；同年进入一家先驱性的科幻图书出版公司诺姆出版社任助理编辑；次年成为《银河》杂志的助理编辑。1953 年至 1961 年间，他曾在多家出版社担任助理编辑、撰稿人及艺术指导；1963 年至 1965 年，他担任摄政图书公司主编，并任花花公子出版社的编辑部主任，1966 年后则改任广告及公共关系客户主管。1973 年，他再次短暂就任编辑。此后，他便始终是自由撰稿人兼传播顾问。他为“未来作家大赛”担任了多年协调评委（这个职位是由他恢复的），并于 20 世纪 90 年代担纲自营科幻杂志《明日》（*Tomorrow*）出版人兼编辑，该杂志在被撤之前印刷过一期，也出版过一次电子版。他还曾在 1997 年洛内斯塔世界科幻大会（World Science Fiction Convention）上担任荣誉贵宾。

布德里斯的首部小说为《幻夜》（*False Night*，1954），后来的修订版名为《不死之人》（*Some Will Not Die*，1961）。他的第二部小说《谁？》（*Who?*，1958）引起了相当大的关注，后被改编成电影。《坠落的火炬》（*The Falling Torch*，1959）以他父亲所在的外交使团为创作背景。《淘气的月亮》（*Rogue Moon*，1960）或许是他最出色的一部作品，将爱情、死亡和回忆的主题与解开在月球上发现的致命外星迷宫之谜的科幻问题融汇为一体。数年之后，布德里斯又重新开始写作科幻小说，著有《铁刺》（*The Iron Thorn*，1967）、广受欢迎的《米迦勒节》（*Michaelmas*，1977）、《刻耳柏洛斯》（*Cerberus*，1989）和《硬着陆》（*Hard Landing*，1993）。他的短篇小说被收录在《意想不到的维度》（*The Unexpected Dimension*，1960）、《布德里斯的地狱》（*Budrys' Inferno*，1963）和《血与火》（*Blood and Burning*，1978）等书中。

在此间隙，布德里斯不仅编辑书籍，也在传播领域以自由职业者的身份奠定了自身地位，并且成为一名评论家，他从 1965 年开始在《银河》杂志上定期发表专栏评论文章，其后又在《奇幻与科幻杂志》上发表专栏文章，并为《华盛顿邮报》、《芝加哥太阳报》及其他媒体撰写评论。十余年来，他一直是该领域最出色的评论家，定期有评论文章问世。他发表在《银河》杂志上的系列专栏文章还被结集重新出版为《基准：银河书架》（*Benchmarks: Galaxy Bookshelf*，1985）。他还出版了一本小册子，讲述《科幻及奇幻小说写作》（*Writing Science Fiction and Fantasy*，1990）。

20世纪六七十年代，他之所以没有持续稳定地创作科幻小说，或许并非出于经济因素，而是由于这样的天赋在别处得到的回报往往更为丰厚——总共就只有那么多稿酬和那么些奖项。科幻小说作家赖以成功的想象力和写作技巧在其他领域也同样颇有市场，而且其中众多职业也自有其令人满足之处。

《无人扰格斯》（"Nobody Bothers Gus"）是布德里斯创作生涯早期的作品。布德里斯是位多产的短篇小说作家，曾使用过众多笔名（戴维·C.霍奇金斯、伊万·詹维尔、保罗·詹维尔、罗伯特·马纳、阿尔杰·罗姆、威廉·斯卡夫、约翰·A.森特里及艾伯特·斯特劳德）。《无人扰格斯》刊载于1955年11月那一期的《惊异》，署名为保罗·詹维尔。随后他还发表了两个续篇：1957年7月刊登于《历险科幻小说》（*Venture Science Fiction*）上的《然后她找到了他》（"And Then She Found Him"）和1957年1月刊登于《短篇科幻小说》（*Science Fiction Stories*）上的《失恋记》（"Lost Love"）。

《无人扰格斯》的吸引力很难确切地说明。其实什么也没发生。小说部分篇幅写的是格斯对过往的回忆，还有一部分则借格斯的访客带来的信函产生的些许悬念展开。然而，小说中却蕴含着一种基本的张力，这种张力并非来自实际发生之事，而是来自可能发生之事。这种张力必然是来自格斯这一人物形象的——很大程度上是源于这一事实：他是个神通广大的人，甚至颇具威胁。小说中所有的人物描绘都展现出严控之下的超能力，但格斯的某些能力是无法控制的，故事似乎频频处于即将朝着恶劣的方向发展的边缘。

小说隐含的科幻主旨是超人及其出现时所用的伪装，这一点又结合了当时约翰·W. 坎贝尔强调的对特异功能的探索。布德里斯的独特贡献在于提出了这样的理念：超人除了具备天赋的优势之外，还可能会形成一种天然的保护性特质，就像兔子机警、瞪羚跑得快一样；但每种保护性特质又都有其缺陷。让这篇小说经久不衰的——实际上小说已频频再版——乃是格斯对于自身优势及其同类与生俱来的保护性特质所做的反应。作者强调了格斯非人类的一面，但他做出的反应又不只是一般意义上的合乎人性；他为了避免采用暴力来解决问题，不惜努力做出坚决的自我牺牲，就这一点而言，他的反应或许还超越了人性。

令本作品具备可读性的，是布德里斯所打造的细节和文风：格斯和作者对打理草坪所倾注的关怀与呵护；对格斯这一人物的塑造及其早期经历的描述；以及布德里斯对于格斯那种身为异类的孤独感令人信服的描绘，这些令读者觉得，作者本人对这种感受也深有体会。最后文末那种孤独和英雄无用武之地的感觉将暴力威胁转变成了令人满意的恰当结局。

（罗妍莉　译）

无人扰格斯

[美国] 阿尔吉斯·布德里斯

两年前，格斯·库塞维奇驾着车，正沿着狭窄的乡间小道慢慢驶向布恩斯博罗。这是个适合驾车缓行的乡野好去处，尤其是在暮春时节。路上杳无人迹，树林正在蓬勃生长，一片郁郁葱葱的碧绿，又还尚未被炎夏晒得焦枯，午后依然凉爽而清新。就在他即将到达布恩斯博罗镇的边界时，他看到了那幢饱经风霜的村舍，上了锁，矗立在四分之一英亩土地上，正在出售。

他缓缓停下车，在座位上歪过身子，看着那村舍。

屋子需要刷漆了；白色壁板已经变得灰扑扑的，镶边也褪了色。屋顶上随处可见缺失的盖板留下的空隙，在一排排被阳光晒得发白的雪松板上投下片片方正的暗影，有些窗玻璃免不了已经裂了，但窗框并没有耷拉变形，屋顶也没有塌陷，烟囱笔直地竖在那里。

他看着一丛丛散乱的植物和一列列规整的干草——这就是灌木丛和草坪仅剩的残迹了——那张其貌不扬的阔脸盘上沧桑的沟壑间露出一丝平和的微笑。他有些手痒，想摸一摸铲子了。

他下了车，穿过马路，走到村舍门前，从钉在门框上的那张名片上抄下了房产经纪人的名字。如今一晃已经差不多两年过去了，时值4月初，格斯正在给他的草坪施肥。

当天一早，他在屋后的表层土堆旁架起了筛子，铲土过筛，与捣碎的泥炭苔混到一起，然后用车推到草坪上，堆成若干小堆。现在，他正小心翼翼地把那混合物往嫩草上耙，覆盖上薄薄的一层，只盖住草根，让叶子露出来。他打算在巨人队对科迪亚克队那两场联赛的下半场开播之前干完这活。他之所以特别想看这场比赛，是因为哈尔西是科迪亚克队的投手，而他对哈尔西怀着种长辈般的关注。

他干活时没有多余的动作，也没有多消耗一分精力。有一两次，他停下来，在前门附近搭起的玫瑰花架的花荫下喝了些啤酒。不过阳光炽烈；午后不久他便脱掉了衬衫。

就在他快要弄完的时候，一辆破旧的廉价小汽车在房前停了下来，停车时，车上的转子好一阵折腾。一个瘦高得有些难看的男人钻了出来，他身穿破旧的哔叽西服，稀疏的头发贴在紧绷的头皮上，不太有把握地瞅着格斯。

那辆车悄无声息地沿路驶来时，格斯抬头飞快地瞥了一眼。车门褪色的油漆上有"法尔茅斯县书记官办公室"字样，模糊不清，他勉强辨认了出来，耸耸肩，又继续干他的活。

格斯身材魁梧，肩膀又厚又宽，厚实的胸膛上覆盖着浓密的铁灰色胸毛，其间已见斑白。随着岁月的流逝，他的肚子略见发福，但那层肥肉下面的肌肉还在。他的上臂比许多人的大腿还粗，前臂也粗壮无比。

他脸上沟壑纵横，两道深深的纹路从鼻子两侧的弯曲处延伸开来，勾勒出他扁平的面颊，这两条纹路与阔嘴唇周围的道道褶皱会合到一起，伸向不算尖的下颌。他高高的颧骨上也布满了皱纹，蓝灰色的眼睛在颧骨上方闪闪发光，修得极短的头发一片雪白。

只有经过反复而令人不悦的暴晒，他身上的皮肤才会变成古铜色；但他的脸却晒黑了，始终保持着这个颜色。他身上晒得泛红的皮肉上有几处嵌着泛白的伤疤，裤腰上面露出一道细细的刀痕，一直延伸到右腹部，越来越细，最后消失不见。还有一些明显的伤疤分散在他粗大的手指凹凸不平的指关节周围。

那书记员看了看信箱，对照着手里的信封，确认上面的姓名。他停下来，再次瞅了瞅格斯，莫名其妙地显出紧张之色。

格斯恍然大悟，很可能是自己这副容貌并不令人放心。他又筛又耙地折腾了半天，空气里的好些灰土跟汗水混到一起，弄得他脸上、胸口、胳膊和后背上到处都是。格斯知道，自己即便是拾掇得最整洁、穿上最考究的衣服的时候，也不会显得有多温文尔雅；眼下他怎么又能责怪这书记员大惊小怪呢。

他挤出一个笑容，好让来人消除心中疑虑。

书记员舔舔嘴唇，轻咳一声，清了清嗓子，头朝着信箱一摆："没写错吧？您就是库塞维奇先生？"

格斯点点头："没错。有什么能为您效劳的吗？"

书记员举起信封，咕哝道："这里有份县议会的通知。"但他的心神显然更多地集中于努力将格斯与眼前的景物画上等号：玫瑰花架，精心打理过的整齐花坛，树篱，石板路，柳树下的小金鱼池，带有窗栏花箱和明亮的百叶窗并粉刷成白色的屋子，还有闪闪发亮的窗户里露出的窗帘。

格斯等着那人转完这些显而易见的念头，但他内心深处有什么轻轻叹息了一声。他曾经与其他许多人一起经历过这种困惑时刻，所以对此早就相当习以为常了，但这并不等于他毫不在意。

"好了，进来吧。"等待了一段适当的时间后，他说，"外面挺热的，我冰箱里有些啤酒。"

书记员又踌躇起来："好吧，我只不过是来送这份通知的。"他一边说，一边还在四下打量，“这地方收拾得可真漂亮，对吧？”

格斯微笑起来：“这是我家。人都喜欢住在漂亮的地方。赶时间吗？”

格斯的话里不知什么地方似乎让书记员觉得困惑，然后他突然抬起头来，显然才刚意识到这是个直接疑问句：“嗯？”

“你不急着走吧？那就进来喝点儿啤酒呗。在春天里的下午，没人希望还得到处忙个不停。”

书记员不自在地露齿一笑：“不……不会啊，我觉着不会。”他的神色欣喜起来，“好吧！我进来喝点儿，你可别介意。”

格斯高兴地咧嘴笑着，把他领进屋。自从他把这房子拾掇好以后，还没人进来看过呢；这个书记员是他搬进来以后的第一位客人。就连送货员都没来过；布恩斯博罗太小了，只能自己开车去购物，当然了，也没有邮递服务——格斯从未收到过任何邮件。

他把书记员引进客厅：“请坐，我马上就来。”他快步走出客厅，来到厨房，从冰箱里拿出几瓶啤酒，在一个托盘里放上玻璃杯、一盘薯片和椒盐卷饼，还有啤酒，然后端着走出来。

书记员站在那里，正环顾着客厅的两面墙上满满当当的藏书。

格斯看到他脸上的表情，心中真切地感到遗憾，他意识到，这个人不是那种会怀疑的人，不会怀疑像库塞维奇这么个一看就是笨蛋的家伙到底翻没翻过这些玩意儿。像那样的人一旦消除了最初的误解，尚且还可以一聊。不，这个书记员显然只是觉得不解，一个成年人居然会摆弄书，尤其是像格斯这么个人；要是那些个瞎折腾大学政治的娃娃，倒又另当别论，但一个成年人却不该如此。

格斯看出，对书记员有所期待是个错误，无论自己是否渴望有人陪伴，他本该更有识人之明才对。他一直都盼着有人陪陪自己，这下他总该一劳永逸地看清楚了：他根本就找不到这样的人。

他把托盘放在桌上，飞快地打开一瓶啤酒，递给那人。

“谢谢。”书记员咕哝道。他咽了一口，大声叹了口气，用手背擦擦嘴，再次环视了一下房间，“把这些都装好花了你不少钱吧？”

格斯耸了耸肩：“大部分都是我自己弄的。搭书架、做家具，诸如此类的活儿。有些画我只好去买，书和唱片也是。”

书记员嘟囔了一声，似乎相当不自在，也许是因为他带来的那份通知吧，不管具体内容如何。格斯发现自己在琢磨那通知里究竟说的是什么，但既然他犯了个错误，给了那人一瓶啤酒，那就得礼貌地等他喝完之后再开口问了。

他走到电视机前，问那书记员：“棒球迷吗？”

“当然了！”

“应该正在播巨人队对科迪亚克队的比赛。”他打开电视，拎起个厚垫子，坐在上面，免得把椅子弄脏。书记员信步走过来，站在那里看着屏幕，一面慢吞吞地呷啤酒。

第二场比赛已经开始了，随着电视机慢慢启动，哈尔西熟悉的身影出现在屏幕上。这位身体柔韧的年轻左投手正以他惯用的那种恍若无骨的姿势投球，似乎半点也没用力，但球却从击球手身旁呼啸而过，发出的嘶嘶声自本垒板处的麦克风里清晰地传出。

格斯朝哈尔西点点头：“他是个了不起的投手，对吧？”

书记员耸了耸肩：“应该是吧，不过沃克才是他们队里最厉害的。”

格斯叹了口气，意识到自己又忘形了。书记员对哈尔西自然不会有多留心。

但这人有点让他觉得恼火，因为对于什么合适、什么不合适，谁有资格种玫瑰、谁没资格，他都带有典型的先入之见。

格斯对书记员说：“你能立马说得出哈尔西的纪录是多少吗？去年的？”

书记员耸耸肩："说不上来。还可以吧——我只记得这么多，差不多 13∶7 的样子。"

格斯点头："啊哈，那沃克表现如何？"

"沃克！怎么着，伙计，沃克也就赢了二十五场左右，就这样，还有三场无安打。沃克表现如何？哈！"

格斯摇了摇头："沃克是个很棒的投手，没错，可他没有投出过一场无安打比赛。而且他只赢了十八场。"

书记员蹙起额头，张口想反驳，然后又住了口。他的模样活像个自以为稳赢不输的赌徒刚意识到自己的记忆把自己给耍了。

"我说——我想你是对的！哈！到底咋回事？我怎么会觉得沃克才最厉害呢？你知道吗？我整个冬天都在大谈沃克，可是谁也没说过我说的不对。"书记员挠了挠头，"现在，有人投球开局了！那到底是谁？"他聚精会神地皱起了眉头。

格斯默不作声地看着哈尔西连续第三次让击球手三振出局，脸上缓缓绽出个笑容，堆起了笑纹。哈尔西还年轻，正是干劲十足的时候。他拿出了自觉处于巅峰状态者的全副精力，兴致盎然，全身心地投入到比赛中去。在阳光照耀下的投手丘上，他与从事这项职业的任何一位前辈一样优秀。

格斯想知道，哈尔西要再过多久才会发觉他给自己挖的坑。

因为这根本就不是一场比赛，对哈尔西来说不是。对急转手马修森来说，这是一场比赛；对左撇子格罗夫和眼花手迪安来说，对快摆手费勒和猛投手古尔德来说，这是一场比赛。但对哈尔西来说，这只是单人纸牌游戏中的一种复杂形式罢了，结果永远都是他赢。

很快，哈尔西就会意识到，玩单人纸牌游戏的时候，你没法给自己下绊子。既然每一张牌在哪儿你都清楚，既然你知道除非故意作弊对自己不利，否则你就老是会不由自主地赢下去，那还有什么意思呢？总有一天，哈尔西会发觉，地球上没有哪一种游戏是他赢不了的，无论是经过筹划、被世人正式认可的体育比赛，还是由数十亿人触发、被称为“社会”的这种弹球机。

到时候又该怎么办呢，哈尔西？到时候又该怎么办？如果你弄明白了的话，看在我们之间不管算是哪一种兄弟情谊的分儿上，请你告诉我。

书记员哼唧道：“好吧，我看这没关系，我在家里的记录本上总能查到的。”

是啊，你是可以查到，格斯在心里无声地说，但你不会注意到记录本上都记了些什么，就算注意到了，你也会忘掉，而且永远不会发觉自己已然忘记。

书记员喝完啤酒，把酒瓶放到托盘上，总算又想起自己到这儿来是干什么的了。他再次环视了一下房间，仿佛一想起来这回事就会触发这个动作似的。

“书不少啊。”他评论道。

格斯点点头，看着哈尔西再次走向投手丘。

“呃……这些你都读过？”

格斯摇摇头。

“那个叫米勒的家伙写的那本怎么样？我听说相当不错。”

这么说，这个书记员对于某些特定类型的文学作品的某些特定方面倒具有某种特定的狭隘兴趣。

“我想是吧。”格斯实话实说地回答，“我曾经读过前三页。”读了以后，他就已经知道接下来情节会怎样发展、谁在什么时候会做什么，他也就失去了兴趣。买这批藏书是个错误，这只是十几个类似实验当中的一个。即便他曾经想要精通人类的文学，也大可通过在书店浏览的方式毫不费力地学会，而根本不必买回来，再在家里做这种本质上并无区别的事。他无论怎么做，都不可能指望从中获得任何情感上的共鸣。

尽管如此，还是面对现实吧：就算是一排排没用的书也比光秃秃的墙壁强。文化装饰品差不多算是一种防护，尽管它是种习得性的文化，而非感知到的文化，对他来说并不比印加文化更有意义。不管他再怎么努力，他都永远成不了印加人；就连玛雅人、阿兹特克人，或者随便哪一种近亲族类他也成不了，除非是追根溯源到风马牛不相及的地方去。

但他并没有自己的文明。情况就是如此；然而这种空虚仍然让他觉得难受，他宛如无根之萍，根本找不到一处立足之地可以让他站在其上宣告："这就是我自己的来处。"

哈尔西这一局投了三球，就让第一位击球手三振出局了。然后，他又掷出了一记飘忽的慢球，将其准确地投到下一人恰好能用球棒最合适的部位打到的位置，当球呼啸着飞出场外时，他连头都没抬一下。他总共投了八球，让后面的两人也三振出局了。

格斯缓缓摇了摇头。这是最先出现的迹象，当你已经懒得再费神去不易察觉地给自己设置障碍时。

书记员把那封信递给他，突兀地说："给。"尽管他显然对格斯可能会做出的反应感到忐忑，但在犹豫了半天之后，最终还是下定了决心。

格斯拆开信封，看完了那份通知。然后，就像书记员刚才那样，他也环顾了一下房间。他脸上必定闪过了一丝阴霾，因为书记员的神色越发踌躇起来。

"我……我希望你知道，我对此感到很遗憾，我猜我们大家都是。"

格斯连忙点头："当然，当然。"他站起身，朝前窗外望去，苦笑令他的面容有几分扭曲。他凝望着煞费苦心地翻过、正在慢慢成形的草坪上精心铺就的肥料，去年他犁过土地、清过卵石、播过种、浇过水、铲过土、铺设过花坛……啊，现在再想这些也是徒劳。这整块地、整座房舍以及所有的一切，都得拆除，就这样了。

“他们……他们要把这条路修成一条十二车道的货运高速公路。”书记员解释道。格斯心不在焉地点头。

书记员凑近了些，压低了声音：“听着——有人让我给你带个话，这个没写到纸面上。”他侧过身子，凑得更近了些，说话之前还朝四下里瞄了瞄，然后才放心地把手搁在格斯裸露的小臂上。

“你要什么价都行，”他低声说，“只要别太贪了。这笔钱不是县里出，也不是州里出，你懂我的意思吧。”

格斯懂他的意思。十二车道的高速公路必定是由联邦政府修建的。

他懂的还不止这一点。除非有充分的理由，否则联邦政府不会这么干。

“是霍利斯特和法哈姆之间的公路吗？”他问道。

书记员的脸变得煞白，他低声含糊地说：“我也不清楚。”

格斯淡淡一笑。就让这个书记员去猜他是怎么想到的好了。反正这也不算什么天大的秘密——至少在条件都摆出来、目的变得不言自明之后是这样。而且，这个书记员也琢磨不了多久。

格斯心头忽然涌起一阵彻底由着性子来的冲动，他明白这是源于失去这幢村舍的愤怒，但他没理由不让自己肆意妄为。

“你叫什么名字？”他突然问那个书记员。

“呃……哈利·丹弗斯。”

“好吧，哈利，假如我告诉你，只要我愿意，我就可以不让那条高速公路修起来呢？假如我告诉你，没有哪辆推土机能接近这个地方而不出故障；没有哪把铲子能挖开这片土地；他们要是想用炸药，炸药管也压根儿就炸不了呢？假如我告诉你，就算他们真把那条公路给修成了，只要我愿意，那条路就会变得跟冰淇淋一样软绵绵的，然后像条河一样流走呢？”

“啊？”

“把你的钢笔给我。”

丹弗斯机械地伸出手，把钢笔递给他。格斯把笔放在双掌间，搓成一个球，往地上一扔，当它从柔软厚实的地毯上猛地弹起时又伸手接住，从手指缝里抽出来，笔又变回了圆柱形。他拧下笔帽，用两根手指夹住，把它捻成薄薄一片，在上面潦草地写了几下，又把薄片重新卷回笔帽的样子，用指甲吸出已经与之浑然一体的墨水，在金属表层下永远铭刻下了丹弗斯的名字。然后他又拧好笔帽，把笔还给这位县里的书记员，说道：“就当是纪念品了。”

书记员低头瞧着笔。

“怎么？”格斯问道，“你不好奇我是怎么办到的吗？不想知道我是什么人吗？”

书记员摇了摇头：“耍得不赖。我猜，你们这些魔术师肯定得花好些时间来练习吧，嗯？我可没法也把那么多工作时间花在业余爱好上。”

格斯点头道：“这看法不错，合理又实际。”尤其是当我们所有人都下意识地开辟出一方抑制好奇心发展的阻尼场时，他心想。你还能有什么看法呢？

他的目光越过书记员的肩膀，望向草坪，一侧的嘴角悲伤地扯了扯。

只有上帝才能创造出一棵树，他看着灌木丛和花坛想道。那么，我们人人就都该在景观园艺方面寻求挑战吗？我们是否就该去给住在昂贵房子里的富人们当园丁，开着锈迹斑斑的旧卡车，给割草机上油，拿着剪草机跪在富人们的草坪上，在炎炎夏日来到他们厨房门口讨杯水喝？

高速公路。是啊，他可以阻止他们修建高速公路，或者让那条路从他这里绕过。虽然无法抑制住好奇心——就像无法用意志力让他的心脏停跳一样——却可以令其加速。他可以逼着自己的大脑近乎超负荷地运转，甚至谁都根本看不见小屋、草坪、玫瑰花架，或是他这个喝着啤酒、饱经风霜的老人。或者更确切地说，就算看到了，也绝对不会注意。

但只要他一进城，或者等他一死，这块地就又会凭空冒出来，然后又会怎样呢？然后人们会好奇，会调查，然后兴许就会出现一套东拼西凑的理论，适用于其他某个地方的另一个人。那接下来呢？大屠杀吗？

他摇摇头。人类赢不了的，只会一败涂地。正因为如此，他才不能给人类留下任何线索。他不喜欢宰羊，他估计他的同类们也同样不会喜欢。

他的同类们。格斯绷紧了嘴。他唯一可以确定的一个同类就是哈尔西。肯定还有其他人，却无从寻觅。他们既没有引起人类的任何反应，也没有留下任何可以追寻的线索。只有当他们像哈尔西那样露脸的时候，才能发现得了。可惜的是，他们之间并不存在什么不为人知的心有灵犀。

他觉得好奇，哈尔西是否希望有人会注意到他，并与他取得联系；哈尔西到底有没有怀疑过还有跟自己一样的人；当他格斯·库塞维奇的名字偶尔见诸报端时，又是否有人注意过他本人。

这是我们这个族类的肇始，他想。第一代——或者是不是第一代呢，这重要吗？——我还想知道我们的女性同类何在。

他回转身，对书记员说："我只要当初买下这地方的时候付的那个数，不多要。"

书记员微微睁大了眼睛，然后又放松下来，耸了耸肩："随你的便吧。可要是换了我的话，我会狠狠敲政府一大笔的。"

是啊，格斯心想，你肯定会那么干的。可我不想，因为大人根本就不会抢婴儿的糖吃。

于是超人收拾起自己的行囊，不再挡人类的道。格斯默默一笑。这阻尼场啊，这阻尼场啊，这备受唾骂、永远仁善、万无一失、自律自发、呵护备至的阻尼场啊。

不幸的是，自然演变的造物主尚未发觉还有人类社会这种东西存在。它制造出了一种与人类血统有一定差异的存在，从而形成了一种实用的希腊字母 ψ。为了保护这个弱小的新物种——其成员寥若晨星——它赋予了他们完美的伪装。

结果就是：当小奥古斯丁·库塞维奇入学时，才发现他没有出生证明。没有一家医院记得他的出生。毫不留情的事实是，他的人类父母有时竟会一连几天忘记他的存在。

结果就是：当小古西·库塞维奇要进高中时，才发现他还从来没上过小学。即便他能说得出老师的名字、背得出课本或教室号码也没用，即便他拿得出成绩单也没用，它们被归错了档，让人难受的面谈也被遗忘了。没人怀疑他的存在——人们记得他存在这件事实，记得他起到的影响与所受的影响；但这一切仿佛都只是他们在一本乏味至极的书里读到过似的。

他没有朋友，没有女友，没有过去，没有现在，没有爱。他没有立锥之地。如果真有鬼魂之类的东西，那他就会在其中找到他的伙伴。

及至少年时代，他已经发现自己与人类毫无瓜葛。他对人类进行过研究，因为这是他所处环境的显著特征。他并没有与人类共同生活。人类述说的一切对他都没有丝毫个人价值，人类的内在动机、道德规范、行为举止和精神面貌并没有在他身上引发相应的反应。当然了，他身上的这方方面面也绝对没有给人类留下过半点印象。

只有少数历史人类学家才会对古巴比伦农民的生活感兴趣，但他们谁也不会真正想变成古巴比伦农民。

在不带半点情绪地解出了人类社会学方程式，且不比发现“鹿特别喜欢吃绿色的白杨树叶”的博物学家更关心这个问题之后，他全身心投入到了体能的释放中。他发现了挑衅并获胜有多刺激，用敲扁某人的鼻子这种方式迫使其注意自己有多刺激。

若不是另一个码头工人用纸箱刀砍了他的话，他说不定就永远留在曼哈顿码头上了。人类文化要求他做出的反应是显而易见的——他只好杀了那个人。

无法无天的私斗也就到此结束了。令他感到厌恶而非恐惧的是，他发现自己竟然可以逍遥法外。根本没人进行过案情调查，也没人尝试过搜查凶手。

事情就这么不了了之，却将他引向了唯一有希望的一条出路，或许可以借此规避他与生俱来的这个困境。智力方面的竞赛毫无意义，有组织的体育运动就成了仅有的解决之道。他们整理出了他所取得的成绩，又用汗牛充栋的新闻报道为他的成绩做了注解，这就为他提供了前所未有的正式生平经历。人们仍然会忘记他的成就，但当他们查看历史记录时，不可否认，他的名字就在那里。卷宗可能会归错档，学校记录可能会消失；不过单单是阻尼场可遮挡不住堆积如山的新闻报道和统计资料，这些内容就像球一样，即便是平庸的球员，球也始终不离脚下。

在格斯看来——他在这方面进行过相当充分的思考——他的男性同类不可避免地会发生这样连续性的进步。三年前，当他发现哈尔西时，他的这一假设便获得了证实。但是哈尔西对另一个男性而言又有什么作用呢？相互安慰吗？他连想都没想过要跟那个人联系。

书记员清了清嗓子。格斯一惊，猛地转过头来看着他。他已经把这人给忘了。

“好了，我看我该走了。记住，你只有两个月的时间。”

格斯不置可否地做了个手势。这人既然已经把消息带到了，何不承认自己的目的已经达成，并就此离开呢？

格斯感伤地笑了笑。不可说人种[1]要达成的又是什么目的呢？他当去往何方？哈尔西已在沿着这条一眼便能看见的小径开始下坡了。还有其他人吗？如果有的话，那他们遵照的就是不知何方的另一套规矩，连头顶都没露出来。他和他的同类唯有通过煞费苦心的排除法才能辨认出对方，他们必须留心那些无人注意的人。

他为书记员打开门，看见那条路，思绪重新回到了高速公路上。

这条高速公路将从铁路枢纽霍利斯特通向法哈姆的空军基地，很久以前，通过社会数学运算，他早就预测出第一艘星际飞船将在那里建造并发射。一辆辆卡车会轰隆隆地沿路驶去，把人员和物资送到那张开的无底洞里。

他抹了抹嘴唇。在太空中的某处，在太阳系之外的某处，还存在着另一个种族，他们曾造访过这里，留下了明显的痕迹。人类会与他们相遇，结果他仍然可以预测：人类会胜出。

对他怀疑存在于群星之间的挑战进行研究，这件事格斯·库塞维奇是无法参与的。即便剪贴簿里贴满了评论和剪报，他的职业生涯也几乎从未进入过公众的意识之中。哈尔西曾经成功打破过棒球史上的每一项纪录，却仅被称为“表现还可以的乡下投手”。

---

1. Homo nondescriptus，作者仿照“智人（Homo Sapiens）”杜撰的拉丁名词，指主人公代表的超人类物种。

他若是申请加入空军的话，能拿得出什么文凭证书呢？就算他真有，第二天谁又还会记得呢？他的疫苗接种记录、体检记录、培训课程记录会面临怎样的遭遇？谁会记得要给他留个铺位，或是分些补给品，或是在虑及供氧量时把他的消耗量也加入总量呢？

混进去？那再容易不过了。但还是那个问题，在飞船上狭小的舱室里，为了让他活下来，又该让谁去送死呢？他究竟该宰哪只羊？还有，就最终分析而言，这样做又能实现什么有价值的目的？

“好了，再见。”书记员说。

“再见。”格斯回答。

书记员沿着石板路向他的破车走去。

我想，格斯对自己道，如果进化过程少一点呵护、多一点思考，那对我们而言会好得多。偶尔的大屠杀不会给我们带来任何坏处，贫民区至少可以解决求偶问题。

我们的种子已经播撒在大地上了。

突然，格斯被某种他难以名状的东西推动着，向前奔去。他透过那辆破车打开的车门往里瞧，那书记员担忧地往下看。

“丹弗斯，你是个体育迷吧。”格斯匆匆说道，他意识到自己的声音太过急切，他的紧张表现让那书记员吃了一惊。

“没错。”书记员回答，一面不安地往后贴在座位上。

“谁是世界重量级拳王？”

“迈克·弗雷泽。怎么了？”

“他打败的那人是谁？原先谁是卫冕冠军？”

书记员噘起了嘴：“哈！这都多少年了。哎呀，我不知道，不记得了。我看可以查一查。”

格斯慢慢舒了口气。他半转过身，回头望着村舍、草坪、花坛、小径、花架和柳树下的鱼池。“算了。”他说着重新往屋里走去，这时书记员晃晃悠悠地发动了他的破车。

电视机里发出响亮的声音。他查看了一下赛况。

比赛进行得很快。到目前为止，哈尔西只投了一个安打，而巨人队投手的表现也差不多跟他一样优秀。比分是1∶1平，现在轮到巨人队击球，这是第九局的最后一次。镜头拉近，给了哈尔西一个面部特写。

哈尔西看着击球手，眼中浑不在意，他挥起手臂，投出了一个本垒打。

（罗妍莉　译）

自卑情结：一个复杂的问题

丹尼尔·凯斯出生于1927年，仅凭一部短篇小说就确立了他的声名，即《献给阿尔吉侬的花束》，他随后将之改写为一部长篇小说。它在各种体裁上都非常成功：短篇小说发表在1959年3月刊的《奇幻与科幻杂志》上，获得了雨果奖，并被戏剧协会改编为电视剧。长篇小说版（1966）则获得了星云奖，入选年度最佳二十部长篇，改编成电影《查理》（*Charly*）并由克里夫·罗伯逊主演（他凭借这一角色获得了奥斯卡最佳男主角）。它还被改编成一部名为《查理与阿尔吉侬》（“Charlie and Algernon”）的剧情音乐剧，首演于伦敦，之后在华盛顿上演，最终来到百老汇，并于1999年改编成电视电影。凯斯最近出版了《阿尔吉侬、查理和我：作家心路》（*Algernon, Charlie, and I: A Writer's Journey*）。

凯斯在布鲁克林出生并长大，进入纽约公立学校上学，于17岁时作为轮船上的事务长跟随油轮出海。1947年他回到大学，于布鲁克林学院获得文学学士学位，在《惊奇科幻小说》（*Marvel Science Fiction*，一本发行于1951年至1952年间的只有五期的短命杂志）做了近一年副主编，并于 1952 年在这一杂志上发表了他第一部短篇小说《先例》(“Precedent”)。他随后从业于时尚摄影行业，然后从他十年前毕业的高中得到了一个教职。

在教书和从事虚构写作的同时，他夜间在布鲁克林学院学习，并于 1961 年得到了英美文学的硕士学位。他接受韦恩州立大学的教职之后，将《献给阿尔吉侬的花束》改编成长篇小说。1966 年，他来到俄亥俄大学英语系，在此教授写作和美国文学直到退休。他的第二部小说《接触》(*The Touch*) 出版于 1968 年，第三部小说《第五位莎莉》(*The Fifth Sally*) 出版于 1980 年，第四部小说《24 个比利》(*The Minds of Billy Milligan*) 出版于 1981 年，第五部小说《揭秘克劳迪娅：连环杀手的真实故事》(*Unveiling Claudia: A True Story of Serial Murder*) 出版于 1986 年。

《献给阿尔吉侬的花束》使用了日记体——查理的“进展报告”——这一体裁几乎与英文小说同样古老。日记是故事的必要元素，读者由此得以分享查理的想法，伴随他记下自己的体验，讲述自己由心智障碍到天才的成长过程及其终局。读者能够看到查理的心智能力和感知能力的变化的证据——往往先于查理意识到它。故事的魅力之一在于读者所掌握的信息与查理所掌握的信息之间的对比，以及读者能从查理的报告中读到的东西比他自己所知的报告中存在的东西更多。

另一方面，日记及它严格的第一人称视角是完全主观的，也是极其受限的。读者无法获得对事件的描述或经历的任何客观信息。戏剧性被排除在外，一切事件都必须在发生之后才能为读者所知，而且要经由查理的意识和自我表达能力的过滤。但就如许多有限制的叙述手法一样，这一手法有它自己的优势。

《献给阿尔吉侬的花束》看上去似乎在讨论科幻小说中一个熟悉

的主题：智能增长。这一主题至少能回溯到 H. G. 威尔斯的《最先登上月球的人》（*The First Men in the Moon*）。1930 年代的低俗英雄，如萨维奇博士，时常被描绘为拥有无与伦比的高智商者。E. E. 史密斯（E. E. "Doc" Smith）的《透镜人》（*Lensman*）将基因改造和训练得来的智能增长作为一个重要的情节要素。劣质的科幻短篇和长篇小说则将智能增长与"疯狂科学家"这一主题联系起来。斯坦利 · G. 温鲍姆的《新亚当》（*The New Adam*，1939）和奥拉夫 · 斯台普顿（Olaf Stapledon）的《怪约翰》（*Odd John*，1935）将自然变异作为获得更高智能的方式，并讨论了认为自身更为优越的人所造成的问题。许多超人故事，例如 A. E. 范 · 沃格特[1]（A. E. van Vogt）的诸多作品，将高智能与其他一些奇妙的新能力联系起来。

凯斯的小说与这些典型小说处理这一主题的手法的不同之处彰显了主流小说与更传统的科幻小说之间的一些区别。《献给阿尔吉侬的花束》仅仅是顺带使用了智能增长这一元素。它更多讲述了智能的对比，以及人们在处理差异时不得不伤害彼此的这一事实。作者没有期待读者将小说中提到的手术视作可能发生的现实：手术过程没有得到描述和解释。没有理由认为这样一个手术会导向某一结果，或是导向与它本意完全相反的结果。手术是一种传统表现手法：彼得 · 菲利普斯（Peter Phillips）在他的短篇小说《P 加》（"P-Plus"）中把它称为"聪明药"。

小说完全没有考虑这一手术将会对人类有何影响。查理 · 戈登的最终命运对探索智能增长这一主旨产生了不利影响。仅在一个段落中，查理期盼"推广应用这一［手术］技术"。除此之外，查理得到增长的智能对主旨只有一个贡献，就是否认他的导师的成果的正

1. 加拿大出生的美国科幻作家，美国科幻黄金时代的代表人物之一。

确性，并提出他自己的预测。更为典型的科幻手法或许会考虑它对于整个种族的意义：智能增长对宇宙的永恒秘密、侵蚀人类身心的疾病、社会上的邪恶、能源短缺、环境污染、战争和宇宙扩张等问题会有什么影响……？对伦理、道德、宗教而言它将意味着什么？

然而那将会是另一个故事，凯斯选择不去讲述。与此相反，他讲述了查理·戈登的故事，一个经典的翻转故事，关于一个卑微的人崛起后获得才能与成功，以及他后来的命运。这个故事为我们讲述了一个人如何努力去接受他不寻常的经历，而其他人又会怎样行动和感受。这部作品着重讨论了人们的情感，而不是探讨可能改变人们的生活和思维的点子，这就是它获得广泛共鸣的原因之一。这是主流虚构作品的传统手法。

（小绿　译）

献给阿尔吉侬的花束

[美国] 丹尼尔·凯斯

进占包告[1]1

1965年3月5日

施特劳斯博士说从现在起我应改些下所有我想的和发升在我身上的事。我不知道为什么但他说这很中要这样他们旧能决定要不要用我。我希望他们用我。吉妮安小姐说也许这样能让我聪明。我想变聪明。我的名字是查理·戈登，我37岁而且两周前是我的生日。我没有认何东西要些了今天就到这里。

进占包告2

3月6日

我今天有一个测验。我想我没有及各。我想他们现在也许不会

1. 本篇小说是以“查理”为第一人称写的“进展报告”。在前几份报告中，查理错别字不断，标点使用不当，语句不通顺，但随着查理接受试验并取得进步，报告上的错别字、语句表述都有了好转；但最后当他智力衰退后，他的报告又恢复了原样。因此文中字、词、标点等误用为原文刻意为之，是读者能看到查理心智能力和感知能力变化的依据，故未作删改。——中文版编注

用我了。事倩是这样的房间里有一个人很好的小伙他有一些白卡片上面都是墨水。他税查理你看卡上有什么。我下到了虽然我口代里放着我的幸运免子脚因为我小时候在学校总是考不及各还会洒墨水。

我对他说我看到一个墨水团。他说对而这让我感觉挺好。我相这就完了但当我站起来要走的时候他叫住了我。他说坐下来查理我们还没桔束。后来我记不清了但他相让我说墨水里有什么。我没从墨水里看到认何东西但他说那里面有图花其他人在里面看到了一些图画。我看不到什么图花。我狠努力的看。我把卡放近又放远。然后我说如果我带了眼睛我就能看的更好我看电影和电视的时候都会带眼睛我说但它放在大厅的柜孑里了。我拿到了它。然后我说让我在看一下我会看到的。

我狠努力但我还是没看到图花我只看到了墨水。我对他说可能我需要新眼睛。他在纸上些了一些动西我下到了我要不及各了。我对他说这个墨水团很好看边元上都是小见头。他看上去很伤心说明这不对。我说让我在试一次。给我几分中就好困为有时我没那么快。在吉妮安小姐的慢速成人课上我度的也很慢但我很努力。

他又给了我一次机会另一张卡上有红的和蓝的两种墨水。

他人很好而且像吉妮安小姐一样说的很慢告诉我说这是原始冲击。他说人门能在墨水里看到东西。我说告诉我在哪。他说想一想。我告诉他我想了一个墨水团但那乜不兑。他说这让你想起什么——假装一下。我比上眼睛很久来假装。我对他说我假装一个刚笔楼墨桌布上到处都是。然后他站起来走了出去。

我想我没有通过原始冲击测验。

进占包告 3

3 月 7 日

施特劳斯博士和尼莫尔博士说墨水团没关系。我对他们说我没有吧墨水弄到卡片上我在墨水里什么也看不见。他们说他们可能还是会用我。我说吉妮安小姐从来没有这样考过我只有读和写。他们说吉妮安小姐告诉他们在成人叶小里我是她追好的学生困为我追努立而且直的狠想学刁。他们说查理你是怎么做到一个人去上成人叶小的。你怎么找到。我说我间别入，有个入告诉我应改去那里学刁好好读和写。他们说为什么你想这样。我说困为我从小到大都相变聪明而不是笨。但变聪明太难了。他们说你知道这又可能是占时的。我说是。吉妮安小姐告诉过我。我不在乎它通不通。

这一天的接下来我考了更多奇怪的测验。给我测验的好心的女士告诉了我名字我问她怎么些这样我就能些在我的进占包告上。**主题统觉测验**。我不认识前两个词但我知道测验是什么。你要么及各要么分很差。这个测验看上很简单困为我可看到图画。只是这次她不相让我告诉她图花。这让我不明白。我说昨天的人说我应改告诉他我在墨水里看到了什么但她说那没又关希。她说要讲图花里的入们的故是。

我说你怎么能讲你没有见过的入们的故是。我说我为什幺要说假话。我再也不说假话了困为我总是贝抓住。

她告诉我这个测验和那个叫原始冲击的测验的是为了知道性格。我小的不行。我说你怎么能从墨水团和找片里知道这个。她有点不高兴然后把她的图花放到一边。我不在乎。这好笨。我才这个测验我也没及各。

过了一会儿几个穿着白大衣的人把我带到一院的另一个部份给我一个游戏玩。那是一个和小白鼠比赛。他们叫老鼠阿尔吉侬。阿尔吉侬在一个盒子里面有各种墙一样的弯弯绕绕然后他们给我一支铅笔一张纸上有线和很多盒子。一头上写着**开始**另一头写着**结束**。他们说这是秘功然后阿尔吉侬和我要做一样的秘功。我不之道我们怎么做一样的秘功既然阿尔吉侬用盒子我用纸但我什么也没说。不管怎样没有时间因为比赛开始了。

其中一个人有个手表不想给我看然后我就努立不看这让我进张。

不管怎样这个测验比别的让我觉得更差因为他们用不通的秘功做了十几次。而阿尔吉侬每次都赢。我不知到老鼠那么聪明。也许那因为阿尔吉侬是一只小白鼠。也许小白鼠比别的老鼠聪明。

进占包告 4

3月8日

他门要用我！我兴奋的写不出字了。之前尼莫尔博士和施特劳斯博士正执了一次。施特劳斯博士把我带进办公室时尼莫尔博士已经在里面了。尼莫尔博士但心用我但施特劳斯博士对他说吉妮安小姐推存了我我是她教的人里最好的。我喜欢吉妮安小姐困为她是一个很聪明的老师。她说查理你会得到第二次机会。如果你志原参加这个式验你就可能回变聪明。他们不知道是不是用久的但这是个机会。这就是为什么我答应了虽然我很怕因为她说这是个手术。她说不要怕查理你拥有这么少却做到了这么多我觉得你值的这一切。

所以当尼莫尔博士和施特劳斯博士正起来时我下到了。施特劳斯博士说我有一些很好的地方。他说我有很好的动儿。我从来不知道我有这个。他说不是每个艾 Q68 的人都有这个这让我很自豪。我不知道那是什么是从哪来的但他说阿尔吉侬也有。阿尔吉侬的动几是他们放在盒子里的芝士。但这不可能因为这周我没吃芝士。

然后他对尼莫尔博士说了些我不明白的话于是在他们说话时我记了一些下来。

他说尼莫尔博士我知道查理不是你心里构想的智 **（没听明白那个词）超人新种族的第一人。但大部分他这样的低智 ** 都不友 ** 不合 ** 他们往往呆滞麻 ** 而且很难接触。他的天星很好他有兴去而且渴望去取悦。

尼莫尔博士说记住他会成为第一个智上被手术方发体高三倍的人类。

施特劳斯博士说确十。你看他的心只年龄这么低却学读写学刁的这么好这就像你我自学爱因斯坦的 ** 力论一样是了不起的成 **。这表现出了枪大的动几。这是相 ** 不同 ** 成 ** 我要说我们就用查理。

我没有听动所有的话他们说的太快但听上去施特劳斯博士站在我这边而另一个人不是。

尼莫尔博士点头他说好的或许你时对的。我们会用查理。他这么说的时候我开心的跳了起来为他对我这么好而抓着他的手。我说谢谢您博士您不会因为给我第二次机会而后悔的。我说到做到。等手木完了我要努力变聪明。我要超级努力。

进占包告 5

3 月 10 日

我下到了。很多在这里工作的人护士们和给我测验的人带给我糖祝我好运。我希望我有好运。我有我的免子脚幸运硬币和马蹄铁。不过在我丢一院的路上一只黑猫跑了过去。施特劳斯博士说不要迷心这是可学。不管怎样我有我的免子脚。

我问施特劳斯博士手木之后我会不会打败阿尔吉侬他说也许。如果手木有用我会让那老鼠知道我和他一样聪明。也许更聪明。然后我会更会看书更会写字知道好多东西和其他人一样。我想和其他人一样聪明。如果这是用久的他们会让全是界的人都变聪明。

今天早上他们没有给我任何吃的。我不知道吃东西和变聪明有什么关系。我很饿尼莫尔博士却拿走了我的糖盒。尼莫尔博士好烦。施特劳斯博士说等手木结束之后我就能拿回来。手木之前不能吃东西……

进展报告 6

3 月 15 日

手木不疼。他在我睡觉的时候做的。他们去掉我眼睛上和头上的崩带好让我写**进展报告**。尼莫尔博士看了我其它的报告说我把**进展**写错了还告诉我怎么写以及**报告**也是。我会试着记住。

我对写字的纪忆很差。施特劳斯博士说写下发生在我身上的事挺好但他说我应改写更多我的感受和思考。我跟他说我不知道怎么思考他说试一试。当崩带在我眼睛上时我一直在试这思考。什么都没有发声。我不知道该思考些什么。也许我问他他就会告诉我该怎么思考既然我要变聪明了。聪明人都在思考什么。应该是些不得了的事。我希望我能知道点不得了的事。

进展报告 7

3 月 19 日

什么都没有发声。我做了好多测验还和阿尔吉侬做各种比赛。我讨厌那老鼠。它总是赢我。施特劳斯博士说我必须玩那些游戏。他还说之后我要再做一次测验。那些墨迹好笨。那些图画也好笨。我喜欢画男人和女人的图但我不会说别人的谎话。

试着思考太多让我头疼起来。我相施特劳斯博士是我的朋有但他没帮我。他没有告诉我要变聪明该思考些什么。吉妮安小姐没有来看我。我觉得写这些进展报告也好笨。

进展报告 8

3 月 23 日

我要回到公厂工作了。他们说我回去工作比较好但我不能告诉任何人我为什么要做手木而且我没晚工作完都要去一院呆一个小时。为了让我学刁便聪明他们每个月都会给我钱。

我很高兴我要回去工作了因为我想念我的工作和我那些朋有我们在那里是多么开心。

施特劳斯博士说我应改继续写东西但我不用每天都写只要我想到什么事或者有什么特别的事发升时就行了。他说不要会心因为这要时间发声的很慢。他说阿尔吉侬花了好长时间才变的有以前的三倍聪明。这就是为什么阿尔吉侬总是赢我它也做了那个手木。这让我觉得好点了。我可能可已比一只扑通老鼠做秘功做的快。也许有一天我会打败阿尔吉侬。那可就不得了了。到现在为止阿尔吉侬的聪明拟乎是水久的。

3 月 25 日（我不用每次在开头写**进展报告**了只要每周交给尼莫尔博士看时写上就行。我只要写日期就好。这样省时间。）

今天我们在公厂很开心。乔·卡普说看啊查理做了手木他们给查理弄了点脑子。我正打算告诉他但我想起施特劳斯博士说不能说。然后弗兰克·赖利说查理你怎么了忘了你的钥匙开门用这么大劲。我小了。他们争是我的好朋友他们很喜欢我。

有时会有人说你看乔或者弗兰克或者乔治他对付查理·戈登真有一手。我不知道他们为什么这么说但他们总小。今天早上阿莫斯·博格就是多尼甘的领办用我的名字对办公室的厄尼大叫。厄尼丢了一个包果。他说上帝啊厄尼你怎么搞的像查理·戈登。我不知道他为什么这么说。我从来不丢包果。

3 月 28 日

施特劳斯博士今晚到我的房间看我为什么没有安要求去。我告诉他我不想在和阿尔吉侬比赛了。他说我暂时不用比了但我因该去。他给了我一个礼物但它不是礼物只是借给我。我相那是个小电视但那不是。他说我要在睡觉的时候打开。我说你开玩笑我为什幺要在睡觉的时候打开。谁厅说过这种事。但他说如果我想变聪明我就要按他说的做。我对他说我不觉得我会变聪明然后他把手放在我肩旁上说查理你不知道但你一直都在变聪明。你暂时不会注意到。我想他只是人很好让我感觉好点因为我看起来没有变聪明。

对了我差点忘记。我问他我什么时候能回到学校上吉妮安小姐的课。他说我不用去那。他说很快吉妮安小姐就会来一院开始给我专们上课。在我做手木的时候她没有来看我很生气但我喜欢她所以也许我们还能当朋有。

3 月 29 日

那个疯电视让我一晚睡不着。我怎么能在一个东西一晚冲着耳朵不停大叫疯话时睡着。还有那些神经的图。哇。在我醒的时候我不知道它在说什么那我睡着的时候怎么可能知道。

施特劳斯博士说那不要紧。他说当我睡觉的时候我的大脑在学刁等吉妮安小姐开始在一院给我上课之后这会有用（不过我发现那不是个一院那是个十验室）。我觉得太疯狂了。如果你能在睡觉的时候变聪明那人们为什么要去上学。我不觉得那个会有用。我以前老是在看电视上的晚间节目和深夜节目但我从来没有变聪明。可能你要在睡觉的时候看。

进展报告 9

4 月 3 日

施特劳斯博士教我怎么把电视声音调低这样我就能睡觉了。我什么也听不见。我还是不明白它在说什么。有几次我在早上放了一会儿想知道我睡觉时学了什么但我不觉得我学到了。吉妮安小姐说也许那是另一种与言之类。但大部分时候它都听起来是美国话。它讲的那么快甚至比勾德小姐还要快她是我六年级的老师我记得她讲的那么快让我听不明白。

我对施特劳斯博士说在我睡觉的时候变聪明有什么好。我想在我醒的时候聪明。他说那是一回事而且我有两个脑子。就是潜意识和意识（就是这么写的）。其中一个不会告诉另一个它在干啥。它们甚至互相不讲话。这就是我为什么做梦。而且我的天我那些梦可真怪。哦，自从有了那个晚上的电视以来。那个深深深深深夜节目。

我忘记问他是只有我还是所有人都有那么两个脑子。

（我刚刚在词典里查了施特劳斯博士告诉我的词。那个词是潜意识，形容词，没有在意识中表现出的心智活动的性质，例如，潜意识下的欲望斗争。）还有别的但我还是不知道它是什么意思。对于像我这样的笨人来说这个词典不太好。

不管怎么说头疼是因为派对。我公厂的朋有乔·卡普和弗兰克·赖利邀请我和他们一起去马格西沙龙喝酒。我不喜欢喝酒但他们说我们会玩的很开心。我玩的是不错。

乔·卡普说我应改让姑娘们看看我在工厂里怎么拖卫生间然后他给了我一个拖把。我做给他们看了当我告诉他们多尼甘先生说我是他见过最好的清结工因为我喜欢我的工作而且做的很好而且从来不迟到旷工除了我的手木时所有人都小了。

我说吉妮安小姐总是说查理为你的工作骄傲因为你做的很好。

所有人都小了我们很开心他们给我很多酒乔说查理喝高了就是个奇怕。我不知道那是什么意思但大家都喜欢我我们很开心。我等不及要像我最好的朋有乔·卡普和弗兰克·赖利那样聪明。

我不记得派对怎么结束的了但我想我出去给乔和弗兰克买报纸和咖非然后我回来之后哪里已经没人了。我到处找他们到很晚。然后我记不起了但我想我困了或者不舒服了。一个人很好的警察带我回家。我的房东弗林太太是这么说的。

但我头疼而且头上长了大包而且又青又黑。我想我可能跌了但乔·卡普说是那个警察他们有时会打喝高了的人。我觉得不是。吉妮安小姐说警察是帮助人的。不管怎样我头很疼而且很难受到处都受伤了。我不要再喝酒了。

4月6日

我打败了阿尔吉侬！我甚至不知道我打败了它直到监考的伯特告诉我。第二次我输了因为我太兴奋在结束前从椅子上掉下来。但在那之后我赢了它八次。我一定已经聪明到能打败一只像阿尔吉侬那样聪明的老鼠。但我没有感到变聪明。

我想要再和阿尔吉侬比一比但伯特说今天已经够了。他们让我握住阿尔吉侬一分中。它不错。它软软的像一个毛球。它眨了眨眼然后它张开眼睛的时候边边是黑黑的粉粉的。

我说我可以喂它因为我打败它感觉不好受我想做个好人交朋有。伯特说不阿尔吉侬是一只很特书的老鼠像我一样做了手木，而且它是所有动物里第一只保持聪明这么久的。他对我说阿尔吉侬太聪明了它每天都要做测验来得到吃的。那像是一个门上的锁一样每次都会变阿尔吉侬要进去吃所以它每次都要学刁新东西去得到吃的。这让我难过因为如果它不学刁它就回饿肚子。

我觉得只有通过测验才能吃东西不太对。如果尼莫尔博士每次都要通过测验才能吃东西他回怎样。我想我和阿尔吉侬会成为朋有。

4月9日

今天晚上工作结束吉妮安小姐在实验室。她看上去很高兴见到我但有些害怕。我告诉她吉妮安小姐不要担心我还没有变聪明然后她小了。她说我相信你查理你那么努力挣扎的去读和些比其他人都要好。只少你会拥有它一回儿你在为可学做事。

我们在读一本很难的书。我从来没有读过这么难的书。它叫作《鲁滨逊漂流记》讲一个男人留落在了荒鸟上。他聪明而且搞董了各种东西所以他就能有一个房子和食物而且他很会游泳。但我觉得很难过因为他一个人没有朋有。但我想鸟上一定有别的人因为有一张画上他打着搞笑的雨伞看脚印。我希望他能有朋有不再古独。

4月10日

吉妮安小姐教我怎么拼写的更好。她说看着一个词然后闭上眼睛然后一遍遍念它直到你记住。我总是弄不情楚为什么 *through* 念成 *threw* 而 *enough* 和 *tough* 又不念成 *enew* 和 *tew*。你得念成 *enuff* 和 *tuff*。我开始变聪明之前就是那么写的。我弄不明白但吉妮安小姐说拼写没有道理。

4月14日

看完了《鲁滨逊漂流记》。我想知道后来他怎么样了但吉妮安小姐说这就是全部。为什么。

4月15日

吉妮安小姐说我学刁的很快。她读了一些进展报告然后看着我表情怪怪的。她说我是个很好的人我会让他们见识到的。我问她怎么了。她说没什么但如果我发现大家不像我想的那么好我也不用觉得难过。她说对于一个上帝给了这么少的人而言你做到了太多相比之下很多人虽然有脑子却从没用过。我说我所有的朋有都是聪明人但他门很好。然后她眼睛里有了些东西让她不得不跑去女洗手间。

4月16日

今天，我学刁，逗号，这是一个逗号（，）一个句号带着尾巴，吉妮安小姐，说它很中要，因为，它让作文，更好，她说，一个人，

回失去，很多钱，如果逗号，不，在，对的地方，我没有，什么钱，我不知道，一个逗号，怎么让你，不失去它，

但她说，每个人，都用逗号，所以我，也要用，

4月17日

我把逗号用错了。吉妮安小姐让我去在词典里查长一点的词来学刁怎么写。我说反正你能读它那有什么区别。她说这是你的教育的一部分所以从现在开始我要去查那些我不太会写的词。这样一来写字要花很久但我想我在记住。我只用查一次然后我就能写对了。不管怎样我就是这么学会写标点符号这个词的。（词典里就是这样。）吉妮安小姐说句号也是标点符号，还有很多别的符号要学。我说我已为所有句号都要有尾巴但她说不是。

你要把它们混起来，她告诉？我”如何。把它们！混起（来，，现在；我能！把各种”标点符号混起来，在！我的作文里？有，很多！规则？要学；但我在’记住它们。

有一件事？我很喜欢，亲爱的吉妮安小姐：（这就是商务邮件里的写法如果我要去做商务）是她，总是在我问—的时候告诉我’原因”。她’是个天’才！我希望！我可’以像她”那样，聪明；

（标点符号，真；好玩！）

4月18日

我真傻！我根本没有明白她在说什么。昨天晚上我读了语法书，里头结释了一切。我发现这和吉妮安小姐试图告诉我的一样，但我没有明白。我在半夜醒过来，整件事突然在我脑子里变得明明白白。

吉妮安小姐说在我睡着时放的电视很有效。她说我到了平台。就像一个平坦的山顶。

我里解标点符号的用法之后，我把从开始到现在的进展报告全读了一遍。天，我之前写字和标点可真吓人！我对吉妮安小姐说，我应该倒回去把所有错误改过来，但她说：“不，查理，尼莫尔博士希望它们保留原来的样子。这就是为什么他让你在报告被影印之后留下它们，好让你看到自己的进展。你学得很快，查理。”

这让我感觉不错。课结束之后我下去和阿尔吉侬一起玩。我们已经不比赛了。

4月20日

我觉得好难受。不是要看医生的那种难受，而是在我的胸口的一种空荡荡的感觉，像是被打了一拳又烧心。

我没打算写下来，但我想我不得不写，因为这很重要。今天是我头一次待在家里不上工。

昨天晚上乔·卡普和弗兰克·赖利邀请我参加一个派对。那里有许多姑娘，还有一些厂里的男人。我记得我上次喝多了有多难受，就对乔说我什么都不想喝。他就给了我一杯纯可乐。它喝起来怪怪的，但我以为是我嘴里味道不好。

起初我们挺开心的。乔说我该和艾伦一起跳舞，她会教我步子。我摔了好几次，而且不知为何没有人在我和艾伦旁边跳舞。而且我一直在磕绊，因为总有人把脚伸出来。

我爬起来看到乔的表情，让我胃里有种怪怪的感觉。“他可棒透了。”一个姑娘说。所有人都在笑。

弗兰克说：“从那天晚上我们在马格西那儿让他去买报纸然后扔下他不管以来，我还从没这么笑过。”

“瞧瞧他，他的脸是红的。”

“他在脸红。查理在脸红。”

"喂，艾伦，你对查理干了啥？我以前从没见过他这样。"

我不知道该做什么，该去哪里。所有人都看着我大笑，我感觉自己赤身裸体。我想把自己藏起来。我跑上街，吐了。然后我走回了家。真可笑，我从来不知道乔和弗兰克还有其他人喜欢和我待在一起是为了嘲笑我。

现在我明白他们说"对付查理·戈登真有一手"是什么意思了。

我感到羞耻。

进展报告 11[1]

4 月 21 日

我还是没有去工厂。我拜托房东弗林太太给多尼甘先生打了个电话，说我病了。弗林太太看我的表情怪怪的，就好像她害怕我一样。

我想，弄明白为什么大家都笑我是件好事。这让我思考了很久。是因为我实在太傻了，甚至意识不到自己在做傻事。人们觉得一个傻子没法像他们一样做事很好笑。

不管怎样，现在我每天都在变得更聪明。我会用标点符号，也能写好字。我喜欢在词典上查各种难词，然后记住它们。我现在读很多东西，吉妮安小姐说我读得很快。有时我甚至能明白自己在读什么，而且它们会留在我脑子里。有时我闭上眼睛回想起某一页，它就会像一幅画那样浮现出来。

除了历史、地理和数学，吉妮安小姐说我还应该开始学几门外

1. 原文如此，没有进展报告 10。

语。施特劳斯博士又给了我几盘录像带，让我在睡觉的时候播。我还是不明白意识和潜意识是如何产生作用的，但施特劳斯博士说现在还不必担心。他要我保证等我下周开始学大学课程时，我不会自己去读任何有关心理学的书——也就是说，直到他允许我读为止。

今天我感觉好多了，但我想我还是有点生气，因为人们总是在嘲笑我、逗弄我，因为我脑子不太灵光。等我变聪明，就像施特劳斯博士说的那样，三倍于我的智商值 68 时，也许我就会和其他人一样，人们也会喜欢我，对我好。

我不太明白这个智商是什么。尼莫尔博士说这个东西可以测量你的智能——就像杂货店里称重量的秤一样。但施特劳斯博士和他争了老半天，说智商根本不能测量智能。他说智商说明了你的智能有可能上升到哪儿，就像量杯外边的数字一样。你还是得往杯子里头装东西。

然后我就去问伯特，就是他给我做智能测验，还和阿尔吉侬一起工作。他说他俩都错了（但我得向他保证不告诉他们他这么说过）。伯特说智商能测量各种不同的东西，包括一些你已经学到的东西，而且它其实挺不好的。

到头来我还是不知道智商到底是什么，只知道我的智商很快就会过 200。我没什么好说的，但我不明白他们既然连它是什么，或者它在哪儿都不知道——我不明白他们怎么能知道你的智商有多少。

尼莫尔博士说明天我要做个罗尔沙赫测验。我想知道那是什么。

4 月 22 日

我知道罗尔沙赫是什么了。就是我在手术前做过的测验——那个卡片上有墨水团的。考我的是同一个人。

那些墨水团让我怕得要死。我知道他会让我去看图画，我还知道我看不出。我在想，有没有什么办法能弄明白里面究竟藏着什么图画。可能根本就没有什么图画。可能那只是骗人的，好知道我有没有笨到会去找根本不存在的东西。这么一想，我就对他挺不爽。

“好了查理，”他说，“你见过这些卡片，还记得吗？”

“我当然记得。”

我这么说，他就知道我生气了，他看上去挺吃惊。“没错，当然了，现在我想让你看看这张。它会是什么？你从卡片里看出了什么东西？人们会从这些墨迹里看出各种各样的东西。告诉我它对你而言是什么——它让你联想到了什么。”

我惊到了。我完全没想到他会这么说。“你是说这些墨水团里没有藏着图画？”

他皱了皱眉，摘下他的眼镜。“啥？”

“图画。藏在这些墨水团里。上次你跟我讲人人都能看见，你还让我把它们找出来。”

他解释说上次他说了和这次几乎一模一样的话。我不信，而且我仍旧怀疑他那时误导了我，因为他觉得那样挺好玩。除非——我实在不知道——我真的能有那么弱智吗？

我们慢慢地过着卡片。其中有一张看起来像一对蝙蝠正在扯着什么东西。另外一张看起来像两个男人在击剑。我想象了各种各样的东西。我可能有点太投入了。但我再也不要相信他，我不停地把卡片翻来翻去，还看看背面有没有什么我应该注意到的东西。他做笔记的时候我瞄了一眼，但他写的都是些代码：

WF +A DdF-Ad orig. WF-A SF + o b j

我还是没明白这测验在干什么。在我看来，谁都能瞎编出一些他们根本没看到的东西。他怎么会知道我有没有编出一些我根本没联想到的东西来骗他？可能等施特劳斯博士让我读了心理学我就会明白。

4月25日

我想到了一种摆放工厂机器的新方法，多尼甘先生说这样一来他每年能省下一万美元人工费，还能提高生产力。他给了我二十五美元奖金。

我想跟乔·卡普和弗兰克·赖利一起出去吃午饭庆祝，但乔说他得给他老婆买点东西，弗兰克说他要和他表兄一起吃午饭。我想他们需要一点时间来接受我的变化。所有人看上去都害怕我。当我走向阿莫斯·博格并拍了拍他的肩，他吓得跳了起来。

大家不再跟我说话，也不像过去那样开玩笑。这让我的工作有点孤独。

4月27日

今天我鼓起勇气问吉妮安小姐明晚能不能和我一起吃晚饭，来庆祝我拿到了奖金。

起初她不知道这样做好不好，但我问了施特劳斯博士，他说没关系。施特劳斯博士和尼莫尔博士似乎处得不太好。他们老是吵。今天晚上我来问施特劳斯博士我能不能和吉妮安小姐一起吃饭时，我听到他们在大喊大叫。尼莫尔博士说这是他的实验，他的研究，施特劳斯博士则吼了回去，说他做的贡献也一样多，因为他通过吉妮安小姐找到了我，手术也是他做的。施特劳斯博士则说总有一天，全世界成千上万的神经外科医生都会使用他的技术。

尼莫尔博士想在月底发布实验结果。施特劳斯博士想再等一等，确认一下。施特劳斯博士说比起实验本身，尼莫尔博士更在乎普林斯顿神经学系的职位。尼莫尔博士说施特劳斯博士不过是个投机分子，打算拿他当跳板出人头地。

离开时我发现自己在发抖。我不知道究竟为什么，但我似乎头一次看清了这两个人的真面目。我想起伯特说尼莫尔博士是个妻管严，她不断催促他发文章，这样他就能出名。伯特说她的人生梦想就是丈夫飞黄腾达。

施特劳斯博士真的打算拿他当跳板吗？

4月28日

我不知道自己为什么从来没有意识到吉妮安小姐究竟有多美。她有棕色的眼睛，羽毛般轻柔的棕色头发披在脖子上。她只有34岁！我想一开始我觉得她是个不可能接近的天才——而且很老很老。现在，每次见到她我都觉得她越发年轻可爱。

我们一起吃晚饭，聊了很久。她说我学得太快了，很快我就会把她甩到后面，我笑了。

“是真的，查理。你已经是一个比我更优秀的读者了。你瞥一眼就能读完一整页，但我一次只能读几行。而且你能记住你读过的每一个细节。我能回想起文章主旨和大意就已经很不错了。”

“我不觉得我聪明。有太多事我不明白。”

她掏出一根雪茄，我为她点上。“你得有点儿耐心。普通人花上半辈子才得到的成长，你只花了几个星期甚至几天就做到了。这就是整件事的奇妙之处。你现在就像一个巨大的海绵，不断吸收各种东西。事实，数据，常识。而且，你很快就会把它们联系起来。你会发现知识的不同领域如何相连。有很多不同的层级，查理，就像一个巨大阶梯上的台阶，把你带到越来越高的地方，看到你周围越来越广阔的世界。

“我只能看到很小一部分，查理，而且我不会再往上走了，但你却会不断攀登，看得越来越多，每一步都会为你打开你闻所未闻的新世界。”她皱起眉头，“我希望……我只希望上帝——”

“什么？”

“没什么，查理。我只怕我建议你参与这件事会不会从一开始就是个错误。”

我笑了。“那怎么可能？它管用了，不是吗？就连阿尔吉侬也还依旧聪明。”

我们无言地坐了一会儿。我知道她看着我把玩我的兔子脚和钥匙链子的时候在想什么。我不愿思考那种可能性，如同老人们不愿思考死亡。我知道这一切还只是个开头。我知道她说的层级是什么意思，因为我已经看到了其中一些。想到她会被留在后面，我就很悲伤。

我爱上了吉妮安小姐。

进展报告 12

4 月 30 日

我辞掉了多尼甘塑料盒公司的工作。多尼甘先生说我走了对大家都好。我做了什么让他们那么恨我？

多尼甘先生给我看了请愿书，我才头一次知道这件事。八百四十个名字，除了范妮·格登之外所有和工厂有关的人都在上面。快速扫了一眼，我就立刻发现只缺了她的名字。剩下所有人都要求解雇我。

乔·卡普和弗兰克·赖利不愿和我谈这件事。其他人也不愿意，除了范妮。她是我认识的人当中的少数，无论外界如何证明、表述或行动，她都会对自己的观点坚信不疑——而范妮相信我不该被解雇。她遵照自己的原则反对请愿书，就连压力和威胁也没有让她动摇。

“这并不意味着，”她表示，“我不认为你身上有些很奇怪的地方，查理。有些东西不一样了，我不知道。你曾经是个善良可靠的普通人——或许不太聪明，却很诚实。谁知道你对自己做了什么，才会一下子变聪明。就像周围的人说的那样，查理，这不对劲。”

“你怎么能这么说，范妮？一个人变得聪明，想要获取知识并理解他周围的世界，这有什么不对？”

她看向她的工作，我只好转身走开。她没有看我，说：“夏娃听从蛇的话吃掉智慧树的果实，这很邪恶。她看到自己赤身裸体，这很邪恶。若非如此，谁都不会变老，生病，然后死去。”

我再次感受到耻辱在我内心燃烧。我的智能在我和我曾经认识并喜爱的人们当中造成了隔阂。过去，他们因为我的无知和愚笨而嘲笑我，鄙视我；现在，他们因为我的知识和理解能力而仇恨我。上帝啊，他们想让我怎么办？

他们把我赶出了工厂。我从未像现在这样孤独……

5月15日

施特劳斯博士很生气，因为我两周没有写进展报告。他这样是有理由的，因为实验室现在定期付给我工资。我告诉他我忙着思考和阅读。我向他指出，写作的过程太慢，我惨不忍睹的书写让我失去了耐心，他便建议我去学习打字。现在，写作变得轻松许多，因为我每分钟可以打大约七十五个词。施特劳斯博士不断提醒我口头表达和书写时简洁的必要性，这样人们才能理解我。

我打算回顾前两周发生在我身上的所有事。在美国心理协会和世界心理协会共同举办的大会上，我和阿尔吉侬得到了展示。我们造成了不小的轰动。尼莫尔博士和施特劳斯博士为我们骄傲。

我猜想尼莫尔博士，他现在 60 岁——比施特劳斯博士大 10 岁，认识到他的工作需要切实的成果。毫无疑问是尼莫尔太太施压的结果。

与我起初对他的印象相反，我意识到尼莫尔博士根本不是个天才。他脑子很好，却在挥之不去的自我怀疑中不断挣扎。他想让人们把他当作天才。因此，感到自己的工作被世界承认对他而言很重要。我相信尼莫尔博士害怕继续推迟下去，因为他担心有人会通过现有的线索得到新发现，抢走他的功绩。

另一方面，施特劳斯博士则可被称作天才，虽然我感到他的知识领域过于狭窄。他接受的是传统的专精教育。更加广阔的知识被忽视了，即便它们非常重要——就连对一位神经外科医生而言都是如此。

我很震惊，他会的古代语言只有拉丁语、希腊语、希伯来语，除了入门级的变分法，他对数学几乎一无所知。当他向我承认这一点时，我发现我甚至有些不快。仿佛他掩盖了这一部分以欺骗我，假装成——就像很多人那样，我发现——一个他并不是的人。我所认识的任何人都不是他们表面上那样。

尼莫尔博士待在我身边时似乎很不适。有时我尝试和他说话，他却神情怪异地看着我，然后转过身去。施特劳斯博士说我在让尼莫尔博士感到自卑，他这么说一开始让我很生气。我以为他在嘲弄我，而我对于被开玩笑太过敏感。

我怎么会知道像尼莫尔这样一位受人敬重的实验心理学家竟然不会使用印地语和中文？考虑到如今印度和中国在他专攻的领域内做出的成果，这就非常荒诞了。

我问施特劳斯博士，尼莫尔若是连读都读不懂，他要如何反驳拉赫加马提对他的方法和结论的攻击。施特劳斯博士脸上的奇怪神情只意味着两种可能中的一种。要么他不想告诉尼莫尔他们在印度说了些什么，要么——而这让我不安——施特劳斯博士也不知道。我必须谨慎地说话，简洁明了地写作，才不致让人笑话。

5 月 18 日

我非常烦恼。时隔一周，昨晚我头一次见到吉妮安小姐。我尝试回避一切智识上的概念，让谈话保持在单纯而日常的水准，她却只是空洞地望着我，问我所说的多贝尔曼的第五协奏曲中包含的数学等价变量是什么意思。

我尝试解释，她却制止我，笑了起来。我想我生气了，但我猜我在试着以错误的层级和她沟通。无论我如何尝试和她讨论，我都无法和她交流。我必须阅读沃施塔德在《语义进展层级》中的相关知识。我意识到我已经没法和他人交流了。感谢上帝让我拥有书籍和音乐，以及使我沉思的事物。大部分时候我都独自一人待在弗林太太的寄宿公寓中我自己的房间里，几乎不与任何人说话。

5 月 20 日

如果不是因为摔盘子的事故，我就不会在餐厅吃晚饭时注意到新来的洗碗工，一个大约 16 岁的男孩。

盘子摔到地上，碎裂成片，白瓷飞溅到桌下。那男孩站在那里，惊慌失措，空托盘抓在手里。客人们的口哨和嘘声（那些叫喊，“嘿，赚到了”……“恭喜！”……以及“行了，他在这里没干多久……”都毫无例外地伴随着公共餐厅中玻璃杯与碗碟的破碎）似乎都让他不知所措。

店长赶来查看这场骚动究竟是怎么回事，男孩蜷缩起来，似乎等着挨揍，还举起手臂打算护住自己。

“好了！好了，你这傻子，”店长叫道，“别干站在那儿！拿起扫帚清理干净。扫帚……扫帚，你这笨蛋！就在厨房里。把碎片都扫干净。”

那个男孩意识到自己不会受罚。他脸上的惊恐神情消失了，笑了起来，当他拿着扫帚回来扫地时还哼起了歌。有一些爱嚷嚷的客人还在吵，利用他为自己取乐。

“瞧，小伙子，你身后那个也挺不错的……”

“来啊，再干一次……”

“他还没那么傻。摔了比洗了省事……”

他空洞的眼睛扫过乐不可支的围观者，缓缓映照着他们的笑容，脸上终于绽放出一个不知所措的微笑，以回应他显然没有理解的玩笑。

我看着他愚钝空洞的笑容，孩童般的明亮大眼，不知所措却渴望取悦的神情，从内心深处感到恶心。他们嘲笑他是因为他有心智障碍。

而我也在嘲笑他。

突然，我对自己和那些讥笑他的人怒火中烧。我跳起来喊道：“闭嘴！让他一个人待着！他不懂不是他的错！他自己也没办法！看在上帝分上……他还是个人！”

房间里寂静无声。我咒骂自己失去控制，造成如此场面。付账时我努力不去看那个男孩，食物一口没动就走了出去。我为我们俩感到羞耻。

多么奇怪，那些诚实而有理智的人不会欺侮一个生来没有四肢或双眼的人，却会无所顾忌地虐待一个生来智能低下的人。不久之前，我就像这个男孩一样愚蠢地扮演着小丑，想到这个便让我激愤。

然而我几乎忘掉了。

我把过去的查理·戈登的照片藏起来不让自己看到，因为现在的我是聪慧的，那些事就该从我的脑海中消失。但今天看到那个男孩，我头一次看到了曾经的自己是怎样一番模样。我曾经就和他一样！

不久之前，我意识到人们在嘲笑我。现在我意识到我已不知不觉加入其中，嘲笑我自己。这是最痛苦的地方。

我时常重读我的进展报告，看到那蒙昧无知，那孩童般的天真，智能低下的心灵身处暗室，从锁孔窥视外部世界的炫目光明。我能看到即使身处愚钝之中，我仍旧知道自己低人一等，而其他人有某种我缺失的东西——某种否定我的东西。凭借我盲目的心智，我以为那或许与读写能力相关，而我很确定如果我拥有那些能力，我就会理所当然地得到智能。

就连一个愚人也会想要和他人一样。

一个孩子或许不知道要如何喂饱自己，要吃些什么，但他懂得饥饿。

我那时便是如此。我从来都不明白。即便有了智力性觉察这一馈赠，我也从未真正明白过。

对我而言这是个好日子。我更为清晰地看到了过去，因此决定用我的知识和技艺在增长人类智能水平这一领域做一些工作。对于这项工作，还有谁比我的资历更为合适？谁曾经同时在两个世界中生活过？他们是我的同胞。让我用我的馈赠为他们做一点事情。

明天我会和施特劳斯博士谈谈我应该怎样着手这一领域。我也许能帮助他解决如何推广应用在我身上的这一技术的问题。我已经有几个好点子了。

这一技术还有太多需要完善的地方。如果我能被塑造成一个天才，那么数以千计像我一样的人又如何呢？如果将这一技术应用在普通人身上，又能到达多么了不起的高度？在天才身上又如何呢？

有太多门需要打开。我已经等不及开始了。

进展报告 13

5 月 23 日

那件事今天发生了。阿尔吉侬咬了我。我像往常一样去看它，当我把它从笼子里拿出来时，它猛地咬住了我的手。我把它放回去，看了它一会儿。它异常焦躁而凶暴。

5 月 24 日

负责动物实验的伯特告诉我，阿尔吉侬正在发生改变。它越来越不合作了。它拒绝走迷宫，普遍动机下降了。而且它不吃东西。所有人都很担忧这意味着什么。

5 月 25 日

他们在喂阿尔吉侬，它现在拒绝去做开锁题。每个人都把我和阿尔吉侬联系在一起。某种意义上，我们都是自身族类的第一个。他们都假装阿尔吉侬的表现对我而言无关紧要。但很难掩饰参与这个实验的其他动物也出现了奇怪的行为。

施特劳斯博士和尼莫尔博士让我不要再来实验室了。我知道他们在想什么，但我无法接受。我会继续我的计划，向前推进他们的研究。怀着对这两位优秀科学家的应有尊重，我很清楚他们的局限。如果存在一个答案，我必须自己为自己找出来。对我而言，时间突然变得非常重要。

5月29日

我得到了一个自己的实验室，还得到允许继续研究。我在干大事。我夜以继日地工作。我往实验室里搬了一张行军床。我大部分的写作时间都花在了另一个文件夹里的笔记上，但我时不时感到有必要仅凭习惯留下我的情绪和念头。

我发现智能演算是一门迷人的学问。我所学习的所有知识都能在这里派上用场。某种意义上这是困扰我一生的问题。

5月31日

施特劳斯博士认为我工作太拼命了。尼莫尔博士说我试图将本该花费一生的研究和思考塞进几个星期里。我知道我应该休息，但我内在的某种东西不允许我停止。我得找出阿尔吉侬迅速衰退的原因。我得知道这一切是否以及何时会发生在我身上。

6月4日

致施特劳斯博士的信（副本）

亲爱的施特劳斯博士：

在另一封信函中，我将我的报告的副本寄给您，名为《阿尔吉侬-戈登效应：智能增长的结构与功能之研究》，我希望您能阅读并发表它。

如您所见，我的实验已经完成。我在报告中附上了我所有的公式，在索引中记下了数学分析。当然，它们还有待验证。

因为这件事对您和尼莫尔博士同样重要（而且我得说，对我也是？），我反复检查了十几次我的结论，渴望找到错误。我要很遗憾地声称结论是成立的。然而，以科学之名，对于有关人类心智的知识和人工增长人类智能的法则，我很高兴自己能做些微薄贡献。

我记得您曾对我说过，对于知识的进步而言，实验失败或理论的证伪和成功同样重要。现在我知道这是真切的。只是，我很遗憾，我对这一领域的贡献必须建立在两位我极度敬仰的人的工作的余烬之上。

您真诚的，

查尔斯·戈登

附件：报告

6月5日

我不能情绪化。我的实验导出的事实和结果非常清晰，无论我自身的急速成长有多么轰动，都不能掩盖一个事实，那就是我们必须认为由施特劳斯与尼莫尔博士开发的通过外科手术技巧将智能提高三倍的技术对于人类智能提高几乎没有实用价值（在目前的阶段）。

我回顾阿尔吉侬的记录和数据，发现虽然它的肌体还在婴儿期，心智却已衰退。运动机能受损，腺体活动整体减弱，协调能力加速下降。

还有很强的进行性健忘症的症状。

正如我的报告所示，以上及其他生理和心理衰退符合应用我的公式后所得出的具有统计显著性的预测。

我们共同接受的手术刺激导致了一切心智活动的激化与加速。

预料之外的发展，我擅自称它为“阿尔吉侬–戈登效应”，是整个智能加速过程的符合逻辑的副作用。我所证实的假说可以简洁地总结如下：人工增长的智能的衰退速度与它的增长水平直接成正比。

我感到这件事本身是一个重要的发现。

只要我还能写字，我就会在进展报告中持续记录我的思考。这是我仅有的乐趣之一。然而，所有征兆都显示，我自身的心智衰退会非常快。

我已经开始察觉到情绪不稳定和健忘的迹象，那是消耗殆尽的最初症状。

6 月 10 日

衰退在继续。我变得容易走神。阿尔吉侬两天前死了。解剖显示我的预测是正确的。它的大脑的重量减少了，脑回整体变得更加扁平，脑沟则更加深而宽。

我想同样的事情正在或已经在我身上发生。它已经确凿无疑，而我不希望它发生。

我把阿尔吉侬的遗体放在一个奶酪盒里，埋在了后院。我哭了。

6 月 15 日

施特劳斯博士又来看我了。我没有开门，我让他走开。我想自己一个人待着。我变得暴躁易怒。我感到黑暗逼近。很难抑制自杀的念头。我不断告诉自己这些自省的日志有多重要。

这种感受很怪异，你拿起一本你几个月前还享受过阅读乐趣的书，却发现自己已经不记得了。我还记得我曾认为约翰·弥尔顿是多么伟大，但当我拿起《失乐园》，却发现完全无法理解。我太过愤怒，把书扔到了房间另一头。

我得设法留住一部分。我学到的东西中的一部分。哦，上帝，请不要把它们全拿走。

6月19日

有时，在夜里，我会出去散步。昨晚我记不起我住在哪里，一个警察把我带回了家。我有种奇怪的感觉，这一切曾经在我身上发生过——很久很久以前。我不断告诉自己，全世界只有我一个人可以描述自己身上发生了什么。

6月21日

我为什么记不住？我得斗争。我在床上躺了几天，不知道自己是谁在哪。然后一切都闪回到我脑海里。健忘症状。老龄化的表征——第二童年。我能看到它们的到来。如此残酷地符合逻辑。我学得太多太快。现在我的心智在迅速衰退。我不会让它发生。我得斗争。我控制不住地想起餐厅里的那个男孩，那空洞的表情，愚蠢的笑容，嘲笑他的人们。不——拜托了——不要再来一次……

6月22日

我在遗忘我最近学到的东西。似乎符合那个经典规律——最新学的东西最先忘记。是这个规律吗？我最好再查查看……

我重读了一遍我的“阿尔吉侬-戈登效应”论文，有种奇怪的感觉，仿佛它是另一个人写的。有些部分我甚至看不懂。

运动机能受损。我不断被东西绊倒，打字越来越困难。

6月23日

我彻底放弃了使用打字机。我的协调能力很差。我觉得自己的动作越来越慢。今天受到一个大打击。我拿起一本我在自己的研究里用到过的杂志，克鲁格的《心理学大观》，想看看能不能帮助我理解自己都做了些什么。一开始我以为自己的眼睛出了问题。然后我意识到我读不懂德语了。我试了试其他语言。都没了。

6月30日

离上次我有勇气写东西已经过了一周。它就像沙一样从我的指缝里漏出去。我拥有的大部分书对现在的我而言都太难了。它们让我愤怒，因为我知道几周之前我还能阅读并理解它们。

我不断告诉自己，我得继续写这些报告，好让别人知道我身上发生了什么。但组织语言和记住拼写都越来越难。现在就连很简单的词我都得查字典，这让我对自己失去了耐心。

施特劳斯博士几乎每天都来看我，但我对他说我不会和任何人见面或讲话。他感到自责。他们都这样。但我不怪任何人。我本就知道可能会发生什么。但没想到我会感到如此痛苦。

7月7日

我不知道这周去了哪儿。我知道今天是周日因为我能从窗户里看到人们去教堂。我想我一周都待在床上但我记得弗林太太给我送了几次吃的。我不断在说我得去干点什么，然后我就忘了或者仅仅是不去干我说自己要干的事情比较容易。

这些日子我常常想起我的母亲和父亲。我找到一张我和他们一起在沙滩上拍的照片。我父亲胳膊下夹着一个大球，我母亲用手搂着我。我记忆中的他们不是照片里那样。我只记得我父亲大部分时候都喝醉了然后和我母亲为钱吵架。

他不怎么刮胡子，总是在抱我的时候蹭到我。我母亲说他死了，但米尔蒂表哥说他听他父母说我父亲跟另一个女人跑了。我去问我母亲，她扇了我一耳光说我父亲死了。我应该从没弄清谁说的是真的但我不太在乎。（他有一次说要带我去农场看奶牛但他从没兑现。他从不遵守诺言……）

7月10日

我的房东弗林太太非常担心我。她说我这么成天躺着什么事都不干让她想起她把她儿子扔出家之前的情形。她说她不喜欢二流子。如果我生病了那好说，如果我是个二流子那就是另一回事了，她无法接受。我告诉她我觉得我病了。

我试着每天读一点点，大部分都是故事，但有时我得把同样的东西读好几遍因为我不明白它什么意思。写也很困难。我知道我应该在词典里查那些词但这太难了，我总是很累。

然后我想到我应该只用简单的词而不是那些又长又难的词。这样省时间。大约每隔一周我都会在阿尔吉侬的坟上放花。弗林太太认为我在一只老鼠的坟上放花是疯了，但我告诉她阿尔吉侬很特别。

7月14日

又是星期天。我没有什么事可忙活因为我的电视坏了而我没有钱去修。（我想我弄丢了实验室这个月给我的支票。我不记得了。）

我头特别疼，阿司匹林也没什么用。弗林太太知道我很不舒服，她为我难过。有人生病时她是个特别好的女人。

7月22日

弗林太太找来一个奇怪的医生看我。她怕我要死了。我告诉医生我没怎么不舒服我只是有时候会忘事。他问我有没有朋友或者亲戚我说我没有。我告诉他我曾有个朋友叫阿尔吉侬但它是一只老鼠我们曾经一起比赛。他看着我表情怪怪的好像他觉得我疯了。

我告诉他我曾是个天才他笑了。他对我说话就好像我是个婴儿他对弗林太太眨了眨眼。我生气了把他赶了出去因为他在捉弄我就像他们所有人曾经做的一样。

7 月 24 日

我已经没钱了弗林太太说我要去找个工作付房租因为我已经有两个月没付了。除了我在多尼甘塑料盒公司的工作以外我不知道别的工作。我不想回去因为他们都知道我聪明的时候是什么样他们可能会笑我。但我不知道还能去哪弄钱。

7 月 25 日

我在看我以前写的进展报告可笑的是我看不懂我写了什么。我能看明白一些词但它们没有意义。

吉妮安小姐来敲门但我说走开我不想见你。她哭了我也哭了但我没让她进来因为我不想她笑我。我对她说我不喜欢她了。我对她说我不想变聪明了。那不是真的。我仍旧爱她我仍旧想变聪明但我只能那么说那样她才会走。她给弗林太太钱付房租。我不想那样。我得找个工作。

拜托了……请不要让我忘记如何读写……

7 月 27 日

我回去问多尼甘先生我能不能像以前那样干清洁工他人很好。一开始他很怀疑但我告诉他我怎么了然后他看上去很悲伤然后把手放在我肩膀上说查理 · 戈登你真了不起。

我到楼下开始像过去一样扫卫生间所有人都看着我。我对自己说查理如果他们笑话你不要生气因为你要记得他们不像你曾经已为的那样聪明。而且他们曾经是你的朋友如果他们笑过你也不意味着任何事情因为他们也曾喜欢你。

有个在我离开之后新来的人嘴很贱他说喂查理我听说你脑子特好使是个神童。说点聪明话。我感觉很差但乔·卡普过来抓住他的衬衫说让他一个人待着你这混蛋要不然我扭断你的脖子。我没想到乔会站在我这边我猜他真的是我的朋友。

之后弗兰克·赖利过来说查理如果有人烦你或者试着利用你你就跟我和乔说我们会对付他。我说谢谢弗兰克然后我哽住了我只能转身走进库房不让他看到我哭。有朋友真好。

7月28日

今天我做了一件笨事我忘记了我不再像以前那样是吉妮安小姐在成人中心的课上的学生了。我走进去坐在我以前在房间后面的座位上她看着我表情怪怪的她说查尔斯。我不记得她以前这样叫过我只有查理然后我说你好吉妮安小姐我准贝好上今天的克了只是我弄掉了我们在用的读本。她开时哭跑出了房间所有人都看着我然后我发现他们不是我以前课上的那些人。

然后突然之见我想起了关于手木的事还有我变聪明然后我说我的天那时我对付查理·戈登可真有一手。在她回来之前我就走了。

所以我还是离开纽约比较好。我不想在做那样的事。我不想让吉妮安小姐为我难过。公厂的没个人都感到难过我乜不想那样所以我要去一个地方在那里没有人知道查理·戈登曾经是个夫才但他现在连度一本书和好好些字都做不到。

我带了及本书然后虽然我没法度我会努力练刁也许我不会忘掉

我学到的所有东西。如果我争的很努力也许我会比做手木之前的我更聪明一写。我有我的免子脚和我的辛运硬币也许它们会帮我。

如果你能度到这个吉妮安小姐不要为我难过我很高兴我有第二次几会变聪明困为我学了很多我从不只道这世上有的东西我很感谢我看到了它们所有一小会儿。我不知道我为什么有变笨了我做错了什么或者只是困为我还不构努力。但如果我试一试练刁很努力也许我会变的聪明一写然后知道那些词的意思。我记得一写当我度那本封皮破掉的蓝书时我感觉多好。这就是为什么我还要试着变聪明这样我就能在有那种感觉。不管怎么说我想我是世界上第一个为可学做了公现的笨人。我记得我做了些什么但我不记得是什么。所以我才我是为所有像我一样的笨人做的。

在见吉妮安小姐施特劳斯博士和所有人。以及附言请告诉尼莫尔博士当人门小他的时候不要烦这样他就会有更多朋有。如果你让人门小你交朋有就很容易。我要在我去的地方交很多朋有。

再附言如果你有几会请在后园阿尔吉侬的坟上放一点华……

（小绿　译）

身份问题

亨利·库特纳的笔名无处不在（有一些是和他的妻子 C. L. 穆尔共用的）——其中最著名的是刘易斯·帕吉特和劳伦斯·奥唐奈——以至于后起的作家们时常被误认为是库特纳的笔名。杰克·万斯便是其中之一，他的第一篇小说《世界思想家》（“The World Thinker”）是他在第二次世界大战期间于商船队服役时写的，1945 年发表在《惊险神奇故事》这本杂志上。

万斯在旧金山出生、长大，在加利福尼亚大学先后学习了采矿工程、物理和新闻专业，于 1942 年获得了学士学位。他写过剧本和悬疑小说，但他的声誉来自科幻小说的创作。从 1946 年开始，他便全身心投入这一行业，并很快在其中确立了稳固的地位。

万斯的第一本书《濒死的地球》（*The Dying Earth*，1950）讲的是一系列关于遥远未来魔法的奇幻故事，《主世界的眼睛》（*The Eyes of the Overworld*，1966）也是。20 世纪 50 年代初，他为《惊人故事》（*Startling Stories*）、《惊险神奇故事》和《太空故事》（*Space Stories*）等杂志写了许多冒险小说。这些小说展现了他在人类学和社会学方面的兴趣和专长。这些小说后来以《大星球》(*Big Planet*, 1957)、《树之子》(*Sons of the Tree*, 1964)、《克劳的奴隶》(*Slaves of the Klau*, 1958)和《伊兹姆的房子》(*The Houses of Iszm*, 1964)为题出版成书。在万斯其他早期的小说中，他还探讨了不朽——《永生》(*To Live Forever*, 1956)和语言学——《鲍星的语言》(*The Languages of Pao*, 1958)。

然而，万斯最大的成功始于他在1963年问鼎雨果奖的短篇小说《龙的主人》("The Dragon Masters")。他的中篇小说《最后的城堡》("The Last Castle")在1967年同时赢得了雨果奖和星云奖。他是个多产的作家，他在20世纪60年代中期之后的小说都是成套出版：始于《星际之王》(*The Star King*, 1964)的"恶魔王子"系列、始于《查施之城》(*City of the Chasch*, 1968)的"冒险星球"系列、始于《阿诺姆》(*The Anome*, 1973)的"杜尔丹"三部曲、始于《特鲁里恩：阿拉斯托2262年》(*Trullion: Alastor 2262*, 1973)的"阿拉斯托"系列、始于《苏德伦的花园》(*Suldren's Garden*, 1983)的"莱内斯"奇幻系列、始于《阿拉姆坦站》(*Araminta Station*, 1987)的"卡德瓦尔编年史"系列。

万斯于1996年被美国科幻和奇幻作家协会授予大师称号。

万斯描写外星社会的技巧在《月蛾》("The Moon Moth")中得到了最好的体现。读者从这样的故事中获得的快乐来自对人(或者生物)自我组织的不同方式以及这种方式如何影响其价值观的有趣推测。这个故事之所以成功，是因为作者对那个社会展开的想象透彻而又连贯。布赖恩·W. 奥尔迪斯的《黑暗光年》(*The Dark Light Years*, 1964)和厄休拉·K. 勒古恩[1](Ursula K. Le Guin)的《黑

1. 美国重要科幻、奇幻作家，青少年儿童文学作家。代表作有"地海"系列等。

暗的左手》(*The Left Hand of Darkness*，1969）也都是这种类型的社会学探索。在前者中，外星人给排泄赋予了神圣的地位，一如我们对待饮食；在后者中，人在一个月的大部分时间里是中性的，只在所谓的“克母恋期”变成男性或者女性。在罗伯特·西尔弗伯格的《变革的时代》(*A Time of Changes*，1971）中，个人主义（乃至相应的人称代词）是不可想象的。

《银河》是一份极其重视社会科幻的杂志。《月蛾》刊登在其1961年8月刊上，描绘了一幅关于未来社会的详尽图景。在那个社会所在的世界，生活是轻而易举的事情，于是人们有闲暇为日常生活和交流精心制定繁复的礼仪规范。万斯为“塞琳”社会设计的美中不足之处是夜人——夜间从山上下来抢劫和谋杀的野蛮人——他们迫使社会中的其他人保持警惕。

小说所提供的丰足和闲适造就了与我们的社会体系迥然不同的面貌：唯一的交换媒介是“斯特拉柯”，它被定义为“声望，脸面，名望，名誉，荣耀”，而货品以礼物的形式被交换，给予者和接受者都会从中获得荣誉。复杂的社会系统的主要特征是使用面具来表明身份，在乐器的伴奏下以歌代言，乐器的选择取决于说话者的身份以及对话双方之间的关系。

如果这听起来让读者感到困惑，那么派驻这个陌生世界的领事代表埃德沃·提塞尔也是一样摸不着头脑。他必须学会理解这个社会，并以它的方式交流，才能履行自己的职责。在这种情况下，又有一名刺客有待抓捕。但是，在一个人人都一直戴着面具的世界里，提塞尔该如何识别他呢？在风俗对他来说仍然陌生，而交流的尝试只会让他陷入更深的个人困境时，提塞尔又如何完成他的任务呢？

提塞尔解决身份识别问题时的足智多谋，早期社交问题引发的事件拯救其生命时蕴含的机巧，以及他最终得以获得地位的能言善辩——这些都成了读者研究那个社会获得的回报。但是如果离开了设置好情境并赋予故事丰富性、可信性和必要的复杂性的社会背景，这些回报便不可能实现。

优秀的读者喜欢其中的智慧和创造性：万斯提到了提塞尔需要学习的多种乐器，命名了十四种，并描述了其中的大部分以及它们的社会用途——通常是在脚注中。对面具的描写则更加用心，考辨了它们的多样性和它们在这个社会中的必要地位：万斯列举了三十六种面具的名字，提到了另外四种，描述了它们中大多数的外观。不仅虚构之物众多，作者还以翔实的笔触描写了其他生活细节及其产生的影响。在小说的开头，作者对船屋的关注赶得上在一部经过充分研究的历史小说中对船只的描述。最终，这个社会对读者来说就像对提塞尔一样真实。当他逐渐习惯这个社会时，他发现自己对“拖曳鱼”裸露的面孔感到震惊；当另一个异星人对他言辞不当时，他感觉被冒犯了。

在一段模仿格列佛从慧骃国获救后与“耶胡”们在一起的经历的文字中，一个异星人士面对离开塞琳的念头，颤抖着说：“回到人人露脸的世界。脸啊！到处都是瞪着眼睛的大白脸。嘴巴像果浆，鼻子上又有疙瘩又有洞，脸又平又松弛。”

在一群塞琳人面前，当那名所谓的刺客被描述为“谋杀、背叛、破坏船只、折磨、勒索、抢劫、将儿童贩卖为奴”时，一个塞琳人打断了他的话，说“你们的宗教差异并不重要”。唯一重要的是人在当前社会情境下的“罪行”。

《月蛾》带给读者的是一种丰富的阅读体验，除了科幻小说，其他类型的作品很难实现这一点。

（秦鹏　译）

月蛾

［美国］杰克·万斯

这艘游艇是按照最严格的塞琳工艺标准建造的，也就是说，它接近人类肉眼所能感知到的绝对完美。蜡质黑木板材上看不到接缝的存在，紧固件用的是白金埋头抛光铆钉。风格方面，船体庞大宽敞，像海岸一样稳定，线条没有笨重或者松弛的感觉。首舷像天鹅的胸脯一样凸起，船首高昂，然后向前弯曲，支撑着一个铁灯笼。门是用一种黑绿两色斑驳的木片雕刻而成的；窗户分成了许多窗格，镶着方形云母块，蓝色、淡绿色和紫罗兰色当中浮现出彩色的玫瑰图案。首舷处有服务设施和奴隶营房；船中部有两间卧室、一间餐厅和一间客厅，舱门通往船首的观景台。

这就是埃德沃·提塞尔的游艇，但是他并没有因为拥有它而感到快乐或者骄傲。这已然是一艘破旧不堪的游艇。地毯上没有了绒毛，雕花的屏风被削掉了，船头的铁灯也生锈了。七十年前，第一任主人在接受这艘船的时候，对建造者表示了敬意，也接受了对方的回敬。交易（因为这个过程的含义远不止简单的给予和索取）增加了双方的声望。那段时间早已经过去了：现在这艘游艇不会带来任何声望。埃德沃·提塞尔只在塞琳住了三个月，便意识到它的不足，但又无能为力：这已经是他所能得到的最好的游艇了。他坐在后甲板上练习甘佳，一种形似齐特琴但比他的手大不了多少的乐器。在岸边一百码，海浪冲刷出一片白色的沙滩。在玫瑰丛林之外，天空映衬着崎岖山丘黑色的轮廓。头顶上，米雷耶的白色光芒模模糊糊的，仿佛被蒙上了一团蜘蛛网。洋面涌来涌去，泛着珍珠母的光泽。这个场景已经变得和甘佳一样熟悉，但又不像甘佳那么无聊。他已经练习了两个小时，拨弄出塞琳音阶、组成和弦，并演进出简单的音律变化。现在，他放下了甘佳，又拿起了扎沁科，这是一种装着按键的小盒子，用右手演奏。按键上的压力迫使空气流过按键自身内部的管道，产生一种类似六角琴的音调。提塞尔很快地按出了十来个音阶，只犯了很少的错误。在他自己准备学习的六种乐器中，扎沁科已经被证明是难度最小的（当然，也有例外，那就是海默金，一种用木头和石头发出敲击、拍打和碰撞声音的乐器，只供奴隶使用）。

提塞尔又练习了十分钟，便把扎沁科放在一边。他弯曲手臂，活动活动酸痛的手指。自从他来到这里，醒着的每一刻都被用来练习乐器了：海默金、甘佳、扎沁科、基夫、斯特拉潘、戈玛帕德。他在十九个声调和四种调式下练习音阶，没有曲子的和弦，在母星上从来想象不到的音程。颤音、琶音、连音，点停和鼻音，泛音的阻尼和增强，颤音和狼音，凹音和凸音。他带着一种顽强、玩命的勤奋练习着。在这一过程中，他最初将音乐视为快乐源泉的认识早已消失。看着这六件乐器，提塞尔遏制着把它们都扔进泰坦尼克海的冲动。

他站起身来，穿过客厅、餐厅，沿着走廊经过厨房，走到前甲板上。他俯身在栏杆上，向下凝视着水下的围栏。奴隶托比和雷克斯正驾驭着拖曳鱼，为前往北方八英里外的藩做准备，这是每周例行的旅行。最年轻的鱼，也许是性子活泼，也许是喜欢找碴儿，在水里上翻下蹿。它流线型的黑色吻部劈开水，提塞尔看着它的脸，感觉到一种奇怪的疑虑：这条鱼没有戴面具！

提塞尔不安地笑着，手指抚着自己的面具，月蛾。毫无疑问，他已经习惯了塞琳的风俗！一条鱼裸露的脸能引起他的震惊，这说明他的适应已经达到了一个重要的阶段。

最后，鱼终于被驯服了。托比和雷克斯爬上了船，红色的身体闪闪发光，黑色的布面具紧紧地贴在他们的脸上。他们没有理会提塞尔，把围栏收好，起锚。拖曳鱼紧张起来，挽具拉紧了，游艇向北驶去。

回到后甲板，提塞尔拿起了斯特拉潘——一种圆形的声音盒，直径八英寸。四十六根线从中心的毂上呈辐射状延伸到圆周，在那里各自连接着一枚铃铛或者一根叮当棒。拨弄的时候，铃铛和叮当棒鸣声悠扬；扫弹的时候，乐器发出哐哐的声音，伴着叮当的脆响。如果具备一定的技巧，有些刺耳但又令人愉悦的不和谐音会产生一种表达的效果；但是在不熟练的人手上，声音就没那么富于内涵了，甚至可能接近随机的噪声。斯特拉潘是提塞尔掌握得最差的一种乐器，整个北上的旅程中他都在很专注地练习。

游艇沿着预期的路线靠近了浮城。拖曳鱼被约束住了，游艇被系在了泊位上。在码头上，一队闲人按照塞琳习惯，上下仔细勘察着游艇、奴隶和提塞尔本人的方方面面。提塞尔还不习惯这种带有侵犯性的检查，感觉到不安，而检查者们脸上一动不动的面具更是加深了这个感觉。他不太自在地调整好自己的月蛾面具，沿着梯子爬上码头。

一个蹲着的奴隶站起身来，用指节碰了碰他额头上的黑布，吟唱出一个三音调的询问乐句："在我面前的月蛾可是埃德沃·提塞尔大人？”

提塞尔敲了一下挂在腰带上的海默金，唱道：“我是提塞尔大人。”

“我有幸受到了托付，”奴隶唱道，“三个白昼，我在码头上等待，从黎明一直到黄昏；三个夜晚，我蹲伏在这一码头的木筏下面听着夜人的脚步声，从黄昏一直到黎明。终于，我看到了提塞尔大人的面具。”

提塞尔不耐烦地弹了海默金一声。“什么样的托付？”

“我带着一条消息，提塞尔大人，是要送给您的。”

提塞尔伸出左手，用右手弹奏着海默金：“呈上来。”

“马上，提塞尔大人。”

这条消息的标题是用粗大的字体写就的：

紧急通信！快！

提塞尔撕开了信封。消息是由世界间政策委员会首席执行官卡斯特尔·克龙马廷签署的。在正式的问候之后，他写道：

绝对紧急执行下列命令！声名狼藉的刺客哈克嗖·昂马克，搭乘卡瑞娜·克鲁塞罗号，目的地藩，通用时间1月10日到达。你已经获得授权，在降落时对此人实施拘留和监禁。这些指令必须被成功执行。不得有失。

注意！哈克嗖·昂马克极其危险。如有反抗，立即杀之，无须犹疑。

提塞尔沮丧地读着这条消息。作为领事代表，在前往藩的路途中，他可没有料到会有这样的事情发生。他觉得自己没有兴趣也没有能力对付危险的刺客。他若有所思地摸着面具带着绒毛的灰色脸颊。情况倒也不是全无希望，太空港的负责人埃斯特班·罗弗肯定会合作，说不定还会提供一排奴隶。

带着刚刚燃起的希望，提塞尔又读了一遍消息。1月10日，通用时间。他查阅了一个转换日历。今天，苦饮季的第四十天——提塞尔的手指沿着那一列往下移动，停了下来。1月10日。就是今天。

远处的隆隆声引起了他的注意。雾气中落下来一个形状无趣的物体：刚与“卡瑞娜·克鲁塞罗号”接驳回来的驳运飞船。

提塞尔又读了一遍消息，抬起头，仔细瞧着那艘飞船。哈克嗖·昂马克应该就在上面。五分钟后，他就会踏足塞琳的土地。登陆手续也许会耽搁他二十分钟。着陆场在一英里半之外，通过一条蜿蜒曲折的山路与藩相连。

提塞尔转向奴隶。“这条消息是什么时候到的？”

奴隶困惑不解地向前倾着身子。提塞尔弹奏着海默金用歌唱的方式复述了一遍问题：“这条消息，你享受监护它的尊荣有多久了？”

奴隶唱道：“我在码头等了很久，只在黄昏降临时才回到筏子上。如今我不眠的坚守得到了回报，我看到了提塞尔大人。”

提塞尔转身离开，在码头上急匆匆地走起来。无能又低效的塞琳！他们为什么没有把消息传达到他的游艇呢？二十五分钟——现在还剩下二十二分钟……

提塞尔在小广场上停住脚步，左顾右盼，希望出现一个奇迹：某种空中载具把他带到太空港，然后在罗弗的帮助下，他仍然有可能在那里扣住哈克嗖·昂马克。或者更棒的是，再来一条消息，告诉他第一条的命令取消了。出点事情吧，什么事情都行……但是，在塞琳是找不到空中汽车的，第二条消息也没有出现。

小广场的另一侧有一排简陋的永久性建筑，由石头和铁建成，以此来抵御夜人。这其中的一座建筑里住着一名驭兽师，提塞尔正瞧着，来了一个人，戴着珍珠和银打造的华丽面具，骑着一匹像蜥蜴一样的塞琳坐骑。

提塞尔猛地迈开脚步上前。还有时间。幸运的话，他还是有可能截住哈克嗖·昂马克的。他匆匆穿过了小广场。

驭兽师站在一排畜栏前面，焦躁地看着他的牲口，不时擦擦它们的鳞片，或者赶一赶虫子。有五头牲口处于最佳状态，每一头都有人的肩膀那么高，长着粗大的腿、厚实的身体、沉重的楔形脑袋。它们的前齿被人为加长，并几乎弯成了圆圈，上面挂着金环，身上的鳞片都被涂上了相间的双色：紫色和绿色，橙色和黑色，红色和蓝色，棕色和粉色，黄色和银色。

提塞尔上气不接下气地在驭兽师面前站定，伸手去拿他的基夫[1]，然后犹豫了一下。这可以算是偶然的个人相遇吗？也许该用扎沁科？但是他打算提出的要求似乎又用不着那么正式的方式。干脆还是用基夫吧。他弹响了一根弦，却发现自己错误地拨到了甘佳。面具下，提塞尔咧开嘴，露出歉意的微笑。他与这名驭兽师的关系绝称不上亲密。他希望驭兽师性情随和，无论如何，当前情势之紧迫已经容不得他花时间去选择一种完全合适的乐器。他弹出了第二个和弦，然后尽可能发挥着情绪激动加呼吸困难加缺乏技巧的条件下的最高演奏水平，唱出了一个请求："驭兽师大人，我急需一头迅疾的坐骑。请允许我从你的畜群中选择。"

驭兽师戴着一副相当复杂的面具，提塞尔看不出来那是什么图案：材料是上过清漆的棕色布和灰色的褶状皮革，前额上有两大块绿色和猩红色的球体，像昆虫的眼睛一样被分割成小块。他冲着提

1. 由五排弹性金属条组成，每排十四条，演奏技法包括触摸、扭转、拨动。——本篇所有脚注均为作者原注

塞尔盯了很长时间，然后相当夸张地选择了他的斯提米克[1]，演奏了一段带颤音和轮奏的精彩和声，不过其蕴含的重要意义并没有被提塞尔领悟。驭兽师唱道："月蛾，我怕我的坐骑并不适合你这种人。"

提塞尔恳切地拨弄着甘佳。"绝不可能，它们看起来足堪此任。我非常匆忙，乐意接受任何一个套组。"

驭兽师奏出了一段纤柔的级式渐强音。"月蛾大人，"他唱道，"这些坐骑身体欠佳，卫生堪忧。你认为它们足以胜任你的差遣，令我倍感荣幸。我不能接受你赋予我的褒扬。而且"——说到这里，他换了一种乐器，在他的克鲁达奇[2]上敲出一声叮当脆响——"不知怎么的，我没能认出令我感觉与那个甘佳如此熟稔的良伴和工友。"

言下之意很清楚。提塞尔得不到坐骑。他转身朝着陆场跑起来。在他身后，驭兽师的海默金咔嗒作响——也不知是对着驭兽师的奴隶还是他自己，提塞尔并没有停下来搞清楚。

上一任母星派驻塞琳的领事代表在尊达被杀。他戴着酒馆亡命徒的面具，与一个佩有缎带的戴着赤道态度面具的女孩搭讪。这是个失礼的行为，于是他立刻被一个红色造物主、一个太阳精灵和一个魔力大黄蜂斩掉了脑袋。刚从学院毕业的埃德沃·提塞尔被任命为他的继任者，并得到了三天时间来做准备。通常性情比较喜好默想，甚至比较谨慎的提塞尔把这一任命看作是一个挑战。他通过潜脑技术学习了塞琳语言，并发现它并不复杂。然后，他在《寰宇人类学杂志》上读到：

1. 三根装有活塞的槽形管的乐器。拇指和食指挤压袋子，迫使空气通过口器；中指、无名指和小指操纵滑块。斯提米克这种乐器非常适于表达冷静的退缩甚至不赞成的情绪。
2. 一种以树脂处理过的肠线为弦的方形小音箱。音乐家用指甲抓挠琴弦，或者用指尖敲击琴弦，以产生各种平稳的仪式化声音。克鲁达奇也是一种用来表达侮辱的乐器。

泰坦尼克沿岸的人口高度崇尚个人主义，这可能是因为丰饶的环境令群体活动失去了重要性。作为对这种特质的反映，他们的语言表达的是个人的情绪，是说话者在给定情况下的情绪态度。事实信息被认为是次要的伴随物。此外，这门语言是唱出来的，而且通常要有一种小型乐器的伴奏。因此，从藩或者尊达禁城的一个本地人口中确定事实真相是有一定难度的。人们能享受到优雅的咏叹调和利用数种乐器当中的某一种展现出来的惊人技艺。来到这个迷人的世界，除非情愿受到最严重的蔑视，访客就必须学会用当地人认可的方式来表达自己。

提塞尔在他的备忘录中记了一条：采购小乐器及其使用指南。他继续读下去：

无论何地，无论何时，食物都是充足的——虽不能说过剩，气候则温良宜人。因为有着丰富的种族能量和大量的闲暇时间，人们便专注于对错综复杂的追求。一切都要错综复杂。错综复杂的工艺，比如装点游艇的雕饰面板；错综复杂的符号，比如每个人所戴的面具；错综复杂的半音乐语言，能够精准地表达微妙的情绪和情感；最重要的是人际关系的错综复杂。声望，脸面，名望，名誉，荣耀：在塞琳语中被称作斯特拉柯。每个人都有他独特的斯特拉柯，这就决定了，当一个人需要一艘游艇时，人们会怂恿他去享用一座各处装点着宝石、雪花石膏灯、孔雀花彩陶和木雕的水上宫殿，或者只允许他不情愿地待在筏子上的废弃小木屋里。塞琳没有交易媒介，仅有的货币是斯特拉柯……

提塞尔摸摸自己的下巴，继续读：

人们任何时候都戴着面具，而且佩戴的面具要符合这样一个哲学，即一个人不应该被迫使用由他无法控制的因素强加在他身上的外表，而是应该自由地选择最符合其斯特拉柯的模样。在塞琳的文明地区——也就是泰坦尼克沿岸——一个人从来不会露出他的脸，这是他最基础的秘密。

照此来看，赌博在塞琳是闻所未闻的。通过利用斯特拉柯以外的方式获得好处对于塞琳人的自尊来说是灾难性的。在塞琳语中没有“运气”这个词。

提塞尔又记了一条：弄到面具。博物馆？戏剧协会？

他读完那篇文章，急忙完成了准备工作，第二天，他登上“罗伯特·阿斯特罗伽特号”，踏上了前往塞琳的旅程。

驳运飞船落在了塞琳空港。黑色、绿色和紫色相间的山丘之间，空港就像个孤零零的黄玉盘。飞船落地，埃德沃·提塞尔向前走去，遇到了太空航线的当地代理人埃斯特班·罗弗。罗弗举起双手，后退了几步。“你的面具，”他声音沙哑地叫道，“你的面具在哪里？”

提塞尔有点不自在地举起了它。“我不确定——”

“戴上它。”罗弗说着，转开了脑袋。他自己也戴着一副面具。它是用无趣的绿色鳞片和涂着蓝漆的木头制成的，脸颊上插着黑色的羽毛，下巴下面挂着一个黑白格子花纹的绒球。整体营造出一种表面顺从、内心嘲讽的个性效果。

提塞尔把面具戴到脸上，还没有决定是要拿这个情况开个玩笑，还是保持与他的职位尊严相称的缄默。“你戴上面具了吗？”罗弗转头问道。

提塞尔给出了肯定的回答，罗弗转回身。面具遮住了他脸上的表情，但他的手却在不知不觉地拨弄着绑在腿上的一串键。乐器发出了一阵震惊和礼貌的惊愕。“你不能戴那个面具！”罗弗唱道，“事实上，你是在哪里，怎么得到它的？”

“波利伯里斯博物馆里一个面具的复制品。”提塞尔生硬地说，“我敢肯定它是真的。”

罗弗点点头，他自己的面具比以往任何时候都显得更加讽刺了。“它是真的。它是一种所谓‘海龙征服者’的变种，被那些有着极高威望的人在正式场合佩戴：王子、英雄、大师级工匠、伟大的音乐家。”

“我不知道——”

罗弗做了个懒洋洋的手势，表示理解。“这种事情你需要一定时间才能学会。注意我的面具。今天我戴的是一只冰湖鸟。威望很低的人——像你、我、任何来自外世界的人——都戴这种东西。”

“奇怪。”提塞尔说。他们正穿过田野，走向一个低矮的混凝土碉堡。“我以为一个人喜欢戴什么就戴什么呢。”

“当然。”罗弗说，“戴你喜欢的面具——只要你能让它站得住脚。比如这只冰湖鸟。我戴着它表明我没有任何僭越之心。我自认并不具有智慧、凶猛、多才多艺、音乐才能、好战，或者十几个塞琳美德中的任何一项。”

“权且假设一下，”提塞尔说，“如果我戴着这个面具走到尊达的大街上，会出什么样的事情？”

罗弗笑了，面具后传出的笑声有些发闷。“如果你戴着任何面具走上尊达的码头——不用说街道——你都会在一个小时之内被杀死。这就是你的前任本柯的遭遇。他不知道如何行止有度。我们任何异世界的人没有一个知道的。藩的人能容忍我们——只要我们能安分守己。但是如果你戴着现在这个面具，哪怕在藩的周边行走都不行。一些戴着火蛇或者雷妖——我指的是面具，你懂的——的人会找你的碴儿。他会演奏克鲁达奇，如果你没能用斯卡兰伊[1]——一种邪恶的乐器——演奏一段，回应他的厚颜无耻，他就会演奏海默金——我们对奴隶使用的乐器。这是表达轻蔑的终极方式。或者他可能会敲响他的决斗锣，然后当场攻击你。”

“我不知道这里的人脾气那么暴躁。”提塞尔压低了声音说。

罗弗耸耸肩，打开钢制的大门，走进他的办公室。“某些行为只要出现在波利伯里斯的广场上，便一定会招来批评。”

“是的，这千真万确。”提塞尔说。他环视了一下办公室，问：“这些安保措施是什么意思？又是混凝土又是钢筋的？”

“抵御野蛮人。”罗弗说，“他们晚上从山上下来，在岸上能偷的就偷，能杀的就杀。”他走到壁橱前面，取出了一个面具。“来，用这个月蛾，它不会给你带来麻烦。”

提塞尔态度冷漠地查看了一下那个面具。它是用老鼠颜色的毛皮做的，口洞的两边各有一绺毛发，前额上有一对羽毛状的触角。白色的花边在太阳穴旁边晃来晃去，眼睛下面挂着一串红色褶皱条，这直接产生了一种可悲又可笑的效果。

提塞尔问：“这个面具是否代表着某种程度的威望？”

“谈不上多大的威望。”

“毕竟，我是领事代表。”提塞尔说，“我代表的是母星，一千亿人——”

“如果母星想让他们的代表戴上海龙征服者面具，他们最好派出

---

1. 一种微型风笛，用拇指和手掌挤压气囊，四个手指控制四根管的音栓。

一个海龙征服者类型的人。”

“我明白了。”提塞尔声音柔和地说，“好吧，如果我必须……”

提塞尔摘下海龙征服者，把更低调的月蛾戴到脸上时，罗弗礼貌地移开了视线。“我想我可以到某家商店找到更合适的，”提塞尔说，“有人跟我说，你只要进去拿走自己需要的东西就行，对吗？”

罗弗带着一种批判性的态度审视着提塞尔。“这个面具——至少目前来说——是完全适合你的。重要的是，在了解你想要的物品的斯特拉柯值之前，不要从商店里拿走任何东西。如果被一个低斯特拉柯的人免费取走了最好的作品，主人就会失去威望。”

提塞尔恼怒地摇了摇头。“所有这些事情都没人向我解释过！当然，我知道面具，以及工匠们用勤勉获得的威望，但是这种对威望的坚持——斯特拉柯，别管用哪个词……”

“没关系。”罗弗说，“过个一两年，你学到的东西就能让你行走自如了。我猜，语言你已经掌握了？”

“哦，是的。当然会说。”

“你演奏什么乐器？”

“嗯——我被告知，任何小乐器都可以，或者清唱也可以。”

“非常不准确。只有奴隶才会不要伴奏，直接清唱。我建议你尽快学习以下的乐器：用于对奴隶讲话的海默金、用于关系亲密的人或者斯特拉柯比你稍低的人的甘佳、用来进行轻松而礼貌的交谈的基夫、用于更正式沟通的扎沁科；用于社会地位次于你的人——或者如果你想冒犯某人时的斯特拉潘或者克鲁达奇；用于正式场合的戈玛帕德[1]或者双卡曼提[2]。”他考虑了一会儿。“克雷巴林、水琵琶和

1. 在塞琳使用的少数电子乐器之一。振荡器产生类似双簧管的音调，通过四个键进行调制、扼流、振动，以及变调。
2. 一种类似甘佳的乐器，只不过音调是通过在四十六根弦中的一根或者多根上扭转或者倾斜一盘经过树脂处理的皮革产生的。

斯劳伯也非常有用——不过也许你还是先学习其他乐器为好。它们至少提供了一种基本的沟通方式。”

“你是不是在夸大其词？”提塞尔问道，“还是在开玩笑？”

罗弗冷笑了一声。“完全没有。首先，你需要一艘游艇。然后你还需要奴隶。”

罗弗带着提塞尔步行一个半小时，沿着一条令人愉悦的小路从着陆场来到了藩的码头。路两旁的大树上结满了水果、谷物荚和饱含糖汁的液囊。

“此时此刻，”罗弗说，“藩只有四名异世界人，包括你自己。我带你去见维利巴斯，我们的商业代理。我记得他有一艘旧船，说不定会让你用。”

康利·维利巴斯已经在藩住了十五年，得到的斯特拉柯足够让他颇具威严地戴着南风面具。那是一个蓝色的圆盘，上面镶嵌着椭圆的青金石，周围环绕着闪闪发光的蛇皮。他比罗弗更热情、更亲切，不仅提供了一艘游艇，还提供了各种乐器和一对奴隶。

对方的慷慨令提塞尔很不好意思，他便结结巴巴地嘟哝了几句付钱之类的话，但维利巴斯用一种夸张的姿态打断了他。“我亲爱的朋友，这是塞琳。这样的小事不费分文。”

“但是一艘游艇——”

维利巴斯用他的基夫演奏了一小段宫廷序曲。“我得说实话，提塞尔大人。这条船旧了，有点寒酸。我不能再使用它，有损我的身份。”优美的旋律伴随着他的话语。“你现在还不需要操心身份。你需要的只是一个舒适安全的容身之所，避免被夜人抓到。”

“夜人？”

“天黑后在海岸上浪游的食人族。”

“哦，对。罗弗大人提到了他们。”

“可怕的东西。我们不会讨论它们。”他的基夫中发出了一段小颤音。“那么，说到奴隶，”他用食指敲打着面具的蓝色圆盘，做出一副深思熟虑的样子，“雷克斯和托比应该能为你提供良好的服务。”他提高了嗓门，在海默金上弹奏出一段轻快的声音。

出来了一个女奴隶。她身上缠着十来根束紧的粉色布条，脸上戴着精致的黑色面具，面具上珍珠母的亮片闪闪发亮。

接着他又开始唤雷克斯和托比。

两名奴隶出现了，戴着松松垮垮的黑布面具，穿着黄褐色的无袖上衣。维利巴斯用海默金弹奏着共鸣的咔嗒声与他们讲话，告诉他们要为新主人服务，否则就要送他们回他们出生的岛屿。他们匍匐在地，用柔软而沙哑的歌声表达了对提塞尔的效忠。提塞尔紧张地笑了笑，用塞琳语唱了一句。“到游艇上，把它打扫干净，带上食物。”

托比和雷克斯面具上的洞里透出茫然的目光。维利巴斯伴着海默金的乐声重复了这些命令。奴隶们鞠了躬，离开了。

提塞尔沮丧地打量着那些乐器：“我一点儿也不知道该怎么去学习这些东西。”

维利巴斯转向了罗弗问：“克肖尔怎么样？我们能不能说服他给提塞尔大人一些基本的指导？”

罗弗睿智地点点头说：“克肖尔可能会承担这项工作。”

提塞尔问：“克肖尔是谁？”

“我们这个外籍人士小团体的第四位成员。”维利巴斯答道，“人类学家。你有没有读过《灿烂尊达》《塞琳的礼制》《无面之族》？没有吗？真遗憾。都是很棒的作品。克肖尔的声望很高，我相信他会时不时地访问尊达。他戴着洞穴猫头鹰，有时候戴着星辰流浪者，甚至是聪明仲裁者。”

“他已经升级到了赤道蛇，”罗弗说，“带镀金獠牙的那个版本。”

“真的！”维利巴斯很惊讶，“好吧，不得不说这是他应得的。他是个好人，确实是个很棒的家伙。”他沉思着弹奏他的扎沁科。

三个月过去了。在马修·克肖尔的指导下，提塞尔练习了海默金、甘佳、斯特拉潘、基夫、戈玛帕德和扎沁科。克肖尔说，双卡曼提、克鲁达奇、斯劳伯、水琵琶和其他一些乐器都可以先放一放，等到提塞尔掌握了六种基本乐器后再学不迟。他借给提塞尔一些录音，上面记录的是在不同的心情和各种各样的伴奏下，一些值得注意的塞琳人谈话。这便可以让提塞尔学习当前流行的旋律，并在语调的细微差别、不同的节奏、交叉节奏、复合节奏、隐含的节奏和压抑的节奏中完美地体现出来。克肖尔声称，他发现塞琳的音乐是一项引人入胜的研究，而提塞尔也承认这是一个不容易被挖掘尽的主题。乐器的四分音提供了二十四种可供运用的音调，在一般使用的五种模式下，产生了一百二十个不同的音阶。然而，克肖尔建议，提塞尔主要专注于每一种乐器基本音调的学习，只使用两种模式。

除了每周去拜访马修·克肖尔，提塞尔并没有什么紧急的事务，于是他把游艇开到了南边八英里的地方，停靠在一个石岬的下风处。在那里，除了不断练习，提塞尔就过着田园诗般的生活。大海平静而清澈，海滩被灰色、绿色和紫色林木所环绕，如果他想伸展双腿，那里就是个近便的去处。

托比和雷克斯占据了前面的两间小卧室。提塞尔自己住在后面的客舱里。他偶尔会琢磨着再要一个奴隶，也许可以要个年轻的女性，给家里增加一点魅力和欢快的元素，但是克肖尔反对提塞尔那么做，担心会削弱他的专注程度。提塞尔勉强压下了这个念头，专心投入到对六种乐器的研究中。

日子过得很快。提塞尔从未厌倦过黎明和日落的壮丽景观，正午时分的白云和蓝色大海，SI 1-715 星团那二十九颗恒星熠熠生辉的夜空。每周去藩的旅行打破了单调乏味。托比和雷克斯准备食物，提塞尔去拜访马修·克肖尔的豪华游艇，以获得指导和建议。就在这时，在提塞尔抵达的三个月后，来了这条扰乱了常规的消息：哈克嗖·昂马克，刺客，密探，无情而狡诈的罪犯，来到了塞琳。“对此人实施拘留和监禁”，命令是这么说的。**注意！**哈克嗖·昂马克极其危险。如有反抗，立即杀之，无须犹疑。

提塞尔并未处于最好的状态。他小跑了五十码，觉得喘不上气来，便开始走，他穿过覆盖着白色竹子和黑色树蕨的低矮山丘，穿过点缀着黄色草果的草地，穿过果园和野葡萄园。二十分钟过去了，二十五分钟过去了，他的胃里翻江倒海，他知道已经太晚了。哈克嗖·昂马克已经着陆，说不定就沿着这条路向藩赶去呢。但是一路上提塞尔只遇到了四个人：一个戴着假作狰狞的艾克岛民面具的男孩，两个分别戴着红鸟和绿鸟的年轻女人，还有一个戴着林妖面具的男人。见到这个人，提塞尔一下子站定了。他会不会是昂马克？

提塞尔想出了一个主意。他大胆地向那个人走去，盯着他那丑陋的面具。“昂马克，”他用母星的语言说，“你被逮捕了！”

林妖露出不解的目光，然后沿着道路继续往前走。

提塞尔挡在那人面前，伸手去拿他的甘佳，然后回忆起了驭兽师的反应，便改用扎沁科弹了一段和弦。“你从太空港沿路过来，”他唱道，“你在那里看到了什么？”

林妖抓住了他的手号角。这种乐器被用来在战场上嘲笑对手，或者用来召唤动物，或者偶尔用来表现随时准备出击的野蛮好战姿态。“我在哪里旅行，我看到了什么，只与我自己相关。退后，否则我从你脸上踩过去。”他向前走着，要不是提塞尔闪到一旁，林妖很可能把他的威胁变成现实了。

提塞尔后撤几步，站在那里凝视着对方。昂马克？不太可能，这个人对手号角太熟稔了。提塞尔犹豫了一下，转身继续赶路。

到达太空港后，他直接去了办公室。那扇沉重的门虚掩着，提塞尔走近它的时候，一个人出现在门口。他戴着一副深绿色的鳞片、云母板、蓝漆木和黑色羽毛做成的面具——冰湖鸟。

“罗弗大人，”提塞尔焦急地喊道，“谁从‘卡瑞娜·克鲁塞罗号’下来了？”

罗弗看了提塞尔很长时间，说：“你问这个做什么？”

“问这个做什么？”提塞尔说，“你一定看到了卡斯特尔·克龙马廷发给我的太空电报！”

“哦，是的。”罗弗说，“当然。当然看到了。”

“它半小时前才到。”提塞尔苦恼地说，“我尽快地赶过来。昂马克在哪里？”

“在藩吧，我想。”罗弗说。

提塞尔轻声骂了一句。“你怎么没把他扣住，想办法拖他一会儿呢？”

罗弗耸耸肩说：“我既没有权力，也没有意愿或者能力阻止他。”

提塞尔遏制住自己恼怒的情绪，尽可能平静地说：“在路上，我遇到了一个戴着可怕面具的人——碟状的眼睛，红色的垂肉。”

“林妖。”罗弗说，“昂马克戴着那个面具呢。”

“但是他演奏了手号角。”提塞尔提出异议，“昂马克怎么可能——”

“他很熟悉塞琳，他在藩待了五年。”

提塞尔恼怒地咕哝道：“克龙马廷可没有提到这一点。”

“这是常识。”罗弗耸了耸肩说道，“在维利巴斯接手之前，他是商业代表。”

“他和维利巴斯认识吗？”

罗弗急促地笑了一声。“那是自然。不过，不要疑心可怜的维利巴斯除了在账本上做手脚之外还有其他的罪孽。我向你保证他不是刺客的同谋。”

“说到刺客，”提塞尔说，“你有什么武器可以借给我吗？”

罗弗讶异地盯着他：“你什么家伙都没拿就来抓昂马克？”

“我没有选择，”提塞尔说，“克龙马廷下达命令的时候，他便期待着结果。不管怎样，你和你的奴隶们在这里。”

“别指望我帮忙。”罗弗焦躁地说，“我戴着冰湖鸟呢，我可不逞能。不过我可以借给你一把电动手枪。有阵子没用了，我不敢保证电还充足。”

“总比没有强。”提塞尔说。

罗弗走进办公室，过了一会儿拿着枪回来了，问道：“你现在打算怎么办？”

提塞尔疲倦地摇着头：“我要试着在藩找到昂马克。或者他会去尊达？”

罗弗考虑了一下，说：“昂马克也许能够在尊达生存下来。不过他有必要再练练自己的音乐能力。我想他会在藩待几天。”

“但我怎么才能找到他呢？我应该怎么入手啊？”

“这我可不敢说，”罗弗回答道，“要是找不到他，你可能会更安全。昂马克是一个危险分子。”

提塞尔沿来路回到了藩。

小路从山丘之间蜿蜒而下，到了开阔地处，路旁有一座墙壁厚实的夯土建筑。门是用一块坚固的黑色木板雕刻而成的，窗户上有扁铁条做防护。这里是曾是商业代理、进出口商康利·维利巴斯的办公室。提塞尔发现，维利巴斯正闲坐在铺着瓷砖的走廊上，戴着一副朴实的瓦尔德玛面具。他似乎陷入了沉思，也可能没有认出提塞尔的月蛾。不管怎样，他都没有做出丝毫问候的表示。

提塞尔走近门廊。“早上好，维利巴斯大人。”

维利巴斯心不在焉地点头，弹拨着他的克鲁达奇，用淡然的声音说：“早上好。”

提塞尔大吃一惊。这很难称得上用于朋友和同样来自异世界的伙伴的乐器，哪怕他戴着月蛾。

提塞尔冷冷地说：“我可以问问你在这里坐了多久了吗？”

维利巴斯考虑了半分钟，然后当他说话的时候，用的是更亲切的克雷巴林作伴奏。但是提塞尔的脑子里仍然回荡着克鲁达奇的和弦音。

“我在这里已经待了十五分钟到二十分钟。你为什么问这个？”

“我想问问你有没有注意到一个林妖从这里经过？”

维利巴斯点了点头：“我想他朝小广场那边过去了——进了第一家面具店。”

提塞尔的喘息在牙齿间嘶嘶作响。昂马克第一步肯定要这么做。“等到他换了面具，我就再也找不到他了。”他嘟囔着。

“这个林妖是谁啊？”维利巴斯带着漫不经心的兴趣问道。

提塞尔觉得没有理由对那个名字秘而不宣。“一个臭名昭著的罪犯：哈克嗖·昂马克。”

“哈克嗖·昂马克！”维利巴斯叫了一声，向后靠在了椅背上，“你确定他在这里吗？”

“我有理由相信。”

维利巴斯揉搓着颤抖的双手。“这是个坏消息——确实是坏消息！他是个无耻的恶棍。”

“你很了解他吗？”

“和任何人一样了解。”维利巴斯改用基夫作伴奏了。“我现在的职位之前是他的。我一开始是巡视员，发现他一个月挪用了四千元。我敢肯定他对我没有什么感激之情。”维利巴斯紧张地瞥了一眼小广场，“我希望你能抓住他。”

“我正在尽力。你说他去了面具店？”

“我确信。”

提塞尔转身离开。走上小路时，他听到黑色的木板门“砰”的一声关上了。

他走过广场，来到了面具商店，在外面停了一下，仿佛在欣赏店面展示：一百个微型面具，由稀有的木材和矿物雕刻而成，装点着绿宝石片、蜘蛛丝、黄蜂翅膀、石化鱼鳞等等。店里没有顾客，只有面具师在。他是个大块头，穿着黄色长袍，戴着看似简单的寰宇专家面具。那副面具是用两千多块木头铰接而成的。

提塞尔考虑了一下该说什么、该用什么伴奏，然后走了进去。面具师注意到了月蛾和提塞尔羞怯的态度，继续他的工作。

提塞尔选择了最简单的乐器，轻抚自己的斯特拉潘——可能不是最恰当的选择，因为它传达了一定程度的屈尊俯就。提塞尔试图用温暖、几乎是热情洋溢的语调来抵消这种感觉。发出一个错误的音符时，他动作怪诞地摇晃着斯特拉潘：“与陌生人打交道很有趣，他拥有我们不熟悉的习惯，激发着人们的好奇心。不到二十分钟前，一个陌生人走进了这个迷人的商店，用他那单调的林妖来交换这里组装的某件杰出而大胆的作品。”

面具师瞥了提塞尔一眼，没有说话，用一件提塞尔未曾见过的乐器演奏了一段和弦。乐器有一个柔性的袋子，握在手掌里，伸出三个短管夹在手指之间。当管子被挤压得几近关闭时，空气被迫穿过缝隙，就会产生一种类似于双簧管的音调。对于仍在学习中的提塞尔来说，这种乐器似乎很难演奏，但是面具师却游刃有余，音乐深刻地表达出不感兴趣的意义。

提塞尔再次努力，费力地摆弄着斯特拉潘。他唱道："对于异星来客而言，听到乡音就如同枯萎的植物遇到了水。一个人若是能让两位异星人相遇，也许会在这样的怜悯之举中找到满足感。"

面具师把手指漫不经心地放在自己的斯特拉潘上，弹奏出一连串跌宕有致的音阶，指法快得让人目不暇接。他以正式的风格歌唱："艺术家珍视他的专注时刻，不愿意花时间和那些平庸之人交换陈词滥调。"提塞尔试图插入一段反旋律，但是面具师敲出了一组新的复杂和弦，其预示的意义是提塞尔不能理解的。面具师接着唱道："一个人来到店里，显然是第一次使用某件空前复杂的乐器，因为他的演奏有待批评。他唱到了乡愁，以及对看到同乡的渴望。他用月蛾掩饰他那巨大的斯特拉柯，因为他对一位手工艺大师演奏斯特拉潘，用轻蔑的声音歌唱。优雅而有创造力的艺术家无视这种挑衅。他演奏着礼貌的乐器，保持着不置可否的态度，相信这个陌生人会厌倦他的把戏，然后离开。"

提塞尔拿起了他的基夫，唱道："高尚的面具师完全误解了我——"

面具师斯特拉潘断断续续的刺耳声音打断了他："陌生人认为现在适合嘲笑艺术家的理解力。"

提塞尔在他的斯特拉潘上疯狂地挠着："为了躲避炎炎酷暑，我走进一家朴实无华的小面具商店。工匠尽管还在因其工具的新颖而分心，却仍有志推陈出新。他非常努力地完善自己的技能，以至于他拒绝与陌生人交谈，无论对方需要什么。"

面具师小心翼翼地放下他的雕刻工具。他站起身来，走到屏风后面，很快戴着一副金和铁做成的面具回来了，模拟的火焰从他头皮上向上升腾。他一手拿着斯卡兰伊，另一只手拿着一把弯刀。他弹奏出了一连串精彩的狂野音调，并唱道："即使是最有成就的艺术家，也能通过杀死海怪、夜人和纠缠不休的闲人来增强他的斯特拉柯。这样的时刻即将到来。艺术家等待十秒再攻击，因为冒犯者戴着月蛾。"他转着他的弯刀，在空中打着旋。

提塞尔绝望地击打着斯特拉潘，唱："有没有一个林妖进过商店？他戴着新面具离开了吗？"

"五秒钟已经过去了。"面具师用稳定而不祥的节奏唱道。

提塞尔沮丧而愤怒地离开了。他穿过广场，站在那里，上下打量着那片开阔地。成百上千的男男女女在码头上闲逛，或者站在游艇的甲板上，每个人都戴着面具来表达自己的情绪、威望和特殊的属性，到处都是乐器的奏鸣。

提塞尔不知所措地站着。林妖消失了。哈克嗖·昂马克正在藩自由走动，而提塞尔没能完成卡斯特尔·克龙马廷的紧急指令。

身后响起了基夫轻松的音符。"月蛾提塞尔大人，你站着陷入了沉思。"

提塞尔转身，发现身旁站着一位洞穴猫头鹰，身穿一件黑灰两色的素色斗篷。提塞尔认出了面具，它象征着博学和对抽象概念的耐心探索。马修·克肖尔在他们一周前会面时戴了这个面具。

"早上好，克肖尔大人。"提塞尔说。

"你学得怎么样了？有没有掌握戈玛帕德上的降C音阶？我记得，你当时说这些转位音程很难掌握。"

"我钻研过，"提塞尔用阴郁的声音说，"然而，由于我可能会被召回到波利伯里斯，用在那上面的时间可能都白费了。"

“嗯？怎么回事？”

提塞尔说明了关于哈克嗖·昂马克的情况。克肖尔严肃地点点头。“我记得昂马克。他不是个和蔼可亲的人，却是一位优秀的音乐家。他指法很快，对掌握新乐器也有着真正的天赋。”他若有所思地捻着洞穴猫头鹰面具的山羊胡子，问：“你有什么计划？”

“根本没计划。”提塞尔说着，在基夫上弹出一段悲哀的短调，“我不知道他会戴什么面具。如果不知道他是什么样子，我又怎么能找到他呢？”

克肖尔摸着他的山羊胡子。“以前他喜欢外坎比亚星环，我相信他使用过一整套下界居民的面具。当然，他说不定已经换品味了。”

“说的是啊，”提塞尔抱怨道，“搞不好他就在二十英尺之外，而我也一无所知。”他痛苦地盯着广场对面的面具店。“没有人愿意告诉我任何事情。我疑心他们是否在意一个杀人犯正在他们的码头上行走。”

“非常正确，”克肖尔表示同意，“塞琳的标准与我们的不同。”

“他们没有责任感，”提塞尔说，“我怀疑他们是否会向一个溺水的人扔一根绳子。”

“他们确实不喜欢干预，”克肖尔表示赞同，“他们强调个人责任和自给自足。”

“很有趣，”提塞尔说，“但我仍然对昂马克毫无头绪。”

克肖尔严肃地看着他说：“如果你找到了昂马克，你会怎么做？”

“我要执行上级的命令。”提塞尔固执地说。

“昂马克是一个危险人物，”克肖尔沉思道，“他比起你来有很多优势。”

“我没法顾及这一点。把他送回波利伯里斯是我的责任。他很可能是安全的，因为我完全不知道该如何找到他。”

克肖尔思考了一下说："一个异世界的人不可能靠面具掩盖身份，至少骗不过塞琳人。在藩这里有我们四个人——罗弗、维利巴斯、你和我。如果又有一个异世界的人尝试安身立业，消息很快就会传开。"

"如果他去尊达呢？"

克肖尔耸了耸肩。"我怀疑他有没有这个胆量。话说回来——"这时克肖尔注意到提塞尔突然的失神，便停顿了一下，看向提塞尔注视的方向。

一个戴着林妖面具的人，在小广场上向他们大摇大摆地走过来。克肖尔一只手摁住了提塞尔的手臂，但是提塞尔已经上前挡住了林妖的路，借来的枪蓄势待发。"哈克嗖·昂马克，"他叫道，"不要动，否则我就杀了你。你被逮捕了。"

"你确定这是昂马克吗？"克肖尔忧心忡忡地问道。

"我会查出来的。"提塞尔说，"昂马克，转过身去，举起你的手。"

林妖惊异而困惑地站住，姿态僵直。他够到自己的扎沁科，奏出一段质问的琶音，唱道："你为什么要骚扰我，月蛾？"

克肖尔走上前，在他的斯劳伯上弹奏了一段安抚性的短调。"我担心发生了身份的错认，林妖大人。月蛾大人在寻找一个戴着林妖面具的异世界人。"

林妖的音乐变得怒气冲冲，他突然改用他的斯提米克。"他声称我是一个异世界的人？让他来证明他的观点，否则他将面临我直接的反击。"

克肖尔尴尬地瞥了一眼聚拢过来的人群，又一次奏起了逢迎的旋律。"我相信月蛾大人——"

林妖用斯卡兰伊奏出的序曲打断了他。"让他来证明他的观点，或者为流血做准备。"

提塞尔说："很好，我将证明我的观点。"他走上前，抓住了林妖的面具，“让我们看看你的脸，这将证明你的身份！”

林妖震惊地向后跳去。人群倒抽了口气，然后用各种乐器敲打、弹奏出各种不祥之音。

林妖把手伸到自己颈背，猛拉决斗锣的绳子，另一只手抓住他的弯刀。

克肖尔挺身而出，激动地弹奏着斯劳伯。现在已经很窘迫的提塞尔躲到一边，注意到了人群发出的难听声音。

克肖尔唱出解释和道歉，林妖做出回答。克肖尔转过头对提塞尔说：“跑吧，不然你会被杀死的！快点！”

提塞尔犹豫了一下，林妖举起手把克肖尔推到一边。“跑！”克肖尔叫道，“去维利巴斯的办公室，把自己锁在里面！”

提塞尔跑了起来。林妖追着他跑了几码，然后跺着脚，在他身后用手号角吹出一阵刺耳的嘲讽旋律。人群中的海默金纷纷咔嗒作响，发出了一种轻蔑的复调。

对方没有进一步追上来。提塞尔没去进出口办公室里避难，而是转到一旁，小心翼翼地观察了一下，然后到了他的游艇停泊的码头。

等到他终于回到船上的时候，时间已经接近黄昏。托比和雷克斯蹲在前甲板上，周围是他们带回的食物：一篮篮的水果和谷物，装着酒、油和辣汁的蓝色玻璃壶，关在柳条围栏里的三只小猪。他们正在咬碎坚果，把壳吐到一边。他们抬起头来看看提塞尔，仿佛以一种前所未有的悠闲态度站起身来。托比低声说了些什么，雷克斯轻声笑了起来。

提塞尔生气地拨弄着他的海默金，唱道：“把船离岸，今晚我们留在藩。”

回到自己的舱室，没有了旁人，他摘下了月蛾，盯着镜子里他自己都快要认不出来的容貌。他拿起月蛾，查看它令人厌恶的轮廓：

毛茸茸的灰皮，蓝色的刺，可笑的蕾丝花边。对于来自母星的领事代表来说，这东西基本谈不上有什么体面。如果等到克龙马廷得知昂马克的胜利之后，他还能留在这个职位上的话。

提塞尔一屁股坐到椅子上，心情郁闷，目光呆滞。今天他经历了一系列的挫折，但他还没有被打败，别管从哪个意义上来说。明天他会去拜访马修·克肖尔，他们会探讨寻找昂马克的最佳方案。正如克肖尔所指出的那样，异世界人员不可能悄无声息地定居下来，哈克嗖·昂马克的身份很快就会变得显而易见。另外，明天他还得再弄一个面具。不需要什么极端或者自负的样式，只要能表达一定程度的尊严和自尊就可以了。

就在这时，一个奴隶敲了一下门板，提塞尔急忙把讨厌的月蛾拉回自己的头上。

第二天一早，未等晨曦消逝，奴隶们便把船划回了码头上专供异世界人士使用的那一段。罗弗、维利巴斯和克肖尔都还没有来，提塞尔不耐烦地等着。一个小时过去了，维利巴斯把他的船开到了码头。提塞尔不想和维利巴斯说话，仍然待在自己的舱室里。

过了一会儿，罗弗的船也同样停在了码头旁边。透过窗户，提塞尔看到罗弗戴着他平常戴的冰湖鸟，爬上码头。他在那里遇到了一个戴着黄绒沙虎面具的人。他用戈玛帕德演奏了一段正式的伴奏，向罗弗传达了不知什么消息。

罗弗看上去惊讶而不安。过了一会儿，他就摆弄起自己的戈玛帕德，唱歌的时候，他指了提塞尔的游艇。然后，他鞠了一躬，继续上路。

那个戴着沙虎面具的人，笨拙而又不失尊严地爬上了浮舟，敲了敲提塞尔游艇的舷墙。

提塞尔走了出来。塞琳的礼仪并不允许他邀请一个偶然的访客，所以他只是在扎沁科上弹奏了一段问询的旋律。

沙虎弹奏着他的戈玛帕德，唱道："藩湾的黎明通常是一幕辉煌景象。白色的天空中闪耀着黄色和绿色的光华；米雷耶升起的那一刻，薄雾就像火焰一般燃烧、翻滚。若不是一个异世界人的浮尸搅扰风景的静谧，唱歌的人本该得到更大的乐趣。"

提塞尔的扎沁科几乎是自发地弹出了一段震惊的问询。沙虎很有尊严地鞠了一躬。"歌者自认性情坚定无人能及，然而，他也不在乎被一个冤魂的古怪行为所困扰。因此，他命令他的奴隶把一根皮带绑在尸体的脚踝上，在我们交谈时，他们已经把尸体拴在了你的船首。你尽可主持异世界所规定的任何仪式。歌者祝你早上好，现在就离开。"

提塞尔冲到船首。一个成熟男人的尸体靠着马裤里裹住的空气在那里漂着，几乎赤身裸体，没戴面具。

提塞尔研究了死者的脸，看起来没有什么特点，也没有生气——这可能是戴面具的习惯造成的。这个人身材和体重都属于中等，提塞尔估计其年龄在 45 岁到 50 岁之间。头发是毫无特色的棕色，面容因为泡水而肿胀。没有任何迹象能暗示这名男子的死因。

这一定是哈克嗖·昂马克，提塞尔想。还能是谁呢？马修·克肖尔？又有何不可？提塞尔不安地自问。罗弗和维利巴斯已经登陆忙他们的事情去了。他在海湾里搜寻克肖尔的游艇，发现它已经系泊在了码头上。就在他看着的时候，克肖尔正戴着他的洞穴猫头鹰面具跳上岸。

他看起来心不在焉，因为经过提塞尔的游艇时，他都没有把目光从码头上抬起来。

提塞尔转回身对着尸体。那么这就是昂马克了，毫无疑问。难道不是已经有三个人从罗弗、维利巴斯和克肖尔的游艇上下来，各自戴着他们特有的面具吗？很明显，昂马克的尸体……这个简单的解决方案拒绝在提塞尔的头脑中扎根。克肖尔曾经指出，另一个异世界的人很快就会被认出来。昂马克该怎么隐匿踪迹呢，除非他……提塞尔把这个想法抛在一边。尸体显然是昂马克。

但是……

提塞尔召集来他的奴隶，命他们把一个合适的容器带到码头，把尸体装起来转移到某个合适的长眠之所。奴隶们对这项任务没有表现出任何热情，提塞尔不得不用海默金猛烈地——如果说并非熟练地——强调了一番他的命令。

他沿着码头走，转而走上空地，路过康利·维利巴斯的办公室，沿着那条令人愉快的小道向着陆场走去。

到达之后，他发现罗弗还没有露面。一个公奴——黑布面具上的黄色玫瑰花饰标明了他的身份——问他是否可以效劳。提塞尔说他想要向波利伯里斯发送信息。

此事没有任何困难，奴隶表示。只要提塞尔以清晰的木刻印刷方式提供他的信息，那么信息将立即被发送出去。

提塞尔写道：

发现一名异世界人士死亡，可能是昂马克。48岁，中等身材，棕色头发。其他的鉴定方法欠缺。等待确认和/或指示。

他注明这条信息要发送给波利伯里斯的卡斯特尔·克龙马廷，然后交给了那个公奴。过了一会儿，他听到了跨空间放电特有的噼啪声。

一个小时过去了。罗弗没有露面。提塞尔在办公室前不停地来回踱步。不知道他需要等待多长时间：跨空间传输的耗时是不可预测的。有时候信息在几微秒内就能送达；有时候它会在不可知的区域中游荡数小时；在传输之前，还要先接收几个经过验证的消息样本。

又过了半个小时，罗弗终于到了，戴着惯常的冰湖鸟面具。巧合的是，提塞尔听到了收到信息的嘶嘶声。

罗弗看到提塞尔似乎很惊讶，问："你怎么来得这么早？"

提塞尔解释说："这关系到你今天早上指给我的那具尸体。我正在和我的上级沟通。"

罗弗抬起头，听着收到信息的声音。"你似乎得到答复了。我最好处理一下。"

"费这个事干什么？"提塞尔问道，"你的奴隶应该就能做得到。"

"那是我的工作，"罗弗说，"我负责所有太空电报的准确传输和接收。"

"我和你一起去，"提塞尔说，"我一直想看看设备是怎么操作的。"

"只怕那不合规。"罗弗说着，走到通向内隔间的门，"我马上就给你消息。"

提塞尔提出抗议，但是罗弗没理他，走进了内室。

五分钟后，他带着一个黄色的小信封出来了。"这不是什么好消息。"他用不怎么令人信服的怜悯语气说。

提塞尔忧郁地打开信封，里面写着：

尸体不是昂马克。昂马克是黑头发。为什么没在着陆时抓住他？严重失职，对你非常不满意。下次机会返回波利伯里斯。

卡斯特尔·克龙马廷

提塞尔把消息放进口袋里，说："顺便问一下，你头发什么颜色？"

罗弗在他的基夫上演奏了一小段表示惊讶的颤音："我是金发啊。为什么问这个？"

"好奇而已。"

罗弗又在他的基夫上弹了一段。"现在我明白了。亲爱的伙计，你的疑心好重啊！看！"他转过身去，分开了自己脖颈儿处面具的褶皱。提塞尔看到罗弗确实长着一头金发。

"你放心了吧？"罗弗打趣地问道。

"哦，完全放心。"提塞尔说，"对了，你还有其他面具能借给我吗？我烦死这个月蛾了。"

"怕是没有，"罗弗说，"不过你找一家面具店选一选便是了。"

"是的，当然。"提塞尔说。他离开了罗弗，沿路返回藩。经过维利巴斯的办公室时，他犹豫了一下，然后转身走了进去。今天，维利巴斯戴着一副精美的面具，绿色玻璃棱镜和银色珠子令人眼花缭乱，提塞尔没见过这一副。

维利巴斯用基夫伴奏，小心翼翼地向他打招呼："早上好，月蛾大人。"

"我不会占用你太多的时间，"提塞尔说，"但我有一个相当私人的问题要问你。你的头发是什么颜色的？"

维利巴斯略一犹豫，然后转身背对着他，拉起了自己面具的勒口。提塞尔看到了又黑又密的长鬈发。"这能不能回答你的问题？"维利巴斯问道。

"完全能。"提塞尔说。他穿过了小广场，来到码头，朝克肖尔的游艇走去。克肖尔毫无热情地向他打招呼，懒洋洋地挥手请他上船。

"我想问一个问题，"提塞尔说，"你的头发是什么颜色的？"

克肖尔苦笑一声。“剩下的那一点是黑色的。你问这个干什么？”

“好奇。”

“说吧，说吧，”克肖尔说，他的直率令提塞尔有点不适应，“肯定不光是好奇而已。”

提塞尔感觉自己需要听听对方的意见，也就承认了。“情况是这样的。今天早上在港口发现了一个异世界人士的尸体。他的头发是棕色的。我不完全确定，但有可能——我想想，是的，昂马克的头发有三分之二的可能是黑色的。”

克肖尔摸着洞穴猫头鹰的山羊胡子，问：“你是怎么得出这个概率的？”

“这条信息是经过罗弗的手传达给我的。他有一头金发。如果昂马克已经僭取了罗弗的身份，他自然会修改今天早上传送给我的信息。你和维利巴斯都承认自己是黑头发。”

“嗯，”克肖尔说，“让我看看我是否领会了你的推理。你觉得哈克嗖·昂马克杀死了罗弗、维利巴斯或者我自己，然后冒用了死者的身份。对吧？”

提塞尔惊讶地看着他：“你自己也强调过，作为异世界人，昂马克不可能在不暴露自己的情况下在这里安身立命！你不记得了吗？”

“哦，当然。我们接着说。罗弗给了你一条信息，说昂马克是黑发，而且他声称自己是金发。”

“是的。你能确认一下吗？我是说老罗弗的发色。”

“不能。”克肖尔悲伤地说，“我从没见过罗弗或者维利巴斯不戴面具的样子。”

“如果罗弗不是昂马克，”提塞尔沉思着说，“如果昂马克的头发确实是黑色的，那么你和维利巴斯就都有嫌疑了。”

“很有意思。”克肖尔警惕地盯着提塞尔说，“要这么说的话，你自己也可能是昂马克。你的头发是什么颜色的？”

“棕色。”提塞尔简短地说。他掀起了后脑勺上月蛾的灰色毛皮。

“但是关于消息的内容，你可能在欺骗我。”克肖尔进一步指出。

“我没骗你，”提塞尔疲倦地说，“如果你愿意，你可以找罗弗确认。”

克肖尔摇了摇头，说：“没有必要。我相信你。但还有一个问题：声音呢？你在昂马克到达之前和之后都听过我们的声音。这方面没什么线索吗？”

“没有。我对你们的声音发生任何改变的迹象都很警觉。面具令你们声音发闷。”

克肖尔摸着山羊胡子说：“我认为这个问题没有现成的解决方案。”他咯咯地笑了起来，“无论如何，我们需要解决方案吗？在昂马克到来之前，有罗弗、维利巴斯、克肖尔和提塞尔。现在——从任何实用的角度来看——还是有罗弗、维利巴斯、克肖尔和提塞尔。谁能说新成员不会比旧的强呢？”

“有趣的想法。”提塞尔表示赞成，“然而识别出昂马克恰好与我的个人利益相关。我的职业生涯危在旦夕。”

“我明白了。”克肖尔喃喃地说，“这么说情况就变成了你和昂马克之间的问题。”

“你不打算帮我？”

“不会积极地帮你。我已经被塞琳的个人主义征服了。我想你会发现，罗弗和维利巴斯都会给你差不多的答复。”他叹了口气，“我们都在这里待得太久了。”

提塞尔站在那里陷入沉思。克肖尔耐心地等了一会儿，然后说：“你还有什么问题要问吗？”

“没有了。”提塞尔说，“我只是想请你帮个忙。”

“能做到的话我一定帮你。”克肖尔彬彬有礼地回答道。

“给我，或者借给我，你的一个奴隶，一两个星期。”

克肖尔用甘佳表达了一下他对这个要求的饶有兴致。“我不喜欢和我的奴隶分开，他们了解我和我的习惯——”

“只要我抓住了昂马克，我立刻把他还给你。”

“很好。”克肖尔说。他用海默金弹奏出召唤之音，一个奴隶出现了。“安东尼，”克肖尔唱道，“你要和提塞尔大人同行，服侍他一小段时间。”

奴隶不高兴地鞠了一躬。

提塞尔把安东尼带到了他的游艇上，对他进行了长时间的询问，并将他的某些回答记录到一张表上。然后，他吩咐安东尼不要提及发生的事情，把他交给了托比和雷克斯照管。他进一步指示将游艇驶离码头，在他回来之前不许任何人上船。

他再次沿路前往着陆场，看到了罗弗正在用午餐。他吃的是五香鱼、切碎的沙拉树皮，还有一碗当地的醋栗。罗弗用海默金敲出一条命令，一个奴隶为提塞尔安排了位置。“调查进展如何？”

“很难说有什么进展，”提塞尔说，“你可以帮助我吗？”

罗弗笑了笑说：“你可以得到我的美好祝愿。”

“来点实在的吧，”提塞尔说，“我想借用你的一个奴隶。暂时。”

罗弗暂停了进食问道：“为什么？”

“我不想解释，”提塞尔说，“但是我可以保证，我提出的请求都是有用的。”

罗弗带着毫无亲和力的态度叫来一个奴隶，指派他为提塞尔服务。

在回游艇的路上，提塞尔在维利巴斯的办公室停留了一下。

正忙着工作的维利巴斯抬起头来：“下午好，提塞尔大人。”

提塞尔开门见山地说：“维利巴斯大人，你能把一个奴隶借给我用几天吗？”

维利巴斯犹豫了一下，然后耸耸肩。“有何不可呢？”他弹奏了一下海默金，一个奴隶出现了。“这个可以吗？或者你更喜欢年轻的女性？”他咯咯笑了起来。在提塞尔看来，他笑得很讨厌。

“这一个足以胜任。我过几天就把他还给你。”

“不急。”维利巴斯做了一个随意的手势，继续他的工作了。

提塞尔回到游艇上，分别采访了他的两个新奴隶，并在图表上做了笔记。

夜幕降临在泰坦尼克海。托比和雷克斯驾船越过柔滑如缎的海面驶离码头。提塞尔坐在甲板上，听着轻柔的人语和各种乐器的嘈嘈切切。海面的游艇闪烁着黄色和暗淡水红色的灯光。岸边漆黑一片，夜人们马上就会偷偷摸摸地出来，在垃圾堆里挑挑拣拣，将妒恨的目光投向海面。

再过九天，按照常规的时刻表，“布温纳文托拉号”将经过塞琳。提塞尔接到了返回波利伯里斯的命令。他能在九天内找到哈克嗖·昂马克吗？

九天不算太多，提塞尔觉得，但也许已经足够了。

两天过去了，然后是三天、四天、五天。每天提塞尔都上岸，每天至少拜访一次罗弗、维利巴斯和克肖尔。

三个人对他的出现各有不同的反应。罗弗脾气焦躁，喜欢语带讥讽；维利巴斯言谈举止比较正式，至少表面上和蔼可亲；克肖尔性情温和而文雅，但是讲话却显得过于客观和超然。

对于罗弗的冷嘲热讽、维利巴斯的欢声笑语、克肖尔的超然物外，提塞尔保持着同样的淡然处之。每天回到游艇上，他都要在自己的图表上做标记。

第六天、第七天、第八天来了又去。罗弗非常粗鲁而直接地询问他是否打算乘坐“布温纳文托拉号”。提塞尔考虑了一下说：“好的，就麻烦你预订一个座位吧。”

“回到人人露脸的世界。”罗弗激动得直哆嗦，“脸啊！到处都是瞪着眼睛的大白脸。嘴巴像果浆，鼻子上又有疙瘩又有洞，脸又平又松弛。我觉得在这里住过之后，我已经受不了那个场面了。你很幸运，还没变成真正的塞琳人。”

“但我不会回去的。”提塞尔说。

“你说的让我预订座位呢。”

“是的。给哈克嗖·昂马克留的。他会回到波利伯里斯，在禁闭室里。”

“好吧，好吧。”罗弗说，“这么说你已经知道他是哪个了。”

“当然，”提塞尔说，“你还不知道吗？”

罗弗耸耸肩。“他要么是维利巴斯，要么是克肖尔，我最多也就能推测出这些了。只要他戴着面具，自称是维利巴斯或者克肖尔，对我来说就没有意义。”

“对我来说很有意义。”提塞尔说，“明天驳运飞船什么时候起飞？”

“11 时 22 分。如果哈克嗖·昂马克要离开，告诉他要准时。”

“他会来的。”提塞尔说。

他照例拜访了维利巴斯和克肖尔，然后回到自己的游艇，在图表上画了最后三个标记。

证据就在这里，简单明了，令人信服。这并不是绝对无可辩驳的证据，但足以让他有理由拿出一个明确的行动。他检查了他的枪。明天，决定性的日子。他不能犯错误。

晨光亮白，天色就像牡蛎壳的内部。米雷耶在色彩斑斓的薄雾中升起。托比和雷克斯把游艇划到码头上。另外三艘异世界人的游艇在平稳的波涛中漂浮着，令人昏昏欲睡。

其中一艘船提塞尔格外留意，它的主人已经被哈克嗖·昂马克杀死并扔进了港口。这艘船此刻正在向岸边移动，哈克嗖·昂马克本人站在前甲板上，戴着一个提塞尔以前从未见过的面具：由猩红色的羽毛、黑色的玻璃和绿色的针状毛发构成。

他不得不佩服他的镇定。聪明的图谋，设计得聪明，执行得也聪明——但是没能绕过一个难以克服的困难。

昂马克返回船舱。游艇到达码头。奴隶们扔出系泊索，放下了跳板。提塞尔走下码头，上了那艘船。他的枪已经在长袍的兜袋里面蓄势待发。他推开了大厅的门。桌子旁边的那个人惊讶地抬起了他的红黑绿三色的面具。

提塞尔说："昂马克，请不要争辩，也不要做任何——"

某个又硬又重的东西从后面打到了他。他被甩到地板上，枪被熟练地夺走了。

海默金在他的身后叮当作响，一个声音唱着："把这个傻子的胳膊绑起来。"

坐在桌旁的那个人站起身来，摘下红黑绿三色的面具，露出了奴隶的黑布。提塞尔扭过头来。哈克嗖·昂马克正站在他身旁，戴着一个面具。提塞尔认出来那是驯龙者，用黑色金属编织而成，有刀刃做的鼻子、嵌入的眼睑，还有头皮上三个前后排列的冠状突起。

面具后的表情无法辨认，但是昂马克的声音带着得胜后的扬扬自得。"我很容易就把你抓住了。"

"你做到了。"提塞尔说。那个奴隶把他的手腕捆在一起。昂马克的海默金咔嗒作响，把他送走了。"站起来，"昂马克说，"坐到那把椅子上。"

"我们还在等什么？"提塞尔问道。

“我们的两个同伴还出海未归呢。当然我们已经不需要他们来做我想做的事。”

“你想做什么？”

“到时候你就知道了。”昂马克说，“我们有一个小时左右的时间。”

提塞尔试了试挣脱自己身上的绑缚。毫无疑问，挣不开。

昂马克坐了下来。“你是怎么锁定我的？我承认我很好奇……说吧，说吧。”他对坐着不说话的提塞尔斥责道，“你难道还没意识到我打败你了吗？别给自己找不痛快。”

提塞尔耸耸肩。“我利用了一项基本原理。一个人可以蒙住他的脸，但掩饰不了他的个性。”

“啊哈，”昂马克说，“有意思。接着说。”

“我从你和另外两个异世界的人那里各借了一个奴隶，并且仔细地询问了他们。在你到达之前的一个月里，他们的主人都戴了哪些面具？我准备了一张图表，并标出了他们的回答。在 80% 的时间里，罗弗都戴着冰湖鸟，剩下的 20% 留给了抽象诡辩家和黑色复杂。维利巴斯偏爱坎达阐星环的英雄们，他大部分时间都戴着查勒昆、无畏王子和希文，八天里有六天戴这些，另外两天他戴着南风或者欢乐伙伴。较为保守的克肖尔更喜欢洞穴猫头鹰、星辰流浪者，以及他不定期戴的另外两三个面具。

“就像我说的，我从可能最准确的来源——奴隶那里获得了这些信息。我的下一步就是监视你们三个人。每天我都记下了你们戴什么面具，并与我的图表做比较。罗弗六次戴着他的冰湖鸟，两次戴着黑色复杂；克肖尔五次戴着他的洞穴猫头鹰，另外星辰流浪者、梅花点和完美理念面具各戴了一次。维利巴斯两次戴着翡翠山，三次三重凤凰，一次无畏王子，两次鲨鱼神。”

昂马克若有所思地点点头。“我明白我错在哪里了。我从维利巴斯的面具中挑选，却按照我自己的口味戴——正如你所指出的，我暴露了自己。不过只是对你暴露了。”他站起身，走到窗前。“克肖尔和罗弗现在已经上岸，他们很快就会过去，去忙他们自己的事情。不过我疑心他们无论怎样都不会干涉的，他们都已经变成了安分守己的塞琳人。”

提塞尔安静地等待着。十分钟过去了。这时昂马克走到一个架子前，拿起一把刀。他看了看提塞尔，说：“站起来。”

提塞尔慢慢起身。昂马克从旁边走过来，伸手提起了提塞尔头上的月蛾。提塞尔喘息着，企图抓住它。太迟了，他的脸已经暴露在外。

昂马克转过身去，摘下自己的面具，戴上了月蛾。他用海默金呼叫了一下。两个奴隶进来了，看到提塞尔，吓得停了下来。

昂马克演奏了一段轻快的军乐，唱道：“把这个人带到甲板上。”

“昂马克，”提塞尔喊道，“我没戴面具！”

奴隶们不顾他绝望的挣扎，抓住了他，把他带到了甲板上，然后沿着浮舟押到了码头上。

昂马克用绳子绕住提塞尔的脖子。他说：“你现在是哈克嗖·昂马克，我是埃德沃·提塞尔。

“维利巴斯已经死了，你很快也会死去。我可以毫不费力地处理你的工作。我会像夜人一样演奏乐器，像乌鸦一样唱歌。我要戴月蛾，直到把它戴烂，然后我再买一个。波利伯里斯会接到报告：哈克嗖·昂马克死了。一切归于平静。”

提塞尔几乎没听见。“你不能这么做，”他低声说，“我的面具，我的脸……”一个戴着蓝色和粉色花朵面具的大个子女人沿码头走来。她看到了提塞尔，发出一声刺耳的尖叫，扑倒在甲板上。

“来吧。”昂马克大声说。他拽着绳子，把提塞尔拉到码头上。

一个戴着海盗船长面具的人从他的游艇上站起来，惊讶地站在那里。

昂马克演奏了扎沁科，唱道：“看这个臭名昭著的罪犯哈克嗖·昂马克。在所有的异世界里，他的名字被人唾骂。现在他被俘虏，将被可耻地处死。看，哈克嗖·昂马克！”

他们走到了小广场上。一个孩子吓得尖叫起来，一个男人声音嘶哑地喊了一声。提塞尔跌跌撞撞，泪水涌出了眼眶。他只能看到杂乱的形状和颜色。昂马克的声音抑扬顿挫、情感丰沛：“大家都来看，外星球的罪犯，哈克嗖·昂马克！过来看看他被处死！”

提塞尔无力地喊着：“我不是昂马克，我是埃德沃·提塞尔，他才是昂马克。”但是没有人听他的话，大家都在因为看到了他的脸而沮丧、震惊、厌恶地喊叫着。他向昂马克喊话：“把我的面具还给我，哪怕奴隶布……”

昂马克兴高采烈地唱着：“他曾在耻辱中生活，即将在没有面具的耻辱中死去。”

一个林妖站在昂马克面前。“月蛾，我们又见面了。”

昂马克唱道：“站在一边，林妖朋友，我必须处决这个罪犯。他曾在耻辱中生活，现在要在耻辱中死去！”

人群围拢过来。一副副面具带着病态的快感盯着提塞尔。

林妖猛拽昂马克手上的绳子，把它扔到地上。人群咆哮着。有人喊道：“不要决斗，不要决斗！处决怪物！”

一块布被扔到提塞尔的头上。提塞尔等待着尖刀的刺入。然而绑缚他的绳子被切断了。他匆忙地调整了布，遮住自己的脸，透过褶皱之间的缝隙觑向外边。

四个男人抓住了哈克嗖·昂马克。林妖站在他面前，演奏着斯卡兰伊。“一星期前，你试图脱掉我的面具，如今你实现了你变态的目的！”

“但他是个罪犯，”昂马克嚷道，“他臭名昭著，声名狼藉！”

“他的罪行是什么？”林妖唱道。

“谋杀、背叛、破坏船只、折磨、勒索、抢劫、将儿童贩卖为奴。他还——”

林妖阻止了他。“你们的宗教差异并不重要。不过，我们可以确证你现在的罪行！”

那个驭兽师走上前，恶狠狠地唱道：“这只傲慢的月蛾九天前想要抢占我最好的坐骑！”

另一个人走上前来。他戴着一副寰宇专家的面具，唱道：“我是一个大师级的面具制造者。我能认出这个戴月蛾的异世界人！就在最近，他走进我的店里，嘲笑我的技巧。他应该死！”

“异世界怪物去死！”人群喊道。一拨男人向前冲过来。钢刃有起有落，行动完成了。

提塞尔看着这一幕，身体都动不了了。林妖靠近他，严厉地唱道：“对你我们有怜悯，但也有轻蔑。一个真正的男人永远不会忍受这样的侮辱！”

提塞尔深吸一口气，把手伸到腰带上，找到了他的扎沁科。他唱道：“我的朋友，你中伤我！你难道不懂得真正的勇气吗？你愿意在战斗中死去，还是不戴面具在广场上行走？”

林妖唱道：“只有一个答案。我要选择在战斗中死去，我不能忍受这样的耻辱。”

提塞尔唱道：“我有过这样的选择。我可以用被缚的双手去战斗，然后死去——或者我可以忍受耻辱，通过这种耻辱征服我的敌人。你承认你缺乏足够的斯特拉柯来完成这件事。我已经证明了自己是勇敢的英雄！我要问，谁有勇气去做我所做的事？”

“勇气？”林妖反驳道，“我什么都不怕，哪怕是死在夜人的手中，我也不害怕。”

“那就回答我。”

林妖退后了。他演奏了他的双卡曼提。“如果你的动机确实如你所说，那就是勇敢。”

驭兽师敲了一连串柔和的戈玛帕德和弦，唱道：“在我们中间，没有一个人敢做这个无面具的人做过的事情。”

人群喃喃地表示赞同。

面具师走近提塞尔，奉承地弹奏着他的双卡曼提。“天哪，英雄老爷，请莅临我在附近的商店，把这肮脏的抹布换成一副配得上你的面具。”

另一个面具师唱道：“在你选择之前，英雄老爷，请检视我杰出的创造！”

一个戴着明亮天空鸟面具的人很虔诚地走近了提塞尔。“我刚完成了一艘豪华的游艇，十七年的辛苦工作成就了它的精致。请接受和使用这艘华美船只，这将是赐予我的好运。船上有警惕的奴隶和愉快的少女等待为您服务，在甲板上有充足的酒和柔软的丝毯。”

“谢谢你。”提塞尔说。他带着活力和信心敲击着扎沁科。“我欣然接受。但首先，我要一副面具。”

面具师在戈玛帕德上敲了一个疑问的颤音。“英雄老爷会不会认为海龙征服者配不上他的尊严？”

“绝不会。”提塞尔说，“我认为它配得上，我很满意。我们现在就去看一下。”

（秦鹏　译）

来自科幻界之外的观点

科幻迷们自傲地将科幻小圈子之外的、更为广泛的文学世界称为“庸俗的”世界，在这个世界看来，科幻小说似乎与外界隔绝，科幻小圈子内满是文学性不足的读者、杂志、习俗、聚会和小说。很多文学评论家不会去区分不同的类型文学，他们认为所有科幻文学都是公式化严重、不值得严肃考虑的小说。而那些会区分不同类型文学的评论家又常常将科幻小说和《巴克·罗杰斯》或《飞侠哥顿》等连环画,《超人》等漫画,《那个东西》或《哥斯拉》等所谓的“科幻”电影归为一类。这类观点中的一部分已经被科幻作家本身所接纳吸收。

一群更富有洞察力的评论家细致入微地观察了科幻小说这一题材，他们注意到科幻小说常常为了严肃的目的而创作，而且有时也富有文学技巧，他们看到科幻小说的主题并不是高度概要的写作公式，反而常常涉及一连串重要的问题。许多一般来说不会涉足科幻领域的作家都深入科幻小说常用的储备库中挖掘主题和隐喻。这些作家包括约翰·巴斯、皮埃尔·布尔、威廉·巴勒斯、安东尼·伯吉斯、威廉·戈尔丁、约翰·海尔赛、多丽丝·莱辛、弗拉基米尔·纳博科夫、沃尔克·珀西、托马斯·品钦、安·兰德、约翰·威廉姆斯、赫尔曼·沃克和维尔高（真名让·布吕勒）。还要加上那些我们更熟悉的科幻小说职业写作的践行者，如阿道斯·赫胥黎（Aldous Huxley）、乔治·奥威尔（George Orwell）和库尔特·冯内古特[1]（Kurt Vonnegut, Jr.）。

其他作家独立从事创作，他们在需要的时候才会去查阅与科幻相关的资料，就好像他们去查阅寓言、神话、传说和史诗一样自然。这样的作者之一就是阿根廷短篇小说作家、诗人、散文家和大学教授豪尔赫·路易斯·博尔赫斯。

博尔赫斯出生于布宜诺斯艾利斯，有西班牙、英国和极少的葡萄牙犹太人血统。他创作的小说似乎并不太像是西班牙文学或者拉丁美洲文学，更像是世界性文学。第一次世界大战期间，博尔赫斯以 15 岁之龄和家人旅居欧洲，在瑞士日内瓦接受了中学教育。1919 年至 1921 年间，博尔赫斯在西班牙旅游，接触到了激进主义文学团体。他在 1921 年回到阿根廷，开始创作简洁的自由诗，其中大部分都是关于布宜诺斯艾利斯的。他还开始撰写文学批评、形而上学和语言学方面的学术论文。1930 年前，他已经出版了三卷诗歌集和三卷论文集。

然而 1930 年起，博尔赫斯实际上已经离开了诗坛，在后面十年中转而创作并打磨短小精悍的记叙文，这些文章在气氛和感染力上都适合所有人阅读。1938 年，他被任命为布宜诺斯艾利斯的一座政府小图书馆的图书管理员，但在 1946 年因为政治原因丢了这份

---

1. 美国作家，黑色幽默文学的代表人物之一。创作灵感多来自其在第二次世界大战时在德累斯顿战俘营的经历，作品多关注时事和社会主题。长篇小说《泰坦星的海妖》（*The Sirens of Titan*，1959）和《猫的摇篮》（*Cat's Cradle*，1963）均曾获雨果奖提名。

工作。博尔赫斯在 1935 年出版了第一部短篇小说集，在 1941 年出版了《小径分岔的花园》，在 1944 年出版了最为知名的短篇小说集《虚构集》，在 1949 年出版了《阿莱夫》。《博尔赫斯全集》以三卷本的形式出版于 1954 年，《博尔赫斯小说集》出版于 1998 年。

1955 年，庇隆政权垮台[1]，博尔赫斯被任命为阿根廷国家图书馆馆长，并在之后一年被任命为布宜诺斯艾利斯大学英国与北美文学系主任。但视力衰退和其他伤痛减少了他在文学上的产出。他的首批英译本作品集在他的文学生涯中姗姗来迟：1962 年，《虚构集》出版英译本，《迷宫》于同年出版，并在 1964 年出版修订版。博尔赫斯于 1986 年去世。

博尔赫斯从未写过长篇小说，他认为，"写完一本大部头的书是费力而又令人文思枯竭的奢侈浪费"。而他的短篇小说简洁得令人难以相信。他对英文和科幻小说都有很强的掌控力，而且特别崇拜爱伦·坡和 H. G. 威尔斯。他把 H. P. 洛夫克拉夫特[2]（H. P. Lovecraft）、海因莱因、范·沃格特和布拉德伯里写入了他编纂的《美国文学介绍》一书中。

据安德烈·莫洛亚[3]（André Maurois）所说，博尔赫斯的文学受影响于弗朗茨·卡夫卡[4]（Franz Kafka）。据博尔赫斯所说，卡夫卡在文学上又受影响于埃利亚的芝诺、齐克果和罗伯特·勃朗宁。莫洛亚指出，如果卡夫卡从来没有写过作品，那么没有人会意识到这些早年作家的作品中所使用的卡夫卡式写作手法。这正应了博尔赫斯所说的悖论之一："每个作家都创造了自己的先驱。"

---

1. 因为严重的经济问题、民生问题、社会问题和宗教冲突，胡安·庇隆政府在 1955 年的军事政变中被推翻。
2. 即霍华德·菲利普斯·洛夫克拉夫特，美国恐怖、科幻与奇幻小说家，尤以惊奇小说著称。
3. 法国小说家、传记作家、史学家。
4. 奥地利作家。现代主义、表现主义文学的重要代表。主要作品有长篇小说《美国》《审判》《城堡》，短篇小说《变形记》《在流放地》《地洞》等。

博尔赫斯最好的、最受赞赏的短篇小说之中有数篇是幻想小说。博尔赫斯说，幻想文学只有四个基本要素：作品中的作品、梦境影响下的现实、时间之上的旅行和复制。这些幻想小说中的数篇被归为科幻小说。比如说，《特隆、乌克巴尔、奥比斯·特蒂乌斯》（“Tlön, Uqbar, Orbis Tertius”，1940）展示了一个由天文学家、工程师、生物学家、形而上学家和几何学家组成的秘密团体创造出的新世界，这个新世界开始侵占我们本来的世界；《巴比伦彩票》（“Lottery in Babylon”，1941）讲述了一个神秘的公司用一场运气游戏来分配好运气和坏运气的故事，这个游戏变得如此复杂，以至于和现实生活难以区分；《环形废墟》（“The Circular Ruins”，1940）讲述了一个做梦的人赐予他梦中之人生命的故事，但最后却发现做梦者只是在另外某个人的梦中；《博闻强记的富内斯》（“Funes, the Memorious”，1942）描述了一个记忆力臻至完美的人，以至于他可以像体验现在一样体验过去。

《通天塔图书馆》（“The Library of Babel”，1941）是一篇科幻小说，小说中大量的，甚至可能是无限的图书馆房间成为宇宙的一个隐喻。艾弗·罗杰斯（Ivor Rogers）指出，这个创意来自 19 世纪德国科幻作家库尔特·拉斯维茨（Kurd Lasswitz）。博尔赫斯则提到，这个想法在小说发表十年前的一篇关于萧[1]的论文中就被提到了，而这个创意本身可以追溯到 13 世纪的神秘主义者雷蒙·吕黎。这个创意也和近年提出的思想实验类似：一群猴子在打字机前随机打字，经过无限长的时间后就可以打出大英图书馆的全部藏书。但是博尔赫斯并不关心创意的原创性，他从未不愿意透露自己的创意来源。他认为，既然所有的作家差不多都是神灵的忠实抄写员，那么也就

1. 此处的萧（Shaw）应指萧伯纳（乔治·伯纳德·萧，即 George Bernard Shaw）。

没有人可以声称自己作品的原创性。

就像他的很多其他作品一样，《通天塔图书馆》读起来更像是一篇有许多脚注的小说化论文，人物描写很少——刚刚够将书中概念通过叙述者（或者说是小说化的论说文作家）的反应戏剧化地阐释出来，来解释他的作品中人物的处境。但是小说的创意和情节发展意味着一切，正如大部分科幻小说中一样：生命变为探索宇宙意义的尝试，书中被提出过、被考证过的理论和我们自身所在的现实之间存在着一种奇妙而且并非偶然的并行。我们的宇宙可能并不是这样的一座图书馆："它精确的中心是任何六角形，它的圆周是远不可及的。"但是很显然这个理论和爱因斯坦所提出的宇宙有限无界的理论并没有太大的不同。

这个概念是否可以让我们停下来思考一下？当博尔赫斯在写创造特隆的形而上学家时，他是不是在写他自己？他是这样形容这些人的："他们并不寻求真理或者可能性，他们只是在寻找令人惊异的事物。他们认为形而上学是幻想文学的一个分支。"

（赵佳铭　译）

通天塔图书馆

[阿根廷]豪尔赫·路易斯·博尔赫斯

用这种技巧可以悟出二十三个字母的变异……

《忧郁的剖析》[1]，第二部第二节第四段

宇宙（别人管它叫图书馆）由许多六角形的回廊组成，数目不能确定，也许是无限的，中间有巨大的通风井，回廊的护栏很矮。从任何一个六角形都可以看到上层和下层，没有尽头。回廊的格局一成不变。除了两个边之外，六角形的四边各有五个长书架，一共二十个，书架的高度和层高相等，稍稍高出一般图书馆员的身长。没有放书架的一边是一个小门厅，通向另一个一模一样的六角形回廊。门厅左右有两个小间。一个供人站着睡觉，另一供人大小便。边上的螺旋形楼梯上穷碧落，下通无底深渊。门厅里有一面镜子，忠实地复制表象。人们往往根据那面镜子推测图书馆并不是无限的（果真如此的话，虚幻的复制又有什么意义呢？）；我却幻想，那些磨光的表面是无限的表示和承诺……光线来自几个名叫灯盏的球形

1. 英国教士、散文作家罗伯特·伯顿的著作。

果实。每一个六角形回廊里横向安了两盏。发出的光线很暗，但不间断。

我像图书馆里所有的人一样，年轻时也浪迹四方，寻找一本书，也许是目录的总目录；如今我视力衰退，连自己写的字几乎都看不清了，我准备在离我出生的六角形不远的地方等死。死后自有好心的人把我扔到护栏外面去；我的坟墓将是深不可测的空气；我的尸体将久久地掉下去，在那无限坠落造成的气流中分解消失。我说图书馆是无休无止的。唯心主义者声称六角形的大厅是绝对空间，或者至少是我们对空间的直觉所要求的必然形状。他们解释说，三角形或五角形的大厅根本难以想象。（神秘主义者声称，他们心醉神迷的时候看到一个环形的房间，贴墙摆放着一部奇大无比的书，书脊浑然一体；但是他们说得不清楚，他们的证言值得怀疑。那部循环的书是上帝。）现在我只要引用经典论断就能说明问题：图书馆是个球体，它精确的中心是任何六角形，它的圆周是远不可及的。

每个六角形的每一面墙有五个书架；每个书架有三十二册大小一律的书；每本书有四百一十页；每面四十行；每行八十来个黑色的字母。每本书的书脊上也有字母，但字母并不说明书中内容。我知道这种毫无关联的情况有时显得神秘。在概括答案之前（答案的发现虽然具有悲剧意义，也许是故事的关键），我想追叙一些不说自明的道理。

首先，自从开天辟地以来，图书馆就已存在。任何头脑清醒的人都不会怀疑这一事实以及它所引出的必然结论，即世界将来也永远存在。人无完人，图书馆员可能是偶然的产物，也可能是别有用心的造物主的作品；配备着整齐的书架，神秘的书籍，供旅人使用的、没完没了的螺旋楼梯，以及供图书馆员使用的厕所的宇宙，只能是一位神的作品。只要把我颤抖的手写在一本书封面上的笨拙的符号，同书中准确、细致、漆黑和无比对称的字母做个比较，就能看出神人之间的距离有多么大了。

其次，书写符号的数目是二十五[1]。根据这一验证，早在三百年前就形成了图书馆的总的理论，并且顺利地解决了任何猜测所没能解释的问题：几乎所有书都有的不完整和混乱的性质。我父亲在一九五四区的一个六角形里看到的一本从第一行到最后一行全是MCV三个字母翻来覆去的重复。另一本（在该区中查阅频率很高）简直是一座字母的迷宫，但是倒数第二页却有一行看得懂的字：噢时间你的金字塔。由此可见，无数荒唐的同音重复、杂乱和不连贯的文字里只有一行看得懂或者直截了当的信息。（我知道一个未开化的地区，那里的图书馆员认为寻找书中意义是迷信而虚妄的做法，同详梦或看手相一样不可取……他们承认发明文字的人模仿了自然界的二十五个符号，但又认为文字的应用纯属偶然，书籍本身毫无意义。我们将在下文看到这种意见并非虚妄。）

长期以来，人们一直认为那些深奥莫测的书用的是古老或偏远地区的文字。最早的人，也就是首批图书馆员，使用的语言和我们现在使用的确实有很大差别；右面几英里远的六角形用的是方言，再高出九十层的六角形用的语言根本听不懂。我重复一遍，这一切确是事实，然而四百一十页一成不变的MCV不可能是什么语言，不管那种语言多么有地方性或者原始。有人暗示说，每个字母可能牵连后面的字母，第七十一页第三行的MCV不可能和另一页另一位置的MCV具有相同的意义，但是这个含糊的论点得不到支持。另有一些人考虑到密码书写；这一猜测得到普遍接受，虽然不符合发明那种文字的人的原意。

1. 原稿没有数字或大写字母。标点只限于逗号和句号。这两个符号，加上空格和二十二个字母凑成那个不知名的人所说的二十五个符号。——原注五百年前，高层一个六角形的主管人员[1]发现了一本难解程度不下于其他的书，但其中两页几乎完全相同。他请一位巡回译码专家鉴定，专家说书中文字是葡萄牙文；另一些人则说是意第绪文。过了将近一个世纪才确定那种文字：瓜拉尼的萨莫耶特－立陶宛方言，加上古典阿拉伯语的词尾变化。书中内容也破译了：用无限重复变化的例子加以说明的综合分析的概念。一个聪明的图书馆员根据那些例子可以发现图书馆的基本规律。那位思想家指出，所有书籍不论怎么千变万化，都由同样的因素组成，即空格、句号、逗号和二十二个字母。他还引证了所有旅人已经确认的一个事实：*在那庞大的图书馆里没有两本书是完全相同的*。根据这些不容置疑的前提，他推断说图书馆包罗万象，书架上包括了二十几个书写符号所有可能的组合（数目虽然极大，却不是无限的），或者是所有文字可能表现的一切。一切：将来的详尽历史、大天使们的自传、图书馆的真实目录、千千万万的假目录、展示那些虚假目录的证据、展示真目录是虚假的证据、巴西里德斯[2]的诺斯替教派福音、对福音的评介、对福音评介的评介、你死亡的真相、每本书的各种文字的版本、每本书在所有书中的插入、英国历史学家比德可能撰写（而没有撰写）的有关撒克逊神话的论文、罗马历史学家塔西佗的佚失的书籍。

当人们听说图书馆已经收集齐全所有的书籍时，首先得到的是一种奇特的幸福感。人们都觉得自己是一座完整无缺的秘密宝库的主人。任何个人或世界的问题都可以在某个六角形里找到有说服力的答案。宇宙是合理的，宇宙突然有了无穷无尽的希望。那时的一个热门话题是《辩白书》——为宇宙中每个人的所作所为永远

1. 以前每三个六角形就有一人负责。自杀和肺病破坏了这一比例。我忘不了一种难以言说的忧郁：有时候，我在光洁的走廊和楼梯里走上好几个夜晚，都碰不到一个图书馆员。——原注
2. 约公元 2 世纪诺斯替教亚历山大派创始人，生于叙利亚。

进行辩护，并且保存着有关他未来的奇妙奥秘的辩解和预言的书。千千万万贪心的人妄想找到他们的《辩白书》，纷纷离开他们出生的甜蜜的六角形，拥向上面的楼梯。这些人在狭窄的走廊里争先恐后，破口大骂，在神圣的楼梯上挤得透不过气，把那些骗人的书扔向通风井底，被遥远地区的人从高处推下摔死。另一些人发了疯……《辩白书》确实存在（我亲眼见到两本，讲的是未来的、或许并非假想的人），但是寻找者忘了一个人要找到他的《辩白书》或者《辩白书》某一个不可靠的版本的机会几乎等于零。

当时也指望澄清人类的基本奥秘，澄清图书馆和时间的起源。奥秘无疑是可以用语言解释清楚的：假如哲学家的语言不足以解释，那么包罗万象的图书馆里应该找得出所需的一种闻所未闻的语言，以及那种语言的词汇和语法。四百年来，人们找遍了那些六角形……甚至有专职的寻找者，稽查员。我看见他们履行职务的情况：他们总是疲于奔命；谈论某处几乎害他们摔死的没有梯级的楼梯；他们和图书馆员讨论回廊和楼梯；有时候随手拿起一本书翻阅，寻找猥辞恶语。显然，谁都不指望发现什么。

过分的指望自然会带来过分的沮丧。确信某个六角形里的某个书架上藏有珍本书籍，而那些书籍却不可企及的想法，是几乎难以忍受的。一个亵渎神明的教派建议中止寻找，让大家彻底打乱字母和符号，通过一个不太可能的偶然机会建立正宗的书籍。当局不得不严令禁止。那个教派就此销声匿迹，但我小时见到老年人久久地躲在厕所里，把几枚金属小圆片放在严禁的签筒里摇晃，没精打采地仿效神的紊乱。

另一些人反其道而行之，他们认为最根本的是消灭那些无用的作品。他们闯进六角形，出示不全是冒充的证件，不耐烦地翻翻一本书，然后查封所有的书架，千千万万的书籍就这样莫名其妙地在他们移风易俗和禁欲主义的狂暴下遭遇浩劫。他们的名字受到诅咒，他们的狂热破坏了“宝库”，可是为之惋惜的人忽视了两个明显的事实：一个是图书馆庞大无比，任何人为的削减相比之下都小得微不足道。另一个是虽然每本书是独一无二的、无法替换的，但是（由于图书馆包罗万象）总有几十万册不完善的摹写本，除了个别字母或逗号外，同原版没有什么差别。我力排众议，认为人们被那些狂热的净化者吓破了胆，夸大了掠夺行为造成的后果。谵妄驱使他们夺取胭脂红六角形里的书籍：那里的书籍开本比一般小一点；图文并茂，具有魔法，无所不能。

我们还听说当时的另一种迷信：“书人”。人们猜测某个六角形里的某个书架上肯定有一本书是所有书籍的总和：有一个图书馆员翻阅过，说它简直像神道。这个区域的语言里还保存着崇拜那个古代馆员的痕迹。许多人前去寻找，四处找了一百年，但是毫无结果。怎么才能确定那本藏书所在的受到崇敬的秘密六角形呢？有人提出逆行的办法：为了确定甲书的位置，先查阅说明甲位置的乙书；为了确定乙书的位置，先查阅说明乙位置的丙书，依此无限地倒推上去……我把全部岁月投入了那种风险很大的活动。我觉得宇宙的某个书架上有一本“全书”不是不可能的[1]，我祈求遭到忽视的神让一个人——即使几千年中只有一个人！——查看到那本书。假如我无缘得到那份荣誉、智慧和幸福，那么让别人得到吧。即使我要下地狱，但愿天国存在。即使我遭到凌辱和消灭，但愿您的庞大的图书馆在一个人身上得到证实，哪怕只有一瞬间。

不敬神的人断言，图书馆里胡言乱语是正常的，而合乎情理

1. 我重申：只要一本书可能存在就够了。但是要把不可能排除在外。例如：任何书不可能（同时是书）又是楼梯，尽管确实有一些讨论、否认、证明那种可能的书籍，也有一些结构和楼梯相仿的书籍。——原注

的东西（甚至普通单纯的连贯性）几乎是奇迹般的例外。他们在谈论（我知道）“图书馆在发烧，里面的书惶惶不可终日，随时都有变成别的东西的危险，像谵妄的神一样肯定一切、否定一切、混淆一切”。那些不仅揭发而且举例说明了混乱的话，明显地证明了他们低下的品位和不可救药的无知。事实上，图书馆包含了全部语言结构和二十五个书写符号所允许的全部变化，却没有一处绝对的胡言乱语。毋庸指出，我管理的众多六角形里最好的一本书名叫《经过梳理的雷》，另一本叫《石膏的痉挛》，还有一本叫《阿哈哈哈斯-穆洛》。乍看起来，那些主题仿佛毫不连贯，其实却有密码书写或者讽喻的道理；那个道理属于语言范畴，图书馆里假定早已有之。神的图书馆如果没有预见到“dhcmrlchtdj”这些字母，在它的某种秘密语言里如果不含有可怕的意义，我就不可能加以组合。任何一个音节都充满柔情和敬畏；在那些语言里都表示一个神的强有力的名字，不然谁都不可能发出它的读音。开口说话就会犯同义重复的毛病。图书馆无数六角形之一的五个书架上，三十册书中间的一本里面，早就有这个无用的信息和空话——以及对它的驳斥。（不定数量的、可能存在的语言使用同一种词汇；在某些语言里，“图书馆”这个符号承认了“普遍存在的、永久的六角形回廊系列”的正确定义，但是“图书馆”也是“面包”或“金字塔”，或者任何其他事物，解释词也有别的意义。读者是否确实懂得我的语言呢？）

有条理的文字使我的注意力偏离了人们的现状。确信一切都有文字记录在案，使我们丧失个性或者使我们自以为了不起。我知道有些地区的青年人对书籍顶礼膜拜，使劲儿吻书页，然而他们连一个字母都不识。流行病、异教争端、不可避免地沦为强盗行径的到处闯荡，大量削减了人口。我相信我前面提到了自杀，如今这种现象更趋频繁。衰老和恐惧也许误导了我，但我认为独一无二的人类行将灭绝，而图书馆却会存在下去：青灯孤照，无限无动，藏有珍本，默默无闻，无用而不败坏。

我刚才写下“无限”那个形容词，并非出于修辞习惯；我要说的是，认为世界无限，并不是不合逻辑的。认为世界有限的人假设走廊、楼梯和六角形在偏远的地方也许会不可思议地中止——这种想法是荒谬可笑的。认为世界无限的人忘了书籍可能的数目是有限的。我不揣冒昧地为这个老问题提出一个答案：图书馆是无限的、周而复始的。假如一个永恒的旅人从任何方向穿过去，几世纪后他将发现同样的书籍会以同样的无序进行重复（重复后便成了有序：宇宙秩序）。有了那个美妙的希望，我的孤寂得到一些宽慰。[1]

马德普拉塔，1914 年

（王永年　译）

1. 莱蒂齐亚·阿尔瓦雷斯·德托莱多指出，庞大的图书馆是无用的；严格说来，只要一本书就够了，那本书用普通开本，九磅或十磅铅字印刷，纸张极薄，页数无限多。（17 世纪初，卡瓦列里说任何固体是无数平面的重叠。）丝绢似的薄纸印的袖珍本阅读时不会方便：可见的每一页和别的页面相映，中央的一页没有反面。——原注

内心向往外太空

20世纪60年代初，战后的繁荣期带来的鼓舞已经退为失望，新浪潮的激进力量也还没有显现出来，科幻文学如同一艘没有舵的航船，在变革之海上漂流。外太空作为约翰·W. 坎贝尔所强调的外部世界重要性的一个象征，此时似乎已经不再重要。不过，唯一的选择难道就是快速转向J. G. 巴拉德所说的“内心世界”吗？

弗兰克·赫伯特显然不这么认为。他的作品体现出他对传统科幻小说的尊崇，但是他为传统科幻小说带来了新的关注点，即内心斗争和更困难的抉择。引起新浪潮作者们反思的社会和心理学因素可能同样也让赫伯特重视起个体心理、群体心理、社会学、历史、宗教、哲学、神秘主义和神话，但是赫伯特最后选择立足于过去并将其用于自己的写作目的。

赫伯特生于华盛顿州塔科马市，并进入了华盛顿大学就读。他曾在西海岸的多家报社任记者一职，同时也做过摄影师、采牡蛎的潜水员、心理分析师和酿酒师。他的首篇短篇小说在1945年发表于《时尚先生》杂志，首篇科幻短篇小说《在找什么吗？》（“Looking for Something?”）发表于 1952 年 4 月刊的《惊人故事》杂志。但是他的兴趣和能力更适合创作长篇小说。他的短篇小说数量较少，其中的一部分结集收录于《弗兰克·赫伯特的世界》（1970）、《弗兰克·赫伯特的书》（1973）和《弗兰克·赫伯特佳作集》（1975）中。1970 年，他成为一名全职自由作家。

赫伯特在第二次世界大战中服役于美国海军，在此期间他创作了第一部长篇小说。这篇小说以《重压之下》（*Under Pressure*）为题，在 1955 年至 1956 年连载于《惊异》杂志，并以《海龙》（*The Dragon in the Sea*）、《21 世纪的潜水艇》（*21st Century Sub*）和《重压之下》的书名出版单行本。他的第二部，也是最为知名的一部长篇小说《沙丘》分为《沙丘世界》（*Dune World*，1963—1964）和《沙丘先知》（*The Prophet of Dune*，1965）两部连载于《类比》杂志，并在 1965 年出版了精装版。尽管《沙丘》获得了首届星云奖最佳长篇小说奖，还获得了一次雨果奖，但和后来该书的平装本累计高于一百万册的稳定销量相比，这些奖项还算不上它最大的成就。

赫伯特在找到《沙丘救世主》（*Dune Messiah*，1969）的出版商之前，还创作了数篇与“沙丘”系列无关的长篇小说：《目的地：太空》（*Destination: Void*，1966）、《海森堡之眼》（*The Eyes of Heisenberg*，1966）、《绿脑》（*The Green Brain*，1966）、《天堂制造者》（*The Heaven Makers*，1968）和《圣罗加关隘》（*The Santaroga Barrier*，1968）。此后他又创作了《替罪之星》（*Whipping Star*，1970）、《灵魂捕手》（*Soul Catcher*，1972）、《上帝制造者》（*The God Makers*，1972）和《赫尔斯特罗姆的蜂箱》（*Hellstrom's Hive*，1973）。但直到《沙丘之子》（1976）出版并成为首部科幻领域的畅销精装书时，赫伯特才确立了自己的地位。随后他将《沙

丘》的影视改编权卖给了一位知名制片人[1]，据传授权费达一百万美元。在最后两部“沙丘”系列作品出版之前，赫伯特和比尔·兰塞姆（Bill Ransom）合著了两部长篇小说《多塞迪实验》（*The Dosadi Experiment*，1978）和《耶稣事件》（*The Jesus Incident*，1979），还出版了《沙丘插图版》（*The Illustrated Dune*，1978）。随后赫伯特创作了“沙丘”系列的最后两部作品：《沙丘异教徒》（*Heretics of Dune*，1984）和《沙丘牧师会》（*Chapter House Dune*，1985）。

《沙丘》篇幅宏大、情节复杂，其故事发生在遥远未来的一个人类殖民星系。小说中包含一段复杂的范·沃格特式情节，其中充满了拜占庭式的阴谋和阿西莫夫[2]式未来史学中隐藏的超能力。小说中一名少年需要发展出自己成熟的力量和超越人类的能力，以夺回他失去的王国，即便这种神话般的结构都是范·沃格特式的，小说中涉及的预测能力也类似心理史学。一位评论家（约翰·L.格里格斯比）曾评价“基地”（*Foundation*）系列和“沙丘”系列“只是视角转换”。赫伯特在他为《科幻的技艺》（*The Craft of Science Fiction*，1976）撰写的一个章节中称赞“基地”三部曲为“永恒流传的经典作品之一”。但是他认为“基地”系列是基于“未经检验的设定”，而其他的设定“完全可以用作一个全新的系列作品的切入点”。

赫伯特在“沙丘”系列中采取的设定是：不同行星上的生存条件会产生不同种类的人，相似的条件会产生相似的人（阿拉基斯——Arrakis——作为沙漠世界，就发展出了类似阿拉伯人的种族和文明）；艰苦的条件对人有好处，而且可以造就更为强壮、更有效率的战士；人类这个物种有着潜在的天赋，可以通过基因选择和训

1.《沙丘》电影于 1984 年上映，导演和编剧为知名制片人大卫·林奇。尽管这部电影投资颇丰，但最终却只收获了惨淡的票房，北美票房甚至没有收回成本。许多批评者认为电影叙事混乱，科幻效果也不佳。新的《沙丘》电影由加拿大导演丹尼·维伦纽瓦执导，第一部和第二部分别于 2021 年和 2024 年上映。

2. 艾萨克·阿西莫夫在其“基地”系列中提到了利用心理学和数学方法分析未来历史的“心理史学”。

练利用这些天赋；种族记忆存在于细胞中，在特定的条件之下个体记忆可以被分享；一个银河帝国将以松散的封建家族维系，而不是阿西莫夫的中央集权的罗马模式；计算机的发展将会引起整个银河系的叛乱，抵制机器智慧、以求发展新的人类思维能力；对原子弹的禁用和身体护盾的发展意味着战斗重回肉搏时代；个体和全人类都只能夹缝求生：在生与死之间、在预言和意志之间、在黑盒子的痛苦和高姆刺的毒性之间、在生命之水的毒性和转化生命之水所产生的集体知觉共享和幻觉之间[1]……

赫伯特为这些设定和其他的设定创造了一个神话般的故事结构，一个富含社会学、历史学和物理学的图景，正如评论家罗伯特·A. 福斯特（Robert A. Foster）所指出的那样，以帮助建立起这部虚构世界主题的长篇小说的模型。这也促成了《沙丘百科全书》（*Dune Encyclopedia*，1984）的出版，并引发了人们对生态学、人类发展与弥赛亚[2]运动的关注。

"沙丘"系列中最为吸引人的部分或许就是沙漠世界阿拉基斯，这个部分也是"沙丘"这个题目的由来。阿拉基斯是一个水资源极为短缺的世界，以至于人们必须珍惜每一滴水，包括那些组成人体的水分。在这种环境之下，人们必须获得尊崇的地位，否则只有死。但是阿拉基斯同样盛产梅朗琪，这是一种至为贵重、具成瘾性的"香料"，可以延年益寿，还有加强人类预见未来能力的功效。这种香料是阿拉基斯的生态系统中不可或缺的一部分。阿拉基斯还居住着坚强的部落人弗里曼人，他们是银河系最好的战士，可以通过一场野蛮而血腥的、保罗[3]视为"目的很可怕"的圣战改变未来。赫

---

1. 黑盒子（black box）、高姆刺（gom jabbar）、生命之水（Water of Life）及其转化均为"沙丘"系列中的科幻设定。
2. 宗教术语，见于基督教和犹太教等，指上帝指派来拯救世人的救世主。
3. 即保罗·阿崔迪，"沙丘"系列主角。

伯特创作《沙丘》的灵感来自他有一次接受的采访任务，要求他写一篇关于俄勒冈州海岸研究所控制流沙沙丘移动的实验的文章。他的灵感还来自他长期以来的创作欲望，想要写一篇关于“为人类社会带来灾难的弥赛亚式骚乱”的长篇小说。他酝酿这部作品长达五年时间。

《沙丘》的情节在几个不同层面推进：控制阿拉基斯和香料贸易，最终控制整个银河帝国所做的尝试；将阿拉基斯的统治权转移到勒托公爵和阿崔迪家族的阴谋，但最终却导致他们因为背叛和大规模进攻而被清除出阿拉基斯的统治阶层；“女巫”贝尼·杰瑟里特操习躯体和精神控制，以培育出“奎萨兹·哈德拉赫”，一种能承受贝尼·杰瑟里特那回顾过去、预见未来的实验的男性；弗里曼人为了改变阿拉基斯的生态而做出的努力；公爵的儿子保罗为了报杀父之仇并恢复家族的财富和地位而接受的教育和培养；保罗成长为一名奎萨兹·哈德拉赫并成为弗里曼人的里桑·阿尔-盖博[1]；还有他因为预见到血腥的未来而引起的内讧……

下面的《沙丘》选段描述了阿崔迪家族抵达阿拉基斯后所举办的一场宴会。这个场景聚集了阿拉基斯行星上各式各样的势力，阐述了这颗星球上水的重要性和一个生态问题，并展示了赫伯特的叙事方法：描写细腻丰富，每一处细节都和某个情节元素或角色相联系，通过对话来推进情节，对话中还插入了人物对他人的语言和行为产生的心理活动，不同寻常的视角转换方式，从勒托公爵转向保罗，转向杰西卡，最后转向凯恩斯，又转换回来，循环往复数次。赫伯特用这种方式推进主题和情节，加强阴谋、伪装和诡计的要素，突出了感觉和现实之间的不同。

（赵佳铭　译）

1.《沙丘》中的设定，来自其中虚构的弗里曼语，意思是“外来世界之声”或者“水的给予者”。

沙丘（节选）

［美国］弗兰克·赫伯特

伟大是一种稍纵即逝的体验，从来都不是恒常不变的。它部分地依赖于人类营造神话的想象力。经历伟大的人必须对他身处其中的神话有所体悟。他应当省察自身所承受的那些期许。他还必须拥有强烈的诮薄感。有赖于此，他才可以摆脱自命不凡的信念。诮薄的心态是令他的心智不至于陷于滞塞的唯一因素。如果没有这种品质，哪怕是偶尔的伟大也会毁掉一个人。

——摘自伊如兰公主的《穆阿迪布语录》

阿拉肯大宅的餐厅里，悬灯已经在初临的夜色中亮起，把黄色的光芒洒向了角上沾着血迹的黑色牛头，洒向了老公爵那幅薄光微闪的油画。

在这些镇宅法宝的下面，擦得锃亮的阿崔迪家族银器旁边，白色的亚麻布被反光映得熠熠生辉。银器在大桌子上摆放的位置可谓一丝不苟——水晶杯旁边，各色餐具星罗棋布，每把沉重的木椅前面，都有这么一套器物在严阵以待。造型经典的中央吊灯还没有亮起，悬索扭扭弯弯地探入了上方隐藏着毒物嗅探器的黑暗当中。

公爵在门口停下来检视宴席的安排情况。他想到了毒物嗅探器，以及它在他的社会中所代表的意义。

一切都在于模式，他想，人们可以通过我们使用的语言来探究我们的身份——对于实施阴险的杀人方法，我们的表述也是那么精确而微妙。今晚会不会有人尝试使用查莫尔基——投在饮料里的毒药？或者查玛斯——投在食物中的毒药？

他摇了摇头。

长桌上的每个盘子旁边都放着一壶水。公爵估计，这一张桌子上的水足够让一户贫穷的阿拉肯家庭喝上一年多。

他所站的门口两侧，是华丽而宽大的盥洗盆，用黄色和绿色的瓷砖铺就。每个盆里都设有毛巾架。管家解释说，依照习俗，客人进门时，都要礼节性地将手浸入盆中，往地上泼洒几捧，用毛巾擦干手，再将毛巾甩到门口越积越多的那摊水洼里。饭后，乞丐们聚集在外面索要从毛巾上挤出来的水。

真是典型的哈肯能采邑风格，公爵心想，各式各样的精神堕落，你只要想得到，这里一应俱全。他深深地吸了一口气，感觉到怒火令自己肚子发紧。

“这个风俗到此为止了！”他喃喃自语。

他看到一个侍女——管家推荐的那帮身形伛偻的老侍女之一——在对面的厨房门口徘徊。公爵抬手向她招呼了一下。她走出阴影，疾步绕过桌子向他行来。他注意到那张皮包骨头的脸，那双珠瞳皆蓝的眼眸。

“大人有什么吩咐？”她低着头，眼神躲闪着。

他打了个手势。“找人把这些盆子和毛巾撤掉。”

“可是……高贵的……”她抬起头来，目瞪口呆。

"我知道风俗！"他厉声说道，"把这些盆子拿到前门去。在我们用餐期间，直到我们吃完为止，每个开口索要的乞丐都可以得到一整杯水。明白了吗？"

那张皮相粗糙的老脸上，各种情绪交织着：错愕，愤怒……

勒托突然之间领悟到，她原本肯定是在打算售卖从那堆被人踩来踩去的毛巾上挤出来的水，从那些上门的可怜虫身上榨出几个铜板来。搞不好这也是一种习俗。

他脸色阴沉，低声吼道："我要在这里派个守卫，确保我的命令得到严格执行。"

他转过身，沿着通道走回大厅。回忆在他的脑海中翻滚，就像老妇从无牙的口中发出的牢骚。他想起了露天的水域和水面的波涛，那些芳草萋萋而不是黄沙漫天的日子，那些像是风暴中的树叶一般，从他身旁倏然掠过的茫茫炎夏。

一切都已经远去。

暮年降至了，他想，我已经能感受到死亡的冷酷之手。这感觉来自哪里？一个老妪的贪婪。

大厅的壁炉前，杰西卡女士站在身份各异的一群客人中央。火焰在噼里啪啦地燃烧着，橘黄色的火光一闪一闪地照耀着珠宝、花边和昂贵的布料。他在那群人当中认出了一个来自迦太格的蒸馏服制造商、一个电子设备进口商、一个把避暑别墅建在了他的极地冰盖工厂附近的供水商、一个公会银行的代表（那个模样精瘦而态度冷漠的家伙）、一个香料开采设备零配件经销商，还有一个瘦弱而满脸厉色的女人——据说她面向外星访客的护送服务其实是为了掩护各种走私、间谍和勒索的勾当。

大厅里的大多数女人似乎都属于同一种类型——衣着华美，妆容精致，古怪地混杂着一种拒人于千里之外的性感。

即使没有女主人的身份，杰西卡在这帮人当中也会显得卓尔不群，他想。她没有佩戴任何首饰，衣着选择了暖色系——几乎像焰火一样鲜艳的长裙，古铜色的头发上围着一条土褐色的丝带。

他意识到她这么做是为了巧妙地嘲弄他，是在责怪他最近的冷淡态度。她很清楚，他最喜欢她穿这种色调的衣服——在他眼里，她就像是一团扑簌作响的暖色。

邓肯·爱达荷站在近处，基本上已经算是站到了那群人的外围。他身穿闪闪发光的礼仪制服，脸上表情难辨，卷曲的黑发梳理得一丝不苟。他是从弗里曼人那里被召唤回来的，哈瓦特给他的命令是，“*你需以守护为由，对杰西卡女士时刻保持监视*”。

公爵环顾了一下大厅。

保罗站在角落里，一群阿拉肯富家子弟谄媚地围拢在他身边，其中还有三位态度漠然的府兵队军官。公爵特别注意那些年轻的女人。公爵继承人该是个多么抢手的择偶对象啊。然而保罗保持着矜持的贵族气质，对所有人都一视同仁。

他一定配得上这个头衔的，公爵心想，旋即又意识到这个念头暗藏的凶兆，不由得心头泛起一阵凉意。

保罗看到父亲在门口，避开了他的目光。他环顾四周，看着一簇簇的来宾，那一只只佩戴着珠宝玉石的手抓着酒杯（以及用小型遥控窥探器进行的隐蔽检查）。看到一张张喋喋不休的面孔，保罗突然间很是厌烦。它们只不过是锁在溃烂的思想上的廉价面具——连篇的废话只为掩饰心灵巨大的空虚。

我的心情很不好，他想，不知道戈尔内对此会有什么说法。

他知道自己心情不好的原因。他本不想参加这个活动，但是父亲的态度一直很坚决。“你有一个位置——一个地位，有待你去维持。你已经长大了，应该参与这样的场合了。你差不多已经是个男人了。”

保罗看到他的父亲从门口进来，环视了一眼大厅，然后朝着杰西卡夫人所在的那群人径直走来。

勒托走近他们的时候，供水商正在问：“公爵真的要安装气象控制吗？”

公爵在那人身后说：“我们还没有考虑到那一步，先生。”

那人转过身来，现出一张貌不惊人、被晒黑的圆脸。“啊，公爵，”他说，“我们正盼着您过来呢。”

勒托看了一眼杰西卡。“刚才有件事情需要处理。”他将注意力转回到供水商身上，解释了一下他关于盥洗盆的命令，补充道，“在我看来，旧的习俗已经结束了。”

“大人，这是公爵令吗？”那人问道。

“这个问题，我便留给你们自己的……啊……良心好了。”公爵说。他转过身，注意到凯恩斯来到了众人面前。

一个女人说：“我认为这是非常慷慨的举动——把水送给——”有人嘘声打断了她的话。

公爵看着凯恩斯，注意到这位行星学家穿着一套老式的深棕色制服，上面有帝国公务员的徽章，领口处还有一颗小小的泪珠形金质军衔。

供水商怒声问道：“公爵是在批评我们的习俗？”

“这个习俗已经改变了。”勒托说。他向凯恩斯点了点头，留意到了杰西卡皱眉的表情，心想：*她一皱眉就没那么漂亮了，不过这样会加剧我们之间有隙的传闻。*

“如果公爵允许的话，”供水商说，“我还想提出几个关于风俗的问题。”

勒托听出了那人突然的油腔滑调，注意到了这群人默不作声的观望，大厅里的人都朝他们转过头来。

“是不是到用餐的时间了？”杰西卡问道。

“但是我们的客人还有问题呢。”勒托说。他看着供水商，看到的是一个圆脸的男人，大眼睛，厚嘴唇，想起了哈瓦特的备忘录：“……而这个供水商是一个需要留意的人——林格尔·比尤特，记住这个名字。哈肯能人利用他，但从未完全控制过他。”

“关于水的风俗都挺有意思的，”比尤特说着，脸上露出了笑容，“我很好奇，你对这所宅子附属的温室有什么打算？你打算继续在人们面前炫耀它吗……大人？”

勒托忍住怒火，盯着那个男人。他的脑海里思绪万千。在他自己的公爵城堡里向他挑战是需要勇气的，尤其是考虑到他们现在掌握着比尤特签过字的效忠合同。采取这个行动，还需要了解自己有没有那个实力。水，在这里的确是权力。比如说，如果水利设施被埋设了炸弹，一个信号过来就会被摧毁……这个人看起来干得出那样的事情。破坏水利设施很可能会毁掉阿拉基斯。搞不好这正是这位比尤特之前在哈肯能人头上挥舞的大棒。

“公爵和我对我们的温室另有打算。”杰西卡说。她对勒托笑了笑。“我们当然打算保留它，但只是为了替阿拉基斯的人民保管它。我们的梦想是，有朝一日阿拉基斯的气候可能会发生足够的改变，在任何开阔地都能种植这种植物。”

说得好棒！勒托想，这个话就让我们的供水商慢慢琢磨去吧。

“你对水和天气控制有着明显的兴趣，”公爵说，“我建议你分散一下经营。总有一天，水在阿拉基斯星上不会再是珍贵商品。”

他在想，哈瓦特必须加倍努力往这个比尤特的组织里渗透了。另外我们必须马上开始修建备用水利设施。谁也别想把棒子举到我的头顶。

比尤特点了点头，脸上的笑容还在。“一个值得称赞的梦想，大人。”他退了一步。

凯恩斯脸上的表情引起了勒托的注意。那个男人正盯着杰西卡，看起来容光焕发，就像一个恋爱中的男人……或者陷入了宗教的恍惚之中。

预言中的话语终于完全占据了凯恩斯的头脑。“他们也将心怀你们最珍贵的梦想。”他直接对杰西卡说：“你们带来的是捷径吗？”

“啊，凯恩斯博士，”供水商说，“你没跟你的弗里曼暴徒们一起到处浪荡，而是来到了这里。你可真是赏脸啊。”

凯恩斯用难以捉摸的眼神看了一眼比尤特，说道：“沙漠里有个说法，拥有大量的水可以让一个人犯下致命的粗心之失。”

“沙漠里有好多奇怪的说法呢。”比尤特说，然而他的声音暴露了内心的不安。

杰西卡穿过人群，来到勒托身旁，把手伸到他的胳膊下，好让自己冷静一下。凯恩斯说的是“……捷径”。在古老的语言中，这个词译作“奎萨兹·哈德拉赫”。其他人似乎都没有注意到星球学家的古怪问题，现在凯恩斯正对着不知谁的一位女伴弯下身子，听她低声细语地卖俏。

*奎萨兹·哈德拉赫，*杰西卡想，*难道我们的守护者传教士已经把那个传说在此地宣扬开了？*这个想法燃起了她对保罗秘而不宣的希冀。*他可能是奎萨兹·哈德拉赫。很有可能。*

公会银行的代表已经与供水商聊得火热，比尤特的声音在重新响起的切切交谈声中格外明显。“很多人都曾经谋求改变阿拉基斯。”

公爵看到这句话仿佛刺伤了凯恩斯，让这位行星学家猛地直起身来，远离了那个调情的女人。

在突如其来的寂静中，勒托身后一个穿着家丁制服的府兵清了清嗓子说："晚餐已经准备好了，大人。"

公爵用探寻的目光看向了杰西卡。

"这里的习俗是男女主人要跟在客人后面上桌，"她说着，笑了笑，"这个我们也要改一改吗，大人？"

他冷冷地说："这个习俗似乎还不错。我们暂且让它保持下去。"

他想，必须维持我怀疑她背叛的假象。他看了一眼从他们身边走过的客人。你们当中有谁相信这个谎言？

杰西卡觉察到了他的疏远，心里再次泛起过去一周里时而会有的惶惑不解。他的行为举止仿佛正在进行着激烈的自我斗争，她想。是因为这场晚宴我安排得太迅速了吗？然而他明明知道，让我们的官员、手下与当地人打成一片是多么重要。我们对他们来说就像是父母一般。要让这一认识更加深入人心，没有什么能比这样的社交活动更有效了。

勒托看着走过自己身边的宾客，回想起苏佛·哈瓦特在得知这件事时说的话："大人！我不允许！"

公爵的嘴边露出了阴冷的笑容。当时的场面闹得好大啊。当公爵依然坚持要出席晚宴时，哈瓦特摇了摇头。"我有不祥的预感，大人。"他说，"阿拉基斯星上的事情进展得太顺畅了。这不像哈肯能人，完全不是他们的风格。"

保罗护送着一个比自己高半个头的年轻女子经过父亲身边。他不满地瞪了父亲一眼，对年轻女子说的话点了点头。

"她父亲是生产蒸馏服的，"杰西卡说，"我听人说，穿上那人生产的蒸馏服还会困在沙漠里出不来的，也就只有傻瓜了。"

"保罗前面那个脸上有疤痕的人是谁？"公爵问，"我不记得邀请过他。"

"后来才加到名单上的，"她低声说，"戈尔内安排邀请他。一个走私者。”

“戈尔内安排的？”

“应我的要求。这个安排已经和哈瓦特交代清楚了，尽管我觉得哈瓦特对此有点不情不愿。走私者名叫图伊克，埃斯玛·图伊克，在他们那行人当中是个大人物。这里的人都认识他。他在很多府邸里面都吃过饭。”

“那我们请他又是出于什么考虑？”

“这里的每个人都会问这个问题，”她说，“图伊克仅仅是露个面就能让人感到怀疑和猜忌。他还能起到昭告天下的作用，让大家都明白你打算推进你反对贿赂的命令——在走私者那头也要一并施力。这一点哈瓦特似乎很喜欢。”

“我不确定我是否喜欢。”他向一对路过的夫妇点了点头，看到他们前面剩下的客人已经为数不多了。“你怎么没邀请一些弗里曼人？”

“有凯恩斯啊。”她说。

“是的，有凯恩斯，”他说，“你还为我安排了别的什么小惊喜吗？”他带着她步入队伍末尾。

“其他安排都是遵照传统的。”她说。

她想：*亲爱的，你难道没注意到，这个走私者控制着快船，而且他可以被收买吗？我们必须留着一条出路，如果这里什么都没法指望了的话，还有一扇逃离阿拉基斯星的大门。*

两人进入宴会大厅之后，她放下了挽着勒托的手臂，让他为她拉椅安坐。他走到东道主落座的那一端。一个家丁为他扶着椅子。其他人在布料的窸窣声、椅子的刮擦声中安顿下来，然而公爵仍然站着。他打了个手势，桌子周围穿着家丁制服的府兵们都退后一步，立正站好。

房间里陷入了令人不安的沉默。

杰西卡顺着桌子看过去，看到了勒托的嘴角在微微颤抖，面有愠色。他的怒火从何而来？她暗自思忖，肯定不是因为我邀请了走私者。

“有人质疑我改变盥洗盆习俗的决定，”勒托说，“我正要以此让诸位明白，很多事情都会改变。”

尴尬的沉默笼罩了餐桌。

他们认为他喝醉了，杰西卡想。

勒托高高举起他的水杯，灯光照在水杯上，反射出一束束光芒。“那么，以帝国骑士的身份，”他说，“我向诸位敬一杯。”

其他人都抓起了自己的杯子，所有的目光都集中在公爵身上。在突如其来的寂静中，一盏悬灯在厨房过道吹来的轻风中微微摇晃起来。公爵雄鹰般威严的面容上暗影游移。

“我已来到此地，而我将留在此地！”他吼道。

看到公爵的手臂仍然举着，大家纷纷止住了把杯子送往嘴边的动作。“我的祝词是我们最中意的格言之一：‘事业有成！财源滚滚！’”

他喝了一口水。

其他人连忙照做，用疑虑的目光相互瞅来瞅去。

“戈尔内！”公爵叫道。

勒托所在的这一头，大厅的一间凹室里传出来哈莱克的声音。“在，大人。”

“为我们演奏一曲，戈尔内。”

从凹室里传出了巴利塞特琴的小调和弦。侍者们在公爵的示意下开始往桌上摆放一盘盘食物——塞佩达酱汁烤沙兔、天狼星甜奶冻、甜橘、香料咖啡（香料发出的浓郁肉桂气味在桌上飘散）、正宗菜根炖野鹅配起泡的卡拉丹酒。

不过，公爵仍然没有坐下。

等待的过程中，客人们一会儿看看他们面前的菜肴，一会儿看看站立的公爵。这时勒托说："在古代，主人有责任运用自己的才艺招待客人。"他握杯的力道太大，指关节都发白了。"我不会唱歌，但是可以为大家朗诵一下戈尔内这首歌的歌词。就当是又一首祝词吧——致敬所有为了把我们带到这里而献出生命的人。"

桌子周围响起了一阵不安的骚动。

杰西卡垂下目光，看了看坐在她近旁的人——有圆脸的供水商和他的女伴，面色苍白而表情严肃的公会银行代表（他看上去就像个尖嘴稻草人，死死地盯着勒托），还有身材粗壮、脸上带疤的图伊克，在那里低垂着他那双蓝中透蓝的眼睛。

"追思吧，朋友们——追思久未忆起的将士们，"公爵吟诵道，"奈何承受着痛苦和金钱的重负。他们的精魂佩戴着我们的银项圈。追思吧，朋友们——追思久未忆起的将士们，不曾有过片刻的伪装和欺骗，不曾屈服于财富的诱惑。追思吧，朋友们——追思久未忆起的将士们。当我们的时间在狞笑中终结，我们也将通过财富的考验。"

吟诵到最后一句，公爵让自己的声音慢慢低沉下去。他深深地喝了一口水杯里的水，把杯子重重地摔回桌子上。水从杯沿泼洒出来，落到亚麻布上。

无言的尴尬后，其他人也开始饮水。

公爵又一次举起水杯，这次把剩下的半杯水倒在地上。他知道在场的其他人也必须这样做。

杰西卡是第一个效仿他的人。

其他人都迟疑了片刻，才开始倾倒杯中水。杰西卡看到了坐在父亲近旁的保罗是怎样仔细观察周围众人反应的。她发现自己也忍不住在留意客人们的行为，分析那些行为所揭示的心理活动——尤其是女士们。这些水是干净的，可以喝的，而不是随着湿漉漉的毛巾被丢掉的水。内心的不情不愿化作了各色的外在表现：颤抖的手、迟缓的反应、紧张的笑声……以及用蛮力强行否定这么做的必要性。一个女人扔掉了她的水杯，然后当她的男伴找回时，她装作没有看见。

不过，最令她感兴趣的还是凯恩斯。行星学家犹豫了一下，然后把水倒进了外套下面的容器里。发现杰西卡在看他时，他对她笑了笑，向她举起空水杯，无言地敬了一杯。看起来他对自己的行为丝毫不感觉尴尬。

哈莱克的音乐仍然在房间里飘荡，不过已经跳出了小调的范畴。曲子悠扬而活泼，仿佛在努力活跃气氛。

“晚宴开始吧。”公爵说着坐在椅子上。

他胸含怒火，喜怒难料，杰西卡想。那台工厂履带车的损失给他造成的打击比预想的严重。肯定还有除此之外的原因。他表现得像个绝望的人。她举起叉子，希望用这个动作掩饰自己突如其来的苦涩。为什么不能绝望呢？他就是身处绝境啊。

一开始大家似乎迟迟找不到感觉，后来气氛便越来越热闹，晚宴终于有了晚宴的样子。蒸馏服制造商夸赞杰西卡的厨师和酒。

“这都是我们从卡拉丹带来的。”她说。

“棒极了！”他品尝着甜橘，“绝对是超级棒！里面没有丝毫香料味。什么东西都含香料的话，人总是会烦的。”

公会银行代表看向对面的凯恩斯。“据我所知，凯恩斯博士，又有一台工厂履带车被沙虫毁掉了。”

“消息传得挺快啊。”公爵说。

“这么说确有此事？”银行家将注意力转移到勒托身上，问道。

“当然！”公爵厉声喝道，“该死的铲运机不见了。那么大的东西总不该说没就没吧！”

“沙虫来的时候，我们没有载具去撤回履带车。”

“不应该消失的。”公爵重复道。

“没有人看到铲运机离开？”银行家问。

“侦察员们习惯把目光放在沙子上。”凯恩斯说，“他们主要对沙虫到来的迹象感兴趣。一架铲运机的编制通常是四个人——两个驾驶员和两个工兵随从。如果这支队伍中有一个甚至两个人在公爵的敌人那里拿了钱——”

“啊哈，我明白了，”银行家说，“那么，作为更替裁判官，你要不要过问一下这个事？”

“我得仔细考虑我的立场，”凯恩斯说，“而且我当然不会在餐桌上讨论这个问题。”他心里想的是：这个一脸枯骨模样的东西！他明知道按照指示，我是要忽略这类违规行为的。

银行家笑了笑，把注意力放回食物上。

杰西卡坐在那里，回忆着她当年在贝尼·杰瑟里特学校听过的一次讲座，主题是间谍和反间谍。讲师是一位身材丰满、神情愉快的教母，她那欢快的声音与主题形成了奇怪的对比。

任何一所间谍和/或反间谍学校，都有这样一件值得注意的事情：所有毕业生的基本反应模式都是相似的。任何封闭的学术训练都会在学生身上留下它的印记、它的模式。这种模式很容易被分析和预测。

那么，所有间谍人员的动机模式都将是相似的。也就是说：哪怕流派不同或者目的相反，也会存在某几种动机是相似的。你首先要研究如何将这一要素分离出来进行分析——一开始通过暴露审讯者内心取向的审讯模式；其次，通过仔细观察被分析者的语言思想方向。当然，通过语音语调和言语模式，你会发现确定分析对象的源语言还是相当简单的。

现在，她和儿子、公爵以及他们的客人坐在桌前，听到那个公会银行代表的声音，杰西卡在一阵阵寒意中警醒：那个人是哈肯能人的特工。他有着吉迪·普莱姆的说话模式——他掩饰得很巧妙，但是在她训练有素的洞察力面前，他简直就像是在自报家门。

这是否意味着公会本身已经站在了阿崔迪家族的对立面？她问自己。这个念头让她震惊，她叫人上了一道新菜，来掩饰自己的情绪，同时留意那个人会不会把自己的目的暴露出来。他会转移到某个看似无关紧要，却用心险恶的话题上，她告诉自己。这是他的模式。

银行家咽下食物，喝了一口酒。他右侧的女人对他说了些什么，他回以微笑。有那么一会儿，他似乎在听下首的一个男人向公爵解释阿拉肯本土植物都不长刺。

“我很喜欢看阿拉基斯星上鸟类的飞行，”银行家转而对着杰西卡说，“当然，我们所有的鸟类都是食腐肉的，很多鸟类在没有水的环境中生存，成了饮血生物。”

在桌子另一端，蒸馏器制造商的女儿坐在保罗和他父亲之间，漂亮的脸蛋拧出了一个皱眉的表情，说道：“哦，簌簌，你说的事情好恶心。”

银行家笑了笑。“他们叫我簌簌，因为我是供水商联合会的财务顾问。”杰西卡继续看着他一言不发，他便又接着说，“因为水贩子们是这么吆喝的——‘簌簌簌克！’”他学得很像，桌旁很多人都笑了起来。

杰西卡听出了他自吹自擂的口气，但是最为引她关注的一点是，那个女孩是照着套路说话的——事先安排好的。她为银行家创造机会说出了刚才那些话。她看了一眼林格尔·比尤特。水务大亨正低头不语，专心致志地吃着晚饭。杰西卡明白了银行家话里的意思。“我也控制着阿拉基斯上的权力终极来源——水。”

保罗已经注意到了身旁这位共进晚餐者声音中的做作，看到母亲正以贝尼·杰瑟里特的专注程度聆听着谈话。他心血来潮，决定装一回傻，把对方的话引出来。他与银行家聊起来。

“你的意思是，先生，这些鸟同类相食？”

“这个问题很奇怪，少爷，”银行家说，“我只是说鸟儿喝血。未见得是自己同类的血吧？”

“这个问题并不奇怪。”保罗说。在他的声音中，杰西卡听出了她训练过的巧妙还击。“大多数受过教育的人都知道，对任何年轻的生物体来说，最致命的潜在竞争可能来自它的同类。”他特意从同伴的盘子里叉了一口食物，吃了起来，“它们是在同一个碗里吃饭。它们有同样的基本需求。”

银行家坐直了身子，皱着眉头望向公爵。

“不要错把我的儿子当成孩子。”公爵说。他脸上带着笑容。

杰西卡环顾席间众人，注意到比尤特面露悦色，凯恩斯和走私者图伊克都在笑。

“这是生态学的一条法则，”凯恩斯说，“少爷似乎很有心得。生命个体之间的斗争，就是对某个系统中自由能量的争夺。血液是一种高效的能量来源。”

银行家放下叉子，怒声道：“据说弗里曼人渣便会喝他们死者的血。”

凯恩斯摇了摇头，用教训的语气说道：“不是血，先生。不过一个人所有的水终究是属于他的人民——他的部落。如果你生活在大平原附近，这就是必然的选择。那里所有的水都很珍贵，人的身体按重量计算，大约有 70% 是水。死人肯定是不再需要那些水了。”

银行家双手抵在盘子旁边的桌面上，杰西卡以为他要把自己推开，怒气冲冲地离开。

凯恩斯看着杰西卡。“请原谅我，夫人，我在餐桌上阐释了这么一个不得体的话题，但是有人对你说了假话，那就需要澄清一下。”

“你和弗里曼人在一起混得太久了，早就不知道什么叫得体了。”银行家粗声粗气地说。

凯恩斯平静地看着他，审视着那张苍白而颤抖的脸。“你是在挑战我吗，先生？”

银行家愣住了。他吞了吞口水，硬着头皮说：“当然不是。我不会如此侮辱我们的男女主人。”

从那人的声音中，从他的表情、呼吸、太阳穴暴起的青筋，杰西卡觉察到了恐惧。这个男人很害怕凯恩斯！

“我们的男女主人完全有能力判断自己有没有受到侮辱，”凯恩斯说，“他们是勇敢的人，懂得如何捍卫荣誉。我们都可以为他们的勇气做证，凭据就是他们身在此地，身在阿拉基斯星。”

杰西卡看到勒托很喜欢这个局面。其他大多数人却不然。桌子周围的人把手伸到桌子下面看不见的地方，都做出了一副随时准备跑路的姿态。有两个明显的例外，一个是面对银行家的难堪公然露出微笑的比尤特，另一个是走私者图伊克，他似乎在留意凯恩斯的暗示。杰西卡看到，保罗正在钦佩地看着凯恩斯。

“怎么样？”凯恩斯说道。

“我本无意冒犯，”银行家喃喃道，“如果真有得罪，请接受我的歉意。”

“感佩阁下的坦荡，小可倒也不是戚戚之辈。”凯恩斯说。他对着杰西卡笑了笑，继续吃饭，好像什么都没发生过。

杰西卡看到那个走私者也放松了下来。她暗暗记下了：这个人各方各面都表现得打算随时助凯恩斯一臂之力。凯恩斯和图伊克之间存在着某种协议。

勒托玩弄着一把叉子，盯着凯恩斯若有所思。生态学家的言行表明，他对阿崔迪家族的态度有所改变。之前在他们的沙漠之行中，凯恩斯还显得比较冷淡。

杰西卡示意再上一道菜和饮料。侍者们端着红葡萄酒和发酵蘑菇酱进来了。

慢慢地，席间的闲谈又恢复了，但是杰西卡听出了众人情绪的焦躁和声音中的干涩，看到银行家闷闷不乐地吃着饭。凯恩斯若是打算杀他，肯定眼睛也不会眨一下，她想。而且她意识到，在凯恩斯的行为举止中，有一种对杀戮行为漫不经心的态度。他是个随意的杀手，她猜想这是弗里曼人的品质。

杰西卡转身对着左边的蒸馏服制造商说道：“我发现水在阿拉基斯星球上如此重要，真是令我一次次感到惊讶。”

“非常重要，”他表示同意，“这道菜是什么？很好吃。”

“野兔的舌头，配一种特殊的酱汁，”她说，“一个很古老的配方。”

“我非常希望能拿到那个配方。”那人说。

她点了点头。“我会安排人给你抄一份的。”

凯恩斯看着杰西卡说：“刚来阿拉基斯的人经常低估水在这里的重要性。你得知道，你面对的是最低限度法则。”

她听出了他声音中试探的意味，说：“成长受限于数量最少的必需品。而最不利的条件，自然也就决定了成长速度。”

“很少有大户人家的成员意识到星球学问题，”凯恩斯说，“水是阿拉基斯星上最不利于生命的条件。而且要记住，成长本身也会产生不利的条件，除非施以极其谨慎的调控。”

杰西卡感觉到了凯恩斯话里有话，但她自己又没能领悟到。“成长，”她说，“你的意思是阿拉基斯可以拥有有序的水循环，从而在更有利的条件下维持人类的生命？”

“不可能！”水务巨头叫道。

杰西卡将注意力转移到了比尤特身上。“不可能？”

“在阿拉基斯星上是不可能的，”他说，“别听这位梦想家的。所有的实验室证据都不支持他的说法。”

凯恩斯看了看比尤特，杰西卡注意到，新的一轮舌战再次吸引了众人的注意力，桌边安静下来。

“实验室的证据往往会让我们对一个非常简单的事实视而不见，”凯恩斯说，“这个事实是：我们在这里探讨的事项产生并存在于室外，而室外才是植物和动物的正常生存环境。”

“正常！”比尤特嗤之以鼻，“阿拉基斯没有什么是正常的！”

“恰恰相反，”凯恩斯说，“遵照自给自足的原则，在这里可以建立某些和谐的系统。你只需要了解这个星球的极限和它所承受的压力。”

“永远也做不到。”比尤特说。

公爵恍然大悟，知道凯恩斯是什么时候转变态度的了——就是杰西卡说要替阿拉基斯人民保管温室植物的时候。

“要怎样才能建立起自我维持系统，凯恩斯博士？”勒托问道。

“如果我们能让阿拉基斯星上 3% 的绿色植物参与合成作为食物的碳化合物，我们就启动了循环系统。”凯恩斯说。

“水是唯一的问题？”公爵问。他体会到了凯恩斯的兴奋，感觉到自己也被对方的情绪感染了。

“水是最大的问题，”凯恩斯说，“这个星球有大量氧气，却没有通常与之相伴的事物——广泛分布的植物和大量由火山等现象产生的游离二氧化碳。在这里，大片地表上都存在着不寻常的化学交换。”

“你有试点项目吗？”公爵问。

“我们花了很长时间建立坦斯利效应——一种业余水平的小规模实验，从中已经可以得到足够的证据来支持我的科研工作了。”凯恩斯说。

“没有足够的水，”比尤特说，“就是没有足够的水。”

“比尤特大人是个水专家。”凯恩斯说。他笑了笑，接着吃饭。

公爵用右手猛地向下一挥，喝道：“不！我要一个答案！水够吗，凯恩斯博士？”

凯恩斯盯着自己的盘子。

杰西卡看着他脸上的阴晴不定。*他挺会装腔作势啊，她想，但是现在她看穿他了，他对自己刚才说的话感到后悔。*

“有没有足够的水？”公爵咬住这个问题不放。

“应该……有吧。”凯恩斯说。

*他在假装没把握！*杰西卡想。

凭借着内心对真相的感知能力，保罗觉察到了凯恩斯潜在的动机，不得不使尽浑身解数来掩饰自己的兴奋。*有足够的水！但凯恩斯不希望被别人知道。*

“我们的行星学家有许多有趣的梦想，”比尤特说，“他和弗里曼人一起做梦——关于预言和弥赛亚的梦。”

桌子周围响起了零星的笑声。杰西卡记住了发笑者——走私者、蒸馏服制造商的女儿、邓肯·爱达荷、提供神秘护卫服务的女人。

杰西卡想，*今晚这里有一些莫名其妙的紧张气氛。好多状况我都搞不清楚。我得发展新的情报源了。*

公爵将目光从凯恩斯转到比尤特再到杰西卡。他心里有种说不清道不明的憋闷，就像是自己没能抓住某种至关重要的信息。“也许吧。”他喃喃自语。

凯恩斯很快就开口了。“也许我们应该改天再讨论这个问题，大人。有这么多——”

星球学家的话被打断了，因为一名身穿制服的阿崔迪部队士兵从服务门匆匆进来，得到警卫的通行许可后冲到公爵身边，弯下腰在他耳边低语。

杰西卡认出了哈瓦特军团的徽章，强压着内心的不安。她转向了蒸馏服制造商的女伴——一位身材瘦小的黑发女子，长着一张娃娃脸，内眼角有一点内眦赘皮。

“你几乎没有动过晚餐，亲爱的，”杰西卡说，“我可以为你叫点什么吗？”

女人看了一眼蒸馏服制造商才回答：“我不是很饿。”

突然，公爵在他的士兵旁边站了起来，用命令般的严厉语气开言道：“大家不必起身。请你们原谅我，但是出了一点状况，需要我亲自去处理。”他走到一旁，“保罗，如果你愿意的话，请替我招待一下宾客。”

保罗站了起来，很想问问父亲为什么必须要离开，不过他知道自己必须以庄重的样子承担刚刚落到自己肩头的职责。他绕到父亲的坐席前，坐了下来。

公爵转过身来，对着坐在凹室里的哈莱克说：“戈尔内，请坐到保罗的位置上。席上不能出现单数。晚宴结束后，我可能要你把保罗带到战地指挥所去。等我呼叫你。”

哈莱克穿着礼仪制服从凹室里走出来，笨重的丑态显得与亮丽的华服极不相称。他把他的巴利塞特琴靠在墙上，走到保罗的椅子那里坐了下来。

“不必惊慌，”公爵说，“但是我必须要求，在鄙舍的警卫宣告安全之前，谁也不要离开。只要待在这里，你们就会得到充分的保护，我们很快就会把这个小麻烦清理掉。”

保罗抓住了父亲话里的暗号——守卫，安全，保护，很快。问题出在安保方面，没有暴力事件。他看到他母亲也解读出了同样的信息。他们都放松下来。

公爵略一点头，转身大步穿过服务门，后面跟着他的士兵。

保罗说：“大家请继续用餐。我相信凯恩斯博士正在讨论水的问题。”

“我们可以换个时间讨论吗？”凯恩斯问道。

“当然可以。”保罗说。

而杰西卡也骄傲地注意到了儿子的威严、成熟和自信。

银行家拿起水杯，用它指了指比尤特。“在咱们这里，论谈吐高雅上谁也比不了林格尔·比尤特大人。基本上我们可以认为他是在有意向大户人家的水准靠拢呢。来吧，比尤特大人，带我们敬一杯。对这个我们必须待之如男人一样的孩子，说不定你有一大把智慧传授传授呢。”

杰西卡在桌下把右手握成了拳头。她看到哈莱克向爱达荷打一个手势，看到墙边的府兵们进入了最大警戒位置。

比尤特向银行家投去了狠毒的目光。

保罗看了看哈莱克，留意了一下卫兵的防守位置，然后一直盯着银行家，直到那人放下水杯。他说：“有一次，在卡拉丹，我看到一名溺水渔夫的尸体被打捞起来。他——”

“溺水？”说话的是蒸馏服制造商的女儿。

保罗犹豫了一下，然后解释道：“是的，被浸没在水中，直到死亡。溺水。”

“真是有趣的死法。”她喃喃自语。

保罗的笑容稍纵即逝。他的注意力又回到银行家身上。“这个人的有趣之处是他肩膀上的伤口——是另一个渔夫的爪靴造成的。这个渔夫是一艘船——在水面上行驶的载具——上的好多个人之一，船倾覆……沉到了水底。另一个帮助打捞尸体的渔民说，跟这个人的伤口类似的痕迹，他见过好几次了。它们意味着另一个溺水的渔民为了露出水面——为了接触到空气，曾经试图站在这个可怜的家伙的肩膀上。”

“这怎么就有趣了？”银行家问。

“因为我父亲当时提出的一个见解。他说，溺水的人踩到你的肩膀上自救是可以理解的——但在客厅里发生这种事就不能接受了。”保罗犹豫了一下，好让银行家悟出来他的意思，然后继续说，“而我应该补充一点，在餐桌上碰到这种事也是不能接受的。”

房间里刹那间一片寂静。

杰西卡想，*太冒失了。以银行家的身份，他应该是有资格要求我儿子跟他决斗的。*她看到爱达荷已经蓄势待发。府兵们都很警惕。戈尔内·哈莱克盯着他对面的人们。

“哈哈哈哈哈！”是走私者图伊克。他仰着头，笑得毫无顾忌。

桌旁众人的脸上现出紧张的笑容。

比尤特在笑。

银行家已经推开椅子，怒视着保罗。

凯恩斯说：“激怒阿崔迪家的人，风险可要自负。”

“侮辱客人是贵府的习俗吗？”银行家质问道。

还没等保罗回答，杰西卡便向前倾身道：“先生！”她想着，*我们必须搞清楚这个哈肯能畜生在搞什么把戏。他是来试探保罗的吗？他有帮手吗？*

“我儿子随便拿出一件衣服，你就说是给你量身定做的？”杰西卡问道，“这可就让人浮想联翩了。”她的一只手顺着自己的腿滑下去，摸到了她扣在小腿鞘里的刀。

银行家转而怒视杰西卡。保罗不再是众人注视的焦点之后，她注意到他从桌旁缓缓后撤，为展开行动腾出了空间。他已经注意到了暗号：衣服。“准备动手。”

凯恩斯略带询问地看了杰西卡一眼，向图伊克发出了一个微妙的手势。

走私者猛地站起来，举起了他的水杯。“我要敬一杯，”他说，“致敬年轻的保罗·阿崔迪。模样还是个小伙子，言谈举止却已经有了男子汉的风范。”

他们为什么要干预？杰西卡问自己。

银行家现在盯着凯恩斯了，杰西卡看到他的脸上重现恐惧。

桌子周围的人开始纷纷响应。

人们都听凯恩斯的话，杰西卡想，他这是在向我们表明，他站在保罗一边。他哪来这么大的威信？不会是因为更替裁判官的身份吧？那个头衔是暂时的。当然也不会因为他是公务员。

她将手从刀柄上移开，向凯恩斯举起水杯，凯恩斯也做出了回应。

只有保罗和银行家——（簌簌！真是个白痴的外号！杰西卡想。）——仍然两手空空。银行家的注意力一直在凯恩斯身上。保罗盯着自己的盘子。

我的处理方式没问题，保罗想。他们为什么要插手？他悄悄看了看离他最近的男宾。准备动手？从谁那里开始？当然不是银行家那家伙。

哈莱克动了动身子，对着对面客人的脑袋上面说着话，仿佛并非特意说给某个人听。“在我们的社会里，人们不应该急于动武。那种行为往往是自杀性的。”他看了看身旁的蒸馏服制造商的女儿，“小姐，你觉得呢？”

“哦，是的，是的。我也有同样看法，”她说，“暴力太多了，让我感到恶心。而且很多时候并没有人有意冒犯别人，但还是有人死了。根本没有道理。”

“的确没有。”哈莱克说。

看到女孩近乎完美的应对，杰西卡意识到，这位“头脑简单的小姐”并不是一个头脑简单的小妞。她这才看清了威胁的模式，明白哈莱克也察觉到了。他们打算色诱保罗。杰西卡放松了下来。她的儿子可能是第一个看出来的——受过的训练使他看穿了这个明显的计谋。

凯恩斯对银行家说：“是不是又要道歉了？”

银行家朝着杰西卡皮笑肉不笑地说：“夫人，恐怕您的酒我喝得太多了。您在餐桌上摆的酒都是烈性的，我不习惯。”

杰西卡听出了他话中的恶意，亲切地说：“陌生人见面时，应该尽可能体谅习俗和教育的差异。”

“谢谢你，夫人。”他说。

蒸馏服制造商的黑发同伴向杰西卡靠了靠，说：“公爵说我们在这里很安全。我倒是希望这意味着不会有更多战斗。”

杰西卡想，她是受人指使才这样引导谈话的。

“很可能最终会证实并没有什么大不了的事情。”杰西卡说，“不过在这个时代，有太多的琐事需要公爵亲自关注。只要阿崔迪和哈肯能之间的敌意仍然存在，我们怎么小心也不会过。公爵已经发过誓。他当然不会在阿拉基斯星上留下任何一个哈肯能特工的活口。”她看了一眼公会银行的代理人，“而大会自然也支持他那么做。”她又回头对凯恩斯说，“是不是这样，凯恩斯博士？”

“正是。”凯恩斯说。

蒸馏服制造商把他的女伴轻轻地拉了回来。她看着他说：“我觉得我现在要吃点东西了。我想吃点你们刚才吃的那种鸟肉。”

杰西卡示意一个仆人，然后转身对银行家说：“先生，你刚才说到了鸟类和它们的习性。我发现阿拉基斯有好多有趣的事情。告诉我，在什么样的地方能找到香料？勘探员会深入沙漠腹地吗？”

“哦，不，夫人，”他说，“很少有人知道沙漠深处的情况，对南部地区也几乎一无所知。”

“传说在南部有一个巨大的香料母矿，”凯恩斯说，“但我怀疑那只是有人为了创作一首歌而想象出来的。一些大胆的香料猎人偶尔也会深入到中央地带的边缘，但那么做是极其危险的——导航不稳定，风暴频繁。行动的位置一旦远离盾墙基地，伤亡就会急剧增加。还没有人发现深入南方探险会有利可图。如果我们有一颗气象卫星的话，说不定……”

比尤特抬起头来，含着一口食物说：“据说弗里曼人会跑到那里，他们哪儿都能去，甚至在南纬地区也找到过渗区和吸井。”

“渗区和吸井？”杰西卡问道。

凯恩斯迅速回答：“传言而已，夫人。这些在其他星球都有，在阿拉基斯你可找不到。渗区是指水渗到地表或者接近地表的地方，根据特定的迹象，通过挖掘就可以发现。吸井是渗区的一种形式，用稻草就能吸出水来……据说是这样。”

他的言语含有欺骗性，杰西卡想。

他为什么要撒谎？保罗在寻思。

“真是有意思。”杰西卡说。她在想，*“据说……”这里的人言谈举止是多么奇怪。怕是他们意识不到，这暴露出了他们对迷信的依赖。*

“我听说你们有一句话，”保罗说，“光鲜来自城市，智慧来自沙漠。”

“阿拉基斯星上有很多说法。”凯恩斯说。

还没等杰西卡构思出一个新的问题，一个仆人拿着一张纸条向她弯下腰来。她打开纸条，看到了公爵的笔迹和暗号，扫视了一下。

“这个消息你们听到了一定会开心，”她说，“公爵传信来让我们放心。让他不得不离开的事情已经解决了。失踪的铲运机已经找到了。机组人员中的一个哈肯能间谍制服了其他人，把机器飞到了一个走私者的基地，想在那里卖掉它。现在人和机器都被交给了我们的部队。”她向图伊克点了点头。

走私者也点了点头。

杰西卡将纸条重新叠好，塞进袖子里。

“我很高兴事情没有发展到开战的程度，”银行家说，“人民的希望是，阿崔迪家族会带来和平与繁荣。”

“尤其是繁荣。”比尤特说。

“现在可以上甜点了吗？”杰西卡问道，“我让我们的厨师准备了一道卡拉丹甜食：蓬基米饭配酱汁多尔萨。”

“听起来很不错，”蒸馏服制造商说，“可以给我菜谱吗？”

“你想要什么菜谱都可以。”杰西卡说，暗自记下了这个人，以后要向哈瓦特提。蒸馏服制造商是一个满心往上爬的家伙，可以收买。

周围的人又恢复了闲聊。“好美的布料……”“他在托人为珠宝做底座呢……”“下个季度我们可能会尝试增加产量……”

杰西卡低头盯着盘子，想着勒托信息中用暗语表达的那一部分：“哈肯能人试图运过来一批激光枪。我们抓住了他们。这可能意味着他们已经成功引入了其他货物。当然，这意味着他们并不把护盾当回事。请采取适当的预防措施。”

杰西卡将心思集中在激光枪上，思索着。破坏性的白热光束可以切割任何已知的物质，只要该物质没有受到屏蔽。护盾的反馈会让激光枪和护盾同时爆炸，这一点并没有让哈肯能人感到困扰。为什么呢？激光枪和护盾的爆炸是一个危险的变数，搞不好比原子弹还剧烈，也可能只杀死枪手和他的被屏蔽目标。

此事蕴含的未知因素让她充满了不安。

保罗说：“我从来没有怀疑过我们会找到铲运机。一旦我父亲动了解决问题的念头，他就会解决。这是一个哈肯能人正在开始发现的事实。”

他在吹嘘，杰西卡想。他不应该如此。为了防备激光枪，今夜要睡在很深的地下，这样的人并没有权利吹嘘。

（秦鹏　译）

传统科幻的活力

鲍勃·肖曾写道：“我写作的目的是为传统的科幻小说主题注入新的活力，其方法是将传统主题和一般小说中对人物刻画的着墨程度相结合，如果我的写作功力能做到的话。”

肖出生于北爱尔兰的贝尔法斯特市，并在这座纷乱的城市度过了一生中的大部分时光。他在那里读完了技术专科学校，在那里成为一名建筑制图员（其中有三年在加拿大工作），又在那里成为一名飞行器制图员。1960 年，肖转而从事公共关系领域的工作，在 1966 年成为《贝尔法斯特电讯》的记者，又当了一年的自由职业者，之后转回公共关系领域，成为一家贝尔法斯特公司的文宣官员，之后又在一家英格兰公司从事相同的工作。1975 年，他成为一名全职作家。搬到英格兰后，他在六年内创作了六部长篇小说。

肖是作为一名科幻迷开始自己的科幻事业的，他最初的科幻写作始于给苏格兰杂志《星云科幻小说》（*Nebula Science Fiction*）投稿。他的第一篇短篇小说《方面》（“Aspect”）发表于 1954 年。在发表了数篇短篇小说后，他暂停写作将近十年，唯一的例外是 1960 年发表在《如果的世界》(*Worlds of If*) 杂志上的一篇短篇小说。1965年，肖重新开始写作，他最知名的短篇小说《昔日之光》发表于1966年8月的《惊异》杂志。后来肖又写了两篇续集，并收录在以《过去的日子，过去的眼光》(*Other Days, Other Eyes*，1972) 为题的单行本里。

肖的首部长篇小说是《夜游》(*Night Walk*，1967)，其后又创作了《出轨者》(*The Two-Timers*，1968)、《永恒之殿》(*The Palace of Eternity*，1969)、《一百万个明天》(*One Million Tomorrows*，1970) 和《归零人》(*Ground Zero Man*，1971)。1975年，他凭借《轨道城》(*Orbitsville*，1975) 获得了更进一层的成功和认可，这篇作品获得了英国科幻协会奖 (British Science Fiction Association Awards)。他后来又创作了"轨道城"三部曲的后两部《离开轨道城》(*Orbitsville Departure*，1983)、《轨道城审判》(*Orbitsville Judgement*，1990)。他后期创作的小说有：《星之环》(1976)、《美杜莎的孩子》(1977)、《谁来这儿了？》(1977)、《陌生人之船》(1978)、《眩晕》(1978)、《思维之匕》(1979)、《谷神星的答案》(1981)、《火之纹理》(1984)、《和平机器》[1] (1985)、《杀手行星》(1989)、《终端速度》(1991)、《沃伦·比斯》(1993) 和《维度》(1994)。他还开始将《褴褛宇航员》(*The Ragged Astronauts*，1986) 续写为三部曲。他也发表了六本选集，其中包括《氧气瓶中的信息》(*Messages Found in an Oxygen Bottle*，1986) 和《玩具岛的暗夜》(*Dark Night in Toyland*，1989)。

肖瞄准了自己的目标（他是一位射箭运动员，两次代表北爱尔兰参加比赛），从传统科幻中选择自己的小说主题：新发明、平行时间流、复制人、星际战争、环境问题、永生……《轨道城》使用了

1.《和平机器》其实是《归零人》更换题目后的再版书。

天体物理学家弗里曼·戴森的观点：高级文明可能会把自己居住的行星变成一个包裹恒星的球壳（叫作戴森球），以利用恒星产生的全部能量。这也导致他们的恒星除了在红外波段之外都不可见。戴森球的表面积可能比地球表面积要大上百万倍。拉里·尼文在《环形世界》（*Ringworld*，1970）中使用了戴森球上截取的一个环，而肖使用了整个球壳。《星之环》（*A Wreath of Stars*，1976）中设想了由反中微子组成的物质。在肖的这些作品之中，他对人物的刻画越来越关注。

肖对于人物刻画的关注在他饱受赞誉、不断再版的《昔日之光》中体现得尤为突出。传统科幻小说的主题是新发明——在这篇小说中，这个新发明是“慢光玻璃”。小说对人物刻画的关注不仅体现在拥有慢光玻璃农场的主人和他的行为动机上，还体现在拜访农场的一对情侣上。

“慢光玻璃”是一个如此巧妙、令人愉悦的想法，每一位读者都会为这种想法仅仅是个科幻创意而遗憾。因为受爱因斯坦的相对论的影响，我们习惯于认为光速是一种速度下限，也是一种速度上限。但是其实光在不同的介质中以不同的速度传播。光的折射就是一个例子，基于光的折射，棱镜可以在不同程度上减慢不同颜色光的光速，从而将光分为光谱；水滴可以创造彩虹。肖的想法是，光可能会被减慢到穿越一片特殊构造的玻璃都要花费好多年的程度，这种想法目前还是不现实的，但是肖努力让这种设定看上去似乎可行。肖设想，科学家和工程师通过某种方式让光不断转向，可能是通过转到其他的维度之中（“螺旋形的管道缠绕在玻璃内每个原子可俘获区域的半径之外”），这样玻璃的厚度就等同于到其他恒星的距离——光以一秒钟十八万六千英里的速度还要走一年那么远。肖还探讨了保持玻璃和真实世界的时间同步的难题，虽然这个问题只有在二者位于大概同一纬度、同一时区的情况下才能得到解决。

慢光玻璃这个概念本身就已经有足够的独创性，可以支撑一篇短篇小说了。肖还考虑了慢光玻璃在商业上的用途（如果没有商业用途，任何发明和推广都是不可能的），但是他还是只探讨了慢光玻璃的美学用途。人们也可以想出更多有价值的用途，比如为商业和政府会议录制存档、用于谍报工作、制作电影等等。但也许，作为生活的一个侧面，小说并不需要去探讨这些用途。肖的焦点在于，重新看到那些以其他任何方式都无法挽回的场景和人，以及由此给人们带来的悲哀和安慰之感。

简单说来，肖采用了直截了当的散文笔法，加以偶尔出现的诗意词汇和景象作为点缀（“慢光玻璃的领地”“畅饮光线”“饥渴的玻璃”），逐渐展示出这个关于人性的故事。小说中的夫妻拜访了一处慢玻璃窗星罗棋布的苏格兰农场，他们的婚姻生活出现了问题，妻子怀孕了而且还对此感到愤怒，这些都并不只是巧合。他们就像一片片慢玻璃，也像那个把这片片慢玻璃卖给他们的人，心中还带着过往。

（赵佳铭　译）

昔日之光

［英国］鲍勃·肖

我们将村庄抛在身后，沿着让人头晕的蜿蜒坡道一路驶入慢光玻璃的领地。

我以前从未见过这样的农场，在环境和想象力的双重影响下，初见此景感觉有点毛骨悚然。空气潮湿，汽车的涡轮机平稳而安静地运行，感觉就像是弯曲盘绕的山路在超自然的静默中将我们不断向前传送。在我们右侧，山势向下汇聚入山谷，山谷内是四季常青的松林，景色美不胜收。高大的安置架遍布山坡，慢光玻璃在架子上畅饮光线。午后的阳光偶尔会在防风支撑杆上一闪而过，造成有人穿行其中的假象，实际上安置架之间空无一人。一排又一排的玻璃窗年复一年的竖立在山坡上，凝望着山谷；为了防止人类的身影对饥渴的玻璃产生影响，工人只有在午夜时才会过来擦拭它们。

这种玻璃窗新奇有趣，我和赛利娜却都对此只字不提。我们彼此厌恶，谁都不愿意在我们错综复杂的情感纠葛中再加入新的因素，防止殃及无辜。我已经意识到出来度假实在是愚蠢透顶。我原以为度假可以解决所有问题，结果赛利娜在度假期间怀了孕，更糟糕的是，她对怀孕这件事极为恼火。

我们一直以来都宣称我们会要孩子——但不是现在，要找个合适的时间；这就可以合理地解释为什么我们对她怀孕这件事情如此惊慌。赛利娜的怀孕会让她丢掉薪水不菲的工作，进而导致我们无力购买已经看好的新房——只靠我出版诗集得到的稿酬远远负担不起房价。但是让我们烦恼的真正源头在于，我们不得不面对自己的真实想法：所谓“以后会要孩子”真正的意思是“永远都不会要孩子”。我们以为自己独一无二，其实早已落入生物学的陷阱，和古往今来所有无脑发情的生物别无二致。这一认知不断地撩拨着我们的神经。

我们沿着本克鲁亨山南面的山坡行驶，渐渐可以看到远方大西洋灰色的海面。我刚降下车速想好好看一看风景，就发现一块插在门柱上的广告牌，上面写着“慢光玻璃——质优价廉——J. R. 哈根”。我突然心血来潮，把车停在一片草地上。坚硬的草叶划过车身发出一阵乱响，我皱了皱眉头。

“怎么停车了？”赛利娜惊讶地转头问道，银灰色的头发丝毫不乱。

“你看那块广告牌。我们去看看都有什么。也许那玩意儿的价钱在这里会打个相当不错的折扣。”

赛利娜用鄙夷的语气尖声拒绝，而我已经打定主意，对她的话不予理睬。我毫无理由地坚信，只要做点打破常规又疯狂的事情，我们就能重归旧好。

“来吧，”我说，“下车走走挺好的。我们开车开得太久了。”

她以一种让我感到伤心的方式耸耸肩，下了车。我们拾级而上，紧实的土质阶梯宽窄高低不均，路两旁栽种着矮小的树苗。小径在山边的树林中弯曲上行，路的尽头现出一间低矮的农家小屋。石头小屋旁边竖立着高高的架子，架子上的慢光玻璃凝望着本克鲁亨山宁静广阔的山坡，凝望着林恩湖的水面。大多数玻璃都很通透，只有少数几块黑黝黝的，像抛光过的乌木板。

我们穿过铺着卵石的整洁院落走向那间小屋，一个穿烟灰色粗呢外套的高个中年男人站起身向我们招手。他之前一直坐在围住院子的低矮碎石墙上，抽着烟斗，注视着小屋。一个穿橘红色裙子的年轻女子站在小屋前窗内侧，怀里抱着一个小男孩。我们越走越近，她却表现出不感兴趣的样子，转身走出了我们的视线。

“哈根先生？”我推测问道。

“是我。来买玻璃的，对吧？那你们可算是来对地方了。”哈根说话干脆，带有纯正的高地口音，不熟悉这种口音的人还以为自己在听爱尔兰语。他的脸上有种平静的灰心丧气的表情，上了年纪的养路工和哲学家们脸上都有这种神情。

“对，”我说，“我们在度假。刚才看到了你的广告。”

赛利娜平时总能和陌生人交谈自如，这次却什么都没说。她看向空空的窗户，神情有些迷惑。

“从伦敦来的，对吧？我刚才说了，你们算是来对了地方——而且正赶上好时候。我和我老婆在这个季节刚开始的这段时间一般见不到几个人。”

我笑了起来，问：“是不是说我们不用抵押房屋也能买得起一小块玻璃？”

“看你说的，”哈根有些不知所措，尴尬地笑笑，“我的报价向来实在，从不整那些虚头巴脑的玩意儿。罗丝，就是我老婆，她说我总是不长记性。那什么，咱们可以坐下来好好谈谈。”他指着碎石墙，随后有点迟疑地看了一眼赛利娜整洁无瑕的蓝裙子。“等我去屋里拿块毯子来。”哈根一瘸一拐地快步走进农舍，并随手关上门。

“或许到这来不是什么了不起的主意，”我悄声对赛利娜说，“但你至少可以对他和善一点。我觉得我能和他讲个好价钱。”

“没啥希望，”她故意粗鲁地说道，“就算是你也一定看见他老婆穿的那件老古董长裙了吧？他可不会让陌生人占到便宜。”

“那是他妻子？”

“那当然是他妻子。”

“好吧，好吧，”我有点惊讶，“不管怎样，尽量对他客气点，我不想把场面搞得太难堪。”

赛利娜哼了一声，但当哈根回来后，她勉强露出一个苍白的笑容，让我略微松了口气。真是奇怪，一个男人怎么能在爱上一个女人的同时，祈祷她葬身于火车轮下。

哈根在墙头铺上花格毯子，我们就这样坐下来，习惯了城市生活的我们对这种乡村做派有点不太适应。越过一架又一架专注于风景的慢光玻璃，可以看到远处青石板一般的湖面上，一艘汽轮缓缓向南，拖出一条白线。鲜活的山区空气争相涌进肺里，给予我们超出正常所需的氧气。

哈根开始介绍：“这附近的很多玻璃场主都会对外地人——比如你们——推销说什么阿盖尔这片地方的秋天有多美之类的。有的时候说春天很美，有的时候说冬天很美。我不会那么说——傻子都知道，一个夏天就不好看的地方啥时候都不好看。你说是不是？”

我点头附和。

“你只需要朝马尔岛那边好好看一看，这位……”

“我叫加兰德。”

“……加兰德先生。你要是买我的玻璃，你买到的就是那边的景色，现在正是最美的时候。这些玻璃相位精准，每块的厚度都不少于十年——一块四英尺的窗玻璃只要两百英镑。”

“两百！”赛利娜惊叫道，“这和邦德街上风景窗商店里的价格一模一样。”

哈根耐心地笑了笑，然后认真地看着我，想知道以我对慢光玻璃的了解程度能不能领会他的诚意。他的报价比我预想的高出很多——但这可是十年厚的玻璃！“远景空间”和“罗摩窗格”的专卖店里卖的那种便宜货，通常都是在四分之一英寸厚的普通玻璃上再贴一层薄薄的慢光玻璃，大概只有十个月到十二个月的厚度。

我决定购买。“你不明白，亲爱的，这样的玻璃可以用上十年，而且相位准确。”

“相位不就是指这种玻璃能保存时间吗？”

哈根又对她笑了笑，知道不用再对我多做解释。“‘不就是’，看您说的！加兰德夫人，别怪我说得难听，您可真是不拿奇迹当回事，这可是真真正正、实实在在的奇迹，工程精度的奇迹；只有这种奇迹才能生产出具有准确相位的慢光玻璃。我说玻璃有十年厚，指的是光穿过这块玻璃要花十年时间。更准确地说，这些玻璃每块都有十光年厚——比我们和最近的星星之间的距离多出两倍以上——所以，每百万分之一实际厚度的变化就会……”

他停顿了一下，静静地坐着，看向小屋。我从湖光山色中收回视线，转头看到那个年轻女子又站在窗前。哈根眼中充满带有贪婪意味的崇敬之情，我对此感到有些不安，同时因此确信赛利娜说错了。以我的经验，丈夫绝对不会用这样的目光看妻子，至少不会这样看自己的妻子。

那女子的长裙散发出温暖的光芒，她停留几秒后转身回到屋内。我突然没来由地确认她是个盲人。我感觉我和赛利娜莽撞地闯入了一场情感纠纷，它的激烈程度和我们的不相上下。

“抱歉，”哈根继续说道，“我以为罗丝有事要找我。加兰德夫人，我刚才说到哪了？把十光年压缩成四分之一英寸就是说……”

我对他接下来的话全都充耳不闻，一方面因为我已决心要买玻璃，另一方面我听过很多遍慢光玻璃的故事，却从没搞清相关原理。一位受过科学训练的熟人给我做过讲解：可以将慢光玻璃视为全息影象，但在重构视觉信息的时候不需要来自激光器所产生的相干光；螺旋形的管道缠绕在玻璃内每个原子可俘获区域的半径之外，普通光的每个光子在穿越玻璃时都会从这些管道中穿过。这一番精妙绝伦的解释不仅没能为我驱散迷雾，反而让我再一次坚信：像我这种非技术型的头脑不需要思考原因，只要接受结果就够了。

对普罗大众而言，慢光玻璃最重要的特性就是光穿透它需要很长时间。刚生产出来的慢光玻璃像一块黑玉，因为此时还没有任何光线穿过它透出来；不过可以把它竖立在某个地方——比如林中湖畔——等待它显现出景色，也许一年就可以。之后如果把这块玻璃安装在沉闷的城市公寓内，在一年之内，置身公寓就可以远眺森林中的湖泊。这一年中，风景并不只是逼真却静止不动的画像——湖面在阳光下荡起涟漪，动物悄然无声地来到湖边啜饮，群鸟飞过天空，黑夜与白日轮转，季节更迭交替。一年之后，亚原子导管内存储的美景消耗殆尽，熟悉的灰色城市景象再次显现。

抛开令人惊叹的新奇性不谈，慢光玻璃在商业上的成功之处在于，拥有一扇风景窗的情感价值完全等同于拥有一片土地。最寒酸的地下室居民也能观赏轻雾弥漫的公园美景——谁又能说这公园不属于他？拥有私家园林和别墅的人，不会花时间趴在他的土地上，通过触摸、嗅闻和品尝来证明他的主权。他在这片土地上感受到的一切都来自由光线勾勒出的各种画面，而只要有了风景窗，就能在矿井里、在潜水艇中、在监狱的牢房里看到同样的画面。

我曾数次试图为这种魔法水晶写几首小诗，然而自相矛盾的是，在我看来这个主题饱含难以言喻的诗意，无法用诗歌表达出来——至少我的诗不行。另外，先辈们早已凭借赋有预见性的灵感，写下最为优美的歌曲和诗文，尽管他们在慢光玻璃被发明出来的很多年以前就已经逝去。我达不到他们的高度，比如穆尔笔下的：

一次又一次，当沉眠的锁链
尚未拖我进入静谧的夜晚，
甜美回忆，用昔日之光
环绕我身畔……[1]

慢光玻璃只用了几年时间，就从科学奇观发展成一项规模庞大的产业。而让我们这些诗人——仍然相信"纵百合凋败，美依然长存"[2]的诗人——倍感惊讶的是，这项产业的营销手法和其他产业没有任何区别。高端风景窗价格高昂，低端风景窗价格低廉。定价的重要因素是以年为测量单位的厚度，不过同时也要考虑实际厚度，或者说，相位。

即便使用最精密的工程技术，对玻璃厚度的控制也要碰运气。较大的误差意味着一块目标为五年厚度的玻璃可能会变成五年半的厚度，这样一来，夏天射入的光线冬天才会透出；细微的偏差则可能导致正午的阳光在午夜出现。这种错位也自有它的魅力——比如，很多夜班工人就喜欢拥有属于自己的个人时区——但多数情况下，和真实时间同步的风景窗总是卖得更贵。

1. 节选自爱尔兰诗人托马斯·穆尔的诗《常常在静夜里》。
2. 节选自英国诗人詹姆斯·埃尔罗伊·弗莱克的诗《驶向撒马尔罕的黄金之旅》。

哈根结束讲解后，赛利娜看上去并没有被说服。她难以察觉地摇着头，我知道他用错了方法。突如其来的狂风吹乱了她白锡头盔一样的发型，晴朗无云的天空在我们周围砸下大颗的纯净雨滴。

“我现在就签支票，你能安排运送吗?”听我突然这么说，赛利娜用她绿色的双眼愤怒地盯住我的脸，就像在做三角测量。

“可以，没问题，”哈根站了起来，“不过你不想现在就带着走吗?”

“啊，好啊——只要你不介意。”他如此相信我给出的票据，我感觉有些羞愧。

“我去拿玻璃。你们在这儿等着就行。把玻璃装进携带框用不了多长时间。”他蹒跚地走向依次排开的窗扇。可以看出这些玻璃上的林恩湖景有晴天，也有阴天，还有几块是一片纯黑。

赛利娜用外衣领子裹紧喉咙。“他至少也应该邀请我们进去坐坐。路过这里的傻瓜还没多到他能随意忽视的程度吧。”

我尽力忽略辱骂，专心签写支票。一大颗雨点穿过指关节间的缝隙，迸溅在粉色纸面上。

“好吧，”我说，“我们去屋檐下等他回来。”你这个可怜虫，我暗想；我觉得整件事就是个彻头彻尾的错误。我会和你结婚，可真是个傻瓜。出类拔萃的傻瓜，傻瓜中的傻瓜——你已经把我的一部分紧紧困住了，而我永远，永远，永远不会逃离。

我跟在赛利娜身后跑向农舍，感觉自己的胃痛苦地缩成一团。透过窗户，可以看到整洁的起居室内燃着煤火，室内空荡荡的，地上散落着儿童玩具：有字母积木和独轮车，车子和刚削了皮的胡萝卜一个颜色。就在我向内张望的时候，那个小男孩从另一个房间跑进来，踢着积木玩。他没看到我。很快那个年轻女子也走进来，抱起小男孩，一边开心地笑着，一边拽着他晃来晃去。她和之前一样来到窗前。我不自然地笑着，但是她和孩子都没有回应我。

我的额头直冒冷汗。他们两个都是盲人吗？我蹑手蹑脚地离开窗前。

赛利娜尖叫一声，我转向她。

“毯子！”她说，“要被淋湿了。”她跑进雨中，穿过院子，从斑驳的墙上抓起淡红色的方毯，转身跑向农舍的门。我下意识地猛然冒出一个想法。

“赛利娜，别开门！”我大声喊道。

然而太迟了。她推开闩住的木门，然后站在那里，捂住嘴，看向农舍内部。我走到她身边，从她松开的手上拿过毯子。

我在关门的同时扫视了一下农舍内部。我刚才看到的起居室整洁有序，里面有女人和小孩，而现实中的起居室里却杂乱地摆放着破家具、旧报纸、被丢弃的衣物和脏盘子，令人触目惊心。屋子里潮湿难闻，完全是一副荒废的模样。我唯一能认出的物品就是透过窗户看到的那辆小独轮车，掉光了油漆，破烂不堪。

我紧紧闩好门，并命令自己忘掉刚刚看到的一切。有些单身男人是家务好手，有些则什么都不会做。

赛利娜脸色苍白。“怎么会这样。为什么会这样。”

“慢光玻璃双向有效，”我轻声说道，“光线射入房间，同样也射出房间。”

“你是说……？”

“我不知道。这和我们无关。镇定——哈根马上就会带着玻璃回来。”我胃部的不适感渐渐减弱。

哈根拿着用塑料包裹的长方形框架走进院子。我把支票递给他，他却盯着赛利娜的脸看。他立刻就知道我们茫然无知的手指已经把他的灵魂翻查了一遍。赛利娜避开他的凝视。她看上去有些苍老，脸色很差，眼睛坚定地凝望着邻近的地平线。

“把毯子给我吧，加兰德先生，”哈根终于开口说话，“其实不用这么费心的。”

“也不麻烦。这是支票。”

“谢谢。”他仍然用一种奇怪的恳求神情看向赛利娜。“很高兴能和你做生意。”

“这是我的荣幸。”我回以同样的客套话。我拎起沉重的框架带着赛利娜走向通往公路的小径。就在我们抵达湿滑的阶梯时，哈根又说话了。

“加兰德先生！”

我不情愿地转回身。

“不是我的错，”他平稳地说道，“六年前，在山下的奥本公路上，一个肇事逃逸的司机撞死了他们俩。我儿子当时只有 7 岁。我有权利保留点什么。”

我点点头，没有说话，迈下台阶。我紧紧挽住我的妻子，珍惜着她手臂环绕我身体的感觉。在拐弯处，我透过雨丝往回看，哈根笔直端正地坐在墙头，就在我们最初看到他的地方。

他正看向小屋，我不知道窗玻璃上是否有身影显现。

（Ninesnow　译）

不可名状和不可知

虽然科幻小说的开先河者是法国的儒勒·凡尔纳和英国的H. G.威尔斯（布赖恩·W.奥尔迪斯认为科幻小说始于玛丽·雪莱于1818年所作的《弗兰肯斯坦》），但随着美国纸浆杂志尤其是科幻杂志的兴起，美国逐渐成为科幻小说的中心。当时美国科幻小说影响甚至主导了全球科幻界，以至国外科幻作品中的人物都要有一个美国名字才能显得“名副其实”。这股“美国化”的潮流在英国的新浪潮科幻运动中得到了逆转，其他国家的作家也开辟了不同的写作风格，如苏联的伊凡·叶夫列莫夫和斯特鲁伽茨基兄弟，意大利的伊塔洛·卡尔维诺，以及波兰的斯坦尼斯瓦夫·莱姆，等等。

斯坦尼斯瓦夫·莱姆生于利沃夫[1]，早年学习内科医学，在纳粹占领波兰期间，他成为一名汽车装配工和焊工，后于1948年完成医学学位。他没有继续从事医学，而是转向了写作，并于1951年发表第一部小说《宇航员》（*The Astronauts*）。此后，他总共出版三十余

1. 今属乌克兰。

部作品，被翻译为二十八种语言，销量超过七百万册。他被众多评论家称为“一位伟大的作家”，曾登上《纽约时报》书评版头版。他的著名作品包括《索拉里斯星》、《无敌号》（1973）、《浴缸中的回忆录》（1973）、《机器人大师》（1974）、《未来学大会》（1974）、《调查》（1974）、《星际日记》（1976）、《终有一死的机器》（1977）、《宇航员珀珂斯故事集》（1979）、《斯坦尼斯瓦夫·莱姆的宇宙狂欢节》（1981）、《其主之声》（1983）、《人性瞬间》（1986）、《惨败》（1987）。他也发表过科技方面的论文、著作和文学批评，包括一本对英语科幻小说的否定批判作品《科幻小说与未来学》（1970）。

美国科幻小说对莱姆只有负面影响，马克思主义哲学对他也影响不大。他的作品结合了奇异想象与严肃科学，尤其是控制论，并以充满人文关怀的方式将这两者以隐喻和寓言的方式表现出来。用他最出色的译者迈克尔·坎德尔（Michael Kandel）的话说，他的大部分严肃作品都贯穿着这样一种结构：主人公遇到了一个旷世之谜，为了寻找答案，他历尽艰险，最终在直面神秘之物的时候，他未能看到谜底，却对人类处境有了恍然大悟的认识。莱姆探讨的是不可名状与不可知，以及终极知识的不可企及。在他眼中，人类根本无法理解宇宙；他悲观地认为，意识与智力只会通往痛苦和死亡。

在他所写的戏剧和讽刺剧中，他充当的是一个编目者的角色，用大量的名称和细节堆砌一个极其绚烂的实体，充满天才和智慧。《第一次远行（A）：特鲁勒的电子诗人》［“The First Sally（A）, or Trurl's Electronic Bard”］就是这种写作思路的体现。该文选自《机器人大师》，这是一系列“来自机器控制论时代的寓言”，最初于1965年在波兰结集出版，后经坎德尔翻译为英文。

《机器人大师》描述了两名机器建造师（或者说，神奇机器发明家）特鲁勒和克拉帕乌丘斯的一系列有趣行为［“建造师”可与乔纳森·斯威夫特（Jonathan Swift）的“规划者”[1]做对比]。特鲁勒和克拉帕乌丘斯自己就是由人类建造的机器繁衍出的后代；他们的家族历史从一首特鲁勒的电子诗人创作的史诗片段中可知一二，而这首史诗是维吉尔《埃涅阿斯纪》开头部分[2]的戏谑改写：

我歌咏那人工神经网络，
和那些机器的故事；
它们由于命运的驱使，
以及倨傲的人类无休无止的仇怨，
流离失所，离开地球的海岸……

关于机器人文明的起源，在《菲利克斯王子和水晶公主》（“Prince Ferrix and the Princess Crystal”）结尾一篇与特鲁勒和克拉帕乌丘斯无关的寓言中做了更详细的阐释：它“**来自电子心的情歌，或曰关于内心的脱轨和过度痴迷，以及失常的童话**”。

尽管特鲁勒、克拉帕乌丘斯还有他们交往的其他人都是机器人，他们却拥有人类的许多特质：他们会向他人施暴，会感到痛苦，会忍耐，会表现出虚荣心、嫉妒、非理性、恐惧、愚蠢的想法以及爱。在《菲利克斯王子和水晶公主》中，机器人的设定也同样不堪：他们当中有海盗，有白痴一样的公主，有谄媚讨好的侍从，以及黯然销魂的王子。《菲利克斯王子和水晶公主》是自《格列佛游记》以来对于人性抨击得最猛烈的作品。显然，读者会感到机器人是对人类愚昧的讽刺，而不是一种更纯净、清晰、理性的生命形式。

1. 出自《格列佛游记》。或译“研究者”“学者”“设计者”等。
2.《埃涅阿斯纪》的英文版开头这几句大致为：“我歌咏那战争 / 和那个人的故事。他由于被命运驱使，以及倨傲的朱诺无休无止的仇怨，流离失所，离开特洛伊的海岸……”

《第一次远行（A）：特鲁勒的电子诗人》最突出的特点就是妙语如珠（一部全无妙语的讽刺作品根本没有必要存在）：关于理发的诗篇中每一个词的第一个字母都是 S，全文在由纯数学写成的波澜壮阔的爱情诗篇中达到高潮。这部作品的翻译难度巨大，由此亦可见译者的语言功力。

不过这个寓言的魅力所在并不仅靠这种令人眼花缭乱的文学机巧（尽管没了这些让文中情节显得合情合理的技巧和文字游戏，故事就会沦于平庸），除此之外，它还探讨了诗歌的本质和诗人的愚昧。一个为写诗而编的程序即是生命和文明的全部，按照这种概念，对于整个宇宙，整个以机器人为终极形态的生命演化进程的观念都需要重建。并且，自然而然地，对诗人的嘲讽最终融贯成了一幅超越性（尽管是喜剧式[1]）的，关于诗歌终极力量的图景。

（姜澄　译）

1. 文学批评理论常常认为崇高和超越性需要以悲剧形式呈现。

第一次远行（A）：特鲁勒的电子诗人

［波兰］斯坦尼斯瓦夫·莱姆

为了避免不必要的误会和异议，我们首先要向大家澄清：这次远行和字面上的意思不太一样，特鲁勒其实哪儿也没去，他一直待在家中，除了不得不去医院看病，只去了某颗小行星逛了逛。然而，在更深的含义和更高的层面上，这是这位伟大的建造师进行过的最深远的征程之一，因为这一次到达了极限。

特鲁勒制造过一台会算数的机器，它只能算二加二等于几，而且还答错了。我们曾经提到过，那台机器野心勃勃，与建造师发生了冲突，甚至差点酿成一场惨剧。自此以后，克拉帕乌丘斯一见到他就会毫不留情地嘲笑他。特鲁勒实在受够了，于是决定制造一台会写诗的机器，让克拉帕乌丘斯刮目相看。为了实现这个目标，他收集了八百二十吨关于控制论的书籍和二十万吨诗集进行研究，看腻了控制论就转身投入诗词的海洋，看不进诗词就埋头去看控制论，循环反复。又过了一段时间，他忽然明白了：比起编写程序，建造机器其实只是一个空壳花瓶。一个普通诗人脑中的程序是由诗人所在世界的文明所创造的，而这一文明则是由之前出现的文明所创造的，而之前的文明则是由再之前的文明所创造，一直这样追溯下去，就可以追溯到宇宙的起源，那时关于未来诗人的信息还在漫无目的地围着原始的星云绕来绕去。所以，如果想要给机器编写程序，就得先进行复制——哪怕不能从宇宙的起源完整复制，至少也要复制它的大部分。

换成其他任何人，在这种情况下都会选择放弃，而我们的建造大师特鲁勒却毫不畏惧。他先是制造出了一台能够模拟混沌的机器，让机器内部的电子灵魂飘浮在电解水上方，然后他加入了光线参数和一团星云，逐渐接近第一个冰河时代的样子。这一切之所以能够成功，都是因为他的机器可以在五十亿分之一秒内模拟出发生在 400×10^{48} 个地点的 100×10^{42} 次事件。如果谁觉得特鲁勒是不是哪儿弄错了，那他最好自己去把这些数字检查一遍。

特鲁勒就这样模拟出了文明的开端：那时用燧石击打出火花，鞣制皮革，出现了爬行动物和洪水，还有四足动物和有尾巴的动物；接着出现了白人[1]的祖先，他们制造出了白人后代，白人后代又制造出了机器，就这样，在电流形成旋涡和流动时发出的轰鸣声中经历了亿万年的更迭变化。然而这台进行模拟的机器经常在构建下一个纪元的时候显得有些容量不足，这时特鲁勒就会给它加上一个零部件来扩展容量。在一个又一个扩展部件加上去后，这台机器变得巨大无比，仿佛是一座缠满了电线和灯管的小城，电线胡乱地交织在一起，就连魔鬼也理不清头绪。然而特鲁勒却差不多可以搞定，哪怕在过程中他不得不两次重新复制：第一次可以说非常不幸，几乎就是从头再来一次，因为他突然发现，在这个文明中，亚伯杀了该隐，而不是该隐杀了亚伯（原因是一根电线的保险丝烧断了）；第二次还好，因为只需要后退三亿年，从中生代中期开始重新复制，按理说应该是鱼类进化成两栖类，两栖类进化成哺乳类，哺乳类再进

1. 直译为白脸人，指普通人类。

化成类人猿，类人猿再进化成白人，但非常奇怪的是，白人没有出现，而是出现了一个风筝，据说是一只苍蝇不小心飞进了机器里，一头撞到了纵横交错的电路开关上。除此之外，一切进行得超乎想象的顺利。中世纪、西罗马帝国时期、法国大革命时期都已经被模拟出来了，机器也时不时地颤抖起来。随着它所构建的文明越来越先进，需要向机身泼凉水；为了防止由于构建速度过快而导致灯管飞出去，也需要一直用湿抹布擦拭。

在构建到20世纪末时，由于不明原因，机器先是开始左右震动，随后开始上下抖动。特鲁勒对此非常担心，他甚至准备好了一些水泥和拉手来防止机器突然散架。令人欣慰的是，他没有用上这些为最坏打算准备的工具，机器穿越了整个20世纪以后，运转得平稳多了。接下来，机器以五万年为单位，飞速地构建着每一个高度发达的文明，特鲁勒也从这些文明中选取了起始点。记录了构建历史过程的卷轴被接连不断地扔进储藏箱，卷轴多得哪怕用机器顶上的望远镜去看也看不到尽头。这一切努力都是为了制造出一位出口成章的诗人！这就是对科学的执着！终于，所有程序都编写好了，现在只需从这些程序中选出重要的，否则培养出这样一位电子诗人可能要花上几百万年的时间。

在最初的两个星期，特鲁勒为这个未来的电子诗人导入了总程序，又附加上了逻辑回路、情感网格和语义回路。他已经想邀请克拉帕乌丘斯一起来见证开机测试的时刻了，但他最终还是打消了这个想法，由他自己来启动。刚一启动，机器就发表了一篇为小型磁异常初级研究所作的关于晶体图形切割表面抛光的论文。特鲁勒听完就减弱了逻辑回路的力量，而增强了情感网格的能量。调整后，机器先是开始哽咽，然后号啕大哭，最后声嘶力竭地哭喊着生活是多么面目可憎。特鲁勒又调整了语义回路，加装了一个意愿组件。

这时机器宣布，从现在开始都要服从于他，还要求在他原有的机身上再加六到九层，这样他才能更好地思考存在的意义。特鲁勒又给他加上了一个哲学思考线圈，然后他就彻底保持沉默，一言不发，只是时不时地会发出噼里啪啦的静电声。在特鲁勒的百般哀求下，他终于背了一首儿歌的第一句“一座小房子呀，住着外婆和青蛙”，结束了自己的歌唱表演。特鲁勒又开始调试，整合电流线圈，这里增强一点，那里削弱一点，反反复复设定了半天，直到他认为已经完美无瑕了。机器终于又给他作了一首诗，特鲁勒听了不禁要为自己的先见之明感谢上苍：幸好没有邀请克拉帕乌丘斯来，不然他听了这狗屁不通的顺口溜岂不是要笑掉大牙？就为了这么糟糕的诗句，竟然要重新复制整个宇宙、构建一切文明？特鲁勒又给机器加上了六个写作偏执过滤器[1]，然而过滤器刚一装上就像火柴棍似的断了，他不得不重新用刚玉做了六个。装好后似乎一切都运转得挺正常，可是当他把韵律制造器连上时，就破坏了原有的语义模块，机器几乎把所有东西都抛向空中，渴望向那些贫穷的星际部落传教，拯救他们于危难之中。然而就在最后一刻，当特鲁勒手里拿着扫帚准备走向机器的时候，一个有趣的想法突然出现在他脑海中。他把所有的逻辑线圈都拆掉了，在这些地方安上了一个带有自恋弹簧的自我欣赏部件。机器变得一会儿闷闷不乐，一会儿哈哈大笑，一会儿号啕大哭，一会儿又说身上的第三层疼痛难忍，它已经受够了；生活是如此艰难，而所有人又是如此不堪；不久以后它肯定也会死，它只求一件事：有一天它要是不在了，希望大家还能记得它，然后它又要了一张纸。特鲁勒长出了一口气，把机器关上就去睡觉了。第二天一早，他去找克拉帕乌丘斯，克拉帕乌丘斯一听自己受邀参加新

1. 过滤器的作用是防止机器大量创作毫无意义的糟糕诗句。

制造出的电子诗人机器的启动仪式，立马扔掉了手里的工作，因为他迫不及待地想要见证好朋友丢人现眼的伟大时刻。

特鲁勒先输入低电流，让机器慢慢地运转起来。这台电子诗人机器就像是一艘巨大的航空母舰的引擎，整体由钢铸造而成，层层钢板上缀满了无数的计时器和阀门，他还几次踏着机器身上的层层钢板跑到机器顶端，每走一步都发出咚咚的回响。终于，特鲁勒检查了所有电极电流，确认运转无误，才开口道："来，我们先做个小测试，预热一下。"当然，他的意思是，如果克拉帕乌丘斯想要做测试，可以出个题目让电子诗人赋诗一首。

当显示器上显示抒情能力已达到最高值时，特鲁勒用颤抖的手按下了开关。一个略带沙哑却又似乎有着撩人心弦的魔力的嗓音朗诵道：

汗滴盘中餐，粒粒多饱满。

"就这些？"克拉帕乌丘斯非常礼貌地问道，打破了很长时间的沉默。特鲁勒咬紧嘴唇，一言不发，又给机器加了几道电流，然后再次启动了机器。这次响起了一个清晰的男中音，性感迷人却又铿锵有力，简直让人心驰神往：

良农拾粮田地间，种髈大泥黄。
土尔弭耳缰绳前，嶙峋利尖棒。
优种留存精细选，盘中餐癫狂。
闲田苦种莫相见，草深芦苇荡。[1]

1. 诗句原文基本由生造词组成，风格仿自古波兰语初兴起时，一位语言学家、文学家所写的一个关于在田间劳作的农民的故事。

“这说的是外语吗？”克拉帕乌丘斯冷静地看着手足无措的特鲁勒在机器上不停地调试着，最后特鲁勒绝望地挥了一下手，再次咚咚有声地踏着钢板楼梯跑到顶部。他四肢着地，爬进一扇打开的门中，随后只能听见他这儿敲敲、那儿拧拧的声音，当然还伴随着他气得发疯的咒骂声。过了一会儿，他又爬了出来奔向了另一层。终于，伴着一声胜利的欢呼，他扔出来一个烧坏了的灯泡，灯泡掉在地上，在克拉帕乌丘斯脚边摔得粉碎。但他兴奋得忘了和克拉帕乌丘斯道歉，就加快速度安装上新的灯泡，然后用一块软布擦了擦手上厚厚的灰尘，站在上面大喊着让克拉帕乌丘斯帮他启动机器。这时，那性感的声音又播出这些词句：

> 三个自我付出代价的人跋涉在绵延数千俄里[1]的群山，
> 芭蕉绿，蓝莓蓝，
> 林中精灵翻飞，青草地牛儿现，
> 巴姆巴嗫嚅，赤身裸体丢了衣衫。

“是不是好多了？”虽然特鲁勒不太能说服自己，但他还是对克拉帕乌丘斯喊道，“尤其最后一句，是不是还有点韵味？”

“你要是非得这么说的话……”克拉帕乌丘斯出于涵养勉强回答。

“真是活见鬼了！”特鲁勒大喊一声，再次钻进机器肚子里，接着又传来一阵乒乒乓乓的敲打声，当然也少不了特鲁勒的咒骂声。机器火花四溅，机器建造师火冒三丈，从第三层的小窗口伸出头来大喊道：“你现在再开一次！”

克拉帕乌丘斯听了他的话，又按下开关。电子诗人从头到脚打

---

1. 旧时俄制长度单位，1 俄里约合 1.07 千米。

了个寒战，开始吟唱：

窈窕淑女，
玉腿纤纤，
宛若天仙……

还没念完，电线就被气急败坏的特鲁勒扯断了，机器发出了一些奇怪的声音，突然安静了下来。克拉帕乌丘斯笑得前仰后合，一屁股坐在了地上。特鲁勒再次在机器上爬上爬下，机器又发出了噼里啪啦的响声和火光，随后发出了淡然却坚定的声音：

妒忌、自负与自私让人变得渺小，
有人妄图与电子诗人试比高，
哪怕龟速前行也是伟大的创造，
就算是克拉帕乌丘斯也别想逃，
终要品尝失败的味道！

“嘿，你瞧，恰如其分，非常合时宜！”特鲁勒欢笑着、旋转着，从狭窄的楼梯上飞奔而下，一头撞进好朋友怀里。好朋友嘲讽的笑容消失了，甚至显得有些惊讶。

“你玩的是什么鬼把戏？这不算数！”克拉帕乌丘斯说，“别以为我不知道，那不是机器作的诗，而是你作的！”

“怎么可能是我作的呢？”

“你肯定事先设定好了这首诗的程序，我一听那挖苦的内容、充满敌意的用词和毫无新意的韵律就知道是你作的！”

“行吧，那你来下达命令，让他作点别的，作什么都行！你怎么不说话了？害怕了？”

“我才不害怕呢，我得仔细想想。”克拉帕乌丘斯强忍着心中的烦躁，大脑飞速运转，想要出一道旷世难题。他考虑到了非常重要的一点，那就是很难判定电子诗人创作出的是不朽佳作还是一派胡言。

“就来作一首赛博艳情诗！”克拉帕乌丘斯忽然喜出望外地说出了他的命题要求，“这必须是一首不超过六行的短诗，既要包含爱情也要描写背叛，内容要有音乐，有黑皮肤的人，有王公贵族，有悲惨命运，有不伦之恋，既要押尾韵，还要押字母S的头韵。”

“要不要再包含无限状态自动机理论全面研究的完整讲义？”特鲁勒气得大喊大叫，“只有傻瓜才会想出这么刁钻的问题吧？你不能……”

他话还没说完，屋子里就响起了那个性感撩人的嗓音：

赛普连是个赛博情圣，潇洒风流，深情款款，
甚至黑色之神的女儿黑公主也为他魂萦梦牵，
赛普连拨弄琴弦也撩动她的心弦，
使她羞红了脸却又不发一言，任凭自己在爱恋中沦陷，
赛普连一转眼就吻住了姨娘，才不管黑公主为他以泪洗面。

“怎么样？”特鲁勒得意扬扬地问。克拉帕乌丘斯根本没理他，第二道命题脱口而出：“再来一首押字母G头韵的四行诗，这次要写一个机器怪物，他会思考却又不爱动脑，力大无穷也残暴无比，有十六个情妇，他还有翅膀，有四个大木箱，每个箱子里都装有一千个印着‘美髯公’国王头像的金币，他还有两座宫殿，他的生活就

是残害……”

“格里暴君握紧拳头……”电子诗人迫不及待地创作起来。特鲁勒一跃而上，跳上控制台切断了电源，用自己的身体护在机器前面，义愤填膺地说：“别用这些污言秽语浪费我这天才诗人的伟大创造力了！出这种题目简直是暴殄天物！你要么出个像样的题目，要么事情就到此结束！”

“你怎么能说刚才那些题目不是正经题目呢？”

“就是不正经！我制造出这伟大的机器可不是为了玩填字游戏！这台机器是我的杰作，是伟大的艺术品！你出一个真正的诗文题目，多难都没关系！”

克拉帕乌丘斯眉头紧锁，想了又想，终于开口说：“好，那就来一首关于爱与死亡的诗，但是所有的表述必须使用高等数学的语言，特别要用到张量代数，当然还可以包括拓扑学和一些分析与演算。诗歌要充满爱与情欲，要打破世俗，当然这首诗的创作要在机器控制领域内。”

“你是不是疯了？！关于爱的数学？我看你是脑袋出了问题！”特鲁勒气得开始咒骂克拉帕乌丘斯，可是还没等他说完，他和克拉帕乌丘斯就被电子诗人的诵读惊得哑口无言：

> 胆小的机器控制大师可以在非常规矩阵中看到极值，
> 可以在午后氤氲中计算机器所需的积分方程，
> 却无法知晓，爱情究竟是否已经降临。
>
> 离我远点，离我远点，从早到晚我眼前都是拉普拉斯数子，
> 从黑夜到黎明，又是单位向量将我层层包围，

原像啊，请靠近我，请靠近我，
因为只有将你缩小才能让我等到将挚爱拥于怀中的时刻！

所有的计量单位将喘息和呻吟紧紧相连，
变成跳跃的旋转群，令正负数不再孤单，
无论是瀑布模型，还是螺旋模型，
深情凝望就如同天雷勾了地火！

你是超限数，力量无边，无可比拟，
你是神通广大的联络，是洁白无瑕的坐标，
若能与你前无古人、后无来者地相恋，
我愿把克里斯托费尔符号和斯托克斯定理永生遗忘！

让我到达你标量丛生的内心深处，
让我这个沉迷于闭值域定理的人靠近你，
在这疯狂增长的梯度中，
嗅着松林清香，听着白鸽歌唱！

怎么会有人在爱情中全身而退？
无论是魏尔[1]空间理论还是布劳威尔[2]不动点定理，
都无法再给他带来一丝丝欢愉，
他强打精神翻开拓扑学理论，
研究着连莫比乌斯也计算不出的曲率。

---

1. 即赫尔曼·魏尔，德国数学家、物理学家和哲学家，传承了哥廷根大学学派的数学传统。
2. 即鲁伊兹·布劳威尔，荷兰数学家和哲学家，数学直觉主义流派创始人。

哦，张量代数，你是我壳层间的所有真情，
你可知道，只有那在每一道印痕中都感受到你的参数的人，
才会把你珍惜，
而他自己却在纳秒[1]中化为灰烬。

完整约束中的质点，
在坐标系中却找不到渐近线，
在这最后的方程中，守着最后的温存，
机器控制大师与爱永别，死而无憾。

此次赛诗大会就在这首诗中落下了帷幕，克拉帕乌丘斯立刻跑回了家，扬言一定会带着新的题目再回来，可是他却再也没有出现过，因为他担心那只会长特鲁勒威风，灭自己志气。特鲁勒自然到处宣扬，克拉帕乌丘斯是因为无法控制自卑，才落荒而逃的。克拉帕乌丘斯却拒不承认，反而说特鲁勒自从造出了电子诗人，就变得精神不正常了。

没过多长时间，电子诗人的大名就传到了那些真正的普通诗人耳中，引得他们勃然大怒。他们不相信，一台机器怎么能和他们这些真正的诗人相提并论呢？他们决定对电子诗人视而不见，可是却有那么几个好奇的人偷偷地拜访这位电子诗人。电子诗人在大厅里非常绅士地接待了他们，因为它日夜不息，笔耕不辍，大厅被写满了密密麻麻诗篇的纸张堆得满满当当。这几位来访者是新诗派的代表，而电子诗人却遵循传统写作风格，当然这是因为特鲁勒不太懂

1. 时间单位，一秒的十亿分之一。

诗歌，他编入电子诗人的程序都是站在古典派“诗圣”的肩膀上创作出来的。来访的诗人听了电子诗人的作品，纷纷嘲笑它，说它那些老掉牙的诗歌让他们笑掉大牙，然后得意扬扬地离开了。电子诗人气得瑟瑟发抖，它内置了能够自我更新内容的程序和一个特殊的电路——争强好胜装置，所以在很短的时间内就发生了天翻地覆的变化：它的诗变得晦涩难懂，一语双关，选题深奥复杂，内容更是稀奇古怪，完全无法理解。当第二批来挑衅的普通诗人找上门时，电子诗人出口成章，一首充满现代色彩的新派诗歌吟诵出来，令在场的所有人都目瞪口呆，哑口无言。而它创作出的第二首现代派诗歌差点让一位享有盛誉的大诗人因为自愧不如而背过气去，要知道这位诗人可是得过两次国家大奖的，公园里还立着他的雕像呢！从此以后，每个诗人都想挑战一下电子诗人，他们带着装满手稿的手提箱和文件夹，从四面八方赶来，就是为了要与电子诗人在赛诗大会中一决高下。电子诗人让每个挑战者朗诵他们创作的诗，而它在听完之后很快就掌握了那首诗的风格和手法，随后通过公式计算，创造出一首风格手法完全相同，可是却高明两三百倍的新诗。

不久之后，就出现了这样的情况：那些杰出的诗人在听电子诗人念了一两首十四行诗之后就黯然神伤，觉得自己技不如人；而最糟糕的是，那些三流诗人却丝毫没有受到影响，因为他们本身就分不出诗歌的质量高低。他们中的一人在离开电子诗人的家时，被他的一篇伟大的史诗绊倒了，摔断了腿，那首诗是这样开头的：

黑暗与空虚，在黑暗与空虚中循环往复，
伸手可得，却触到一片虚无，
风成了飓风，目光还在飘忽，
脚步如车轮，一步步却迈上了后退的路。

而电子诗人对真正杰出的诗人所造成的伤害是毁灭性的，尽管它没有对他们动一根手指。先是一位年长的抒情诗人自杀了，接着两名年轻的先锋诗人也步了他的后尘，从高高的岩石上跳了下来，而且非常不巧的是，那块岩石正好矗立在特鲁勒的家到火车站的必经之路上。

众多诗人开始了一系列的抗议游行运动，强烈要求要对电子诗人签发禁令，但其实除了他们以外，根本没有人在意这件事。甚至可以说，报纸杂志的编辑都对电子诗人青睐有加，因为电子诗人可以使用成百上千个不同的笔名，按照编辑的要求迎合读者的口味，迅速写出任何主题、任何风格以及任何长度的诗篇。人们为了抢先一步读到电子诗人的大作，甚至不惜在街上为抢夺一份报纸而大打出手，可能一首诗还没读完，报纸已被别人从手中抢走。街上随处可见读了诗以后沉醉其中的人们，他们或想入非非，或咧嘴痴笑，还有的低声啜泣。电子诗人的诗家喻户晓，人人都会背诵，空气中弥漫着美妙的韵律。更有一些天生对诗歌情有独钟的人，有时会被那独具匠心的比喻和别出心裁的音律弄得神魂颠倒，昏迷不醒。但是遇到这种情况也不用担心，电子诗人对此也有应对策略，立刻就会写出慷慨激昂的十四行诗，让这些人瞬间清醒过来。

特鲁勒因为这项杰出的发明惹上了不小的麻烦。他整天都被诗人围追堵截：古典学派诗人对他还没有造成最大的威胁，因为他们大多年事已高，顶多会拿石头砸他家的玻璃，或者在他家的墙上和门上涂上一种难以名状却令人作呕的黏性物质；而那些年轻的诗人可就没那么容易放过他了，一位身强力壮的抒情诗人把特鲁勒暴打了一顿，看来他的拳头和他的诗歌一样都可以“打动”人。特鲁勒在医院养伤期间，情况愈发难以控制：每天都有人因为电子诗人的诗歌自杀，每天都会举行葬礼；医院外也拉起了警戒线，城里时不时就会响起枪声或爆炸声，因为其他诗人自知水平很难超越电子诗人，所以佯装来向它挑战，实际是企图通过武力手段将它解决，他们早就把原来装手稿的手提箱和文件夹塞满了火药和子弹，可是他们的火药和子弹打在电子诗人坚固无比的钢头铁臂上，它却毫发无损。出院以后，特鲁勒回到家中，感到痛苦而绝望。某一天夜里，身心俱疲的他决定亲手拆掉自己辛辛苦苦创造出的旷世奇才。

电子诗人看到特鲁勒一瘸一拐地走到自己身旁，他手中的钳子、改锥闪烁着令人恐惧的寒光，眼中也充满着疲惫与绝望。电子诗人立刻就念了一首悲伤凄凉的诗，想要博得创造者的悲悯和同情。特鲁勒听完泪如雨下，手中的工具也掉在了地上，他痛苦地转头就跑，可是屋子里堆满了电子诗人的诗歌，纸张已经快没过他的胸口了，他只能在这一片诗海中蹒跚前行。

当特鲁勒收到了上个月的高额电费单时，眼前一黑，差点昏了过去。此时此刻，他多么希望他的老伙计、他的挚友克拉帕乌丘斯能在他身边给他出主意。可是克拉帕乌丘斯在哪儿呢？特鲁勒觉得天旋地转，脚下的土地似乎也崩塌了。他现在孤立无援，只能自己想办法了。于是在一个深夜里，他悄悄地剪断电子诗人的电源，然后把它大卸八块，将碎块塞进自己的宇宙飞船，飞到一颗不知名的小行星上，用一座核反应堆当作创作能量来源，又把碎片一块块地组装起来。

他驾着飞船返回，蹑手蹑脚地走进家中，然而悲剧没有就此结束：虽然电子诗人没有办法将自己创作的诗篇在报纸杂志上发表，但是它却利用无线电电波，通过宇宙中的所有波段播放自己的杰作，火箭驾驶员和乘客被它的辞藻和韵律弄得“诗”迷心窍，就连一些平常心智柔弱的人也变得痴痴呆呆，宇宙中一片混乱。在确定了混乱出现的原因后，宇宙舰队司令部立即向特鲁勒下达了官方通牒，要求他立刻销毁电子诗人，因为它已经严重影响到了公民日常生活秩序，并且威胁到了在宇宙中航行的人的健康与安全。

特鲁勒吓得躲了起来。宇宙舰队司令部找不到特鲁勒，只能派出一支小分队前往小行星，堵住电子诗人的输出口，阻止它继续播放诗作。可是小分队刚一到达，电子诗人就用几首歌谣俘获了他们的心，小分队全军覆没。司令部又派出了一支由聋哑人组成的小分队，可是电子诗人又用手语再次令他们无功而返。这在司令部中引发了众怒，大家纷纷要求一定要严惩电子诗人，将它就地摧毁。然而还没等到派出这样一支部队，就有一位来自邻邦星球的国王买下了这台机器，并将它和小行星一起带回了自己的王国。

至此，特鲁勒终于松一口气，感觉自己又能重见天日了。人们发现，在南方地平线上时不时就会有超新星爆发现象出现，这种现象之前从未出现过，一时间传闻四起，都说这肯定与电子诗人有关。因为那个脾气古怪、喜怒无常的国王突发奇想，命令天文学专家将电子诗人和亮巨星星群连接起来，让机器诗人写出的每一行诗都变成巨大的日珥，这样宇宙中最伟大的诗人就可以将它的杰作演变成热核能爆炸，传播到无边无际的浩瀚宇宙中。换句话说，就是这个国王把电子诗人变成了一个带有韵律的星群爆炸引擎。不管是真是假，这个传闻都发生在非常遥远的地方，遥远得不会再威胁特鲁勒的生活。特鲁勒用自己最珍视的宝贝发下毒誓，永远永远都不会去碰一台具有创作程序的控制模型了。

（毛蕊　译）

熵与世界观

熵（Entropy）是新浪潮运动的一个核心比喻。“熵”由德国物理学家克劳修斯提出，它表示系统焓与绝对温度[1]的比率[2]。在封闭系统中，该比率描述系统中可供做功的能量，随着系统温度达到常态，熵总是趋于增加。当封闭系统的熵达到最大值，温度稳定下来，可供做功的能量就会减少至零。

宇宙是唯一真正的封闭系统（如果它确实是封闭的），宇宙中熵的最大值意味着时间的终结，那时所有物质均达到同一温度（接近绝对零度），不再有热传递，不再有变化，也不再有时间。这种终结被称为“宇宙的热寂”，它是《新世界》作家的重要概念，因为这反映了他们自己的世界观——宇宙及其局部样本地球，以及人类和人类文明，都在凋零。

比如，巴拉德在一系列小说中描绘了世界或宇宙以各种奇妙的方式毁灭。布赖恩·奥尔迪斯在很多作品中体现了他的感受，“我们

1. 热力学温标，单位为开尔文（K），以绝对零度为最低温度。
2. 这个表述并不严谨。确切说应该是（等压等温）系统的熵变等于焓变除以绝对温度。

已经快耗尽资源和时间”。其他《新世界》作者以他们自己的方式和目的使用熵的概念，大多因为熵代表了一种哲学——西方文明的巅峰已经过去，现在正不可避免地走向枯竭、衰败和死亡。20 世纪 60 年代末，《新世界》作家 M. 约翰·哈里森[1]（M. John Harrison），曾在《迈向终结》（“Running Down”）等小说中涉及熵的问题，他在一篇发表于《23 号基地》（*Foundation 23*，1981）的采访中表示：“熵实在是对未来充满消极预期的产物……很多《新世界》作者都迷上了这个主题。他们大多并没有相互沟通，但这种想法似乎就是在许多人身上同时迸发，形式也大相径庭。比如，詹姆斯·F. 萨利斯（James F. Sallis）对熵的解释就与帕梅拉·佐林（Pamela Zoline）完全不同……这个概念得到了太多注意，它实际上是迈克尔·摩考克关注的主题。我们都沉浸其中，人们遇到一个好比喻的时候就会这样做，而熵实在是个绝妙的比喻。”

在所有关于熵的小说中，以及所有新浪潮鼎盛时期刊载于《新世界》的实验性小说中，帕梅拉·佐林的《宇宙的热寂》（“The Heat Death of the Universe”）被很多人认为是最有名，也最能代表那个时代的作品。有点奇怪的是，这位作家只写过两篇科幻作品，也只有这篇发表在《新世界》上。

佐林出生于芝加哥，在美国和伦敦接受教育，并在斯莱德美术学院学习了四年。她的主业是艺术和插画，曾于 1966 年参加了泰特美术馆举办的“当代青年展”。她的第二篇科幻小说是在《新科幻》（*The New SF*，1969）上发表的《心灵的荷兰》（“The Holland of the Mind”）。她发表的小说非常少，全都收录在了《繁忙的生命之

1. 英国作家、文学评论家，被认为是现代奇幻与科幻的主要作家之一。于 1968 年至 1975 年担任《新世界》的文学编辑，常使用笔名“乔伊斯·丘吉尔”（Joyce Churchill）在科幻专栏中发表评论文章，对《新世界》的风格形成起到了重要作用。

树》(*Busy About the Tree of Life*，1988)，又名《宇宙的热寂及其他》(*The Heat Death of the Universe and Other Stories*)中。《宇宙的热寂》发表于《新世界》1967年7月刊。小说用熵来比喻家庭主妇生活和理智状况的恶化。佐林说，这个故事“试图将私人生活纳入公共领域，将公共领域纳入私人生活；试图将熵与个人选择、宇宙终结和人类衰老进行类比，使其成为关键的结构性隐喻，从而让事物、一般信息变得‘有意义’”。

为每个段落增加编号和小标题是流行于《新世界》的风格，编号也暗示了混乱的增长。佐林说：“段落编号能明确表示增长、堆积、单向的时间。随着语言越来越混乱，人物的烦闷加剧，隐喻不断积累，(我希望)小说的内部和外部也会相互结合，成为一个整体。”

百科全书和文本材料穿插于小说中，不但可以解释佐林涉及的艰深概念，也可以看作是萨拉·波伊尔所遭受痛苦的碎片残骸——她试图贴近它们以寻求意义。小说的超然叙事和刻意穿凿使书中人物远离读者——孩子们的存在近乎物品(连他们的母亲都不确定有几个孩子)，萨拉也被描写得十分疏离，连她的情绪反应都被作为客观数据记录下来。她成了一件物品，一台正在奔向熵增末日的机器。

(杜阿　译)

宇宙的热寂

［美国］帕梅拉·佐林

1. **本体论**：形而上学的一个分支，关注存在或存在的本质问题。

2. 想象晨间的一片淡蓝天空，几乎呈绿色，只有天边的几片云彩。大地在滚动，太阳似乎在上升，山脉被侵蚀，水果在腐烂，有孔虫[1]的外壳上增加了一个孔，婴儿的指甲像墓中尸体的头发一样生长，煮蛋计时器[2]中的沙子落下，鸡蛋在继续煮。

3. 虽然有几个男人喜欢，萨拉·波伊尔[3]还是觉得自己的鼻子太大了。鼻子很大度地呈现出精致的曲线，鼻梁皮肤紧致，隐隐透出淡白色的鼻骨，那种建筑张力和数学计算感就像感恩节第二天还剩下的火鸡胸骨。她婚前姓斯洛斯，有德国、英国和爱尔兰血统。上小学时她垒球打得很差，一直都打替补，或者打永远无人问津的中外野。艺术中她最爱音乐，音乐中最爱巴赫。她成长于波士顿和托莱多，却生活在加州。

4. **加州阿拉梅达市佛罗里达街，波伊尔家的早餐时间，孩子们**

---

1. 一种古老的原生生物，大多数有孔虫一生建造多个房室，房室之间有孔洞相通，故称有孔虫。
2. 专为水煮蛋设计的计时沙漏。
3. 爱尔兰和苏格兰姓，源自苏格兰人或欧洲诺曼人。是爱尔兰西北部最常见的姓氏之一。

要吃糖霜玉米麦片。

萨拉很不情愿地把糖霜玉米麦片端到孩子们面前，她几乎听到他们乳白色的小牙齿开始腐烂，以及牙医的钻头发出锉骨的嗡嗡声。牙医是个身材矮小的绅士，留小胡子，有时让萨拉想起住在俄亥俄州的叔叔。每个孩子一碗。

5. 如果把麦片盒看作一个抽象物体，那么对于来自完全陌生文化的人来说，它可能颇为美丽。长方体盒子结实而紧凑，比例均衡，色彩丰富，天青、深红、浓褐，这些珍贵颜料曾经只用于宗教画，或装点大理石神像的盲脸。超大的尺寸，净重十六盎司二百五十克。“他们虎虎生威！”老虎托尼[1]说。盒子上是高调的宣传：能量，大自然的精华，无尽的青春活力。背面印着威廉·莎士比亚的面具，可以剪下来折好，堪萨斯、底特律、图森、圣地亚哥、坦帕都有成千上万的小莎士比亚会戴它。莎翁比他平时的形象更和蔼，也更茫然。两三个孩子都想要那个面具，但萨拉打算等盒子空了的时候再做出这艰难的决定。

6. 橙色花体字写着盒子里有惊喜礼物一份，就混在金色的麦片里，目前还没露出来。孩子们会索要吃不完的麦片，黄澄澄的一大堆谷物，就为了快点找到礼物。尽管如此，早餐结束时盒子里还有好多麦片，礼物想必还在。

7. 还有一种特别优惠，只要把盒子盖和五角钱寄过去，就可以获得秘密会员资格、密码和魔法环。

8. 一盒麦片三种优惠。萨拉觉得这营销太过了，可能麦片质量有大问题，需要尽快卖掉，趁新闻报道前清空库存。可能它会让儿童得罕见又严重的癌症。萨拉收起印着小兔子和棒球比分的碗，里

1. 家乐氏公司为糖霜玉米片和相关产品创造的卡通人物，出现在产品包装和广告中，自 1952 年出现以来，已经成为代表早餐麦片的经典形象。

面剩的大半碗牛奶和泡软的麦片差点溅出来，她脑海里浮现出新闻头条《全国儿童着恶疾，命运之指涂甜浆，糖衣炮弹击幼儿》。

9. 萨拉·波伊尔是个活泼、聪明、年轻的妻子和母亲，毕业于美国东部的一所优秀大学。她为自己不断壮大的家庭感到自豪，虽然家务繁重，但她也乐在其中。

10. **生日**。

今天是一个孩子的生日。傍晚会有个派对。

11. **打扫房间一**。

打扫厨房。萨拉把碗、盘子、杯子和银制的刀叉匙放进水槽。黄色大理石花纹的福米加塑料桌上有污渍，她用蓝色合成海绵去擦。海绵的蓝色很特别，我们还会再看到它的。桌子各处都是孩子们大大小小的手印，是糖混着灰尘印上去的。这些手印在光线中若隐若现，随着观察角度不断变化。地上扫出来的垃圾里，有涂着葡萄果酱的半块三角形烤面包、波比发夹、绿色邦迪、麦片、洋娃娃眼睛、灰尘、狗毛和纽扣。

12. 想想这收缩的、被通信摧残的世界，如果不能抵达仅在统计上可能存在的星球，并与那里绿脸、有心灵传动能力的居民交流，我们还能期待完全不同的文化吗？从西方文化的转移扩散进程来看，这似乎越来越不可能了。萨拉想象整个世界变得像加州一样，所有地形缺陷都用散发香味的整形剖光机磨平。所有人都在节食，悠闲自在，有相似的粉红色、淡紫色头发，戴着有水钻的墨镜。如阴部一般粉红、如鳄梨一般黄绿的大地，被无比复杂的高速公路包裹、束缚，无尽的加州，拥抱和改变着整个世界，加州！加州！

13. **插入一，论熵**。

熵：最初引入这个变量是为了方便计算，清楚表达热力学的计算结果。熵的变化只有在可逆过程中才能计算，它被定义为吸收的热量与吸热时的绝对温度之比。对于现实中的不可逆过程，可以引入理论上等效的可逆变化来计算熵变。熵衡量的是系统的无序程度。孤立系统的熵在任何情况下都不会减少——它要么增加（不可逆过程），要么保持不变（可逆过程）。因此宇宙的总熵在增加，趋于最大值，这意味着宇宙中所有粒子的彻底无序（前提是宇宙确实可以看作一个孤立系统）。参见“宇宙的热寂”。

14. **打扫房间二**。

给婴儿洗尿布。萨拉在房子各处给自己做了标记，迷宫般狂野的笔迹，充满箭头、图表和图画。她在所有能用的平面上涂鸦，绝望而勇敢地索引、记录、诈唬、祈求、命令、安抚。在尿布桶刻有凹槽和花纹的白色塑料盖子上，她用“红粉羞夜”唇膏写了一段话，用来驱赶冲天的绝望。“氮循环是地球上的有机物和无机物进行交换的重要循环，是宇宙的甜蜜气息。”洗衣机旁的墙上画着阴阳符号和曼陀罗，还写了一段话：“很多年轻妻子感觉被困住了。这是一个当代社会学现象，部分原因大概是人们的生活方式发生了变化，而社会服务距离完全适应新的模式还很远。”在壁炉上她写着“救命，救命，救命，救命，救命”。

15. 有时她会给房间里的东西编号，给每件物品写上指定的数字或字母。算上书的话，客厅里共有八百一十九件可单独移动的物品。有时她用名字或化名标注物品。梳妆台上的梳子是“梳子”，古龙水是“古龙”，护手霜是“猫”。她非常喜欢儿童词典、百科全书、启蒙读物和各种参考书，沉迷于它们完整的目录和排序制造出的幻象，从中得到慰藉。

16. 卧室门上写着两条参考书里的定义，“**上帝**：礼拜的对象”；“**内环境稳定**：身体内部环境保持恒定”。

17. 萨拉洗尿布，洗睡衣，哦，圣维罗妮卡[1]啊，还给婴儿床换了床单。她开始收拾玩具，在似乎有人居住的玩具阵里走来走去。各种车辆、药品、生活用品和战争物品；填充玩具组成了一整个动物园，因为珍爱多年，已经有磨损和异味；数百个小人、塑料动物、牛仔、汽车、宇航员，孩子们在游戏中用这些东西创造了无数个次级世界和超级世界。萨拉最喜欢的玩具是“巴巴”，木制俄罗斯套娃，打开后里面是一个完全相同的小号娃娃，再打开后还是一样……这是一堂七以内的无穷大课程。

18. 萨拉的母亲已经去世两年。萨拉认为音乐是流动的时间，巴赫则是其中最动人的呈现。有时候，她的眼睛是前面提到的海绵的颜色。她的头发本是猎犬棕色，几个月前的一天她歇斯底里地把它染红了，所以现在是条纹分隔的两种颜色，就像贫民窟或旧学校里漆过的墙。

19. **插入二，宇宙的热寂**。

热力学第二定律可以解释为，封闭系统的**熵**趋于最大值，其可用**能量**趋于最小值。人们相信宇宙构成了一个热力学上的封闭系统，如果这是真的，那就意味着终有一天，宇宙将自我“释放”，不再有能量可供使用。这种状态被称为“宇宙的热寂”。不过，当前还不能肯定宇宙就是这样的封闭系统。

20. 萨拉从冰箱里拿出可乐倒了一杯，点了一根烟。浓浓的棕色液体又冷又甜，让她嗓子疼，牙齿也刺痛了一下。青春的甜美汁液，碳酸让她的眼睛呆滞，她想起了宇宙的热寂。夏末的日子无穷无尽，像爱尔兰蛇一样，永远缠绕着镶满珠宝的书稿，首尾相连。热量挤

1. 圣徒名。维罗妮卡是耶路撒冷的一位妇女，相传在耶稣背负十字架前往受难地的路上，她心生怜悯，将自己的面纱递给耶稣擦汗，耶稣擦完汗后还给维罗妮卡，于是面纱上奇迹般地出现了耶稣的面容。维罗妮卡因此封圣，她的面纱也被称为“维罗妮卡的面纱”。以该故事为题材的绘画中，维罗妮卡往往双手提起面纱上方两个角，和在将洗涤的衣物、毛巾等提起来打量的妇女姿势相似。

压着，膨胀着，破坏着。洛杉矶的天空充满碎屑，褪去了所有颜色，光亮得像一面镜子，反射着杂乱的大地。一切都在变得越来越热，物质的每个粒子都在被扰动，被激发，直到化学键被打破，结合力失效，除臭剂失去了密封。她想象整个纽约就像达利[1]的作品一样融化成一大摊巧克力，一大锅汤，一大锅纽约汤。

21. **打扫房间三**。

床铺好了。开始用吸尘器吸走廊，地毯上褪色的花朵、藤蔓和树叶无止境地蜿蜒，在热烈而永恒的狂喜中相互缠绕。突然，吸尘器的气流开始向外喷，弹珠、娃娃眼睛、灰尘、饼干都喷了出来。又来了。“哦，天哪。”萨拉说。婴儿正好在这时开始哭喊，希望得到关注 / 换尿布 / 食物。萨拉踢了踢吸尘器，它咳了一下，又开始干活了。

22. **午饭只打翻了一杯牛奶**。

午饭只打翻了一杯牛奶。

23. 植物需要浇水，天竺葵、风信子、薰衣草、鳄梨、仙客来。喂鱼，鱼缸里有瓷制的城堡和美人鱼，鱼很快乐。乌龟看上去越来越虚弱，可能快死了。

24. 萨拉·波伊尔有双蓝眼睛，有多蓝呢？远胜自然界那些用来打比方的蓝，虽然它们激发和滋养了大量已有的文学作品。那是一种精细、现代、尖锐、合成的蓝；是从葱郁的亚热带寄来的明信片上天空耀眼的蓝，天空下还有当地土著黝黑的面容上露出的象牙色的牙，模棱两可地笑着；是强效镇静剂的胶囊上那充满希望的、丰满的、奇异的蓝；是厨房里那块假海绵冷酷、低劣的蓝；是加州游泳池里铺着瓷砖、没有苔藓的内壁那深沉而难以置信的蓝。化学家在厨房里蒸煮、冷却、结晶，从成千上万种透明无色、结构奇妙、

---

1. 即萨尔瓦多·达利，西班牙著名超现实主义画家，作品以梦境般的怪诞和想象力而闻名。达利最著名的作品是 1931 年创作完成的《记忆的永恒》，也被叫作《软钟》。

独一无二的晶体中提炼出这种蓝。现在，这蓝正在萨拉眼中嘶吼，迸裂，燃烧。

25. **插入三，论光**。

光：让观察者的眼睛能看到物体的那种物质。由波长在约 4×10^{-5} 厘米到 7×10^{-5} 厘米之间的电磁辐射组成，不同的波长让眼睛产生不同的觉知，形成不同的颜色。见“色觉”。

26. **光，打扫客厅**。

客厅里所有物体（八百一十九件）和它们的表面都蒙了灰，普通的灰，像一只蜕皮的大老鼠的窝。突然，强烈的太阳光带来的波——或者说粒子，从窗户射进来，所有东西都白热化了，很多条彩虹。萨拉身处光的立方体中，像一只困在琥珀中的古老昆虫，她发现灰尘真是房间里最美丽的东西，是上天赐给双眼的礼物。思想之父杜尚[1]把落在雕像上的灰尘定格，当作他作品的一部分。萨拉说：“那简直是疯了。”按照达达主义原则整理屋子的想法又膨胀起来。所有房间都堆满东西，报纸和杂志成堆，架子上的土豆、垃圾桶里的罐装青豆重新焕发生机，向着太阳长出新芽。植物疯长，风吹进屋外的丛林，灰泥开缝，瓦片断裂，花园破门而入。金鱼死了，鸟儿死了，我们把它们填充起来。狗没人照料也死了，可能还有孩子们——都变成填充玩具，坐在房子各处，满身灰尘。

27. **插入四，达达主义**。

达达（法语，儿童木马）主义是超现实主义之前的虚无主义先驱，兴起于第一次世界大战期间的苏黎世，约活跃于 1915 年至 1922 年，是歇斯底里和愤慨的产物。它故意反艺术、反理性，试图激怒和颠覆传统。达达主义最著名的作品是杜尚对《蒙娜丽莎》的再创

1. 即马塞尔·杜尚，20 世纪实验艺术的先驱，被誉为现代艺术的开创者。他是达达主义和超现实主义的代表人物之一，对西方艺术有重要影响。

作，他为她加上胡子，并配上不雅的标题“LHOOQ”（读作“elle a chaud au cul”，意为“她有一个性感的屁股”）。其他代表作还有阿尔普[1]用撕碎的彩纸随机做成的拼贴画，杜尚“签名”的《瓶架》和《自行车轮》等现成品[2]，毕卡比亚[3]画的机械零件加上不协调的标题和语无伦次的诗歌，三十八位讲师齐声讲座。还有1920年在科隆举办的展览，它位于一个通向餐厅洗手间的附属建筑，里面为观众提供了可以用来摧毁展品的斧头——最终他们也这样做了。

28. **计时器和其他测量工具**。

波伊尔家有四座钟、三块手表（其中一块是坏了的米老鼠手表）；两本日历和两个记事本；三把直尺、一根码尺；一个量杯；一套红色塑料量勺，里面是一个大汤匙、一个茶匙、一个二分之一茶匙、一个四分之一茶匙和一个八分之一茶匙；一个煮蛋计时器；一个口腔温度计和一个直肠温度计；一个童子军罗盘；一个房子形状的气压计，上面有一个老头和一个老太太，进进出出互相追逐，永不休止；一个浴室台秤、一个婴儿秤；一个能从鼓囊囊的毛毡草莓里拽出来的卷尺；一面记录孩子们身高的墙；一个节拍器。

29. 午饭后，萨拉打扫浴室的时候发现脸上长了一条新皱纹。皱纹从她的前额一直延伸到鼻梁，还非常浅。把眉毛向内弯就能看清皱纹的形状，以后它会变得清晰。她在墙上已有的记号区又添了一笔。那里的标题是“皱纹等死亡信号”。算上最新的这个一共有

---

1. 即让·阿尔普，德裔法国雕塑家、画家和诗人。1916年参与达达主义运动，第一次世界大战之后又与超现实主义者和表现主义者有着广泛的交往。
2. 现成品一词最初广泛使用于美国，特指非手工制作的工业产品，杜尚选取现成品作为艺术品，称之为对抗“视网膜艺术”的解药。1913年，杜尚在工作室里把一个自行车轮安装到一张凳子上，无意中成就了他的第一件“现成品艺术”——《自行车轮》。1914年，杜尚第一次有意识地用现成品创作了另一件作品——《瓶架》。不幸的是，杜尚后来离开法国到美国居住，这两件作品连同一些其他现成品，被杜尚的妹妹苏珊当成垃圾处理掉了。
3. 即弗朗西斯·毕卡比亚，法国艺术家。最初崇尚印象主义，后转而推崇立体主义。1915年后，转而投向达达主义和超现实主义运动。

三十二个记号。

30. 萨拉·波伊尔是个活泼、聪明、年轻的妻子和母亲，毕业于美国东部的一所优秀大学。她为自己不断壮大的家庭感到自豪，虽然家务繁重，但她也乐在其中。她有许多爱好，也参与社区活动，只是偶尔痴迷于时间 / 熵 / 混乱和死亡。

31. 萨拉一直不确定自己有几个孩子。

32. 萨拉时不时会思考。她偶尔会有这种想法——人应该有所希望，在纯粹的繁衍之上有所追求，而不仅仅是创造同类的复制品。婴儿。晚上躺在床上，分娩的情景有时会涌上心头，每次都是剧院里红色毛绒座椅的色调和质地。撕裂的痛苦达到了一定程度，总是滑向远景，大汗淋漓的护士的甜美气息。木制俄罗斯套娃的脸颊上有明亮的、完美的圆形红点，分开中间会露出另外一个娃娃，除了小一些，其他方面都一模一样，脸上也有明亮的圆形红点，等等。

33. 人类这个物种是多么幸运啊，萨拉若有所思，孩子们就像我们认为的那样讨人喜欢。不然像他们这样的寄生虫，很快就被消灭，然后人类就会带着最后几代人巨大的艺术成就和对高级文明的追求，在美丽甜蜜的繁花中自我毁灭。最优秀的女人会在 12 岁的时候就做输卵管结扎，或者彻底远离情爱行为？所有的兴趣都将致力于凝练和完善——每一种温热的感知、每一个流动的时刻，而不必懦弱地通过自己子宫里产出的好坏不一、经常令人失望的后代，来获得生命的延续。

34. **插入五，爱。**

爱：一种典型的情感，涉及对某一对象的喜爱或依恋。它只要在脑海中出现，就会染上情感色彩，正如尚德[1]所说，根据对象所处

1. 即亚历山大·尚德，英国作家、律师、心理学家，他是 1901 年成立的英国心理学会的创始成员，曾在一篇写于 1896 年的学术文章中探讨性格、情感和爱。

的和所代表的不同场景，它能够唤起各种基本情绪[1]。爱常常用于表达性爱甚至是色欲（参见该条目），对精神分析师来说则总是如此。

35. 萨拉有时感到自己身心合一，有时又觉得完全分离。精神和身体的二元性考虑过了。时间和空间的二元性考虑过了。男性和女性的二元性考虑过了。物质和能量的二元性考虑过了。在极端情况下，她有时觉得自己的身体是一只用缰绳牵着的动物，被她的精神牵着在公园里散步。经验是路灯。她的手臂有轻微的色斑，她很累的时候眼圈就会发紫。

36. 家务永远也做不完。混乱潜伏在角落里，随时准备侵入任何未被清理的地方。那是塞满脏锅的丛林，巨大的填充动物玩具突然变成了野兽，咆哮着。那可怕的玻璃眼睛。

37. **买生日蛋糕**。

在超市采购，婴儿坐在手推车前，一个大点的孩子推着车。冰格子形状的日光灯发出蓝粉的光，比日光亮，比日光冷，也比日光便宜。门一碰就会打开，坦塔洛斯牌，门轴声安静得可怕。派对上的热狗。薯片、水果糖、带生日图案的一次性桌布、热狗面包、番茄酱、芥末酱、辣腌菜、气球、欧陆风速溶咖啡、狗粮、冷冻青豆、冰淇淋、冷冻扁豆、冷冻的黄油西兰花、一次性生日帽、三色纸巾、一盒背面印有莫扎特面具的糖霜玉米麦片、面包、速食比萨。微弱的背景音乐透过巨大的商店，大部分绕过大脑直接进入了肝脏、血液和淋巴。空气中有一点铝的味道。淡奶油、袋装茶、培根、夹面包片的肉、草莓酱。萨拉站在洗涤用品的货架前，婴儿开始哭了。她四周是琳琅满目的商品，不断推销着自己。让她把头发染红的那种歇斯底里又来了，她没有回避。曾经她是有选择的，就像站

1. 一般认为情绪可以被分类为与生俱来的“基本情绪”和后天习得的“复杂情绪”，其中基本情绪具有生理因素，为全人类所共有。常见的基本情绪包括：喜悦、愤怒、悲伤、恐惧、厌恶、惊奇、羡慕等。

在粉笔画的十字路口上，就像站在十字面包上，但她没有选择冷静和理智。萨拉开始挑选店里卖的各种清洁产品，有条不紊，从容不迫，又带着一种谨慎的狂喜。窗户清洁剂、玻璃清洁剂、铜器擦亮剂、银器擦亮剂、不锈钢球，十八种不同品牌的洗涤剂、消毒剂、厕所清洁剂、软水剂、衣物柔顺剂、下水道清洁剂、除斑剂，地板蜡、家具蜡、汽车蜡，地毯清洗剂、犬用洗毛精，适用干性、油性、一般发质的洗发水，改善头皮屑、白发的洗发水。牙膏、牙粉、假牙清洗剂、香体剂、止汗剂、防腐剂、肥皂、洗面奶、研磨剂、烤箱清洁剂、卸妆剂。如果相同的产品有不同的规格，萨拉就每种都拿一个。有些产品她已经收集了一整个家族：巨大的洗发水爸爸瓶，洗发水妈妈瓶，稍小一点的姐姐瓶和非常小的弟弟瓶。萨拉装满了三辆购物车，不得不请人帮她推到结账通道。结账时，她的大笑和歇斯底里几乎要发作，那个像蒙娜丽莎一样没有眉毛又苍白的金发店员，假装一切正常又完全漠不关心的样子。账单是 57.53 美元，萨拉不得不开了一张支票。开车回家时，婴儿被绑在婴儿床里，后座上的纸袋胀得鼓鼓的，她哭了起来。

38. **生日派对前**。

萨拉的婆婆大卫·波伊尔夫人会参加孙子的派对。她带了个玩具，一个黄色木制的拉线小鸭子，产自奥地利，在地板上拖着走时会嘎嘎地叫。萨拉把水果糖和巧克力倒进纸杯里，波伊尔夫人就坐在餐桌旁和她聊天。她聊到好几件事，聊到她的花园枝繁叶茂，就是苦于一种不常见的黑色甲虫，这种甲虫可能来自香港，专门破坏植物根部的嫩芽，还吃其他植物的叶子。她聊到有个家用亚麻制品大甩卖，她打算下周二去参加。她聊到她的邻居得了癌症，身体越来越差。那位女士是天主教徒，得癌症前从没生过病，现在病情却迅速恶化。医生说她的身体一片混乱、一片混乱，全身的细胞都失控了，波伊尔夫人说。我去看她的时候，她几乎不认识我了，也不会说话了，全身都很脏，波伊尔夫人说。

39. 萨拉都快不记得自己有几个可爱、圆润的小孩子了。

40. 她以前站在远离其他球员的中外野时，常常编歌唱给自己听。

41. 她想到世界终结于冰。

42. 她想到世界终结于水。

43. 她想到世界终结于核战争。

44. 萨拉想，一定还有其他事情会不时发生。人要能做什么才能证明自己走的道路是正确的呢？或者平实一点，即使是最微不足道的事情也好，人能做什么才能改变世界的走向和进程呢？萨拉有时会做英雄主义的梦，比如一曲新的交响乐，由还在实验中的机器和所有人造乐器演奏，博大精深又雅俗共赏，可以治愈血淋淋的伤痛；比如一系列画作，使狂乱、喘息着竞争的艺术界收获理想、惊叹和平静；比如一部新的小说，使语言焕然一新。有时她会想那些神秘的、边缘的、随机的事情，似乎不管多小的改变，都足以让她满足。龟会活很久。在龟壳上刻一个名字，一个日期，或一个愿望，然后让它去自由地征服这个世界，应该可以抵消荒谬吧？

45. 波伊尔夫人长着淡淡的小胡子，就像杜尚的《蒙娜丽莎》。

46. **生日派对**。

许多穿着五颜六色的衣服的孩子坐在长桌旁。他们游戏玩得太凶，又累又兴奋。有些孩子脸红红的，全身是汗，另一些面色异常苍白。他们全都很激动，戴着派对的纸帽子，就像一群堕落的侏儒在开晚宴。该吃蛋糕了。巨大的巧克力蛋糕做成了火箭和发射台的形状，上面撒了蓝色和粉色的糖霜。安静下来后，过生日的孩子哭了起来。哭过之后，他许了愿，吹灭了蜡烛。

47. 有个孩子不吃热狗，也不吃冰淇淋和蛋糕，他要吃麦片。萨拉给他倒了一碗糖霜玉米麦片，他一会儿就噎住了。萨拉帮他拍背的时候，呛出了一条绿色的小塑料蛇，蛇眼睛是红色玻璃做的，就是那份惊喜礼物。所有孩子都想要。

48. **派对之后孩子们准备睡觉**。

洗澡时间。看赤身裸体的孩子们，他们像海豹一样又粉又滑，还在尖叫，樱桃色的肌肤在树莓色的肌肤上喷溅、咕噜、拍打，在铺了珍珠色瓷砖又蒸汽弥漫的小屋里回响。孩子的赤裸比成年人的赤裸要纯粹得多。没有麝香味的鬈发标示目标，也没有平面上的突起、脂肪和曲线来凸显这野兽王子的高贵。营养充足的裸体小孩看起来可以直接吃。萨拉的牙齿在头脑中嗡嗡作响，回想史前的血腥盛宴。人类幼崽看起来真像其他物种的幼崽，这比较甚至并不对人类幼崽有利——它们是所有幼崽中皮肤最少、最不灵活的。如此粉嫩，完全赤裸的粉嫩，全身的孔窍边缘清晰，周围是略深的玫瑰红，无休止地需要乳房、时间和各种乳汁。

49. **插入六，维纳论熵**。

在吉布斯[1]的宇宙中，有序是最不可能出现的，混沌是最可能出现的。如果宇宙真的是个整体，即使趋于衰败，也会在大环境中出现局部的熵减，呈现有限而短暂的有序化。生命就在这些孤岛中安身。

50. 萨拉想象自己清理和打扫整个世界，甚至整个宇宙。用甜蜜芬芳的清洁泡沫填满宇宙的广阔空间。给臭烘烘的山洞、火山除味。擦洗岩石。

51. **插入七，龟**。

在各大洲热带和温带的淡水中，生活着许多不同种类的食肉龟。

---

1. 即乔赛亚·威拉德·吉布斯，美国科学家。他有关热力学实际应用的研究奠定了物理化学的基础。吉布斯还通过系综理论给出了热力学定律的一种微观解释，由此成为统计力学的创建者之一。“统计力学”这个术语也是由他引入的。

欧洲龟（分布范围可以到达荷兰和立陶宛）中分布最靠北的是欧洲泽龟，它长八至十英寸，可以活一百年。

52. **派对后的清扫**。

派对后，萨拉在清扫。水果糖和融化的冰淇淋从一次性纸盘里冲下去，在纸桌布的玫瑰图案上穿出了洞。一只苍蝇死在了草莓冰淇淋汁里。湿湿的果冻豆会弄脏所有碰到的东西，最后失去颜色，变成不透明的白色，就像成群被驯服或沉睡的蛆。塑料小礼品堆在吃剩的蓝色蛋糕上。到处都是日式爆米花里的幸运签纸条。上面印着各种奇怪的短语，显然是不懂英语的日本人选的。一群纤弱的黄种人终其一生都在制作这些转瞬即逝的物品，在成千上万张精美的纸上印上荒谬而不可理解的文字。有一条上面写着："你的每一根头发都被编了号。"大多数气球都破了。有人在水仙花里插了一个热狗。几个氦气球逃离了主人，飘在天花板上。另一张幸运签上写着："御马遇横死，气数，气数。"

53. 她很累，眼圈开始发紫，眼圈变成浅紫色。她在俄亥俄州的叔叔以前也是这样。她去厨房把明天早餐的桌子摆好，然后看到养龟缸里的龟仍然浮在水面上。萨拉用铅笔戳了它一下，没动静。有几分钟的时间，她站在那看水面上的死龟。她又哭了。

54. 她开始大哭。她走到冰箱前，拿出一盒鸡蛋，白色特大号鸡蛋。她把鸡蛋一个一个扔到厨房的地上，地上有排成方形的草莓花纹。鸡蛋破得很美。有一个秘密牙医协会，成员都留着小胡子，有特殊的密码和魔法戒指。她开始大哭。她拿起三个小兔盘子，把它们扔到冰箱上，摔了个粉碎。地板上都是碎片，一些是小兔子的碎片，有耳朵，有眼睛，有爪子。加州，斯托克顿，加州，阿克顿，加州，奇科，加州，雷丁，加州，格伦艾伦，加州，加的斯，加州，天使营，加州，半月湾。因此宇宙的总熵在增加，趋于最大值，这意味着宇宙中所有粒子的彻底无序。她在大哭，她张大嘴。她扔出一罐葡萄果酱，把水槽上方的窗户砸得粉碎。她的眼睛很蓝。她开始张大嘴。人们相信宇宙构成了一个热力学上的封闭系统，如果这是真的，那就意味着终有一天，宇宙将自我“释放”，不再有能量可供使用。这种状态被称为“宇宙的热寂”。萨拉·波伊尔开始大哭。她把一罐草莓酱扔到炉子上，上面的瓷片掉了下来，炉子开始流血。巴赫有二十个孩子，萨拉·波伊尔有多少个孩子？她张大嘴。她的嘴在张开。她打开水龙头，在水槽里加满洗涤剂。她在厨房的墙上写字，“威廉·莎士比亚得了癌症，他住在加州”。她写道：“糖霜玉米麦片是上帝的食物。”水池里的水冒着泡，溢了出来，噗噗落到草莓地面上。她快要哭了。她的嘴在张开。她在哭。她哭着。人怎么能弄清是一条鱼还是很多条鱼呢？她开始摔杯子和盘子，扔杯子、锅、罐装食品，它们碎掉、破掉、散得满厨房都是。煮蛋计时器中的沙子在下落，安静无声。气压计上的老头和老太太从未相遇。她捡起鸡蛋扔到空中。她开始大哭。她张大嘴。鸡蛋在厨房里慢慢划成弧线，远远望去，像棒球高高地搏击着春日的天空。鸡蛋在寂静中越飞越高，在最高点迟疑了一下，然后开始慢慢地，穿过明朗清新的空气，慢慢地下落。

（杜阿　译）

对“推想小说”的推想

与其说凯特·威廉是一位女作家，或者一位创作文章的女性，不如说她是一位在科幻小说（她更喜欢用“推想小说”这个名字）和主流文学之间架起桥梁的作家。她的创作技巧是将更为敏感和自我怀疑的角色置于探讨基本主题以及避开传统文学惯例的小说之中。

凯特·威廉生于俄亥俄州托莱多，19 岁时和约瑟夫·威廉结婚，在接近 30 岁时开始写作。尽管她的《一品脱那么大的妖怪》（“The Pint-Sized Genie”）于 1956 年 10 月发表于《奇妙故事》（*Fantastic Stories*）杂志，但她作为专业作品卖出的第一篇小说是《一英里长的太空船》（“The Mile-Long Spaceship”），这篇作品于 1957 年 4 月发表于《惊异》杂志。她于 1963 年和达蒙·奈特结婚，同年她的第一部短篇小说选集《一英里长的太空船》出版。她的第一部长篇小说，即怪诞小说《比死亡更苦涩》（*More Bitter than Death*）也于该年出版。

威廉的第一部长篇科幻小说《克隆》（*The Clone*，1965）是和西奥多·L. 托马斯[1]（Theodore L. Thomas）合作撰写的，他们还共同撰写了另外一部长篇小说《云之年》（*The Year of the Cloud*，1970）。她第一部独立创作的长篇小说是《不再发生的事件》（*The Nevermore Affair*，1966），紧接着她又创作了《杀手之事》（*The Killer Thing*，1967）、《让火落下》（*Let the Fire Fall*，1969）和《玛格丽特和我》（*Margaret and I*，1971）。她创作的《迟暮鸟语》（*Where Late the Sweet Birds Sang*，1976）以大灾难后的世界为主题，讲述了一个一群被隔绝的人试图通过克隆技术生存下去的故事，这部小说获得了雨果奖。她创作的其他长篇小说还有《克莱维斯顿实验》（1976）、《故障线》（1977）、《杜松时代》（1978）、《一阵阴暗的感觉》（1981）、《欢迎你，混沌》（1983）、《海斯曼的宠物》（1985）、《疯狂时代》（1988）、《黑暗之门》（1988）、《坎比奥海湾》（1990）和《甜甜蜜蜜的毒药》（1990）。她也创作怪诞小说，她近期[2]的作品大多属于该领域。

她致力于号角科幻作家写作营的发展，担任联合导师达九年，并编辑了《号角科幻小说》（*Clarion SF*，1977）一书。她还编辑了《星云奖获奖小说·第九卷》（*Nebula Award Stories Nine*，1976）。她的盛名主要来源于技巧娴熟的短篇科幻小说，在这一点上，虽然可能不比西奥多·斯特金和哈伦·埃利森，但她比许多科幻作家都要突出。她的短篇科幻小说被收录在以下选集中：在《一英里长的太空船》后出版的《楼下的房间及其他推想小说》（*The Downstairs Room and Other Speculative Fiction*，1968）、《深渊：两部中篇》（*Abyss: Two Novellas*，1971）、《无限之盒：推想小说选集》（*The Infinity Box: The Collection of Speculative Fiction*，1975）、《听，听》（*Listen,*

1. 美国化学工程师、专利权律师、科幻作家。
2. 此处指本书英文原书再版的时间，即 1997 年。

Listen，1981）和其他六部选集。

威廉更喜欢用“推想小说”这个词，这说明她的作品不仅不必须包含科学元素，而且还可能无视或违反科幻文学的惯例。她的短篇小说大部分都首次发表在奈特的推想小说选集《轨道》上。《轨道》第一卷出版于1966年，其后又出版了很多卷。她笔下的小说大部分都发生在已经分崩离析的世界中，或者发生在末世灾难即将到来的世界中。她笔下的人物就像大部分主流文学中的角色一样，是一些擅于发掘自己内心的人，他们察觉到了自身的希望和期待之间的悲剧性鸿沟，相比于追寻知识和问题的解决之道，他们会在接受现状和投入情感方面找到更多的寄托。

《策划人》（“The Planners”）最初发表在《轨道》第三卷上，获得了为1968年的作品颁发的星云奖。这篇短篇小说有其科学基础——对于学习和行为本质的生物学实验研究。这篇小说的核心是一个旨在提高猴子智力的科研计划，方法是向这些猴子注射从最聪明的猴子身上提取的可溶性核糖核酸（即sRNA）。记忆可能建立在化学的基础上，而不是建立在大脑内神经细胞的“电流通路”的基础上，这种可能性可以追溯至二十多年前密歇根大学的詹姆斯·V.麦康奈尔教授对真涡虫的实验，在加州大学洛杉矶分校贝勒医学院以及一些其他机构对其他生物（包括老鼠）的研究中也涉及这一点。这些研究认为诸如走迷宫和躲避阴暗环境这些学习行为可能可以通过某些血液中的蛋白因子转移到其他个体身上，这个蛋白因子可能是核糖核酸（RNA）。这个观点也被用在了一些其他小说中，包括詹姆斯·冈恩的《校园》（*Kampus*，1977）和《造梦人》（*The Dreamers*，1981）。主流生物学家从未相信这种推断，这个观点已经被大多数人抛弃了。

猴子实验是一项旨在为证明这个观点的正确性而进行的纯粹研

究，而这个观点在人类身上的可能性则通过本篇小说中一位精神有缺陷的男孩桑尼·德里斯克尔展示出来。讽刺的是，猴子实验成功了，而男孩德里斯克尔的实验则失败了。但如果这就是小说的全部内容的话，它也不会被人铭记。这篇小说的成功在于它不寻常的第三人称视角。读者跟随实验的主导者达林博士进入故事，还可以彻底地深入达林博士的思维，以至于会觉得他的幻想如同现实一般。

小说中的所有非科学家角色，甚至包括一位科学家角色，都不吸引人，甚至让人觉得无趣。而猴子更聪明、更直率，也不那么沮丧，这可能是因为猴子的生活更为自然。达林本人就很沮丧，这是因为他的婚姻生活以及对男孩德里斯克尔实验的失败，还有对遭受痛苦表现出的麻木不仁，虽然对于科学研究来说，这些似乎是必需的。随着一项调查不断威胁着研究计划，达林的幻想部分也在增加。作者细心地让描写幻想和描写现实的部分在文字上并无差别，尽管二者都有相应的线索。就像现实生活中一样，要区分幻想和现实是读者的责任。

（赵佳铭　译）

策划人

［美国］凯特·威廉

雷在单向玻璃前停下脚步，俯身端详笼中的长臂猿婴儿。达林苦涩地看着她。过了一会儿，她挺直身体，手放在工作服的口袋里，一脸若无其事，沿着两排笼子之间的走道漫不经心地向他走来。

“你仍旧认为这样做残忍且毫无意义？”

“你不这么认为吗，达林博士？”

“你为什么总是这样？用你的问题来回答我的问题？”

“这惹火你了吗？”

他耸了耸肩，转过头去。实验室大褂被他扔在椅子上，他把它拿起套在了他的天蓝色运动衫外。

“德里斯克尔家的男孩怎么样了？”雷问。

达林僵硬了一瞬，然后又放松下来。他仍旧没有面对她：“和上周一样，和去年一样。到死他都会是一样。”

大厅的门开了，现出一张又大又老实的脸。斯图·埃弗斯的眼光掠过达林，来到走道上。“你一个人？我好像听到有人在讲话。”

“自言自语，”达林说，“委员会已经准备好了？”

“就快了。雅各布森博士一如既往，还在折腾他那个鼻喉喷雾。”

他犹豫了一瞬，又看了看那排笼子，然后看向达林。“你不觉得一个对猴子过敏的人应该找找别的研究方向吗？”

达林四处看了看，但雷已经走了。这次又是什么惹着她了？是德里斯克尔的男孩，还是这个项目的方向本身？他不知道她在工作之外是否还有自己的生活。“我这就去大院。”他说。他经过待在门口的斯图，迈向来自佛罗里达森林的幽暗植被。

噪声在门口冲着他迎面扑来。这里有四百六十九只猴子，聚集在研究机构所使用的三十六英亩林地中。每只猴子都在尖叫，哀嚎，歌唱，咒骂，或是用别的方式显示自己的存在。达林哼了一声，走向大院。“世界上最快乐的猴子”，有一家报纸的文章这么称呼它们。“唱歌的猴子”，一则副标题声称。“喂了聪明药的猴子”，最具前瞻性的报纸如此宣称。“被控虐待”，另一家报纸则以低沉悲伤的口吻补充。

大院占地面积三英亩，是一片得到精心规划与维持的原生态森林，被三十英尺高的光滑塑料墙包围。一个透明的穹顶笼罩着整片区域。墙面上每隔一段距离都设置有单向玻璃窗，一小群人站在窗前：委员会的成员们。

达林停下脚步，通过一扇窗子望向大院内部。他看到赫洛伊丝和斯其特一直在为对方捉并不存在的虱子；亚当正在大嚼一根香蕉；霍默正无所事事地躺着，用脚碰自己的鼻子；一对猩猩在水龙头旁，没有在喝水，而仅仅是踩着踏板看喷水，时不时把头或手浸在满是冷水的盆子里。雅各布森博士出现了，达林加入了这群人。

“早上好，贝尔波图女士，”达林礼貌地说，“您可知道您的裙子掉了？”他随即转向多尔茅斯少校说，“今天您又用您那可爱的绯闻小报整死了多少敌人？”他又朝一个拿相机的长粉刺的年轻人愉快地笑了笑，“少校，您这是带了个专业偷窥狂啊。看来新闻里会有更多故事了，还是带图的？”脸上长着粉刺的年轻人换了个位置，摆弄着相机。上校怒火中烧；贝尔波图女士跪在地上，在灌木丛底下找她的裙子。达林眨了眨眼。他们全都一丝不挂。他转向窗子。猩猩们正在布置一张桌子，上面满是茶具，银的、瓷的，还有小块手指三明治。猩猩们全都穿着印花衬衫和裙子。霍滕斯戴着一顶夸张的淡绿宽边草帽。达林紧靠着栏杆来忍住笑意。

“可溶性核糖核酸，”当达林止住笑时，雅各布森博士正在说，“简称 sRNA。最开始我们训练整条虫子，并把它们喂给其他虫子，这样它们就会从原本的训练中受益。但现在我们找到了更精练的方法。我们现在从受过训练的动物身上提取 sRNA 分子，然后将这些 sRNA 分子喂给未受训练的样本，并观察结果。”

当雅各布森博士说话时，那个年轻人一直在拍照。胡齐斯女士则在做笔记，她的嘴唇抿成一条线，太阳帽让她的皮肤染上绿色。阳光让她红黄花纹的裙子看上去在摇摆，让她丰满的臀部也像是随着裙摆在不断荡漾。达林看得入迷。她大约 60 岁。

“……我的同事达林博士，是他提出了这一系列实验。”雅各布森博士终于说，达林于是轻轻鞠躬。他不知道关于自己雅各布森说了些什么，决定在别人提问之后再发言。

“达林博士，据说您还从人身上提取这种物质，这是真的吗？”

“你每次挠自己的时候都会失去这种物质，”达林说，“你每流一滴血都会失去它。你体内的每个细胞中都有它。是的，我们有时会用人血样本来做研究。”

“然后将它们注射进这些动物体内？”

“有时我们会这么做。”达林说。他等待着下一个问题，那个不可回避的问题，好奇自己会如何回答。雅各布森曾经解释过应该如何回答，但他不记得雅各布森说了什么了。那个问题没有来。胡齐斯女士往前走了几步，望向窗子。

达林将注意力转向她；她移回视线，迅速将目光重新锁定大院里的猩猩。“您好，呃……女士？”达林提示她，但她没有看他。

“为什么？所有这一切的目的到底是什么？”她问。她的声音像是被谁掐住了脖子。长粉刺的年轻人向下一扇窗子缓缓挪动。

“这个嘛，”达林说，“我们的理论很简单。我们相信几乎每个物种的学习能力都有可能得到大幅提高。学习曲线是符合正态预期的钟形曲线。曲线一端的少数个体能够快速学习，中央的大部分个体以平均速度学习，而另一头的少数个体则学得很慢。通过我们的实验，我们能让任何组群中部的大部分个体，以及落后一端个体的学习速度提升到与学习速度最快的个体相当的水平……”

没有人在听他说话。这不重要。他们会收到他为他们准备的新闻稿，用简单易懂的语言撰写，没有多音节词，没有长难句。他们都在看窗子对面的猩猩。他说：“我们可怜巴巴地吹了三次卡祖笛才让姑娘们心中燃起野营的热情。”委员会成员中的一个人瞟了他一眼。“静脉注射和口服似乎同样有效，”达林接着说，而那个满头大汗的男人再次转向窗户，“每天早上都会注射……排斥反应，计划性的节食，计划性的父母，计划性地计划一个计划。”雅各布森怀疑地看了他一眼。达林不再讲话，点燃一根雪茄。臀部不安分的女士从窗户那儿转过身来，满脸通红。“我看得差不多了，”她说，“这儿太阳太毒了。我们能看看实验室内部吗？”

达林将他们交给在室内的斯图·埃弗斯，缓缓走回大院。他的唇边浮现一丝笑容，因为他看到亚当出现在另一头，大摇大摆地往前走，完全没有在意霍滕斯正一脸迷茫地前后摇晃腰部。达林向亚当行了个礼，然后吹着口哨回到了自己的办公室。下午 1 点，德里斯克尔太太和桑尼会在那儿和他见面。

桑尼·德里斯克尔 14 岁，身高五英尺九英寸，体重一百六十磅。他的男护士身高六英尺二英寸，体重二百二十七磅。桑尼在他 12 岁时弄断了他妈妈的胳膊，在 13 岁时弄断了他爸爸的胳膊和腿。到目前为止男护士还毫发无伤。每天早上德里斯克尔太太都会充满慈爱地为她的宝贝梳洗打扮，喂他吃饭，带他去庭院里散步，兴高采烈地对他说接下来几个月的计划，又或者是对他唱摇篮曲。他似乎从来注意不到她。男护士乔尼在当班时永远待在距他三英尺以内的地方。

德里斯克尔太太拒绝思考总有一天她不得不将她的孩子交给有关机构。她将信念和希望全都寄托在了达林身上。

他们在 2 点 15 分到达，比他预料的要早，比他们承诺的要晚。

"这孩子总在脱衣服。"乔尼愁眉苦脸地说。孩子又在办公室脱掉了衣服。乔尼瞪着他，但达林摇了摇头。这不重要。达林从他肌肉发达的手臂里得到了血样，并将注射剂注入另一侧手臂。桑尼似乎没有意识到他在做什么。他似乎从来都不会意识到。桑尼拒绝接受测试。他们把他带向桌椅，但他坐在那里，眼神空洞，无视那些积木，那些闪亮的小球，那些蜡笔和糖果。达林所说所做的任何事情都没有显现出效果。终于，时间到了。德里斯克尔太太感谢达林帮助她的孩子。

斯图和达林每天 4 点至 5 点要给研究生们上课。凯莉·欧格雷迪会给猴子做好标签，好在他们两位来教室前完成准备工作。凯莉高挑苗条，一头红发。当她行动时不小心碰到斯图，他会颤抖。达林则希望斯图哪天能像亚当一样在她面前抖擞一回。她一本正经地坐在她的高脚凳上，笔记本放在膝盖上，没有注意到斯图在上课时的变化，又或者注意到了却不在乎。达林怀疑她是不是一个编了程序的芭比娃娃，只为完成实验室的任务。

他设想有一家芭比女子精修学校，也就是那些双腿修长、胸脯位置很高并且没有小肚子的女孩去的地方，她们需要把毛剃干净，脚指甲涂成粉色，去掉乳头，全身除嘴唇以外的所有开口都缝上，而嘴唇则永远保持毫无意义的微笑。

这堂课由六只还没喂食的黑色蜘蛛猴参加。它们需要完成六个任务：（1）拉绳子；（2）穿过笼子，拿到一根由绳子放下来的棍子；（3）再拉一次绳子；（4）拿到第二根棍子，这根棍子能和第一根拼在一起；（5）把两根棍子拼在一起；（6）用加长过的棍子把一挂香蕉弄到笼子附近，再把香蕉拿进来吃掉。5点时，猴子被送回凯莉身边，她则把它们一只一只推回库房。没有任何一只猴子完成了所有的任务，虽然在时间结束时有两只已经接近完成了。

斯图一边等最后几只猴子被带回自己的住处一边问："今天早上你对那些蠢货做了些什么？我和它们会合的时候它们都一脸不知所措。"

达林告诉他亚当干了些什么，当凯莉回来时他们两人正在大笑。斯图的笑声瞬间噎住，听上去像啜泣。达林想跟他描述一下在他想象中凯莉上过的那所学校，却觉得还是不说为妙，于是走开了。

他开车回家走的是一条十六英里的狭窄笔直的道路，穿过佛罗里达深处逐渐幽暗的森林。

"我当然不介意住在这里。"莉娅曾经说，那还是九年前，他刚刚接受了佛罗里达的工作岗位。她确实不介意。房子有空调；他们家的车，也就是莉娅的车也有空调；后院有一个巨大的游泳池，大到足够放一艘玛丽皇后号。一个怯生生的大眼睛佛罗里达姑娘负责做家务，莉娅长胖了，偶尔写诗作画，供研究所的太太们消遣。达林怀疑她有时也给研究所的先生们提供消遣。

"丁普斯教授，今晚一个小时？你知道这得花十五美元。"他草草记下日程，转向莉娅，“像今天这样再来两次，你就能付汽车贷款了。不错吧！”她将纤细的手臂缠绕在他的脖子上，紧致高耸的胸脯紧紧地压在他身上。她得微微仰头来接受他的吻。“该你了，亲爱的。免费的。”他试着去吻她；然而有什么东西制止住了他的舌头，他意识到笑容仅仅浮于表面，那开始根本不存在。

他把车停在一辆名爵跑车旁边——不是莉娅那辆。他来到家里，房间里的马提尼酒总是冰凉的。

“亲爱的，你还记得格蕾塔吧？以后她每周会来给我上两次课。这太让人兴奋了！”

“可你已经毕业了。”达林咕哝道。格蕾塔个子不高，腿也不长。她是个挺有意思的小东西。他似乎对她有那么点印象。她的手在他的手中是那样冰冷。

“格蕾塔要搬过来了，她会在春季学期教授现代艺术。我问她能不能给我上私人课，她同意了。”

“格蕾塔·法雷尔。”达林说，仍旧握着她的小手。他们离开莉娅，从开着的落地窗走出去，来到中庭，空气中散发着橘子花的浓重芬芳。

“格蕾塔觉得能和心理学家结婚一定棒透了，”莉娅的声音跟了上来，“你俩跑哪去了？”

“你为什么说这种话？”达林问格蕾塔。

“嗯，我想到您一定非常了解女人，懂得她的情绪，以及那些情绪都是怎么来的。您一定知道什么时候该做什么，以及什么时候该做别的……嗯，就是那样。”

他火热的手触碰在她的身体上，她的肌肤冰冷。莉娅任性的声音靠得更近了。他将格蕾塔拥入怀中，走进游泳池，两人沉入底部仍未分开。她没去过芭比学校。他的手熟悉着她的身体；而他的身体也熟悉了她的身体。他们做完后，格蕾塔遗憾地放开他。

“我得走了。达林博士，您是个幸运的男人。您对自己毫无怀疑，非常清楚是什么让自己产生热情。”

他躺回皮沙发，瞪着天花板。“总是那样，博士。幻想，美梦，幻觉。我知道这是因为我们依然面临调查，但即使在事情比较顺利的时候，我还是会那样无缘无故地走神。”他不再说话。

达林在椅子里动了动，手指在胳膊上轻轻敲打，眼睛盯着时钟停下的指针。他问：“在最近的压力出现之前，你是否有过如此强烈的幻想？”

“我想没有。”达林若有所思地说，试着回想。

另一边没有给他时间。他问：“当你不得不或者想要保持清醒时，你是否能摆脱这些幻想？”

“那是当然。”达林说。

他大笑着走出车门，拍了拍那辆名爵，走进了自己的家。他听到起居室里传来说话声，想起莉娅确实要在周四上绘画课。

达林回家五分钟之后，莱西博士就离开了。莱西含糊其词地说了一些关于莉娅大有前途，天分尚未被发掘的话，达林清醒地点头同意。如果她有天分，那显然尚未被发掘。他没有把这话说出口。

莉娅穿着一套女招待款式的情趣制服，午夜蓝的连体紧身衣外面飘逸着一层淡蓝色的网状罩衫，轻薄如同窗纱。达林想知道她是否意识到这几年里她胖了不少。他觉得她没有。

“噢，那个人越来越不可理喻了，”当名爵从他们家门口飙出去的时候她说，“已经两年了，他还是不想让我的作品参展。”

达林看着她，思考她有什么作品能参展。

“别把马提尼喝得没完没了，”她说，“我们 7 点得去里特家吃蛤蜊。”

他冲澡的时候电话响了，是找他的。是斯图·埃弗斯。达林接电话时身上还在滴水。

“你看晚报了没？那个女人声称工作站的条件很极端，我们的动物正在遭受不必要的折磨。”

达林轻声呻吟起来。斯图继续说：“她打算明天把她那群女支持者带过来证实她的说法。她好像是防止虐待动物协会的大人物还是什么的。”

达林不禁笑了出来。胡齐斯女士把脸贴在一扇窗户上，其他那些穿花裙子的胖女人则把脸贴在别的窗子上。没人呼吸，没人动。在大院里，亚当睡了霍滕斯，然后又走向埃斯梅拉达，走向希尔达……

“该死的，达林，这不好笑！”斯图说。

“但这确实很好笑。确实。”

里特家的蛤蜊很美味。蛤蜊，锤子，一篮子黄油，成山的沙拉，啤酒，最后是调了白兰地的咖啡。当晚结束时，达林感到愉快而满足。里特正在研究中世纪英国文学，但他体谅地没有挑起话头。他对防止虐待动物协会的破事儿深表同情。他认为科学家们没有想象力。达林表示赞成，不久之后他和莉娅就踏上了回家的路。

“真高兴你没有待太晚，”莉娅说，鸣着喇叭开过黄线，“晚上有场我特别想看的电影。”

她喋喋不休，他却没有在听，十二年的训练让他得以在适当的时候发出咕哝声。“里特真是个无趣的家伙，”他们快到家时，她说，“就好像你和今晚报纸上那个不得了的声明有什么关系似的。”

“什么声明？”

“你不会没看那篇文章吧？天啊，为什么不看看？所有人都会谈论它……”她戏剧性地叹了口气。“有可靠消息称，在可见的未来，只要拓展现有的线索，你就能培养出和普通人类一样聪明的猴子。”她笑了，声音清脆而毫无意义。

“等我们回家我会去读读那篇文章。”他说。她没有问关于声明的事，不在乎它究竟是对是错，不在乎他到底有没有做出过那样的声明。她在电视机前坐下来，而他则读了那篇文章。随后，他去游了个泳。水是温热的，凉爽的风吹拂着他的皮肤。他一离开泳池，蚊子就找上了他，让他只好坐在阳台的纱窗后面。起居室的泛蓝光线在一段时间后消失了，只剩下夜色。莉娅上床睡觉时没有跟他打招呼。他知道她悄无声息地睡了，关门时小心翼翼。这样的话，如果他在阳台上打盹儿，门锁的咔嚓声就不会打扰到他。

他知道自己为什么没有和她分开。怜悯。那是人心中会产生的最具腐蚀性的情感。她是娃娃学校的产物，学校教导她们红毯尽头就是终点，是少女梦想的实现，直到她们惊恐地意识到这里只是另一个开始。其中一部分人永远不会从这场打击当中恢复过来，比方说莉娅就从未恢复。永远不会。到了60岁的时候，她将会对未开化动物的性表现噘起嘴，不管是不是人类，她都会感到厌恶，还会帮助制定法律来禁止这种活动。很久以前，他曾期望生一个孩子会是答案，但学校对她们内部也做了改变。她们不会受孕，就算受孕也不会怀胎，就算怀胎也只会生出死婴。至于那些总算活下来的孩子，恐怕比起那些在她们的子宫里打了败仗的孩子更值得同情。

一只蝙蝠低低地掠过静静的泳池，又消失在杜鹃花的黑暗里。过不了多久月亮就会出现，黑猩猩们会不安地骚动一阵子，然后又回到无忧的睡梦中。黑猩猩们亲密地挨在一起睡觉，毫无欲念。只有夜行生物和人类才会在夜晚交合。他不知道亚当是否记得捕获它的人类。大院里的聚落是在近二十年前开始的，从那时以来，没有一只黑猩猩见过人类。当人们需要进入场地时，会在晚上给黑猩猩喂食麻醉剂，以防止它们惊醒。人们会趁机更换道具，在已被克服的障碍物上增加新的障碍物。时不时会有黑猩猩被带走进行研究，通常以解剖结束。除了亚当。亚当是世界之父。达林在黑暗中微笑起来。

亚当将他的新娘从其他野兽身边带走，知道她可爱。她是他真正的新娘，为他而造，她的智慧与他燃烧的智慧相匹配。他们一起爬上光滑的围墙，瞥见他们的花园之外的广袤世界。他们一同找到了通向世界的入口，那世界本该属于他们，于是他们将劣于他们的生灵留在身后。上帝寻找他们却未能找到，于是诅咒他们，并封住了入口，让其他生灵无法跟过去。就这样，亚当和他的新娘成了最初的男人和女人，他们诞下子孙，而后栖居整个世界。一日，亚当说，可耻啊，女人，你可看见你赤身裸体？而女人则回答，你也如此，大男孩，你也如此。于是他们用树叶遮掩他们的赤裸，在暗夜中交合，这样男人就无法看到他的女人，而女人也是同样。就这样，他们摆脱羞耻，得到净化。永远这般。阿门。哈利路亚。

达林打了个激灵。他还是睡着了，而晚风变凉了。他上了床。莉娅在睡梦中翻身离开他。他触到她身体火热。他转向他的左边，背对着她，睡着了。

“有一个潜在的 x，”第二天早餐时，达林对莉娅说，“我们不知道 x 究竟在哪里。比如它可以代表猴子可能达到的最高智能。我们对每一批新到的猴子进行测试，然后分组，$x-1$，$x-2$，$x-3$ 这样，然后我们培育更多的 $x-1$。我们还会给另外两组喂我们从原来的 $x-1$ 那儿得到的 sRNA。最终我们得到一只比原来的 $x-1$ 还要强的猴子，然后再次评级，从头再来，用它的 sRNA 让其他的猴子达到它的等级。我们持续监测，以确保劣质品种不会混进最高级的品种。我们还有对照组，有相同的训练，相同的食物，相同的分类过程，但没有 sRNA。我们对照它们的测试结果。”

当他说话时，莉娅颇有兴趣地望着他的脸。他以为他讲清楚了，直到她说：“你有没有意识到你的鬓角几乎全白了？它们一口气变白了。”

他小心地把杯子放回杯碟。他朝她笑了笑，站起身。“晚上见。”他说。

他们还有两组彼此独立的黑猩猩，开始时完全相同。两组黑猩猩这些年来都没有受到过任何训练。它们一直相互隔离，也没有接触人类。人们将已知最聪明的黑猩猩的 sRNA 喂给亚当所在的组，对照组则没有被喂食。对照组还没有学会打开结构复杂的水龙头，放出冰凉的水；它们的饮水来源是流过大院的小溪。对照组也没有学会如何得到高高挂在脆弱树枝上的果实，其实只要用伸缩棍把它们打下来就行。穹顶打开的雨天，对照组会在毫无遮掩的地方蜷缩在一起，或是躲在棕榈树的稀疏遮蔽之下。而亚当很久以前就带领它的小组建造了一座简陋却实用的小屋，每当下雨它们就会聚集在那儿。

达林停车时看到女性委员们从大院中走过。他径直走向他办公室的控制台，打开开关，操纵着按钮和拨盘，带着这群人走过一条条小路，打开一条，关闭另一条，直到将她们带至最新的大院之一。他打开门，让她们进去。他迅速关上门，看着她们疯狂地想要出去。随后他把黑猩猩放了出来，看着新人类蹂躏老女人。它们的后裔有些黑肤多毛，有些粉肤无毛，还有一些在两者之间。它们迅速成长，排着队伸长胳膊来获得它们每天的剂量，很快就站在一台即时测量它们的机器前，然后被分类。有些进入分解室，另一些则来到外面的世界。

汽车的喇叭声在他耳旁响起。他关掉点火开关，下了车，而斯图·埃弗斯正把车停在他旁边。“我看到老妖婆们都来了。”斯图说。他和达林一起走向实验室。“德里斯克尔家的小子最近怎么样？”

“不怎么样。”达林说。斯图知道他们尝试将人类的 sRNA 用在那孩子身上，但始终是失败的。对他的身体而言，这一步实在跨得太大，难以接受。“目前他完全不耐受 A-127。几乎立刻产生了排异反应。”

斯图对此感到同情，却并不表态。没有其他人对达林自己的实验有任何信心。达林想，A-127 这一步可能迈得太大了。巴西的阿特利斯蜘蛛猴太聪明了。

他在办公室给凯莉打了电话，问起前天他们测试过的新到的蜘蛛猴。血液已经处理过了，有一个可用的样品。他看了看自己的笔记，选了一个看上去有意思的工作任务，却没有完成任何一个。凯莉答应在下午 1 点之前准备好注射器。

项目相关人员再也无法怀疑以下事实：那些被注射了德里斯克尔家的男孩的 sRNA 的猿类和人类，他们的学习能力实际上已经遭到了抑制，其中有些个体显然遭到了永久性抑制。

达林不愿想象如果有一天德里斯克尔太太知道了他们在如何利用她的孩子，她会作何反应。雷坐在他办公桌的一角，蛮横地慢慢说：“也许我会亲自告诉她，达林博士。我会说，抱歉太太，您得让您家的白痴离开这儿；您在用他的污浊血液损害我们的猴子的大脑。怎么样，达林？”

“上帝啊，你这又是想干什么？”

“测试，”她说，“仅仅如此，测试而已。”

斯图叫他去观察亚当小组的最新挑战，这项挑战将在四十分钟后进行。达林忘了他也得在场。晚上，每个院子里都放入一棵倒下的树，树干落在小溪上，堵住了水流。11 点时，水龙头将被关闭，直到这一天结束。倒下的树放在了院子的另一头，靠近溪流进入院子的墙，这样一来流经小屋的细流都被切断了。没有服用 sRNA 的小组已经开始显现干渴的迹象。亚当的小组还没有意识到水流的中断。

达林见到了斯图，他们一起走到另一端，好看清整个院子的情况。女人们已经离开了。“对它们而言这个早晨太安静了，”斯图说，“亚当在巡视；它在倒下的树上蹲了将近一个小时，然后才离开，回去找它的同伴。”

他们能看到正在漫延的水潭。水潭浑浊，看上去不太像是能喝的样子。11 点 10 分，小溪失去供水的消息已经传遍了院子。有些老黑猩猩试了试水龙头，亚当也试了好几次。它用棍子抽打水龙头，然后再次尝试。然后它一屁股坐下来，盯着水龙头。有一只小黑猩猩可怜巴巴地呜咽着。小黑猩猩还不渴，只是疑惑不解，或许还被吓着了。亚当怒视着它。那只小黑猩猩蜷缩在霍滕斯身后，而霍滕斯则对亚当露出獠牙。亚当恶狠狠地向霍滕斯挥了挥手，而霍滕斯则开始为自己的后代捉跳蚤。当小黑猩猩再次对霍滕斯呜咽时，霍滕斯轻轻拍了拍它。小黑猩猩将目光从霍滕斯身上转向亚当，把食指伸进嘴里，缓缓离开了。亚当继续盯着没用的水龙头。一个小时过去了。终于，亚当站起身来，漫不经心地向干涸的溪流走去。四处都是逐渐缩小的泥水滩，在阳光下蒸腾。其他黑猩猩跟在亚当后面。它顺着溪流穿过院子，直到墙边的源头。来到池边，它再次坐下。小黑猩猩中的一只小心翼翼地绕着池子转圈，俯下身来摸了摸脏水，缩回去，然后再次俯下身，喝了起来。其他几只也喝了。亚当继续坐着。12 点 40 分，亚当又动了起来。它对着几只年轻雄性又是哼哼又是打手势，走向树干。在大量噪声和无意义的手势中，它们挪动了树干。它们使劲再次挪动树干。水被释放出来，浇在了抬着树干的黑猩猩身上。两只黑猩猩扔下树干逃跑了。亚当和另外两只继续抬着。逃跑的两只回来了。

它们还在干活儿，但达林不得不离开，好去赴他与德里斯克尔太太和桑尼的约会。他们在 1 点 10 分到达。凯莉把装有新配方的注射器留在了达林的小冰箱里。他给桑尼打针，取了他的样本，然后开始测试。有时桑尼会拿起桌子上的东西乱扔以表示配合。今天他只用十分钟就清理干净了桌面。达林把一块糖放在他手里，桑尼扔掉了糖。达林又耐心地放了另一块糖在他手里。他设法让第八块糖在桑尼紧握的手里停留了足够长的时间，好让他把手引导到桑尼的嘴边。当它消失后，桑尼张嘴想要更多。他的手无用地放在桌上。他似乎没有将手和糖果的美好味道联系起来。达林试着将第二块糖送到他嘴边，但桑尼拒绝再次抓住糖。

一个小时结束，桑尼显然很疲倦，德里斯克尔太太紧紧握住了达林的手。她的眼里噙着泪水。“你竟然让他自己吃了点东西，”她断断续续地说，“上帝保佑你，达林博士。上帝保佑你！”她吻了吻他的手，转过身去，脸颊上流淌着泪水。

当他们离开时凯莉正在等他。她收集了用来处理的新血液样本。“你听说院子里出大事了吗，亚当正在建造自己的水坝。”

达林盯着她看了一会儿。突破口？他跑回院子。这次，距离猩猩活动最近的位置是窗户。看起来全体工作人员都在那儿，静静地看着。他看到了斯图，于是挤到他身边。溪流蜿蜒曲折穿过院子，不到十英寸深，任何一处都不超过两英尺。有一处水下埋了石头；其他地方则是坚实的沙子。亚当和它的部下正在适合建造水坝的地方堆石头，离它们的小屋很近。它们正在建造的水坝有两英尺深，离墙不到五英尺，离达林和斯图所在的窗子十五英尺。当水坝完成时，亚当看了看围墙。达林感觉黑猩猩和自己四目相对，眼光停留了一会儿。后来他听说几乎每一个在场观看的人都感受到了同样的瞬间：那些智慧的黑眼睛正在望向外界，寻找其他智慧。

“……下一场雷雨。亚当和洪水……”

“……最终当成了种子而不是食物……”

“……它的大脑。脑回和任何人类一样复杂。”

达林离开他们，耳朵断断续续捕捉到对未来计划的讨论。他的桌子上有一张备忘录。雅各布森正在把防止虐待动物协会的调查报告交给他。他要在下周一早上10点和大学代表、当地的防止虐待动物协会以及有关各方的法律代表见面。他写下关于桑尼·德里斯克尔的每日报告。桑尼的良好表现持续太久了。这最后一针会不会成为压死骆驼的最后一根稻草，让他发狂？达林提醒过乔尼——那个保镖，不，男护士——这一可能性，但他知道乔尼并不认为那孩子有多么危险。他希望桑尼不要杀死乔尼，然后再向他的父母下手。如果那种极具目标导向性的冲动当真在他身上出现，他或许会强暴他的母亲。而那三个自愿接受注射桑尼血液的人呢？他坐在桌前，目光空洞，实在不愿去想他们，也因此无法将他们赶出脑海。三个罪犯。不过就是想要通过为科学做贡献而获得假释的罪犯。他突然笑了起来。他们现在没有任何计划。那三个人肯定没计划。什么计划都没有。他们只会干坐着，等待着身上出点什么事情，不去想会是什么事情，或是他们会在何时以及如何受到影响。不去想。就这样。

“但你总是可以安慰自己，你的动机很纯粹，一切都是为了科学，不是吗，达林博士？”雷嘲讽地问。

他看着她。“滚蛋吧你。”他说。

他关灯时已经很晚了。凯莉在通往正门的走廊上遇到了他。“达林博士，今天过得不太顺？”

他点点头。她的手在他的手臂上停留了一会儿。“晚安。”她说，转向她自己的办公室。他盯着门看了很久才让自己出来，开始走向他的车。这么晚他都没打电话肯定会让莉娅气疯的。或许她会到睡觉前才开口说话，届时她将会爆发出泪水与指责。他能够预想她的泪水和指责将会如何起效，与此同时他依然会确切记得凯莉身体的触感，她的话回响在他耳畔。他会对莉娅说谎，不是因为他不想被她知道，而是因为谎言才是恰当的应对。她不知道该如何去面对真相。真相会让她陷入困境，她会试图自杀，但最终失败；她会尖叫着吸引他的注意力，最终将会用浸透了泪水的绳结将他绑住，永不松开。不，他将说谎，而她将明白他在说谎，而他们会就此了事。他启动车，朝着面前漫长的十六英里进发。他好奇凯莉住在哪。好奇如果斯图知道了会怎样。如果凯莉终于变得令人讨厌，他的工作会怎样。他耸了耸肩。芭比娃娃永远不会变得令人讨厌。这不是她们的内在程序。

莉娅在门口迎接他，只穿一件透明睡袍，头发松散，没有造型。她的身体流进他的身体，让他根本不需要凯莉。当斯图和凯莉结婚时他是伴郎。他给雷打电话问："这样你满意了吗？"但她没有回答。也许这次她一去不复返了。他把车停在他漆黑的家门外，头靠在方向盘上好一会儿才下车。即使不是一去不复返，也应该是很长一段时间。他希望她能长久地离开。

（冰村　译）

异星人的异化感

特里·卡尔为王牌图书公司编辑了大获成功的“王牌特别系列”[1]（“Ace Specials”），因此他以编辑的身份为大众所熟知。他还编辑了许多其他选集，包括他的每年年度最佳科幻小说选集和年度原创科幻选集《宇宙》。但是卡尔是以作家的身份开始自己的科幻事业的，而且他也一直在时不时地创作短篇和长篇科幻小说。

卡尔生于俄勒冈州，就读于旧金山城市学院，随后进入加州大学伯克利分校。他在很小的时候就成为科幻迷，15 岁时加入了幻想文学爱好者出版物协会（一个粉丝杂志交流组织），并在 1959 年和 1973 年分别获得了雨果奖最佳粉丝杂志奖和最佳粉丝作家奖。他在 1961 年至 1962 年间做过自由作家，第一篇公开发表的短篇小说《谁与魔鬼共饮》（“Who Sups with the Devil”）发表于《奇幻与科幻杂

1. 王牌图书公司，美国的一家出版机构，现为企鹅兰登的子公司。“王牌特别系列”全称“王牌科幻特别系列”（“Ace Science Fiction Specials”），为王牌图书公司出版的科幻小说系列书籍，于 1968 年至 1990 年间一共出版了三个系列。特里·卡尔担任第一系列和第三系列的主编。其中第一系列的作品被认为是科幻史上影响力最大的系列丛书之一。

志》1962 年 5 月刊。在斯科特·梅雷迪斯文学代理公司[1]任职副主编兼经纪人两年之后，他在 1964 年至 1967 年间于王牌图书公司任职副主编，并在 1967 年至 1971 年间任主编。

在他编辑“王牌特别系列”的七年间，该丛书刊载了许多雄心勃勃的新作家的优秀作品。卡尔还在 1971 年创办了《宇宙》杂志，并和唐纳德·A. 沃尔海姆（Donald A. Wollheim）合作编辑了一部年度最佳科幻小说选集。1971 年卡尔离开王牌图书公司并成为一名自由编辑后，他继续编辑自己的年度最佳科幻小说选集，并继续编辑《宇宙》杂志，二者都在若干家出版社出版过。去世前，他又编辑了“王牌特别系列”的一个新系列，这一系列在最初两年推出了许多惊世之作，其中包括威廉·吉布森的《神经漫游者》、金·斯坦利·罗宾逊（Kim Stanley Robinson）的《蛮荒海岸》（*The Wild Shore*，1984）、卢修斯·谢泼德（Lucius Shepard）的《绿眼》（*Green Eyes*，1984）和迈克尔·斯万维克（Michael Swanwick）的《漂流》（*In The Draft*，1985）。这些小说都是上述作者们创作的第一部长篇小说，后来他们都成为科幻领域的知名作家。

1963 年，卡尔出版了第一部长篇小说《山谷的军阀》（*Warlord of Kar*，1963）。他的第二部长篇小说是与特德·怀特（Ted White）合著的《来自 2500 年的入侵》（*Invasion from 2500*），这部小说在 1964 年以诺曼·爱德华兹（Norman Edwards）的笔名出版。他更野心勃勃的一部科幻小说《盆地》（*Cirque*）于 1977 年出版。他最好的短篇小说都被收录在题为《宇宙尽头的光》（*The Light at the End of the Universe*，1976）的小说集中。

《变换者和三旅人之舞》（“The Dance of the Changer and the

1. 由美国作家经纪人斯科特·梅雷迪斯（Scott Meredith）成立的文学作品代理公司。

Three”，1968）首次发表于小说集《最遥远的距离》[1]（*The Farthest Reaches*，1968），随后在两部年度最佳科幻小说选集中重印，包括《星云奖获奖小说 · 第四卷》（*Nebula Award Stories Four*，1971）。这篇小说探讨了关于异星人的最基本的问题，即差异的问题。

许多与异星人有关的问题都已经成为科幻小说的焦点。与异星人第一次接触的主题流行了很长时间：它们是友善的还是有敌意的？第一印象是否至关重要？为了让会面顺利友好，我们该做些什么？异星人会不会想征服我们、利用我们、毁灭我们——或者人类会不会对异星人做这些事情？我们和它们之间的差异会如何影响它们看待生命、看待自身、看待宇宙的态度？我们在它们看来是什么样的？许多类似的问题都在科幻小说中有过讨论：H. G. 威尔斯的《世界大战》、罗伯特 · A. 海因莱因创作的从《傀儡主人》到《有太空服——乐意出行》（*Have Space Suit—Will Travel*，1958）的一系列作品、厄休拉 · K. 勒古恩的《黑暗的左手》以及数百位其他作家的作品，这些作品都探讨了这些不仅超越他们自身，也超越人类所知的问题。

卡尔的作品探讨了异星人最基本的异化问题。即便是对于 H. G. 威尔斯笔下和人类完全没有共同点的“巨大、冷酷、毫无同情心的智慧生物”，人们也能理解这些火星人的行为动机：它们也许来自异星，它们也许从未与人类交流，也从未试图交流过，但是它们和我们一样懂得力量、征服和用低等生物作为食物。但如果我们完全无法理解异星人怎么办？如果我们觉得我们理解了，但是突然间发现我们的理解其实一直都是错误的，又怎么办？像美国和伊朗这样联系紧密的国家都会发现自己无法理解对方的行为，即便是心理学

---

1. 美国编辑约瑟夫 · 埃尔德（Joseph Elder）编纂的短篇科幻小说选集。

家也不能解释一些人的群体行为，在不同的行星或不同的星系进化出的生物，甚至可能在使用不同种类、不同来源的能量——它们又怎么可能理解对方？它们的行为是否总是会看起来无法预料？

卡尔的短篇小说提供了一个答案。这篇小说构建出与不可交流的外星人进行交流的尝试。这篇小说的叙事方式与弗雷德里克·波尔早两年发表的《公元第一百万日》（"Day Million"，1966）有类似之处：叙述者拥有上帝视角，至少他在一开始就知道整个故事的走向，他直接与读者沟通，强调了关于经验本质的沟通有多么困难。

卡尔运用了富有异化感的写作策略和语言：故事发生在另外一个星系中，在超越“黑暗边界”之外“几百万光年”的位置；核心情节是一段“民族英雄神话”，它发生在几十亿年前，但是异星人仍然记得、仍在传唱这段故事；异星人是“能量生命体”，通过“电流舞”来交流。水不是水，天空不是天空，生物也不是我们所知的生物。用来描述异星人和异星人的生活状态的文字留下了许多问题：什么是“变换者”？什么是“生命周期”和“周期顶峰”？“本体寓所”？“电流舞”？“忠诚礼”？“生命微粒”？“生命变换”？在他们的生活环境之下，“复仇”是什么意思？故事的讲述者明显想要努力给出定义，但是这个问题很显然超出了他的能力范围，也很可能超出了人类的能力范围。文中的词汇所描述的事物和动作在我们的生活中是无法找到类似物的，要描述这些事物和动作，不可能不扭曲它们的含义，毕竟它们是——异星上的东西。

实际上，故事中的叙述者（与波尔故事中的叙述者不同，这个故事中的叙述者参与到了故事情节之中）是这么描述罗尔人的：“他们是疯子一样莫名其妙的生物，愚笨、白痴，并且毫无用处。”卡尔出色地反映出了故事和风格中不可理解的特质，这让故事获得了成功。

从故事“很久以前”的开头到其随性不羁的情节，读者都可以联想到童话故事。在童话故事中，角色们都有其性格特点——善良、邪恶、超感知、有力量——角色们并不需要去学习或争取来得到这些特点。故事中简简单单地列出巫婆、公主、眼睛和茶盘一样大的猫、可以把稻草变为黄金而且还想要吃小婴儿的矮人等角色。为何童话故事要这样，为什么孩子们喜欢童话故事，这些问题可能都有很好的心理学上的原因。但与卡尔的故事相类似的一个原因是，在儿童看来，成年人的世界似乎就是随性不羁的。

儿童和异星人的区别在于，儿童会长大成人，并往往会发现世界并不是童话故事，人们的行为可以理解甚至可以预测，人们的性格和行动并不是随性的。但是，异星人却并非如此……

（赵佳铭　译）

变换者和三旅人之舞

［美国］特里·卡尔

一切都发生于远古时代，在“黑暗边界”之外的宇宙深处，星系像发着微光的鲸群一样，默默地在漆黑的宇宙中漫游。那年代如此久远，以至当罗尔星系的光穿越几百万光年的距离终于抵达地球的时候，地球上还没有能看到这一切的人类，只有海洋中的几个浮游生物光顾着一刻不停地进行单细胞反应，根本没去注意它。

虽然年代久远，今天的罗尔人仍然记得这个故事的一切，并且在每次有新的变换者问起时还能用他们复杂、游移的电流舞将故事重演一遍。这些电流舞看上去并没有什么稀奇，甚至整个故事，如果平铺直叙地讲下来，也没什么特别的。所以把它当作是翻译过来的东西就好，比如当我说“水”这个词时，我指的并不是我们平日里所见的氢氧化合物，又或者我说“罗尔星的天空”，而罗尔星上并没有我们平日所见的天空，或者罗尔星系的生物并不像我们一样“思考”和“感知”时，也不要大惊小怪。实际上，你可以将其当作一个纯虚构的故事，因为当中确实没有多少事实——但是我了解的真相更多（也可以说知道更坏的一面），因为我知道它有多真实。这也是我为何要重回地球，把死在罗尔星上的四十二个朋友和工作伙伴扔在那里。他们没有机会回来了。

曾经有一名变换者用了三个生命周期的时间来计划一个特别的生命周期顶峰，并且最终付诸实施。我将叫他米涅罗，因为这是我能讲出的最接近他的名字中蕴含的音调、情感矩阵和相关信息的词了，他其实并不叫这个名字。

当他下定决心后，他转身从峭壁上走下来，他一直在那里眺望着罗尔海。然后赶往他的三个好朋友的本体寓所。他用电流舞对第一个朋友阿斯特利亚欢快地说："我要去自杀了！"

如他所愿，阿斯特利亚开始大笑，但只持续了一小会儿。然后他甩下米涅罗径自走了。因为这个地方近期已经有几起自杀事件了，他并不很在意。

他对第二个朋友行了个忠诚礼，毕恭毕敬地把礼节的六十个程式全部表演了一遍，并用电流舞演示道："明天我会把自己的身体浸入海中，如果有人要看的话。"

他的第二个朋友弗莱斯露出宽容的微笑，说他明天会去观看他的表演。

在第三个朋友面前，米涅罗又蹦又跳，激动地描述了他被海洋的波涛淹没后将要发生的情景。他用复杂甚至有些魔幻的舞蹈演示了这个过程，因为米涅罗花了第三个生命周期的大部分时间才在思维中构想出这段舞蹈。这支舞使用了动作、颜色以及某种类似气味的知觉，共同传达出坠落、入水、与洋流融为一体、意识逐渐模糊消失、黑暗包裹四周，还有最终苏醒并完成变换的过程。米涅罗心里逐渐产生一种浪漫的情怀，想象自己附着在罗尔最伟大英雄克洛林姆的生命微尘上重生，并再现他生前的形象。在舞蹈的结尾，他甚至想象自己至高无上，众人纷纷对他效仿——这实在是太夸张了。但他的朋友却不时对他点头称赞。

“这些就算能实现一半，我也要羡慕死你了。但到时谁也说不准。”他的朋友珀尔说。

“我猜实现不了。”米涅罗有点垂头丧气地说。他犹豫了一下才离开。我觉得珀尔应该可以被称为罗尔人中的“女性”，米涅罗本希望她能和他一起跳。但她没有任何表示，只是平静地看着他等他离开，所以他就走了。

到了约定的时候，在朋友弗莱斯的注视下，米涅罗在悬崖上跳了他作为米涅罗的最后一支舞。因为激动，他的动作显得不太协调，但在这种情况下可以理解。然后他走到悬崖边，一跃而下，在空中翻了二十多个圈，然后扎入水中。

弗莱斯赶回家，向阿斯特利亚和珀尔讲述了刚才的情景，两人不时在关键的情节爆发出大笑和掌声。看来总体还算成功。然后三个人坐下，商量如何为米涅罗复仇。

亲爱的读者，我知道我讲的故事看起来很蠢。可能这是因为我是用人类的语言讲述罗尔人的所作所为，谈及他们那样的外星生物，用人类语言是个错误。实际上，罗尔人是近乎纯能量组成的生物，他们的意识在每个生命周期内都附着在一个空间里的“生命微尘”上，他们的能量阵（我用一个专门的滤波器看到过）看上去就像是一个螺旋星云或聚集在磁铁周围的铁屑，或者像一朵半融化的雪花。（这可能就是米涅罗那天看上去的样子，因为自杀者和老年人都拥有这种阵式。）这些阵式不断改变，但每个个体的阵式是相对固定的。

罗尔星是一个气态行星，它的轨道离主星非常近，以至于它的一年只有地球上的三十七天那么长。（相当于在太阳系中一个比金星靠内得多的位置。）罗尔星有一个固态内核，表面有很多岛屿一样的突起，但其表面大部分都处于熔态或气态，夹杂着旋涡和气泡，气流和风暴在上方呼啸。这对人类来说不是一个引人入胜的地方，但确实有一个特点让它引起了统一中心的注意：它是个矿产宝藏。

你想过在一个大多数金属由于受热和/或受压而处于液态的星球上采矿吗？很多人对此并不知晓，因为这并不符合我们的常识，但在罗尔星上确实是这样的，并且非常非常有趣。因为我们的分析显示那里存在一些元素，在此之前，这些元素只是停留在电脑计算出来的理论中——例如，一些元素以前被公认为只存在于恒星内部，诸如此类。如果能获取一些这种东西……嗯，你知道我的意思。在那里采矿的可能性的确引起了人们很大的兴趣。

当然，要去那里进行一次装备齐全的探险，需要耗费半个地球系统的财富。但是统一中心思考了二点八秒，就给出了一份罗尔星探险的完全指南。然后我们就动身了。

我在那里待了一整个标准年（距现在是五年以前的事），在一个罗尔星的“岛”上焊出的人造地球的山里坐着，思考着我到底在干什么。我不是采矿工程师，也不是物理学家或者计算机技术人员，事实上我从事的职业都不需要任何技术培训。我是一个公关人士，我想不出我为什么要到这个鬼地方来。这里看起来就像一个被上帝遗弃的地方，荒凉死寂、令人难以想象。这就是罗尔星。

但是确实有一个原因，就是因为这里有罗尔人。他们都生活（应该说，“生活”）在这里，并且他们是智慧生物，所以我们要和他们谈判。

所以我就来了。

在接下来的几年里，我们一边谈判，一边建立起了合作，我充当中间人，了解到了非常多的关于他们的知识。这些知识足够我把变换者和他的三个朋友的电流舞翻译成人话，尽管翻得很不像样。他们的舞相当于我们的经典民族英雄神话（或者说可能相当于，如果他们的文明中真的有什么和我们文明对等的东西的话)。

继续:

弗莱斯赞成在三人中订立合约，根据合约，三人将轮流按照米涅罗的方式完成自杀，并且故意不向彼此致敬。“这样我们就能消灭这种自杀方式了。”弗莱斯用激动的电流在空中示意。

但是珀尔想得更实际一些。“这样我们只能消灭这一次自杀行动。这样很没想象力，很程式化，米涅罗不应该被这么对待。”她纠正道。

阿斯特利亚看上去犹豫不决：他到处乱跳，全身发出火花，消失，然后换了一种颜色出现在几英尺之外。另外两人一直等着他的回答。最终他安静下来，静静地站在空中，然后稳稳地落地。他缓慢而仔细地打着手势说：“我不确定他是否值得我们以一种全新的方式为他复仇。这也不是什么新型自杀方式。并且谁来给我们复仇呢？”他身上迸出一个火花。“谁来给我们复仇呢？”他重复道，这次比上次明显多了一些动作。

“也许，”珀尔慢慢地说，“我们不需要复仇——如果我们自己的行动够厉害的话。”

另外两人随便挥舞的动作停下了，也在思考着。弗莱斯的光芒由蓝转绿，再转为亮红色，最后转为黯淡的黄色；阿斯特利亚发出紫外线脉冲。

“每个人的死都被复仇过，”弗莱斯说，“你的建议没有意义。”

“但是假如我们做一些足够厉害的事呢？”珀尔说。现在她开始发热，将另外不情不愿的两人拉到她身边。“这是一件从前没有任何人以任何形式做过的事，一件没有人能够为之复仇的事，因为它本身即是积极的——并不是死亡交换，不是毁灭、消失或者遗忘，甚至不是什么大事。这是一件积极的事。”

阿斯特利亚的紫外线光芒越来越暗，直到他看上去就像是空中的一个黑洞。“太危险了，太危险了，太危险了。”他低吼着，急速前后移动。“你知道的，不能提出这样的要求，我们要为此付出我们所有的生命周期作为代价。因为在世界上，一件积极的事……”他随即遁形于黑暗中，好久没再出现。再度出现时，他一声不响，脉冲发着虽然微弱但正逐渐变强的光。

珀尔一直等待着，等到他的颜色和声音显示他的意识已经恢复，然后以一种轻柔的波动动作将两人带回平静、理性的对话中来。“我已经想了六个生命周期了，”她舞着，“我一定是对的——还没有人用如此长的时间去解决一个问题。一件积极的事不一定是危险的，不管第三和第四周期的理论怎么说，它都会是有益的。”她停下来，在空中呈现出橘色。“这会是一次全新的行动。”她迅速旋转着。“啊，全新的！”

最终，他们同意执行她的计划。大致是这样：在罗尔海最远处，风暴常年咆哮，熔化的金属在空中被吹成飞沫，人沾上就会失明。在风暴当中有一座小岛，岛上有一个罗尔人都避之不及的力场旋涡，那里藏着终极死亡变换。那个世代流传的最古老的电流舞说，旋涡一直在那里，罗尔人就在那里诞生，或者从那里逃脱，或者因为违反了那里的法律而被驱逐出来。不管真相如何，旋涡都是侵吞能量的东西，任何漫游到它的引力范围中的生物，不管是罗尔人还是别的东西，都会被它吸引然后被吞噬。（因为罗尔星的所有生物都是基于能量的，即使是无意识的、漫游的食兽——一种外表千篇一律的暗黑色生物，没有内部系统活动，没有气味和声音，并且毫无自主意志。它们在罗尔星生物谱系上存在的意义几乎就只是作为食物；虽然星球大部分地方都有不计其数的食兽飘浮在空中，罗尔人也几乎注意不到它们。他们只有在饿的时候才会吃它，其他时候都对它视而不见。）

“所以你希望我们摧毁旋涡？”弗莱斯说，焦躁地跳来跳去。

“不是摧毁，”珀尔平静地说，“这是生命变换，不是摧毁。”

“生命变换？”阿斯特利亚前后摇摆着小声说。

然后她又重复了一遍：“是，生命变换。”因为旋涡曾经孕育出了罗尔人的上古者，或者说为他们的诞生创造了条件。这些许多个生命周期之前的生物分分合合，彼此反应改变无数次，最终形成了今天的罗尔人。既然旋涡中曾经发生过这样的过程，也可以再发生一次。

“但是怎么做呢？”弗莱斯尽可能用理性、精确的动作舞出这个问题，同时发出稳定的绿色光芒。

“我们需要帮助。”珀尔说。她接着解释说，罗尔星上有一种名叫风鸟的生物，它智力几乎为零，但是记忆力绝佳，她从它那里听说，目前仍然有一个上古者处在第一个生命周期中，他的本体寓所就在旋涡附近的某处。在种族的古老时代，自杀还被认为是一种周期变换的极端形式，在当时，这个上古者就以一种消极自杀的形式完成了变换——将生命周期冻结。这样当他的朋友们进入一个又一个周期，变换、生长和学习，成为不同周期中拥有共同记忆的不同人的时候，他的意识和形态却永远周而复始地重复下去，作为最后一个上古者保持不变。他只看见开始，只记得开始，也只理解开始。

由于这个原因，他一直是罗尔人变换过程中最悲剧的一个。（风鸟曾经听过这个故事的八种版本，它把每一个版本都逐字逐句向珀尔讲了一遍。在那次变换以后，有成百上千个罗尔人尝试为这个上古者复仇，但都没有成功。）并且，这个过程只发生了一次，之后再也没有过，因此这个上古者就成了唯一的一个。因此，珀尔解释说，他对他们的任务非常重要。

阿斯特利亚动作忽大忽小，光芒忽明忽暗，以表现他的疑惑。他问："但是他是怎么住得离旋涡那么近还不被旋涡吞噬的？"

"这是我们最重要的问题。"珀尔说。在完成了必要的礼节和仪式后，三人踏上了寻找上古者的旅程。

变换者和三个旅人的电流舞通常需要很长时间，流光溢彩，光芒四射，夹杂着几丝有点别扭的黑云，他们蹦跳，俯冲，眨眼，来回晃动，表现珀尔、弗莱斯和阿斯特利亚漂洋过海寻找古熔岩海洋的旅程。我曾见过这支舞无数次，每次都让我更深地理解了它对罗尔人的意义，让我为之疯狂。乌云低垂，迸发出漫无目的、死气沉沉的能量，乌云下方，海浪波涛汹涌，旋涡就像电子围着一个看不见的原子核一样做着杂乱无章的运动，互相追逐着漫过三人头顶，似乎要随时将他们吞没。被遗弃在故乡崎岖岛屿上的变换者们发出一阵阵低沉哀伤的悲鸣，新近完成变换的则发出咯咯的笑声。三个旅人的颜色也在变化：阿斯特利亚的光呈现出炽热的红，弗莱斯发出幽幽的绿，珀尔发出坚定的金光。我能看见、听见他们的一切，但只感到一阵徒然、异样的美，而不是罗尔人拥有的那种崇高、激动、敬畏的感情。

当三人感知到来自旋涡附近的空气的振动和回旋时，他们停止了飞行，以一系列交替的动作停驻在黑暗、汹涌的波涛之上，只用短暂的闪光交流信息。他们需要紧紧地维持能量阵，使之不受旋涡的强吸力影响，因此不得不采用这种方式。

"在这附近吗？"阿斯特利亚迅速地闪着绿光。

"应该离旋涡挺近的。"珀尔闪着红光和紫光。

"确定吗？"弗莱斯问，但是珀尔和阿斯特利亚没有回答。

海浪轰鸣拍打，风暴在上空回旋。旋涡不断吸引拉扯着他们。

突然他们感到自己的动作序列发生了改变，不再受自己控制。好一会儿，三个人都在害怕这是旋涡的引力在作怪。他们互相靠得更紧了，动作也加快了，织成的能量阵也更密集了，但是没用。他们被迫与彼此分开，三人同时被拽向旋涡的方向。

这时他们感觉到上古者就在他们当中。

他加入到了他们的动作中，这使他们感到阵列被改变并且打散了——是为了给新来者腾地方。上古者咆哮着，闪烁着，带着他们穿过惊涛骇浪抵达大海远处。风暴中，他发出温暖的光芒。他们一边跟着他——或者说被他拖着，一边好奇地端详他。

上古者看起来和他们一点都不像，似乎……并不完全是以能量的形式存在。他有一半是物质。他以奇异苍老的端庄姿态拖着自己的躯体，由于他的中心已经凝固，他身形的轮廓看上去十分僵硬，他就是这样勉强拖着自己前进的。他看起来就像一片融化得不成形了的雪花，沾满了煤灰，只残存着凄惨的暗影。至少到目前为止，上古者未发一言。

直到他将三人安全带到他荒凉的本体寓所（海边兀立的一块不大的孤岩），他才开始说话。在狭小宁静的空间里，能听到海浪不停地涌来又退去，尽管旋涡的力量已经静止，还是能感到砂石在不停地战栗。他疲惫地说："你们终于来了。"他一边说，一边缓慢地前后移动，发着暗淡的红光。

三人不知说什么好。珀尔大着胆子小心地说了一句："您是在等我们吗？"上古者震颤了一下，发出更明亮的红光，一次，两次。他停了一下，又接着说："我没有等——没有什么值得等的。"他又发出更明亮的红光，"值得等的只有未来。但是，你们知道，这世界上没有未来。"

"是对他来说没有了。"珀尔轻声对她的同伴们说。弗莱斯和阿斯特利亚摇晃地跌坐在上古者寓所的地板上，前后晃动着身体。

上古者也一同坐下，坐下后一动不动。珀尔从其他人头顶上飘过去，她能保持动作，但是只能勉强维持蓝绿色的光。她对上古者说："但您知道我们会来的。"

"会来？什么叫会来？是啊，你们确实来了。你们已经来了、正在来。对我来说，就只有今天。随着他人一个一个从我身边消逝，我将成为上古者。我永远不会改变，我的世界也是。"

"但是其他人已经从您身边消逝了，"弗莱斯说，"我们是您之后好多个生命周期后才诞生的人，这中间过去的时代，连风鸟都数不过来。"

上古者似乎努力将身体坐得直了一些，小心地在身体周围形成了一股能量流。他一边发出红光，一边颤声低吟道："在我之后，再无别人守在这块孤岩上。你们是穿越了时间来到这里的，我也是。所以今后你们只要在这里，就会从过去到将来一直在这里。"

阿斯特利亚突然迸发出黄色的光芒，手舞足蹈地蹿到空中。他一次又一次冲向上古者宁静小屋的边缘上，弗莱斯在一旁瞪着眼看着，珀尔则迅速移动过去让他镇定下来。每次他都会被反弹回来，然后再一次将自己甩过去，试图冲进风暴里。他闪着无比耀眼的光芒，空气中充满奇怪的声波，直到最后珀尔拉住他，弗莱斯茫然地瞪着他，他才颓然坐在地上。"这，这是个陷阱，"他说，"这就是旋涡。我们应该早点知道！现在我们再也出不去了！"

上古者并没去看阿斯特利亚的表演。他慢慢地说："旋涡吸收不了我，是因为我已经脱离了时间而存在。这也是我知道旋涡本质的原因，因为我能记得自己就是出生在那里的。"

珀尔离开阿斯特利亚走向上古者。她悬浮在他头顶上，发着蓝色光波在思考。她问："能不能告诉我们您是怎么出生的？生命和新事物是怎么创造出来的？”她停顿了一秒，又问道，“还有，旋涡到底是什么东西？”

上古者微微前倾，看上去有点疲惫。他变成了最暗的深红色，三人能清晰地看出他的能量场中的每个物质原子，粗陋而且坚硬。他说：“你们问了这么多，就只为了知道这一个问题的答案。”然后他将答案告诉了他们。

——我无法告诉你们答案，因为我不知道。如今没人知道，包括现今的罗尔人，他们就是经过了百亿亿个生命周期后的三旅者。因为罗尔人从一个生命周期进入下一个生命周期后，确实就和从前不同了……变成不同的“人”了。在变换了很多次之后，记忆就逐渐没了意义。（曾经有一个罗尔人舞动着电流向我说：“你也可以试试！”看上去一点都不像在开玩笑。）

今天，就连这三个旅人自己，都已经离开原来的自己百亿亿个生命周期那么远，但他们仍然是“自己”。他们经常会来看“变换者和三个旅人之舞”，尽管这就是讲的他们自己，他们也还是会兴奋、感动，仿佛讲的是一个从未有人听说过、更别说经历过的故事。但是即使哪个舞者的哪个动作、颜色或声音出现了最微小的偏差，他们也会立刻纠正。（没错，很多时候就连米涅罗那个传奇变换者自己，也就是这一切的始作俑者，也会来看这些舞，尽管他经常看了他被改编后的自杀之舞后就走了。）

区分一个罗尔人与其他罗尔人有时是件特别困难的事。统一中心有非常高超的精密技术，并且给我提供了各种各样的滤波器、频率模拟器、模式信号器、特殊的重力电感器，以及一个迷你型电脑——在这个罗尔星球表面粘制起来的地球小岛上，它占了差不多一半空间，不过它在两秒钟之内完成的思考比我五十年都多。借着这些东西，我在罗尔星的四年里得以“认识”了罗尔人中的几个，但即使在最后一天，我也不能确定眼前这个跟我“说话”的到底是谁。我把滤波器和小电脑连在一起，经过一连串的十七八个测试才能精准判断。但是罗尔人比较缺乏耐心，常常是还没等我搞定，他们就跳着闪着跑开了，消失在周围阴森森的蒸汽里（他们把那叫“空气”）。所以我在做研究、谈判，或者就是闲聊的时候，通常就只找那些愿意对我的反重力映射“眼”表示关注的罗尔人。实际上我发现，对方是谁其实并不很重要——反正都是一样的不可理喻。至少在我看来，他们是疯子一样莫名其妙的生物，愚笨、白痴，并且毫无用处。

如果这样说显得我太刻薄的话，那是因为我本意就是要刻薄。我这儿有四十二个被谋杀者的故事，我可以刻薄地讲上三天三夜。但是暂且回到这个最伟大可敬的族群的故事上。

当上古者回答了他们想知道的一切后，那三个人欢呼雀跃，在空气里上下翻舞，闪光。珀尔也和其他人一样。这比他们想要知道的多多了，他们获得了他们要完成的任务和他们遇到的困难的整套解决方案。有了这些，他们就有了创造力，并且能战胜消极“变换”顶峰中可能遇到的最糟糕的情况。

一段时间之后，他们回过神来，想起他们的礼仪。

“我们以米涅罗之名致谢，我们此行就是为他复仇。”弗莱斯凝重地说。他用充满敬意的深蓝螺旋光打着信号。

“我们也要以自己之名向您致谢。”阿斯特利亚说。

“我们以无名之人、无名之物之名，向您致以最崇高的敬意！”珀尔说，“因为这是所能想到的最伟大的谢意了。”

但是上古者只是坐在那，发出暗红色的脉冲光，三人不得其解。最终上古者开口道：“接受敬意就要接受责任，只在今天，我无法接受你们的谢意，因为不会再有新的变换了。我现在已经不再活在时间里，实际上，也不再拥有生命。所有这些我告诉你们的，都有人跟你们说过很多次，并且今后还会再有。”

然而，三人仍然一丝不苟、尽心尽力地履行着他们的感恩仪式，展示着他们的颜色，声音，舞蹈，输出着他们自己的能量……珀尔说：“为了一个早已过去的行为或者是无意识的条件反射表达谢意都是可以的，我们以最高的形式将它奉献给您。”

上古者闪着暗红色脉冲光，没有回答。过了一会儿，三人径自离开了。

带着从上古者那里得来的知识，他们没有任何障碍地穿过了边界守护岩，也就是上古者的本体寓所。只过了片刻，他们又回到了空无一人、风暴肆虐的旋涡附近。他们保持着最紧的队形在空中伫立了好久，任凭风暴和旋涡的力量将他们推拉得站立不稳、晕头转向。然后，他们突然解散了队形，故意投身进旋涡中，旋即消失不见。

在旋涡里，他们似乎对物体运动和时间都失去了知觉。这是一场没有知觉和思想的变换，一场自我变为非我、存在变为虚无的变换。他们只知道自己进入了旋涡里，只知道他们突然进入黑暗，周围全是无边无际的虚空。他们想都不用想，就知道即使大喊大叫，也不会有任何回声，火花和火焰也不会产生任何影子。因为这里就是生命的起源，完全的空无。如果要用什么来填这个空无的话，那就是他们三个。

所以他们动用了上古者告诉他们的秘密，也就是最早的生命偶然发现的、现在只有上古者记得的秘密。由于在进入旋涡之前就做好了思想准备，他们自动地就扮演起了各自的角色——无我，无知无觉，几乎是全然随机地运动，甚至就像无生命的能量一样。精确无误地做完这一切后，在万事俱备的那一瞬间，创造便拉开了序幕。

被创造出来的是一头食兽。在虚空中，它在他们面前逐渐成形，逐渐生长，发着了无生气的光，直到完全成形。它在虚空中飘荡着，须臾便像遇到爆炸一样从旋涡中被甩了出来，离开那里的虚无、黑暗和寂静，等着它的则是外面风暴的怒吼和冲击。三人也跟着这个他们自己造出的原始生物一起，从旋涡里被吐了出来。

在风暴中，三人自动开启了最高速的阵列，疯狂地互相绕着旋转，避免被肆虐的暴风吹走。然后他们又一次感到旋涡在背后的强大吸力，似乎在叫嚣着要再将他们吞噬回去。现在他们知道如果他们不能抵制旋涡的话，它就会永远把他们吞进深渊，从此不见天日。但是他们感到精疲力尽了。他们在旋涡中失去了过多自我，超出了他们的预期。他们只剩下最后一点力气，但仍得抵挡风暴和旋涡的双重夹击，必须放弃之前紧密的队形才能走出这个地方，回到平静安全的世界之中。

现在只剩下一个恢复体力走出去的办法。

他们一声令下似的向那头无意识的食兽扑上去，吃掉了它。

这并不是变换者和三个旅人的故事的结尾——后面还有一些情节：三个旅人回归后被授予何种荣誉，米涅罗借助一只垂死的风鸟的生命周期顶峰完成变换、重新降临世间，他对此又作何反应，三人组又如何从荣耀之中抽身而出，几乎没有停歇地进入下一轮变换——但我自己并不太怎么在意这些情节。我总是纠结于刚才的那个情节，那个极为冲突的关于他们如何毁掉自己亲手创造的东西的情节，关于他们来去都是两手空空的情节。这甚至都算不上讽刺，但对于罗尔人来说却是这支舞的感情高峰。实际上，这也是这支舞存在的全部意义。当他们告诉我这些事情的时候，他们闪烁的光比平日任何时候都要强烈。如果不是因为吃掉了那只食兽的话，那他们的丰功伟绩一定会载入史册，传诵千古，让新的变换者听了忍俊不禁，然后——在两个生命周期内被彻底忘掉。

这就是我要打交道的对象，保护他们的权利也是我的义务。对这一整个星球的东西来说，我就是来自异星的大使，听他们绷着脸一本正经地告诉我“二加二等于橘红色”。没错，这就是为什么我又回到了地球——也是为什么这场历险的幸存者也回到了地球。

就算您可以读到我存在统一中心的十五卷微型磁带（您不会听到，统一中心往往把失败的经历加密起来），那里面也不会讲比这支舞的故事更多的事。事实上它讲得可能还简略很多，因为除了大量关于罗尔星的硬数据以及我能从电脑里调出来的各种理论，并没有太多关于舞的内容。只有通过那些体现他们态度的数据，而不是他们的智商指数和心理资料，才能真正了解我们在罗尔星上从事的事业。

在罗尔星上待了四个标准年以后，我们与罗尔人建立了联系，交换过礼物，表达了对彼此的善意并交流了各自的情况，建造了整套采矿系统并且毫无阻碍地运行了三年——然后，浩劫来了。有天，一片暗紫色的光从天边蔓延开来，随着它逐渐靠近，我们看清那是一支罗尔人大军，他们各自的颜色和光波融汇在一起，形成了那一大片紫色。我当时在山里，没有和外面正在采矿的机器触角在一起，所以我目睹了这一切并且活了下来。

他们就像蝗虫一样涌上来，首先遭到袭击的是车辆和疏浚船只。那些金属制品变得红热，接着变得白亮，然后融化，汽化成天上翻涌的云。在云团的内部还保留着十七个人的人体物质元素——他们现在也已全部化为蒸汽。

我按响警铃让大家都回来，但只回来了几个人。其余的都在隧道里被罗尔人绞杀殆尽，化为青烟。然后自动锁关闭，矿山封锁。我们六个人坐在那里，从屏幕上看着罗尔人在外面来回奔跑着，清理着战场上他们没有注意到的角落。

我派出三只“映射眼”，但它们也迅速汽化了。

然后我等着他们撞击山体……五六个人在电脑室抱成一团，心惊胆战，大汗淋漓，谁都不敢说话。

但是他们没有来。他们紧紧地围成一个螺旋，围着山转了三圈，最后俯冲行了个礼，然后一飞冲天再也看不见了。只有几个落在了后面。

过了一会儿我又放出第四只“映射眼”。其中一个罗尔人过来，像萤火虫一样围着它扑腾了一阵，发出像光谱一样丰富的光，然后盘旋在我们面前等着跟我们说话。这个人是珀尔——但不是我们了解的、喜欢的那个百亿亿个生命周期之前的珀尔，不过她仍然保留着很多那个珀尔的影子。

我发出一阵光和动作，大意是：“你们究竟为什么这么做？”

珀尔发出一阵持续几秒钟的淡黄色光，然后给了我一个无法破译的答案。如果能破译的话，也只有“因为”两字。

然后我又换种问法问了一遍这个问题，她也换了一种方法给了我同样的答案。我又问了第三遍，第四遍，她也一样。她似乎很享受变着法舞蹈，可能她觉得我们只是在和她玩闹。

嗯……我们已经发出了无奈的信号，剩下能做的就是等待救援船，并且祈祷在船来之前，他们不会再次攻击我们，因为我们没有任何能力反击。我们是采矿者，不是军事派遣队。但老天才知道军队能对能量物质有什么办法。等候的时候，我一直在派出“映射眼”，跟罗尔人一个接一个交谈。船用了三周时间到达，跟我交谈过的罗尔人一定不下一百个。汇总一下，他们告诉我的版本是这样的：

他们毁掉矿业有着无法言说的原因。他们没有疯。他们不希望我们走。是的，他们欢迎我们从罗尔星海洋深处开采矿藏。

最重要的是：他们不肯告诉我是不是还会把袭击重演一遍。

我们回到地球，向统一中心做了报告。我们汇报了所有能想到的内容，包括罗尔星上发现的新元素的价值——大约是地球系统上全部元素价值的六倍。我们请示了统一中心是否应该回去。

统一中心已经叮当作响咔嗒咔嗒了十个月，但还没有给出答案。

（姜澄　译）

迂回手法的优点

西奥多·斯特金在 1976 年的一场演讲中提到，除了小詹姆斯·提普奇（James Tiptree，Jr.）之外，几乎所有近期出现的顶尖科幻作家都是女性。就在不久之后，爱丽丝·谢尔登（Alice Sheldon）宣布她就是提普奇本人。

使用笔名这一点体现了 20 世纪三四十年代的特征，那个时候，希望创作科幻小说的女性使用首字母缩写，比如 C. L. 穆尔，或者使用中性化的笔名，如利·布雷克特（Leigh Brackett）。那时，人们认为创作科幻小说是男性才能从事的活动。

但是这种推断可能是不准确的。提普奇在 20 世纪 60 年代晚期开始写作，那个时候女性作家不仅人数众多，而且还正如斯特金所说，正在引领科幻小说领域。提普奇使用笔名的理由是她希望将作家和作品区分开，虽然有很多作家和编辑们都和提普奇通信，但直到她自己宣布的那一天，没有人看穿她在使用笔名。

爱丽丝·谢尔登生于芝加哥，是一位探险家兼博物学家与一位悬疑小说家兼游记作家的女儿。在童年时代，她就和父母远赴非洲、印度和苏门答腊游历。她参过军，在美国中央情报局工作过，还在商业领域做过尝试。她曾是一名实验心理学家，并于 1967 年在乔治·华盛顿大学获得了心理学博士学位。与此同时，她也开始创作科幻小说。

提普奇早期的小说相对来说过于平铺直叙，但是逐渐变得复杂和具有争议性。她于 1968 年 3 月在《类比》杂志发表了第一篇短篇小说《推销员的诞生》（“Birth of a Salesman”）。在一年多之后，她的作品就获得了多个奖项的提名，首先是《艾恩博士最后的旅程》（“The Last Flight of Dr. Ain”，1969），接着是《随后我醒来，发现自己在冷山之上》（“And I Awoke and Found Me on the Cold Hill's Side”，1972）。《爱是计划，计划是死亡》（“Love is the Plan, the Plan is Death”）获得 1973 年的星云奖，《插上电源的女孩》（“The Girl Who Was Plugged In”）获得 1974 年的雨果奖；《休斯敦、休斯敦，能听到吗？》（“Houston, Houston, Do You Read?”）获得 1976 年的雨果奖和星云奖；以拉卡娜·谢尔登（Raccoona Sheldon）为笔名发表的《螺旋蝇方案》（“The Screwfly Solution”）获得 1977 年的星云奖。她还写了两部长篇小说，《在世界的围墙之上》（*Up The Walls of the World*）获得了 1979 年雨果奖的提名，《光明从天而降》（*Brightness Falls from the Air*）出版于 1985 年。

她的短篇小说被结集收录于《离家一万光年远》（1973）、《温暖的世界及其他》（1975）、《老首领的星星之歌》（1978）、《在世界之外及其他不同寻常的幻想》（1981）、《字节之美》（1986）、《星之冠》（1988）和《她的烟雾永远升腾：小詹姆斯·提普奇的辉煌岁月》（1990）之中。她还出版了两部系列短篇小说集：《星空裂谷》（*The Starry Rift*，1986）和《金塔纳罗奥故事集》（*Tales of the Quintana Roo*，1986）。她的作品中，两个主题开始渐渐凸显：第一个主题是异星人、他们的繁衍和抚养的方式，在她的长篇小说和《爱是计划，计划是死亡》中，这个主题得到了丰富的展现；第二个主题是男性和女性之间的关系，这个主题在《男人看不见的女人》（“The Women Men Don’t See”，1973）、《休斯敦、休斯敦，能听到吗？》、《你们的脸！哦我的姐妹！你们的脸充满光芒！》（“Your Faces, O My Sisters! Your Faces Filled of Light!”，1976）和《螺旋蝇方案》中体现出来。

《艾恩博士最后的旅程》发表于1969年3月刊的《银河》杂志，并在全面修订后再次发表于《作者选择佳作集·第四卷》（*Author’s Choice 4*，1974）。这篇小说并不涉及提普奇笔下的主要主题，而是一个涉及生态学和大灾难的故事。小说通过一层暗喻来表达主题，这层暗喻的意义一直到故事结尾才揭晓。故事中的生态危机是通过初看上去似乎随意自然的细节描写来体现的，而危机也并不仅仅是表面看上去那样。

小说的行文类似悬疑小说：为什么科学家要去莫斯科，还是在他看上去已经得了流感的时候？为什么他要绕路，而不是直接坐飞机过去？那个和他一起的生了病的女人是谁，又为什么没有人看得到她？又是谁一直在调查他的行程？故事叙述中似乎随意地提及了一些场面，这些场面同样带来了更多问题：为什么艾恩博士一直在用咽喉喷雾？他又为什么坚持要喂鸟？

从第六段开始，回答这些问题的线索就开始出现在文章中。在与格拉斯哥的教授会面时，文中出现了更多线索，艾恩博士在莫斯科科学会议上的演讲以迂回的方式回答了大部分问题，虽然一些读者可能到这里还没有明白（甚至可能读到结尾也没明白）。当然，故事进行到这里已经快要结束了，这篇小说以惊人的短小篇幅暗含了如此多的内容。更何况，这篇小说可以被非常简要地概括。

在叙述故事时，即便是一篇很短的故事，迂回的手法也是必须的吗？或者说是恰当的吗？这种关于文字风格的问题，其回答一定要取决于读者个人：在读过故事之后，读者是感到满足，感到困惑还是感到失望？尽管如此，文学理论仍然能够阐明文章主题是否匹配文章的叙述方式。在《艾恩博士最后的旅程》中，故事是由关键事件发生之后的许多片段拼接而成，悬疑和推理看上去很合适。此外，艾恩博士的言辞是很典型的模糊用词，而且在他最后陷入癫狂时，他说了更多的胡话。

提普奇曾经写道，她创作《艾恩博士最后的旅程》的手法是"从末尾开始，最好在一个阴暗的日子里，从地下五千英尺深的地方开始，之后什么都不要告诉读者。"

最后，读者在读完后对艾恩博士行为中显露的智慧进行揣摩：他是因为自己的疾病而走向疯狂，还是在寻找一个灾难性难题的解决方案？解决方案虽然也是灾难性的，但不得不做。读者可以从提普奇为主角起的名字中猜测答案——查尔斯·艾恩，简称 C. Ain[1]。提普奇似乎很倾向于灾难性的解决方式。1987 年，爱丽丝·谢尔登健康状况恶化，她射杀了自己患有阿尔茨海默病的丈夫，随后自杀。

（赵佳铭　译）

1. 查尔斯·艾恩（Charles Ain），简称为 C. Ain，Cain 是《圣经》中记载的人物该隐，《圣经》故事中，该隐因为嫉妒自己的弟弟亚伯而杀了亚伯，Cain 这个词后来成为恶人和凶手的代名词。

艾恩博士最后的旅程

［美国］小詹姆斯·提普奇

在奥马哈飞往芝加哥的航班上，艾恩医生被人认了出来。一位来自帕萨迪纳的生物学家同人从厕所里出来，看到艾恩坐在靠过道的座位上。五年前，这个人曾对艾恩获得巨额拨款感到非常嫉妒。这次，他只是冷冷地点点头，但艾恩热情地回应了他，这让他有些吃惊。他差点儿就要回头和艾恩说话了，但又觉得很累，便放弃了。和大部分人一样，他也正在对抗流感。

那个在飞机着陆之后分发雨衣的空姐也记得艾恩：一名不起眼的男子，又高又瘦，一头铁锈色的头发。他站在队伍里面盯着她，但他已经拿到了雨衣，空姐便认为这表明他已经拥有了某种古怪的通行证，挥手让他过去了。

她看见艾恩踉踉跄跄地走进了机场的烟雾中，显然是孤身一人。尽管有着硕大的民防标志，但奥黑尔机场迟迟没有地下通道。没有人注意到那名女子。

那名受伤垂死的女子。

在飞往纽约的途中，没有人认出艾恩，但是一架于 2 点 40 分起飞的喷气机的乘客名单上却有一个“艾姆”，人们认为这是谁把“艾恩”拼错了。事实确实如此。飞机盘旋了一个小时，而艾恩看着烟雾弥漫的海岸线呆板地倾斜，拉平，然后再次倾斜。

那名女子现在变得更虚弱了。她咳嗽着，有气无力地抓挠着被长发半掩着的脸上的痂。艾恩看到，她的头发，曾经那么美丽浓密的长发，如今却变得干枯而稀疏了起来。他望着大海，希望自己能想象出一片冰冷、干净的浪花。地平线上，他看见一片巨大的黑毯——某处，一艘油轮打开了它的烟道。那名女子又咳嗽了一声。艾恩闭上了眼睛。烟雾笼住了飞机。

接下来，在办理前往格拉斯哥的英国海外航空公司[1]航班的登机手续时，他又被注意到了。肯尼迪地下机场[2]里人山人海，在9月这种炎热的下午，空调设备简直无异于杯水车薪。热得汗流浃背的人们摇摇晃晃地站在登机队伍里，茫然地盯着新闻。“**拯救最后的翠谷**”——一个环保组织正在抗议亚马孙平原出现的脱叶和水流失现象。有几个人在回忆那些新型清洁炸弹漂亮的彩色照片。队伍挤在一起，让一群身着制服的人通过，他们佩戴的徽章上面写着：“**谁怕？**”

这时，一名女子注意到了艾恩。他拿着一张报纸，她听到报纸在他手里沙沙作响。她们一家没患流感，所以她仔细看了看他。果然，他的额头正在冒汗。她把孩子们带到了一边，离艾恩远远的。

她记得，他当时在用速效咽喉喷雾。她不怎么用速效咽喉喷雾，她的家人用“清喉灵”。就在她正往那边看的时候，艾恩突然转过头来，盯着她的脸，雾化药剂还在往下飘。真是太以自我为中心了！她转过身去。她不记得他有和哪个女人说过话，但在工作人员说出艾恩的目的地的时候，她竖起了耳朵。莫斯科！

那名工作人员也不情不愿地回忆了起来。艾恩是独自一人来办

1. 即现在的英国航空。
2. 肯尼迪机场是美国纽约市的主要机场。小说中这座机场位于地下。

理登机的，他报告说。并没有那么一名拿着飞往莫斯科的机票的女子，但是她要是分段买票也不难。（他们相信，那时候她已经和艾恩在一起了。）

艾恩的航班经过冰岛，在凯夫拉维克机场耽搁了一个小时。艾恩走到了机场公园里，满怀感激地呼吸着弥漫着海洋气息的空气。每吸几口，他就会颤抖一下。在推土机的轰鸣声中，他能听到海洋的巨爪在陆地的键盘上舞动。小公园里有一片泛黄的桦树林和一群在小径旁觅食的麦翁鸟。下个月，它们就会飞到北非了，艾恩想。拍动小小的翅膀越过这两千英里的距离。他从口袋里的一个小包中拿出了一些面包屑扔给了它们。

在这里，那名女子显得健康了一些。她在海风中大口喘着气，大大的眼睛始终盯着艾恩。她的头顶上方的白桦是金黄色的，就和他第一次遇见她的那个地方一样，就是在那一天，他重获新生……当时，他正蹲在树桩下观察一只鼩鼱，这时一道绿色的波浪落了下来，他吃惊地发现那是一位裸体少女，有着白里透红的皮肤，粉色的乳头，正从金黄色的欧洲蕨丛中朝他走来！年轻的艾恩屏住呼吸，把鼻子埋在可爱的苔藓里，心怦怦乱跳。然后，他痴痴地看着她那一头从窄窄的背上披落的长发，看着头发在她心形的臀边翩翩起舞，鼩鼱从他动弹不得的手上跑过。湖面一片寂静，在雾蒙蒙的天空下微微泛着银光，只要像麝鼠那般在水面上轻微一触，她便让浮在湖面上的金色树叶摇曳。那名裸体少女走进了树林，她身后的树叶火炬一般地燃烧了起来，映在艾恩闪亮的眼睛里，一切重归寂静。一时间，他相信自己看到了一位俄瑞阿得斯仙女[1]。

艾恩是前往格拉斯哥的航班上最后一名登机的乘客。空姐模模

1. 希腊神话中掌管山脉和岩洞的仙女。

糊糊地回忆起他似乎有些不安。她没有看到那名女子。机上有很多妇女和婴儿。她手上的乘客名单上也有几处错误。

在格拉斯哥机场，一名服务员记得有一个很像艾恩的人点了苏格兰燕麦粥，还吃了两碗，当然那并不是真正的燕麦粥。一名推着婴儿车的年轻母亲曾看见他向小鸟扔面包屑。

在英国海外航空公司的服务台前办理登机手续的时候，一位来自格拉斯哥的教授朝他打了个招呼，他也要去莫斯科参加同一场会议。这个人曾经是艾恩的老师。（现在大家都知道，艾恩在欧洲完成了研究生学业。）在跨越北海的旅程中，他们一路上都在聊天。

“我很好奇，”教授后来说，“你为什么要去绕那么一大圈？我问他。他告诉我直达航班已经订满了。”（但事实并非如此：艾恩没有选择直飞莫斯科显然是为了避免引人注意。）

谈起艾恩的工作，这位教授来了兴致。

“才华横溢？噢，没错。还很固执，非常非常固执。这就好像一个概念——请注意，往往是那种简单得不得了的关系——就会让他停下脚步，令他神魂颠倒。他会去彻底探寻一番，而不是像那些更听话的人那样，去寻找下一个目标。说实话，一开始我都怀疑他是不是有点憨。但是你记不记得，曾有人说过，只有才智出众的人才有能力去质疑常识？而且没错，这种说法也得到了证实，因为他在酶转换方面的工作震惊了我们所有人。真可惜你们的政府没让他继续搞下去。不，他对此没表示有什么意见，我得实话实说，年轻人。实际上，我们聊的主要是我的工作。他还在关注这方面的东西，我觉得很惊讶。他问我对这些工作有什么看法，我又吃了一惊。要知道，我已经有五年没有见过他了，但是他看起来……嗯，也许他只是累了，但谁又不这么觉得呢？我相信他很高兴能有所改变，不管我们抵达哪里，他都会下飞机伸伸腿。在奥斯陆，甚至在波恩。

哦，没错，他确实喂过鸟，但对艾恩来说这不新鲜。你问我认识他的时候他的社交生活情况？他变得激进的原因？年轻人，看在介绍你来的那个人的面子上，我才对你说这些的，但我想你得知道，你不应该把查尔斯·艾恩往坏处想，或者是觉得他会去干什么坏事。晚安。”

教授谈及艾恩的生活时完全没有提到那个女人。

他也不可能提到。尽管艾恩在大学时期和她关系密切，他没有让任何人看到自己对她的痴迷，他痴迷于她的奇迹，痴迷于她丰腴的身体，痴迷于她的千变万化。他一有空，他们就会见面；有时，他们在公共场合，在他朋友的眼皮底下，假装是不经意遇见的陌生人，以一本正经的表情向对方指点悦人的景象。随后，在私下里——那是多么炽烈的爱情啊！他纵情于她，占有着她，让她袒露一切。他的梦境总有她那甜蜜的泉水和阴影之地，总有月光下她那丰满纯洁、散发光辉的身姿，他总能寻找到更多新颖的乐趣。

在鸟儿的啁啾声中，在草地上小野兔的跳跃声中，她虚弱的体质并没有显露出来。在阴郁的日子里，她可能会咳嗽一声，但他也会如此……那些年里，他没有想过要立即去研究这种疾病。

在莫斯科的会议上，几乎所有人多多少少都注意到了艾恩，从他的学术地位来看，这也并不出人意料。这是一次高水准的小型会议。艾恩迟到了，他抵达的时候，一天的报告已经结束，他的报告被安排在第三天，也就是最后一天。

许多人都和艾恩交流过，有几个人吃饭的时候与他坐在了一起。他很少开口，这也并不令人感到意外，因为除了参与一些令人难忘的激烈争论外，他都更愿意独处。他的确给他的一些朋友留下了疲惫和不安的印象。

一名来自印度的分子工程师看到他在用咽喉喷雾，便开玩笑说是他带来了亚洲流感。一名瑞典同人回忆说，午饭的时候，艾恩被叫去接一通横跨大西洋的电话；回来之后，艾恩主动告诉他，他自家的实验室里有东西不见了。还有一次，在讲笑话的时候，艾恩兴高采烈地说："噢，是的，真挺有意思的。"

就在这时，一位生物学家开始指责艾恩在制造生物武器。艾恩来了个先发制人，说："你说得对极了。"大家都心照不宣地很少谈论军事应用、工业污染之类的话题。没有人记得看到过艾恩和哪名女子在一起——维亚齐夫人例外。那位老夫人坐在轮椅上，恐怕很难扭曲谁的思想。

就算对艾恩来说，他的那次报告也做得很糟糕。他一直都很不擅长在人前讲话，但是通常都能以他一流的头脑清晰地阐明自己的想法。这一次他似乎有点糊涂，没有讲出什么新东西。他的听众辩解说是安全原因让他变得吞吞吐吐的。随后，艾恩似乎想要说明某件事情出了严重的错误，却在讲到进化过程时陷入了混乱。他最后提到了哈德森笔下的铃鸟"为之后的种族歌唱"[1]，几名听众开始怀疑他是不是喝醉了。

严重威胁人类安全的话题出现在报告的结尾处。他突然开始描述他对白血病病毒进行变异和重新设计的方法。他用四句话极其清晰地解释了整个过程，顿了一下，接着又对变异病毒的威力进行了简要描述。这种突变株对高等灵长类动物带来的影响最为严重。低等哺乳动物和其他目生物的康复率接近90%。至于传播媒介，他继续说，所有热血动物都可以成为宿主。此外，这一病毒在大多数环境介质中均能保持活性，在空气中生存能力很强，而且传染率极高。艾恩几乎是漫不经心地补充了一句，没有任何参加实验的灵长类动

1. W. H. 哈德森在他的小说《翠谷香魂》中写道，报信鸟会在人类灭绝之后将信息传达给之后主导地球的种族。

物或意外暴露于病毒中的人类活过了二十二天。

这些话让会场陷入了一片寂静，接着寂静又被埃及代表跑向门口的脚步声打破了。一名美国人紧随其后狂奔而去，带翻了一把镀金椅子。

艾恩似乎没有意识到，他的听众正处于一种麻木的状态中，他们根本不敢相信自己的耳朵。一切都来得太突然了：一名一直在擤鼻涕的男子瞪大眼睛盯着他的手帕。另一个在点烟斗的人嘟哝着烧到了自己的手指。在门口聊天的两个人根本没注意他都说了什么，他们的笑声在一片死寂中响起，应和着艾恩的话："……真的没必要再去做什么了。"

后来，人们发现他一直在解释，病毒利用了人体自身的免疫机制，所以显然，人们对这种病毒毫无办法。

就是这样了。艾恩茫然地环顾四周，想看看是否有人要提问，然后沿着过道走了下去。走到门口的时候，人们都拥到了他身后。他转过身来，生气地说："是的，这当然是错的。我告诉过你们的。咱们都错了。现在一切都结束了。"

一个小时之后，人们发现他预订了一架飞往卡拉奇的新航班机，已经离开了。

安全人员在香港追上了他。那时他似乎真的病得很厉害了。他平静地跟着他们走了，途经夏威夷返回美国。

逮捕他的都是些讲礼貌的人，看到他很和善，他们就也没找他什么麻烦。他身上没有武器或毒品。他们让他戴上手铐在大阪散步，让他喂鸟吃面包屑，他们饶有兴趣地听他讲述矶鹬的迁徙路线。他的声音很沙哑。那个时候，他只是因为安全问题才被通缉的。根本不存在什么女人的问题。

在前往夏威夷群岛的路上，他大部分时间都在打瞌睡，但是在海岛进入视野之后，他便紧贴着窗户，开始喃喃自语。他身后的安全人员这时才开始发觉那个女人存在的迹象，于是他打开了录音机。

“……蓝色，蓝色和绿色，直到你看到伤口。哦，我的姑娘，哦，美人，你不会死的。我不会让你死的。我跟你说，姑娘，一切都结束了……用你那美丽的大眼睛看看我吧，让我看到你还活着！伟大的女王啊，我的心肝，我的姑娘，我是不是拯救了你呢？……哦，知道这些真可怕，也真荣幸，卡俄斯[1]的孩子身着绿袍站在蓝色和金色的光芒下……一颗被抛出的生命之球独自在太空中旋转……我有没有拯救你呢？”

在最后一段航程中，他显然是在发烧。

“要知道，她可能骗了我，”他悄悄对政府官员说，“当然，你必须为此做好准备。我了解她！”他轻声笑了起来，“她可不是什么小东西。但能伤透你的心……”经过旧金山上空的时候，他心情很愉快。“你知道吗？海獭会回去的。我非常确定。这里的填土不会维持太久，海湾会再次出现的。”

在汉密尔顿空军基地，他被抬上了担架，起飞后不久，他就失去了知觉。在倒下之前，他坚持要把最后一粒鸟食扔到地上。

“要知道，鸟是热血动物。”艾恩对正把他送上担架的特工说。然后他温柔地笑了笑，便再也不动了。在生命的最后十天里，他几乎一直处于这种状态。当然，那时候，已经没有人真正来关心他了。那两名政府官员在分析完鸟食和咽喉喷雾之后，很快就死了。肯尼迪机场的那名妇女也开始感到不舒服。

他们放在他床边的录音机一直在工作，但是如果有人在旁边回放录音的话，他们会发现录音机里除了胡言乱语之外什么也没

1. 卡俄斯是希腊神话中宇宙诞生之前的虚空。传说中大地女神盖亚（即地球）就是从卡俄斯中诞生的，古希腊诗人赫西俄德便将其看作是卡俄斯的孩子。

有。“伟大荣耀的盖亚女王啊，”他低声吟唱，“盖亚姑娘，我的女王……”他时而浮夸做作，时而痛苦万分。“我们的生存就是你的死亡！”他喊道，“我们的死亡也是你的死亡，没必要这样的，没必要的。”

其余时间里，他愤愤不平。“你都对恐龙做了什么？”他质问道，“它们惹你生气了吗？你是怎么解决它们的？冷酷啊。女王，你太冷酷了！这次你也要成功了，我的姑娘。”他咆哮道。接着，他哭了起来，抚摸着被子，伤感万分。

直到最后，他口干舌燥地躺在污秽中，被锁在已经被遗忘的某个地方，他的声音突然连贯了起来。他以一个正在计划夏日野餐的情人那愉快的口吻，高兴地问录音机：

“你考虑过熊的问题吗？它们那么……奇怪的是，它们再也没有继续发展下去。你有没有拯救它们呢，姑娘？”然后他用他遭受严重损伤的嗓子咯咯地笑了一声，没多久就死了。

（繁星　译）

激进的感性

新浪潮科幻小说打破了坎贝尔以降的科幻小说创作传统，不仅从创作题材和技法层面，更多地从一种对于人类、人类族群在宇宙中的地位和人类的政治格局的激进态度上。这种态度的形成是针对一系列政治事件的反应，比如苏联崛起成一个拥核超级大国和太空探索的急先锋，苏军对匈牙利暴乱的镇压，（埃及总统）纳赛尔将苏伊士运河收归国有，美国卷入越南战争，美国本土的民权运动以及全世界范围内的学潮。罗伯特·西尔弗伯格在一篇为加德纳·多佐瓦（Gardner Dozois）编辑的故事集所作的序言之中，对这种激进态度的转变进行了阐释："60 年代这种激进的感性源自一种警醒——美国 20 世纪的现代化生活，即使以较浅显的洞察力，也可以发现它没有电视、郊区居民、大众媒体和官方视角的宣传那么甜美。"多佐瓦生于马萨诸塞州撒冷镇，现居费城。1960 年代，他就开始创作，第一篇作品《空心人》（"The Empty Man"）发表在《如果》[1]

1. 全称《如果的世界科幻小说》（*Worlds of If Science Fiction*），存续时间为 1952 年至 1974 年。1966 年的时任编辑为弗雷德里克·波尔，他鼓励出版新人作品。除多佐瓦外，这一时期的《如果》还发表了拉里·尼文、吉恩·沃尔夫等作家的短篇处女作。

（*If*）杂志的 1966 年 9 月刊上。在那之后他作为随军记者在德国纽伦堡服役三年。1969 年退伍后他重拾写作。他以非凡的勇气和信心，全职投入写作，这意味着几年内他都没有稳定的收入，只能做一些零工，比如为数家科幻杂志和出版商进行校对工作。他也编辑了几本小说选集，1976 年他正式接管了杜登出版社（后改为圣马丁出版社）的《最佳科幻故事年选》（*The Best Science Fiction Stories of the Year*）编辑工作。多佐瓦编辑的小说选和年选（只在 1990 年代有竞争者出现）被视为科幻这个文类的编年史权威。1984 年，他成为《艾萨克·阿西莫夫科幻杂志》的编辑，并经常获得雨果奖最佳编辑奖。他继续挑选《艾萨克·阿西莫夫科幻杂志》和其他同类期刊中的优秀作品，编辑各种分类选集，偶尔与其他人合作，如与杰克·丹恩（Jack Dann）共同主编。

多佐瓦创作速度很慢，目前为止只发表了二十多部短篇小说，两部长篇小说，其中一部是与乔治·亚力克·艾芬格（George Alec Effinger）合著的《蓝色梦魇》（*Nightmare Blue*，1975），另一部是《陌生人》（*Strangers*，1978）。他的短篇小说不仅刊登在传统的科幻杂志和科幻故事选集，尤其是《新维度》《宇宙》《轨道》等之中，也曾发表于《花花公子》、《阁楼》和《万象》。多佐瓦的短篇小说经常被各大奖项提名，其中包括星云奖提名六次，雨果奖提名四次，木星奖提名两次。1977 年他出版了自己的个人短篇小说集《可见之人》（*The Visible Man*）。

《科幻小说百科全书》（*The Science Fiction Encyclopedia*）将多佐瓦描述为“美国新浪潮晚期的标志性人物”，但多佐瓦本人对于新浪潮文学的创作姿态和创作目标都颇不认同。1973 年在华盛顿举办的科幻大会上，多佐瓦谈及 60 年代后期的实验文学时说：“新浪潮之所以糟糕，在于他们所构建的故事与主流的先锋文学季刊和小杂志上随处可见的故事毫无分别……所谓的新浪潮作家中最极端的一批人已经彻底抛弃了在故事中的理性部分，这相当于背叛了科幻这种文学类别最为宝贵的一部分遗产，这也令他们的作品价值不高。”

另一方面，多佐瓦也指出：“老一派作家总纠缠于在老题材上进行重复创作，年复一年没有改变。轻车熟路地搬弄老套的情节，拾人牙慧地描写毫无新意的角色和老掉牙的概念……他们笔下的银河系枯燥无味，甚至还没现在的地球有趣。阅读这种故事毫无惊喜，仿佛探索精神已经不存在了。他们背叛的是幻想，是非理性，那同样是科幻这种文学类别最为宝贵的一部分遗产。同样的，他们的作品也没什么价值可言。”

多佐瓦呼吁一种综合，小说“应当具有梦想和非理性的内在能量，但要努力根据已知的、传统的理性将其进行分析”。

《至暗之地》（“Where No Sun Shines”）最初发表于1970年的《轨道》第六卷上，是针对这种综合的创作观念的一次实践：整个故事似乎同时既晦涩难懂又清晰直接。标题显然出自迪伦·托马斯（Dylan Thomas）《而死亡也不得统治万物》中的诗句“光芒划过至暗之地”，但作者并未提到过标题出处，且整个故事调性与迪伦·托马斯诗歌传达的情绪也是南辕北辙。

之所以说故事晦涩难懂，是因为整个情境都没有任何交代。读者必须在主人公鲁宾逊的动作和回忆里拼凑究竟发生了什么。能获取到相关信息的部分都以陈述的方式呈现，仿佛这些文字是写给在故事的世界中生活了若干年的人。

而说到这篇小说的清晰直接，则是因为所有发生的事件都得到了细致入微地详尽描述，从一个警察啐口水把靴子擦干净，到一个警官试着用一只手翻开旅行管理签证粘连在一起的纸张时那种别扭感。实际上，在情境描述和角色行为的具体动机缺失的状态下，作者用丰富的事件细节，以及对这些细节栩栩如生的描述填充了整个故事。语言富有动作感，如在眼前，且带着非常强烈的情绪。在最开始的几句话中，读者就能读到“煤黑色覆盖的荒漠”“崩溃”“精疲力尽”“破败”“紧闭”“惊恐”“窥探”这些词汇。明喻暗喻结合的手法，拓展了描述的内涵，将平面的文字三维立体化：“皱烂报纸和肮脏的包装纸被海风卷着”，“一大群衣衫褴褛的难民像潮水一般迎面涌来”，“泛着肮脏的油污的大海如同一块巨大的灰黑色斗篷”。

故事的主题本身，是一场近未来发生的终极种族之战，故事似乎故意采取了中立态度：“区域机动队”的所作所为极端残暴，令人不齿，但显然类似的残暴和杀戮，纵火与抢劫，都有相应的谎言在幕后将其正当化。科幻小说作者并非先知，亦不关注自己所创作的景观在未来是否精确无误，但设定在近未来的小说，必定要从故事中设定的冲突与现实世界的关联之间汲取能量。多佐瓦写道：“我创作这篇故事时，是 1968 年末。那时我认为种族之战不仅很可能爆发，甚至会是不可避免的。之后……似乎这篇小说（之中对未来的设想）已经过时了。如今……我已经无法确定这篇小说过时的程度究竟如何。”

（高小山　译）

至暗之地

［美国］加德纳·多佐瓦

鲁宾逊已经连续开了接近两个整天的车，横穿宾夕法尼亚，沿途经过了新泽西那些煤黑色覆盖的荒漠。他的车和他本人都已到了崩溃的边缘。精疲力尽之时，他在一个海边的破败镇子里停了下来。放眼望去，小镇由预制板搭的破烂房子构成，好像随时都会塌掉。紧闭的百叶窗和预制板缝隙后面，一些苍白的脸和惊恐的眼神，若隐若现地窥探着外来者。他独自走在空旷的小街上，皱烂报纸和肮脏的包装纸被海风卷着，在他身边打着旋儿。最终，在镇子边缘，他找到了能歇脚的地方——一间废弃的加油站。他锁上车门，摇上车玻璃。看着月光慢慢地照亮了窗外锈蚀的油泵和自己手扶的方向盘，渐渐沉入梦境。在梦里，一群鲨鱼长出了腿，他正在逃离鲨鱼的利齿时猛地惊醒，脑袋狠狠磕在了车顶上。车里闷热异常，衣服已经被汗湿透。外面，巨大的黑暗静谧无声。

苍白的黎明中，一大群衣衫褴褛的难民像潮水一般迎面涌来，像一股涌进镇子的潮水。他坐在车里，看着人群从身边走过。一整天，他沿着海岸线行驶。泛着肮脏的油污的大海如同一块巨大的灰黑色斗篷，侵蚀着一个又一个萧条的小镇，静静地观望着路牌上的油漆剥落，商铺的围栏渐渐腐朽。

直到深夜，他才终于开始相信，周围的一切是真实的。让自己的身体同理性一道，接受这残酷的现实，如同往胃里吞了一个刀片。第二条公路路况不好，多处变得狭窄难行。鲁宾逊不得不减速，绕路。汽车的马达发出不情愿的嘶吼。直到前方出现笔直路段，他一脚踩下油门，感受着加速时机械不情愿的共振。不知道这破玩意儿还能硬撑着行驶多久？他麻木地想着，油箱里还剩多少油？还有多少英里？筋疲力尽的感觉再次慢慢爬上他的身体。疲倦的大锤敲打着脑袋，让躯体的感觉与现实慢慢地脱节。

前方车道被一个巨大残骸阻断。他换了车道，绕行过去。路过费城，高速路突然大塞车。漫无目的的车辆塞在一起，鸣笛不止。好在他熟悉附近的公路网，成功地绕过了拥堵路段。现在这一段路面上几乎没有其他车辆。理智尚存的人们已经回到地面上。

他全速从一个事故现场旁边驶过。一辆轻型卡车歪在路边，起火燃烧。正好压在白色的分道线上。要不是能隐隐地看到苍白的脸颊和手，说那是一堆破布也不为过。柏油路上可以看到斑斑血迹。鲁宾逊向左打了方向盘，绕过了男人的身体，之后慢慢打正方向。绕过他之后，鲁宾逊回到原来的车道，再次加速。燃烧的卡车和倒地的男人飞快地后移，只在后视镜里留下了一秒的影像。被他的尾灯晃了一下，之后迅速被黑暗吞没。

又开了几英里，鲁宾逊又开始犯困了。连续的困意袭来，他不停地点头，眨眼，试图驱散困意。他骂骂咧咧地努力睁大双眼，摇下车玻璃。狂风呼啸地穿过车厢，空气潮湿滞重，带着煤烟和化学制品的味道。工业废料这种噩梦般的味道，让整个新泽西州窒息。

本能地，鲁宾逊拧开了收音机，摸着旋钮调节着频段。试图从不可见的世界里，找个声音陪伴自己。白噪声让他烦躁不已。几乎所有费城和匹兹堡的电台都不再广播了。它们在的地方，一定受到了重创。最终，一个位于芝加哥的电台打破了噪声，里面报道了电台附近刚刚爆发的武装冲突。一段时间，电台播音员报道着所谓的“抵抗力量”，但显然，“抵抗力量”没什么良好的公共形象，马上就被改口称为“暴徒”和“无政府动乱分子”。

过了一阵，收音机里传出一个信号清晰的波士顿电台，似乎在播放什么官方声明，但过了一会儿便被无信号的白噪声覆盖。慢慢地，费城电台再次浮出噪声的海洋，报道着刚刚发生的严重冲突。那些小型的本地电台都消失了。电视台估计也都完蛋了，但他反正也不怎么怀念电视台。回忆一下，他已经几个月没看电视了。即使在哈里斯堡的那些太平日子，大灾难还没降临的时候，电视和收音机里就再没有任何新闻或新的电视节目，只是一直循环往复地播放喜剧录像和 1920 年代老掉牙的音乐会（穿着燕尾服的舞者们站在三角钢琴上欢快地扭动肢体，在演播室苍白的光线里，好像两个精神错乱的酗酒者。尖细的音乐声和预录笑声充满了房间，好像一群机械鸟在叽叽喳喳。窗外，不时传来枪声）。

终于，他播到了一个古典乐电台，信号稳定清晰。莫扎特和约翰·施特劳斯交替登场。

在德沃夏克和海顿的几首作品，以及《蓝色多瑙河》之间，他继续在无意识状态下机械地开着车。沉浸在音乐中，轮胎轧过沥青路时细碎的摩擦声让他疲惫不堪的脑子越来越迟钝。

一颗微弱的红色星星在地平线上闪现。

刚开始，鲁宾逊并未在意那个光点。但一眨眼的工夫，光点慢慢扩张。他知道自己看到了什么，胃里猛然一阵下坠感。

他惊恐而紧张地轻声咒骂着，机械发出不情愿的嘶鸣，车子歪歪斜斜地减速。他踩下刹车，试图减速。这时，耀眼的聚光灯从刚刚的红色光点下方打开，将黑夜照得如同白昼，把他晃得睁不开眼。他骂了句脏话，胃里翻江倒海，双腿因为恐惧而僵直。

鲁宾逊关了引擎，让车溜了一段距离，自动停下。聚光灯一直追着他，白光准确地打在车子的侧玻璃上。他被侧面照来的强光晃得止不住地眨眼。眼睛因为泪水涌出，视线变得模糊。聚光灯突然展开成一个大卫星形状，散发出炫目的白光。鲁宾逊胆怯地低下头，试图让双目能重新聚焦，不敢把手举起来。一声机械的叹息，车子终于停下。

他一动不动地坐定，双手牢牢地放在方向盘上，伴随着引擎冷却的噪声，身边机械发出咔嗒咔嗒的声音。车门被关上的声音，喇叭里传来莫名其妙的命令，一阵听不清的答复。鲁宾逊悄悄斜视，试图看清聚光灯照亮的圆形里面发生的状况。伴随着鞋子踩在沥青路上发出的声音，影子在强光里靠近车窗，逐渐变成窗外一个模糊的人形轮廓，好像一个粗糙的"人"的符号一般。人形的手里抓着一些闪光的东西，光线调皮地在手中跳跃、扭曲，仿佛随时要逃走。强光下，鲁宾逊的视力几乎丧失。他只能静静坐在光里，不停眨眼。

窗外的人形嘟囔着什么，转了半个身，轮廓的形状不断变化，扭曲。"好的。"一声粗野的回答。随着一声机械的响动，聚光灯亮度骤减了四分之三，变成了一个黯淡的橙色光点。外面的世界瞬间失去细节，变成了刚刚强光照射后，蓝白相间的视觉残留。外面那个人形轮廓变成了一个中年警督，矮矮胖胖，胡子拉碴，不修边幅。他端着一把外形耀武扬威的霰弹枪，灯光在黑亮的枪筒上闪过，在那钢铁的外表上泛起涟漪。枪口随随便便地指着鲁宾逊的喉咙。

鲁宾逊在不扭动脖子的前提下，悄悄地观察了一下周围，红色的光点其实是警用巡逻机器人头顶的指示灯。一个年轻的警察（典型的菜鸟，警靴擦得锃光瓦亮，反射着木头颜色的探照灯）站在聚光灯照亮的地方，正好卡在挡风玻璃和帽檐中间。他试图使自己看起来特别冷酷，特别不近人情，手一直笨拙而刻意地摩挲着左轮手枪。

道路的另一侧有状况发生。鲁宾逊抬起眼睛悄悄观看，紧张地咬住嘴唇。一辆沾满泥浆的“区域机动队”吉普车冲上了草绿色堤坝，里面坐着三个人。他看过去的时候，乘客位上的高个子男人对司机说了点什么，然后甩着腿从堤坝上跑了下来，鞋跟带起了一路尘土。司机把手伸进野战夹克里取暖，胳膊肘抵在方向盘上，眼睛疲倦地微微合着。第三个人，一个浑身脏兮兮的下士，坐在吉普车后面，把一架 .50 口径的机枪指向鲁宾逊的车。枪口旁边，下士的脸对着鲁宾逊微笑着。他的手则不耐烦地摩挲着扳机。

高个子男人缓慢地走出路肩的阴影，从那个紧张的菜鸟旁边走过，看都没看他一眼。他走进了探照灯的亮光里。从鲁宾逊的车旁边经过时，他从一个高挑的身影，慢慢变成了一个“区域机动队”中尉。全天候冲锋夹克，帽子背在后面。肩膀上，褐色的肩章上有斑驳的磨损。红色的大写字母写着“**区域机动队**”。中尉的一条胳膊上挂着一把微型冲锋枪。

警督回头看了一眼，中尉走到了引擎盖旁边。霰弹枪的枪口仍然没有从鲁宾逊的胸前挪开。“一切正常。”他说道。中尉嘟囔着从警督身后经过，走到了驾驶座的车窗旁边。他盯着鲁宾逊看了一秒钟，面无表情，紧接着把那把微型冲锋枪从胳膊上摘了下来，在右臂的臂弯上端好。他的另一只手缓慢地伸出，轻轻在车窗上敲打了一下。

鲁宾逊摇下了车窗。中尉凝视着他，苍白眼球上的蓝色瞳仁，像是两扇通往虚无的窗子。鲁宾逊瞟了一眼微型冲锋枪狭窄的枪口，又把视线移回了中尉紧紧抿住的薄嘴唇，嘴唇上一点血色都没有。

鲁宾逊觉得自己胃里一阵翻腾，腿和胳膊上浓密的汗毛都竖了起来，扎进了衣裤里。“出示你的证件。”中尉说。发音清楚，言简意赅。慢慢地，慢慢地，鲁宾逊把手移动到皱巴巴的运动夹克里，小心翼翼地掏出了身份证和旅行管理签证，递给了中尉。中尉拿着证件，后退一步，一只手拿着它们查看，另一只手端着微型冲锋枪指着鲁宾逊。这杆小型自动武器紧闭的枪口悬在几英寸之外，轻微地摇晃，在鲁宾逊的胸口上画着一个半径四分之一英寸的圆。

鲁宾逊用干燥的舌头润了润嘴唇，试着咽了口口水，竟然失败了。他的目光扫过中尉冷若冰霜的眼神，警督疲倦而紧蹙的眉头，那个神经质的菜鸟好斗的狂热目光，吉普车司机漠不关心的眼神，最后停在了 .50 口径机枪上方，头巾缝隙里下士的眼睛。所有眼睛都盯着他，他就是整个宇宙的中心。探照灯不停地闪烁，将杂乱的阴影投进路边的树林中。这些影子刚伸出去就迅速缩回，像溜溜球一样反复。北方的地平线上，闷烧的红色光射入云层，闪烁着又暗淡下来。那是陷入大火的纽瓦克市。

中尉来回走动，不耐烦地试图用另一只手给旅行签证翻页，其中两页粘在了一起。他嘟囔着，抬起一只穿着皮靴的脚踩在鲁宾逊的发动机盖上，把微型冲锋枪架在膝盖上，试着用牙齿咬住旅行管理签证上那黏糊糊的一页翻过去。鲁宾逊一下子逮到远处的菜鸟盯着中尉的作战靴，露出一副拘谨但又不屑的诡异表情。他一下子笑出声来，竟忘了正指着自己的机枪。他赶紧把笑意咽回了肚子里，即使只是在喉咙深处发笑，在这样的环境里也显得尖厉刺耳。这狂乱又歇斯底里的笑意充满了他的身体，仿佛身体里被塞满了干枯卷曲的落叶。中尉把脚放了下来，站直身子。靴子底和发动机盖发出了尖厉刺耳的摩擦声，在机盖侧面留下一段泥泞肮脏的痕迹。你个臭婊子养的，鲁宾逊突然怒火中烧，在心里骂道。

夜莺的悲鸣从树林里传来，一股阴冷的风突然吹起，卷起砂石打在车身上，带着灰烬和工业废墟的味道，发出空洞的金属回响。风吹乱了旅行签证的纸页，吹乱了中尉冲锋夹克兜帽上的动物皮毛，徒然地吹着他头上乱糟糟的短发。中尉一副审慎的态度，继续研究手里的证件，用拇指压紧了被风吹起的纸张。你个臭婊子养的，鲁宾逊怒从心头起，恐惧与愤怒同时扼住咽喉。你个虐待狂，狗杂种。漫长的沉默开始变得像巨石一般沉重。探照灯的红光忽明忽灭，中尉的脸在红光中时隐时现。他的双眼在闪光中变成两潭血水，之后血水又被抽干，脸颊在黑暗中塌陷成尸脸，继而又在亮光中鼓胀回原样。他机械地翻着证件，脸上没有任何表情。

突然，啪的一声，旅行管理签证被中尉合上。

鲁宾逊吓得抽搐了一下。中尉盯着他看了几秒钟，让他心惊胆战，之后将签证递了回来。鲁宾逊轻轻接过，努力克制着一把抢过来的冲动。“为什么出门旅行？”中尉问，声音平静。笨拙又牵强的一堆理由挤出了他的嘴巴：出差——航班取消——必须赶回去——老婆——中尉默默地听着，然后转过身，对身后的菜鸟打了个手势。

菜鸟利索地跑来，飞快地检查后座、后备箱。鲁宾逊听到身后传来他的呼吸和窸窸窣窣的翻动，随着他的动作，车身轻轻地摇晃着。鲁宾逊直视前方，不发一语。中尉还是沉默着，两只手漫不经心地端着自动武器。老警督似乎有些烦躁不安。“没有东西，长官！”菜鸟大声汇报，钻出车子。中尉点点头，菜鸟听话地回到了警备车上。“看来没问题，长官。”警督说着，不耐烦地把重心从一条站酸了的腿换到了另一条上。他有些疲态，灰色的脑袋一侧，网状的青色静脉显露在上面。中尉稍作考虑，有点儿不情愿地点点头。“好的……”他慢吞吞地开始说，之后逐渐语速越来越快，整个人变得活跃起来，挤出来了一个紧绷的、虚伪的微笑，“当然，一切正常，先生。你可以走了。”

身后的地平线上，两盏车前灯远远地跳了出来。

中尉脸上的笑容骤然消失。“现在，先生，”他说，“你老实待在这儿别动，不许做任何事。中士，看好他！”他转身向巡逻车大步走去。远处的车前灯跳动着变得越来越大。鲁宾逊听到中尉含糊不清地命令了一句，聚光灯的光芒一闪，突然增强到了最大亮度。但这一次，聚光灯没对准他。他看着光柱刺入黑夜，光柱强烈得仿佛固体，一旦捕获到目标，就会把它像飞蛾一样钉死。

驶来的是一辆大众迷你巴士。在强光的照射下，它镀上了一层不真实的纹理，像一张锐化过度的照片。

迷你巴士减速，慢慢停靠在鲁宾逊对面的路肩旁。他看到前排座位上的两个人，眯着眼睛用手挡着射来的光柱。中尉晃晃悠悠地走了过去，在几英尺外检查了一下，然后挥挥手。聚光灯降到了四分之一亮度。

在漫射的橙色光芒中，鲁宾逊正好能看到车里的乘客：一个穿着黑色高领毛衣的高个子男人，一个北欧血统、金发垂到肩膀、穿着橙色衬衫的女人。中尉绕到了驾驶员旁边，敲了敲窗子。鲁宾逊能看到中尉嘴部的运动，嘴巴几乎不张，动作灵巧而精确。司机位的瘦男人麻木地把证件递了过去。中尉开始检查，一页一页慢慢浏览。

鲁宾逊不耐烦地动动身子。他能感觉到刚才出的一身汗渐渐干了，胳膊、膝盖窝和胯骨上都被汗液搞得黏黏糊糊。搞得他的衣服粘在身上。

中尉打了个手势，示意菜鸟过来，自己向后退了几步站在了发动机盖旁边。菜鸟沿着路一路小跑，来到了巴士旁边，伸手打开了滑动门。鲁宾逊发现那个瘦子司机一闪而过的紧张神色，他的舌头正顶住牙齿。女人则镇定地看着前方。瘦子对着中尉开玩笑似的说了些什么。菜鸟把滑动门打开，开始往车厢里爬——

后排座位和关着的后备箱挡板之间，有什么东西动了一下，掀开一块厚厚的军用毛毯，翻了个身跪起，挺直了身子。鲁宾逊瞥见了那人深黑色的皮肤，因为强烈的对比，显得非常白的眼球，因为极度惊恐而扩张的鼻孔。菜鸟吓了一跳，大张着嘴跌跌撞撞地后退，左轮手枪漫无目标地挥舞着。瘦子司机一脸坏了事的表情——龇牙咧嘴，脖子一梗，嘴唇大张露出咬紧的牙关。他试图强行启动巴士。

一束枪火的亮光刺破了黑暗，微型冲锋枪发出嗡鸣，在中尉的手中颤抖着吐出子弹。他面无表情地端着枪，稳定地扫射。巴士的挡风玻璃应声而碎。男人和女人突然痉挛般地抽动，身体突然弹起，如同一段荒诞舞步。中尉继续开火，瘦子司机向后弓起身子，蜷缩，蜷缩，蜷缩到了极致，脸上仍旧是龇牙咧嘴的表情，扑倒在方向盘上。女人栽倒的时候撞到了车门，车门被砸开，她向后倒下，长发飘散成纷乱的一团，一只胳膊甩到了头顶，手指张开，像是在触碰、抓挠虚空中不存在的某物。她跌落在路面上，半个身子在车内，半个身子伸出车门，她修长的手指抽搐着伸展，攥拳，松开。

车后面的黑色身影狂躁地撕扯着后挡板，掀开它后跑了出来，试图跳到路肩上，堤防上那架 .50 口径的机枪响了，巴士车顶的后部迅速被打成筛子。金属在浓烟中啸叫着，黑人站在打开的后挡板上，抬起一只脚正要跳时，子弹打中了他。.50 口径的机枪毫不留情地猛击，将他几乎打成两截，他瘫软的身体被轰出了六七英尺之外，倒在了路上。.50 口径的机枪继续开火，沥青路面上，子弹激起一串喷起又瞬间消失的碎屑。菜鸟发出一种兴奋的、带着兽性的号叫，拿着左轮手枪向着已经倒地的人体不断射击。

中尉挥手，所有人停了下来。

没有声音，没人动。

回声渐渐消隐于无形。

硝烟从中尉的微型冲锋枪枪口上屡屡冒出。

在这种不可思议的死寂里，有人在轻声哭泣。

鲁宾逊意识到了，那是他自己，咬紧牙关，勒紧喉咙，强忍着胃部泛起的呕吐欲望。手指泛起一阵疼痛，像被锁死一样紧紧扣进了方向盘。他没法把它们松开。微风吹过了他已经被汗水浸透的身体。

中尉走到了迷你巴士的驾驶位旁边，拉开了车门，他抓住了司机的头发，把他的头从方向盘上拎了起来。原本形容枯槁的脸松弛，下垂，几乎带着一种苦行僧脸上的安详。中尉放开手，血迹斑斑的头颅再次垂下。

中尉慢慢地绕过发动机，停了一下，看了两眼倒在地上的女人。她半个身子摔出车外，脸朝着天空，一条胳膊压在了身下。双眼依然睁开，凝视着什么，脸上没有伤痕。她的身体慢慢地被恐怖的红色淹没，血从喉咙上的弹孔慢慢渗出。中尉看着她，轻轻地摸了摸枪管，脸像打磨光滑的大理石一般。冷风卷起她的裙摆，飞起，落下，卷在了她的腰上。中尉耸耸肩，走向了车子后部。他推了推倒在分道线上的黑人，随后迅速地往巡逻车方向走去。车上面，下士正在给 .50 口径的机枪换弹夹，司机又开始打瞌睡。

菜鸟仍然呆呆地站在巴士旁边，兴奋过去了，脏兮兮的脸上带着病态的表情，看看左轮手枪里冒出的蓝色烟雾，又盯着自己用口水擦得铮亮的靴子，红色的血迹已经干涸。闪烁的探照灯把死人的面孔照成血红色，给他们染上了一层似乎仍有生命的红晕，之后随着灯光熄灭，红晕褪去。

老警督转向鲁宾逊，严厉地拉了下霰弹枪的枪栓，看起来一下子老了 20 岁。“你最好赶紧走，孩子。”他轻轻地说道。他举起霰弹枪，转向仍然在冒烟的巴士，目光迅速地移开。脸上绷起的青色静脉搏动着。他慢慢地摇摇头，缩起肩膀缓缓走开，启动巡逻车，倒到路边让出了道路。

鲁宾逊正笨拙地摸索打火开关时，中尉走了过来。“快点滚。”中尉说，同时把一个新弹夹按进了冲锋枪里。

（高小山　译）

逃避式阅读

到 1970 年，科幻小说在经历了过去二十年间的兴衰以及新浪潮的动荡之后，开始逐渐厘清自己的方向。20 世纪 50 年代，传统科幻小说在出版界明显没落，到了 60 年代，新浪潮科幻小说也遭遇了同样的没落。它们分别代表对生命和文学的两种不同态度，二者之间的争论到 70 年代仍将继续，但大战已经结束，冲突双方都在等待新的受众和新的理解。而即将延续整个 70 年代的图书出版热在 60 年代末期已经初现端倪，为期十年的热潮结束前，出版商每月都能出版上百部书。

在这种充满不确定性的环境中，新作家们用迥然不同的叙事方式为自己找到了过去几十年里不曾有过的出版机会。吉恩·沃尔夫兜售短篇小说的过程也许并不容易，但他成功为自己那些艰涩难懂而又别开生面的长篇小说找到了市场，并证明了这一领域的开放性。

沃尔夫出生在布鲁克林，但在得克萨斯州长大，并就读于得克萨斯农工大学。他于朝鲜战争期间在军中服役，1956 年返回得州，进入休斯敦大学攻读机械工程学位。其后他一直在宝洁公司担任项目工程师，直到 1972 年成为商业杂志《设备工程》的编辑。

沃尔夫的首部短篇小说《群山如鼠》(“Mountains Like Mice”)发表于 1966 年 5 月刊《如果》上。他的第二部短篇小说《旅途，罗网》(“Trip, Trap”)发表于《轨道》第二卷上，这部初版短篇作品集由达蒙·奈特创立于 1966 年。沃尔夫曾在自己的首部长篇小说致谢词中向奈特致敬，对于奈特给予他的影响，沃尔夫如此写道：“1966 年 6 月那一令人难忘的夜晚，我这枚小豆子破土而出。”沃尔夫早期最好的作品大多发表于《轨道》之上。在这部作品集存续的大约十五年里，它成了科幻文类中最重要的小说选集。与之相似的是，沃尔夫的作品对 1967 年后的《轨道》也不可或缺，几乎每卷都至少收录了一篇沃尔夫的故事，绝少例外。

沃尔夫原本是位短篇小说大师，专擅创作复杂的、时而神秘的短篇故事，尽管如此，自 1972 年起，沃尔夫开始了长篇小说创作，最早是《刻耳柏洛斯的第五颗头》(*The Fifth Head of Cerberus*)，由三篇相互关联的短篇故事构成[1]；接着是非科幻小说《和平》(1975)；以及面向青年读者的中世纪奇幻小说《森林中的魔鬼》(*The Devil in a Forest*，1976)。80 年代，他开始撰写以“新日之书”(*The Book of the New Sun*)为名的四部曲长篇作品，其中第一部为《拷刑吏之影》(*The Shadow of the Torturer*)，接着是《调解人之爪》(*The Claw of the Conciliator*，1981)、《刀斧手之剑》(*The Sword of the Lictor*，1982)以及《独裁官之城》(*The Citadel of the Autarch*，1983)。随后的《水獭之城》[2](*The Castle of the Otter*，1983)介绍了该系列的

1. 三篇短篇故事中，第一篇即《刻耳柏洛斯的第五颗头》，初载于 1972 年的《轨道》第十卷，接下来的两篇分别是《一个故事》和《V.R.T》。后两篇扩充了故事内容，深化了故事主题，三篇共同构成长篇《刻耳柏洛斯的第五颗头》。

2.《水獭之城》的书名来源于《轨道》编辑与沃尔夫电话沟通时的差误，因编辑将“独裁者（Autarch）”误听为“水獭（Otter）”，《轨道》起初将“新日之书”系列的第四部小说名公布为《水獭之城》。沃尔夫喜欢这个名字，后来将它用在了这部关于“新日之书”的纪实性作品上。

创作过程，最后他又以长篇小说《新日之兀司》[1]（*The Urth of the New Sun*，1987）为该系列作结。沃尔夫也写过其他长篇小说，包括以《迷雾中的士兵》（*Soldier of the Mist*，1986）为始的“拉特罗”系列[2]（*Latro sequence*），以《长日之夜》（*Nightside the Long Sun*，1993）为始的“长日之书”（*The Book of the Long Sun*）系列，以《绿星之水中》（*In Blue's Waters*，1999）为始的“短日之书”（*Book of the Short Sun*）系列[3]。尽管沃尔夫的短篇小说本身就很出众，但从某种角度上说，它们或可被视为一种准备工作，在此基础上写就的长篇小说都成了沃尔夫公认的杰作。他出版过两部短篇小说集，《死亡医生之岛与其他故事及其他故事》（*The Island of Doctor Death and Other Stories and Other Stories*，1980）及《吉恩·沃尔夫的书香岁月》（*Gene Wolfe's Book of Days*，1981）。

他首部短篇集的标题作品发表于1970年的《轨道》第七卷上。同他的许多其他作品一样，这部小说获得了星云奖提名。这次提名创造了一个经典的尴尬瞬间，在颁奖仪式上，主持人艾萨克·阿西莫夫宣布沃尔夫的作品获奖后，有人指出“没有作品获奖”取得了更多票数。第二年，沃尔夫的短篇小说《岛医生之死》（“The Death of Doctor Island”）实打实地赢下了星云奖［这部小说展现了沃尔夫雅擅讥诮的幽默感：他还写过一部名为《死岛之医生》（“The Doctor of Death Island”）的短篇小说］。

《死亡医生之岛与其他故事》运用了沃尔夫最喜欢的写作技巧之

1.“新日之书”中的兀司（Urth）即为地球。“新日之书”系列也称“兀司宇宙”（Urth Cycle），安德鲁·德鲁斯·迈克尔（Michael Andre-Driussi）为此系列专门撰写了一本《兀司词典》（*Lexicon Urthus: A Dictionary for the Urth Cycle*），用以解释沃尔夫在本系列中使用的许多造词词源。

2.“拉特罗”系列也称“士兵”系列（*Soldier series*），《迷雾中的士兵》以罗马雇佣兵拉特罗的私人日记形式呈现，获1987年轨迹奖最佳奇幻长篇小说奖，提名了星云奖最佳长篇小说和世界奇幻奖最佳长篇小说。

3.“新日之书”“长日之书”“短日之书”系列合称沃尔夫的“太阳宇宙”（*Solar Cycle*）。

一，即将故事的视点人物设计得知识有限，或说理解能力有限；而读者往往也被置于同样的位置。像沃尔夫的许多其他小说一样，在这部小说里，故事的视点人物是个小孩子，名叫塔基。故事本身采用了极为罕见的第二人称叙事，但与《公元第一百万日》（“Day Million”）这种将读者作为第二人称的故事不同，在沃尔夫的故事里，第二人称的指称对象是塔基。想要理解这个故事，必须要理解这样一个事实：这个故事是在给塔基讲述塔基本人的生活。叙述者是谁？——是个讲故事的人，他是所有那些好故事的匿名作者。

《死亡医生之岛与其他故事》既展现了一个叙事过程，也展现了人们——尤其是年轻人对这样一类故事的需求：当周围的一切都令人沮丧而不堪忍受时，他们能相信这类故事，能在这类故事中忘记自我（或说是找到自我）；同时，它也展现了主人公塔基所面临的个人问题。塔基与刚刚离婚的母亲和她男朋友一起住在一座老旧的大房子里，这房子从前是一家度假宾馆。大多数时候，塔基都是孤零零一个人，他与书里的角色交朋友，而这书是母亲的男朋友从杂货店给他偷来的。

这书想必应该叫《死亡医生之岛》，它是最能吸引少年男女的那类纸浆杂志型冒险故事；故事里有一个绝佳的男主人公、一个绝佳的女主人公、一个绝佳的朋友和一个绝佳的坏人。其基本情节混杂了 H. G. 威尔斯的《莫洛博士之岛》（*The Island of Dr. Moreau*）与埃德加·赖斯·巴勒斯的《泰山与欧帕的珍宝》（*Tarzan and the Jewels of Opar*），也许还要加上一点亨利·赖德·哈格德（Henry Rider Haggard）的《她》（*She*）。与这丰满的传奇故事形成鲜明对比的是灰暗无趣的现实生活，塔基寄身其中，却越来越觉得小说中的世界反而更加坚固真实。他对真实世界理解不多，但比大人们以为的来得多些。冲突在塔基幻想中的化装舞会上达到了顶点，这一舞会象征了塔基的意识在虚拟与现实中徘徊往复的混乱状态。

塔基喜欢叫故事中的朋友前来相伴实在不足为怪，他知道兰塞姆船长的勇气、犬人的忠诚、死亡医生的邪恶都值得信赖。故事展现了逃避式阅读给人带来的喜悦，也动人地描绘了一个孤独男孩的不幸生活。那些曾被小说的力量所吸引的读者，那些曾被古老魔法吸引，转而去创造全新冒险故事的作者，都能在塔基身上看到自己。

（憬怡　译）

死亡医生之岛与其他故事

［美国］吉恩·沃尔夫

冬日降临在水面上，正如它降临在陆地上，尽管水中并无树叶可落。暮色之下的海浪昨日尚是明亮耀眼的蓝色，今天已变作一派阴冷的暗绿色。如果你是个在家里不受待见的男孩儿你要在海滩边走上很久，感受在夜里降临的冬天；沙子吹过你的鞋面，浪花溅湿你灯芯绒的裤腿。你转身背朝大海，用那根被埋了半截的木棍尖端在湿润的沙地上写下：塔克曼·巴布科克。

之后你走回家，清楚知晓身后的大西洋正在摧毁你的作品。

家是一间位于开拓者之岛上的大房子，然而所谓开拓者之岛并不是一座真正的岛屿，因此，它在各类地图上都没有名字，也不曾被精确描绘。如果用石头敲碎一颗藤壶，你会看到其中美丽的形状，这就是藤壶雁[1]得名的来源。那儿有一个又薄又软的器官，状似鹅颈和软体动物的虹吸管，还有一个不成形的身体，嵌着小小的翅膀。开拓者之岛的形状便如此物一般。

鹅颈是一块狭长的陆地，下面有一条乡间小道。绘制地图的人

1. 即白颊黑雁，广泛分布于欧洲及北美地区。古时人们相信这种鸟由鹅颈藤壶变化而来，因以得名。

凭臆测夸大了它的宽度，又不曾提到它几乎不比涨潮时的海平面高。因此，开拓者之岛看上去其实仅仅像是海岸线上的一块儿凸起，不需要什么名字——而那一共只有八到十户的村子也没有名字，于是，地图上除了一条终止在海边的蛛丝小道外，再也没有任何标记了。

村子没有名字。但家却有两个名字：一个近称和一个远称。在小岛和附近的陆地上，人们称这儿为观海楼，因为本世纪早年，这里曾是一家度假宾馆。妈妈管这儿叫 2 月 31 日之家；这是她信封上的地址，想必她那些纽约和费城的朋友在不以“巴布科克夫人家”代指这间房子时，也是这么叫的。家在一些地方有四层楼高，另一些地方则矮上一些，整栋楼都被阳台环绕；这房子曾被涂成黄色，但外面的墙漆大部分已经剥落，2 月 31 日之家如今是灰色的。

贾森从前门走出来，下巴上卷曲的小胡子在风中摇曳，他的手指勾在李维斯牌牛仔裤的腰带里。“过来，你跟我一起进城。你母亲要休息。”

“嘿，硬汉！”

你钻进贾森的捷豹汽车里，感受着真皮座椅的柔软和气味，你睡着了。

你在城里醒来，明亮的光在车窗上闪烁。贾森离开了，而车里越来越冷；你好像等了很长时间，你看到外面的商店橱窗，看到过路的警察髋骨边别着的大枪，看到走丢的小狗，它见谁都怕，就连你敲击车窗呼唤它时也不例外。

接着，贾森拿着大包小包回来了，把它们放在车座后面。

“我们现在回家吗？”

他没有看你，只是点了点头，一边忙着整理那些包裹，以防它们翻倒，然后系紧他的安全带。

“我想下车。”

他看着你。

“我想去家商店。答应我嘛，贾森。”

贾森叹了口气。“好吧，那边的杂货店，行吗？就一分钟。”

那家杂货店跟超市一般大，货架间的过道又长又亮，架子上摆着玻璃器皿、针头线脑和各类纸制品。贾森在香烟柜台给他的打火机购置内置溶液，而你从旋转的金属货架上取了本书拿到他面前。“拜托了，贾森？”

他从你手上夺过书来，放回货架上，但当你们再次返回车中时，他又从夹克底下把那书取出来交给了你。

这书美妙绝伦，又厚又沉，书页边缘染成了黄色。封面是光面硬纸板，封皮上有一幅画，画中一个衣衫褴褛的人正在同什么东西搏斗，那东西半人半猿，但非人非猿，丑陋无比。画是彩色的，类猿的东西身上正在出血；而那人肌肉发达、英俊潇洒，头发是黄褐色的，比贾森略浅一些，且没有胡子。

“你喜欢这书？”

你们已经出了城，没了街灯，车内的光线过于昏暗，几乎看不清那幅图。你点点头。

贾森笑了起来。“这叫营地。你听说过吗？”

你耸耸肩，用拇指轻轻卷着书页，想着今晚要独自在房间里把它读一读。

“你会告诉你母亲我对你有多好吗？”

“啊哈，当然。你希望我告诉她？”

“明天，不要今天说。我想等我们回去时，她应当已经睡了。别把她吵醒。”贾森的声音告诉你，如果你吵醒她，他会很生气。

“好。”

“别进她房间。”

“好。”

那辆捷豹伴随着“咔咔嗒嗒”的噪声停在了路边，现在，在月光照耀下你能看清海中的白浪和被冲到沥青马路边的浮木了。

“你有一个美好又温软的好妈咪，你知道吗？我爬到她身上的时候，感觉就像靠着一个大枕头。”

你点点头，记起那些孤独的、被噩梦惊醒的夜晚，你爬上她的床，依偎在她柔软的身体里取暖——但你又很愤怒，你知道贾森这话同时嘲弄了你们母子二人。

家里又静又黑，你尽可能快地离开贾森，抢在他之前蹿进客厅，跑上楼去，又顺着第二道又窄又绕的楼梯跑到了自己位于阁楼上的房间里。

我是从某人嘴里听到这故事的，他把它讲给我，也就违背了他的誓言。我不知这故事在他手里——我该说是在他嘴里——憋了多久。它最重要的部分是真实的，我把它原封不动地讲给你听。这就是他给我讲的故事。

看见那座岛屿时，菲利普·兰塞姆已经孤身漂流了九天。当那小岛像一道紫色线条般隐约出现在地平线上时，天色已经很晚，但那天晚上兰塞姆没有睡觉。他只看一眼就确定了；在他清醒的头脑里，他对自己所见之物的真实性没有丝毫怀疑。相反，他的大脑中充满了事实和推算。他知道他一定是在新几内亚附近的什么地方，他在脑内回顾了他所知的一切状况，包括这片海域的洋流状况和过去九天内橡皮艇的状态。当他到达那座岛屿上——他不允许自己进行任何不好的“假设”——水边几英尺的地方很可能就会有茂密的丛林。岛上可能会有住民，也可能没有，但他将这些年内所学到的巴扎马来[1]语和他加禄语[2]全在脑子里过了一遍。这些年来，他做过引航员、种植园管理人、白猎人[3]和太平洋上的职业雇佣兵。

早晨，他再次在地平线上看到那道紫色的影子，近了些，几乎准确无误地处在他大脑运算出的那个位置上。九天来，他始终没找到理由去使用橡皮艇自配的那双破桨，但现在他有一个航行目的地了。兰塞姆喝掉最后的储水，然后开始以一种稳健有力的节奏划起船桨，他不受任何干扰，直到他那橡皮艇的船头触碰到海滩的沙地。

早晨，你慢慢醒了。你的眼睛有些浮肿，床头的灯依然亮着。你走下楼去，发现没有人，于是你给自己拿了一个碗，又取出牛奶和膨化甜麦片，随后你用厨房的火柴点燃了烤炉，这样你就可以边吃东西边坐在门边看书。麦片吃完后，你把碗底的甜奶和碎渣喝了个干净，并准备了一壶咖啡，你知道这可能取悦母亲。贾森下楼了，他穿戴整齐，但无意与你交流；他喝了咖啡，又用烤炉给自己做了一片肉桂吐司。你听着他离开，听到他那汽车在马路上发出拖长的蜂鸣声后，你上楼走进母亲的房间。

她醒着，睁开双眼盯着天花板，但你知道她还没做好起床的准备。你非常礼貌，知道这样可以最大限度地降低她冲你大吼的可能性，你说："今早你感觉怎么样，妈妈？"她扭过头来看你。"神志不清[4]。现在几点了，塔基？"

---

1. 在马来群岛（主要是新加坡和马来西亚的少部分地区）贸易交流中所使用的一种克雷奥尔语，以马来语为基础，受到汉语、葡萄牙语与荷兰贸易商交流用语的大量影响。已逐渐被英语取代。
2. 菲律宾的官方语言之一（另一种为英语）。属南岛语系印度尼西亚语族。
3. 文学用语，专指去非洲进行大型狩猎活动的欧洲或北美猎人，特别是 20 世纪上半叶。
4. 原文"strung out"，一般指吸毒后的神志恍惚。

你看了看她梳妆台上的小折叠闹钟。“8 点 7 分。”

“贾森走了？”

“是的，刚走，妈妈。”

她又在看天花板了。“你现在就回楼下去，塔基。等我感觉好点儿，我就给你弄点东西。”

你下了楼，穿上你的羊皮外衣，走到阳台上去看海。海鸥在冰冷的海风中翱翔，遥远处有什么橙色的东西在海浪里摇摇晃晃，越来越近。

是一艘救生艇。你跑到海滩边上，跳上跳下地挥舞你的帽子。“在这儿。在这儿。”

救生艇上的人没穿衣服，但严寒似乎丝毫也不能侵扰他。他伸出手来说：“我是兰塞姆船长。”你握住他的手，忽然长高也长大了；没有他那么高，也没有他那么大，但与你本人相比是变高变大了。

“我是塔克曼·巴布科克，船长。”

“很高兴遇见你。就在一分钟前，你成了我患难中的朋友。”

“我想我什么也没做，但欢迎上岸。”

“适才我的眼睛一直忙着盯紧海浪，是你的声音给了我航行的方向。现在你可以告诉我，我靠岸的地方是哪里，你又是谁了。”

你们在并肩往家里走了，你向兰塞姆船长解释你和你母亲的事，还有她多不想让你进入这里的学校，因为她正试图把你弄进你父亲曾经就读过的私立学校。过了一会儿你就没东西可说了，于是你向兰塞姆船长展示了三楼的一间空房间，并告诉他可以在此休息，可以做任何他想做的事。随后你返回自己的房间继续阅读。

“你的意思是说，你制造了这些怪物？”

“制造他们？”死亡医生倾身向前，嘴上挂着一个残忍的微笑。

“当上帝把亚当的肋骨做成夏娃时，船长，他是制造了夏娃吗？还是说亚当制造了肋骨，而上帝将它改造成自己想要的了呢？从这个角度看看吧，船长。我就是上帝，而自然就是亚当。”

兰塞姆看着那个用手抓住他右胳膊的东西，那双手或许可以轻而易举地把电线杆掰弯。“你的意思是说这东西是个动物？”

“不是动物，”那怪物说着残暴地扭过他的手臂，“我是人。”

死亡医生的微笑幅度更大了。“是的，船长，一个人。问题在于，你是什么？等我把你做好之后，我们就知道了。让你的大脑变钝不是难事，远比提升这些可怜畜生的智力来得容易；不过，增强一下你的嗅觉又如何呢？至于让你再不能直立行走，就更不用提了。”

“不能四脚着地地走路，”抓着兰塞姆的兽人喃喃道，“那是法则。”

死亡医生转身去叫那个蹒跚的驼子，兰塞姆早先看见过他。“佝偻，看住兰塞姆船长，保证他被绑得牢牢的，然后准备手术。”

来了辆车。不是贾森那辆嘈杂的捷豹，而是一辆引擎安静、声音强劲的车。你用力向上推开阁楼一角那扇严密窄小的窗户，把脑袋探到窗外的寒风中去，于是你看到了那辆车：那是布莱克医生的大轿车，顶棚和引擎盖刚打过蜡，闪闪发光。

在楼下，布莱克医生正把他那件带毛领的大衣挂起来，你还未见其人，就已经闻到他身上那股老雪茄的烟味儿；然后你看见梅姨妈和朱莉姑妈，她们站在那儿拘住你，叫你无暇上前，以免布莱克医生见到你便会想到，他娶了你妈妈就要带上你这拖油瓶。她们跟你搭话："最近过得怎么样呀，塔基？你整天在这里都做什么呀？"

"什么也不做。"

"什么也不做？难道你从来不去海滩上找贝壳吗？"

"我想是的。"

"你是个漂亮男孩，你知道吗？"梅姨妈用一根涂了绯红指甲油的手指碰了碰你的鼻尖，之后就没有改换姿势。

梅姨妈是母亲的妹妹，但比母亲老，也没有母亲美貌。朱莉姑妈是爸爸的姐姐，她是个高个子妇人，脸往外凸，总是一脸不高兴，她总叫你想起爸爸，尽管你知道她只是希望妈妈快点儿再婚，这样爸爸就不用再给妈妈寄钱了。

这会儿妈妈也下楼了，她穿着一条干净的新裙子，袖子很长。她咯咯笑着应和布莱克医生的玩笑，并且挽住他的手臂，你想着她的头发看起来真美，想着等到就剩你俩时你一定要说给她听。

布莱克医生说："你准备的怎么样，芭芭拉？准备好参加宴会了吗？"而母亲说："当然没有！你知道这鬼地方像什么样子——昨天我花了一整天时间打扫，但到了今天你根本看不出我昨天做了什么。不过朱莉和梅会帮我的。"

布莱克医生笑了。"吃过午饭再说。"

你跟其他人一起坐上他的汽车，来到一家建在峭壁边上的餐厅，这里有一面大落地窗可以欣赏海景。布莱克医生为你点了一份带有火鸡肉、培根和三片面包的三明治，但你在大人们开餐前就已经吃完了，当你试图跟母亲说话时，梅姨妈把你哄到外头去看海了，这里有一排铁丝围成的金属围栏，跟普通的六角网眼铁丝网一样，只是更重一些。

这里真的不比家里最高的那扇窗户高多少。也许高上一点。你把脚趾塞到网眼里，小腹贴着栏杆，探出身子弯腰朝下瞅，但一个大人把你拉了下来，嘱咐你不要这样，然后就走了。你又做了一次，悬崖底下有好多岩石，海浪井然有序地一遍遍冲刷它们，一时没过它们，一时复又退去。有人碰了碰你的手肘，但你起初一点也没在意，只是看着海水。

接着你从栏杆上下来，发现站在你身边的人是死亡医生。

他戴着白色的围巾和黑色的皮手套，头发乌黑锃亮。他的脸不像兰塞姆船长那样晒成了褐色，而是十分白皙，他有一种别样的英俊，就像从前你在爸爸的图书室里看到的那些雕塑头像，那时你和母亲还跟他一起住在城里。你不禁想到：等他走后，妈妈会说他长得有多好看。他冲你微笑，但这次你没长大。

“嗨。”除此之外你还能说什么呢？

“午安，巴布科克先生。恐怕我是吓到你了。”

你耸耸肩。“有一点。我没想过你会在这儿。”

死亡医生转身背朝海风，点燃了他从一个金属盒子里掏出来的香烟。这烟比101牌香烟还长，带一个红色滤嘴，上面画着金色的龙。“趁着你向下看的工夫，我从你大衣口袋里那本超棒的小说书页里溜出来了。”

“我不知道你还能做这个。”

“哦，会的。我会时不时来到你身边的。”

“兰塞姆船长已经在这里了，他会杀了你的。”

死亡医生微笑着摇了摇头。“很难。你看，塔克曼，兰塞姆和我有点像两个摔角选手。我们在不断变换的伪装之下一遍又一遍地登台亮相——但只在聚光灯下。”他把香烟向围栏外弹，有那么一瞬间，你的眼神跟随明亮的火星一起看向外头，向下坠落，最后消失在水中。当你再回头看时，死亡医生已经不见了，而你开始觉得冷了。你走回餐厅里，在收银台旁拿了一颗免费的薄荷糖，然后重回梅姨妈身边坐好，以便能赶上椰子奶油派和热巧克力。

梅姨妈退出桌上那场畅谈，向你问道："你刚刚在跟谁说话，塔基？"

"一个人。"

在车里，妈妈坐在紧靠布莱克医生的位置，朱莉姑妈坐在她另一侧，所以妈妈也没的选择，梅姨妈坐在她座椅边缘，好把脑袋探到她俩中间，以便继续跟她们聊天。车外天色灰暗寒冷；你想着不知还有多久才能到家，于是又把书拿了出来。

兰塞姆听到他们进来的声音，于是让自己平靠在牢房门边的墙上。他知道这里没有出路，除了那扇铁门。

过去的四个小时里，他探索了这间石屋里的每一方墙面，试图寻找一个出口，这里并无出口。地板、墙壁和天花板都是整块的巨石砌成的；坚固的金属门没有窗户，从外面反锁着。

更近了。他绷紧每块肌肉，握住了拳头。

更近了。蹒跚的脚步止住了。一阵咔咔的钥匙声响过后，门开了。他像一团有意识的雷电一般冲向大门。一张十分丑陋的脸赫然耸现在眼前，他一拳打在那张脸上，把那笨重的兽人打跪在地上。两只毛茸茸的胳膊从背后扣住了他，但他奋力挣脱，而那怪物被他的攻击打翻在地。面前的走廊一直向外延伸，尽头处有一点微弱的日光，他全力追逐着那一点光亮向前冲。接着——一片黑暗！

恢复意识时，他发现自己已经被直挺挺地绑在一面墙上，这个房间灯光明亮，看起来既像是间手术室，又像是间化学实验室。就在他的眼前，立着一个大东西，他知道这一定是张手术台，台子上盖着一张被单，被单下的形状无疑是一个人。

当死亡医生走进房间时，兰塞姆几乎还没来得及认清形势。医生没有再穿上次兰塞姆见到他时的那件优雅晚礼服了，这回他穿了一件白色的手术衣。他身后跟着跛足而行的丑陋伺偻，手里托着一盘手术器具。

“啊！”看见自己的囚徒恢复意识，死亡医生大步跨进房间，举起一只手，像是要打他的脸，但看见兰塞姆没有退缩，他又放下手来，微笑着说：“我亲爱的船长！我看到您又跟我们在一起了。”

“有那么一分钟我以为，”兰塞姆波澜不惊地说，“我已经逃离你了。介意告诉我你是怎么抓到我的吗？”

“用一根飞翔的球棍，至少我的奴隶是这样报告的。我这狒狒人非常擅长投掷球棍。但你不想问问我为你准备的这个迷人的小舞台是做什么用的吗？”

“我不会叫你如意的。”

“但你很好奇，”死亡医生笑得嘴角一弯，“我就不再让你悬心了。还没轮到你，船长，在到你之前，我要先向你证明一下我的技术。我很少有机会拥有真正懂得欣赏的观众。”他用一个设计过的动作掀掉了手术台上那张盖着俯卧者的被单。

兰塞姆几乎不敢相信自己的眼睛。在他面前躺着的是一个昏迷的女孩的躯体，她的皮肤白如丝绸，发丝仿如薄雾中的阳光。

“我发现你现在有兴趣了，”死亡医生干巴巴地评论道，“而且你觉得她很美。相信我，等我的改造完成后，如果她把那张再不能叫作脸的东西转向你，你一定会尖叫着跑开的。自从我来到这座岛上，这个女人一直是我最顽固的敌人，现在是时候让我——”他话说一半便停下来，脸上挂着一副混杂了狡诈和得意的表情，转头去看兰塞姆——“也许我们可以这样说，是时候让我为你勾勒一下你自己的命运了。”

在死亡医生说话的时候，他那不成人形的残疾助手已经准备好了一支皮下注射器。兰塞姆看着那支针推进女孩儿几乎半透明的皮肤，针管里的液体——那液体的颜色本身就能使人联想到医学技术被如何邪恶扭曲——进入了她的血管。尽管依然神志不清，但女孩儿哀鸣了一声，在兰塞姆看来，她的脸上闪过一片阴云，好像已经开始了一场噩梦。丑陋的佝偻将她的身子翻转过来，用皮带绑紧，他所用的正是将兰塞姆绑在墙上的那一种皮带。

“你在读什么呢，塔基？”梅姨妈问道。

“没什么。”他[1]合上了书。

“好吧，你不该在车里读书。这对你的眼睛不好。”

布莱克医生转头看了他们一会儿，然后冲妈妈问道：“你给这小家伙准备好礼服了吗？”

“给塔基？”妈妈摇了摇头，此举令她那头美丽的发丝在车内昏

1. 此处是全文唯一一次以第三人称称呼塔基。

暗的光线里尚能发光。“不，没准备。那个时间他已经上床了。”

“好吧，不过你无论如何都得让他见见客人，芭芭拉。任何男孩子都不该错过这种场合。”

接着，汽车一路顺着公路驶进了开拓者之岛。你到家了。

兰塞姆看着那丑陋的生物靠近自己。尽管它不像某些怪物那么庞大，但它的牙齿看上去着实可怕。它一只手里抓着一把刀锋锐利的户外丛林刀。

有那么一瞬间，他以为那刀是用来对付昏迷的女孩儿的，但那东西转了一圈，停在了兰塞姆本人面前，它没有看兰塞姆的眼睛。

接着，它以一种令人意想不到却又十分可怕的动作，忽然将丑陋的脸抵在了他被绑住的右手上，颤抖的喘息声贯穿了那生物扭曲的身体。

兰塞姆等待着，浑身紧绷。

又是刚刚那种深吸气，几乎像是抽噎。随后，这兽人站直身子，深深望着兰塞姆的脸庞，却避开了他的目光。它的嗓子里发出一阵单薄、怪异又很熟悉的哀嚎。

“把我解开。”兰塞姆命令道。

“是，我就是为此而来。是，主人。”它那宽度比高度更甚的巨大脑袋不停地上下点着。接着，锐利的刀锋割断了绑住兰塞姆的皮带。兰塞姆甫获自由，便接过那兽人甘愿奉上的刀，将绑在手术台上的女孩儿解救出来。他用双臂抱起她，她在他怀里显得很轻，有那么一瞬，他静静地站在那里端详她那张平静的脸。

“快过来，主人。”那兽人扯了扯他的衣袖，“布鲁诺知道一条出去的路，跟布鲁诺来。”

隐藏的阶梯通向一条又长又窄的走廊，黑得几乎伸手不见五指。“这路没人走，”那兽人用嘶哑的声音说，“他们不会在这儿找到我们的。”

“你为什么放了我？”兰塞姆问道。

一阵静默，接着，那身形扭曲的庞然大物几乎带着羞愧的口吻说：“你闻起来是个好人。而布鲁诺不喜欢死亡医生。”

兰塞姆的猜想得到了证实。他温和地问道：“在死亡医生改造你之前，你曾是一只狗，对不对，布鲁诺？”

“是的。”那兽人的声音里带着一丝自豪，“一只圣伯纳犬。我看过照片。”

“死亡医生本应知道，他不该把他那肮脏的技术用在如此忠诚的动物身上。”兰塞姆大声说了出来，“狗在判断人性方面太精明了。而那些恶人在做最终分析时却总会犯蠢。”

那犬人突然出人意料地停在了他面前，这迫使兰塞姆也停了下来。有那么一瞬，那只巨大的脑袋垂在了昏迷的姑娘之上。接着它用几不可闻的声音嘟囔道：“主人，您说我善于判断人性。那么我告诉您，布鲁诺不喜欢这个女人，死亡医生叫她长眼睛的塔拉尔。”

你把翻开的书倒扣在枕头上，然后跳着站起来，你抱住自己，光着脚在屋子里蹦来蹦去。太妙了！妙极了！

但今晚不能再往下读了。要省着读，省着读。你关掉灯，在芬芳馥郁的黑暗里虔诚地把书收到床下，推开床下零散的拼板玩具套装和装满游戏卡牌的盒子。明天就会有更多的故事了，你几乎等不及让明天快些到来。你平躺在床上，双手抵在脑袋下，用双臂环住下颚。当你闭上眼睛时，你能看到书里的一切：那座海岛，岛上的丛林在海风中摇曳；死亡医生的城堡在炎热的天空下投下一片巨大的阴冷暗影。

整幢房子都很安静，外面只有海风和大西洋，一切都是熟悉的声音。在楼下，母亲正和梅姨妈和朱莉姑妈说话，你睡着了。

你醒了过来！听！现在是夜晚，已经很晚了，这是一个你几乎已经忘记了的奇异时间。听！

四下安静得几乎让人感到很疼。有什么东西。有什么东西。你听！

就在楼梯上。

你爬下床，找到你的手电筒。不是因为你勇敢，是因为你无法在黑暗中等待。

你门外那个狭窄、阴冷的小楼梯间里什么也没有。二楼的大厅楼梯间里也什么都没有。你迅速地用自己的手电筒从这头照到那头。朱莉姑妈在用鼻子打呼噜，但那声音没什么好怕的，你知道那是什么：就只是朱莉姑妈而已，睡得正酣，用鼻子大声打着呼噜。

楼梯上没有任何东西在往上走。

你返回自己的卧室，关掉手电筒，重新回到床上。当你快要入睡时，你听到利爪刮擦地板的声音，一条粗糙的舌头碰了碰你的指尖。“不要害怕，主人，我是布鲁诺。”你感受到它了，你感受到了独属它的温暖和独属它的气味，它就趴在你的床边。

之后，清晨来临了。卧室很冷，房里谁也没有，只有你自己。你走进浴室，那里有个形似风扇的东西，但连着一根热电线。

楼下的母亲已经起床了，她头上束着一条布带似的东西，梅姨妈和朱莉姑妈也是一样的装扮，她们坐在桌边，面前放着咖啡、牛奶和大片的火腿切片。朱莉姑妈说："早呀，塔基。"而母亲冲你微笑。桌上已经备好了你的早餐，你吃掉了火腿和吐司。

整整一天，三个女人一直在打扫房子，布置装饰——有朱莉姑妈做来挂在墙上的红色和金色纸面具，还有会游走着变换颜色的滑稽灯饰——你没有去打搅她们，而是从屋外搬了些木头，给几乎从未用过的壁炉生起了火。贾森来了，梅姨妈和朱莉姑妈不喜欢他，但他也帮着做了点事，还开车进城添了些他之前忘买的东西。这次他不肯带你。海风从窗外钻进来，但她们让你一个人待在自己房间里。由于她们都在楼下，上面愈显安静。

兰塞姆难以置信地看着这神秘的女孩。

"你不相信我。"她说。她是在陈述一个事实，语气里既无愤慨也无指责。

"你得承认，你的话叫人很难置信，"他顺势说道，"一个比文明本身更古老的城市，就埋在这小岛的丛林底下。"

塔拉尔语气平板地说："在你还未进化完全，跟它——"她指向那犬人，"现在一个模样的时候，利莫利亚[1]曾是海上霸主。现在这个文明烟消云散，只剩下我的城市。难道它的价值还不足以对抗时间本身？"

布鲁诺扯了扯兰塞姆的袖子。"别去，主人！兽人们有时会到那里去，那些死亡医生不想要的兽人，很少有人能回来。到了那地方的东西都很邪恶。"

"你听见了？"塔拉尔丰润的嘴唇边漾起浅笑，"就连你

1. 亚特兰蒂斯传说中的文明之地。

的奴隶都能证实我的话。我的城市确实存在。”

“有多远？”兰塞姆简略地问。

“我们穿林而过，也许要用上半天。”那女孩儿停下了，好像害怕继续说下去。

“怎么了？”兰塞姆问道。

“你会带我们对抗死亡医生吗？我们希望净化这座岛，这是我们的家园。”

“当然。我并不比你们的人更喜欢他。也许比你们还要恨他。”

“所以你会领导我的族人，即使你并不喜欢他们？”

“只要他们愿意接受我的领导。但你在隐藏什么东西。究竟是什么？”

“你见过我了，这就是说，我将来可能会变成你们族中的女人。这么说没错吧？”

这会儿他们又在穿越丛林了，犬人不甘不愿地担任了殿后的守卫工作。

“我的族人里很少有你这么美丽的女孩，但这问题的答案是肯定的。”

“就因为这样，我是我们族中的大祭司，因为我身体里流淌着最纯洁优雅的古老血液。但不是所有人都如此。”她的声音变成了低语，“当一棵树已经很老但依然活着，有时，它的枝干就会扭曲。你能明白吗？”

“塔基？塔基，你在里面吗？”

“啊哈。”你把书揣到自己的毛衣里头。

“好吧，过来把门打开。小男孩子不该把自己的房门锁上。你不想见见客人吗？”你打开了门，梅姨妈打扮成了一个吉卜赛人，长长的假发披在脸畔，她的假面只罩住了眼睛周边。

楼下房前停了一堆汽车。母亲穿着帝高牌荧光色长裙站在门口，裙子正面开叉很低，但袖子很长，几乎遮住了她的指尖。她同每一个进门的人说话，而你发现她的眼睛又亮又怪异，有时她会在房里自己跳舞，或是自言自语，那时她的眼神就跟现在一样。那个头戴鱼头，身穿银色闪光长裙的女人是朱莉姑妈。那个穿着医生大褂，挂着听诊器，头上戴着闪亮窥视镜的人是布莱克医生。而那个穿着黑色军装，帽子上画着海盗标志，拎着一条鞭子的人是贾森。大餐桌上放着一个潘趣酒碗还有许多蛋糕、三明治以及热腾腾的豆泥酱。你趁着吉卜赛女人同别人说话时抽身而出，抓了几块蛋糕，钻到桌子底下去看人们的大腿。

音乐响起，一些大腿跳起了舞，而你在桌下待了好久。

接着，一个男人和一个女孩的大腿跳到了桌子附近，突然，你面前出现了一张笑脸——是兰塞姆船长。“你在这下面做什么呢，塔克[1]？快出来加入我们的舞会吧。”你爬了出来，这次没有感到变大，而是觉得自己很渺小，但当你站起来时就又长大了。兰塞姆船长打扮成了一个流浪汉，穿着破旧的衬衫和膝盖撕碎的裤子，但衣裳很干净，都上过浆。他的爱珠[2]是种子和贝壳穿成的，而他挽着的姑娘身上不着片缕，只佩戴着许多珠宝。

“塔克，这是长眼睛的塔拉尔。”

你微笑着鞠躬，并吻了她的手，你几乎和她一般高。四周的人都在跳舞或是聊天，似乎没有人注意到你们。你和兰塞姆船长把塔拉尔夹在中间穿过屋子，避让着一屋子舞者和几个举着酒杯的小群

1. 塔克（Tack）和塔基（Tackie）一样是塔克曼的爱称。
2. 嬉皮士传统装饰。

体。在那间没人时会被你和母亲用作客厅的房间里，有两男两女正开着电视机做爱，穿过客厅的隔壁小房间里，一个女孩背靠着墙坐在地上，角落里站着一些男人。“你好，”那女孩说，“你们大家都好。”她是第一个注意到你的人，于是你停住脚步。

“你好。”

“我要假装你是个真人。你介意吗？”

“不，”你环顾四周，寻找兰塞姆和塔拉尔，但他们已经走了，你猜测他们可能也到客厅里跟其他人一道亲吻去了。

“这是我的第三次旅行。并不太好，但也不太坏。不过我本该有个监察员——你懂的，得有一个跟我待在一块儿的人。那些人是谁？”

角落里的男人动了起来，你能听到他们铠甲碰撞的声音，能看到上面闪烁的光芒。你掉转视线。“我想他们是从那个城市里来的。也许是来护卫塔拉尔的。”不知怎的，你知道这话就是事实。

“让他们出来，到我能看到他们的地方来。”

你还未及回答，死亡医生便说：“我并不觉得你想这样做。”你转过身去，看到他就站在你身后，身上穿着极正式的晚礼服，披着斗篷。他抓住你的胳膊说：“来，塔基，我觉得有些东西你必须看看。”你跟着他走到后面的楼梯间，爬到楼上，顺着客厅一直来到母亲的房间。

母亲躺在房间里的床上。布莱克医生站在她面前，正往一支针管里灌注液体。你看到他卷起她的袖子，露出她手臂上其他那些注射痕迹，斑驳不堪，红肿丑陋。此刻你能联想到的只有这样一个画面——死亡医生俯身探视手术台上的塔拉尔。你跑下楼去，想要找到兰塞姆，但楼下的舞会上谁也不在，只有那些现实中的真人。在后门廊阴冷的暗影下，站着死亡医生的助手佝偻，他不说话，只是在月光下用苍白的双眼注视着你。

顺着海滩往下走，隔壁的房子属于一个女人。你玩耍的时候曾见过她修剪芦笋枯萎的残叶，见过她给她的玫瑰花培土。你叩响她的门，试着向她解释，过了一会儿，她叫了警察。

……天际。此刻，火舌掠过了屋顶的木椽。兰塞姆将双手握成传声筒，高声喊道："放弃抵抗吧！如果坚持留在里面，你们全都会被活活烧死！"然而回应他的只有枪响，他不确定他们是否听到了他的话。利莫利亚弓箭手们又冲窗户放了一拨箭。

塔拉尔抓住他的胳膊："快回来，别叫他们杀了你。"

他麻木地跟她一起向后撤，跨过牛头人巨大的尸体，那尸体已经被二十甚至更多支箭穿身而过。

你将书页折了个角，然后放下。客厅冰冷又空荡，那些忙进忙出的人偶尔冲你笑笑，但你依然感到孤独。过了好久，一个灰发高个子男人和一个穿蓝色制服的女人要和你说话。

那女人的声音很友好，但也仅仅是学校里的老师意图示好时的那种友好。"我敢说你现在一定很困，塔克曼。在你上床前，能跟我稍微说几句话吗？"

"好的。"

那灰发男人说道："你知道那些毒品是谁给你母亲的吗？"

"我不知道。布莱克医生刚刚要对她做些什么来着。"

他对此置若罔闻。"不是那件事。你知道的，我在说药。你母亲摄入了大量的药品。那药是谁给她的？贾森？"

"我不知道。"

那女人说道：“你母亲会好起来的，塔克曼。但这需要一段时间——你明白吗？现在你得去一个大房子里，跟其他男孩儿一起住上一阵子。”

“好的。”

那男人说：“安非他命[1]。这个词对你来说有意义吗？你听过这个词语吗？”

你摇了摇头。

那女人说：“布莱克医生只是在试图帮助你母亲，塔克曼。我知道你不理解，但她同时使用了很多种药物，把它们混在一起用，这可能是非常有害的。”

他们走了，你拿起书胡乱翻着，但不想读。死亡医生在你肘边说道：“怎么了，塔基？”他身上有烧焦的布料气味，前额上还有一道血痕，但他微笑着点燃了一根香烟。

你举起书来。“我不想读到结尾。到结尾你就要被杀死了。”

“那你不想失去我？这可真感人。”

“你会死的，对不对？你会在烈火中被烧死，而兰塞姆船长会离开，离开塔拉尔。”

死亡医生微笑道：“但如果你从头再读一遍，我们就都回来了。就连伺偻和牛头人也是。”

“当真？”

“当然，”他站起身来，把你的头发抚乱，“你也一样，塔基。你还太小，还意识不到。但你也一样。”

（憬怡　译）

1. 这是一种中枢神经刺激剂，用来治疗注意力不足、过动症、嗜睡症和肥胖症，处方药。

理解读者的反应

小说家的任务就是要让读者对文章有所感受，而控制读者阅读感受的一种方式就是在读者和文中角色之间设置不同的距离。作者可以通过若干方式让读者代入角色，比如说，可以将读者感兴趣的角色置于困境之中。角色的真实感越强，他们所处的困境越可信，读者就越是会关心角色会遭遇什么，尤其是当角色不能轻易克服困境、处在无助的境地时。另一方面，作者可以通过对角色进行冷静客观的描述来让读者远离角色，作者可以不把他们当作需要关心的人来描述，而是作为研究的案例或者样本，也可以将角色描述得非常弱小，或者将角色置于压倒性的困境之中，以至于角色完全没有克服困境的希望。

传统的科幻小说使用一种不寻常的、常常是来自异星的视角，来获取一种对于人类所处境遇的不同看法。新浪潮科幻小说采用具有疏离感的写作手法，来探寻人类所处的境遇，戏剧化地反映出现代科学技术的冷酷，或者反映出人类对宇宙缺乏认知的情况，反映出人类为解决这个问题而做出的努力。这些写作手法也引导读者远离文中角色，引导读者更关注文章的言辞和意象。

托马斯·M. 迪什（Thomas M. Disch）的早期作品就是这类写作手法的例证。他称，他写作的目的就是“写出这样的小说：其叙事动力并不来自读者对令人心满意足的冒险经历的代入感，而是来自其他的东西”。他还称自己的写作目的是“要体现出自然的梦幻与狂乱的主题，要展示出各式各样的极致经历”。迪什生于艾奥瓦州得梅因市，在明尼苏达州长大。1959 年至 1962 年间，迪什就读于库伯联盟学院和纽约大学。在校期间，他在一家剧院的行李寄存处兼职服务员。离校后，他于 1963 年至 1964 年间在一家广告公司做文案撰稿人。就在这个时期，他在《奇妙故事》杂志 1962 年 10 月刊发表了第一篇短篇小说《双重时间》（“The Double Time”）。自 1964 年起，迪什成为一名全职自由作家。近些年[1]，他为《民族》杂志撰写戏剧评论。迪什在 1965 年出版了第一部长篇小说《种族灭绝》（*The Genocides*），他的作品开始出现在许多传统科幻杂志上。从 1966 年至 1968 年，他的小说时常发表在《新世界》杂志上，这部杂志还连载了他的两部长篇小说。迪什的短篇小说被结集在《一百零二个氢弹》（1966，又名《白牙野犬》）、《压迫之下》（1968，又名《新脑袋的快乐》）、《走入死亡》（1973）、《托马斯·M. 迪什早期短篇科幻小说》（1977）、《迪什小说选》（1980）、《毫无主意的人》（1982）等选集中。

数年来，迪什坚持每年出版一部长篇小说，包括：《被束缚的人类》[*Mankind Under the Leash*，1966，又名《恐怖小狗》（*The Puppies of Terror*）]、《绕骨回声》（*Echo Round His Bones*，1967）、《集中营启示录》（*Camp Concentration*，1968）、《囚徒》（*The Prisoner*，

1. 此处指的是“科幻之路”第四卷英文版首版出版之前的时候，即 20 世纪与 21 世纪之交。

小说版，1969）[1]、《334》（1972）、《乘歌之翼》。其中还穿插着其他一些小说，有些和别人合著，有些用笔名发表，也有些二者兼具，如：署名为卡桑德拉·科涅（Cassandra Knye）并与约翰·斯拉德克（John Sladek）合著的《恐惧搭建的房屋》（*The House That Fear Built*，1966）、署名为汤姆·德米约翰（Thom Demijohn）并与约翰·斯拉德克合著的《黑色爱丽丝》（*Black Alice*，1968）、署名为利奥妮·哈格雷夫（Leonie Hargrave）所著的《克拉拉·里弗》（*Clara Reeve*，1975）、与查尔斯·内勒（Charles Naylor）合著的《周边生活》（*Neighboring Lives*，1981）、《商人：恐怖故事》（*The Businessman: A Tale oF Terror*，1984）和《MD：一则恐怖故事》（*The MD: A Horror Story*，1991）。迪什的短篇小说《电器小英雄》（"The Brave Little Toaster"，1980）被沃尔特迪士尼动画公司改编为动画电影。他的作品常常进入星云奖和雨果奖的终选名单。迪什于1975年荣获欧·亨利奖，《乘歌之翼》荣获1980年约翰·W. 坎贝尔纪念奖年度最佳长篇科幻小说奖。

迪什也编辑了一系列科幻小说选集，如：《地球的废墟：近未来小说选集》（1971）、《妖月当空》（1973）、《新改良的太阳：乌托邦科幻小说选集》（1975）、《新星座》（1976，与查尔斯·内勒共同编辑）、《陌生》（1977，与查尔斯·内勒共同编辑）。

总而言之，相比于传统的科幻小说，迪什的长篇小说通常让人耳目一新，而他的短篇小说在主题和形式方面都更具创新性。比如说，他的长篇小说用阴暗和不寻常的方式探讨了外星人入侵、智力提升、物质传送和人口过多等问题。然而，他的短篇小说却展示出了一种卡夫卡式[2]的、令人难以捉摸的情感陷阱，这类小说以《松鼠

1. 本部小说是迪什基于1969年热映的同名电视剧做出的小说化改写。
2. 弗朗茨·卡夫卡擅长在文中构建离奇抽象的意象和场景，文章气氛常常阴暗压抑，如噩梦一般。

笼》（“The Squirrel Cage”，1966）和《堕落》（“Descending”，1964）为代表，这种写法甚至也体现在《亚洲海滨》（“The Asian Shore”，1970）中，小说刻画了一位外来的建筑评论家，深深着迷于一个土耳其本地人的生活和他的妻子之中。

但无论是迪什的长篇小说还是短篇小说，有一点是相同的：那就是迪什在读者和文中角色之间设置了一定的距离。在 1979 年版的《科幻小说百科全书》中，约翰·克卢特（John Clute）如此评价迪什：“迪什有着高超大胆的写作手法，他的叙事风格时常体现出冷漠的疏离感，对这种类型文学（即科幻小说）的读者有着严格的要求，对他为读者提供的愉悦感也有着严苛的限制，他的敏锐同时体现出一种微妙的残忍，通过这些，迪什也许是现代一流（科幻）小说家中最受人尊敬又最不受人信任，最被人羡慕而又拥有最少读者的作家了。”

但迪什偶尔也会展现一些迹象，让他小说中的角色活跃起来，让他自己和他的读者们喜欢并关心小说中的角色，比如《乘歌之翼》和《理解人类的行为》（“Understanding Human Behavior”，刊载于 1982 年 2 月刊《奇幻与科幻杂志》上）。《昂古莱姆》（“Angouleme”）是迪什更早期的作品，首发于 1971 年的《新世界季刊》（*New Worlds Quarterly*）第一期，后来又在哈里·哈里森和布赖恩·奥尔迪斯编辑的《1971 年度最佳科幻小说》（1972）中重印。但这篇小说最重要的一次重印是在迪什自己的科幻小说选集《334》中。《334》是一组联系很松散的短篇小说，小说发生在五十年后的未来，讲述了居住在阴森的纽约西十一大街 334 号的人们的故事（尽管在《昂古莱姆》中，故事和西十一大街 334 号的联系并不明显）。

古怪而又怀旧的标题“昂古莱姆”是小说中许多模糊不清的细节之一，这些细节保证了小说的“叙事动力……并不通过读者对令人心满意足的冒险经历的代入感，而是通过其他的东西”。小说富含细节的叙事手法是迪什关注“自然的梦幻与狂乱的主题”的例证，同样也体现出他用暗示手法来突出故事环境的写作技巧，毫无疑问，迪什是从阅读科幻小说中学到这些技巧的。阅读《昂古莱姆》的方法在多种意义上都和阅读菲利普·约瑟·法默（Philip Jose Farmer）更具科幻小说特点的《继续航行！》是一样的——关于小说背景和意义的线索都被准确地置于读者一定能注意到的地方，而且还加以说明，虽然读者在读到后文之前可能并不能完全理解。

实际上，这则故事非常简单——几句话就可以讲完。但是故事发生在何种场所，在何种前提条件下发生并给了故事中的事件以意义，这些问题就比较难以理解了。迪什说，生活就是这样：现在发生了一些事情，有了一些推测，但是这些事情到底是什么，这些推测到底是什么，这都需要读者自己从一些模棱两可的细节中拼凑出来，而这些细节还在很大程度上是通过一个小孩子模糊不清的视角来给出的。

对纽约市熟悉的读者在理解这篇小说时会感到更容易一些，但他们仍然会遇到一些难题。对其他读者来说，下述信息会有助于理解文章：纽约炮台位于曼哈顿岛最南部的尖端。这里之所以被称为炮台，是因为人们曾在这里，即为了守卫东河和哈得孙河，在它们的交汇点设置了火炮。现在这里是一座公园，其特色是拥有许多名人雕像和战争死难者的纪念碑，在天气晴朗时，人们可以在这里看到韦拉札诺桥，它横跨在韦拉札诺海峡两端，连接布鲁克林和斯塔滕岛。如果仍然感觉小说很难懂，推荐阅读《美国海岸》（*The American Shore*，1978）一书，萨缪尔·R. 德雷尼在书中逐句分析（甚至逐字分析）了这篇小说，以作为结构主义文学批评和科幻小说之阅读方法的范例。

（赵佳铭　译）

昂古莱姆

［美国］托马斯·M. 迪什

有七个亚历山大学生卷入了炮台计划。杰克年纪最小，来自布朗克斯，塞莱斯特·迪切卡、“抽鼻子”和玛丽·简、坦克雷德·米勒、安帕罗（当然了），当然还有领导者和幕后策划者比尔·哈珀——小吻唇先生这个称呼更为出名。他深情地、无可救药地爱上了安帕罗。安帕罗快 13 岁了（今年 9 月她就满 13 岁了），乳房已经开始发育了。她的皮肤非常非常漂亮，就像有机玻璃一样。安帕罗·马丁内斯。

他们第一次不值一提的行动发生在东六十街，下手对象是一个经纪人或者类似的人物。他们的全部收获就是一对袖扣、一块表、一个皮包——根本就不是皮的，一把纽扣，以及司空见惯的好几张没用的信用卡。行动期间此人始终保持镇静，甚至在“抽鼻子”割下纽扣时他依然神态自若。虽然他们都很纳闷，但是没有一个人敢问他以前经历过多少次这种场面。他们所做的并不是什么新鲜事。不过他们之所以制订这个计划，部分原因就在于需要做点新鲜事。这次抢劫当中唯一真正令人难以忘怀的部分就是压印在卡片上的名字。这个名字很奇怪，叫作理查德·W. 罗文。这是一个预兆（他们这伙人确实都在亚历山大·罗文学校上学），但是预兆了什么呢？

小吻唇先生把袖扣留给自己，把纽扣给了安帕罗（她又给了她叔叔），把其余的东西（那块表就是废物）捐给了他家住的大厦外面的旧货摊。

小吻唇先生的父亲是一名电视台主管。就像他开玩笑时说的那样，在两种意义上都是。他的妈妈和爸爸很年轻的时候就结婚了，不久就离婚了，但是在这之前他已经出生，填充了他们的空缺。爸爸——电视台主管——再婚了，这次是和一个男人，甚至比上一次更加幸福。不管怎么说，这次婚姻持续的时间足够长，以至于他的儿子——小吻唇先生历来以领导者和幕后策划者自居——必须学会适应形势，必须承认当前局面是永久性的。妈妈无非是掉进了大沼泽地消失了而已，扑通。

简而言之，小吻唇先生家境殷实。这是他得以进入罗文学校的首要理由，他本人有没有杰出的天赋倒是没那么重要。当然话又说回来，他的体形确实很匀称，因此哪怕半心半意，也没理由不能在纽约市成长为一名职业舞蹈家，甚至一名编舞者。就像爸爸乐意指出的那样，他在这方面有关系。

但在当时，他的爱好在于文学和宗教而不是芭蕾舞。他热爱更加抽象的狐步舞以及陀思妥耶夫斯基、纪德和梅勒那种更加形而上的纠结转折——七年级学生都喜欢这一套。他渴望某些更加生动的痛苦体验，而不仅满足于听任空虚感每日敲打着他年轻紧致的肚皮，每周与其他 11 岁小屁孩一起跺脚喊叫的团体治疗也不能让他在痛苦、犯罪和重生的大联盟中占有一席之地。只有真正的犯罪才能做到这一点，在所有可行的犯罪当中，谋杀当然是威望最高的，就连洛丽塔·库普拉德这样的权威人物也能证明这一点，洛丽塔·库普拉德不仅是罗文学校的董事和所有人之一，而且是两部风靡全国的电视剧本的作者，两个剧本的题材都是20世纪的著名谋杀案。他们的社会研究课甚至还围绕这一主题设立了一个单元：美国城市犯罪史。

洛丽塔写的第一起谋杀案是一出喜剧，当事人是密歇根州安娜堡的注册护士波琳·坎贝尔，故事大约发生在1951年，三个喝醉了的青少年砸碎了她的头。他们本来只打算把她打昏过去，以便强奸她。简而言之，1951年就是这副德行。18岁的比尔·莫雷和麦克斯·佩尔被判处无期徒刑，戴夫·罗亚尔（洛丽塔的主角）因为只有17岁，被从轻发落，判了二十二年。

她写的第二个谋杀案是悲剧风格，因此得到了更多的敬意，不幸的是这些敬意并非来自评论界。这可能是因为她的女主角——也叫波琳（波琳·维楚拉）——虽然更加有趣和复杂，但是在她那个时代以及之后也更加有名。这使得竞争非常激烈——另有一本畅销小说与一部严肃传记片都选取了这个题材。维楚拉小姐曾是佐治亚州亚特兰大的一名福利工作者，她在环境和人口问题上非常投入，这是前摄政时期的当务之急，人人都理所当然地开始变得焦躁不安了起来。波琳决定做点什么，换句话说就是亲自用尽可能公平的方法来减少人口。因此，她相当慷慨地规定，每个家庭最多有三个小孩，只要她访问的家庭多生了一个小孩，她就会找到某种悄无声息的方法，将家庭人口缩小到她喜欢的最大数目。从1989年到1993年之间，波琳的日记（由兰登书屋于1994年出版）记录了二十六起谋杀，还有十四起谋杀未遂。此外，在美国福利部门的记录当中，她所建议过的去做流产和绝育手术的家庭数目最多。

“我想，这就证明了，”一天下课后，小吻唇先生对他的朋友杰克解释说，“谋杀不是一定要杀名人才能成为理想主义的一种形式。”

不过，追求理想主义当然只是故事的一部分，还有另一部分是满足好奇心。除了理想主义和好奇之外，可能还有另外一部分，那就是童年的基本需要：成长。

他们选中了炮台作为下手地点，第一因为他们当中没有一个人平时去过那儿；第二因为这个地方在当时比较时髦；第三因为那里没什么人，至少在夜班工人舒适地待在塔楼里照料机器的时候是这样。夜班工人很少下到公园里来吃午饭。

第四，因为它非常美，特别是在此时的初夏时分。黑色的水镀着一层油，猛扑向加固的海岸；寂静从上纽约湾吹来，有时寂静得甚至让你能够分辨出身后城市里各种不同的噪声，摩天大楼的震颤声，高速公路那神秘的使地面颤抖的声音，以及时而不知从何处传来的奇特尖叫，这是纽约主题曲的旋律；醒目的天空在日落时分显现出蓝色和粉色；人们的脸由于大海和自己死期将至而变得平静，在绿色长椅上错落有致地排列着。就连这里的雕像看起来也很美，仿佛有人曾经相信过它们，就像很久以前人们一定相信过修道院里的雕像那样。

他最爱的是那只巨大的杀手鹰，它落在纪念第二次世界大战期间阵亡的士兵、海员和飞行员的石碑中间。这可能是曼哈顿最大的鹰。它的爪子撕开了一个肯定是全世界最大的洋蓟。

安帕罗赞同库普拉德小姐的某些想法，她更喜欢韦拉札诺纪念碑更具人文主义色彩的特质（韦拉札诺的塑像站在纪念碑顶上，下面的雕塑是一位天使用她的剑轻轻地刺向一本大书）。韦拉札诺并不是建造那座著名的垮塌大桥的承包商。相反，正如雕像后面的青铜板所赞颂的：

1524 年 4 月

佛罗伦萨出生的航海家

韦拉札诺

带领法国的卡拉夫·多芬号

发现了

纽约港

并把这些海岸命名为昂古莱姆

以纪念法兰西国王法兰西斯一世

他们一致同意（除了坦克雷德，他喜欢更加流行且简短的名字）“昂古莱姆”是一个优雅的名字。坦克雷德的意见因为不合程序而未被采纳，决议变为一致通过。

就是在这里，这座雕像旁边，从昂古莱姆湾一直望到泽西，他们发誓要永远保守秘密。无论是谁，只要说出他们即将要做的那件事——除非他正在遭受警察的拷问——都要庄严请求共谋者用其他手段来确保他保持沉默。那就是死亡。正如历史课上的“现代革命”单元讲明的那样，所有的革命组织都采取了类似的措施。

他的绰号是这样来的：爸爸的理论认为现代生活渴望老式的多愁善感来调味。这一理论带来了各种令人难堪的事情，其中尤其包含了以下场面：爸爸会在洛克菲勒中心的正中央（或在餐馆里，或在学校前面）甜甜地喊道：“谁是我的小吻唇先生！”而他则会立即回答：“我是！”至少是在他懂事之前。

妈妈有过许多昵称：“玫瑰花蕾”、“佩格，啊，我的心肝”和“白雪皇后”（直到最后爸爸才这么叫她）。妈妈是个大人，能够消失得无影无踪，只有每年圣诞节才寄来一张明信片，邮戳是基拉戈岛的，可是小吻唇先生不管愿不愿意，都摆脱不了新感伤主义。真的，从 7 岁起，他才能够坚持在家里被别人叫作“比尔”（或者按照爸爸的说法，“干巴巴的比尔”)。但他还要应付大厦的员工，还有爸爸的助手、同学，以及任何曾经听到过这个名字的人。然后，一年前，他 10 岁了，能够思考了，他立了新规矩——他的名字就叫小吻唇先生，每次他都要把这个可怕的绕口名字完完整整地念出来。他的理由是，如果有人会为此而丢脸，那就是爸爸，他活该。爸爸似乎不明白，又或者他太明白了，你永远也搞不清楚他究竟有多傻，或者其实有多狡猾，这是最糟糕的那种敌人。

与此同时，新感伤主义在全国范围内大为走红。爸爸制作的《孤儿》(有时编剧的名字也是他)两年来创下了周四晚间的收视纪录，现在正在改编以便白天播出。在每天一个小时的时间段之内，我们的生活会变得甜美许多。爸爸有可能会成为百万富翁，甚至更有钱。好的一面是，这意味着他会成为百万富翁的儿子。虽然他经常鄙视金钱，因为金钱会腐蚀它碰到的一切，但他不得不承认，在某些情况下有钱也不一定是坏事。归根到底(其实他一直明白)，爸爸是必要的恶。

这就是为什么每天晚上爸爸匆匆走进套间时都会大喊道：“我的小吻唇先生在哪里？”而他则会回答：“在这儿，爸爸！”这杯爱之圣代上的樱桃是一个大大的、湿漉漉的吻，然后他还要再给他们家的新任“玫瑰花蕾”吉米·内斯一个吻。(他喝酒，而且这段婚姻十之八九持续不了多久。)他们三个都坐下来享受吉米·内斯做的美味家庭晚餐，爸爸会告诉他们今天在哥伦比亚广播公司发生的愉快、积极的事，小吻唇先生也会讲发生在他身上的所有开心美好的事。吉米会生闷气。然后爸爸和吉米会去某个地方，或者只是携手消失在了私密的空间里面，小吻唇先生则会匆匆溜进走廊(爸爸还不至于晚上不让他出门)，不到半个小时，他就会到达韦拉札诺雕像那里，和另外六个亚历山大学生一起——如果塞莱斯特要上课，就只有五个——计划谋杀大家最后一致同意的受害者。

谁都没能找出他的名字。于是他们根据拉斯柯尔尼科夫用斧子砍死的那个开当铺老太婆的名字，把他叫作阿辽娜·伊凡诺芙娜。[1]

选择可能的受害者范围并不广。该地区常见的支付方式是随身携带信用卡，就像理查德·W. 罗文一样，而那些占满长椅的普通退休人士就更没劲了。正如库普拉德小姐所解释的那样，我们的经济正在重新封建化，现金就像鸵鸟、章鱼和杓兰一样濒临消失。

他们考虑的第一个下手对象是一名克劳斯小姐，她整天担心诸如此类的灭绝——尤其担心海鸥灭绝——除非她的手写海报（**停止屠杀**无辜者！！等等）底端的落款属于别的什么人。如果她是克劳斯小姐的话，为什么却戴着似乎很老式的、已婚妇女才戴的钻戒和金带呢？但更关键的问题在于——他们看不出来如何解决这个问题——钻石是真的吗？

可能的二号人选继承了风雨孤儿吉许姐妹[2]开创的传统。她是一个可爱的半专业歌手，假装盲人，为长椅上的人们唱小夜曲来消磨时间。她的悲情丰富多彩，就是有点过度；她的表演曲目很古老；她的收入公平合理，尤其是在老天下雨给她添油加醋的时候。但是“抽鼻子”（他做过调查）肯定，她的破衣服下面藏着一支枪。

第三个候选人可能是最没有诗意的一个，只是在巨鹰后面出售麻醉药的特许摊贩。他的吸引力在于商业方面。但他有一条有执照的威玛猎犬，虽然猎犬可以对付，但是安帕罗喜欢它们。

“你少给我来浪漫主义者这一套，”小吻唇先生说，“给我个像样

1. 来自陀思妥耶夫斯基的小说《罪与罚》。
2.《暴风雨中的孤儿们》是由导演 D. W. 格里菲斯执导，丽莲·吉许、多萝西·吉许、约瑟夫·希尔德克劳特主演的剧情电影。

的理由。”

“他的眼睛，”她说，“琥珀色的。他会回来纠缠我们的。”

他们在克林顿城堡的石头上的一个深深的炮口里依偎在一起，她的头挤到了他的腋下，他的手指划过她涂了润肤乳的乳房（夏天刚刚开始）。寂静、温暖的微风，水面上的阳光，这些都妙不可言，他们之间似乎只隔着最薄最薄的纱，理解某些东西（这一切）确实很有意义。因为他们认为应该谴责的是自己的无知，就像他们的灵魂大气中的烟雾一样，有时他们比任何时候都想去掉这些烟雾，就像此时他们如此接近的时候。

“那为什么不选那个老色鬼呢？”她问，指的是阿辽娜。

“正因为他是个老色鬼。”

“那不是理由。他骗的钱一定至少跟那位‘歌唱家’一样多。”

“我不是那个意思。”他的意思并不那么容易说清楚。并不是说杀那个老头好像太容易了。如果你在电视剧的开头几分钟看到了他，你就知道到插播第二个广告的时候他注定要完蛋。他是那个目中无人的自耕农，是调查组中那个执拗的高级成员，懂得算法语言和公式翻译语言，但是读不懂自己内心的秘密。他是那个南卡罗来纳州的参议员，有着独特的廉正名声，不过却是一个种族主义者。杀掉这种人太像爸爸的一个剧本上的那样了，实在算不上令人满意的反抗姿态。

但是他没有说清自己的深层意思，说出来的却是：“因为他不该杀，因为我们要为社会做件好事。别让我给出理由了。”

“好吧，我不会不懂装懂，但你知道我是怎么想的吗，小吻唇先生？”她推开了他的手。

“你认为我害怕了。”

“也许你应该害怕。”

“也许你应该闭嘴，把这件事留给我。我说了我们要做这件事。我们会做的。”

“那么干掉他？”

“好吧。但是看在上帝的分上，安帕罗，除了‘老色鬼’之外，我们得想个别的名字来称呼这个杂种！”

她从他的腋下钻了出来，并且吻了他。他们全身的小汗珠闪闪发光。夏天开始随着初夜的兴奋而闪烁。他们已经等待了太长时间，现在夜幕终于落下了。

M[1]日定在7月的第一个周末，一个爱国主义假日。计算机将有时间满足自己的需要（对这些需要有各种描述，如“忏悔”、“做梦”和“呕吐”），炮台则会和往常一样空空荡荡。

这个时候，他们所面临的问题就和任何地方任何孩子过暑假时所面临的问题一样——如何打发时间？

他们可以看书；如果愿意花时间排长队的话，也可以看莎士比亚木偶戏；电视节目一直都有；如果你实在坐不住了，中央公园还有越障训练场，但是挤得像旅鼠一样。炮台因为不试图满足任何人的需要，所以很少会人满为患。如果还有更多的亚历山大学生来到这里想争地盘，他们或许将会不得不就范。嗨，未必不会有这样一个夏天……

还有什么？想玩政治可以去游行，不想玩政治可以去参加各种不同能量级别的宗教。本来他们可以去跳舞，不过在这方面罗文学校早就把他们给宠坏了，全市大多数业余舞蹈活动他们都参加过了。

至于性爱这种最高的消遣方式，除了小吻唇先生和安帕罗（即

1. 谋杀（murder）的首字母是M。

便对于他们来说，最后的性高潮也仅仅是那么回事），对于其他人来说这还是屏幕上发生的情节，一个缺乏经验证据的精彩假设。

不管怎样，这些都是消遣，所有这些事他们本来都可以做。他们已经厌倦了消极被动，谁不是呢。他们 12 岁，或者 11 岁，或者 10 岁，他们不能再等了。等什么呢？他们想要知道。

因此，除了他们独自闲逛的时候，所有这些假定的资源：书、木偶戏、运动、艺术、政治和宗教，都和荣誉勋章以及加尔各答（在少数印度的旧地图上你还能找得到这个名字）的周末一样，被归入“无用”一类。他们的生活没有改进，他们的夏天过得就像那些留不下什么印象的夏天一样。他们垂头丧气，没精打采，到处闲逛，互相嘲笑和抱怨。他们把胆怯散漫的幻想付诸行动，还长时间无的放矢地争论那些无关紧要的事实——丛林动物的习性，砖是怎样制成的，或者第二次世界大战的历史。

有一天，他们把为士兵、海员和飞行员所竖立的石碑上的所有名字都加了起来。他们得到的最终数字是四千八百人。

“哇噢。”坦克雷德说。

“但这不可能是所有的人。”玛丽·简坚持说，她代表了其他人的意见。就连“哇噢”听起来也是半带讽刺。

“为什么不是？”坦克雷德问，他总是忍不住要发表不同意见，“他们来自各个不同的州，来自各个兵种。名单必须完整，否则那些有亲人被漏掉的人会抗议的。”

“但是这么少吗？按这个比例，都不可能打完一场以上的战役。”

“可能……”“抽鼻子”轻声说道。但是没几个人听他说话。

“那时的战争不一样，”坦克雷德用黄金时段新闻分析员的权威口吻解释说，“那时候，被自己的汽车杀死的人也比死在战争中的多。这就是事实。”

"四千八百人？"

"……抽彩吗？"

塞莱斯特不管"抽鼻子"说过什么或者会说什么。"玛丽·简是对的，坦克雷德。这就是个很荒唐的数字。你想啊，就在同一场战争中，德国人光是用毒气就毒死了七百万犹太人。"

"六百万犹太人，"小吻唇先生纠正道，"但意思是一样的。可能这里的只是在一场特定的战役中被杀的人。"

"那它就该说清楚。"坦克雷德很固执，最后他甚至让他们承认，四千八百人是个令人印象深刻的数字，尤其是用石头字母把每个人的名字都拼出来的时候。

另一个惊人的统计数字也在公园得到了纪念：在三十三年的时间中，克林顿城堡目睹了七百七十万移民进入美国。

小吻唇先生坐下来计算了一下，要写下所有移民的名字和出生国，需要一万两千八百块记录士兵、海员和飞行员名字的石碑那么大的石板，需要五平方英里的地方来立这些石板，或者说相当于从这里一直到第二十八街的整个曼哈顿。但说到底值得这么麻烦吗？事情会与现在有什么不同吗？

阿辽娜·伊凡诺芙娜。

他的光头就像一片黄褐色的海洋，上面绘制着由不规则的棕色岛屿组成的群岛。他的毛发大陆上都是露出地面的大理石，尤其是他的胡子，又白又弯又卷曲。他的牙齿有标准的稀少问题，衣服就像任何破旧的织物那样干净。他身上没有特别的气味。但是……

即使他每天早上都洗澡，你看到他的时候仍然会觉得他很脏，就像那些古老的褐色砂石建筑的地板，哪怕刚刚擦洗过看起来也依然需要打扫。污物已经粘在了他起皱的肌肤和起皱的衣服里，只有外科手术或者焚烧才能把它弄出来。

他的习惯就像波点餐巾那么有规则。他住在切尔西老人之家，他们之所以发现这一点是因为有一天一场暴雨迫使他坐地铁回家，而不是像往常一样步行回家。在最热的夜晚，他可能会睡在公园里，在城堡的某个窗户里筑巢。他在沃特街的“小仲马”特色商店里买午餐：奶酪、进口水果、熏鱼、瓶装奶油，众神的食物。否则他就不吃午饭，虽然他的宿舍一定也会供应些乏味的必需品，比如早餐。一个乞丐这样花钱真是很奇怪，他们通常都是用来买毒品的。

他的专业乞讨手法是不折不扣地咄咄逼人。例如他会把他的手放在你脸上说：“怎么样，杰克？”或者坦诚地告诉你：“我需要六十美分回家。”他得手的次数令人吃惊，但其实这并不惊人。他有超凡魅力。

依靠超凡魅力的人不会随身带枪。

他年纪可能有 60、70、75 岁，可能大点也可能小点。这都取决于他此前在哪里过着什么样的生活。他有一种他们谁都听不出来的口音。不是英语，不是法语，不是西班牙语，大概也不是俄语。

除了城堡墙上的洞穴之外，他还喜欢两个地方。一个是水边宽阔的人行道。这是他工作的地方，他走过城堡，一直走到货摊那里。一艘巨大的海军巡洋舰——美国军舰“达纳号”或者“梅尔维尔号”经过时，会让他和整个炮台都停下来，仿佛一整支游行队伍正在经过，洁白、无声、梦境般缓慢。这是历史的一部分，哪怕亚历山大的学生们也深受感动，虽然他们中有三个人曾经乘船到过安德罗斯岛。但有些时候，他会没有任何理由地长时间站在护栏边上，注视着泽西的天空和泽西海岸。过不了多久，他可能会开始自言自语，声音非常轻，但从他皱眉头的方式能够看出，他非常认真。他们从来没见过他坐在长椅上。

他喜欢的另一个地方是鸟舍。在旁人忽略了它们的日子里，他会为鸟儿的生存事业贡献花生或者面包屑。那里有鸽子、鹦鹉、一家子知更鸟，还有一大群标签上写着是山雀的鸟，虽然塞莱斯特说——她去图书馆核实过——它们只不过是一种羽毛华丽的麻雀。这里自然也是激进的克劳斯小姐担当见证者时常待的地方。她的一个特点（这或许也是她从来没有被赶走过的原因）是不管在什么情况下都不屑于争论。即使是支持者，也只能从她那儿得到一个冷淡的微笑和简短的点头。

M 日前一周的周二（那是在早上，只有三个亚历山大学生在旁边目睹了这场对峙），阿辽娜终于打破了沉默，试图开始和克劳斯小姐交谈。

他站在她正对面，开始用模糊得令人难耐的口音大声、缓慢地朗读“**停止屠杀**”的文字：“美国政府的内政部正在按照犹太复国主义组织福特基金会的秘密指示，系统性地利用所谓的‘食物农场’来毒害海洋。这是‘和平利用核能’吗？引文结束，《纽约时报》，2024 年 8 月 2 日。又一个新的月球探测计划[1]！！《自然界》，1 月。我们能支付得起继续漠不关心的代价吗？每天都有一万五千只海鸥死于有计划的‘种族灭绝’，而当选官员却在伪造和歪曲证据。了解真相。给议员们写信吧。发出你的声音吧！！”

阿辽娜在那儿喋喋不休的时候，克劳斯小姐的脸变得越来越红。她的手指紧紧抓住蓝绿色的扫帚把，海报就钉在上面，她开始迅速上下晃动海报，仿佛这个有外国口音的男人是某种栖息在上面的猛禽。

“你是这么认为的吗？”他不顾她的抖动策略，从头到尾把海报

1.“月球探测计划”在美国俚语中有“劳民伤财”的意思。

读完，一直读到签名，然后问道。他摸摸他那浓密的白胡子，皱起了脸，露出一副哲学家的表情："我想多了解一点这方面的情况，是的，我会的。我很有兴趣听听你的想法。"

恐惧冻僵了她的四肢，让她动弹不得。她的眼睛眨了眨就闭上了，但是她强迫自己重新睁开眼睛。

"也许，"他继续无情地说道，"我们可以讨论这整件事情。等您更方便讲话的时候。好吗？"

她召回了她的微笑，最低限度地点了点头。然后他就走开了。她安全了，暂时安全了，但即使如此，她还是等到他向临海大道的另一头走去，一直走到半路上，才松了口气。深吸了一口气之后，她手上的肌肉这才松弛下来开始发抖。

M 日那天就像一幅夏日的油画，包括了画家们全都乐意去画的一切事物——云彩、旗帜、树叶、性感男女，背景是平坦空旷的淡蓝色天空。小吻唇先生是第一个到的，坦克雷德是最后一个到的——他穿了某种和服（里面藏了一把偷来的鲁格尔手枪）。塞莱斯特没来（她刚刚得知她得到了去索非亚的交流奖学金）。他们决定，没有塞莱斯特他们也可以干，但一个更关键的问题是他们还缺了另一个人。他们的谋杀对象忘记了在 M 日这天亮相。因为"抽鼻子"的声音在电话里听起来最像成人，所以他们派他到花旗银行的大堂里给西十六街的宿舍打电话。

接电话的护士是临时工。"抽鼻子"一向是一个充满灵感的骗子，他坚持要他妈妈——"安德森夫人，她当然住在这里，阿尔玛·F. 安德森夫人"——来接电话。这里是西十六街 248 号，不是吗？如果她不在这里，那她去哪儿了？护士慌忙解释说，这里的居民，只要身体还好，都作为大泽西退休公寓的客人，坐车去霍帕康湖参加 7 月 4 日的野餐了。他可以明天一大早打过来，到时候他们就已经回来了，那时他就可以和母亲说话了。

因此启动仪式被迫推迟，这是没法子的事。安帕罗把她从母亲的罐子里拿来的药片发给大家，作为安慰奖。杰克离开了，道歉说他有边缘性精神病，9 月之前没有人再见过杰克。这个帮派正在四分五裂，就像泡在唾液里面的方糖一样，然后就会破碎在舌头上。但是管他的——大海仍然映照着同一片蓝天，边门后面的鸽子依旧色彩斑斓，树木仍然为了所有这一切而生长。

他们决定冒傻气，拿 M 日中的 M 究竟代表什么来开玩笑。“抽鼻子”先开始：“诺梅尔小姐、马车小姐和牛排小姐。”坦克雷德的幽默感要么是根本没有，要么是只有自己才明白，想了半天才憋出一句“谟涅摩叙涅，缪斯女神之母”。小吻唇先生认为 M 代表“仁慈的上帝！”。玛丽·简理智地坚持说 M 代表玛丽·简。但是安帕罗说，它代表自信、沉着和获胜。

然后印证了那句话：当你航行时，风总是从你身后吹来。他们在调频 99.5 找到了特里·赖利[1] 的《奥菲欧》，这出歌剧能播一天之久。他们在表演课上学过《奥菲欧》，现在这部戏已经成了他们的肌肉和神经的一部分。当俄耳甫斯进入地狱时，地狱从一颗豌豆那么小迅速膨胀成了一颗行星那么大，亚历山大的学生们也随即变成了一群饱受折磨的灵魂，与雅各布·佩里[2] 时代之后的任何表演一样真实可信。整个下午，一小群观众聚聚散散，成年人如同倾倒祭酒一般向人行道上的他们投来关注目光。他们的即兴表演超越了自我，无论是轮流表演还是集体表演的时候，虽然他们的航行如果没有烈性精神药物之风的帮助就不可能坚持到顶峰（9 : 30 出现），但他们

1. 美国简约主义古典音乐作曲家，他是简约主义的先驱者之一。
2. 意大利文艺复兴时期的作曲家和歌手，经常被称为歌剧的发明者。

所跳的是真正的、自己的舞蹈。那天晚上他们离开炮台的时候感觉比整个夏天都要好。从某种意义上说，他们得到了净化。

可是回到大厦后的小吻唇先生无法入睡。他刚一进门，内脏就纠结成了一个中国结。只有在打开窗户，爬到窗台上之后，他才摆脱了糟糕的感觉。城市是真实的。他的房间不是。石头窗台是真实的，他的光屁股从中感受到了现实的气息。他一边看着远处的东西缓慢移动一边整理自己的思绪。

不用和其他人说，他就知道谋杀永远不会发生了。这个想法对他们的意义从来不像对他的意义这样大。一粒药片下肚，他们就又变成了演员，满足于成为镜子中的映像。

就在他看着的时候，城市慢慢地停止了运转。黎明慢慢地把天空分成东方和西方。如果有一个行人正在走过第五十八街，并且向上看的话，就会看到一个男孩的光脚丫正在晃来晃去，像个天使一般。

他必须亲自杀掉阿辽娜·伊凡诺芙娜。此外别无选择。

他回到卧室，电话早已响起了不甚清晰的午夜铃声。可能是坦克雷德（或者安帕罗？）试图劝他不要干了。他能预见到他们的理由。塞莱斯特和杰克现在不能信任了。或者是更加微妙的理由：他们表演《奥菲欧》太引人注目了。只要稍微调查一下，长椅上的人们就会想起他们来，想起他们舞跳得那么好，警方就会知道到哪儿去找他们。

但是真正的理由——至少安帕罗现在会羞于提起，因为药片的效用已经过去了——是他们开始同情受害者了。在过去的一个月当中，他们已经太了解他了，同情侵蚀了他们的决心。

爸爸的窗口亮起了灯。开始的时候到了。他站了起来，全身被晨光染成了金色，又是一个美好的日子。他沿着一英尺宽的窗台走回自己的窗户。他的腿由于坐得太久而刺痛。

他等到爸爸去淋浴，才蹑手蹑脚地溜向他卧室里的旧写字台（W. & J. 斯隆，1952）。爸爸的钥匙链盘绕在胡桃木板上面。写字台抽屉里有一个古董墨西哥雪茄盒，雪茄盒里有一个绒布袋，绒布袋里是爸爸的一支法国决斗手枪复制品，款式约为1790年前后。这些预防措施并不是针对他儿子，而是为了防范吉米·内斯，因为吉米常常感到有必要证明自己的自杀威胁并非只是说说而已。

爸爸刚买回这支手枪的时候，他就仔细研究了说明书，能够迅速无误地执行装弹程序，把事先量好的一撮火药塞入枪管，然后把子弹放在火药上面。

他咔嗒一声把击锤扳回来。

他锁上抽屉。把钥匙放回原处，就是这样。他把手枪暂时藏在土耳其式屋角的填充物和垫子里，斜向上放，以免弹丸滚出来。然后他用昨天剩下来的高兴劲儿闯进浴室，吻了爸爸的脸颊。早上分配的两加仑水让这个吻湿漉漉的，还带着4711牌古龙水的芬芳。

他们一起在咖啡屋吃了一顿愉快的早餐，除了有女招待服侍之外，早餐和他们自己做的一模一样。小吻唇先生热情地描述了亚历山大学生们表演《奥菲欧》的场面，爸爸尽量表现出没有屈尊俯就的样子。当他实在装不下去的时候，小吻唇先生管他要了第二粒药片，既然一个男孩从他父亲那里得到这种东西总要好过从街上的陌生人那里乱拿，小吻唇先生自然如愿以偿。

他在中午时分到达南码头站，充满了即将获得自由的感觉。天气就像M日再次来临一样，仿佛午夜时分他坐在窗台外面迫使时间倒流回到了事情开始出差错之前。他穿着最没有特征的短裤，手枪就挂在皮带上的暗褐色小袋里面。

阿辽娜·伊凡诺芙娜坐在鸟舍旁边的一张长椅上，正在听克劳斯小姐讲话。她戴着戒指的那只手紧紧抓着海报，右手在空中挥舞，她的雄辩令人尴尬，就像哑巴奇迹般治愈之后说出来第一个字一样。

小吻唇先生走下小路，蹲坐在纪念碑的阴影之中。昨天它已经失去了魔力，当时每个人都觉得雕像开始显得很蠢。现在它们仍然显得很蠢。韦拉札诺穿得像一位维多利亚时代的工业家，正在阿尔卑斯山度假。天使穿了一件天使常穿的青铜睡衣。

他的良好感觉一点一点离开了他的脑袋，就像风化了几个世纪的砂岩一样。他想给安帕罗打个电话，但只要他到这里来的目的没有达到，她所能给他的任何安慰都只是幻影。

他看看手腕，然后才想起他把表忘在家里了。第一花旗银行正面的巨大广告钟告诉他，现在是 2 点 15 分。不可能。

克劳斯小姐仍然在说个没完。

他有时间看着云彩从泽西飘来，飘过天空，飘过哈得孙河上空，飘过太阳。看不见的风啃咬着它脆弱的边缘。云彩变成了他的生命，会在还没有变成雨之前就消失不见。

后来，老人沿着海边长廊向城堡走去。小吻唇先生悄悄跟着他，走了好几英里的路。然后，在公园尽头的时候，只剩下了他们俩。

“哈啰。”他说道，带着专门留给无法确定是否重要的成年人的微笑。

老人直盯着他的小袋，但小吻唇先生没有惊慌。老人应该是在想该不该管自己要钱，如果他有钱的话，就会放在这里。手枪明显地鼓起了一个包，但并不是通常会让人联想到手枪的那种鼓包。

“对不起，”他冷静地说，“我没钱。”

“我管你要了吗？”

“你正准备要。”

老人好像要回到另一个方向上去，因此他必须快点说，说点什么让他留在这里。

“我看到你和克劳斯小姐说了话。”

他停下了。

“祝贺——你破冰了！”

老人半带微笑半皱眉头：“你认识她吗？”

“嗯，你可以说我们注意到了她。”“我们”这个词是故意在冒险，一道开胃菜。他用手指触摸皮带上面挂着那个沉重袋子的绳子两边，让它懒洋洋地摆动着。“介意我问你个问题吗？”

现在老人的脸上没有了宽容的神态：“大概介意。”

小吻唇先生的微笑已经没有了算计的僵硬痕迹。这是那种对爸爸，对安帕罗，对库普拉德小姐，对任何他喜欢的人的微笑。“你从哪儿来？我是说，哪个国家？”

“这不关你的事，是吧？”

“好吧，我就是想……知道。”

老人（不知怎么的，他已经不再是阿辽娜·伊凡诺芙娜了）转过身去，径直朝旧堡垒的矮胖的石筒走去。

他想起门口那块匾牌——记录了七百七十万移民的那一块——说珍妮·林德[1]曾经在这里演唱，并且取得了巨大成功。

老人解开了裤子拉链，掏出他那玩意儿，开始对着墙撒尿。

小吻唇先生笨手笨脚地摆弄着袋子上的绳子。老人站在这里撒尿的时间长得惊人。之所以这么说是因为尽管这愚蠢的绳结竭尽全力不让他解开，但是在老人抖掉最后几滴尿之前，他还是把手枪拿

1. 出生在瑞典的女高音歌唱家，有“瑞典夜莺”之称。

出来了。

他把雷帽放在打开的火门上，扣了两下击锤，打开保险，开始瞄准。

老人不慌不忙地拉上拉链。然后才瞥向小吻唇先生的方向。他看到了对准他的手枪。他们相隔不到二十英尺，因此他一定会看到。

他说："哈！"即使这个字眼也不是冲着拿枪的男孩说的，他每天都会在水边重复一段有点愤愤不平的独白，眼下他只是将这个字眼插了进去。他转过身去，过了一会儿，他又干起了老本行，伸手向过路人讨要二十五美分。

纽约

1970 年 4 月

（舒文　译）

战后一代

当历史学家和评论家提及“新生代”时，用的是种比喻的说法：他们描述的是那些似乎观点相近、兴趣相似、写作风格也相类同的作家群体，且在上述各个方面似乎都与过去迥然不同。一代人往往有着共同的经历，这些经历在他们身上打下了鲜明的印记：如第一次世界大战期间迷惘的一代[1]、20 世纪 20 年代禁酒令时期的一代[2]、大萧条时期饥饿的一代、第二次世界大战期间务实的一代、越南战争时期疏离的一代，毫无疑问，此外还有其他各代。至于实际年代的问题则无关紧要。

波尔·安德森和达蒙·奈特曾提出，似乎每隔十年左右，就会出现差异明显的新一代科幻小说作家，但没有人研究过他们的出生年月。初步调查显示，某些年份盛产作家，而其他年份出生的作家却寥若晨星：以 1911 年为例，奥托·宾德尔、杰克·芬尼、雷蒙

---

1. 又称“迷失的一代”，由美国文学评论家格特鲁德·斯坦因提出，是一战到二战期间出现的美国一类作家的总称，他们表现出的共同点是对美国社会发展的失望和不满。
2. 禁酒令颁行时期为 1920 年至 1933 年，这给这期间带来了各种严重的社会问题。

德·Z. 加伦、L. 罗恩·哈伯德、C. L. 穆尔、诺顿、玛格丽特·圣克莱尔、詹姆斯·H. 施密茨和乔治·O. 史密斯等重要作家均生于这一年，而前后数年当中，最多的一年也仅诞生了四人，一般为三人，有的年份只有一人，甚至连一个也没有；另一盛产作家的年份是 1915 年，这一年出生的作家包括利·布雷克特、莱斯特·德尔·雷伊、汤姆·戈德温、霍伊尔、雷蒙德·F. 琼斯、库特纳、提普奇——谢尔登——和扬，直至 1920 年之前，始终没有哪个年份能出其右。1920 年这一年，诞生了阿西莫夫、伽卢耶、弗兰克·赫伯特、泰恩——克拉斯、西奥多·L. 托马斯、塔布、杰克·万斯和理查德·威尔逊。此外，1923 年也诞生了比格、比克斯比、阿夫拉姆·戴维森、狄克森、詹姆斯·冈恩、梅尼尔、小沃尔特·米勒和冯内古特。

毫无疑问，这样的归纳毫无意义；不过收录在本卷范围内，发表于 1970 年后的小说当中，有四位作者生于 1945 年，三位生于 1947 年，还有四位生于 1948 年。或许数字确有神奇之处吧。

帕梅拉·萨金特（Pamela Sargent）当过销售、模特、流水线工人、打字员、公司职员和助教，同时还在纽约州立大学宾厄姆顿分校学习，最终获得古典哲学及哲学史硕士学位。她的第一篇小说《登陆的少数》（“Landed Minority”）发表在 1970 年 9 月刊的《奇幻与科幻杂志》上。她的短篇小说被收录在《星影》（1977）、《帕梅拉·萨金特代表作》（1987）、《梦想家眼底及其他短篇小说集》（2002）、《山之笼及其他故事》（2002）等短篇小说集中。1992 年，她凭借《丹尼去火星》（“Danny Goes to Mars”）获星云奖。

自 1976 年起，她雄心勃勃地发表了一系列长篇小说，始于《克隆生命》（*Cloned Lives*，1976），接着是“突如其来的星”（*The Sudden Star*，1979）系列，依次为《守望之星》（*Watchstar*，1980）、

《彗星之眼》(*Eye of the Comet*，1984)和《家之心灵》(*Homesmind*，1984)，还有《女性之岸》(*The Shore of Women*，1986)，以及她的“金星”三部曲：《梦幻金星》(*Venus of Dreams*，1986)、《暗影金星》(*Venus of Shadows*，1988)和《金星之子》(*Child of Venus*，2001)。她还著有一本关于成吉思汗的历史小说《治天者》(1993)和一部或然历史小说《乘风破浪》(1999)。她曾编辑过诸多文集，但她最广为人知的成就是其编纂的系列文集证实了女性对科幻小说所做的贡献，其中最早的一部是1975年的《神奇女性》(*Women of Wonder*)。

科幻小说的重要主题之一是超能力的发现或发展。这样的能力往往成为纠错的手段，或为一个新社会甚至新种族铺平道路；有时超能力也会被当成作恶、牟取私利或权力的工具。后来的超能力运用描写有时侧重于在隐藏或应对新能力方面遇到的困难，甚至聚焦于拥有超能力者的孤独处境（如《无人扰格斯》）。大屠杀之后的一代人往往将其视为额外的惩罚。

《采撷蓝玫瑰》看似是个普通故事，讲述的是与众不同的人在成长过程中遭遇的种种困境。本篇中的这个孩子是名犹太人，生性敏感，腼腆孤僻，还有个双胞胎兄弟，她的母亲在纳粹集中营中幸存了下来。这个未提及姓名的孩子同时还必须面对母亲脆弱的精神状态，且她母亲偶尔还需离开家人，独处一段时间。直至故事叙述到一半时，才在字里行间透露出一些蛛丝马迹，表明本文或许涉及了某种不同寻常的情况，这种情况使其可以被合理地归入科幻小说的范畴，仅在文末，才挑明了母亲所承受的折磨当中特殊的恐怖之处；也仅在文末，才揭示出女儿的敏感其实是一种诅咒，比她母亲所遭受的诅咒更为不幸。

这篇小说惜墨如金，运用了十分浅白的语言，作为儿童的表述颇为恰当。作者还面临着一个额外的问题，即如何揭示出女儿成人后不得不面对的生活；萨金特并未以赘笔描写日后的某个场景，或添加一段拙劣的附言，而是同时从两个层面来讲述这个故事：童年层面是从成年人的角度来加以回顾，而后来所知之事和当前的经历则在括号中插入。在两个层面同时揭示出真相，对于处境的最终描写与揭示的内容恰好重合。

（罗妍莉　译）

采撷蓝玫瑰

[美国] 帕梅拉·萨金特

我不记得曾经是否直截了当地问过我妈妈关于文在她身上的编号的事。我们肯定早就知道这件事不该问了；可能是我兄弟西蒙或我本人在很小的时候无意间说过什么，见她听了这话，脸上露出哀伤的表情；也可能是爸爸嘱咐过我俩，永远也别问。

当然了，我们一直都知道这些数字的存在。有些时候，天气特别暖和，妈妈没扣上衣最上面的扣子，她会俯身拥抱我们，或抱起我们，我们就会看到这一排数字刺在她胸前，在她胸脯上方仅有一英寸的位置。

（等进入青春期时，我已经听过了所有关于死亡集中营和焚尸炉的恐怖故事；关于那些不得不从尸体上摘金牙的人的故事；关于那些女人的故事——士兵和警卫们不顾德意志帝国的禁令，用她们来泄欲。自此以后，我就带着矛盾的心情审视我妈妈，对自己说，如果是我，我宁可先自行了断，我宁可想点什么办法，也决不会忍受这样的屈辱，我心里想着在她身上究竟发生过什么，她的良心背负着怎样不可告人的罪孽，她为了求生都干出过些什么。一位老医生曾经对我说过："我们当中最优秀的那些人都死了，最可敬的那些人、最敏锐的那些人。”感谢上帝，我生于1949年；我不可能是妈妈被纳粹强暴后生出的女儿。）

到我4岁的时候，我们搬进了乡下的一座老木屋，我爸爸没有接受哥伦比亚和芝加哥的职位，而是在附近一家小小的专科学校谋得了一份教职，因为他知道，妈妈绝不可能去那两个地方。我们家旁边有许多榆树和橡树，还有一棵巨大的柳树，枝条郁郁地垂在木屋上方。每到早春和深秋，就会有几只鹅侵占我们的池塘，它们一般都会保持一定的距离，然后再继续往前飞。（“看得出来，那些是犹太鸟，”我爸爸会说，“它们一到冬天就往迈阿密去。”我和西蒙会想象它们躺在沙滩上、羽毛上涂着一层科普特防晒霜、跟女服务员点柠檬水喝的模样，那时候我们还没听说过冰镇果子酒呢。）

即便是在乡下，我们也经常见到妈妈收拾起衣裳，装进一个小手提箱，她会告诉我们，她要离开一段时间，就一周，只是为了外出独处。有一次，她去的是阿迪朗达克山脉的一座旧营地，那是我一个姑妈的产业；还有一次，她去了我爸爸的一个朋友借给她的一间小木屋。她每次都是一个人走，每次都是去偏僻的地方。爸爸会说，这是“神经紧张”，不过我们还是觉得纳闷，因为我们住的地方已经够偏僻的了。西蒙和我以为她不爱我们了，以为妈妈其实是在用这种方式告诉我们，她不要我们了。我会拼命表现得很乖；妈妈休息的时候，我连走路都踮着脚尖，说话也是轻声细语的。西蒙的反应就更激烈一些。他能克制自己一会儿；可是接着，为了不顾一切地引起妈妈的注意，他又会冲过屋子，发出可怕的尖叫，然后脑袋朝前、冲着暖气片撞过去。有一回，他撞碎了玻璃，从客厅的一扇大窗户里冲了出去。好在除了割伤和瘀青之外，他并没受什么伤，可自打出了那件事之后，我爸爸就在窗户内侧加了道细铁丝防护网。妈妈被那件事吓坏了，有好几天一直四处走来走去，浑身上下都疼，然后又到我姑妈的那个营地去了，这回她一去就是三周。西蒙的脑袋肯定很结实，就算撞到暖气片上，也不过就是起几个包、头疼一阵，其他就再也没什么事了；但妈妈头疼起来却往往会在床上躺好几天。

（我拿起望远镜，再次从我所在的高塔上眺望森林，看到下方像水洼一样的小湖，将望远镜对准其中一座岛屿附近一条小船上的一对男女，然后又从他们身上移开，我不想侵犯别人的隐私。我心中羡慕那对少年少女，他们可以这样随心所欲地交流和分享他们的感受，而不用担心由此引起什么后果；同时又用不着当真把这些感受与人分享——至少不至于采取那种会给我这样的人带来灭顶之灾的分享方式。我看今天不会有人冒险来爬这座山了，因为天空阴沉沉的，卷积云慢悠悠地彼此追逐着，一大团风暴遮蔽了西边的天空。我希望别有人来；昨天在我的瞭望塔下野餐的那家人就让我很烦；一个孩子头疼，另一个孩子消化不良，而我躺在小屋里吃了一下午的阿司匹林，调理着肚子里沉甸甸的感觉。但愿今天没人来。）

等我们达到法定年龄，父母才送我们上学。我们去的是镇上一所小小的公立学校。一辆有些年头的黄色校车会到门前来接我们。第一天我很害怕，很高兴西蒙和我是双胞胎，所以我们可以一起去。镇上建的是所新学校，一座四四方方的砖砌小楼，我们一年级有十五个人，高中生们也在同一栋楼里上课。我怕他们，发现他们的教室都在二楼，我很高兴；所以白天我们很少见到他们，除非他们在外面上体育课。我会坐在室内的课桌前瞅着他们，每当有人被球击中或受伤，我都会疼得龇牙咧嘴。（感谢上帝，我只在学校里待了三个月，然后我爸爸就获准在家对我进行辅导了，这三个月里，我承受了太多持续不断的痛苦和情绪上的混乱；此刻当我回想起这一切，我还是浑身冒汗、双手发抖。）

第一天的大部分时间对我来说都很无聊；从我记事的时候起，西蒙和我就一直在家看书和做算术题。我装聋作哑，让做什么就做什么；而西蒙咄咄逼人、喜欢显摆，一副无所不知的架势。其他孩子冲着我和西蒙指指点点，咯咯直笑，窃窃私语。我感觉到了一些，但还不至于觉得太烦；那时的我还不像现在这样，在上学第一天还不像这样。

课间休息时：孩子们喊啊，跑啊，在攀爬架上爬啊，在双杠上荡来荡去、做引体向上啊，追着篮球跑啊。我跟两个女孩一起，拿支粉笔在柏油路上玩；她们教我跳房子，我尽力不去理会其他同学所受的擦伤和碰撞。

（我需要安宁，远离轻而易举就能感染我的痛苦。我不带主观情绪地想着，真奇怪啊，我们的生活居然是这样的，不安、痛苦、悲伤和仇恨居然这样轻易就能传递，我们居然这样频繁地感受到这些情绪。爱和满足只是柔软的纱幕，无法保护我免受猛烈的打击；就算怀着特别强烈的爱，人们还是能感觉到由恐惧、仇恨和嫉妒形成的更激烈的暗流。）

出事那天是第二周的周末，当时正好课间休息。我又在玩跳房子，西蒙过来瞧瞧我们在做什么，然后再去跟其他几个男孩一起玩。这时过来了五个大一些的孩子，我估计大概是三四年级的学生，开始奚落我们。

“格林——鲍姆。”这话是冲着西蒙和我来的。我们都转过身，面向他们，我一只脚踩在跳房子的方格上，单脚着地，保持着平衡，西蒙攥紧了拳头。

“格林——鲍姆，埃丝特·格林——鲍姆，西蒙·格林——鲍姆。”他们把“格林”这个音发得像马儿咴咴叫，“鲍姆”念得跟打雷一样响。

“我爸爸说，你们是犹太佬。”

“他说你们是犹太崽。”一个男孩高声大叫，“嘿，他们是犹太崽。”有人吃吃地笑，然后他们反复地嚷嚷起来：“犹太崽，犹太崽。”同时其中一个人把我从方格上推开了。

“别碰我妹妹，”西蒙大喊着，挥舞着拳头，朝那男孩走去，把他撞倒在地。男孩猛地一屁股坐下，我感到腰上一阵疼痛。另一个男孩跑过来，捶了西蒙一下，西蒙重重回敬了他一拳，男孩在他鼻子上狠狠咬了一口。好痛啊，我疼得哭起来，捂着自己的鼻子，拿开手的时候，看到手上有血。西蒙的鼻子也在流血，然后其他孩子也开始掺和，拼了命地想打我兄弟，一个人抱住他，另一个动手开揍。“住手，”我尖叫道，“别打了。”我痛得蜷缩在地，看着老师们跑过来把他们拉开。然后我就昏倒了——谢天谢地——被带到了医务室。他们把我留在那儿，一直待到那天放学。

西蒙自鸣得意，自吹自擂，沾沾自喜。“别跟妈妈说，”我们下车时，我对他说，“别说，西蒙，拜托，要不她会不安的，然后又会再走一次。别让她难过。”

（我 14 岁那年，有一回妈妈离开的时候，爸爸在楼下的厨房里跟安斯特德先生两个喝得大醉。我躲在房间里，有书和唱片跟我做伴，能听见他们说话的声音，爸爸轻言细语，安斯特德先生嗓门却很大。

“无论是谁，无论是谁，都不该经历安娜所经历的一切。反正我们都是畜生，我们全是，德国人也好，美国人也罢，有什么区别？”杯子砰的一声砸在桌子上，接着是一声低吼，“妈的，山姆，你们犹太人好像以为只有你们才在受罪。那哈勒姆[1]的人呢？在墨西哥挨饿

1. 纽约曼哈顿黑人聚居区，以治安恶劣著称。

的人又怎么着？你觉得他们的情况就会好点儿吗？”

“安娜的处境更惨。”

“不，算不上，不会比加尔各答街头的家伙还差。安娜至少还有希望获得解脱，但谁又能让那家伙解脱呢？”

“谁也不行，”爸爸轻言细语地说，“谁也无法从安娜所受的那种苦楚中解脱出来。”

我躲在屋里偷听，但安斯特德先生后来就走了。等我下楼时，爸爸只是坐在那儿，盯着杯子发呆。我站在那里，感觉到他的悲伤轻柔地笼罩在我周围，然后上面又盖了一层爱的轻纱，遮住了悲伤，让它变得可以忍受。）

我开始每周缺课至少两次，难受，没法跟妈妈说，想对爸爸说点什么，却又找不到合适的词。那段时间妈妈经常不在，让我更觉得丧气（是我干的，是我把她赶走的），完全是因为感觉到家中还笼罩着一层舒服的氛围，我才忍受得了这种郁闷。

当然了，他们一直很担心，但他们最害怕的事还从来没有证实过，直到感恩节过去、12 月来临（雪花从灰蒙蒙的天空中飘落，爸爸把木头扛进来，好给壁炉生火，妈妈在擦烛台，西蒙和我在数我们攒下的零花钱，计划着等爸爸开车带我们去镇上时要为他们买些什么）。当时我已经有一个星期没去上学了，每天早上，一想到兴许不得不回学校去，我就想吐。爸爸在看书，西蒙在外面，想爬到我们家的一棵树上去。我在厨房里切饼干，并往饼干上加些点缀，妈妈边揉面团边哼歌，围裙上粘着白花花的面粉，我偷偷把小块面团塞进嘴里的时候，她就会面带微笑望着别处。

然后我就从椅子上摔落在地，抱着腿呻吟：“妈妈，好痛啊。”血从我鼻子里涌出来。她抱起我，紧紧搂住，把我放到椅子上，用纸巾替我把鼻子擦干净。接着我们听到西蒙在外面大喊大叫，砰砰地敲打着后门。妈妈走过去，把他拉进门来，他的鼻子在流血：“我从树上掉下来了。”她把他抱起来，一面回头看了看我；我知道，她明白了，我能感觉到她的恐惧和悲哀，这时她意识到了：我和她一样；我总能感觉到别人的痛苦像尖刀那样扎进我身体，我总会把他们的苦恼引到我心里，说不定我会被它们弄垮的。

（我记得：夏日的暴风雨后，爸爸和妈妈站在屋外的柳树下，爸爸搂住她，把她的黑发往后拂去，轻轻吻着她的前额。这并不是因我而起，因我而起的是太多混杂着爱的哀愁。我永远是孤独一人，与我的高山、我的森林、我水洼一样的湖泊为伴。那对年轻恋人的船停在岛边。）

我听见他们的声音从楼下传来。

“安娜，这个可怜的孩子，我们怎么办？”

“她的情况比我还惨，萨缪尔。”一声叹息，她的悲哀涌到我心头，笼罩了我，“我想，她的情况会比我还惨。”

（罗妍莉　译）

“星际迷航”综合征

科幻小说作家的传统发展始于对阅读的迷恋，而后来这种传统发生变化，从为杂志和书籍写作发展到为电影和电视写作，就像马西森、埃利森、布洛克和斯特金一样。这些传统可能正在改变：就像丢卡利翁[1]丢在身后的石头一样，在“星际迷航”系列剧集或“星球大战”的系列电影中可能涌现出新的作家。科幻作家也许会有他们的第一次荧幕写作经验。

至少，戴维·杰罗尔德（David Gerrold，1944年出生于芝加哥）就是这样。他在洛杉矶长大，就读于洛杉矶谷专科学校，在南加州大学学习电影课程，1967年在加州州立大学北岭分校获得戏剧艺术学士学位。在接下来的几年里，他在科幻领域的多产和成功令人瞩目，但在他23岁的时候，他还在上大学四年级，他把一个剧本卖给了“星际迷航”，名字是《小不点的麻烦》（“The Trouble with

1. 希腊神话中的人物，普罗米修斯的儿子。洪水之后，幸存者只有丢卡利翁和妻子皮拉，他们遵从神谕，将石头扔向大地复兴人类。丢卡利翁扔的石头变成了男人，皮拉扔出的石头变成了女人，这些新生的人类成为新的人类族群。

Tribbles”)，这个成就使他之前的履历都黯然失色。这种成功是难以超越的。他的剧本在雨果奖最佳戏剧表现奖的投票中获得第二名［埃利森的《永恒边缘之城》（“The City on the Edge of Forever”）获奖］，杰罗尔德甚至在 1973 年写了一本关于他自己经历的书，同年还写了一本名为《星际迷航的世界》（*The World of Star Trek*）的书。

杰罗尔德还修改了“星际迷航”系列电视剧其中一集《我，马德》（“I, Mudd”）的剧本，并参与了《云看守人》（“The Cloud Minders”）的剧本创作。后来他为动画片《星际迷航》写了两集剧本，为《迷失之地》（*Land of the Lost*）剧集写了五集剧本，还为《洛根的逃亡》（*Logan's Run*）写过剧本，为《星际迷航：下一代》写过一集剧本，并担任过很多电视剧的故事编辑，其中大部分与科幻有关。

杰罗尔德对故事和小说的写作开始于零星的几篇短篇小说［他的第一部短篇小说是《白兔的预言》（“Oracle for a White Rabbit”），发表于 1969 年《银河》杂志的 12 月刊上］，他出版了一本小说集、几本选集，以及几部长篇小说。他的短篇小说被收录在《瞳中之指》（*With a Finger in My I*，1972）一书中。那时还是一个年轻作家的他，把自己的推销技巧付诸实践，与斯蒂芬·戈尔丁（Stephen Goldin）合作产出了收录其他年轻作家作品的选集《原恒星》（*Protostars*，1971）、《一代》（*Generation*，1972）、《科幻小说精选 I》（*Science Fiction Emphasis I*，1974），最后这一本显然是一个没能成功的作品系列的开端。他还编辑了《或然》（*Alternities*，1974）和《奇迹浮现》（*Ascents of Wonder*，1977），这两本都是与斯蒂芬·戈尔丁合作的。

杰罗尔德的第一部小说是与拉里·尼文合作的《飞行魔法师》（*The Flying Sorcerers*，1971），该书以《拼错的魔法“施”》（*The Misspelled Magishun*）为名连载。1972 年他出版了三部小说：《掠空者》（*Space Skimmer*）、《昨日之子》（*Yesterday's Children*）和《哈

利 1 岁时》(*When Harlie Was One*)。接着，1973 年,《决战猩球》(*Battle for the Planet of the Apes*)被改编成小说，随后他于 1977 年出版了《折叠自己的男人》(*The Man Who Folded Himself*)和《月球之星奥德赛》(*Moonstar Odyssey*)，1978 年出版了《死亡野兽》(*Deathbeast*)。他以《一个男人的事》(*A Matter for Men*，1983)开始了他的“抗 Chtorr 之战”系列(*War Against the Chtorr*)，以《杀戮季节》(*A Season for Slaughter*，1993)开始了他的“追踪者”系列。

《哈利 1 岁时》、《折叠自己的男人》和《月球之星奥德赛》引起了业内早期的关注，三部小说都进入了星云奖决选，前两部也进入了雨果奖的决选。就像杰罗尔德首次在电视行业获取的成功一样，前两个作品也阐述了传统的主题。《哈利 1 岁时》继承了拥有知觉感官的计算机这一具有漫长历史的形象，这其中就包括两个杰罗尔德早期最喜欢的作家艾萨克·阿西莫夫和亚瑟·C. 克拉克的作品，以及 D. F. 琼斯（D. F. Jones）的《科洛苏斯：福宾计划》(*Collosus: The Forbin Project*)。《哈利 1 岁时》重新考虑了计算机可能在改善人类状况，甚至是成就人类的过程中所扮演的角色（以及可能由此引发的反对声音）。《折叠自己的男人》延续了杰罗尔德喜欢的另一位作家罗伯特·A. 海因莱因开创的时空旅行悖论，最终走向了唯我主义。《月球之星奥德赛》是继厄休拉·K. 勒古恩在《黑暗的左手》中以特别方式对待性别角色后，对该问题的另一种看法。杰罗尔德的小说《火星小孩》(“The Martian Child”)获得了 1994 年的星云奖，“抗 Chtorr 之战”系列在最近引发了关注。

《瞳中之指》于 1972 年在《又见危险的幻象》和杰罗尔德的短篇小说集中发表。该小说沿袭了弗朗茨·卡夫卡和豪尔赫·路易斯·博尔赫斯的超现实主义和荒诞主义传统，加上些许西奥多·斯特金 1941 年的奇幻小说《终极利己主义者》(“The Ultimate Egoist”)

以及刘易斯·卡罗尔（Lewis Carroll）的奇幻作品的风格。然而，在主题方面，杰罗尔德展露的是他所处时代下的智慧与关怀：在一条狭窄的灵感之路上行走，一边是胡言乱语的悬崖，另一边是疯狂的深渊。

（胡晓诗　译）

瞳中之指

［美国］戴维·杰罗尔德

今天早上我照镜子时，左眼的瞳孔不见了。大部分虹膜也消失了，只剩下一个空空的白眼球，从前虹膜的位置上有一块血肉模糊的痕迹。

起初我以为这和隐形眼镜有关，但后来我意识到自己不戴隐形眼镜。从来不戴。

镜子里那只空白的眼睛回望着我，这看起来有点奇怪，令人不安的是，这只眼睛还能看到东西。我用手遮住我健康的右眼，发现左眼的视力和原来一样好，这让我很担心。

如果我的左眼看不见，我就不会担心，这仅仅意味着昨天夜里我这只眼睛瞎了。但是我的瞳孔消失了，却没有影响我的视力，这让我很担心。这可能是某种严重疾病的征兆。

当然，我想过打电话给医生，但我不认识任何医生，因为我的问题打扰一个完全陌生的人会让我有点尴尬。但是那只眼睛一直盯着我，最后我还是去找电话簿了。

不过，电话簿好像在夜里不见了。我一直用它来垫书架的一角，现在电话簿不见了，书架也不见了——我开始怀疑自己是不是被抢了。

先是我的眼睛，然后是电话簿，现在连书架都不见了。今天是星期二，我本不该担心。其实，我已经很担心了，但星期二是我思考那些永久搁浅的未遂心愿的日子。星期一才是担心个人物品（如眼睛和电话簿）的日子，再过六天才是星期一，我因为在星期二担心这些事而打乱了计划。当星期一再次到来的时候，如果没有其他更紧迫的事情要先担心，我就会担心一下电话簿。

（我发现，把担忧像这样分类，可以帮助我保持有序的思维——只给每个问题分配那么多时间，我就能让世界保持在正确的角度。）但眼睛的问题仍然存在，这让我很苦恼。而且，这让我的视角被扭曲了。

我决定立刻采取行动。我开始寻找手机，但找着找着，我发现手机也不见了，所以我被迫放弃了这次寻找。

这太让我沮丧了——这些无生命的物件总是令人苦恼地消失不见。每当我开始寻找什么东西时，就发现那东西已经不见了，好像害怕我找到似的。这就像捉迷藏一样，既然我早已放弃了这种幼稚的消遣，我决定不再鼓励它们继续和我捉迷藏，也不再去找它们。（让它们来找我。）

我决定步行去看医生。（我本想戴上帽子，但那就意味着我要去找它，我担心一找就会发现帽子也已经不见了。）

一到外面，我就注意到人们从我身边经过时，总是奇怪地盯着我看。过了一会儿，我意识到那一定是我左眼的缘故。我完全忘记了这件事，没有意识到它在别人看来可能有点异常。

我转身打算回去拿我的太阳镜，但我知道，一旦我开始找它，它肯定也会消失。于是我又转身去看医生了。

“让它们来找我。”我想着太阳镜，低声说。当时那位经过的老太太一定被我吓了一跳，因为她转过身来用一种非常奇怪的目光盯着我。

我把双手插进上衣口袋，继续往前走。我几乎立刻感觉到左手口袋里有个又硬又平的东西。是我的太阳镜盒和太阳镜，它们的确来找我了。看到自己仍然是我生活中这些无生命物件的主人，我感到很欣慰。

我把太阳镜拿出来戴上，却发现眼镜左边的镜片已经褪成了乳白色。现在它与我的眼睛非常匹配，但我发现，我的左眼看不见了，我完全无法通过不透明的镜片看到东西。我必须得无视路人的目光，直接去看医生。

然而，过了一会儿，我发觉自己不知道要去哪里——正如我之前提到的，我不认识任何医生。我当然知道，如果我开始寻找一个诊所，我可能永远也找不到。于是我站在人行道上自言自语道："让它们来找我吧。"

我必须承认，我对这个过程有点怀疑——回想起太阳镜的事——但事实上，我没有选择。我转过身时，看到我身后的建筑物上有一个标志，上面写着"医疗中心"，于是我就走进去了。

我走向前台接待员，我看着她，她也看着我。她直看着我的眼睛（左眼）说："你好，我们能为你做些什么？"

我说："我想看医生。"

"当然可以，"她说，"现在走廊里就有一个。如果你马上往那儿看，就能看见他。看！他在那儿！"

我看了过去，她说得对——有个医生正从走廊那头走过来。我能亲眼看见他。我知道他是个医生，因为他穿着高尔夫球鞋和毛衣；接着他在走廊的转弯处消失了。我转身对着那个女孩说："我不是这个意思。"

“嗯，那你是什么意思？”

我说：“我想找个医生看看我。”

“哦，”她说，“你为什么一开始不这么说呢？”

“我以为我说清楚了。”我说，但声音很轻。

“不，你没有，”她说，“大点儿声吧，我几乎听不见你说话。”她拿起麦克风说，“吉本医生，请到接待处来……”然后她放下麦克风，期待地看着我。

我什么也没说，只是等待着。过了一会儿，另一个穿着高尔夫球鞋和毛衣的男人从旁边的门里走出来，向我们走来。他看着桌子后面的女孩，她对他说：“这位先生想请一位医生看看他。”

医生往后退了一步，看着我，先是上下打量了我一番，接着叫我转过身，又打量了我一会儿。最后他说：“好了。”然后走回了他的办公室。

我问：“这就完了？”

她说：“当然，结束了。这就是你想要的。请付十美元。”

“等一下，”我说，“我想让他看看我的眼睛。”

“好吧，”她说，“你一开始就应该这么说。你知道我们这里很忙，没有时间叫这里的医生过来看一个随便进来的人。如果你特别想让他看你的眼睛，你应该直接这样讲。”

“但我不希望他只是看看我的眼睛，”我说，“我希望有人能治好它。”

“为什么？”她说，“你眼睛怎么了？”

我说：“你看不见吗？瞳孔不见了。”

“哦，”她说，“确实消失了。你找过吗？”

“找过了，”我说，“我找遍了所有地方——也许这正是我找不到它的原因。”

“也许你把它落在什么地方了。”她轻声咕哝道，“你之前在哪待着？”

“没在哪。”我说。

“嗯，也许这就是你的问题所在。”

“我的意思是我昨晚待在家里。我哪儿也没去！我觉得不太舒服。”

“你看起来不太好，”她说，“你应该去看医生。”

“我刚才已经看过了，”我说，“他走过了那个走廊。”

“哦，对。我记起来了。”

“看，”我说，我开始有点生气了，“你能帮我预约个医生吗？”

“这就是你想要的——一个预约对吗？”

“是的，这就是我想要的。”

“你确定这就是你现在想要的吗？你以后不会回来抱怨我们没有给你想要的东西吧？”

“我肯定，”我说，“我不会回来了。”

“很好。这就是我们想要确定的。”

到目前为止，一切似乎都错了。整个世界似乎正向一侧倾斜——所有的东西都挤压在一起，延伸着，倾斜着，所有的东西都在向边缘滑落。到目前为止，什么也没有发生，但我可以看到墙壁出现了微小的裂缝。

我摇了摇头，想把思绪理清，但只产生了一种非常清晰的咔嗒咔嗒的声音，就像一个小核桃在大壳里碰撞。

我坐在沙发上等着——我仍然无法清晰地思考。雾气盘旋蔓延着，比以前更浓了，把一切都遮住了。能见度已降至零，管理员威胁要结束所有治疗，除非天花板升起来。我抗议，不——天花板在那儿不是挺好吗？——但他们就是不理我。

我随后站起来，试图用手把天花板往上推，但我够不着，只好站在椅子上。即使如此，天花板仍然坚硬不折。（虽然我离得很近，能看到它有很多裂缝和瑕疵。）

我又开始推它，但一只有力的手放在我肩上，一个低沉的声音阻止了我。“躺在沙发上，”她说，“闭上你的眼睛，放松，躺下来放松一下。”

“好吧。”我说，但我没有仰面躺着。我俯卧着，把脸埋进坚硬的沙发。

“放松。”她又说。

“我试试。”我强迫自己说。

“往窗外看。”医生说，“你看到了什么？”

“我看见了云。”我说。

“哪种云？”

“哪种云？？？”

“是的，哪种云？”

我又看了一遍，说：“农家干酪云。一些小小的农家干酪云掠过。”

“农家干酪云——？”医生问。

“是的，”我说，“农家干酪云，坚硬又坚韧。”

“大块还是小块？”

“啊？”我问。我翻过身来看着她。她没有穿高尔夫球鞋，但她穿着毛衣。她穿着高跟鞋而不是高尔夫球鞋。但她是个医生——我看得出来。她的鞋子还有鞋钉。

“我问了你一个问题。”她用低沉的声音嘟囔着。

“是的，你问了，”我同意她说的，“你介意再说一遍吗？”

“不，我不介意。”她回答后，静静地等待着。

我也等待着，我们沉默了一会儿。我率先结束了沉默，问道：“嗯，问题是什么？”

这次她回答说："我问这些农家干酪云是大块还是小块？"

"我放弃了，"我说，"它们是什么？"

"你放弃了，真是太好了——否则我们就不得不跟进，用武力把你带走。现在你放弃了你的错误想法，我们俩都容易多了。"

整个世界都摇摇欲坠，快要支离破碎了。墙壁开始出现更大的裂缝，小碎片开始滑落，慢慢落到地面，像许多肥皂泡一样破碎。

"呃——"我说，"呃，医生，我的眼睛有点毛病。"

"你的眼睛？"

"嗯，是的。瞳孔不见了。"

"你的瞳孔离开你的眼睛了吗？"医生大吃一惊，"太吓人了！"

我只能点头——我这样做了。（可能僵硬了些。又有几片小碎片掉落下来，轻轻地飘落在地板上。我们看了一会儿。）"嗯，"她说，"我有个想法，你想听吗？"

我没有回答。不管我愿不愿意听，她都要把她的想法告诉我。

"世界末日到了。"她阴阴地低声说。

"现在？"我有些担心地问道。我还没喂猫呢。

"不，但很快就到。"她安慰我说。

"哦。"我说。

我们沉默地坐在那里。过了一会儿，她清了清嗓子。"我认为……"她慢慢地说，然后声音逐渐变弱。

"这挺好的？"我接了一句，但她没听见。

"……我认为世界的存在只是我们思想的反映。它之所以如此存在只是因为我们如此认为它存在。"

"有多少种思想——就有多少个世界存在。"我说。但她不理我，她叫我保持安静。

"是的，你确实存在。"她确认道。（我很高兴她这么说——我开始有点担心了——但今天不适合，我看今天是星期二。）“你存在，”她说，“是因为你认为你存在。世界的存在也是因为你认为它存在。”

“那么，当我死的时候，世界就和我一起结束了……？”我满怀希望地问道，心中想着不要死。

“不——那纯粹是无稽之谈。任何心智健全且理智的人都不相信唯我论。”她用叉子抓了抓自己的眼球，继续说下去。

“当你死的时候，你就不复存在了，”她说，“但是世界仍在继续——它在继续，因为每个活着的人仍然相信它的存在。（他们唯一不再相信的就是你。）你看，这个世界是我们所有人的想象集合在一起的幻象。”

“对不起，”我坚决地说，“我不相信集体主义，”我稍微伸直身子，以便坐起来，“我是一个坚定的共和党人。”

“你难道没有看见吗？”没有理会我的打断，她继续说，“由于自身的惯性，这种认为世界是真实的巨大幻觉一直在继续。你相信它，因为当你刚开始存在的时候，也就是当其他人第一次开始相信你存在的时候，它就是这样存在的。当你出生的时候，你看到这个世界遵循着一套别人相信的规则，所以你也相信他们——你相信他们这件事，给了他们更多的力量。”

“哦。”我说。我躺在那里听她说话，试图想办法优雅地离开。我的眼睛开始疼了，再也看不见天花板了。雾又滚滚而来。

“看看教堂！”她突然说。

“啊？”我说。

“看看教堂！”她坚持又说了一遍。

我尝试了。我抬起头，试着看看教堂，但雾太浓了。我甚至看不见我的脚趾。

“看啊，”她说，“信仰是宗教的基本准则——信仰他们告诉你的是真的！他们不是告诉你要对教会有信心吗？告诉你信心能创造奇迹吗？好吧，我告诉你一件事——完全可以！如果有足够多的人相信某件事，它就会成为现实！”

这时我的眼睛跳动得更痛了。我试着坐起来，但她有力的双手把我拉了回来。她靠得更近了，紧张地低声说：“是啊！这是真的。是真的。”

“既然你这么说，那就是吧。”我点点头。

她接着说：“幸运的是，教会很久以前就放弃了奇迹，转而支持保守主义——现在，它正在为维持现状而奋战！教堂是现实的最后堡垒之一——它是少数能够阻止混乱的事物之一！”

“混乱？”

“是的，混乱。”

“哦。”

“世界正在改变，”她解释道，“人类正在改变它。”

我点了点头：“是的，我知道。我也看报纸。”

“不，不！我不是那个意思！人类在不知不觉中改变着自己的世界！越来越多的人开始相信他们真的可以改变他们的环境，而且他们越相信，环境的变化就越剧烈。我给你举个例子——化石！”

“化石？”

“是的，化石。在人们开始相信进化论之前，从来没有人发现过化石。当人们开始相信进化论的时候，化石就自然而然地被发现了。”

“你真的相信吗？”我问。

“是的，我相信！”她激动地说。

“那一定是这样。”我说。

“哦，是的。”她很认同，我知道她真的相信了。她给出了一个很有说服力的例子。事实上，她说得越多，我也就越相信。

“你为什么告诉我这一切？”我问。

“因为我们正处于极大的危险之中。这就是理由。”她恶狠狠地低声说，“世界并不是一成不变的。每个人都开始相信不同的东西，形成了一些非因果关系。”

“就像一个粉刺？”我问。

“是的，”她说，我看到她的鼻尖上有一颗粉刺，“这件事是这样的：一个狂热分子遇见另一个狂热分子，然后两人会遇到一些，共享相同幻觉的人，很快，就有一大堆狂热者都相信着同一件事——很快，他们把妄想当作现实——开始否定已知的现实，让幻想取而代之。”

我点点头，注意力集中到周围那一团团紧紧缠绕着我的雾。

“改变得越多，人们就越相信这些改变，就变得越强大。如果这种情况继续下去，我们可能是世界上唯一神志清醒的人——而我们正处于危险之中——”

“他们正在超越我们的现实？”我试探性地问。

“更糟糕的是，他们所有不同的观点都开始破坏空间结构！连地球的形状也在改变！为什么曾经地球是平的呢？直到人们开始相信它是圆的，地球才开始转动。”

我转过身来看着她，但她已经消失在雾里了，剩下的只有她的笑容。

“但是地球真的是梨形的，”我说，“我在《科学美国人》上读到过。”

“你认为地球为什么会改变形状？”她咧嘴笑着问，“这是因为某个国家开始相信自己比实际更强大，地球为了容纳它们只好不停膨胀。”

“哦。”我说。

"这都是新闻媒体的错——电视正在影响我们这个世界的外貌！他们不断地告诉我们，世界正在改变，越来越多的人坚持相信这一点。"

"好吧，"我说，"当今世界的形态正是如此，任何改变都是为了——"

"哦，天啊——你不也一样！你们这些人老说世界要破裂了，要从缝里裂开——"

最后连她的笑容都消失了。

我一个人留在这儿。其实我也是对的，其他人也开始注意到了。墙壁表面已经变得一片斑驳，还出现了洞，越来越多的碎片不停掉下来，但水还没有自另一边倾泻而出。

我用手指戳了一下其中的一个洞，我能感觉到后面柔软的凝胶层，也许它还没有完全融化。

到目前为止，我的眼睛还没有任何好转——不仅开始疼得厉害，还有点刺痛，我有一种感觉，现在眼前的一切也会变得模糊不清。

"你找到你自己了吗？"公园里的一个讲话者问道。（我甚至没有去看他——回想起我之前找东西的经历，我当然不会主动寻找任何东西。）我走了过去。

再往前走，又有一个讲话者——这个站在肥皂盒上。"我们应该感谢这个伟大的国家，"讲话者低声说，并在推特上写道，"在这里，人人信仰自由。"

我揉了揉眼睛。我有一种不安又反胃的感觉，觉得天花板上巨大的裂缝正在破开。

"任何人都可以站起来为自己的目标发声——任何团体都可以相信他们自行选择的一切——其实，如果我们愿意，我们可以重塑世界！用我们自己的方式！”

事情有左有右——也有对有错。

“但真正了不起的是，”他继续说，“无论我们彼此之间多么矛盾，我们都在为共同的利益而一同努力！我们的制度让我们把分歧最小化，这样我们可以相互妥协。只有提出一个问题的所有备选方案，我们才可能选择最佳解决办法。从长远来看，这种极致的自由和个性将帮助我们所有人实现对大多数人最有益的目标！”

听起来不错。

我回到家时，工人们刚刚把墙纸刷好。令人惊讶的是，一旦表面上所有的裂缝和缺陷都被华丽的花朵覆盖，它看起来是多么坚实。

我再也看不出灰泥是从什么地方掉下来的——底层建筑裸露的表面已经消失在雾里了。事实上，唯一的问题是天花板似乎比以前低了很多。

我愣了好长时间才摸了摸猫。我进来时它挥了挥手。“就像——你好，伙计，”猫说，“给我一个J。”

“不行，我的眼睛有点问题。”

“好吧，那就给我一美元吧。”

“用来干吗？”

“去旅行。”它说。

“哦。”我给了它一美元，等待一次旅行。

它把钞票扔进嘴里，点上了火，拿起手提箱，迅速上升到三万英尺的巡航高度。然后它向西远去，我不太明白这一点。雾变得更大了，交通管制员不让任何车辆通过。

有件事我本来想问，但我忘了。哦，那兴许不是很重要，但我希望我能明白——

电视上的那个人是个医生。他坐在上面，双脚在屏幕前晃来晃去（他的球鞋划过画面），说着毒品正在破坏现实。毒品可以通过改变一个人对世界的看法来摧毁他的理智，直到这个人再也无法感知现实。

“只要不改变他的信仰。”我低声说，打断了他，然后关掉电视，把他赶了出去。时间不早了，我想睡一会儿。然而，我确实在心里记着不要再按照处方去开药了。墙纸已经剥落了。

事实上，到了现在，房子只剩下建筑结构的框架，它看起来像是用巧克力布丁做的。也许本来就是这样，也许是因为毒品。也许它们正在改变我们集体的幻象——但我没有注意到任何事情。

（胡晓诗　译）

男性、女性与社会[1]

1970年代是这样一个时代，它高度关注女性的权益与男性的过失[2]。美国国会于1972年提出了平等权利修正案，同年，《女性》杂志创刊。在科幻领域，这一时代也是女性主义的时代。自20世纪50年代晚期至60年代一直致力于在作品中表现女性主义议题的乔安娜·罗斯（Joanna Russ）凭借其短篇小说《骤变来临》（“When It Changed”）获得1972年星云奖，她的长篇小说《女男人》（*The Female Man*）于1975年问世。1973年，小詹姆斯·提普奇，即爱丽丝·谢尔登撰写了以《男人看不见的女人》为首的一系列女性主义短篇小说。帕梅拉·萨金特的《神奇女性》发表于1975年。而冯达·N. 麦金太尔（Vonda N. McIntyre）与苏珊·珍妮丝·安德森（Susan Janice Anderson）编纂了初版小说集《曙光女神：超越平等》（*Aurora: Beyond Equality*），这部以女性主义为主题的选集于1976年

1. 标题套用了所选小说《薄雾、青草与黄沙》的语言格式。
2. 此处有一个双关义，女性的权益（rights）同时也表示女性的“是”与“得”，与之相对的是男性的“非”与“失”（wrongs）。

面世。

从某种意义上说，科幻小说又接管了一个新的议题。很大程度上，这与科幻小说此前对种族歧视、环境污染、世界末日与人口过剩等议题所做的讨论并无二致。不过在女性主义方面，事情多少有些不同：确有一小部分男性有意识地撰写女性主义作品，但该领域的大部分作者仍是女性，她们的许多作品都带有明显的政治色彩，甚至是论战色彩。

女性主义科幻运动的重要参与者之一是冯达 · N. 麦金太尔。麦金太尔生于美国肯塔基州的路易斯维尔，她在 1970 年取得了华盛顿大学的生物学学士学位，后于 1970 年至 1971 年间进一步攻读了遗传学研究生课程。她曾在大学教书并组织会议，不过此时她最重要的活动或许还要数参加号角科幻作家写作营。她的作品于 1971 年开始面世。最早是刊载于《夸克》第四期上的《囚笼》（“Cages”）与收录于号角作家写作营初版文集第一卷中的《唯于夜间》（“Only at Night”）。她的短篇小说《薄雾、青草与黄沙》（“Of Mist, and Grass, and Sand”），初载于《类比》1973 年 10 月刊上，并获得星云奖，而由此扩写而来的长篇小说《梦蛇》（*Dreamsnake*，1978）则是星云奖与雨果奖双料得主。

麦金太尔的短篇小说——包括几部奖项提名作品——被收录在小说集《火驱与其他故事》（*Fireflood and Other Stories*，1981）中。另一部长篇小说《等待流亡的人》[1]（*The Exile Waiting*，1975）进入了星云奖最终轮评选。她为好几部“星际迷航”系列电影进行了小说化工作，其中包括《可汗归来》（*The Wrath of Khan*）、《寻找史波

1. 该故事与《梦蛇》共享同一套世界观，故事舞台“中央城”即小说《薄雾、青草与黄沙》中女主人公提到的“山里的城市”。

克》（*The Search for Spock*）与《抢救未来》（*The Voyage Home*）[1]；她还撰写了一部"星球大战"系列小说《水晶之星》[2]（*The Crystal Star*，1994）；并且创造了一个以《远行星号》（*Starfarers*，1989）为首的系列长篇[3]。另一部或然历史小说《太阳王与海妖》（*The Moon and the Sun*，1997）获得了星云奖，该故事以路易十四的王庭为背景。

麦金太尔的小说有意识地展现了她对女性主义的思考。她的叙事几乎总是带有女性主人公，但它们往往不像其他女性主义作品那样聚焦于女性的屈从行为，或是反过来聚焦于女性的支配行为。麦金太尔通过描写坚强的女性如何克服时艰来传达她的思考。例如，《等待流亡的人》的主人公就是一位生活于后末日时代的女心灵感应者，在故事里，她必须克服一系列身心障碍。女性主义不是故事的主题，人类所处的困境本质才是主题，故事设定的世界相对而言是个去性别化的社会，作者的政治诉求是通过角色间的互动反映出来的，有时作者会用意象和隐喻加强这种信息。麦金太尔的短篇小说《阿兹特克人》[4]（"Aztecs"）讲述的是一位女性为了成为宇航员，必须移除自己心脏的故事，小说以这样一句话开头："她心甘情愿地放弃了自己的心。"

麦金太尔最著名的短篇《薄雾、青草与黄沙》也是如此，在这部小说中，一个坚强的年轻女子——单名一个"蛇"字——来到沙漠部落为一个孩子治疗肿瘤。一些评论家认为小说的背景架设在后末日时代，但在这部短篇的叙述范围内没有给出相应的印证[5]。主人公

1. 以上三部为 1982 年至 1984 年间上映的"星际迷航"系列电影的第二、三、四部。
2. 小说在 1994 年登上《纽约时报》畅销书榜单，故事背景架设在星球大战世界观下的恩多战役后第十年。
3.《远行星号》讲述了"远行星号"星舰舰长、科学家维多利亚·麦肯齐在对抗长官压制的同时，寻找地外生物的故事，风格类似"星际迷航"。"远行星号"系列共包含四部小说，分别是《远行星号》、《过渡》（*Transition*）、《中期》（*Metaphase*）和《鹦鹉螺号》（*Nautilus*）。
4. 小说提名 1978 年星云奖，《火驱与其他故事》中有收录，后扩写为长篇《超光速》（*Superluminal*）。
5. 扩写版长篇《梦蛇》，及同一世界观下的其他作品可以佐证这一论述。

用来治愈疾病的蛇都是地球物种，但背景中出现的黑沙漠可能暗示故事发生在另一个星球上。如果背景架设果然是后末日时代，那末日幸存者用生物技术替代了现有的科学技术；麦金太尔的故事展现了她对生物知识的自信。在这个时代，药物辅助下的毒蛇毒液被用于化学实验室，用以生产各类抗体和解毒剂。

麦金太尔笔下那些坚忍、聪慧的女主角从不是全知全能的。蛇在与这个文化习俗完全陌生的族群打交道时犯下了错误，尽管她当时虚弱无力、久未进食、困厄交加，她的失误情有可原，但她并不肯原谅自己。说到故事中蕴藏的女性主义色彩，读者会发现故事中的部落由女性领导，关键性的决策皆由女性做出，而男性是协助者。魅力四射的土著男性心甘情愿地留在部落中等蛇归来，而蛇策马进入沙漠时，只留下了一句并不明确的承诺表示她可能会回来。

小说的语言风格简明直白。它句式简短，善用生动的动词及名词，这种特点几乎是海明威式的；小说中的人物对话也与海明威式语言类似，风格犹如外国语言。但也正如海明威的作品一样，这种简明会将读者引入复杂的思考之中，例如人类需要在社会风俗中表现自我；一些场景可能引发强烈的情绪反应，比如阿列文将自己的名字告诉蛇的场景。奇怪的是，蛇并没有把自己的名字告诉阿列文，她只要他以蛇相称，这是她的老师赐给她的荣誉之名。但或许就如许多前辈英雄一样，对蛇这样一个为完成使命而牺牲人性的女性而言，她原本的名字已经不再具有任何特殊含义了。

（憬怡　译）

薄雾、青草与黄沙

［美国］冯达·N. 麦金太尔

小男孩吓坏了。蛇[1]轻轻地摸了摸他滚烫的前额。在她身后，三个大人紧紧地站在一处，他们注视她的眼神是猜疑的，但除了眼睛周围的细纹，他们不敢流露出更多情绪。他们害怕蛇，这与他们对独子死亡的恐惧无异。帐篷内烛火昏黄，摇曳的灯光并不能安定人心。

男孩看着她的眼睛漆黑如墨，瞳仁几不可见，那眼神过于呆滞，连蛇也禁不住担心他性命垂危。她轻抚他的头发。他的头发很长，发色很淡，和他深色的皮肤形成鲜明的对比，他的发质干枯，贴着头皮的末端几英寸长短不一，参差凌乱。如果蛇几个月前就和这群人在一起，她定会知道男孩正要发病。

“请把我的箱子拿来。”蛇说。

听到蛇轻柔的声音，男孩的父母吃了一惊。或许在他们的料想中，蛇的嗓音该像是招摇的松鸦尖叫，或是鲜艳的毒蛇吐芯子时发出的嘶嘶声。这是蛇初次在他们面前开口说话。此前，当他们三人[2]

1. 下画线为译者所加，用以区分作为主人公名字的“蛇”（Snake）和动物“蛇”（snake）。
2. 文中设定的婚姻模式是一女二男的三人配偶模式。

远远地前来观察，轻声低语她的职业和她的年轻时，她一向只是静静看着；当他们终于前来向她求援时，她也仅是聆听、颔首。或许他们以为她是个哑女。

年纪轻些的金发男子从地毯上提起她的皮箱。他把那箱子举得离自己远远的，倾身递给了她，他的鼻翼翕张，轻轻地呼吸着干燥的沙漠空气中那股淡淡的麝香味儿。蛇对他表现出来的紧张熟视无睹，这情景她已见过太多。

蛇刚伸出手，那年轻男子便猛地松开箱子退了回去。蛇忙向前接，险些没有抓住，她轻轻地将箱子放下，满脸责备地扫了那男子一眼。他的伴侣走上前来轻抚他，以缓解他的恐惧。“他被咬过一次，”肤色黝黑的美丽女性说道，“差点没了命。”她的语气不是在道歉，而是在辩解。

“我很抱歉，”那年轻男子说，“只是……”他冲她比画；他在颤抖，且肉眼可见地在试图控制恐惧。蛇瞥向自己的肩膀，她已经隐约察觉到那里微微的重量和动作了。一条婴儿手指粗细的小蛇正绕着她的颈子滑动，窄窄的脑袋从她短短的黑色鬈发中探了出来。他三叉的舌头先是探向空中，悠闲地上下舞动，继而收回，不紧不慢地品鉴着这里的气味。

“这是青草，”蛇说，“他不会伤害你的。”

如果他身量再大些或许会很骇人；他的身子是翠绿色的，但嘴巴周围的鳞片全是红的，就好像才用撕咬的方式饱餐一顿的哺乳动物一样。实际上，他的手法比那些动物还要干净利落得多。

男孩呜咽着。他没有喊痛，或许他曾被告知，蛇也会被哭声触怒。事实上蛇只是为他的族人感到遗憾，他们居然拒绝用如此简单的方式克服恐惧。她转过身子背对那几个成人，他们对她的恐惧令她惋惜，但她也不愿花时间去劝服他们相信她。“没关系，”她冲那小男孩说，“青草光滑、干燥又柔软，如果我把他留下来守护你，就连死亡也不能接近你的卧榻。”青草滑入她纤细的脏手中，她拿着他靠近那孩子。“温柔点。”那孩子伸出手，用指尖碰了一下光滑的鳞片。蛇能感受到这样一个简单的动作耗去了男孩多少力气，可那男孩子几乎微笑了。

“你叫什么名字？”

他迅速看了他父母一眼，最终他们点头了。“史塔文。”他低语道。他根本没有足够的力气和气息去说这句话。

“我叫蛇，史塔文。过一会儿，等到早上，我必须弄伤你。你可能会感到一阵痛，你的身体会疼上好几天，但在那之后你就会好了。”

他庄重地看着她。蛇看得出，尽管他听懂了她的话，也害怕她即将要做的事，但她的坦诚相告多少缓解了他的恐惧，若是她冲他撒谎，他必定比现在更加害怕。随着病症渐渐显现，他的痛苦一定也愈演愈烈。但其他人似乎只是反复宽慰他，并寄望他的病症能不治而愈，或是病魔快些将他杀死。

蛇将青草放到男孩枕上，然后把箱子拉近。箱锁在她的触碰之下弹开了。大人们对她仍然只有恐惧；他们没有时间或理由去培养信任。这家的妻子年岁已长，他们可能再也无法生下另一个孩子了。蛇能从他们殷切的目光和隐秘的触碰中看出他们的担忧，看出他们对这孩子的爱。他们一定很爱他，这爱足以令他们前来寻求蛇的帮助。

夜幕降临，天凉似水。黄沙缓缓滑出箱子，晃着脑袋伸舌探寻，一时这里嗅嗅，一时那里尝尝，侦测着温暖的体温。

“那是不是——？”年长的伴侣声音低沉睿智，但也惊恐万状，而黄沙察觉到了这份恐惧。他回撤到一个准备攻击的身位上，轻轻甩了甩他的响尾。蛇一面冲他说话，一面张开了自己的双臂。这条蝮蛇放松下来，流体似的滑上她纤细的手腕，把自己缠成了一圈黑褐相间的手镯。

“不，”她说，“你们的孩子病得太厉害，黄沙帮不上忙。我知道这很难，但请试着保持冷静。你们觉得这很可怕，但我能做的唯有这个。”

她不得不用令薄雾着恼的方式引蛇出洞。蛇敲了敲皮囊，最后又戳了她两下。蛇感受到了鳞片滑动的震颤，接着，那白化眼镜蛇倏然蹿到了帐篷之中。她的移动速度极快，但却始终不见尾巴，好像绵延不绝。她的呼吸也甚急，听来嗞嗞作响。她的脑袋扬得离地一米，颈部的皮褶张成了兜帽形态[1]。在她身后，那几个大人倒抽冷气，好像薄雾张成兜帽的后颈上那眼镜态的棕色条纹真的对他们造成了物理上的攻击。

蛇没有理睬他们，转而用歌颂的声音冲这眼镜蛇吟唱道：“啊，你这狂怒的生灵。躺下来吧，这是你领取晚餐之时。同这孩子说话，碰碰他吧。他的名字叫史塔文。”慢慢地，薄雾的后颈放松了，她允许蛇触碰她。蛇牢牢地从后面抓住她的脑袋，叫她去看史塔文。眼镜蛇的银色瞳孔倒映出灯火的黄色。“史塔文，”蛇说，“薄雾只会在现在看你。我向你保证，这次她会很温柔地触碰你。”

当薄雾碰上史塔文单薄的胸膛时，他还是颤抖了。蛇没有放开那毒蛇的脑袋，而是让她的身子滑过男孩的身子。这眼镜蛇的身长是孩子身高的四倍。她将自己的身体绕成一圈一圈的白环，盘在史塔文肿胀的腹部上方，探出身子，将脑袋伸到男孩脸边，试图挣脱蛇的掌控。薄雾无睑的眼睛碰上史塔文畏惧的目光。蛇放她靠近了一点点。

1. 指眼镜蛇的颈间凸起。

薄雾探出芯子，舔了舔那男孩子。

年轻的男性伴侣发出一声微弱而短促的惊叫。史塔文为此颤抖了一下，薄雾后撤回去，张开大嘴，露出毒牙，喉间的喘息声清晰可闻。蛇跽坐起来，自己也呼出一口气来。当她在别处行医时，病人的家属有时会被允许留在现场。“你们必须出去，”她轻声说道，“吓到薄雾是很危险的。”

“我绝不——”

“对不起，你们必须去外面等候。”

那年轻的男性或许原想顽抗一番，并提出些叫蛇无法回避的问题来，或许就连那名女性也是一样，但年长些的男性拦阻了他们，又牵起手将他们带离室内。

“我需要一只小动物，”那男人掀开帐帘时，蛇说道，“必须带毛，还得是活物。”

“我们会弄来一只的。”他说。语罢，三名家长隐入了灼热的夜色之中。蛇听得见他们的脚步踏在沙子上的声音。

蛇将薄雾放在膝上，轻轻安抚她。这眼镜蛇缠住蛇纤细的腰肢，摄取她的体温。饥饿使她比平时更为警惕，她很饿，蛇也很饿。在横穿黑沙漠的过程中，他们找到了足够的水，但蛇那些捕捉动物的陷阱并不成功。时值夏季，天气炎热，黄沙和薄雾所爱的那些毛茸茸的小珍馐都在夏眠。当这些毒蛇无法像从前那样规律饮食时，蛇也自觉开始禁食。

她歉疚地发现史塔文现在更害怕了。

“很抱歉我把你父母赶出去了，”她说，“他们很快就能回来。”

他的眼中噙着水花，但没有让自己流泪。“他们叫我听你的话。”

“如果你哭得出来，我想让你尽情地哭，”蛇说，“这不是什么坏事。”但史塔文似乎并没听懂，蛇也没再强迫他；她知道，为了对抗这片严酷的土地，他的族人教导他们自己拒绝哭泣，拒绝哀悼，拒绝欢笑。他们禁绝了悲伤，只允许一点点欢娱，但他们生存下来了。

薄雾已经平静到无精打采的程度。蛇将她从腰上取下，放到史塔文身边的草垫上。当这眼镜蛇行动时，蛇引导着她的脑袋，感受着她明显绷紧的肌肉张力。“她会用舌头触碰你，”她告诉史塔文，“可能有一点痒，但这不会伤害你。她是在嗅闻，就像你用鼻子闻东西一样。”

“用她的舌头？”

蛇微笑着点头，薄雾用舌头舔了舔史塔文的脸颊。史塔文没有畏惧；他看着，孩子获取新知的快乐短暂地战胜了痛苦。当薄雾长长的舌头刷过他的脸颊、眼睛和嘴巴时，他一直无比安静地躺着。“她通过舔舐来诊察病症。”蛇说。薄雾不再试图挣脱蛇的控制，而是撤回头来。蛇跽坐回去，放开了这眼镜蛇，后者顺着她的胳膊向上滑行，横在了她肩膀之上。

“睡吧，史塔文，”蛇说道，“试着相信我，试着不要惧怕清晨来临。”

史塔文盯着她看了几秒，试图从蛇苍白的眼神中看出真相。“青草会看着我吗？”

这问题令她大吃一惊，或者说，这问题背后隐藏的接纳之意令她大吃一惊。她把他前额上的碎发拨开，微笑道：“当然。”而这笑容之下隐藏着泪水。她抓起青草。“你将看顾这个孩子，并守护他。”小蛇安静地躺在她的手中，眼睛乌黑闪耀。她将他轻轻放到史塔文枕畔。

“睡吧。”

史塔文闭上眼，生命的迹象似乎从他体内溜走了。这变化如此之大，蛇不禁伸手去碰了碰他，她感受到了他的呼吸，轻浅而迟缓。她给他裹上一条毯子，随即站起身来。突如其来的姿势变换令她一阵眩晕，她踉跄了两步方打起精神。横在她肩上的薄雾绷紧了身子。

蛇的眼睛一阵刺痛，目光变得极度清晰敏锐。幻听似的声音越来越近。她抵御着饥饿和疲倦，慢慢弯下腰来，拾起皮箱。薄雾用舌尖轻轻碰了碰她的脸颊。

她掀开帐帘，发现天色尚黑，于是略感宽慰。她耐得住酷暑，但明亮的阳光照射身体时，她会感到烈火焚身。今夜一定是满月，尽管乌云盖住了光线，从地平线的这头到那头皆是一派灰暗。帐篷外的地面上投射着一丛丛不成形的阴影。在这里，沙漠边缘，存在着足够多的水分，能够灌溉大大小小的灌木丛，也为一切生物提供庇护和养分。白天，黑色的沙砾在日光照射下光彩夺目，夜晚，它们看着就像是一层柔软的煤灰。蛇步出帐篷，柔软的幻象消失了。她的靴子踩进了尖锐粗砺的沙砾中，吱嘎作响。

史塔文的家人在等待，他们坐在黑暗的帐篷之间，紧靠在一处，帐篷群搭在沙地上，原本生长在此处的灌木丛已被斫倒烧毁。他们静静地看着她，眼中充满希冀，脸上却不露出任何神色。一位多少比史塔文的母亲年轻些的女性坐在他们之中。同他们一样，她也身着一条宽松长袍，但她身上还戴着一件饰品：一个领袖的圆环。这是蛇在这群人中看见的唯一一样装饰。从外貌上看，她与史塔文那位最年长的家长明显是近亲：棱角分明的脸，高高的颧骨，他的发色业已花白，她则刚由黑转灰，他们的眼睛是深棕色的，最宜在烈日下生存。在他们脚边的沙地上，一只黑色的小动物在囚网中不时挣扎，间或发出一声微弱的尖叫来。

“史塔文睡了，”蛇说，“不要打扰他，但他若醒来，就去看看他吧。”

史塔文的母亲和年轻的伴侣起身走进帐篷，但年长的男性在她跟前停下了脚步。“你能帮他吗？”

“我希望我们可以。肿瘤已经到了晚期，但看来还没扩散。”她的声音听起来很遥远，有些空洞，就像是在说谎。“薄雾会在早上准备妥当的。”她感到有必要再给他些保证，但却想不出话来。

“我妹妹想跟你说话。”他说罢便离开了，只留她二人独处，没有介绍，没有告诉她那女人是他们部落的首领，借以抬高自己的身份。蛇向后看了一眼，但帐帘已经垂下。她愈加疲惫了。肩上的薄雾第一次使她感到沉重。

“你还好吗？”

蛇转过身。那女人以一种自然优雅的姿态朝她走来，只是妊娠晚期的身体令她的步态有些笨拙。蛇不得不抬头迎上她的目光。她的眼角藏着些小细纹，就好像会不时背着人偷偷露出笑容。她笑了，但笑里带着担忧。“你看起来非常疲倦。要不要我叫人给你铺张床？”

“现在不行，”蛇说，“还不行，工作结束前我不睡觉。”

那首领搜寻着她的神色，而蛇因她们共担的责任而对她倍感亲切。

“我想我懂你。我们能为你做点什么吗？你做准备时需要帮助吗？”

蛇发现自己竟不得不认真思索这些问句的含义，好像问题很复杂似的。她把它们在疲倦的大脑里过了几遍，审慎分析，最后终于领会了其中意义。“我的小马需要水和食物。”

“有人在照顾它了。”

“我还需要一个人帮我一起应付薄雾。一个强壮的人。但最重要的是他不能害怕。”

那首领点了点头。“我很愿意帮你，”她说着又微微笑了笑，“可我的身体最近有些笨拙。我会为你找个人的。”

"谢谢。"

说完这番话，这年长女性的神情复归严肃，随后她缓步走向了一小群帐篷。蛇目送她离开，不禁欣赏起她的优雅。与她相比，蛇感到自己渺小、稚拙又肮脏。

黄沙开始打开自己缠绕她手腕的身体。蛇从皮肤上滑动的鳞片中感受到了他的迫不及待，她趁他滑落地面前迅速抓住了他。黄沙将上半边身子从她手中竖起，探出芯子，直取面前的小动物，感受它的体温，嗅闻它的恐惧。"我知道你很饿，"蛇说，"但这小生灵不是给你的。"她将黄沙放回箱子之中，又从肩上取下薄雾，让她在属于自己的昏暗隔间里盘绕成圈。

当蛇的影子罩住那小动物时，它再次挣扎着尖叫起来。她弯下腰拾起它来。在她的抚摸之下，那一连串的短促惊叫渐趋和缓，慢慢减弱，终于停下。最后，它安静地躺了下来，费力地呼吸，筋疲力竭，用黄色的瞳眸紧紧盯住她。它有一双长长的后腿，一对又宽又尖的耳朵，它的鼻子在闻到蛇的气味后轻轻颤抖，黑色的软毛被网绳勒出了许多斜方格子。

"很抱歉要取你性命。"蛇对它说，"但你再也不必恐惧了，我不会伤害你的。"她温柔地用手握住它，抚摸它，抓住它颅底的脊椎骨，迅速一扯。它看似短暂地挣扎了一下，但已经死了。它抽搐着，两腿朝上一蹬，脚爪蜷缩着颤抖。直到这会儿，它好像还在盯着她。她从网中取出了它的身体。

蛇从自己的腰袋中取出一个小瓶，撬开那小动物咬紧的上下颌，向它口中倒了一滴瓶内的浑浊药剂，随后迅速打开箱子，将薄雾唤了出来。薄雾来得很慢，她在箱子边缘滑行，后颈的兜帽没有张开，她滑到粗砺的沙地上。奶白色的鳞片倒映着昏黄的烛光。她闻到了小动物的味道，并滑向它，用舌尖轻轻触碰它。有那么一瞬间，蛇很怕她会拒绝死物的肉，但那身体还很温暖，还在反射性地颤抖，而薄雾又十分饥饿。“这是给你的珍馐，”蛇说，“满足你的食欲。”薄雾嗅了嗅，后撤半步，旋即进击，将短短的前沟牙刺进了那小身体中，她又咬了一次，尽数释放出储存的毒液。她放开它，换了个更好的角度咬上，开始用上下颌吞吃，那小动物几乎没能撑开她的喉咙。当她安静地躺回原位，回顾那块小珍馐的味道时，蛇坐到她身边托住了她，她等待着。

她听到外面粗砺的沙地上传来脚步声。

“我被派来帮助你。”

这是一个年轻男子，尽管黑发中散布着几缕斑白。他个子比蛇高，生得不无魅力。他的眼睛乌黑，绑住的头发将原本就瘦削的面部线条绷得更加棱角分明。他的表情看不出情绪。

“你害怕吗？”

“我会照你要求的去做。”

尽管他的身材完全被长袍遮住，但那双纤长好看的手显示了他的力量。

“那就抓住她的身子，别叫她吓到你。”蛇注入那小动物体内的药物开始奏效，薄雾的身子颤抖起来。这眼镜蛇的眼神直勾勾的，十分迷离。

“如果它咬我……”

“抓住，快！”

那年轻人伸出了手，但他犹豫了太久。薄雾扭动着，猛地发动攻势，用尾巴扫击他的面部。他踉跄后退，虽只受了点小伤，却着实受了番惊吓。蛇一直紧紧握着薄雾的下颌后部，一边挣扎着试图抓住她身体的其他部位。薄雾不是大型蟒蛇，但她光滑有力，且速度极快。她甩动尾巴四下拍击，同时发出很长的嗞嗞声。此刻的她很可能咬住任何她够得到的东西。在蛇和她搏斗时，她一直努力挤压自己的毒腺，直到挤出最后一滴毒液。那些毒液在薄雾的毒牙上挂了一会儿，反射着宝石般的光芒；之后，又被薄雾扭动的身体甩到了夜色之中。蛇与这眼镜蛇搏斗，轻声同她说话，这次是沙子帮了她的忙，因为在沙地上薄雾没什么力量优势。蛇能感觉到那年轻男子在她身后，抓着薄雾的身子和尾巴。这番捕蛇行动停得很突然，薄雾忽地就软在了他们手上。

"抱歉——"

"抓紧她，"蛇说，"我们有一整晚要忙。"

在薄雾的第二轮抽搐中，年轻男子紧紧抓住了她，这确实起到了一些作用。之后，蛇回答了他之前被打断的问题。"如果她在生产毒液的过程中咬了你，你多半会死。即使是现在，如果她咬你，可能也会让你大病一场。不过，除非你做了什么蠢事，否则就算她要咬，也会先咬我的。"

"如果你死了，就再也不能帮助我表弟了。"

"你误会了。薄雾杀不死我。"她伸出手来，给他看那些白色伤疤，有孔状的，也有鞭痕似的。他盯着这些伤疤看了半天，又深深望进她的眼睛，半晌，他移开了目光。

云层背后那个散射出光线的亮点朝西边移去，他们像抱孩子似的托举着眼镜蛇。蛇发现自己昏昏沉沉的，但这时薄雾动了动脑袋，怔怔地试图挣脱束缚，蛇一下就清醒了。"我不能睡，"她对那年轻男子说，"跟我说说话。你叫什么名字？"

像史塔文一样，年轻人犹豫了。他似乎害怕她，或是害怕什么别的东西。

“我的族人，”他说，“认为对陌生人说出名字是不智的。”

“如果你们当我是女巫，就不该来寻求我的帮助。我不会魔法，也从没宣称我会。我不可能了解这个世界上所有的民俗，所以我只遵循自己的习惯。我的习惯是跟共事的人互通姓名。”

“这不是迷信，”他说，“不是你以为的那样。我们并不是害怕受巫术诅咒。”

蛇等待着，她看着他，试图借昏暗的光线解读出他的表情。

“我们的家人知道我们的名字，我们结婚时，会跟配偶互通姓名。”

蛇思考了一下这种民俗，随即感到自己很难适应它。“就没有别人知道，从来没有？”

“好吧……有时朋友也会知道我们的名字。”

“啊，”蛇说，“我知道了，我依然是个陌生人，也许还是个敌人。”

“朋友可以知道我的名字，”年轻人重复道，“我无意冒犯，但你误会了。相识的人并不算朋友。我们将友谊看得很崇高。”

“在这片土地上，人应该很快就能判断出一个人是否值得被称为‘朋友’。”

“我们很少交朋友。友谊是一种承诺。”

“听起来像是种可怕的东西。”

他思考着这种可能性。“也许我们害怕的是被友谊背叛。那是件很痛苦的事。”

“有人背叛过你吗？”

他狠狠地剜了她一眼，好像她说了严重越界的话。“不，”他说，声音与神色一样严厉，“我没有朋友。我没有任何能称为‘朋友’的人。”

他的反应令蛇大吃一惊。“这太让人难过了。”她说着静默了，试图去理解那种令人如此疏远他人的压力，她试着把自己不得已而为之的孤独与他们自愿选择的孤独进行了一番比较。“叫我蛇，”最终她说道，“如果你能说服自己发出这个音。叫出我的名字并不代表你对我做了承诺。”

年轻人似乎要开口说话。也许他反思了一下，觉得自己或许冒犯了她，也许他觉得需要进一步为自己的民俗辩护。但薄雾又开始在他们手中挣扎，他们不得不死死抓住她，避免她弄伤自己。就她自身的长度而言，这眼镜蛇很瘦，但很有力量，这一次的抽搐又比她之前经历过的更为厉害。她在蛇手中猛烈挣扎，几乎脱身而出。她试图撑开兜帽，但蛇抓得太紧。她张口嘶鸣，但毒牙上已聚不出毒液。

她用尾巴缠住那年轻人的腰。他开始抓她，并试图转身挣脱她的盘绕。

“她不是大蟒蛇，”蛇说，“她伤不到你。别管她——”

但已经太迟了。薄雾倏然放松，年轻人便失去了平衡。薄雾一甩身，在沙地上留下一串印记。蛇独自与她进行着搏斗，而那年轻人一直试图抓住薄雾，但她将自己缠在蛇身上，以她为杠杆控制着力量。她开始挣脱蛇的把控。蛇把这一人一蛇一齐甩回沙地上；薄雾在她面前立起身子，张开大嘴，狂怒地发出咝咝声。年轻人猛地上前，抓住薄雾的兜帽正下方。薄雾攻向他，但蛇设法拉住了她。他们合力制伏了薄雾，重新取回控制权。蛇挣扎起身，但薄雾安静下来，近乎僵直地躺倒在二人之间。他俩都浑身是汗，年轻人浅褐色的皮肤透着苍白。就连蛇都在颤抖。

“我们休息一小会儿。”蛇说。她瞥了他一眼，注意到他脸颊上那道暗色的横条，之前，薄雾的尾巴曾扫到他。她上前摸了摸那道伤疤。“你这里会变青，不会更严重了，”她说，“不会留疤的。”

“如果毒蛇真能用尾巴蜇人，你就会同时控制毒牙和毒刺了，那我就没什么用了。”

“今晚我无论如何都需要一个人让我保持清醒，不管他能不能帮我对付薄雾。”与眼镜蛇搏斗的过程刺激了她的肾上腺素，但那作用已经消退，疲倦和饥饿又回来了，比之前更甚。

“蛇……”

“什么？”

他笑了，一闪即逝，带着些窘迫。“我在尝试发这个音。”

“这就很好。”

“你花了多长时间横穿沙漠？”

“不能说是很久，该说是太久了。六天。”

“你怎么活下来的？”

“有水。我们夜间赶路，白天休息，除了昨天，昨天我没找到能休息的阴凉处。”

“你带了一路的食物？”

她耸了耸肩。“带了一点。”一边希望他不再提食物的事。

“沙漠的另一边有什么？”

“更多沙漠和灌木丛，比这儿稍多些水源。几个族群，商人，我长大和学医的营地。更远的地方有一座山，山里有个城市。”

“总有一天我要去瞧瞧城市的样子。”

“沙漠是可以穿越的。”

他没说话。但蛇离家不久，记忆犹新，她能理解他此刻的想法。

薄雾的下一轮抽搐很快就来了，比蛇预想的快上许多。她通过这一轮轮的痉挛程度判断着史塔文的病情进展，一边盼望清晨到来。倘若她注定无法挽救他，她也要把自己的工作做完，之后她会伤心，然后忘掉一切。如果不是蛇与那年轻人抓着薄雾，她会用自己的身体不停敲击沙地，直到死去。她突然彻底僵直，嘴巴紧闭，而分叉的芯子依然悬垂在外头。

她的呼吸停滞了。

“抓住她，”蛇说，“抓住她的脑袋。快，抓住她，如果她挣脱了你就跑。快抓住。她现在没法攻击你。最多只是意外甩到你。”

他只犹豫了一瞬，便伸手抓住薄雾的后脑。蛇迅速朝外跑，不时陷进脚下深深的沙地里，她从圆形的帐篷群边缘跑到一个依然灌木丛生的地方。她将布满小刺的干枯枝丫扯开，小刺撕裂了她伤痕累累的手。在干枯的树丛外围，她看到一群角蝰盘踞于此，它们生得丑陋无比，不成形状。它们冲她发出嘶嘶声，她并未理睬。她找到一枝细细的空心枝干，便捡拾回去。深深的划痕使她的双手鲜血淋漓。

她跪倒在薄雾脑袋边上，掰开眼镜蛇的嘴，把这空心细管深深推进她的喉咙，穿过她舌根处的气道。接着，她弯腰靠近，将管子另一头放到自己嘴里，轻柔地向薄雾肺里吹起气来。

她注意到：那年轻人的双手始终照她的吩咐抓着眼镜蛇；他在呼气，起初是惊讶地倒抽冷气，然后变得不甚规律；沙子刮伤了她的手肘——她不觉间撑在了沙地上；她注意到薄雾毒牙上下滴的黏液散发的气味令人作呕；她感到自己昏昏沉沉，她以为这是因为疲倦，她强迫自己用事态的紧迫性和意志力驱散它们。

蛇吹一口气，复又吹气，停顿片刻，再重复这一过程，直到薄雾掌控节奏，能够自主呼吸。

蛇跪坐回自己的脚跟上。“我想她会没事的，”她说，“但愿她没事。”她用手背抚摸她的前额。这触摸引发了一阵剧痛，她猛地抽手回来，但痛楚已经顺着骨头蔓延到她的手臂，穿过肩膀，穿透胸膛，笼罩心脏。她失去了平衡。跌倒时她试图稳住身子，但行动已经太慢，她努力对抗着恶心和眩晕，也几乎就要成功了，直到地球引力在痛楚中消失，而她迷失在黑暗中，无可倚靠。

她感觉到了此前刮擦她脸颊与手掌的沙子，但这会儿它们变得很柔软。“蛇，我能放手了吗？”她觉得这问题一定是在问别人，同时理智上又很清楚这里没有别人能回答这个问题，没有人会以她的名义回答这个问题。她感到身上放着一双手，无比温柔；她想回应那双手，但实在太累。她需要再睡一会儿，于是她把它们推开。但那双手托起她的脑袋，将干涩的皮革放到她的唇边，把水灌进她的喉咙。她呛咳着把水吐了出来。

她用一只胳膊撑起身子。当视线清晰后，她发现自己在颤抖。这感觉就像她第一次被毒蛇咬伤时一样，那时她的免疫能力尚未彻底形成。那年轻人跪在她身侧，手里拿着皮水壶。薄雾在他身后缓缓向黑暗中爬行。蛇再顾不得剧烈的抽痛。“薄雾！”

年轻人瑟缩着转身，满面惊惧；毒蛇昂首挺立，脑袋几乎跟蛇站直身子时的眼睛齐平，她兜帽大张，摇头摆尾，怒目而视，已然摆好攻击的姿态。在黑夜中，她的身影成了一条翻覆的白线。蛇强迫自己站起来，这感觉就像在摸索着控制一具陌生的躯体。她几乎又要跌倒，但还是稳住了自己。“你眼下不能出去猎食，”她说，“你尚有未竟之事。”她将右手伸至一旁当作诱饵，以防薄雾突然攻击。她的手因疼痛而沉重无比。蛇很害怕，不是怕被咬伤，而是害怕失去薄雾毒囊里的毒液。“过来，”她说，“到这里来，平息你的怒气。”她注意到血正从她的指间往下淌，她对史塔文的担忧加剧了。“是你这生灵将我咬伤的吗？”但这痛感并不对头：毒液会使她麻痹，而新的血清应该只会产生刺痛……

“不。”那年轻人在她身后轻声说道。

薄雾攻击了。蛇长年训练而成的条件反射占据了上风。蛇的右手倏然撤开，左手在薄雾转头的瞬间猛地抓住了她。眼镜蛇挣扎片刻便放松了。“阴险的畜生，”她说，“不知羞耻。”她转身，让薄雾顺着她的手臂爬上肩膀，她盘卧在那里的样子就像一件隐形披肩的外轮廓，下垂的尾巴恰似披肩的拖裾。

“她没咬我？”

“没有。”年轻人说。他克制的声音带着些因敬畏而生的激动。“你本该生命垂危才是。你痛苦得全身蜷曲，你的胳膊肿成紫色。你回来的时候——”他指了指她的手，“那肯定是角蝰。”

蛇记起那些盘踞在树丛下的角蝰，于是摸了摸自己手上的血迹。她把血擦掉，露出荆棘划开的伤口下那一对被蛇咬出的牙孔。伤口有些肿胀。“这伤需要清理，”她说，“我很惭愧，居然受了这种伤。”伤口的阵痛顺着手臂一波波袭来，但已不再是灼痛了。她站在那里看那年轻人，同时也看着她周围，看着大地上的景物变化，而她疲惫的双眼正试图对抗落月和破晓前的曙光。“你把薄雾抓得牢牢的，非常勇敢，”她对那年轻人说，“谢谢你。”

他垂下眼睛，几乎像在对她鞠躬。他站起身来走向她。蛇将手轻轻放在薄雾的颈部，以防她受到惊吓。

“如果你能叫我阿列文，我一定倍感荣幸。”那年轻人说道。

“我十分乐意。”

薄雾慢慢地爬进她的斗室隔间之中。蛇跪下来，托起环绕成白色圆圈的薄雾。再过一会儿，等薄雾的情况稳定后，他们会一起去找史塔文。

薄雾白色的尾巴尖也从视线中消失了。蛇合上箱子，本欲起身，却没能成功站起来。她还没彻底摆脱新毒液的影响。伤口四周的皮肉红肿疼痛，但血已经止住了。她消沉地待在原地，盯着自己的手，在脑中慢慢思考自己该做什么，这次是为她自己。

“请让我来帮你吧。”

他扶着她的肩膀，帮助她站起身来。

“抱歉，”她说，“我实在太需要休息……”

“让我帮你洗一洗手，”阿列文说，“然后你就可以睡了。告诉我什么时候叫你起来——”

“不。我还不能睡。”她绷紧混乱的神经，挺直腰杆，撩起前额短短的湿鬈发。“我现在没事了。你还有水吗？”

阿列文解开他的外袍。外袍下是一条缠腰布，上面绕着一条皮带，皮带上系着几个皮水壶和一些其他小袋子。他身上的肤色要比终日承受日照的面部皮肤稍浅一些。他解下水壶，掩上长袍，盖住自己精瘦的身子，伸手要去拉蛇的手。

“不，阿列文。如果蛇毒侵入你身上任何一道小伤口，你就可能会被感染。”

她坐下来，用温水冲洗自己的手。粉色的水滴一滴入沙地就消失无踪，不留下一点潮湿的印记。她的伤口又流了一些血，但现在只痛不麻了。毒性几乎已经彻底消解。

“我不懂，”阿列文说，“你怎么会安然无恙。我妹妹就是被角蝰咬伤的，”他的语气并没能像他所希望的那样满不在乎，“我们无法可施，只能眼睁睁地看着她死——我们甚至无法减轻她的痛苦。”

蛇把皮水壶还给他，从自己的腰带中取出药瓶，在已经开始愈合的伤口上涂抹瓶中的药膏。“这是我们准备工作的一部分，”她说，“我们要跟许多种类的毒蛇打交道，所以我们必须尽可能地免疫多种蛇毒。”她耸耸肩，“这过程冗长乏味，也多少有些痛苦。”她握紧拳头，药膏结了膜，她的状况稳定下来。她倾身靠近阿列文，再次碰了碰他擦破的脸颊。“好了……”她在他的伤口上涂了一层薄薄的药膏，“这会帮助它愈合。”

“如果你不能睡觉，”阿列文说，“你可以至少休息一下吗？”

“可以，”她说，“就一会儿。”

蛇坐到阿列文身边，靠在他身上，他们一起看太阳将云层染成金色，接着是火红色，琥珀色。与另一个人类这样简单的身体接触给蛇带来了欢愉，尽管她觉得这还不能令人满足。如果换一个时间，换一个地方，她也许会更进一步，但这里不行，眼下不行。

当太阳的光环下缘升上地平线时，蛇站起身子，将薄雾从斗室中诱了出来。她爬得很慢，很虚弱，盘旋到了蛇的肩膀上。蛇拾起箱子，和阿列文一同走回帐篷堆中。

史塔文的父母在等待，他们就站在自己的帐篷外目视着她。他们的站位形成了一个紧凑、安静而充满防备性的小群体。有一瞬间，蛇以为他们决定赶走她。接着，就像嘴里含了块烙铁似的，她充满悔恨和恐惧地问他们史塔文是不是死了。他们摇了摇头，放她走进帐篷。

史塔文依然保持她离开时的姿势，尚在酣眠。大人们的目光紧跟着她，她能嗅到他们的恐惧。薄雾探出芯子，因空气中的危险气息而紧张起来。

“我知道你们想待在这里，”蛇说，“我知道如果你们有能力，会很想帮忙。但除了我没人能做什么。请到外面去等。”

他们面面相觑，又看看阿列文，有那么一瞬间蛇以为他们要拒绝她的医治。蛇很想就此陷入安宁，沉睡下去。“来吧，我的表亲们，”阿列文说，“ 把一切交给她。”他掀起帐幕，将他们引至帐外。蛇仅仅以简单的一瞥向他致谢，而他几乎笑了。她转身去看史塔文，跪到他身边。“史塔文——”她抚摸他的额头，那额头滚烫滚烫的。她注意到自己的手不像之前那样稳了。只这轻轻一碰，孩子就醒了过来。“到时候了。”蛇说。

他眨了眨眼，从属于孩子的梦乡中彻底苏醒，他看见了她，慢慢认出了她。他看起来并不害怕。为此，蛇欢欣不已；但另一个她尚未查知的因素却令她心神不宁。

“会疼吗？”

“你现在疼吗？”

他犹豫了一会儿，把脸转开，又转了回来。“疼。”

“等会儿可能会更疼一点。我希望不会。你准备好了吗？”

“青草可以留下吗？”

“当然。”她说。

接着，她意识到了是哪里不对。

“我马上就回来。”她的声音变化如此之大，音色绷得那么紧，甚至没法不吓到小男孩。她离开帐篷，缓步向前，冷静地克制着自己。帐篷外，孩子的父母用神色告诉了她，他们在害怕什么。

“青草在哪儿？”背对着她的阿列文因这语气吃了一惊。金发的男人低低地哭了一声，再也不敢看她。

“我们当时很怕，”最年长的那位家长说道，“我们以为它要咬孩子——”

“是我以为它要咬。是我。它当时爬到了孩子脸上，我能看到它的毒牙——”史塔文的母亲把手放到了年轻的家长肩上，他没能接着说下去。

“他在哪儿？”她想尖叫，但她没有。

他们给她拿来一个小盒子。蛇接过来，朝内看去。

青草几乎断作两截，内脏不断地向体外渗，半截身子朝外翻着，在她颤抖的注视下痛苦地扭动了一回身子，将芯子向外轻弹一回，又收了回去。蛇发出一声哀鸣，但只在喉咙里，声音低到根本不能算是哭叫。她多希望他眼下的动作只是反射行为，她尽可能温柔地拿起他。她俯身用嘴唇碰了碰他脑袋后部光滑的绿色鳞片。她迅速地冲蛇头下方的地方狠狠地咬了一口。他那冰冷腥咸的血液流进她的嘴里。如果他适才一息尚存，她这一下迅速要了他的命。

她看着那父母三人，又看看阿列文；他们都满面苍白，但她不同情他们的恐惧，也完全不在意他们共同的悲伤。“这样一个小生灵，”她说，“这样一个小生灵，他只会带来欢愉和美梦。”她又看了他们一会儿，接着转身再次走入帐篷。

“等等——”她听到那位最年长的家长从身后接近她。他碰了碰她的肩膀，她拨开了他的手。“你想要什么我们都给你，”他说，“但请你放过这个孩子。”

她怒不可遏地急转向他：“我该为你们的愚蠢杀了史塔文吗？”他似乎想要拘住她。她用肩膀猛地撞在了他的肚子上，然后头也不回地进了帐篷。在帐内，她一脚踹开了箱子。突然被吵醒的黄沙愤怒地爬将出来，把自己盘成一圈。当年轻的丈夫和妻子试图闯入帐内时，黄沙用嗞嗞声和蛇此前从不曾听过的狂怒响尾声将他们挡在外面。她甚至没有费心去关注身后的状况，只是低下头，在史塔文发现之前擦掉脸上的泪水。她跪到他身旁。

“怎么了？”他无可避免地听到了帐外的嘈杂声和脚步声。

“没事，史塔文。”蛇说，“你知道我们是穿越沙漠来到这里的吗？”

“不。”孩子语带诧异。

“沙漠非常炎热。我们都没有东西可吃。现在青草出去猎食了。他一直非常饿。你能原谅他，让我就这样开始吗？我会一直在你身边的。”

他看起来如此疲倦；他很失望，但没有多余的力气去为此争辩。“好吧。”他的声音干涩得好像滑过指间的沙砾。

蛇将薄雾抬离肩膀，然后把毛毯从史塔文瘦小的身子上扯开。肿瘤从肋骨底下向上压迫，扭曲了他的形体，挤压到他的重要器官，榨取他体内的营养以供自己生长。蛇控制着薄雾的头部，让她在他身上滑行，同时触诊、品尝。她不得不抓住她的头部，防止她进行攻击。她已被兴奋煽动。当黄沙发出响尾声时，她瑟缩了一下，蛇轻轻触摸她，安抚她。慢慢地，长期规训培育出的反应战胜自然的本能起了作用。当芯子抵达肿瘤上方的肌肤时，薄雾停了下来，蛇将她放开。

这眼镜蛇弓起身子，突然进攻，用眼镜蛇咬人的方式咬了上去，她先是用短短的前沟毒牙扎了一下，放开后又迅速换了个更好的角度再次咬上去，保持着此种姿势，慢慢咀嚼她的猎物。史塔文哭出声来，但却没有挣脱蛇控制他的手。

薄雾将毒囊中的液体释放到孩子体内，然后松开了他。她弓起身子，四下窥视一番，收起兜帽，然后滑行过草垫，以一条漂亮的直线之态回到了她黑暗的斗室之中。

“全都结束了，史塔文。”

“我马上就要死了吗？”

“不，”蛇说，“现在不会。你还会活很多年。我希望如此。”她从腰带上的小包里拿出一瓶粉末，“张开嘴。”他依言而行，她把粉末撒到他的舌头上。“它能帮你止疼。”她用一块布包裹了薄雾咬出的那一串浅浅的伤疤，没有拭掉血迹。

她转过身去。

“蛇？你要走了吗？”

“我不会一声不吭地走的。我保证。”

孩子躺了回去，闭上眼睛。任由药物发挥作用。

黄沙安静地盘踞在草垫之上。蛇叫了他。他爬到她身边，自愿地进入了黑暗的箱子之内。蛇扣上箱子，将它提起来，可她感到箱子还是那么空。她听到帐外的嘈杂之声。史塔文的父母和前来帮忙的族人扯开帷幔一拥而入，未及看清眼前事物，便用棍子朝前乱戳。

蛇放下她的皮箱。

“都结束了。”

他们进来了。阿列文也在其中，只是他空着手。“蛇——”他的语气中带着悲伤、遗憾和困惑，蛇判断不出他到底相信什么。他转过身去。史塔文的母亲就在他身后。他捏住她的肩膀：“如果没有她，他早就死了。不管发生了什么，他都已经死了。”

那女人甩开了她的手。“他也许会活下来。那病症可能会自愈。我们——”她难掩泪水。

蛇感到围着她的人群攒动起来。阿列文向前迈了一步，在她面前停下，她能看出他希望她为自己辩护。“你们当中有任何人会流泪吗？”她说，“你们会为我和我的绝望流泪，为你们和你们的罪恶流泪吗？或是为弱小的生灵和他们的痛苦？”她感到泪水滑下了脸颊。

他们没能理解她的话，她的泪水冒犯了他们。他们站了回去，依然畏惧她，但团结在了一起。她已经不必再装出冷静的姿态去哄骗孩子了。“唉，你们这些傻瓜。”她的声音听起来十分尖厉。“史塔文——”

帐篷入口处忽然有光线射入。“让我过去，”蛇面前的人群为他们的领袖让出路来。她在蛇面前立定，没有在意自己的脚几乎要碰到她的箱子。“史塔文会活下来吗？”她的声音安宁、镇静而温柔。

“我不能保证，”蛇说，“但我认为他会。”

“让我俩单独待一会儿。”人群在理会领袖之前先听懂了蛇的话。他们朝四周看了一圈，然后放下武器，最终，他们一个一个走出帐篷。阿列文留了下来。蛇感到一阵脱力，面对危险时所产生的力量已经消散了。她的膝盖瘫软下来。她将脸埋到手掌里，在箱子边弯下了腰。年长的女性跪在她面前，蛇未及发现也没来得及阻止她。

“谢谢你，”她说，“谢谢你。我真的很抱歉……”她搂住蛇，将她抱到自己怀中，阿列文跪在她们身边，也拥抱了蛇。蛇又开始颤抖了。他们一直抱着她，任她放声哭泣。

后来她睡着了，精疲力竭，帐篷里只有她跟史塔文两个人，她牵着他的手。那些人给黄沙和薄雾抓了些小动物。他们给她提供食物、补给，还有足够洗澡的水，尽管那一定耗尽了他们的储水。

当她醒来时，阿列文正躺在她身边睡着。他的长袍因炎热敞开了，胸腹一片汗渍。当他睡着时，他脸上的严肃神情不见了；他看起来力倦神疲又脆弱不堪。蛇差点就要叫醒他，但又停住了，她摇摇头，转过身来查看史塔文。

她摸到了肿瘤，也发现那肿瘤开始溶解、皱缩、消亡，薄雾转换过的毒液已经起效了。她在自己的悲伤中感到一丝喜悦。她将史塔文惨淡的发丝从脸上拨开。“我不会再骗你了，小家伙，”她轻声呢喃，“但我必须马上离开，我不能留在这里。”她还需要再睡上三天，如此才好彻底消除角蝰的蛇毒影响，但她想另找一个地方去睡。“史塔文？”

慢慢地，他半醒过来。“我已经不疼了。”他说。

“我很高兴。”

“谢谢你。”

“再见，史塔文。等你醒来的时候，你会记得我是说了再见才走的吗？”

“再见。”他说，说完又蒙眬睡去。“再见，蛇。再见，青草。”他闭上了眼睛。

蛇拿起箱子，站在原地紧紧盯住睡梦中的阿列文。他并未被惊动。她半是感激半是悔恨地离开了帐篷。

黄昏渐渐来临，投下长长、模糊的影子，营地里炎热安静。她发现她的虎纹小马已被拴好，且还供以食物和饮水。马鞍旁的地面上放着一个装满水的新水袋，鞍头上还横搭着几条沙漠长袍，尽管蛇已然拒绝了任何报偿。虎纹小马朝她嘶鸣。她挠了挠它条纹状的耳朵，配好马鞍，并将杂物绑到马背上。她牵着它往东走，那正是她来的方向。

"蛇——"

她深深吸了口气，随即朝阿列文转身。他向阳而立，太阳照得他肤色红润，他的长袍也被染成了绯红色。黑白相间的头发散落在肩膀上，衬得他面色温柔。"你一定要离开吗？"

"是的。"

"我原本还希望你不会离开，至少……我希望你留下来，留一段时间……"

"如果没有发生这些事，我也许会留下的。"

"他们是因为恐惧——"

"我已经告诉他们青草不会伤害他们了。但他们看见了他的毒牙，他们不知道那毒牙只会让人陷入美梦，缓解死亡的痛苦。"

"那你能原谅他们吗？"

"我无法面对他们的罪恶。他们的所作所为全都是我的错，阿列文。我没能理解他们，直到一切都已太迟。"

"你自己也说过，你不可能知晓所有民族的习俗和所有人的恐惧。"

"我已经瘫痪了，"她说，"没有了青草，我与瘫痪无异，若我没法治愈病人，我就是个废人了。我必须回家去面对我的老师，乞求他们原谅我的愚蠢。他们很少会将我的名字赐予学徒，但他们给了我这个名字——他们一定失望透顶。"

"让我跟你一起走。"

她很想这样，她犹豫了，她为这样的软弱咒骂自己。“他们可能会收回薄雾和黄沙，然后将我扫地出门，你也会被扫地出门。留在这里，阿列文。”

“我不在乎。”

“你在乎。过不了多久，我们就会开始互相怨恨。我不了解你，你也不了解我。我们需要冷静一下，我们需要安静和时间去彼此了解。”

他来到她身边，用双臂环住她，他们紧紧拥抱了一会儿。但他抬起头时，两颊已满是泪痕。“请你一定要回来，”他说，“无论发生了什么，请你一定回来。”

“我会尽力的，”蛇说，“等到明年春天风沙过去的时候，记得来找我。如果后年春天我还是没有回来，就忘了我吧。若到时我还活着，无论我在哪里，我也会忘了你的。”

“我会去找你的。”阿列文没有做出更多承诺。

蛇牵住缰绳，开始横穿沙漠。

（憬怡　译）

新星与其他群星

对于任一体裁的文学，在其发展进程中总会时不时涌现出一批与众不同的创作者，他们或是改变了文学的固有格局，或是实现了文学的可能性。这群与众不同的作家要么是革新家，要么是实现者：塞万提斯和理查逊[1]属于前者，而莎士比亚则属于后者。有时，这些作家的成就直到几十年甚至几个世纪后才会显现出来，然而通常他们会有如爆发星[2]——新星[3]一样出现在浩瀚星空中。

在科幻小说领域，凡尔纳和 H. G. 威尔斯属于革新家。但鉴于革新家、实现者一类的术语并不如它们看起来那样泾渭分明，凡尔纳从不避讳自己的创作得益于爱伦·坡、笛福和怀斯[4]等作家；威尔斯则会在作品中向斯威夫特及斯特恩[5]致敬（然而他并不承认自己从罗

1. 即塞缪尔·理查逊，英国著名小说家和印刷商，以书信体小说闻名。其小说不写冒险故事而写人们的日常生活，注意心理描写和故事结构的完整性，对后世许多小说家都有影响。
2. 光度突然变化的恒星。新星和超新星都属于这一类。
3. 曾经由于其突然出现而被认为是刚刚诞生的恒星，所以取名叫“新星”。
4. 即约翰·大卫·怀斯，瑞士牧师。他给孩子们讲的系列睡前故事被其次子整理出版为《瑞士鲁滨孙或遭受船难的瑞士牧师及其家庭——一本对城乡孩童及童心未泯者而言颇富教益的书》（或简称《瑞士鲁滨孙》），此后在欧美广泛传播，被多次翻译和改写。
5. 即劳伦斯·斯特恩，英国小说家，“感伤主义”的开创者，其作品在叙述结构和手法上与传统小说迥然相异，在文学史上有相当地位。

斯尼[1]、古尔蒙、弗拉马里翁这些法国作家身上获得了启发)。埃德加·赖斯·巴勒斯既是革新家也是实现者，爱德华·爱默·史密斯却是一位革新家。罗伯特·A. 海因莱因是革新家，A. E. 范·沃格特是实现者，而他们都是自处女作发表后立刻被公认为超级明星。

不是所有人绽放的光芒都如此分明：雷·布拉德伯里日渐闪耀，阿尔弗雷德·贝斯特爆发出了夺目的光辉，弗雷德里克·波尔在经历了漫长的匿名学徒生涯后，与西里尔·科恩布鲁斯组成了引人注目的双星，继而在 20 世纪 70 年代中后期迸发出一股新的创意激情。厄休拉·K. 勒古恩无疑属于新星之列，或许还有拉里·尼文，而威廉·吉布森也无疑位列其中。其他的人，例如杰克·威廉森、克利福德·西马克、弗里兹·雷伯、L. 斯普拉格·德·坎普、弗兰克·赫伯特、布赖恩·奥尔迪斯、菲利普·K. 迪克、罗伯特·西尔弗伯格及哈伦·埃利森，他们散发着更为温和的光芒。

在 20 世纪 70 年代后期的新星中，其中一颗便是约翰·瓦利(John Varley)。他是一个实现者，他的作品继承了科幻小说这个文学类型的惯用笔法，却又使其看上去焕然一新。瓦利出生于得克萨斯州奥斯汀市，1966 年进入密歇根州立大学学习，自 1973 年以来一直担任自由撰稿人，现居于俄勒冈州尤金市。他发表的第一篇故事为《近旁野餐》(“Picnic on Nearside”)，刊载于 1974 年 8 月刊的《奇幻与科幻杂志》。在这之后，他又在各种杂志及原创选集中发表了一系列极具创意的故事。

瓦利的大多数故事有着共同的故事背景：神秘而强大的外星侵略者蜂拥而至，出于对鲸鱼和海豚的喜爱，他们将人类驱逐出了

1. 即 J. H. 罗斯尼，生于比利时的法国作家约瑟夫·亨利·奥诺雷·博埃克斯(Joseph Henri Honoré Boex)的笔名。他被视为萌芽时代的科幻小说作家之一，在法语科幻界的影响仅次于凡尔纳。

地球——可对照戈登·迪克森（Gordon Dickson）的《海豚之路》（“Dolphin’s Way”）阅读——然而人类并没有消亡，借由技术的提升，人类得以在月球、其他行星和卫星上，以及在太空中继续繁衍生息。此外，科学——在此种环境下幸存下来所不可或缺的东西——改变了人们的生活，尤其是通过生物学的进步，还有自然科学[1]的发展，人们不仅能更好地掌控周围环境，还能更好地管理自身，他们可以通过克隆、记忆记录和转移、基因操作、整形手术等技术来改造自己的身体。生活的大部分兴趣转向了艺术，而不是生存。

在这种情况下，新的生活方式成为可能，新的选择唾手可得，崭新的价值观被建立起来，而那些陈旧的东西则遭到摒弃。在这样的生活中没有什么会成为终结：童贞可以被修复，死亡不过是记忆的短暂中断，人际关系就像个人对身体、面容甚至性别的选择一样变化无常。人们可以住在任何地方，想干什么就干什么。在《20世纪科幻作家》[2]（*Twentieth Century Science Fiction Writers*）一书中，伊恩·沃森[3]（Ian Watson）称这种生活“惬意至极”，因为选择不会招致可怕的后果；但瓦利的故事其实旨在质疑大多数人认为神圣且不可改变的东西。

瓦利自他发布首部作品以来便开始获得一系列奖项提名。《得唱，得跳》（“Gotta Sing, Gotta Dance”）及《堪萨斯幽灵》（“The Phantom of Kansas”）入围1977年雨果奖，《在火星诸王的前厅里》（“In the Hall of the Martian Kings”）入围1978年雨果奖，而瓦利本

---

1. 自然科学与社会科学、思维科学并称“科学三大领域”，它是以定量作为手段，研究无机自然界和包括人的生物属性在内的有机自然界的各门科学的总称，包括天文学、物理学、化学、地球科学、生物学等。
2.《20世纪科幻作家》是柯蒂斯·C. 史密斯（Curtis C. Smith）主编的一本介绍20世纪知名科幻作家的书籍，其中包括对于数十位业内人士的采访，为圣马丁出版社“20世纪英语文学作家”（*Twentieth-Century Writers of the English Language*）系列的第三本。
3. 英国科幻作家，长期居住于西班牙。曾担任著名科幻电影《人工智能》（*A. I. Artificial Intelligence*, 2001）的编剧。

人则在 1975 年和 1976 年入围约翰 · W. 坎贝尔纪念奖最佳新人作家奖[1]。1979 年,《幻视残留》(“The Persistence of Vision”)包揽了当年的星云奖和雨果奖,《推挤者》(“The Pusher”)获 1982 年雨果奖,《按回车键》(“Press Enter”)获 1985 年星云奖及雨果奖,《芭比谋杀案》(“The Barbie Murders”)同样也入围了雨果奖终选名单。1980 年，瓦利的长篇小说《泰坦》(*Titan*)和短篇小说《选项》(“Options”)均入围了星云奖和雨果奖,《泰坦》的续作《巫师》(*Wizard*)也于次年入围雨果奖。

瓦利的短篇小说收录在了《幻视残留》(1978)、《芭比谋杀案》(1980)及《蓝色香槟》(*Blue Champagne*，1986)这三部短篇小说集中。他在第一部长篇小说《蛇夫座热线》(*The Ophiuchi Hotline*, 1977)之后写了“泰坦”三部曲[2],其中最后一部长篇是《恶魔》(*Demon*，1984)，之后他以《钢铁海滩》(*Steel Beach*，1992)回归到了他的“八世界”系列[3]。1998 年他又发表了《金球》(*Golden Globe*)[4]。

《空中袭击》(“Air Raid”)原刊于 1977 年春季刊的《艾萨克 · 阿西莫夫科幻杂志》，并入围了当年的星云奖及雨果奖。这部短篇小说在 1983 年被扩写为长篇小说《千禧年》(*Millennium*)，并于 1989 年拍摄了同名电影。然而这个故事并没有与瓦利的众多作品共用故事背景，取而代之的是它汇集了早期科幻小说中许多常见的惯用笔法，包括如法默的《继续航行!》这一类故事中使用的经典手法：故事讲述了一次严密组织的准军事行动，在叙述的过程中，作者提出了令读者费解的术语及信息，例如“绑架小队”、“接上电源”、“作战

1. 该奖项要求入围作家正式发表的第一部科幻或奇幻小说为两年内发布的作品。
2. 又名“盖娅”三部曲。
3. 系列小说，包括《蛇夫座热线》和之后的几个长篇以及前面提到的《近旁野餐》等几个短篇。
4. 也属于“八世界”系列。

室”、“局势板”、飞行日期、“超级够劲的‘燃油’”、“涂得像个白种人”，而这些通通出现在文章的前五段。

最终，这些术语及信息的含义变得清晰起来，而故事——文中人物与时间赛跑的目的只能靠读者来猜测，可作者的意图就是让他们猜错——以一种解答由第一人称叙述者提出的所有问题的方式展开，答案既令人惊讶又让人信服，同时充满了对人性的揭示。

（非淆　译）

空中袭击

[美国] 约翰·瓦利

我是被震颤头骨的静音警报惊醒的。除非我坐起来，否则这玩意儿不会停下。我不得不坐起了身。昏暗的宿舍里，绑架小队的成员们正在我附近睡着，或是独自成眠，或是相偎相依。我打了个呵欠，挠挠肋骨，又拍了拍吉恩毛茸茸的肚皮。他翻了个身，就算是个浪漫的送别。

我一边揉着眼睛驱散睡意，一边伸手从地板上拿起我的义肢，绑好，再接上电源，接着穿过一排排床铺向作战室跑去。

局势板在暗处发着光。太阳带航空公司 128 次航班，1979 年 9 月 15 日自迈阿密飞往纽约。我们已经花了三年的时间寻找这架飞机，这会儿我本该高兴下，然而刚睡醒的人哪有那个劲头呢。

莉萨·波士顿嘟囔着从我身边走过，朝准备室的方向过去。我嘀咕着回话，跟上了她的步子。镜子周围的灯是亮着的，我摸索着向其中一面走去。而我们身后，又有三个人踉跄着走了进来。我在位子上坐下，接上电源，又向后靠了靠身子，最后闭上了眼睛。

可它们没能闭上太久。爽快！用来充当血液的泥浆变成了超级够劲的“燃油”，这让我瞬间坐直了身子。我睁开眼睛四下望去，发现身边有几个人正咧着嘴露出白痴一般的傻笑。是莉萨、平奇还有戴夫。在更远一点的墙边，克里斯塔贝尔已经在喷枪跟前慢慢转动起了身体——她得把自己涂得像个白种人。看上去这队伍可真不错啊。

我打开抽屉，开始在脸上做起准备工作。每次干这活儿都比前一次更麻烦。无论打不打针，我都是一副死人模样。右耳如今已彻底失去了踪迹，嘴唇无法合拢，牙龈始终暴露在外显示着自己的存在。一周以前，就在我睡觉的时候，一根手指也悄然脱落了。不过这跟你又有什么关系呢，混球?

我正忙活着，镜子四周的屏幕中有一面亮了起来。画面里的年轻女子嫣然一笑，她有着漂亮的金发，眉毛生得很高，脸蛋圆圆的。她跟我长得可真“像”啊。一行字徐徐掠过屏幕：玛丽·卡特琳娜·桑德加德，生于新泽西州特伦顿，1979年，年龄：25岁。宝贝儿，今天你可算是交上好运了。

电脑程序溶解了她的面部皮肤，好让我看清骨骼结构，头骨旋转着，横截面一览无余。我细致地研究了它与我颅骨的相同之处，又记下了有差别的地方。不错，比我之前分配到的有些模仿对象强多了。

我给自己装了一副假牙，上门牙上还有条细缝儿。脸颊也用油灰填充了，隐形眼镜从分配器上落下来，被我一把戳进眼眶里。至于鼻孔，用鼻塞撑大就好，耳朵就没必要装了，反正它们会被假发挡住。我又在脸上覆了一张空白的塑料肉质面具，在它融合之前我得等那么一会儿，好在只是一分钟，它已经完美地完成了塑形。我冲镜子里的自己笑了笑，有嘴唇的感觉真好。

传送槽哐当一下将一顶金色假发和一套粉红套装抛到我的腿上，假发刚从造型机里出来，还是热的。我戴上假发，之后开始穿连裤袜。

“曼迪吗？你拿到桑德加德的个人资料了吗？”我没抬头，我认出了这个声音。

“拿到了。”

“我们已经锁定了她的位置，就在机场附近。我们可以在飞机起飞前将你塞进去，这样你就可以充当她的替身了。”

我呻吟着抬头望向屏幕中的那张脸，埃尔弗蕾达·巴尔的摩-路易斯维尔，作战小队的总指挥，她的面容全无生气，眼睛的位置看上去更像是两条细缝。但对于一个全身肌肉已经坏死的人，我还能指望什么呢？

“好的。”她说怎么样就怎么样吧。

她的影像从屏幕上消失了，接下来的两分钟里我一边穿衣服一边紧紧盯住屏幕，我得记下机组乘员的名字和样貌，当然还有关于他们的一些已知信息。末了我才匆忙追出去，好赶上其他人。从第一声警报到现在，已经过去了 12 分 7 秒。我们得赶紧行动起来。

“该死的太阳带。”克里斯塔贝尔一边发着牢骚，一边钩住她的胸罩搭扣。

“至少他们已经没让空姐穿高跟鞋了。”戴夫指出。要是放在一年前，我们还得踩着三英寸高的鞋跟在机舱过道里摇摇欲坠呢。此时我们穿着清一色的粉色衬衫，前衿缀着蓝白相间的斜条纹，还背了与衬衫相称的肩包。我慌手慌脚地将一顶滑稽的圆筒形帽子别在了头上。

我们小跑着进到黑漆漆的作战控制室，在传送门前排成一排。此时事情已经超出了我们的掌控范围，在传送门准备就绪之前，我们唯一能做的只有等待。

我排在了队伍的最前面，传送门就在几英尺之外，但我不得不转身背对它，因为它让我感到头晕目眩。我的目光转向坐在控制台边的侏儒，屏幕发出的亮光在他们身上晕上了一层金黄。这帮人里可不会有谁会回头看我一眼，他们不喜欢我们，当然，我们也没太喜欢他们。一群形容枯槁、憔悴不堪的家伙。相比之下，我们丰腴的大腿、翘起的臀部还有丰盈的胸部，无疑是对他们的羞辱，要知道绑架小队队员每天的进食量是他们的五倍，只有这样我们装扮起来才能像模像样。然而终有一天，我也会坐到控制台前。终有一天我也会被安装进控制台里，五脏六腑全都暴露在外，浑身上下臭烘烘的一团。见鬼去吧侏儒们。

我把枪埋在了手提包里杂乱的纸巾和口红下面，埃尔弗蕾达正从屏幕里望着我。

“她在哪儿？”我问道。

“汽车旅馆房间里，有飞行任务的时候她会从晚上 10 点独自待到第二天中午。”

飞机起飞的时间是下午 1 点 15 分，她把时间卡得很紧，这意味着她会很匆忙。对我来说这是好事。

“你们能在浴室里抓住她吗？最好是在浴缸里下手。”

“我们正在想办法。”她用指尖划过毫无生气的嘴唇，扯出一个微笑。她知道我喜欢什么样的行动方式，但她还是告诉我应该顺应局势。不过要求一下总不是坏事，毕竟人在水里摊开四肢仰着脖子的时候是最没有防备的。

“行动！”埃尔弗蕾达吼道。我穿过传送门，但事情就从这里开始乱了套。

我出来的方向不对，面朝着卧室踏出了浴室门。我转过身，透过门的雾气看到了玛丽·卡特琳娜·桑德加德，我必须穿回去才能接近她，我甚至没法开枪，因为子弹会误伤传送门另一边的人。

桑德加德正对着镜子，那绝对是最糟糕的位置。很少有人能够迅速地认出自己，但她一直都在望着镜子里的自己，此时她再看到我，不由瞪圆了眼睛。我闪到一边，蹿出了她的视线。

“什么鬼……嘿，你他妈是谁？”我留意着她的声音，这恐怕是最难弄对的东西了。

与其说是害怕，我觉得这会儿她更多是感到好奇。我的猜测没错。她穿过传送门走出了浴室，传送门对她形同虚设，确实也就是如此，因为它只能从一个方向进入。她身上裹着一条浴巾。

“我的天呐，你在干吗，为什么在我的……”显然语言已经无法表达她的惊讶，按理说她应该说点什么，但说些什么呢？总不能说，*不好意思我是不是在镜子里看到你了？*

我换上乘务员般殷勤的微笑，向她伸出了手。

“请原谅我的突然闯入，我可以解释这一切，你看，我正在……”我一拳击中了她的脑袋侧面，她踉跄了几下，重重摔倒在地，浴巾也随之落到了地板上，“打工赚钱付大学学费。”她试着爬起来，于是我用人工膝盖压在了她的下巴下面。她终于老实地倒在那儿不动了。

“去他的标准石油公司的油！”我揉着受伤的指关节，嘶嘶倒吸着冷气。但没有时间了，我跪在她身边，检查了她的脉搏。她会没事的，但我估计自己打松了她的几颗门牙。我顿了一下，天啊，看看她，没有化妆，也没有假体。这样的她几乎令我心碎。

我抓住她的膝盖下方，使劲把她向传送门的方向拖去。她全身软趴趴的，就像一袋软乎乎的面条。有人穿过传送门抓住了她的脚，一把拉了过去。*再见了，亲爱的！你乐不乐意来一场长途旅行啊？*

我坐在她租来的床上，试着调整呼吸。她的手提包里装着车钥匙和香烟，真真正正的烟草，绝对的价值连城。我点燃了其中的六支，心想这是只属于我自己的五分钟。房间里弥漫起甜美的青烟，今时今日已经没有人生产这样的香烟了。

赫兹牌轿车就停在汽车旅馆的停车场。我钻进车里，向机场驶去。我深深呼吸着饱含碳氢化合物的空气，甚至可以看到数百码以外的东西。眼前的景象让我感到眩晕，同时令我雀跃不已。妄图描绘前机械世界是何样貌简直就是不可能的事。太阳如同一颗耀眼的黄色球体，任凭光线穿越雾霭。

其他的乘务员正在登机，他们中有些人认识桑德加德，所以我还是少开口为妙，佯装出一副宿醉的样子。这一招很有效，顺便也招来了不少心领神会的笑声以及窃窃私语。显然，我的这个借口相当符合桑德加德的个性。我们登上了707飞机，准备迎接羊牯们的到来。

一切都进行得很顺利。传送门的另一边，四名突击队员已经装扮成了此时正与我共事的乘务员的样子，那模样简直可以说是别无二致。在起飞之前的这段时间里，除了扮演乘务员我倒是无事可做。我只是希望不要再出什么岔子，在汽车旅馆的房间里搞反一个传送门让替身跑进去是一回事，在两万英尺高空的707飞机上，就是另外一回事了。

机舱差不多坐满了，那个将由平奇假扮的女人关闭了前方的舱门。飞机滑行到跑道的末端，之后我们起飞了。我开始接收头等舱乘客的饮料点单。

就1979年的情况来说，这群羊牯倒是极其普通的一群人，一个个身材臃肿粗鄙不堪，他们并没有意识到自己正生活在天堂里，宛如鱼儿不知自己身居于大海中。女士们先生们，诸位对就此开启一段通往未来的旅程意下如何？不用了？不得不说，你们的决定让我觉得诧异，如果我说这架飞机将会……

当飞机到达巡航高度的时候，我的警报再次响了起来。我查看了宝路华牌女士手表下的指示器，瞥向其中一间洗手间的门。我察觉到一阵振动正在贯穿机体。该死，不该这么快的。

传送门就在洗手间里。我快步走出来，示意黛安娜·格利森——戴夫将要假扮的那个姑娘——到机舱前面来。

“你得看看这个。”我装着一副恶心不已的样子对她说。她推门进了洗手间，接着在传送门的绿光前停住了脚步。我踩着靴子狠狠在她屁股上踢了一脚，同时撞了她一下。完美！戴夫应该有机会在穿越过来之前听到她的声音。不过说真的，在她望向四周的时候，除了尖叫也确实没什么事可做了……

戴夫穿过传送门时还在调整他那顶傻里傻气的小帽子。我猜，黛安娜必定是狠狠地挣扎了一通。

“真是讨厌。”我低声说道。

“确实一团糟。”他说着，从洗手间里走了出来。他说这话时的口气无疑像极了黛安娜，尽管口音有点儿不对。不过这种事也无所谓了。

“那是什么？”一个经济舱的乘务员问道，我跟戴夫退到一边好给她腾出地方好好看个清楚，接着戴夫把她也推过了传送门，平奇则快速地从传送门里跳了出来。

“我们的时间变短了，”平奇说，“我们在那边损失了五分钟。”

“五分钟？”戴夫，不，黛安娜尖声叫道。而我也有同样的想法，毕竟我们有一百零三位乘客需要处理。

“对，就在你把我要代替的那个姑娘推过去之后，传送门的连接断掉了，他们用了五分钟来恢复。”

我们已经习惯了这种情况。在传送门的两侧，时间会以不同的速率流逝，尽管时间总是保持连续并且指向未来。一旦我进入桑德加德的房间开始这次绑架行动，任何一边的时间就都无法再退回到更早的时刻。在 1979 年的这一边，我们必须在九十四分钟内搞定所有事情，而另一边，传送门的维持时间无法超过三个小时。

“你走的时候，距离警报响过了多久？”

“二十八分钟。”

听上去不妙。光是按需改造废人就要至少两个小时的时间，假设 1979 年这条时间线不再发生时间滑动，我们兴许还能刚好完成任务。遗憾的是，这种滑动是始终存在的。一想到这种不确定性，我竟不寒而栗起来。

“没有时间再耍那些小把戏了，”我说，“平奇，你回经济舱去，叫另外两个姑娘都到这儿来，告诉她们一次来一个人，就说我们碰到了点儿麻烦。你知道怎么办的。”

“知道了，先收收你的眼泪吧。”她匆忙向机舱后方走去。不一会儿，第一个姑娘出现了。她的脸上正绽放着友好的太阳带航空公司式的微笑，但过不了一会儿她的胃里就该翻江倒海了。天呐，只能这么干了。

我抓住她的手肘，把她拉进了机舱前部的门帘后头。她的呼吸变得急促。

“欢迎来到迷离时空。”我说着，将枪抵在了她的头上。她瞬间就瘫倒了，我慌忙接住了她。平奇和戴夫帮着我把她推进了传送门。

“该死！那东西在闪。”

平奇是对的，这是一个非常不祥的迹象。但当我们再望过去的时候，传送门的绿色亮光已经稳定了下来，谁也不知道另一边时间发生了多少滑动。克里斯塔贝尔低着头穿了过来。

“距离警报响已经过去三十三分钟了。”她说。此时再去讨论我们每个人的想法已经没有意义了，事情正在顺着我们的预测发展，它在一步步地变糟。

“回经济舱去，”我说，“勇敢点，对每个人都报以微笑，但是活要干得漂亮，明白吗？”

“知道了。”克里斯塔贝尔说。

我们又快速地解决了另一个姑娘，一切顺利。已经没有多余的时间去讨论其他事了，再过八十九分钟，无论我们能不能处理完所有乘客，128 次航班的残骸都会散落整条山脉。

戴夫走进驾驶舱，以免其他机组成员给我们再添点儿什么麻烦。按照计划，我和平奇应该先处理掉头等舱的乘客，接着去经济舱给克里斯塔贝尔和莉萨帮忙。“咖啡，茶，还是牛奶？”我们操着标准的乘务员式开场白向他们靠近，之后就只能仰仗我们的速度和对方的迟钝了。

我在左边最前排的两个位子前俯下了身。

“你们对本次航班还满意吗？”砰，砰，我对着那两只脑袋扣动了扳机，而这一幕可绝不会让其他羊牯看到。

“嗨，各位，我是曼迪。跟着我飞吧。”砰，砰。

距离厨房还有一半的距离，有几个人正带着好奇的神色望向我们。但除非是自己碰上麻烦了，否则人们一般不会大惊小怪。后排有一个家伙站了起来，我没去管他。这会儿只有八个人还醒着，我收起笑容，快速地开了四枪。平奇处理了剩下的几个，我们匆忙穿过门帘，时间刚刚好。

经济舱里，已经有大约 60% 的羊牯被处理了，此时，机舱的后部陷入了骚动。克里斯塔贝尔瞥了我一眼，我冲她点点头。

“好吧，伙计们，”她大声喊道，“我希望你们保持安静，冷静下来，听我说。你，蠢货，别吵吵了，不然我就要踹你的屁股了。”

无论如何，由她的发言而在人群中滋生的震惊足以为我们争取些时间，我们在飞机的一头拉开了一条散兵线，拔出枪，架在座椅靠背上，瞄准了眼前这三十头不明所以、急得团团转的羊牯。

只要不碰上那种特别莽撞的家伙，此时这些枪的威慑力已经足够了。实际上，这些不过是标准配置的致昏器，由一根塑料杆，还有两块相隔六英寸的电池组成，里面的金属含量低到甚至不足以触发劫机警报。从石器时代到2190年，对于无论何时的人们而言，它看起来都不太像一件武器，反而更像是一支圆珠笔。于是装备部门干脆用塑料壳把它们包裹起来，做成了一支真正的巴克·罗杰斯[1]式电光枪，配着十几个旋钮、闪光灯，还有像猪鼻子一样的枪管。没有人会想靠近这么一个玩意儿。

“我们现在的处境非常危险，而且时间紧迫。你们必须完完全全照我说的做，这样才能平安无事。”

不能给他们太多的时间思考，当下我们必须奠定自己的权威地位。反正无论我们怎么解释，此时的情况都会令他们感到一头雾水。

“稍等一下，我觉得你们欠我们……”

说话的是一名律师，我当机立断，拨动了枪上的烟火弹开关，朝他射去。

枪发出了奇怪的声音，听上去像是一架得了痔疮的飞碟，还吐出了零星的火花和小小的火焰喷射。射出的绿色激光指向了他的前额，他随即瘫倒在地。

当然，这一切纯粹是在虚张声势，却绝对令人印象深刻。

这一招很冒险。但我必须做出抉择，要么是让那个蠢货引发人们思考此刻的处境，继而导致恐慌，要么是让枪上的闪光制造些许慌乱。要知道，一旦让某个来自20世纪的人开口谈起“权利”还有他被“亏欠”的东西，局势可能就要失控了。这种言论往往具有很

1. 美国著名科幻漫画 / 影视剧主角。是一名20世纪的美国士兵，因故进入休眠状态（在不同版本故事中他的身份和经历有所变化），在公元25世纪醒来，卷入到一系列太空歌剧式冒险故事中。

强的煽动性。

我的办法奏效了。人们发出惊叫，钻到座位后面低头躲起来，没有人到处乱跑。我们本可以把他们都解决掉，但要想完成这次绑架行动，我们不得不让其中一些人保持清醒。

“起来，起来，你们这些懒虫！”克里斯塔贝尔嚷嚷着，“他只是晕过去了，死不了。不过如果有谁再不老实，我就直接干掉他。现在都站起来，照我说的办，孩子走在最前面。快快快，越快越好，到飞机的前部去。按照乘务员的指示行动，来，孩子们，动起来。”

我赶在孩子们的前头跑回了头等舱，在敞开的洗手间门前转过身，跪下身来。

他们却僵在了那里。一共五个孩子，其中有几个正在哭，那哭声让我的喉咙也有些哽咽。他们左右来回望着，望着头等舱座位上的一堆“死人”，挪不动步子，全然陷入了恐慌。

“来吧，孩子们。”我向他们喊道，一边露出一个温柔的笑容，“你们的父母一会儿就过来了，一切都会好起来的，我向你们保证。过来吧。”

我将他们中的三个推过了传送门，第四个孩子犹疑着，最终决定拒绝穿过那道门。她伸长了手脚，让我没法将她推进去。我可没法对孩子动手。她又挥着指甲来抓我的脸，我的假发掉了，她目瞪口呆地望向我的秃头，我趁机将她撞进了传送门。

第五个孩子坐在过道上，放声痛哭着。他大概 7 岁，我不得不跑回去把他拽起来，又是抱又是亲的，再一把将他丢进门里。天呐，真想休息一会儿，可我知道经济舱还需要我。

“你，你，你，还有你，好吧，你也是。过来帮把手。”平奇总是能一眼看出那些对他人甚至对自己都毫无用处的人。我们把他们赶到了飞机前部，接着我们沿左边散开以便控制那些帮忙的家伙。

逼着他们动起来并没有花费太多时间，我们让他们尽快将那些软绵绵的“尸体”拖到前头。我和克里斯塔贝尔在经济舱，而其他人都在前面。

此时肾上腺素正在我的体内分解代谢，激烈的动作停止后我开始感到异常疲惫。到了行动的这个阶段，我无可避免地开始对眼前倒霉愚笨的家伙产生了恻隐之心。是的，他们能下飞机就更好了，是的，如果他们不下飞机他们会死。然而等他们看到另一边的时候，他们会很难相信这一点的。

第一拨搬运“尸体”的人正要回去开始第二拨搬运，却被眼前的景象给惊呆了：几十个人被塞进了一个拥挤的小隔间里，而这个小隔间本来是空的，现在却非常拥挤。一个大学生看起来像是被击中了腹部，他在我身边停下来，眼中流露出恳求的神色。

“你看，我想帮你们的忙，只是……这里到底出什么事了？难道说这是某种新的营救方式？我是说，这架飞机是不是要坠毁了……”

我把枪调到了戳刺挡，在他脸颊上扫了一下。他倒抽了一口气，向后跌坐下去。

“闭上你的臭嘴，赶紧滚蛋，否则我杀了你。”他的下巴得好几个小时才能恢复，那之前他甭想再提出更多愚蠢的问题了。

我们清理完经济舱，继续向前移动。负责搬运的好几个人已是精疲力竭，要知道他们壮实得跟马一样，可此时却连一段楼梯都爬不上去。我们让他们中的几个从门里穿过去，其中还包括一对 50 多岁的夫妻。天呐，50 岁！我们留下了看起来身强力壮的四男两女，迫使他们拼命干活，直到他们差点儿撑不下去了。但我们总算在二十五分钟内处理完了所有人。

当我们正脱着衣服的时候，补给罐穿过传送门飞了过来。克里斯塔贝尔敲了敲驾驶舱的门，戴夫走了出来，赤裸着身子。这可不是一个好迹象。

“我把他们给锁起来了，”他说，“那个该死的机长恨不得冲进机舱来场游行，我已经尽力了。”

有些时候我们不得不这样做。飞机此时处于自动驾驶模式，就跟它平日里这个时候的情况一样。如果说我们中的任何一个人可能做出对飞机不利的事，会无意间改变事件的既定进程，那就是这一举动了。这种意外一旦发生，我们之前所有的辛苦都会白费，我们都无法再进入 128 次航班，无论是在哪一条时间线上。我不懂什么时间理论，我只知道在实际操作中，当我们身处过去时我们只能在无法对未来造成影响的时间、地点采取行动。我们必须隐匿我们的行踪，当然这事儿也不那么绝对，有一次一个绑架小队队员把她的枪落在了飞机上，枪最终和飞机一起消失得无影无踪。没有人找到那把枪，又或者即使他们找到了，他们也绝对搞不明白那是个什么东西，所以我们总算是平安无事。

128 次航班是因为机械故障坠毁的。这是最好的一种情况，意味着我们没必要一直等到飞机接近地平面才让飞行员搞明白舱内的状况。我们可以把他们关起来，自己驾驶飞机，反正在这期间无论他们采取什么措施都无法挽回局面。碰上飞行员操作不当造成的坠机，要执行绑架几乎不可能。我们干活的背景多半是空中撞击、炸弹，或者是飞机结构缺陷。而这些事故中，哪怕是有一名幸存者，我们都不能插手。它无法与时空结构相契合，时空是不可变的（尽管它能稍稍延伸），但凡碰上这种情形绑架小队全员会逐渐消失，最后重新出现在备战室里。

头痛欲裂。此时我迫切地渴望着那个补给罐。

“谁在 707 上待过的时间最长？”

是平奇。所以我让她去了客舱，还有戴夫，他能假装飞行员的声音和空中交通管制沟通。我们得在飞行记录器中留下一个可信的记录。他们从补给罐中拖出两根长管，我们剩下的人则凑在了一起。我们站在那儿，每个人都抽起了一大把香烟，一边想快点把它们抽光，一边又希望抽完的时刻永远不要到来。在我们将衣服和机组人员丢过传送门的刹那，门消失了。

我们没有为此忧愁太久。绑架这活儿甜头不少，而其中最过瘾的部分莫过于将自己连接到补给罐。抢救病人时也不过是给他们输送富含氧气和糖分的新鲜血液，而此时我们获得的却是疯狂的美妙精酿，混合了浓缩肾上腺素、过饱和血红蛋白、去氧麻黄碱、自制威士忌、TNT 炸药和基卡普快乐水。这种感觉就像是在心脏里炸了一枚鞭炮，让你脚下呼呼生风。

“我的胸上正长着毛呢。”克里斯塔贝尔严肃地说道，其他人发出咯咯的笑声。

“有谁能把我的眼球递给我吗？”

“蓝的，还是红的？”

“我感觉我的屁股刚刚脱落了。”

这些鬼话我们早就全部听过了，但是我们还是照样大叫着。我们变得强壮，强壮，而在某个高光时刻我们将远离所有纷扰。世界变得荒谬而有趣，我感觉这会儿我能用睫毛撕碎金属板。

在被输进这种混合剂后，我们变得极度亢奋。门没有出现，门迟迟没有出现，门去他妈的还是没有出现，我们开始变得焦躁不安。之前门从来没有消失过这么长时间。

终于，它出现了。我们重新兴奋起来。第一个废人被送了过来，穿着从之前被选中模仿的乘客身上扒下来的衣服。

“那一边时间已经过了两小时三十五分。”克里斯塔贝尔宣布。

“天呐。”

之后是烦死人的常规工作，我们会先确认废人前额上画的座位号，然后抓住捆在它肩膀上的绑带，沿着过道把它拖到对应的位子上。画座位号的颜料只能显色三分钟。把废人放好在座位上，给它系上安全带，拆开绑带，把它拿回门那里扔回去，顺便抓住下一个废人。我们会理所当然地认为另一边的家伙们已经一丝不苟地完成了他们的工作：给废人装好牙齿，弄好指纹，身高、体重、发色也都与被模仿对象保持一致。大多细节其实并不太重要，特别是在128次航班这种事故中，飞机坠毁并发生了爆炸。到时候只会有零星的碎片残留下来，而且也早已被烧成了脆片。但我们决不能因此掉以轻心。营救人员会对他们所能找到的残留物进行彻底的查验，牙科记录和指纹尤为重要。

我讨厌废人们。我真的很讨厌它们。每一次，如果我抓住的绑带下头刚好是个孩子，我都会怀疑这个会不会是爱丽丝。*你是我的孩子吗，你这个小呆瓜，小懒蛋，黏人虫？*噬脑虫盘踞在她的脑中，啃食了她的生命，在那之后没多久我就加入了绑架小队。我不忍去想她是最后一代人类，是这世上仅剩的最后的人类，将以脑中无物的姿态存在。他们已经死了，即便按照1979年的医学标准也是如此。他们只能靠着计算机保持肌肉运作，以维系身体的状态。我们长大成人，进入青春期，具有生殖能力——每一千人中有一人——然后在第一次来潮后怀上了孩子。可之后我们发现，自己不知是从父母中的哪一个身上遗传到了某种病源直接与基因结合的慢性病，而我们的下一代对它无法免疫。我非常熟悉轻麻风病[1]是怎么回事儿，它让我在长大的过程中脚趾渐渐腐烂脱落。可现在这也太过了。但我们能做些什么呢？

1. 过去对某些病征类似麻风病的神经性病变的俗称。多见于营养不良的发展中国家居民身上。

十个废人中仅有一人会被赋予定制的面容，毕竟，塑造一张经得起医生解剖的新面孔得耗费大量的时间和技术，而剩下的那些则会在被送来之前预先就给弄坏。废人有好几百万个呢，想找到身型匹配的并不难。他们中的大多数还在呼吸——他们太蠢了，甚至不知道怎么停止呼吸——直到跟着飞机一起消失得无影无踪。

飞机剧烈颠簸着，我瞥了一眼手表，距离撞击还有五分钟。我们应该还有时间。我在搬运我的最后一个废人，我能听到戴夫正在发狂般地呼叫地面指挥中心。一枚炸弹被从传送门送过来，我将它抛进了驾驶舱。平奇打开炸弹上的压力传感器，慌忙从舱里跑了出来，身后还跟着戴夫。莉萨则已经穿过了传送门。我抓起那些穿着乘务员制服的四肢瘫软的娃娃，一把扔在了地板上。发动机损毁，一块碎片穿过了机舱。我们开始失压。炸弹炸飞了一部分驾驶舱（我们希望地勤救援人员能认为是穿过机舱的那部分发动机导致了机组人员的死亡，飞行记录仪上再没留下飞行员的话），我们在旋转，慢慢地，向左，再向下。我被气浪向着飞机侧面裂口的方向吹了起来，但我成功地抓住了一个座椅。克里斯塔贝尔就没那么幸运了，她被向后吹了过去。

飞机微微上升，逐渐失去速度。克里斯塔贝尔躺在过道里，突然间，她躺的地方翘起形成一个向上的斜坡。鲜血从她的太阳穴渗了出来。我向后瞥了一眼，所有人都已经走了，只剩三个穿着粉红制服的废人叠在地板上。飞机开始失速，机头朝下坠去，我的脚也随之离开了地板。

“快过来，贝尔！”我尖叫着。传送门离我只有三英尺远，我开始向她飘浮的地方攀爬过去。飞机颠簸了一下，她撞在了地板上。不可思议的是，这一撞似乎使她清醒了过来，于是她开始向我的方向游动，在地板再次拍到我们身上前，我抓住了她的手。飞机正在经历最后的垂死挣扎，我们弓身爬向洗手间的门，却发现传送门不见了。

没什么可说的。我们惨了。想在一架沿直线飞行的飞机上将传送门稳定在一个地方已经够难的了，何况是现在，我们就好比一只正在螺旋飞行、即将支离破碎的小鸟，数学计算会变得无比艰难。反正他们是这样跟我讲的。

我抱住克里斯塔贝尔，托住她血迹斑斑的脑袋。她昏昏沉沉的，但还是硬撑着笑笑，耸了耸肩。顺应局势。我匆忙冲进洗手间，让我们两个坐到了地板上。我的背朝向前舱壁，克里斯塔贝尔被夹在了我的双腿间，背朝我的前面。就像训练时一样，我们将脚抵在了另一面墙上。我紧紧抱住她，把头搁在她的肩膀上哭了起来。

然后它就出现了。一道绿光在我的左侧亮了起来。我拖着克里斯塔贝尔，低着头猛力冲向传送门，与此同时，两个废人越过我们的头顶被丢了过去。几双手抓住我们，把我们拉了过去。我又在地板上爬行了足足五码，我把腿留在那一边了，而我已经没有备用的腿了。

我坐起身的时候，他们正要把克里斯塔贝尔抬去医疗室。她躺在担架上，经过我身边时我拍了拍她的胳膊，不过她已经晕过去了。事实上，我完全不在意自己也在这会儿晕过去。

还得再等一会儿我们才能确认一切确实成功了。有时候，事情并不能如我们所愿，有时候，当我们回过神时，会发现所有的羊牯们已经静静地蓦然消失了，因为时空统一体无法承载我们强置于其中的变化和佯谬。这意味着我们费尽千辛万苦救出来的人会像番茄一样撒满卡罗来纳州某个操蛋的山坡，只余下一堆被毁了的废人和一支精疲力尽的绑架小队。好在这次并没有发生这种情况，我看到那些人正来回转着圈，浑身赤裸，比任何时候都还要困惑不解。这会儿他们真正开始感到害怕了。

从埃尔弗蕾达身边经过时，她碰了碰我，冲我点点头。这在她极其有限的几种姿势中代表了干得好的意思。我耸耸肩，疑惑着自己是不是应该把这当回事，但剩余的肾上腺素还在血管里起着作用，等我反应过来时自己已经咧开嘴朝她笑起来。于是我也向她点了点头。

吉恩正站在围栏旁。我向他走去，抱了抱他。我感到血管中的燃料在流动。该死的，就让我们浪费那么一小点儿补给，好好享受这个美好的当下吧。

有什么人在敲打着围栏的无菌玻璃墙。那个女人大声喊着，对着我们破口大骂。怎么回事？你们对我们做了什么？那是玛丽·桑德加德。她哀求着我这个秃着头、还缺了一条腿，却跟她长得一模一样的“双胞胎姐妹”给她一个解释。她以为自己惹了什么麻烦，天呐，她真漂亮，我真是恨死她了。

吉恩将我从玻璃墙那儿拉开了。我双手发疼，尽管并没有去抓挠玻璃，我的假指甲也已经全部掉落了。此时桑德加德正坐在地上，低声啜泣着。我听到外面的扬声器里传来简报员的声音。

“……半人马座三星环境舒适，拥有和地球非常相近的宜人气候。这里我说的地球指的是你们的地球，而不是变成现在这样的地球。往后你们会知道得更多的。以飞船时间来计算的话，这趟旅程将耗时五年。一旦着陆，你们将有资格获得一匹马、一把犁、三把斧头、两百公斤谷物种子……”

我靠着吉恩的肩膀。即便在他们处于生命最低点的时候，此时此刻，他们也比我们要好得多了。过去的十年，其中大概有一半的时间我都是一个四肢不全的人。他们就是我们最好的，最光明的希望。一切都指望他们了。

“……我们不会强迫任何人踏上这趟旅途。我们希望再次指出，当然也不会是最后一次，如果没有我们的介入，你们都会死去。然而，有些情况你们还是应该知道，你们是呼吸不了我们的空气的，如果你们执意待在现在的地球，你们可能无法活着离开这幢建筑物。我们和你们不一样，我们是基因遴选的产物，那是一种突变过程。我们是幸存者，但是我们的敌人也和我们一同在进化。他们在逐渐占据上风。不过，你们对我们所患的疾病是具有免疫力的……”

我畏畏缩缩地转过了身。

“……另一方面，如果你们选择移居，你们将有机会开启新的生活篇章。这不会是一件容易事，但作为美国人，你们应该为你们骨子里的先行者精神感到自豪。你们的祖先幸存了下来，你们也将如此。这将是一次有益的经历，所以我力劝你们……”

当然当然，吉恩和我互望了对方一眼，相视而笑。听我说，各位，在之后的几天里你们中5%的人会饱受精神衰弱的折磨，无法离开；大约相同数量的人会在这里，或是旅途中选择自杀。而等你们抵达了目的地，60%到70%的人会在最初的三年中死去。你们会在分娩的时候死去，或被野兽吞食，埋葬三分之二的新生儿，抑或在干旱无雨的时候慢慢饿死。倘若你能躲过这一切继续活着，也将从早到晚终日扶犁苦耕。各位，新地球可真是个天堂啊！

天呐，我真希望自己也能跟他们一起去。

（非淆　译）

科幻小说，异化者与异化

写小说这事只有一个困难，就是很难写好。科幻小说所需要的理解力，不仅仅包括洞悉人性，也包括对于科技及社会的洞察，更包括能够创造可信新世界的能力，所以想把科幻小说写好就更难了。但科幻小说又有着另一个特点，它的读者是普通公众。科幻小说要让人读得赏心悦目、妙趣横生，这才能覆盖广大读者群体，但严肃创作却并不总是那么有趣。

和所有小说创作差不多，科幻小说稿酬很低。但其相对庞大且忠实的读者群体又不断地需要读到新作。一些作者写得够快，还能写出不错的类型小说，即使读者不多，他们也能维持生计。除此以外，一些作者还吸引了科幻范畴以外的读者，甚至他们还能发一笔小财。但是如果那些作家想要做些新的尝试去娱乐读者，他们就必须小心翼翼地带领读者，双方一起去寻找到一个新的方向写下去。

严肃的作家往往面临两难选择，科幻读者可以养活相当多的作家，他们读得颇为认真，甚至可以容忍更严肃、更具实验性质的作品。但归根结底科幻作品对于读者来说，仍然是一种阅读乐趣所在。

作为读者、作家、类型写作的学生来说，巴里·N. 马尔兹伯格对科幻小说所知甚多。他出生于纽约市，1960 年在锡拉丘兹大学获得学士学位，随后在纽约市福利局和心理卫生部工作。1964 年回到锡拉丘兹大学，攻读硕士学位。在那期间，他还是舒伯特基金会的戏剧创作研究员，同时也是科妮莉亚·沃德创意写作协会研究员。但他最终决定，自己并不想成为一位“从没出版过作品的英语副教授”，于是他离开了锡拉丘兹大学，成为一名自由撰稿人。他通过担任斯科特·梅雷迪斯文学代理公司的助理，同时作为《惊奇故事》和《奇妙故事》杂志的编辑，以及作为男性杂志《恶作剧》的执行编辑获得的收入，维持家人生计。

马尔兹伯格很早就开始失望了。他曾想写点文学作品、主流小说，但在 20 世纪 60 年代早期，他发现市场已经日益萎缩，新手根本无法以此谋生。但科幻小说却点燃了他长期的创作激情。他一开始就明白，他不仅会写科幻小说，而且还能卖掉赚钱。如果他写得够快，也足够养家糊口了。他的第一个故事《我们正从窗户里出来》（“We’re Coming Through the Windows”），在 1967 年 8 月的《银河》杂志上发表，以 K. M. 奥唐奈（K. M. O’Donnell）的笔名出现。他的第一部长篇小说是《千手神谕》（*Oracle of the Thousand Hands*，1968）。直到 1969 年，他仍然在使用奥唐奈作为笔名，兴许他仍然对主流文学创作抱有梦想。他在他的第一个短篇小说集《最终战争和其他幻想》（*Final War and Other Fantasies*，1969）的介绍中写道：“……文学的未来……在科幻小说中。……文学市场已经枯竭……但是［科幻领域中］，那些能触动作者的素材和观念，有 98% 还从没有人写过。”

在接下来的十五年里，马尔兹伯格触及了各式各样的题材，发表了二百五十多篇短篇小说，二十七部科幻小说，八部短篇小说集，以及其他四十部小说，其中包括一些用化名写的色情小说，以及用麦克·巴里（Mike Barry）这个名字发表的十四部悬疑小说。其中七十本书出现在1968年至1976年这八年之间，另外二十七本书发表于1972年至1975年的三年里。在他的第一部作品出版后不到十年，马尔兹伯格就宣布退出科幻小说写作。回想到他对于微薄稿酬的抱怨，以及对于出版商和读者缺乏鉴赏力的不满，这一切也就不足为奇了。他写过一些关于科幻小说的富有洞察力的文章，其中一些收录于1982年出版的《夜间引擎：80年代的科幻小说》（*The Engines of the Night: Science Fiction in the Eighties*），还有他参与编辑的七本选集的注解中。他抱怨说，在为其他作家的短篇小说集撰写的众多导言中，他一直作为代表，帮其他科幻作家说话。

在某些方面，马尔兹伯格的职业生涯与罗伯特·西尔弗伯格的职业生涯颇为相似，西尔弗伯格比他大4岁，但大体属于同一代人。西尔弗伯格可比他早十三年就开始发表作品，同样高产。但直到十年后，他才写出公式化的作品，还赚了一大笔钱。然后西尔弗伯格转向精心构思的科幻小说，赢得了许多奖项。或许是对自己的读者缺乏鉴赏力而不满，或许是写作强度太大，大约与马尔兹伯格差不多的时间，西尔弗伯格同样宣布退出科幻小说创作。但和西尔弗伯格一样，马尔兹伯格最终又回归写作。

马尔兹伯格的作品获得了许多奖项：他的小说《超越阿波罗》（*Beyond Apollo*，1972）作为年度最佳小说，赢得了首届约翰·W.坎贝尔纪念奖。他的两个短篇小说和一部长篇小说，入围星云奖最终的提名名单。他的《格尔尼卡之夜》（*Guernica Night*，1974）被乔伊斯·卡罗尔·奥茨[1]（Joyce Carol Oates）在《纽约时报》上作为一

1. 美国女作家，1963年出版首部短篇小说集《北门边》，代表作品有《人间乐园》、《他们》和《奇境》等。1970年获得美国国家图书奖，2005年获得法国费米纳文学奖。

部文学作品进行了评论。同时，他的短篇小说集《梦之区》(*Down Here in the Dream Quarter*)也在《纽约时报》得到了评论。文学评论家们也赞扬了他的其他作品，如《坠落的宇航员》(*The Falling Astronauts*，1971)、《覆盖》(*Overlay*，1972)、《赫罗维特世界》(*Herovit's World*，1973)、《银河系们》(*Galaxies*，1975)和《斯科普》(*Scop*，1976)等。在他“重返”科幻小说写作后，他创作了一本颇有见地的文集《夜间引擎：八十年代的科幻小说》。书中的一些作品，经常获得雨果奖和星云奖的提名。此外，他还创作了《燃烧的十字架》(*The Cross of Fire*，1982)和《再造弗洛伊德》(*The Remaking of Sigmund Freud*，1985)。

马尔兹伯格着迷于科幻小说的无限可能，他痴迷于科幻小说，这一切都促使他继续创作。但他的个人气质和艺术观，也促使他使用科幻小说的创作套路，作为一面反映人类更黑暗困境的镜子，创作出另一些作品。从马尔兹伯格的作品中，我们能感受到对于信仰的渴望，而这种渴望总是和他与生俱来的怀疑、无处不在的悲观主义进行斗争，这种悲观主义是对于实现任何目标的可能性的怀疑，尤其是那些与人类沟通和爱情有关的目标。就像道格拉斯·巴伯[1](Douglas Barbour)在《20世纪科幻作家》中写的，他笔下的人物沮丧、压抑、无助又痛苦，却仍然痴迷于自己的目标。“他将科幻小说中的阴暗面暴露于艺术之光下。”因此，传统科幻读者并不那么喜欢马尔兹伯格。他的一些作品，包括《聚集在行星大厅》(*Gather in the Hall of the Planets*，1971，由奥唐奈这个笔名创作)、《银河系们》和《赫罗维特世界》，探讨了科幻作家的困境，特别是他们的工作条件和工作要求，这些要求是如何耗尽了作家们的精力，故此马尔兹伯

1. 加拿大诗人、学者、科幻评论家。

格认为，这样根本没法写出好的科幻作品。

《剥离》(“Uncoupling”，1975）首次发表于《反乌托邦视野》(*Dystopian Visions*，1975）上。《剥离》探讨了马尔兹伯格几个永恒的主题。一个是反乌托邦式的未来，这里是一个人口过剩的世界(“人口超标五倍之多”，叙述者重复得出奇准确)。第二个是无处不在的官僚习气（也许是马尔兹伯格曾为两家纽约市公共机构工作所保留的经历)，主人公起初遵守规则，进而也只能屈服。第三个主题是痴迷，在这篇小说里，性成为故事中的中心隐喻。性为主人公的强迫行为和他的反社会行为（甚至是自我异化）提供动机，直到高潮时刻，然后是其后果，消退（剥离)。这一切导致出一种情绪，让主角随时准备与控制他世界的力量合作，这力量规范一切，也包括性事。

在文体上，这个故事证明了马尔兹伯格对语言、句子结构和节奏的关注，以及对典故、意象、明喻等的使用。就像他在《巴里·马尔兹伯格精选集》(*The Best of Barry Malzberg*，1976）前言中所指出的那样，他自己也非常欣赏阿尔弗雷德·贝斯特的作品,《剥离》一文也是对贝斯特作品的一种模仿。他尤其喜欢贝斯特的《5,271,009》,他从中学习了贝斯特那种脆弱的叙事风格、对话方式、怪得恰如其分的名词和动词，以及不时出现的法语。他也喜欢贝斯特的《可爱的华氏度》，从中他吸收了第一人称和第三人称之间叙述角度的转换的写法，但马尔兹伯格的借鉴另有所图。贝斯特运用叙述观点的转换，表现了主人和机器人之间的误会越来越大。马尔兹伯格用此手法，表现主人公由于丧失做爱这种每月一次的义务和权利后，所产生的剥离感。而法语的出现，即所谓爱的语言的运用，乃是主人公所声称神经衰弱的结果。

最终这个故事是关于互相理解的。在某个时刻，主人公一度认为他理解这一切："理解力就像一个灰色的水潭，躺在我脚下。里面满是眨巴着眼睛的知识之鱼。我用力跳进去，水花四处飞溅，飞溅出蹩脚的法语来。"但最终主人公却拒绝了沟通和互相理解的可能性，这主要并不是因为官僚机构的威胁，更多的是由于这种理解仅仅是一种生理上的需要。

（朝朝暮暮　译）

剥离

[美国]巴里·N. 马尔兹伯格

我怒气冲冲地来到高塔之前，一路步行穿过城镇，这让我呼吸急促、浑身战栗、神情恍惚（我太经常倾向于想些多余的话了，但敬请见谅，这是个老毛病了），但身体却另有所图，全身颤抖停不下来。我在空旷的接待台前站了一会儿，大口吸着加氢的O_2[1]（高塔的一个重要迷人之处就是这里的空气可都是纯氧，在如此艰难困苦之世，殊为不易）。我大喊着，想要得到服务："来个人！"我对着闪闪发光的墙壁、一尘不染的走廊、充满氧气的荧光通道喊道："我需要服务。我一直都在等。我需要做爱。"[2]

一个接待员走了过来，接待员穿着飘逸的长袍，不辨男女。高塔里的一切都是表面文章，往里深入一分便是一片空无。然而，我们还得这么过活，世界是一堆塑料而已，世界变得腐败不堪。可除此之外，我们别无选择。

"对不起，先生，"接待员说着一口令人生厌的法语，"我愿意为您服务，但我不太明白您想要什么。"

1. 氢气有轻微的麻醉作用。
2. 本篇楷体字部分原文为法语。——中文版编注

“说英语！”我咆哮着，撞在柜台上。这里站着一个30多岁的高个子男人，他有些疲惫，但并不蠢笨。他满面愁容，像是有许多条蛇在脸上爬来爬去。（请原谅，我常想失去自我个性，会不由自主使用第三人称来称呼自己，尤其当我绝望地想要从“自我”的幻象中挣脱之时。）“说英语！”那个又修长又苦涩的男人叫喊着，他的声音在高塔的大厅里回荡、放大。接待员有些发抖，把他/她的长袍往身上裹得更紧了些。

“是的，”接待员说，“我会帮助您的，我们所有人都会帮助您的。但您必须明白，这道理浅显易懂。为了给您帮助，您必须小点声说话……”

“我不要小声说话！”我尖叫着，狠狠地用拳头砸向桌子，桌面闪闪发光。“我不需要小声说话。给我服务，好好听我说话，明白我需要什么，这些都是我的权利——你们这些小丑难道不明白吗？——此外。”我的语气赶快平静下来，接着补充道。这时出现了几个吓人的机器警察，它们悄悄溜进了接待处，手里拿着几个梅斯催泪喷雾罐，随时准备动手，我赶快用平静些的语气补充了一声。我低声对接待员说话，尽量摆出最温柔迷人的表情，把所有的蛇都从脸上给赶跑了：“今天我要做爱，这是我的权利，我得好好享受。时间就是金钱，金钱不就是物质之间的交换。要是没有了时间和金钱，这一切又有什么意义呢？我是来这儿放松的，我只想规规矩矩地跟异性做爱。”我用胳膊肘支在桌子上，对接待员和善地眨了眨眼睛。“请原谅我的粗鲁，”我补充说，“请原谅我的粗鲁，我太需要了。”

接待员在桌子下面找了一会儿，变出一份标准格式的申请表递给我。机器警察们喋喋不休地交谈着，它们的触须前后摆动，像是在互相讨论着什么。然后它们悄无声息地退了出去，接待处再次变得空空荡荡，毫无破绽。我尊重这些机器警察维护安全的手段。高塔其实也很不容易，它必须满足人类各种正常或不正常的需求。（20世纪中叶的预测完全正确，现在政府管理着一切。）幸好我不用管理高塔，如果让我来，我得采取更强力的手段才行。人类必须学会接受眼前的这一切。他们必须明白，这个世界已经污染不堪、人口过剩、社会动荡不安。原本只够一个人生存所需的资源，现在必须分给五个人使用。紧张的局势不断升级，唯有自上而下的强硬管理方式，才能使世界避免彻底毁灭。每个人都必须安分守己。（我以前写过一篇关于新法西斯主义的论文，而在我自己居住的小间里，收藏了一套便携式鞭子，有些戏谑的时候我很想让它们快活地落到我自己和所有访客身上。）

“先填这张表，先生。”接待员对他说道。他就站在桌旁，这个法西斯分子身材高大却一脸苦涩。接待员接着说道：“姓名、地址、地区、地域、授权信息、性交欲望和信用凭证。”接待员意味深长地指了指身后，那里有一台放在矮架上的小机器，“然后，我们会把申请表交给银行，如果一切检查结果都令人满意的话。”接待员停顿了一下，挑了挑眉毛。它看上去有些神情紧张，隐藏在苍白长袍之下的接待员，出人意料地流露出渴求的神色来：“我随叫随到。”

我匆匆忙忙地填着表格：姓名——无关紧要，年龄——无足轻重，住址——血区的低处住所，授权信息——F-51条款：变态性交和异性性交，性交欲望——急不可耐。输入信用信息之后，我赶紧把表格递回给了接待员，它接过表格，冰冷的手指快速划过我的手指。这再次激起了我汹涌的性欲。“我在想，”我贴近接待台说道，“我在想，你自己是否能够……呃……”

“绝不可能，先生。”接待员说道。它脸上一阵温和的红晕迅速掠过，就像刚才愤怒撕裂我的脸庞那样：“在任何情况下，我们都只接待客人，别无他途。您是来要求与异性做爱的，难道不是吗？”

“没关系，”男人尖叫着，再次导致机器警察的喷雾罐被放下来贴近地板，“根本没关系，而且……”

“我没法和您做爱。”接待员说完转过身，生气地拿起我的申请表，塞进机器里。它在申请表吞下去的时候，把纸撕了下来。它继续说道：“我是中性的，因此无法满足您的要求。”

“你不明白，”男人说道，“在我们血区，我可不会，我绝对不会忍受接待员这样对我。”他把手放在腰带上，里面藏着武器，“你这样对我，我真受不了……”

一群机器警察全副武装地出现了，我赶紧闭嘴。高塔里的灯光像许多颗小小心脏，不停跳动着。嘀嗒，嘀嗒，绿色的灯光，像是一支利箭，笔直射向大脑深渊。我突然就明白了一切。对做爱的剥离，才导致了这一切，紧张情绪不断累积：反社会行为、对接待员的粗鲁行为、不时冒出的蹩脚法语、视力障碍。站在那里，我感到一种危险的平静正在恢复，我既不害怕，也不渴望地望着接待员。“请原谅我，”苦闷的男人对接待员说道，“我太激动了。”

“没事了，现在没事了。”接待员一边说，一边向机器警察做了个手势。刚才这么一闹，它们已经靠了过来。现在它们足有二十个还是五十个，穿着有徽章的政府制服，愁眉苦脸地盯着我。离得最近的，显然是一名机器警察主管，它意味深长地把一支钨棒在手中传来递去，把电路调整成了橙色。

“没事了。”我说着，做出和善又通情达理的样子，向机器警察主管伸出一只手。我一直相信，人与机器可以在技术统治下共存。我自己的法西斯主义披着变态外衣，但这件变态外衣里，可从来没有对机器的恐惧或厌恶之情。我和机器人相处得很好。如果没有它们，世界早就沉入大海了。这世界需要控制，绝对的控制。

“没事了。”机器警察主管发出一阵金属般的咯咯声，它挥舞着触手，转身离开了。机器警察们又一次结束了它们之间的讨论，消失了。我打了个寒战，终于放松下来。这时我才发现身上的衣服都湿透了，我暗自警告自己，别再丢人现眼了。警察可不会手下留情。无论如何都要避免正面冲突，世界人口超标五倍之多。

“评定结果出来了，您能够做爱。”接待员说。玫瑰色的红晕又回到了它的脸上。它正看着我的打印报告，这又让它看上去显得有些阴郁。机器发出呼哧呼哧的声音，正不断吐出我的报告，我所有可怕的小秘密都被它看了个一清二楚，但我又能抱怨什么呢？我恢复了理智，甚至不可思议地朝接待员笑了一下。我同时想象着上衣口袋里躺着一朵水仙花，能让我嗅出一丝没有闻到的气味。“根据这些报告，您已经两个月没有做爱了。所以今天的服务是免费的。您的信用评级也合格了。”

两个月。整整两个月！理解力就像一个灰色的水潭，躺在我脚下。里面满是眨巴着眼睛的知识之鱼。我用力跳进去，水花四处飞溅，飞溅出蹩脚的法语来。两个月没有做爱！怪不得我的剥离反应如此强烈。怪不得我竟然不止一次，甚至两次召来了机器警察。“整整两个月！”我说道，“但根据我 23 岁时的医疗记录，我必须每月进行一次异性交合，每个月一次。光阴易逝啊。上个月我一定是忘记履行我的权利了，”我对接待员倾诉道，“我最近忙疯了。”这千真万确。我一直在专注一个关于疼痛诱导的大型研究项目，这工作让我聚精会神，废寝忘食。

“您一定是忘了。”接待员同意道。它眼里充满渴望，把打印出来的报告放进碎纸机里，撕成碎片。它似乎还有些不太舍得：“但现在一切都重回正轨了。高塔会为您服务的。政府竭诚为您服务，您能得到很好的服务。”

高个子男人从柜台边转过身，另一个接待员已经一把抓住了他。

那个接待员强壮得多，它用两根锋利的手指夹住了男人的前臂。柜台后的接待员说："请走吧，您会得到满意的服务的，我向您保证。"

"好的，我马上就走。"高个子男人回答道。那个魁梧的接待员猛地一拉，男人感到自己瞬间失去了平衡。他被拽着穿过后面摇摇晃晃的大门，进入高塔更深处。他重新适应了新的景象、新的声音。"这工作没意思透了吧？"他对较强壮的接待员说，"把客人从接待处送到做爱房间去。你肯定也很不满，我没说错吧？你想啊，眼前这些客人都有权做的例行公事，你却永远都没有份，你肯定很痛苦吧。当然啦，你的工作又必须界限分明。我可不想打听什么，我不是那个意思。"男人紧接着闭上了嘴。

"没关系，"接待员说，"我只能听懂简单的语言命令。"接着它带我进入高塔的走廊和通道深处。现在我能看到左右两侧的房间都向高塔深处移动而去。一些房间的门开着（理所当然。谁又会打搅好事？），我隐约看到一些人在房间里挣扎，有些成双成对，有些成群。精心制作的设备、闪闪发光的器具、做爱所发出的叫喊声充斥其中。我们越走越远，也许是因为我变得越来越兴奋，也许是因为我的渴求，也许是因为我彻底的剥离感，总之我变得两腿发软。接待员使劲把我抓得更紧，我需要接待员尽力帮着我，才能继续这段迅速而又变得分崩离析的旅程。我们走得匆匆忙忙，但这在我意料之中，政府要管着太多事情，我们都应该守时行动。我们总算停了下来。这时我才发现自己已经气喘吁吁，左前臂上有一块很深的乌青。但我们终于在"异性性交"区域停下脚步。门又一次打开了，一个干净、素雅、明亮的地方。我要是进入集中营，那里一定也像这样，都必须经历一段漫长而艰难的行程。那个壮实的接待员把我推进一个小间里，一个女人已经坐在那里等着。她的双手交叠在一起，全身几乎一丝不挂。那个高个子男人，终于注意到青紫的地方已经肿得厉害。在恐慌和压力下经常会变成这样；人们必须接受现实。

“你有五分钟。”接待员说。它走到门口，抄起胳膊，转过身去。我在后面可以看到一根细小的金属线，从它脑后的黑发中伸出来。我明白那是个机器人。我当然明白高塔受到的压力，会让运作方式发生改变，这一切没法避免。但我曾经期盼（当然，这是侥幸心理），我不会遇到这些事情。“五分钟，”机器人说，“你分配的全部时间就这些了。”

“真荒唐。”高个子男人说。他已经从衣服里跳了出来，这里的光线强得像是能穿透一切。他把富有光泽、平滑的四肢暴露出来：“我一向有十分钟的。”

“新规定。”接待员说道。头发下面的电线似乎在发光，一下子变成了橙色。“如果你不喜欢，”它说，“你现在就能终止这一切。”

“哦，不，”高个子说，“哦，不，不，不。”他一丝不挂地转向那女人，伸出双臂，好不容易才朝她走去。他向女人问道：“你说话吗？”

“不。”

“你随便说点什么吧，”高个子男人说道，“你们以前会和我说点什么。我是说，不是要探询什么，随便这样那样的说点……”

“不许说话！”接待员说。高个子男人看着女人，似乎在悲哀地确认着这一点。女人凄惨地慢慢点了点头。她的眼里出现了痛苦，然后消失了。她站起来，伸出双臂。她冷漠地做了个手势，高个子男人朝她走过来。

其实不应该谈论这一切，这些事情谈得越少越好。性幻想在2010年的伟大法案中，被宣布为非法。我可不会对政府的睿智提出异议，而且也真没有什么可讨论的。都是差不多的，一堆灰白的肉体在灯光下摩擦摩擦，可政府一口咬定有必要针对个人进行人格档案分析。我也不打算与政府争论这些东西，我可不会在任何情况下与政府发生冲突。因此，对这一切说得越少越好。只要指出一点，那种剥夺感立刻就消失了，我再也不想讲法语了。当我完事的时候，我心里甚至连一丁点可怜的法语——他们称之为爱的语言——也没有留下。

我慢慢地从那女人身上下来，穿上自己的衣服。她依旧倒在地板上，带着一种赞美的目光望着我，这种赞美也许是另一种形式的厌倦，也许是另一种形式的同情。“我很满意。”她说。

“算了吧，”我说，“我现在什么也不想听。”我穿好衣服，走到接待员跟前，它又抓紧了我的手臂。我对接待员问道：“你还要这样吗？”

“恐怕必须如此。”它像是带了一丝遗憾的口吻，“客人必须有人陪同。”

“我自己会跟你走。”

“我知道您自己会走，”接待员说，“但根据您的资料来看，对您施加一点暴力，也是让您总体满足的服务内容之一。别再跟我说话了，我跟你说过我听不懂。”它又一次用可怕的力道抓住我，拽着我穿过走廊。

返回去时，我们走了不同的路线。最后，我们又回到接待区，我从触角的形状认出了那个机器警察主管，它正在和接待员闲聊，开着玩笑。

“他来了。”那个魁梧的接待员说着，把我从它的手里放开。我突然倒了下来。瘀伤向上蔓延，像是个污点在我的前臂上倾斜过来，疼得我头皮一阵发麻。我摔倒在地板上，一定是这一摔让我苏醒过来。但当我恢复知觉时，只有那个魁梧的接待员独自一人。机器警察站在一旁，一脸关切。

“你没事吧？”它问道。

“我挺好的。”我尽量保持着自己的尊严。慢慢从地板上站起来，然后从衣服上擦掉一块块的污垢和粪便。（高塔都是表面功夫，实际保养得很差。）我补充道：“我只是摔了一下。”“如果你不马上离开，”机器警察主管显得毫不客气，“我就必须逮捕你。”“我完全明白。”我说。显而易见，客人不能在高塔内停留。每个人都心知肚明，世界人口超标五倍之多。如果客人都赖着不走，这情况简直难以想象。懂得合作，才是技术统治下生存的关键。作为人类，我们要么学着合作，要么接受灭绝。我可非常愿意遵守规定。“我就要走了。”我说着，把衣服裹在身上，尽可能保持尊严。仿佛头顶上显出一轮光环，我继续说道：“等我缓口气。”

“您现在想安排下一次性交吗？”接待员问。它鼓励地朝我眨了眨眼。总而言之，高塔追求效率，但这背后是肮脏的暗示、来自深渊的诱惑。只有疯子才会以为，高塔并不建立在这种暗示和诱惑之上。绝对只有疯子才会这么想。“您可以免费再做一次。因为您……嗯……被剥夺了。”

“没有必要。”我回答道。机器警察突然朝我脑袋上揍了一拳，把我打晕了。我摇摇晃晃倒在地板上，它把我举了起来，口气咄咄逼人：“我命令你离开。”

“荒唐透顶！我是人类，你们只是一堆机器，你们不能这么对我……”

“我们得想办法把他弄走。”警察对接待员说。看上去难辨男女的接待员缓缓点头，表示同意，脸上像是还有些悲伤。机器警察又一次用巨大的、紧抓不放的力量抓住了我。我被拖着穿过整个接待区，朝一个出口走去。“这太丢脸了，”我嘀咕着，“你不可以这样对我。”

“不，我们可以这样。”警察说，“是的，我们拥有权限。”然后我就被推出了舱门，掉在路边，喘着粗气。我掉到了街边的橡胶传送带上，下落距离只有区区三尺，但我的身体状况相当糟糕，因此还是摔得够呛。路人迅速地打量着我，然后他们又收起目光，考虑起自己的事来。传送带悄无声息，带着我们所有人向前而去。在一个人口超标了五倍之多的世界里，人性只在好友间有用，其他时候人性一文不值。高塔就是一个最好的例子，要是用人性互相打交道，高塔早就关门大吉了。

传送带载着我飞快地穿过威尔伯，经过马赛，来到血区。我的这次离开短暂而富有戏剧性，但已经够让我觉得看到熟悉的屠宰场轮廓出现在地平线上真好，看到断头台和场地上的小绞索真好，听到动物尖叫声真好，闻到屠宰场的气味，真好。到了我自己的位置，我很快从传送带上下来。我感觉身上的肿块在我的衣服里摆动，就像口袋里放着一张信用卡：轻巧，充满力量。我调整好自己到那个位置，然后上去第九十六层，回到自己简陋的房间。我太专注于手上这个研究项目了，这个地方看上去活像个屠宰场。金窝银窝，不如自家草窝。我松开衣服，检查自己身上是否有烧伤或留下疤痕，是否染上梅毒或是淋病（这一切当然用眼睛看不出来，可我多多少少有些强迫症）。我叹了口气，坐在椅子上。周围像是扬起一小团灰尘，正绕着我打转。被剥夺异性做爱的压力消失不见，这些日子以来，我总算能够平心静气一些。我对面的房间里一片昏暗，借着窗户的灯光，我看到有个女人坐在那里。大约四十五分钟前，我和她还在高塔里交合来着。

我并不感到惊讶，这种事情屡见不鲜。我没碰到过这种情况，但我早有准备。有时候，这些员工会因为自己的工作过于表面和仪式化，而感到沮丧和失落。她们会偷偷溜出高塔，跟着客户回家，试图建立某种人性上的关联。当然，这种情况下我只有一件事可做。那么做，对这些女人也最好。“请听我说，”她说，“我在等你，我一直在等你。”“枉费心机，”我说，“我对法语不感兴趣了。只有当我神经衰弱时才会这样。”

“你必须听我说，”她有些激动，“我们不能再这样下去了。我们之间必须真正地交流，彼此了解。”

我已经启动了通信器。她停了下来，忧郁地看着我。我按下了塔台的按钮，熟悉的机器警察主管出现在屏幕上，认出了我。“有什么事吗？”它面无表情地说。我付给这些机器不少钱。它们可不在乎什么人性，它们只是简简单单做必须要做之事。我们都该羡慕这些机器，好好向它们学习。

我离开了屏幕，让机器警察看到我身后的女人。“你明白发生了什么事吗？”我说。

“是的。”

“我拒绝和她说话，我正在配合你们的工作。”

“的确如此。”机器警察说。即使在黑白屏幕上，我也能看到它眼中流露出赞许的绿光：“我们会在十五秒内派人过来。”

关掉监视器，我转过身去对着那个女人。回收人员即将到来，我再也没有必要对她提心吊胆了。“我们必须用心去感受，”她说，“我们可是活生生的人啊。我们必须分享我们共同的人性。你和我，我们是人啊。”

我只是耸了耸肩。我从不锁门，这样既方便也安全。门开了，那个魁梧的接待员走了进来，它一定是跟着我回了家。这是标准程序，防止高塔提供的服务不会导致客人过度兴奋。所以现在这种跟踪是强制性的，以避免客人回家以后变得残暴血腥。“你，”它对女人说，

“过来。”它走过去，拽住她的胳膊。我可知道那一拽的力道，这使我不由自主地笑了。看到笑容，她抬头看着我，眼睛已经开始变得呆滞。接待员把她带出去时，她朝我嚷道：“你根本不理解。”

恰恰相反，我早就理解了这一切。

（朝朝暮暮　译）

外星寓言

情节，或者说发生的事情，是科幻小说传统的侧重点。情节向读者尽可能清晰地表述了文章的意义。意义的其他载体，比如角色、环境、气氛、措辞以及间接的注释、象征及隐喻，可以向读者传达小说许多方面的情况。它们或者作为情节的补充，或者代替情节，但是它们所传达的意义很少能如情节那样精确。然而，如果这是小说为了加入生活元素、文学典故、原型、寓言和童话所必须付出的代价的话，人们经常能容忍甚至欢迎这种含混不清的手法。

当科幻作家开始从人文领域而不是自然科学领域中涌现出来时，他们的文学模式变得在文学意义上丰富多彩，而不是在科学意义上清晰明确。他们变得不太注重陈述而更注重暗示。

迈克尔·毕晓普（Michael Bishop）出身于人文领域。他出生于内布拉斯加州林肯市，在佐治亚大学学习，于 1967 年获得英语专业学士学位，于 1968 年获得硕士学位。他先后于 1968 年到 1972 年在空军学院的预科学校、1972 年到 1974 年在佐治亚大学执教英语，此后他成为一名专职自由作家。

毕晓普的处女作《矮松的采伐》（“Piñon Fall”）发表于 1970 年 10 月刊的《银河》杂志上。他的短篇小说常常入围许多奖项的终选名单：《阿萨迪人的死亡和名称》（“Death and Designation Among the Asadi”）与《童年的白水獭》（“The White Otters of Childhood”）均入围 1974 年雨果奖和星云奖的终选名单；《在巨蛇座的街道上》（“On the Street of the Serpents”）入围 1975 年星云奖的终选名单，《卡瑟多尼亚的奥德赛》（“Cathadonian Odyssey”）入围同年雨果奖的终选名单；《阿拉肯的血迹》（“Blooded on Arachne”）入围 1976 年星云奖的终选名单，《异种番茄》（“Rogue Tomato”）入围同年雨果奖的终选名单；《武士和柳树》（“The Samurai and the Willows”）入围 1976 年雨果奖和星云奖的终选名单；《春日的早晨》（“Vernalfest Morning”）入围 1980 年星云奖的终选名单。毕晓普的一部分短篇小说已经结集出版于以下选集中：《阿拉肯的血迹》（1982）、《伊甸园的一个冬天》（*One Winter in Eden*，1984）、《城市之中的命运极限》（*At the City Limits of Fate*，1996）和《堪萨斯的蓝天》（*Blue Kansas Sky*，2000）。

毕晓普的第一部长篇小说《火眼的葬礼》（*A Funeral for the Eyes of Fire*）出版于 1975 年，这篇小说在 1980 年以《火眼》（*Eyes of Fire*）为名出版了修订版。随后他出版了《在伊克巴坦陌生的树林里》（*And Strange at Ecbatan the Trees*，1976），这部长篇小说以《在破损的月球下》（*Beneath the Shattered Moons*）为名重印了平装版。他之后出版的长篇小说还有《被偷的脸》（1977）、《一点知识》（1977）、《地下墓窟年》（1979）、《改变容貌》（1979）、与伊恩·沃森合著的《在天桥下》（1980）、《除了时间没有敌人》（1982）、《谁造成了斯蒂维·克赖伊》（1984）、《往昔的日子》（1985）、《秘密攀登》（1987）、《双角兽的山》（1988）、《盖格的忧伤》（1992）和《轻松的赛局》（1994）。《除了时间没有敌人》曾获星云奖。

毕晓普的小说将他对于人类学的关注、语言的文学性应用以及一系列修辞手法结合在一起，他对于人类学的关注通常表现在外星人、异样感与外星环境方面。在《火眼的葬礼》中，外星人的世界被命名为“特罗普”（Trope）。这个词在英语之中有“比喻”的意思。伊恩·沃森将毕晓普的作品称作“外星寓言”。

其中一例可以展现毕晓普这种策略和技巧的故事是原发表于《新维度》第五卷（1975）的《异种番茄》，尽管这篇短篇小说的风格比毕晓普一贯的阴郁风格要轻松一些。这篇小说的开头类似弗朗茨·卡夫卡的《变形记》（“Metamorphosis”），即一个正常的人类变成了一种荒诞的东西。在这篇小说之中，这个东西是一颗火星那么大的番茄。为了让读者做好读到一篇超现实主义小说的准备，毕晓普不仅仅让自己的开头类似《变形记》，还用“变形记”这个词作为第一段的小标题，并且还利用了主人公的名字。菲利普·K. 这个名字让人想起卡夫卡的长篇小说《审判》的主人公约瑟夫·K.。

毕晓普的这篇小说在情节上很容易概括，但这篇小说在其他层面上还有着独到的效果。首先是措辞的层面。这个故事的措辞不是菲利普·K. 作为前航天工作人员的措辞，而正相反，是一种乐于运用多音节和老式词汇的文人的措辞。比如说“两侧对称的”、“滚圆滚圆而没有四肢的”、“沉溺于酒精”、“放荡行为”以及“猝然而不公的”。这些词为读者做好了接受后文中一些词汇的心理准备，比如“本体论”、“圣餐一般的”、“被食之性幻想”、“曼陀罗”和“天使报喜”。

其次是文学和宗教方面的引用这一层面。这个故事不仅仅致敬了卡夫卡，还毫无疑问地致敬了菲利普·K. 迪克[1]（Philip K. Dick,

---

1. 美国科幻小说家，曾获 1963 年雨果奖。其著作《流吧！我的眼泪》（*Flow My Tears, The Policeman Said*，1974）中描绘了一位举世闻名的人物在一个平行世界之中醒过来，并发现在这个世界中没有人认识他的故事。他善于营造这种将角色置身于一个虚幻世界之中的情节，以此引发读者对于“何谓客观世界”这个问题的思考。

他也写了关于幻想中的现象与现实的本质的作品）、威廉·巴勒斯[1]（William Burroughs）的作品《新星快车》（*Nova Express*）和《2001：太空奥德赛》（*2001: A Space Odyssey*）中的"星门"以及库尔特·冯内古特的作品《泰坦星的海妖》（*The Sirens of Titan*，1959）中的"时间同向漏斗区"[2]。第三个层次是对于词语的摆弄，如："全角度的"、"密耳弥多涅鳞翅目昆虫"和"被食之性幻想"。

这些不寻常的措辞和对于词语的摆弄强调了这种情况的滑稽可笑，但与格里高尔·萨姆沙[3]不同，菲利普·K. 对于答案的关注预兆着更为严肃的结局。这些答案引导他一步步地走向他在最后"报喜"的情节（就像大天使加百列向圣母玛利亚报喜那样），而且他还没有找到报喜的方法。菲利普·K. 一开始为自己上面无人居住而惋惜，这导致他产生幻想，想象自己被已经失去的心上人吃掉，这可以类比圣餐。他将自己比作代表爱情的苹果，由此引出他又将自己比作知识树[4]之果的比喻。密耳弥多涅鳞翅目昆虫的到来引出他对于被人类所吃的希望，这又引出他与奥西里斯[5]、基督和绿衣骑士[6]这些人一样会复活的类比。密耳弥多涅鳞翅目昆虫也可以类比守护天使。最后是获得救赎的方法——"人获得如上帝一般的全知全能和微妙的欢愉之感，并不是靠着吃掉知识树的果实，而是成为果实本身后被吞噬"——而这种方法正是由一颗异种番茄带到地球上来的。

（赵佳铭　译）

---

1. 美国实验小说家、散文家，"垮掉的一代"代表作家。
2. 冯内古特的科幻小说《泰坦星的海妖》中所提到的科幻概念，描述了一种奇异的维度，人在其中可以同时身处很多地方，也可以身处很多时间之中。
3. 卡夫卡小说《变形记》的主人公。
4. 此处指《圣经·创世记》中上帝种植在伊甸园的知识树，又称知善恶树，吃下后可以知晓善恶，懂得羞耻。亚当和夏娃因为吃了知识树的果子而被上帝逐出伊甸园。
5. 古埃及神话中的冥界之王，同时也是农业和丰饶之神，曾被人杀害后复活。
6. 中世纪英国诗歌《高文爵士与绿衣骑士》中人物，登场于亚瑟王传说中，被斩首而未死。

异种番茄

［美国］迈克尔·毕晓普

菲利普·K. 的变形记

菲利普·K. 一觉醒来，发现自己从一个体形匀称、两侧对称的人类变成了……一个滚圆滚圆而没有四肢的形体，正绕着一个巨大而透亮的红色星星旋转。事实上，凭借简单的感觉，以及投射到他心灵之窗的所有光线，菲利普·K. 得出结论：自己是个番茄——一个直径与质量和火星差不多的番茄，而且正是那种温室培育出的种类。菲利普·K. 绕着一条与垂直方向有七八度倾角的自转轴慢悠悠地旋转着，沐浴着远处那颗红色巨星的炫目光辉。与此同时，他不得不承认自己很困惑。他之前可从没遇到过这种事情。他是个正派的人，没有沉溺于酒精或其他放荡行为的习惯。突然变成了一个火星大小的番茄，这种猝然而不公的变化让他深受打击。为什么是自己？这又是怎么转变的？“至少，”他想，“我还知道我自己是谁。”即便他的外观变成了巨大的番茄，并且正围绕着一颗陌生的恒星旋转，他的意识仍然是人类的意识，而且仍然是他自己的意识。“我是菲利普·K.。不知道为什么，我仍然在呼吸，这件事儿一定有什么科学的解释。”这句话可以相当精准地概括他在之后几个小时之内（当然了，一小时是按照二十四分之一个菲利普·K. 的自转周期来计算的）的想法。

既然我还活着

几个菲利普·K. 日过去了。这位变形事件的受害者发现他有着宜人的大气，一层至少一英里厚的地理学意义上的外皮（或者叫地壳，虽然地壳这个词对于一个无人居住的番茄属番茄种植物的表皮来说，似乎不完全合适），大气中还形成了气候变化。菲利普·K. 吸入二氧化碳，呼出氧气，进行光合作用。清晨的露水沿着他极其柔嫩的曲面滑落，下午的露水同样如此。有一些露珠大如海洋。云层在菲利普·K. 的赤道圈生成，洒下成吨成吨清凉的雨水。这些气象现象和他自身的轴向旋转而产生的风吹来吹去，吹上吹下，拂过他紧绷而成熟的表皮。活着真好，即便是处于现在这种令人不快的形态之下。更何况，和柏拉图的牡蛎[1]不同，他的愉悦不是盲目无知的。菲利普·K. 体验着风吹雨打、自身宏伟的旋转、汁液在体内的滋生、呼吸的甜美，他也冥思静想着这一切。他的上面无人居住，这真是太可惜了（这是他经常思考的事情之一），他白白释放了这么多丰富的氧气。短期内有殖民到来的希望也不大，人类不会很快就去其他恒星冒险。就在变形事件的两年前，菲利普·K. 曾经是得克萨斯州休斯敦市航空工业领域的一名员工。被解雇之后，他一直没有找到另一份工作。实际上，在过去的四五个星期，菲利普·K. 只能靠着

1. 柏拉图在《斐莱布篇》中提到，如果在生活中只有快乐而没有智慧和思考，这就并不是人的生活，而是牡蛎的生活。

热水和一点点番茄酱做成的汤维生。反复考虑后，他感觉当个番茄是一种积极的解脱。菲利普·K. 吸着气、呼着气、进行着光合作用，他有了一种快乐的存在主义观点：他再也不需要那些中间过程了。

情节复杂起来

几个菲利普·K. 月过去了。因为在那颗炽热的红巨星周围不断摄动，他开始担心自己的轨道正在衰减，他正在无可避免、不可阻挡地坠入熔炉般的主星之中，并在那里过早地被炖烂。他的太阳已经变得这么老大了。最后，在他作为一颗行星级番茄的第一年年末，菲利普·K. 意识到他的轨道并没有衰减。不。正相反，他正在长大，变得丰满，产生无尽的生机。然而，因为他的橘红色表皮包含了一层连在一起的感光细胞，即他的“眼睛”，或者说这个眼睛就是他本身（取决于你想怎么看待这个事情），它们欺骗他去相信最差的情况。他现在很欣喜地知道他只不过是长到了天王星的大小，这使得他的视觉器官更靠近太阳。全角度的视觉尽管有多方面的好处（比如能在同一时刻感受到白昼和黑夜，360 度警戒以及身处宇宙中心的愉悦错觉），但有时也有明显的不利之处。但即便他的轨道没有衰减，危机也依旧存在。他会长到多大？菲利普·K. 可不想在太阳烤箱里遭受日全食。

人际关系

除了担心跌进主星之外，菲利普·K. 偶尔也会想一些别的事情。或者说，当这种占据他思维的担忧逐渐消退时，他会想到作为植物生活的优越之处。他想到他抛弃了的女孩（她快到更年期了，不是那种男人们会爱称为小番茄的女孩）。实际上，所谓他抛弃了的女孩已经在他经历他生命中这种离奇的变化很久之前就抛弃了他。“啊，莉迪娅·P.。”尽管如此，他仍然在他最深处那充满果香的内核中念叨着，之后又重复了一遍：“啊，莉迪娅·P.。”他原谅了他抛弃了的女孩对他的抛弃，在他丢了工作后紧随而来的抛弃。他原谅了她……他沉迷于无耻的幻想之中：或者莉迪娅·P.——随着来自地球的首批星际殖民者——在他上面登陆，或者他缩到正常的大小（对于番茄而言），来到她位于休斯敦的狭小寓所之中，然后飘浮在她酣睡的脸庞上方，将自己奉献给她。爱之苹果[1]，菲利普·K.从他那装满了鸡毛蒜皮的脑海中回忆起这个词，并为之感到欣慰。那些法国人相信番茄可以催情，于是当他们从南美洲引进番茄时这么称呼它。爱之苹果。代表爱情的苹果。没准儿这正是知识树的果实呢。但是在一个血肉组成的女人和一个天王星那么大的番茄之间能存在什么有意义的关系呢？菲利普·K.越来越频繁地产生幻觉：星际殖民者莉迪娅·P.在他那枝繁叶茂的果柄南边某处跪下，把她小小的牙齿咬进他成熟的表皮，之后又用纤细的叫喊去赞叹他那纯粹而甘美的滋味。这个幻想让菲利普·K.不安又兴奋，以至于他就这么干自转了好几天，不去思考、不去期盼，也不去渴求任何其他的事。

本体论的思考

当他没有产生那种他心爱之人享用他躯体的、如圣餐一般的幻觉时，菲利普·K.会严肃地思考“他的存在”这个问题。“缘何是

1. 原文为法语：Pomme d’amour，后文中所有的“爱之苹果”原文均为法语。

番茄呢？”他这样表述他的思虑。他本来也可以简简单单地变成一个轴承滚珠、一个黑八号台球、一个金属球、一个气球、一盏日本灯笼、一个球形皮纳塔[1]或者一个钟形潜水器。但是这些东西都不会呼吸，也没有生命。那么为什么不变成一粒葡萄、一颗樱桃、一个橙子、一个哈密瓜、一个椰子或者一个西瓜呢？它们也都差不多是圆形的，都喜欢沐浴阳光，都会生长，也都饱含富有生命力的汁液和多汁而甜美的生命。但不管是谁或者什么导致了这种转变——菲利普·K.认为他的变化都是智能干预的结果，而不是偶然或者一些因为化学因素而导致的自发的结构调整——让他没有成为这些受人喜爱的水果中的任何一种。他们让他成为一颗番茄。“缘何是番茄呢？”*爱之苹果*。代表爱情的苹果。知识树之果。啊哈！菲利普·K.茅塞顿开。涉及莉迪娅·P.的那种被食之性幻想和他现在的情况有一种微妙的联系。一个计划在他面前逐渐显露出来。操控着他的人不辞劳苦地让他相信，这个计划是他在自己的意识活动之下一点点看清楚的。噢，多么具有启发意义的骗局！关键在于*爱之苹果*，他之所以是番茄而不是什么其他的东西，是因为番茄正是那传说中的知识树之果。（请忽略番茄并不长在树上这一点。）毕竟当菲利普·K.还是人类的时候，他曾经和一些宗教信徒进行过讨论，这些信徒来自一个正在北美洲发展壮大的宗教流派。这个流派认为，《圣经》中的伊甸园实际上位于新世界[2]。嗯，番茄原产于南美洲（距离那些教徒们精确指出的伊甸园所在地不远，他们争辩说伊甸园在欧扎克地区[3]），而他，菲利普·K.，*正是*一个新的世界。尽管答案仍然显得模糊不

1. 一种起源于欧洲的彩绘容器，内装有糖果、玩具等物品，在节日或生日庆祝时将其打破，里面的物品就会掉落出来。

2. 新世界是一种地理学上的称呼，指的是欧洲人在大航海时代发现的美洲、澳大利亚等地。而传统的基督教观点一般认为伊甸园位于中东地区。

3. 美国地区名，指密苏里州西南、阿肯色州西北和俄克拉何马州东北部的高地。

清、遥不可及、支离破碎，他仍然开始感觉他接近了关于他个人本体论的问题的答案。“缘何是番茄呢？”不久之后他当然会了解更多，他当然会得到他的答案……

必死命运的简短暗示

在菲利普·K. 围绕着那颗遥远的红巨星旋转的第二年，他推断出他已经不再生长了。他已经进入了味道醇厚、身形饱满的成熟期，更多的阳光雨露也没办法让他再长大了。新的担忧困扰着他。他现在还能指望什么呢？他会变得软烂、开始腐败吗？他会开裂而后形成黏糊糊的、疤痕一样的损伤，然后死在那如无形藤蔓一般的轨道上吗？无疑，他遭受这种变形事件可不是为了落得这样的下场的。然而当菲利普·K. 在天鹅绒一般的外太空中旋转时，当他只需要用自己那全方位的视觉瞥一眼就可以看得到整个天空和其中所有天体（恒星，星云，星系，暗星云，那些太空之中不重要的碎石块）时，他也想不出其他的可能了。他将会腐烂，这就是即将发生的一切：他将会腐烂。如果仅仅为了腐烂，缘何要变成知识树的果实呢？他打算自杀。他可以用自己的意志力停止轴向自转：一个半球将会变得焦黑沸腾，另外一个半球将蒙上一层白霜织就的绣花，之后结冰，冰冻一路深入核心。或者，他可以屏住呼吸，停止光合作用。对于菲利普·K. 来说，这两种境况都比成为一团溃烂、恶臭的糊状球体有吸引力得多。于是在他达到自然成熟的顶点时，他变戏法一样考虑了多种多样的自杀方式，思维开阔，甘之如饴，就像他巨大美味的身体一般。我们自己必死的命运就这样催促着我们去面对它那无可置疑的证据。

密耳弥多涅鳞翅目昆虫的来临
（或者说，情节又一次复杂起来）

在一个晴朗的白天与夜晚，当然也可以说是夜晚与白天，在这些病态的思虑之中，菲利普·K. 外皮上的感光细胞告知他（你瞧，“心灵之窗”并不仅仅是一个隐喻），大量金属外观的机体正从宇宙的四面八方而来，正在侵占他的太阳系。他看到了这些机体。他看到这些机体在爸爸（菲利普·K. 把他围绕着旋转的那颗红巨星称为爸爸，因为采用拟人化的称呼来考虑问题既方便又令人愉悦）那昏暗的光芒中闪闪发亮，但是它们离得太远了，以至于菲利普·K. 对它们的形状和大小毫无概念。这些外来机体中的大部分已恰好移动到了爸爸和与其相邻的三颗恒星之间。三颗恒星组成等边三角形，爸爸大概就在它们的中心。一开始菲利普·K. 以为这些入侵者是星际飞船，他一遍又一遍地嘟囔着“莉迪娅·P.，莉迪娅·P.”，直到自己都开始因为这种荒唐可笑的行为而感到厌烦。来自地球的远征军是不可能派出这么多飞船的。这些金属形体从无处不在的漆黑深空之中向他飘来，越来越近，在爸爸暗淡的光线之中闪耀着金光或银光。八九个菲利普·K. 日过去了，他现在可以看清楚那些入侵者了，清楚到足以辨认出它们的一些情况。每一个机体都有一对弯曲的翅膀，像帆一样笼罩着悬挂式的躯体，或者说是机身。这些帆都有地球上最大的摩天大楼那么大。这些翅膀都是金色或者银色的。翅膀并不拍击，而是在必要的时候巧妙地倾斜一下，以便捕获太阳光并将其转变为推动力。看着这些闪闪发亮的生物——它们不是人造物品而是有生命的——在宇宙的微风之中飘荡摇曳，实在令人赏心悦目。秋季降临了菲利普·K. 的太阳系。那些金的、银的，如同闪着微光的枫、清脆作响的铬。这些伟大的生物，这些由神圣的金属所制成的帝王蝶，它们来自四面八方，它们的翅膀布满天空，如同珍宝制成的叶子，又如同层层叠叠、叮当作响的硬币。“啊，”菲利普 · K. 嘟囔着，“啊……密耳弥多涅鳞翅目昆虫。”这个名字在他的内心爆发出来，带着复苏的神话之力：密耳弥多涅[1]和鳞翅目的结合。这种不太可能的结合正是那一大群平静的来访者留给菲利普 · K. 的印象。

猛　攻

那些密耳弥多涅鳞翅目昆虫，或者它们中的第一拨，终于逐渐进入了菲利普 · K. 的大气层。现在它们那巨大的银色、金色的翅膀或者不断拍击，或者在因为他的表面不均匀受热而产生的上升气流中伸展开，以图翱翔。那些密耳弥多涅鳞翅目昆虫降落下来。菲利普 · K. 感觉到了金属的切削，金色的粉尘粗暴地落入他的眼睛，也就是他本身之中。这些入侵者掩盖了天空，甚至遮蔽了闪亮而硕大的爸爸——现在爸爸看起来只是一团红色的光晕，而不是一个宏伟硕大的圆球。眼前只能见到闪耀的光芒、辉映的华彩以及漫天的混乱。这次入侵会带来什么样的后果呢？菲利普 · K. 向上看去——朝着他身体的所有方向——仔细观察着那些正在降落的密耳弥多涅鳞翅目昆虫。正如他给这些昆虫所起的名字的前一半所暗示的那样，它们的躯体或者说机身类似于蚂蚁的身体。准确地说，是红火蚁。在地球上，这种生物可以造成有毒的蜇伤，而这种外星生物具有口器，即金色或者银色的颚（总是和它们翅膀的颜色相反）。它们是来

1. 古希腊神话中忒萨利亚地区的部落居民，原是一群蚂蚁，被宙斯变为人。在特洛伊战争中，密耳弥多涅人跟随阿喀琉斯远征特洛伊。常用来代指忠实的侍从。

吞食他的吗？如果它们开始吃他，他会觉得疼吗？“不，滚开！”他想要叫喊，但他只能抖一抖，并在他的南半球释放一阵微弱的表皮震动。它们并没有注意到这些震动。那些密耳弥多涅鳞翅目昆虫降落下来。因为它们的降落，菲利普·K. 从北极到南极都被黑暗笼罩了。在他的一生中，不管是作为人还是作为番茄，他第一次彻底变瞎了。

忒瑞西阿斯[1]综合征

一在肉体上失明，菲利普·K. 就感觉到他在超自然和心灵层面上的障眼之物消失了。（实际上，这是一种在盲眼先知潜意识中的想象所孕育出的幻觉；忒瑞西阿斯、俄狄浦斯、荷马，也许还有约翰·弥尔顿[2]，都是这种典型形象的绝佳范例。但对于菲利普·K. 来说，具备新的洞察力的幻觉压倒并埋没了他的这种洞察力本身。）在充满世界、充满自身的黑暗之中，他意识到他有伦理上的责任去保全自己的生命，去抵抗被吞噬的命运。“毕竟，”他自言自语，“我有了这具新的化身——或者应该用个其他什么专有名词来称呼这种番茄的形态——我可以阻止人类世界的大饥荒。就是说，如果我可以用某种方法出现在我原本的太阳系之中，在地球所发射的火箭的合理行程之内的话。”他想象着航空巴士从地球前来，在他的表面上下开采挖掘，并把他富有营养的身体（在冷藏舱中储存）带回他的母星，最后把他的精华光荣地分享给地球上那些营养不良、忍饥挨饿的人。当然，这种持续性的掠夺会置他于死地，但他会知道，自己将成为全人类的救星，并因此心满意足。更何况，就像奥西里斯、

1. 希腊神话中来自底比斯的一位盲人预言者，在双目失明后拥有了预言能力。
2. 俄狄浦斯：古希腊神话人物；荷马：古希腊诗人；约翰·弥尔顿：英国诗人、思想家。以上人物同忒瑞西阿斯一样，均为盲人。

基督、绿衣骑士以及其他拯救世界和/或经世济民的代表人物一样，他有可能复活，特别是如果有人有远见，把他的嫁接苗同他的果肉和汁液一起带回家的时候。但这些都只是徒劳无用的想象。无论他是不是双目失明，菲利普·K.都不是先知。而且那些密耳弥多涅鳞翅目昆虫丝毫不善解人意，已经开始吃他了。“啊，莉迪娅·P.。”在他被它们整齐划一地咬了第一口的时候，他嘟囔着，“啊，人类。”

并没有上瘾
（或者说，令人迷醉的唾液）

菲利普·K.就这样被啃食着。那些密耳弥多涅鳞翅目昆虫翅膀交叠在一起，遍布在他行星一样大的身体上大快朵颐。它们有滋有味地撕咬着他。但是……这不疼。实际上，伴随着不断增强的疑惑，菲利普·K.意识到它们的啃食、撕咬以及它们上颚那残酷的咀嚼并没有向他体内注入毒液，反而注入了一种唾液，这些唾液向他那已经退化了的（从他还是人类的时候就开始退化了）快感中心发出一阵阵电流。上帝啊，真不敢相信！从它们持续不断的咀嚼中所获得的快乐和他曾经在地球上经历过的快乐全然不同。这种快乐和动物或者植物都没有关系，和理性或者非理性也毫无关系。注意这一点：如果密耳弥多涅鳞翅目昆虫的啃咬所造成的令人迷醉的效果无论怎样都不减少，菲利普·K.简直想得出来自己会感觉多么美好。可惜才过了不一会儿，它们就不继续吃了——它们只吃掉了他大概几百米深的橘红色表皮（顺便提一下，这个过程花费了一整个菲利普·K.月，但因为他什么也看不见，他也说不好过了多长时间）。但那些吃他的虫子一飞回空虚的宇宙，给了他瞥见爸爸、几颗星星以及蚁蛾复合体健壮躯体的间隙，另一拨密耳弥多涅鳞翅目昆虫就马上从太空飞来，降落在他已经被破坏的表面上，然后开始更为津津有味、更为急不可耐的吞噬。这持续了一年又一年，两拨密耳弥多涅鳞翅目昆虫交替而来，直到菲利普·K. 重新变成了只比火星大一点的番茄，不过已经是一个烂乎乎、被蛀坏了的番茄了。但他又在乎什么呢？时间对他来说没有任何意义了，对死亡的恐惧也是如此。如果他要死去，这也会是那些昆虫的意愿，他崇拜它们的翅膀，欢迎它们的下颚，渴求它们的唾液——不是那种成瘾的渴求，而是如同虔诚的信徒在接受圣餐时对酒和饼的渴求。因此，尽管数十年过去了，菲利普·K. 仍然对它们放任不管。

时空之弧之外的某处

那些密耳弥多涅鳞翅目昆虫是从哪里来的？它们是谁？即便在妙不可言的幸福安乐中，菲利普·K. 也在深思着这些问题。当他被啃食时，他的意识变得更为敏锐、更为清晰，还具有不可思议的推断能力。他找到了一个答案……至少是第一个问题的答案。密耳弥多涅鳞翅目昆虫来自宇宙那象征性的地平线之外，来自宇宙最终弯曲的地方之外，在那里空间弯折回来，和自身重叠。菲利普·K. 明白这里牵涉到一个悖论，甚至牵涉到一个令人困惑的谜题，语言、数字和符号都没有办法将其转变为一个与清晰明了的现实世界相符的解释。算了，不管它了。密耳弥多涅鳞翅目昆虫看起来似乎从每一个方向而来，从空间中的每一个可以想得到的位置而来，接近菲利普·K.。这个事实很重要。这象征着这种生物的习性独立于连续而统一的时空。我们的宇宙，那可以用自然法则所描述的宇宙，属于这种时空。“是的，”菲利普·K. 心中承认，“它们在合乎自然的宇宙之中行动，它们甚至需要满足自然需求——它们来吞食我，这就可以说明这一点。但是它们其实属于……*神之造物的外层私域*，那是一个无何有之乡，在那里有一种虚无缥缈的物质，而合乎自然的宇宙（它们偶尔就得去这里冒险）之中总是掺杂着这种物质。”菲利普·K. 是怎么知道的？他就是知道。那些密耳弥多涅鳞翅目昆虫就是要吃东西，因此，他就是知道。

迁徙之日

而后它们就停止进食了。一拨儿昆虫从他残破的身体上起飞，毫不费力地摆脱了他的引力，然后散布在……唔，漆黑深空的最大范围之内。金色的银色的，银色的金色的——直到菲利普·K. 再也看不到它们为止。它们消失得太快了，比他认为可能达到的最快速度还要快。刚刚还在那儿，可一转眼就消失了。他本来指望着第二拨儿密耳弥多涅鳞翅目昆虫会降落，但它们之中只有十二只留了下来，在他上方的外太空中不同的位置盘旋。他现在能清楚地看到它们，因为他清楚，他的感光细胞现在连续不断地分布于整个身体之中，而不仅仅分布在那已经被吞噬了很久的表面上了——这个成果应该归功于他的访客那奇妙的唾液以及与此相关的后果，即他慢慢开始进入*玄妙深奥的境界*。这十二个大天使开始倾斜它们的翅膀，以此来操纵他，菲利普·K.，脱离围绕正在剧烈膨胀的爸爸运行的轨道。“爸爸要塌了。”他对自己说，“他要经历一系列的塌陷，这些塌陷如此迅速，以至于几乎是同时发生的。”（再次强调：菲利普·K. 知道这件事，他就是知道。）密耳弥多涅鳞翅目昆虫采用一种晦涩难懂的技术，将他移得越来越远了，他对那种技术的秘密只有一种模模糊糊的直观感受。与此同时，它们用巨大的翅膀，将来自那颗红巨星的温暖光线反射到他每一英寸的表面上。它们不让他爆炸，也不让他冻结。菲利普·K. 被它们打动了，这个“打动”具有双重的含义。但这种不顾一切的战略对它们有什么好处呢？如果爸爸变成超新星并最终爆发，甩出那些在他一千亿度高温的熔炉中制造出的矿渣一样的成分，他们都逃脱不了。不管是他自己还是那十二个操纵他持续向外移动的守护天使都难逃一死。他被保护起来以免腐烂，他的肉体像奥西里斯一样重获新生（对于菲利普·K. 来说，他现在又是一个完整的番茄了，虽然大小仍然和火星差不多），这些难道只是为了在闪光中被汽化，或者躲过这一劫之后被爸爸喷发出来的碎片射成烂泥吗？不，那些密耳弥多涅鳞翅目昆虫不会允许这种事情发生的，无疑，它们不会允许的。

新星快车

爸爸爆炸了。但在菲利普·K. 那年老而且在很多方面都深受喜爱的主星以致命的射线或碎片轰掉他和他的护卫者之前，密耳弥多涅鳞翅目昆虫在他外面滑翔而过，在他的北极（也就是有果柄的那一极）上方排列成一个光环一样的圆圈。随后它们倾斜双翼，用猛烈的太阳风同它们自身的意志相结合后折射出的能量，将菲利普·K. 推到了太空中一个不可见的狭缝之内。然而，在彻底消失在狭缝之前，他回过头去，看到那十二个大天使伸展开它们令人炫目的翅膀，随后就……不复存在了。至少，在我们的物质宇宙之中不复存在了。之后，菲利普·K. 自己置身于另外一个时空连续体之中，即置身于另一个现实之中，还能感觉到自己正在其中掉落，就像牛顿那伟大的爱之苹果那样。在那十二个密耳弥多涅鳞翅目昆虫消失之后，爸爸立刻就爆炸了。而即便是身处新的现实之中，菲利普·K.也在某种程度上被这桩事件带来的巨大冲击所推动。他带着相当的不情愿，搭便车坐上了这趟新星快车之旅。但他想知道的是，这是要去哪儿？又为什么要走？

独特的效果只能自己去体会

从他那已经死去的红巨星所处的行星系统到他现在碰巧要去的某个地方的迁徙之路上，菲利普·K.身处于其他的事物之中，看着种种色彩从身边流过。色彩、光辉、拉长了的星星，烧灼的气味、火热的锣声、潺潺的水流、一段段令人陶醉的时间。用言语中使用的词汇列成清单没有意义，或者只有极小的意义。因此，请想象一种不用言语来表达的经历，这种经历包含着那些可能的确是用上面清单中的词所构成的感觉。灯光秀、穆格[1]电子乐器的声音以及电影特效是一个很好的起点。不要让我说得更具体了，即便我可以做到也不要。提及其他的作品、其他的媒介，最多也就是个冒险的事情，而你可以出色地发挥你的想象力，在脑海中构造一幅图景，一幅如同菲利普·K.所陷入的无穷无尽的现实那样的图景。你可以称之为星门之上的大道，可以称之为时间同向漏斗区的内部，可以称之为人们可通过黑洞进入的神秘主观之井，也可以称之为次空间、外空间、曲空间、反空间、对空间甚至是表面空间。很多称呼都可以。然而，这些命名都无法公正地反映这种无穷无尽的现实本身。在这

1. 一家美国电子乐器公司。

无穷无尽的现实之中，菲利普·K. 发现他完全领悟了那些谜团。在他作为番茄的时候，密耳弥多涅鳞翅目昆虫就曾想让他领悟。当他坠落的时候，或者说当他被推动的时候，又或者说他只是保持静止而新的时空连续体从他身边激烈地呼啸而过的时候，他都沐浴在不可言喻的喜乐之中，如同他曾被许多金色银色的蚁蛾复合体咬食时所体会到的一样。同时，他开始明白以下几点：一、这些生物的身份；二、他的目的地；三、他的使命的本质；四、这种奇异的变形所具有的光荣而又可怕的含义。对他而言，一切都变得清晰明了了，一切的事物都是。这一次他所受到的启示并不是一场幻觉，不是如同忒瑞西阿斯综合征那样用来转移注意力的、超自然的东西。因为你知道，菲利普·K. 已经进化了，他超越了自我，超越了幻觉，超越了时间和空间的界限——实际上已经超越了一切，除了没有超越自己那大号异种番茄的状态之外。

曼陀罗[1]如何轮转
（或者说，菲利普·K. 所学到的东西）

尽管人们应该记住，菲利普·K. 的学习过程是从那些蚁蛾复合体的第一次盛宴开始的。但在两种现实之间迁徙的过程中，菲利普·K. 却发现了这一点：人获得如上帝一般的全知全能和微妙的欢愉之感，并不是靠着吃掉知识树的果实，而是成为果实本身——以一种有自我感知的、不断演化的星球的形式——而后被有着天使般的翅膀、美丽绝伦的银色、弥赛亚一般的金色的密耳弥多涅鳞翅目昆虫所吞噬。当然，它们是宇宙的最高神灵化身（可以这么比喻）的

1. 佛教和印度教用语，指象征宇宙的图案，通常为圆形。

信使。通过被吞噬这一过程，人们得到了救赎，得到了神化，并被提升到人之进化发展的终点。这是人类的命运。而他，菲利普 · K.，就在很短的时间之前——在绝对而超宇宙的尺度上来说——还是一个无足轻重的人，天赋平平、无关紧要，而现在他已经被密耳弥多涅鳞翅目昆虫选中，去向他本身的物种之中苦苦挣扎的芸芸众生做出启示，启示他们不可避免的命数。菲利普 · K. 又一次被深深打动了，天堂中回响着向他吟唱祈祷的和撒那[1]之音，一切神的造物都似乎向他敞开，如同血红色的蓓蕾。而后，菲利普 · K. 饱含着欢欣的敬畏，也饱含着自己那刺激而甜蜜的汁液，突然回到了我们这个物质宇宙之中，回到了地球的紧邻之处（顺便把月球从它本来的主人那里抓走）。随后，他停在北美洲的天空之中，就好像他一直在那里一样，他所在之处的人们大感惊异。他不幸引发潮水暴涨，造成了数百万人的死亡，但这都在最高神灵的进化性策略之中，菲利普 · K. 感到狂喜而非悔恨。（他确实短暂地想过休斯敦是不是被淹没了，莉迪娅 · P. 是不是溺死了。）没错，他是一颗异种番茄，但他不是末日的预兆。他是新的天使报喜之使者，已经前来向他的民众报告这个喜讯了。他在地球上空三十五万英里的地方飘浮，不知道怎么去传达这个讯息：代表无知、知识以及终极感知的曼陀罗将要完成他的第一次轮转。完全没有办法，一个办法都没有，彻底没有。

尾　声

但正如俗话所说，他会想出一些办法来的。

（赵佳铭　译）

1. 犹太教和基督教用语，赞颂时的祝词。

劳动节集团

20世纪30年代到50年代，约翰·W.坎贝尔主编的《惊异》杂志主导着科幻领域，这一时期又被称为科幻小说的黄金时代。其后的十二年，科幻文学的影响力被分散于《惊异》（后改名为《类比》）、鲍彻的《奇幻与科幻杂志》和戈尔德的《银河》之中，这段时期又被称为“破灭的繁华”“虚假的春天”，或者用巴里·N.马尔兹伯格的话说，叫作“盛夏的终结”。20世纪60年代中期的科幻文学以迈克尔·摩考克编辑的《新世界》杂志和哈伦·埃利森编辑的《危险幻象》小说集为代表，这一时期被称为“新浪潮”。那么，我们又该如何合适地称呼这个时期，又该如何精确地形容其后的时代呢？

要为这些问题下一个定论，需要等到未来才可以。但托马斯·迪什在《奇幻与科幻杂志》1981年2月刊上发表的一篇评论文章中，将一群似乎已经主宰了雨果奖、星云奖和多次入选年度最佳科幻小说选集的作家称呼为“劳动节集团”（The Labor Day Group），因为这些作家最有可能在世界科幻大会集体露面，而根据传统，世界科幻大会往往在劳动节那一周的周末举行。迪什继续写道：

> 我并不是说他们组成了秘密团体，只是说现在确实存在一代联系密切的作家……另外，我认为这些作家作为一个团体，比那些被归类为“新浪潮”（我本人也是其中之一）的作家有着更多的共同点。他们无疑拥有一些非常接近的特质，就像未来主义流行时，那批未来主义作家那样。

在被迪什归类为“劳动节集团”的作家中，有一位就是乔治·R. R. 马丁（George R. R. Martin）。马丁于 1948 年生于新泽西州贝永市，1970 年在西北大学获得了新闻学学位，又在 1971 年获得了硕士学位。马丁于 1972 年至 1974 年在库克郡司法协助基金会工作，1973 年至 1975 年担任国际象棋比赛的负责人，1976 年至 1978 年在艾奥瓦州迪比克的克拉克学院担任新闻学教师（并在暑期担任科幻作家写作营的组织者），此后他成为一名自由作家。20 世纪 80 年代后期，马丁搬到了洛杉矶，并成为新版《黄昏区域》（*Twilight Zone*）电视剧的撰稿人，他还为“美女与野兽”（*Beauty and the Beast*）系列做撰稿人和剧本编辑。他在 1980 年创作的短篇小说《夜行者》（“Nightflyers”）在 1987 年被改编为同名电影。马丁还撰写了一系列共享世界观的科幻小说，名为“百搭牌”（*Wild Cards*），这个系列讲述了一个平行宇宙，其中超级英雄扮演了重要角色。

马丁的第一篇短篇小说《英雄》（“The Hero”）发表在 1971 年 2 月刊的《银河》杂志上。自《清晨雾起》（“With Morning Comes Mistfall”，1973）和《莱安娜之歌》（“A Song for Lya”，1974）起，马丁的小说开始屡获各种奖项提名，而《莱安娜之歌》获得了雨果奖。《沙王》（“Sandkings”）和《十字架与龙的道路》（“The Way of Cross and Dragon”）为马丁在 1980 年赢得了两个雨果奖，《沙王》还同时获得了星云奖，《子女的肖像》（“Portraits of His Children”）在 1985 年为他赢得了另一次星云奖。1977 年，马丁参加了面包与条形面包作家写作营[1]。他的短篇小说结集收录于以下选集中：《莱安娜之歌与其他短篇小说》（*A Song for Lya and Other Stories*，1976）、《星辰与阴影之歌》（*Songs of Stars and Shadows*，1977）、《沙王》（1981）、《亡者吟唱之歌》（*Songs the Dead Men Sing*，1982）、《夜行者》（1985）和《子女的肖像》（1987）。

像很多科幻作家一样，马丁并没有很快就在长篇小说上施展自己的才华。《光逝》（*Dying of the Light*）发表于 1978 年，与丽莎·塔特尔合著的《起风天堂》（*Windheaven*）发表于 1980 年，他还创作了《热夜之梦》（*Fevre Dream*，1982）、《末日狂歌》（*The Armageddon Rag*，1983）、《图夫航行记》（*Tuf Voyaging*，1986），与约翰·J. 米勒（John J. Miller）合著了《死者之手》（*Dead Man's Hand*，1990）。1996 年起，马丁以《权力的游戏》[2]（*A Game of Thrones*）开始了一系列广受欢迎的争夺王权题材的奇幻小说的创作。他也编辑了一系列科幻小说选集，其中有一部收录了获得约翰·W. 坎贝尔纪念奖最佳科幻新人奖提名的作家的作品，这部选集题为《科幻新声》（*Now Voices in Science Fiction*），第一卷出版于 1977 年。

迪什在他的论文中写道，“劳动节集团”是 20 世纪 70 年代“幻灭和萎靡”带来的结果，因为“劳动节集团”的成员见证了新浪潮作家在艺术和商业上的双重失败，因此选择创作旨在吸引读者、获

---

1. 美国最古老的作家交流工作坊之一。自 1926 年起，每年夏天在佛蒙特州米德尔伯里市的面包与条形面包旅馆举办，旨在为年轻作家提供写作交流、写作知识讲授的机会。
2.《权力的游戏》为马丁所著的奇幻小说，出版于 1996 年，属于“冰与火之歌”（*A Song of Ice and Fire*）系列的第一卷。后来美国 HBO 电视网将“冰与火之歌”改编为电视剧，电视剧名为《权力的游戏》。

得奖项、有市场化前景的小说，其特点是“让个性阳光、受人喜爱的角色清晰明了地解决简单的问题”。

在 1981 年 12 月刊的《奇幻与科幻杂志》中，马丁做出了回应。他同样认为确实存在一个作家群体，包括爱德华·布莱恩特、冯达·麦金太尔、塔尼斯·李、杰克·丹恩、迈克尔·毕晓普、奥森·斯科特·卡德、约翰·瓦利和他自己，但是对于迪什的其他观点，马丁大部分都不认同。马丁写道，“劳动节集团”作家们所具有的共同特点来源于他们是“60 年代两种针锋相对的阵营的混合”。他们“一只脚坚定地踏入了传统科幻小说的阵营之中”，但是与此同时他们也是“越战的一代”。他继续写道，新浪潮的失败并没有让他们完全成为“大量按照标准模板炮制文章的文学雇工”，“真正的小说总是在常见主题、反常主题和综合主题中选择其一的”。马丁认为，“劳动节集团”在内心中的真正目的是“将传统科幻小说中最优秀的色彩、活力和潜在的力量与新浪潮所体现出的对文学的关注相结合，将诗人和火箭专家相结合，在两种文化之间架起桥梁”。大概二十年后，一群获得各类奖项的新作家开始涌现，但马丁的“冰与火之歌”系列最新一卷[1]仍然获得了 2002 年的星云奖提名。

《灰烬之塔》（“This Tower of Ashes”）首次发表于 1976 年的《〈类比〉杂志年选》（*Analog Annual*）上，在这篇小说中，马丁为他所声称的观点提供了证据。这篇小说在基础架构上很传统：地球人遭遇了外星世界，但麻木的地球人没能看出外星世界的美，也没有意识到这个世界中可能存在着更古老的文明。而小说的情节比文章架构还要传统，甚至回到了科幻小说出现之前的模式：一段三角恋情，男孩失去了女孩的欢心，但仍然希望能让女孩回心转意。但这

1. 此处指的是出版于 2000 年的《冰雨的风暴》（*A Storm of Swords*，2000），为“冰与火之歌”系列的第三卷。

一切都只不过是马丁套在另外一个故事之上的躯壳，在纷繁复杂的躯壳之下，故事体现出在已知和未知之间的差异：生活与虚构、实用与美感、熟悉与陌生、真实与梦幻。在《星辰与阴影之歌》（*Song of Stars and Shadows*）的序言之中，马丁写道："爱情与孤独可能是我最喜欢的主题之一，但是到目前为止我最喜欢表现的主题还是现实对浪漫的探寻和侵蚀，这是我在作品中一再表达的主题。"

为了表现上文中提到的那些差异，马丁不仅运用了非常精妙的语言、有创造性的细节描写和突发情节，还使用了富含情感的意象、象征和隐喻。那座破败的外星砖塔、发着蓝色幽光的苔藓、梦蛛和它们闪闪发光的蛛网，都饱含着超越它们自然表象的深远内涵。

（赵佳铭　译）

灰烬之塔

[美国] 乔治·R. R. 马丁

我住的这座塔是用砖头砌成的，煤灰色的小砖头混着一种黑色亮晶晶的物质。在我这普通人的眼里看来，这种物质特别像黑曜石，不过它显然不可能是黑曜石。这座塔坐落在瘦海一个峡湾旁，二十英尺高，摇摇欲坠，离森林的边缘只有几英尺远。

我发现这座塔是在近四年前，当时“松鼠”和我坐着那辆银色的飞车离开了杰米森港。现在，这辆车停在我家门口的杂草丛中，已经面目全非。时至今日，我对这座塔的结构几乎仍然一无所知，但我有我的看法。

首先，我不认为它是人类造的。很明显，它比杰米森港还要古老，而且我经常怀疑它比人类太空飞行的历史还要早。砖块（这些砖块非常小，不到普通砖块的四分之一大小）都已经磨损、风化，古老陈旧，我一脚踩上去就掉渣。灰尘到处都是，而我知道这是从哪来的，因为我不止一次地从塔顶的扶栏上撬下一块松动的砖头，徒手将它随意地捻成细小的黑色粉末。每当带着咸味的海风从东边吹来，塔上就会飞起一片灰烬。

塔内的砖块状况较好，因为没有怎么经受过风吹雨打，但条件也是差强人意。塔内只有一个充满灰尘和回声的单间，没有窗户，唯一的光源来自屋顶中央的圆口。塔内的楼梯呈螺旋形，由和其他地方一样的古砖砌成，它依墙而建，像螺丝钉上的螺纹一样盘旋而上，直至塔顶。这楼梯对于“松鼠”这只体积相当小的猫来说，也许很容易爬，但对于人类的脚来说，很是狭窄局促。

但我依然热衷登上塔顶。每天晚上，我从阴冷的森林里回来，我的箭被梦蛛的血染黑，我的袋子里装满它们的毒囊，我放下弓，洗手，然后登上塔顶，度过黎明前的最后几个小时。海峡的那头，杰米森港的灯光在岛上闪烁，从塔顶上看起来和我记忆中的那个城市不尽相同。一幢幢方形的黑色建筑在夜色中晕着淡淡的浪漫光芒；柔和的橘光和暗淡的蓝灯诉说着神秘的故事，哼唱着无声的歌谣，散发着孤独的气息。星舰在星空中起起落落，就像我童年时在老旧的地球上见过的那不知疲惫的流浪萤火虫。

“那边有故事，”在我什么也不懂的时候，我曾经这么对柯贝克说过，“每一盏灯的背后都有一个人，每个人都有自己的生活，自己的故事。只不过他们过着的生活与我们毫无交集，所以我们永远不会知道这些故事。”我想，我当时大概手舞足蹈的，当然，我当时已经很醉了。

柯贝克露齿一笑，摇头作为回答。他是个深肤色大块头的男人，胡子像打了结的铁丝。每个月他都会开着他那辆破旧的黑车从城里出来，给我送补给品并带走我收集的毒液，每次我们都会到塔顶一起喝酒。一名卡车司机，这就是柯贝克的全部身份，顶多算是一个廉价二手彩虹梦的贩售人。但他自诩为一名哲人，一名研究人类的学者。

“别自欺欺人了，”他当时对我说，他的脸浮现在黑暗中，由于酒精的作用，被染红了，“你并没有错过什么。生活中净是屁事，你知道的。真正的故事通常都有一个情节——开始，发展，目标达成时，故事就结束了，除非后面还有一个续集。可是人们的生活不会这样，生活只是毫无目的地走下去，走啊走，没有什么结局。”

“死亡，”我说，“这算是个结局，我认为是。”

柯贝克发出了很大的声音。“当然，但你知道有谁在正确的时间死去吗？没有，人生不是那样运作的。有些人在生活还没好好开始之前就倒下了，有些人正在最好的阶段突然死了，还有些人则在一切都结束后还在世上徘徊。”

每当我一个人坐在塔顶，身边放着一杯酒，“松鼠”暖暖地躺在我的腿上时，我就会想起柯贝克的话，还有他说这些话时沉重的语气，他那粗糙的声音温柔得有点怪。他不是个聪明人，柯贝克，但我想那晚他道出了真理，也许他自己从未意识到这一点。他当时带给我的这种令人厌烦的现实主义，是将我从梦蛛编织的梦境中解救出来的唯一解药。

但我不是柯贝克，也不能成为柯贝克，虽然我承认他的真理，但我无法活在他的真理中。

他们来的时候正值傍晚时分，我只穿了一条短裤，背着箭筒，其他什么也没穿，在外面练习射箭。当时黄昏将尽，我正在放松，准备晚上到森林里去试手气呢——那时候，我甚至也像梦蛛一样，昼伏夜出。光脚踩在草地上的感觉很好，银木反曲弓在手里很顺手，我的准头也不错。

然后，我听到他们来了。我回头朝海滩看了一眼，看到深蓝色的飞车在东边的天空中迅速变大。格里，当然，听声音就知道了，他的飞车从我认识他开始就一直这么大声。

我背对着他们，又抽出一支箭——很稳——正中红心。

格里把他的飞车停放在了塔基附近的草丛里，离我的飞车只有几英尺远。克丽丝特尔和他在一起，清瘦优雅，她长长的金发在午后的阳光下闪闪发光。他们下车，向我走来。

“不要站在靶子附近。”我对他们说，然后搭上另一支箭，拉弓。“你们是怎么找到我的？”话音未落，箭矢砰然中靶的颤音将我的问题切作几段。

他们绕到了一边。“你曾经提到过在飞行中发现了这个地方，”格里说，“而且我们知道你不在杰米森港的任何地方。所以觉得这里值得一试。”他在离我几英尺远的地方停了下来，双手叉着腰，仍是我记忆里的样子：大个子，深色头发，非常健壮。克丽丝特尔走到他身边，一只手轻轻搭在他的手臂上。

我放下弓，转身面对他们。“那么，你们找到我了。有什么事？”

“我很担心你，乔尼。”克丽丝特尔轻声说。但当我看向她时，她的眼睛躲开了。

格里用手搂着她的腰，展示他的占有。我内心翻腾。“逃避永远解决不了任何问题。”他对我说，他的声音奇怪地混杂了友好的关心和高人一等的傲慢，就像之前几个月一样。

“我没有逃避。”我说，我的声音很紧张。“该死的，你们根本就不该来。”

克丽丝特尔瞥了一眼格里，看起来非常难过。显然，此时他们突然想到一起去了。格里皱了下眉。我觉得他从来都不理解我，我为什么要说那些话，以及我为什么要做那些事。每当我们讨论这些话题时——当然也没有几次——他总是令人费解地跟我说着如果我们的角色互换他会怎么做。就好像对他来说，不同的人在同一位置上做出不同的选择是非常奇怪的事。

他只不过皱了下眉，而我已经感到非常受伤了。我在塔里自我放逐的一个月里，一直在尝试接受我的行为和情绪，而这远非易事。克丽丝特尔和我在一起很久了——差不多四年——那时我们一起来到杰米森这个星球，追寻我们在巴尔德尔星发现的奇特的银器和黑曜石工艺品。我一直都很爱她，即使是现在，在她为了格里而离开我之后，我仍然爱着她。当我自我感觉良好的时候，我觉得驱使我离开杰米森港的是一种高尚而无私的冲动。我的想法很简单——我想让克丽丝[1]幸福，而她和我在一起不可能幸福。我的伤口太深了，而我不善于掩盖它们；她和格里在一起发现了新的快乐，而我的存在让她因内疚而压抑。既然她不忍心把我完全割断，我就必须自己割断。为了他们。为了她。

或者说，这只是我对自己说的理由。但也有那么一些时刻，当这种冠冕堂皇的自我合理化崩溃的时候，是黑暗的自我厌恶时间。那些想法是真正的原因吗？还只是因为幼稚的一时之气而伤害自己，并以此来惩罚他们？——就像一个任性的孩子，把自杀的念头当作一种报复的方式。

老实说，我也不知道。一个月来，我在各种信念之间摇摆不定，我试图了解自己，并决定下一步该怎么做。我想把自己当成英雄，愿意做出牺牲来让心爱的女人幸福。但格里的话让我明白，他根本不这么认为。

“你为什么总是这么小题大做？”他说，一副要干架的样子。他一直以来都决心要做一个非常文明的人，但似乎永远对我感到恼火，因为我不会修复、治愈我的伤口然后让大家就此成为朋友。没有什么比他的恼怒更让我恼火的了，我认为我处理得很好了，所有的事情都考虑到了，所以我受不了别人以为我没有考虑过。

1. 克丽丝特尔的昵称。

但格里决心让我改变主意，我做出的轻蔑表情对他都是白费。“我们要待在这里把这事说开，直到你同意和我们一起飞回杰米森港为止。”他用他最强硬的“现在我可不好搞了”的语气告诉我。

“扯淡。”我说，转身离开他们，从箭筒里拽出一支箭。搭箭，拉弓，离弦，太着急了。箭偏离靶心足足有一尺远，一头扎进了我那座破塔的松软的黑砖里。

“话说回来，这到底是什么地方？”克丽丝问。她看着塔，仿佛是头一回见到。也有可能吧——毕竟我的箭射入了石砖，这一奇景很难不让她注意起这座古老的建筑。不过，更有可能的是，她这是特意转移话题，试图平息格里和我的争论。

我又放下了弓，走到靶子前回收射出的箭。“我真的说不好。”我说，平静而又急切地接过她扔给我的问题。“一个瞭望塔，我认为，不属于人类历史。杰米森星球从未彻底探索过，这里可能曾经有过一个智慧种族。”我绕过靶子走到塔前，从残破的砖头上拽出这最后一支箭，“可能现在还有人幸存，其实，我们对大陆上的情况知之甚少。”

“在这地方活着可真让人抑郁，如果你问我的话，”格里打量着塔说，“它随时有可能就这样塌下来。”

我对他淡然一笑。“这个念头我也曾想过。但我当初来到这里的时候，根本不在乎。”话一出口，我就后悔了，克丽丝的表情明显地抽搐了一下。我在杰米森港的最后几周就是如此情形。虽然我已尽力为之，但摆在我面前的似乎只有两个选择：要么撒谎，要么伤害她。两者都让我不快，所以我来这了。但他们也来了，所以又回到了完全无解的状态。

格里还准备了另一句话，但还没来得及说。“松鼠”就从草丛间蹿了出来，直奔克丽丝特尔。

她冲它笑了笑，半跪了下来，瞬间它就依偎在她脚边，舔着她的手，轻咬着她的手指。显然，“松鼠”的心情很好，它喜欢塔附近的生活。在杰米森港的时候，它的生活范围受到了限制，因为克丽丝特尔担心它会被“巷吼”吃了，被狗追赶，或被当地小孩吊起来取乐。在这里，我让它自由奔跑，它就喜欢这样。鞭子鼠占领了塔楼周围的灌木丛，这是一种本地啮齿类动物，没有毛的尾巴是身体的三倍长。尾巴有轻微的一层倒刺，“松鼠”倒是不以为意，不过它每次碰到都会肿起来，然后变得很暴躁。它一天到晚就想着偷袭鞭子鼠。“松鼠”总是自诩为一个伟大的猎人，而追逐一碗猫粮对它来说可谓大材小用了。

它和我在一起的时间甚至比克丽丝特尔跟我相处的时间还长，但我和克丽丝特尔在一起的时候，她非常喜欢它。我经常怀疑要不是不想离开“松鼠”，克丽丝特尔早就离开我去找格里了。它貌不惊人，是一只又小又瘦又邋遢的猫，耳朵像狐狸的，毛色是灰褐色的，毛茸茸的大尾巴显得大了两圈。在“阿瓦隆”那会，把它送给我的那位朋友很严肃地告诉我，“松鼠”是一只基因改造过的灵能猫和一只癞皮野猫的非法后代。但即使“松鼠”能读懂主人的心思，它也不会太在意。当它想要人类挠它，就会做一些事情——比如直接爬上我正在看的书，然后把它打掉，开始咬我的下巴；而当它想独处时，试图抚摸它可就是高危行为了。

当克丽丝特尔跪在它身边抚摸，而它依偎着她的手时，她又变成了那个女人，那个伴我同行、与我相爱、有说不尽的话、每晚同床共枕的女人。我突然意识到我是多么想念她。我发现我笑了，再次见到她，即使在这种情形下，仍然给我带来了黯淡的喜悦。也许撵他们走是我在犯傻犯浑，我想着，毕竟他们是远道而来的客人。克丽丝还是克丽丝，格里也不可能坏到哪里去，因为他是她爱的人。

我无言地望着她，突然做了一个决定：让他们留下来，看看会怎么样。“天快暗了，”我听到自己说，“你们饿了吗？”

克丽丝抬起头，还在抚摸着“松鼠”，笑了笑。格里点了点头：“当然。”

“好吧。”我说。我从他们身边走过，在门口转过身，顿了一顿，示意他们进去：“欢迎来到我的废墟。”

我扭亮几盏火炬式电灯，开始做晚饭。那时候我的储物柜里有很多东西，还没有开始依靠森林资源生活。我把三只大沙龙化冻，这种银壳的甲壳类动物被杰米森渔民毫不客气地用拖网捕获，我把它们和面包、奶酪、白葡萄酒一起端上来。

用餐时的交谈很有礼貌，也很谨慎。我们谈起了在杰米森港的共同朋友，克丽丝特尔告诉我，她收到了我们在巴尔德尔认识的那对夫妇的来信，格里则大谈政治，以及港口警察打击贩卖梦境毒液的努力。“委员会正在赞助研究某种超级杀虫剂，可以消灭梦蛛，”他告诉我，“依我看，在海岸区集中喷洒杀虫剂就能切断大部分的供应。”

“当然。”我说，酒喝得有点高，也有点被格里的愚蠢激怒了。听了他的话，我发现自己对克丽丝特尔的品位又一次产生了怀疑。“不用考虑会对生态环境有什么其他影响，对吧？”

格里耸耸肩：“那块大陆。”言简意赅。他已经是一个彻头彻尾的杰米森人了，这句话的含义便是“谁在乎？”。历史上的种种偶然导致杰米森星球的居民对他们星球上的这块广袤大陆抱有漫不经心的态度。最初的定居者大多来自旧海神星，在那里，他们世世代代与海洋打交道。所以，在这颗新星球上，丰饶的海洋和宁静的群岛，比起大陆的黑暗森林更吸引他们。他们的孩子慢慢长大，也逐渐形成了同样的态度，不这么想的只有少数走上贩卖梦蛛毒液这条非法赚钱路的人。

“不要这么不以为意。”我说。

“现实一点吧，”他回答说，“除了捕蛛人，大陆对任何人都没用。有什么关系呢。”

“该死的，格里，你看看这座塔！它是从哪里来的，你告诉我！我告诉你，那片森林里可能有智慧生物！而杰米森人甚至都没有费心去瞧瞧。”

透过酒杯，我看到克丽丝特尔在点头。“乔尼可能是对的，”她说，看了看格里，“这就是为什么我来到这里，还记得吗？那些手工制品。巴尔德尔那里的商店说，这些制品是从杰米森港出来的，但他无法追溯到比这更远的地方。还有那种工艺……我处理外星艺术品多年了，格里。我了解芬迪的制品，还有达姆士的，我见过所有其他的。但这些制品与众不同。”

格里只笑了笑。“这证明不了什么。在遥远的星系中心，也许还有其他种族，数以百万计的种族，我们距离太远了，所以我们不经常听到他们的消息，只有各种传言而已。但完全有可能，隔三岔五，就会有些艺术作品流转过来。”他摇了摇头，“不，我敢打赌，这座塔是某个早期定居者建造的。谁知道呢？可能在杰米森之前还有另一个发现者，他从未报告他的发现。也许他建造了这个地方。但我不会去信什么森林里有智慧生物这种鬼话。”

“你当然不会信，除非你把那该死的森林熏透了，让它们都挥舞着长矛出来。”我语带讥讽。格里哈哈大笑，克丽丝特尔则冲着我微笑。忽然，一刹那间，我有一种强烈的欲望——我想赢得这场辩论。我的思绪既朦胧又清晰，虽然是酒发挥了作用，但确实也有道理。我知道自己明明是对的——我的机会来了，我正好可以趁此让格里这个什么也不懂的乡巴佬出出洋相，赢得克丽丝的赞赏。

我向前倾了倾。“如果你们杰米森人愿意去瞧瞧，你们就会发现智慧生物。”我说，“我才来大陆一个月，就已经发现不少证据了。你根本不知道你侃侃而谈说要消灭的是多么美妙的东西！这儿有一个完整的生态环境，与岛屿完全不同，这里有很多很多的物种，大部分很可能还没有被发现。但你对它又了解多少？你们有人知道吗？”

格里点了点头。“那么，给我看看，”他突然站了起来，“我一直抱有求知欲，鲍文。你为什么不带我们出去转转，向我们展示大陆的种种奇特之处呢？”

我想，格里也只是想占上风，他可能从没想过我会接受他的提议，但这正是我想要的。外面一片漆黑，我们借着火炬式电灯的光说话。头顶的星光从塔顶上的开口倾泻下来。森林现在正生机勃勃，阴森而又美丽。我突然很想去那里，带上弓箭，那里是一个新世界，在那里，我充满力量、值得信赖，而格里则是一个笨拙的游客。

“克丽丝特尔？”我说道。

她看起来兴致勃勃。“听起来很有趣——如果安全的话。”

“安全的，”我说，“我会带着弓箭。”

我们都站了起来，克丽丝看起来很高兴。我想起了我们两人一起勇闯巴尔德尔荒野的时候，突然间我觉得很开心，确信一切都会顺利的。格里只是一个不太美好的梦而已。她不可能爱上他的。我先找了一些醒酒片——虽然我感觉不错，但还不足以面对森林，毕竟我酒还没醒。克丽丝特尔和我马上吃下了药，几秒钟之后，我的脸就开始褪红了。格里却摆手拒绝了我给他的药片。“我还没喝多少，”他坚持说，“不需要它。”

我耸了耸肩，觉得这下可越来越顺利了。如果格里在树林里跌跌撞撞，只会让克丽丝离他更远。“随你的便。”我说。

他们两个穿的衣服都不太适合到野外，但我希望这不成为一个问题，因为我并不打算带他们去森林深处。我估计这将是一次简短的出行，沿着我的林中小路逛一逛，给他们看看灰尘堆和梦蛛峡谷，也许射一只梦蛛给他们瞧瞧。这没什么，就出去遛一圈就回来。

我穿上一件深色的工装服，套上厚重的越野靴，背上我的箭囊，递给克丽丝特尔一个手电筒，以防我们在蓝苔地区迷路，然后拿起我的弓。

“你真的用得着那个？”格里问道，语带讽刺。

“防身。”我说。

“不至于有那么危险吧。”

是不至于，如果你知道自己在做什么的话，但这话我没有告诉他。“那你们杰米森人为什么总要留在岛上？”

他笑了笑。“我宁愿相信激光枪。”

“我不喜欢赶尽杀绝。弓箭给了猎物一线生机，算是吧。”

克丽丝给了我一个微笑，表示她想起了一些我们的往事。“他只猎杀掠食者。”她告诉格里。我欠身表示感谢。“松鼠”答应守护我的城堡。我又系上了一把猎刀，然后便胸有成竹地，带着前妻和她的情人出发，进入杰米森星球的森林里。

我们鱼贯而行，互相挨得很近，我拿着弓箭走在前面，接着是克丽丝，她后面是格里。从我们出发时起，穿过海边像一堵墙一样茂密的箭林时，克丽丝就一直打着手电筒探路。这些树木箭一般高耸直立，树皮呈灰色，有的像我的塔一样高大。它们一直延伸到荒唐的高度，才开始长出稀疏的枝条。这些树一团一团地簇拥在一起，甚至快把我们脚下的道路都挤满了。路上还有不止一处看起来无法通过的树篱突然出现。不过每次我在前面停下来稍作指点，克丽丝就能照到通行之路。

离开塔楼十分钟后，森林的情况开始有了变化。这里的地面和空气都比较干燥，风很凉爽，没有盐分的味道。渴求水分的箭林已经吸干了空气中大部分的水分，它们渐渐长得越来越矮小，越来越稀疏，树与树之间的空间越来越大，也越来越显眼。其他种类的植物开始出现：发育不良的小哥布林树、枝蔓丛生的仿橡树；还有优雅的乌木火树，当克丽丝特尔的手电筒发出的光晃到它们时，红色脉络就在黑暗的树林中跳动着，非常耀眼。

还有蓝苔。

起初只有一点点。它们像一张网，长在小哥布林树的枝丫，或者地面上的一小块，顺着乌木火树——或是一棵枯萎零落的尖头箭树——的一侧爬上去。然后就越来越多了。它们在脚下长成了厚厚的毯子，头顶的树叶上也覆盖了一层苔藓，网状的蓝苔沉甸甸地悬挂在树枝上，随风起舞。克丽丝特尔把着手电筒四处探照，找到了一团团更大更茂密的这种柔软的蓝色真菌，与此同时，我开始看到了周围奇异的光芒。

“足够了。”我说，克丽丝关掉了手电筒。

黑暗只持续了一会儿，我们的眼睛很快适应了那种微光。在我们周围，森林被一种柔和的光芒所包围，蓝苔将我们浸泡在它幽灵般的磷光中。我们靠近一块小小的林间空地，头上是一棵闪亮的乌木火树，但即使是它的火焰——那树干上布满的红色脉络——在这幽蓝的光下也显得凉爽起来。苔藓接手了灌木丛，取代了当地所有的草，并将附近的灌木变成了一团团蓝色圆球。它们爬上了大部分树木的四周，当我们透过树枝仰望星空的时候，我们发现这些蓝苔给树林戴上了一个发光的冠冕。

我把自己的弓小心翼翼地靠在乌木火树的暗面，弯下腰，然后起身递给克丽丝特尔满手“蓝光”。我把它放在她面前时，她又对我粲然一笑，她的神情因我手中的清凉魔法而变得柔和。我还记得那时的美好感觉：是我让他们看到这等美景。

但格里只对我咧嘴一笑。“这就是我们要面对的危险吗，鲍文？”他问，“一片长满蓝苔的森林？”

我松手扔掉了蓝苔。“你不觉得它很漂亮吗？”

格里耸了耸肩。“当然，它很漂亮。它也是一种真菌，是一种危险的寄生体，总会侵占和排挤所有其他形式的植物生命。蓝苔曾经在霍洛斯塔和巴比斯群岛上非常茂密，你知道。我们把它们全部铲除了。它能在一个月内吃完一片玉米地。”他摇了摇头。

而克丽丝特尔点了点头。“他是对的，你知道的。”她说。

我盯着她看了好一会儿，忽然觉得自己真的清醒了，醉酒的感觉早已消失。突然间，我明白了，我已经不知不觉地又给自己建立了一个美好幻想。在这里，在一个我已经开始独处的世界里，一个充满了梦蛛和神奇苔藓的世界里，不知为何，我以为我可以重新夺回早已逝去的幻梦——我那美丽独特的灵魂伴侣。我以为在这片洪荒大地上，她会以全新的视角看待我们，会再次意识到她爱的是我。

所以，我编织了一张多么漂亮的网啊，明亮、诱人，一如梦蛛的陷阱。克丽丝一句话就扯碎了这脆弱的细丝。她是他的。不再是我的了。现在不是，永远也不是了。如果格里对我来说是愚蠢、迟钝或过于现实的，那么，也许正是这些品质使克丽丝选择了他。也许不是，我没有权利去猜测她的爱，可能我永远也不会理解。

我拂去手中最后一片发光的苔藓，而格里从克丽丝特尔手中接过沉重的手电筒，再次点亮。我的蓝色仙境消失了，被他的手电筒的光照出的白亮的现实烧掉了。“现在呢？”他笑着问。他毕竟不是很醉。

我把放在一旁的弓拿了起来。“跟我来。”我快速、简略地说道。他们两个人看起来都还兴致盎然，但我自己的心情却已经发生了戏剧性的变化。突然间，整个旅行似乎变得毫无意义。我希望他们已经离开，而我回到塔里和“松鼠”待在一起。

我心绪沉郁……

……如坠深海。在苔藓密布的树林深处，我们遇到了一条幽暗的小溪，手电筒的光亮惊扰了一只正在喝水的离群铁角。它迅速地抬起头来，惊恐万分，然后在树丛中逃窜而去。有一瞬间它看起来有点像旧地球传说中的独角兽。我习惯性地望向克丽丝特尔，但她大笑的时候却在看着格里。

后来，我们爬上一个岩石坡，旁边就是一个山洞。从气味判断，是一个“林吼”的巢穴。

我转过身去警告他们，却发现我并没有听众。他们在我身后十步远，在岩石的底部，走得很慢，悄悄地说着话，手拉着手。

我心情沉重、带着怒火、一言未发，又转身离开了，继续往山那边走。一直到我找到灰尘堆之前，我们都没再说话。

我在灰尘堆的边缘停了下来，把靴子踏进灰色的细粉中一英寸深，他们在我身后慢悠悠地走了过来。

“来，格里，”我说，“用手电筒照照这里。”

光线漫无目的地游移着。山丘就在我们的背后，嶙峋的山脉上好像到处都闪烁着模糊的冷火，这都是被蓝苔覆盖的植被。但在我们面前的，只有荒凉，一片空旷的平原，黑漆漆的，毫无生气，向星空敞开。格里来回移动着手电筒，冲着旁边灰尘堆的边界推进，当他把手电筒直直地照向灰色的远方时，光线暗淡了下来，唯有风声大作。

“所以呢？”他最后说。

“摸摸这种灰尘。”我对他说。这次我不打算弯腰了。“当你回到塔里的时候，捏碎我的一块砖头，感受一下。这两种是相同的东西，一种粉状的灰烬。”我做了一个张开的手势。“我猜这里曾经有一座城市，但现在都碎成灰了。也许我的塔是建造它的人建的前哨，明白了吗？”

“森林里消失的智慧生物，是吧？”格里说，仍然微笑着，“好吧，我承认岛上没有这样的东西。这是有原因的——我们从不让森林大火肆虐，失去控制。”

“森林大火！别扯了。森林大火不会把所有东西都烧成细粉好吗，你总会剩下一些黑乎乎的树桩什么的。”

“哦？你可能是对的。但我所知道的所有被毁的城市都有几块还堆在一起的砖头供游客拍照。”格里说。手电筒的光束在灰尘堆上闪来闪去，表示它不值一提。“你所拥有的只是一个垃圾堆。”

克丽丝特尔什么也没说。

我开始往回走，而他们则默默地跟着。我每一刻都在丢分，把他们带到这里来真是太愚蠢了。那一刻，在我的脑海里再也没有什么比尽快回到我的塔里，把他们一起打包送到杰米森港，继续我的放逐生活更重要的事了。

在我们翻过山头进入蓝苔森林之后，克丽丝特尔拦住了我。“乔尼。”她说。我停下来，他们赶上来，克丽丝手指向某处。

“把手电筒关了。”我对格里说。在蓝苔的微弱光亮中，它更容易被发现：梦蛛那错综复杂的、色彩斑斓的网，挂在一棵仿橡树的低枝上，垂向地面。我们周围斑驳的蓝苔那点微弱的光芒跟它比起来不值一提。蛛网的每根网线都像我的小手指一样粗，油亮亮的，闪着彩虹色。

克丽丝朝它走了一步，但我拉住了她的胳膊，阻止了她。“梦蛛就在附近，”我说，“别走得太近。雄蛛从不离网，但雌蛛夜里会在树上转来转去。”

格里有点忧虑地向上看了一眼。他没有打开手电筒，突然间，他看起来似乎没有那种万事了然于心的感觉了。梦蛛是危险的捕食者，我想他从来没有在陈列柜之外的地方见过它们。它们不是岛上的原生物种。

“这网相当大啊，”他说，“这梦蛛的个头肯定不得了。”

“相当大。”我说。突然间，我想到了一个好主意，如果像这样一张普通的网都能唬住他，那我还有更厉害的东西可以刺激他。而他已经刺激了我一晚上。“跟我来吧，我让你看看真正的梦蛛。”

我们小心翼翼地绕蛛网转了一圈，始终没有看到蛛网的雌雄守卫。我把他们带到了梦蛛峡谷。

那是沙地上一个巨大的 V 字形，也许曾经是一条小溪的河床，但现在已经干涸，杂草丛生。白天的时候，这条峡谷并不深，但在晚上，当你从两边的树林里往下看的时候，它就显得很可怕了。底部是一片漆黑的灌木丛，活泼地闪烁着小小的幽光，在高一点的地方，各种树木都向峡谷中倾斜，几乎在中心相接。事实上，其中有一棵树确实横跨了峡谷。那是一棵古老的、腐烂的箭树，因缺乏水分早已枯萎倒下，成为一座天然的桥梁。“桥”上长满了蓝苔，泛着光。

我们三个人走在那幽光笼罩的弯曲树干上，我打着手势示意他们往下看。

在我们下面几码远的地方，流光溢彩的蛛网从一个山头挂到另一个山头，每根网线都像缆绳一样粗壮，并泛着黏稠的油光。它把所有低矮的树木捆绑在了一起，形成了一个扭曲复杂的怀抱，在峡谷上方建造了一个闪亮的仙女屋顶。这太美了，让人想伸手去触摸。

当然，这也是为什么梦蛛要织这些网。它们是夜行性捕食者，这些流光溢彩的网在夜色中有一种诱人的吸引力。

“看，”克丽丝特尔说，“梦蛛。”她指了指网中一个黑暗的角落，那里被一棵从岩石上长出来的哥布林树七扭八歪的树枝半遮半掩。一只梦蛛正坐在那里。借着蛛网的流光和蓝苔的光亮，我隐隐约约地看到了它，一个巨大的八条腿的白色生物，有一个大南瓜那么大。静止着。等待着。

格里再次不安地环顾四周，抬头看了看我们头顶一棵弯曲的仿橡树的树枝。“雌蛛就在附近，对吧？”

我点了点头。杰米森星球的梦蛛并不和旧地球的蛛形动物一样。雌蛛确实是这个物种中最致命的，但它并不会吃掉雄蛛，而是与雄蛛建立了永久的特殊伙伴关系。因为这只迟钝的、体格健壮的雄性会喷丝，它编织着流光溢彩的网，用它的油脂使之黏稠，它把被流光溢彩的网捕获的猎物捆绑起来。同时，体形较小的雌蛛在黑暗的树枝上游荡，毒囊里装满了黏稠的梦境毒液，它能让猎物产生明亮的视觉幻觉和愉悦，最后陷入一片黑暗。雌蛛会叮咬比自己体形大很多倍的生物，然后把它们拖回网中，作为食物储藏。

梦蛛是温柔、仁慈的猎手。即使它们喜欢活的食物，这句描述也没毛病——被捕获的猎物可能也喜欢被吃掉。杰米森人的传说有言，梦蛛的猎物在被吃掉时，会快乐地呻吟。像所有杰米森人的传说一样，这太夸张了。但事实是，这些俘虏从不挣扎。

只是那天晚上不同，有什么东西正在我们下面的网中挣扎着。

“那是什么？”我眨了眨眼睛问。斑斓的网上还有好些东西：一具被吃掉一半的铁角的尸体就在我们下方，某种大黑蝙蝠被明亮的蛛丝绑在稍远处，但这两者都不是我方才看见的那个东西——在雄蛛对面的角落里，靠近西边的树上，有什么东西被抓住了，在挣扎着。我记得我瞥见了飞舞的苍白的肢体，发光的大眼睛，还有类似翅膀的东西。但我没有看清楚。

这时格里滑倒了。

也许是酒让他站不稳，也许是我们脚下的蓝苔太滑，也许是我们立足其上的树干不够平整。也许他只是想绕到我前面来，看看我盯着看的是什么。但是，无论如何，他滑倒了，失去了平衡，大叫一声，突然间他就在我们下面五码的地方了——掉进了网里。整张网都因为他的摔倒而摇晃起来，但它并没有一点要破裂的样子——梦蛛的网足够坚固，毕竟它可以抓住铁角和“林吼”。

“该死的。”格里叫道。他看起来很滑稽：一条腿直接从网眼中插了下去，两只胳膊半截露在网外半截无望地纠缠着，只有他的头和肩膀还能自由活动。“这东西很黏。我动不了了！”

“别挣扎了，”我告诉他，“不然会越来越紧。我会想办法爬下来，把你救出来。我带刀了。”我环顾四周，想找到一根树枝把我荡下去。

“乔。”克丽丝特尔的声音很紧张。

那只雄蛛已经离开了它所在的哥布林树，雄赳赳气昂昂地向格里走去；恶心的白色身影发出的聒噪响声，盖过了蛛网异乎寻常的美丽。

“该死的。”我说。我并没有真的很害怕，只是觉得麻烦。这只大雄蛛是我见过的最大的梦蛛，杀了它我有点不忍心。但我好像别无选择。雄蛛没有毒液，但它是肉食动物，它的咬伤是很致命的，尤其是个头这么大的。我不能让它走到能咬到格里的地方。

稳稳地，小心翼翼地，我从箭筒里抽出一支灰色的长箭，搭在弓弦上。没错，现在是晚上，但我并不担心。我是个好射手，而且我的目标的轮廓已经被它发光的蛛丝清晰地勾勒了出来。

克丽丝特尔尖叫起来。

我停了一下，恼怒于她的惊慌失措，明明一切都在掌控之中。但我一直都知道，她不是这样大惊小怪的人。是因为别的什么东西。一时间，我想象不出来会是什么事。

然后我看到，当我循着克丽丝的目光看去——一只犹如大块头男人的拳头一般大小的圆滚滚的白色梦蛛从仿橡树上悬降到我们站着的这根树干，离我们还不到十英尺远。克丽丝特尔，感谢上帝，她还是安全的，因为有我在她身前。

我愣在那里——到底多久？我也不知道。如果我刚刚就动手了，没有停顿，没有思考，我可以处理好一切。我应该先用早已搭上的箭干掉那只雄蛛，然后还有足够的时间朝这只雌蛛射第二支箭。

但我却愣住了，陷入了那瞬间的晦暗不明，一时间我感到无从下手，我的弓在手上，我却无法行动。

突然间，情况变得非常复杂：这只雌蛛向我飞奔而来，比我想象的要快得多，而且比下面那个慢吞吞的白色玩意儿看起来迅猛且致命多了。也许我应该先干掉它。我可能会失手，然后我需要时间去拿我的猎刀或第二支箭。

只不过这样一来，格里就会暴露在向他无情袭来的雄蛛的大颚下，束手束脚、孤立无援。他会死。他会死。而克丽丝特尔绝不会责怪我。我必须先救自己，还有她。她会明白这一点的。这样我就能重新拥有她了。

是的。

不！

克丽丝特尔尖叫着，不停尖叫着，突然间，一切都清晰了，我知道了这一切意味着什么，为什么我会在这个森林里，以及我必须要做的是什么。这是一个充满光辉的神圣的时刻。我已经失去了让她快乐的能力，我的克丽丝特尔，但现在，在这静止的一刻，这种能力回到了我的手中，我可以给予她快乐，或者阻止它直到永远。用一支箭，我可以证明我对她的爱，格里永远无法相提并论。

我想我当时微笑了。我很确定。

我的箭暗暗地飞过清冷的夜色，找到了它的目标，那只臃肿的白色梦蛛，正在光亮的网上飞驰。

那只雌蛛爬到我身上，我既没有踢它，也没有踩它。我的脚踝处传来一阵剧烈的刺痛。

梦蛛编织的网真是光华万丈、流光溢彩。

每天晚上，当我从森林里回来时，我仔细清洗我的箭，然后取出我的大号猎刀，用它那细长的锯齿刀刃，割开我收集的那些毒囊。我把它们依次割开，就像我之前从梦蛛一动不动的白色身体上切开一样，然后我把毒液一滴不漏地倒到一个瓶子里，等待着柯贝克过来收毒液的日子。

之后，我摆出那只用银和黑曜石精巧锻制的小高脚杯，上面有明亮的梦蛛图案，倒满他们从城里给我带来的浓黑葡萄酒。我拿猎刀在杯子里搅动，一圈又一圈，直到刀刃又变得光亮干净，酒的颜色也变得更深。然后我登上塔顶。

每每那时，柯贝克的话就会回到我的脑海里，随之而来的还有我的故事。克丽丝特尔吾爱，还有格里，一个充满光彩和梦蛛的夜晚。当我站在长满蓝苔的“桥”上，手里拿着一支箭，决定要做什么的时候，那一瞬间，一切似乎都很正确。而这一切都错得离谱……非常离谱……

……在经过一个月的发烧和幻觉后，我醒来的那一刻，发现自己在塔里，克丽丝和格里一直照顾着我，直到我恢复。我的决定，我的那个神圣的抉择，并不像我想的那样重大。

有时我甚至想，到底有没有过那个选择。当我恢复体力后，我们经常谈论这个问题，而克丽丝特尔告诉我，故事并不是我记忆中的那样。她说，我们根本没注意到那只雌蛛，等它悄悄地落在我的脖子上时已经来不及了，当时我正射出杀死雄蛛的那支箭。然后，她说，她用格里给她的手电筒砸死了雌蛛，而我迷迷糊糊跌进了网里。

事实上，我的脖子上的确有一个伤口，而我的脚踝上没有。她的故事应该是真的。因为那晚之后，我在缓慢流淌的岁月里更加了解了梦蛛的习性，我知道雌蛛是隐蔽的杀手，它们会在猎物毫无防备的情况下落下。它们不会像失控的铁角一样冲过倒下的树木向你而来，梦蛛不会这样做。

而且无论是克丽丝特尔还是格里，都完全不记得蛛网中有个扑腾着翅膀的苍白东西。

但我记得很清楚……就像我记得那只雌蛛在我愣住的无尽岁月里向我飞奔而来……但他们说，梦蛛的叮咬会影响你的大脑。

也可能是这样，当然。

有时候，当“松鼠”在我身后登上塔顶，用它的八条白腿蹭着这些黑砖时，我就会猛然发觉一切都不对，我知道我沉湎于梦里太久了。

然而，梦往往比醒着的好，梦里的故事比真实生活美妙得多。

克丽丝特尔没有回到我身边，永远也不会了。他们在我痊愈后离开了。我所做的那个不是选择的选择，付出的不是牺牲的牺牲，给她换来的幸福，永远的礼物——只持续了一年。柯贝克告诉我，她和格里很难看地闹掰了，她从此离开了杰米森星球。

如果你能信柯贝克这样的人，那这勉强也能算是真相。这事情我不想多想。

我现在的生活就是每天猎杀梦蛛，喝葡萄酒，逗逗“松鼠”。然后每天夜里登上这座灰烬之塔，遥望远方的灯光。

（东方木　译）

小说与科学

20世纪40年代末至50年代，科幻小说渐渐走出低俗杂志的“贫民窟”。当时，低俗杂志像恐龙一样濒临灭绝；而讽刺的是，科幻杂志生存了下来，从20世纪六七十年代直至如今，正如一些恐龙一直存活到现在，像尼斯湖水怪从雾气弥漫的湖面探出头来。实际上，科幻杂志是曾经统治报摊的那些多产品种里，唯一的幸存者。而它们过去所提供的娱乐消遣，已经被许多人视为文学陶冶。

随着科幻小说的读者群体日渐壮大，作家的秉性也发生了变化。20世纪30年代的作家被科学、思辨思想和奇境历险所吸引；60年代的作家被传统手法和隐喻所吸引，但被当作信念乃至希望的科学所排斥；70年代的作家被科幻小说在文学方面的潜力所吸引，承认科学作为一种人类活动，至少和艺术一样有意义。

当然，像这样的观察过于笼统；各个时代总是有交叉的；不存在一致的意见，只有一种倾向。然而，20世纪70年代的一些作家重新统一了文学与科学。有些人，例如格雷戈里·本福德（Gregory

Benford），从科学的角度出发，学习如何写出精美的小说，将科学知识转变为深入人心的短篇故事和长篇小说；另一些人，例如爱德华·布莱恩特（Edward Bryant），学习了充足的科学知识，将他们的写作技艺转变为意义重大的科幻小说。

爱德华·布莱恩特出生于纽约州白原市，但在怀俄明州的一个牧场长大，他在那里上小学和高中，最终，他于 1967 年和 1968 年在怀俄明大学先后取得英语学士和硕士学位。也许在他所接受的教育生涯中，更重要的就是参加 1968 年和 1969 年的号角科幻作家写作营，以及他后来与哈伦·埃利森结下的友谊。他卖出的第一篇短篇小说是《10 : 00 报告由……呈交给你》（"The 10 : 00 Report Is Brought to You by ... "），四年后刊登于《又见危险幻象》上。他发表的第一篇故事《致以最好的》（"Sending the Very Best"），刊登于 1970 年 1 月的《新世界》杂志上。他曾担任过各种各样的工作，但自 1969 年以来，他一直是一名全职自由作家。

他在各种杂志和选集上发表过大量短篇小说。事实上，他的作品几乎都只有短篇小说的篇幅。它们往往具备获奖的水平。《鲨鱼》（"Shark"）于 1973 年获得星云奖提名；《粒子理论》（"Particle Theory"）和《核爆幸存者[1]画廊》（"The Hibakusha Gallery"）于 1977 年获得星云奖提名；《石头》（"Stone"）于 1978 年获得雨果奖提名，荣获星云奖；《巨蚁》（"giANTS"）于 1979 年获得雨果奖提名，荣获星云奖。他的小说被收录于《在死者之中》（1973）、《朱砂》（1976，这是一系列围绕着时间尽头一座传说中的城市展开的故事，布莱恩特称之为"马赛克小说"），还有《怀俄明太阳》（1980）、《粒子理论》（1981）、《比特三叠》（1987）、《氖气暮光》（1990）、

1. 作者借用了日语，指的是 1945 年日本广岛和长崎遭原子弹轰炸后的幸存者。

《未来之人》(1990)、《卡特尔》(1991)、《恋物癖》(1991)、《情欲热流》(1991)和《暗黑情欲》(1992)中。

布莱恩特写过《一尘不染的凤凰》(*Phoenix Without Ashes*, 1975),该书原是哈伦·埃利森为时运不济的“星际迷踪”(*Starlost*)电视系列创作的原创剧本,布莱恩特将它扩写成小说。他编辑过一本选集,题为《2076:美利坚三百周年》(*2076: The American Tricentennial*, 1977)。他还经常讲课,参与驻校作家项目,撰写电影评论,并曾担任一部故事片的合作编剧。

《粒子理论》,巴里·N. 马尔兹伯格称之为“历来发表过的科幻小说中的十佳作品之一”,最初刊载于1977年2月的《类比》杂志上。它涉及三个不同的主题:天空中的超新星、癌变的前列腺、科普工作者即主角的情感生活及其损失。这三个主题以几种富有意义的方式联系在一起:在最简单的层面上,在主人公的头脑中,但更重要的是在行动、意义和意象的层面上,达成了三者的统一。其中一个元素是概率:它决定了猎户座 β 会爆发成超新星,主角比常人早二十年患上前列腺癌;它甚至在主角妻子的死亡,以及原子核结合力转变为物质的方式中起到了作用。在另一个层面上,治疗前列腺癌的 π 介子也可能参与恒星和超新星的燃料供应。在接受辐射治疗期间,主角对天空中所发生的事情深有领悟。所有这些元素以及更多的元素,都被故事开头发生的事件联系在一起。故事以一系列倒叙展开,倒叙在时间顺序上就像“生命回顾”一样混乱,即“死亡过程中可以清晰定义的三个步骤中的第二步”;倒叙的作用是将事件在空间中而非时间中并置,就像主人公和读者的思想串联起来的一系列图像。

最后,故事的各个部分通过意象结合在一起:光焰、辐射风暴、正午时分、超新星、燃烧的气球。文中第一段赞颂了世界末日充满诗意的景象："艾略特错了；弗罗斯特是对的。"布莱恩特在他的小说集《粒子理论》的序言里，将 20 世纪 70 年代看作"创新的、多种文学元素互相融合的十年……新浪潮者正在克服对一切科技事物的下意识的恐惧，开始对物质世界的运作产生一种自然而然的好奇。同时，传统主义者发现，用复杂深奥微妙的散文表达他们的绝妙想法，并未致其丧失魅力"。在《粒子理论》中，布莱恩特贡献了自己的范例，将科幻小说的所有元素——语言、意象、思想和科学——结合成为一个整体，他自己提供了一种措辞，称这种结合乃是："赞美新技术的诗歌。"

（唐伊豆　译）

粒子理论

［美国］爱德华·布莱恩特

我看见自己的影子投射在墙上，像一块黑色烙铁一样。不合时令的酷暑中，我的日光浴阳台仿佛在熊熊燃烧。艾略特错了；弗罗斯特是对的[1]。

几毫微秒……

死亡就像其他所有显而易见的常数一样具有相对性。我疑惑着：我要死了吗？

我还以为死是人们口中的陈词滥调，不隐含任何潜在的真理。

“在将死之人的眼中，他的生活确实会在极短的瞬息之间闪过。”阿曼达说。她又给我倒了一杯勃艮第红酒，跟她的头发颜色相仿。火光照耀中，两种红色辉映着。“一名叫诺伊斯的心理学家——”她顿了顿，笑道，“你真的想听吗？”

“当然。”壁炉的火光使她紧绷的脸皮变得柔和起来。有一瞬间，我瞥见她露出略显温柔的美感，那是她在三十年前曾经拥有的一种美丽。

---

1. T. S. 艾略特，英国诗人、剧作家和文学批评家，诗歌现代派运动领袖。罗伯特·弗罗斯特，20 世纪最受欢迎的美国诗人之一，曾获得四次普利策奖和许多其他的奖励及荣誉。

“诺伊斯在70年代初就把死亡之门现象的鉴定证据罗列出来了。他称之为‘生命回顾’，是死亡过程中可以清晰定义的三个步骤中的第二步；它就像一部电影，未必是线性的。”

我喝着酒，因为量浅有些醉意，随口闲谈起来。“这种现象为什么会发生？怎么发生的？”我不喜欢自己声音里的迫切感。我们之间的距离忽然间拉开了，比桌子两端的地理距离还远得多。我凝视着阿曼达的眼睛，寻找丽莎的一点音容笑貌。“生命好像子弹飞驰——或者说我们与它渐行渐远——就像地球与一艘星际探测器断然分割，无法挽回。它们以光速互相远离，黑暗填补了其间的空隙。”我捏着红酒杯座，转动杯子，端详着杯中晃荡的酒。

松木燃烧，噼啪作响。阿曼达转过头去，她的瞳孔印着火苗的闪动，渐渐碎裂。

耀眼的光，耀眼的光——

在30岁的时候，我感觉愤愤不平，因为我已经鬼混了十年，该做的工作几乎一事无成。丽莎只是嘲笑，我一时火冒三丈，继而则陷入一种持续的郁闷中。后来我才意识到，她的嘲笑是唯一合适的反应。

“真傻啊，真傻，”她说，“一个打了折扣的拜伦式人物，充满自怜和凄凄惨惨的自我谄媚。”她挡在厨房的门口，几乎贴着我的脸说道，“你现在30岁了，却似乎还没有清醒过来，发现只有五十六个人听说过你的尊姓大名。”

我结结巴巴地勉强反驳了一句。

“有五十七人？”她哈哈大笑，我也笑了。

然后我40岁了，经历了老一套的伪更年期创伤。不可否认，我已经将近一年没做过任何工作了，两年没做过任何好事了。丽莎这次不嘲笑我了，她做了她力所能及的——主要是当我在波特兰市西南海岸的房子四周，一会儿闷闷不乐，一会儿狂暴愤怒的时候，避着我一点。我那本核聚变突破领域的书所得的版税，让我们足以维持食品杂货和按揭贷款上的开支。

“听着，如果我得离开一阵子的话——”她说道，“也许让你独处会有帮助。”对我们的婚姻来说，暂时的分居并不罕见。我们曾经计算过，如果我们有大约 60% 以上的时间一同度过，婚姻关系就会变得相当不稳定。那是个漫长的冬天，我们早该分开了。可是当时丽莎目不转睛地看着我的脸，决定不离开我。两个月之后，我反复思索着脑袋里的那些问题，恳求她让我单独待着。她很了解我——以至于她又笑了起来，因为她知道我正从又一次精神冬眠中苏醒过来。

她在一个灰暗的冬日登上了一架喷气式飞机，向东飞往我父母位于科罗拉多州南部的旧居。当天下午，飞机的登机桥损坏无法使用，所以航空公司的工作人员只好推出一部旧的舷梯。就在丽莎钻进机舱之前，她停下脚步，站在舷梯最上头转过身来向我挥手；她的黑发在风中拂动，贴到她的脸上。

两个月后，我初步草拟了我论述生殖革命的第一本书的大部分初稿。我每周至少给丽莎打一次电话，她会跟我聊她在冰雪覆盖的科罗拉多河或普拉特河上，顺河漂流时所拍的照片。然后，我会向她咨询，讨论我关于体外发育、异雌性，或即将出现的受利用人类宿主母体纲的推测。

“那么，尼克，你写完初稿后我们去做什么呢？”

“也许我们会在跨加拿大铁路上悠闲地度过一个月。”

“乡下的春天……”

之后，我的初稿写完了，丽莎在科罗拉多的冒险也结束了。“你知道我有多渴望见到你吗？”她说。

“几乎和我想见你一样迫切。”

“哦，不，”她说，“让我告诉你——”

她告诉我的事情无疑违反了州和联邦政府的法律，可能也违反了电话公司的收费标准。只能隔着电话线听到她的声音，这种挫败感让我像个柔术演员一样扭曲折磨着自己的腿。

“尼克，我要订一张从丹佛起飞的机票。到时候我会告诉你的。”

我觉得她是想给我个惊喜。丽莎没有告诉我她什么时候订的航班。航空公司通知了我。

如今我51岁了。情况已然不同了，我又一次痛恨自己没有取得更大的成就。我还有那么多的工作没有完成；即便我还能活几个世纪，我仍然无法完成。然而，这并不是问题。

我被告知，我那该死的血液中该死的酸性磷酸酶水平升高了。这件事情听起来多么乏味，多么平庸，而这措辞又是多么自怜。丽莎，难道我还不能奢侈地大哭一场吗？丽莎？

死亡：我希望决定自己的死期。

“令人迷醉[1]，”很久以后我说，“世界末日。”

我的朋友丹顿，年轻的射电天文学家，她说：“万能的上帝！你这该死的笑话。你怎么能对这种事说双关语呢？”

“这样我才不会哭出来，”我平静地说，“号啕大哭和捶胸顿足都无济于事。”

“冷静，如此冷静。”她用奇怪的目光看着我。

1. 原文“charming”，所谓双关，因为这个词还可以理解成“使人变成粲粒子”。

“我已经见过死神，”我说，“我曾花时间考虑过这件事了。”

她面露沉思，目光注视着这间凌乱的办公室之外的某个地方。“如果你是对的，”她说，“这可能会是科学家所能观察和记录到的最难以置信的事件。”她的眼睛重新聚焦，与我的相会。“或者，这可能是最可怕的事件；终极的恐怖。”

“选一个吧。”我说。

“但愿我相信你所说的一切。”

“我是在做投机买卖。”

“你这是幻想。”她说。

“随便你想怎么称呼。”我站起身，向门口走去。“我觉得时间不多了。你还没见过我住的地方呢。来吧——”我犹豫了一下，“如果你愿意的话，来看看我吧。我希望——你能在那儿。”

“或许吧。”她说。

我本不应该把情况弄得模棱两可。

我不知道再过一个小时，在我离开她的办公室，把我的车从伽莫夫峰停车场开出来，开到山谷里之后，丹顿会驾驶着她的跑车，加大油门驶上了山顶路。游客们看见她摔出了急弯。公路部门的一名工作人员撬开跑车和黑松木间的夹缝，把她解救出来。

当我得知这个消息时，我为她感到悲痛，疑惑这是否是信仰的代价。我开车去了医院，因为没有找到丹顿的近亲，而且阿曼达出面干涉，所以医生允许我站在病床旁边。

我从未见过如此宁静的面容，这种静止，除非是真正的死亡。我等待了一个小时，时间一秒一秒从挂钟上悄悄地流逝，直到回家的欲望压倒了我。

我无法再等下去，因为晨曦初露，我不会告诉任何人。

回到开头：

我一直能忍受作为个体的医生；但是作为一个群体，他们令我害怕。这是一种恐惧，就像遭遇鲨鱼袭击或被火烧死。但最终，我还是预约了一次检查。约定的那天，我开车去到闪闪发光的白色诊所，在候诊室里憋着一肚子火气，花了半小时读一期一年以前的《科技新时代》杂志。

“里奇曼先生？”笑容可掬的护士终于开口。我跟着她走进检查室。“医生马上就来。”她走了。我惴惴不安地坐在检查台边沿。两分钟后，我听到有人把我的病历从外面的架子上取下来，发出沙沙的声音。接着，门开了。

“最近怎么样？”医生问，“我好一阵子没见你了。”

“还行，”我说，把话题带回惯常的医疗程序，“今年入冬以来没有得过流感。那一针确实打得很及时。”

阿曼达耐心地看着我。“你不是疑病症患者。你不需要医生持续的宽慰——也不需要再吃安眠药了。天知道，你不是病人。所以，你有什么事呢？”

“呃。”我说。我无奈地摊开双手。

“尼古拉斯。”她的声音变得尖锐起来，带着一种“快点，我今天很忙”的刻薄。

“别模仿我的未婚老姑妈。”

“好吧，尼克，”她说，“你哪里不舒服？”

“我小便有困难。”

她匆匆记下了什么，头也不抬：“什么困难？”

“费劲。”

“多久了？”

“六个月，也许七个月。这是渐进发展的。”

“还有其他你注意到的情况吗？”

“频率增加。”

“就这些？”

“好吧，”我说，“然后，我，呃，尿不尽。”

她像在死记硬背似的，列举着病症：“有没有疼痛感，灼热感，紧促感，排尿踌躇，尿流改变？有没有尿失禁，尿流大小的变化，尿的外观变化？”

“什么？”

“颜色变深、变浅、变浑浊，有没有阴茎出血，性病感染，发烧，盗汗？”

我用连连点头或用“嗯嗯啊啊”回答。

“嗯。”她继续在便笺簿上写着，然后啪的一声合上本子。“好吧，尼克，你能把衣服脱掉吗？”当我脱光衣服以后，她说：“请躺在台子上。趴着。”

“润滑过的手指？”我说，“噢，妈的。”

阿曼达从纸卷上撕下一只一次性手套。她戴上手套时，发出噼啪的声响。“你以为我会从中感到刺激？”长期以来她一直是我的家庭医生。

当检查结束后，我小心翼翼地、不自在地坐在检查台的边沿，问道：“如何？”

阿曼达又在一张纸上潦草涂写着，“我要把你转给一位泌尿科医生。他离这儿只有两个街区。我会打电话过去。你尽量先预约好时间——噢，在一周之内。”

“给我点儿更好的安排，”我说，“否则我就去图书馆查症状手册。”

她蓝色的眼睛坦率地凝视着我：“我想请专家检查梗阻现象。”

“你把手指插进来的时候发现什么了吗？”

“这话太粗俗了，尼古拉斯，”她似笑非笑地说，“你的前列腺硬得像块石头。可能有很多原因。”

“约翰·韦恩把这种癌症叫作什么来着？”

“前列腺癌，”她说，“在你这个年纪的男人身上比较少见。”她瞥了一眼我的病历，“50 岁。”

“51，”我说，我想改变一下自己的语气，我努力了，但是失败了，“我生日那天你没有给我寄贺卡。”

“但这种病并不是不可能。”阿曼达说。她站起来。“到前台来。泌尿科检查结果出来后，我想跟你约一次复诊。”像往常一样，她跟着我走出检查室，拍了拍我的肩膀。但是这次，她的手指稍微有些过于紧绷。

当我走出候诊室时，我一心观察着绿草茵茵的小山丘和大理石板，没有注意周围的环境。

“尼克？”我听到丹顿的声音，一口温和的俄克拉何马腔。

我从外门转过身来，低下头，看见她头发凌乱。杰基·丹顿是一名在伽莫夫峰天文台工作的青年才俊，此时拿着一本翻过很多遍的《科技新时代》，松散地搁在膝上。她大声咳嗽了一下，拿一张用坏了的舒洁纸巾擤了擤鼻子。“别离我太近。这个距离可能无所谓。我得流感了。你呢？”她绿色的瞳孔泛着红血丝。

我心不在焉地摆摆手。“我打过针了。”

“噢，”她又擤了擤鼻子，“我本来打算下班后给你打电话呢。昨晚看那个电视节目了吗？”

我一定看起来一脸茫然。

“你还是科学作家呢，”她说，“猎户座 β 变成超新星了。”

“超新星。”我傻乎乎地重复着。

“嘭，你知道吗？轰隆隆，”她用手比画着，杂志啪地落到地毯上，“你没有错过任何东西。节目会连续播几个星期——天空中最盛大的奇观。”

突然，红白相间的飞机警示灯被一道光化耀斑吞没的丑陋形象，映入我的视网膜。我甩甩头。片刻之后，我说：“距我们银河系的第一颗超新星爆发——时隔多久了？三百五十年？我希望你给我打过电话。”

“再久一点。开普勒超新星是在1604年发现的。很抱歉没有给你打电话——我们昨天都有点忙，你明白吧？”

“我可以想象。这次爆发是什么时候发生的？”

她弯腰去捡杂志。“大约在午夜。幽灵一样可怕。我刚值完班，”她微笑着，“没有什么比得上一场小小的宇宙灾变，更能帮我把注意力从鼻塞上转移开了。这样倒好；今晚不能请病假。所以我现在来诊所。克里斯说不许找借口不上班。”

克里斯那穆提是伽莫夫峰天文台的站长。“你马上就要回山顶上去了吗？”她点了点头。“告诉克里斯我会去拜访的。我想去收集非常多的材料。”

“那当然。”

护士向我们走来。“是丹顿小姐吗？”

“哼。”她点点头，最后一次擦了擦鼻子。她吃力地从软椅上站起来说：“你怎么在报纸上也没看到猎户座β的事？每张晨报上都有报道。”

“我没有续订报纸。”

“那电视新闻呢？电台广播？”

“我没看电视，车里也没有收音机。”

在消失于通往检查室的走廊里之前，她说：“你在乡下的房子肯定是完全与世隔绝了。”

当我开车到家，把车停在车库旁边时，冰水从屋檐上滴落下来。除非天空欺骗了我，否则不会有新的冷锋出现。没有必要保护汽车免受一次新的十厘米大雪的侵袭。

我群山间的家中，日落来得更早；阴影在荒芜的院子里蔓延，吸走我皮肤上的热量。当然，这些山峰是故意设下的屏障，阻挡来自沿海城市的光与热。有一次，我把山峰拟人化为友好的巨人，将它们看作守护着我们的亲切的傻大个。不过仅此而已。现在它们又仅仅是山脉了，喀斯喀特山脉。

有一瞬间，我感觉我看到了一道亮光闪动，但它只是落日反射在窗户上的刹那余晖。房子仍然黑暗而寂静。西雅图那位女诗人已经离开三个月了。我的冷漠——她的热情。我本以为那次移情会温暖我。相反，她变得冷淡了。她在空房子里留给我的那张字条，是一首关于精神冻伤的十四行诗。

过去的十一年来，我一直有伴侣，但有时觉得与独身差不多。归根结底，熵会克服所有的动能。

而后我朝被暮色浸染的东方望去，看见猎户座 β 冉冉升起。月亮暂时没有踪影，所以天空中最明亮的物体就是这颗爆发的星星。它的亮度足以赶上飞机着陆灯，令我定神呆立在车子一旁。照射在我身上的白光，在五百年前就已经离开了这颗超新星（这个细节包含在那篇必须要提及的文章里——关于星际距离的图解历来都使读者感到敬畏）。

今晚，望着猎户座 β 释放的那只一千亿度高温的邪恶之眼，我知道我感到敬畏。这场大灾变喷射出耀眼的光芒，比任何行星都要明亮。我想知道，猎户座 β 是否——我明白不太可能——本有一个行星系统；我想知道，在世界陷入油煎火烤之前，是否已经存在流淌的山脉和沸腾的海洋。我想知道，在五个世纪以前，当恒星火焰吞没智慧生命的天空时，他们是否曾目瞪口呆。他们有时间怒斥不公正吗？我们的银河系中有一千亿颗恒星，每千年大约只有三颗恒星会变成超新星。胜算很大：可惜猎户座 β 输了。

我看着看着，几乎着迷了，直到突然被黑暗中刮起的风惊醒过来。我的手指冻得僵硬。但当我起步进屋的时候，我最后一次望了望天空。可怕的猎户座 β，是的——但我的目光被北方天空的另一个现象所捕获。一道亮光闪现，比周围的星星更加明亮。起初我以为是一架路过的飞机，但它的位置始终静止不动。我知晓其中的可能性，又不愿意相信，但是渐渐地，我还是认出了这颗新出现的超新星。

五十年来我已然见多识广。然而，望着天空，我觉得自己仿佛是一个原始人，裹着未经处理的兽皮瑟瑟发抖。我的牙齿战栗着，不只是因为寒冷。我想逃避这个宇宙。我家的门没锁，真是万幸——否则我没办法把钥匙插进门闩了。最后我跨进了门槛。我打开了所有的灯，无视天空中熊熊燃烧的两堆恒星火焰。

结果，我的泌尿科医生是个阴沉的黑人，名叫夏普。我怀疑他对待我，就像对待实验室里任何其他的标本一样。他 30 岁出头，就已经读过我的几本书。我很欣赏他对长辈和名人绝对没有丝毫敬意。

“你会把结果直截了当地告诉我吧？”我说。

“你就指望着吧。”

他也给我做了一次该死的泌尿外科的指检。当我终于坐起来，可以回过头用询问的眼光看着他时，他慢吞吞地点点头，说："有个小肿瘤。"

然后我做了一系列血液测试，检测一种叫作酸性磷酸酶的酶含量。"偏高。"夏普说。

最后，我要去实验室做膀胱镜检查，一根闪亮的金属管会插入我的尿道，随后活检钳再顺着金属管插进来。"天哪，你这是在开玩笑吧。"夏普摇了摇头。我说："如果活检表明是恶性肿瘤……"

"我无法未卜先知。"

"得了吧，"我说，"到现在为止，你一直很坦率。治愈恶性肿瘤的可能性有多大？"

自从我走进夏普的办公室以来，他一直郁郁寡欢。现在他看起来更加不快了。"这不属于我的学科范畴，"他说，"这取决于很多因素。"

"就给我一个简单的数字。"

"也许 30%。假如出现癌细胞转移，一切就说不定了。"他说这话的时候与我的眼神相对，然后忙着做膀胱镜检查。不管有没有局部麻醉，我的阴茎都火辣辣地痛得要死。

第二颗超新星出现的这晚，我终于通过一条私营电话线路接通了杰基·丹顿。"我觉得昨天晚上这里就像是个疯人院，"她说，"你应该现在来见我们。我只有一点点时间。"

"我正想确认一下我所观察到的东西呢，"我说，"我看见那该死的东西真的爆炸了。"

"你已经领先于天文台的所有人了。昨晚我们都忙着把注意力集中在猎户座 β 上——"电子杂音干扰了通话。"尼克，你还在听吗？"

"我想有人要接进来了。最后告诉我一件事：它是一颗成熟的超新星吗？”

“绝对是。据我们目前能确认的来说，它是一颗真真正正的II型超新星。”

“很遗憾它不会是所有超新星里最大最好的那颗。”

“够大了，”她说，“也够好了。这次它离我们大概只有九光年远。天狼星A。”

“八点七光年，”我不假思索地说，“这意味着什么呢？”

“直接影响吗？我不知道。我们正在思考这个问题。”听起来她好像用手捂住了话筒，然后她又回到了通话中，“听着，我得挂了。克里斯正在尖叫着让我提供智慧。拜拜。”

“好吧。”我说。通话断了。挂断忙音中，我想我听到了宇宙中二十一厘米中性氢发出的嘶嘶声。然后拨号音接进，我合上了听筒。

阿曼达看上去闷闷不乐。她把一个疑似是我实验室检验结果的东西翻阅了两遍。“好吧，”我在那张胡桃木宽桌子病人该坐的那一侧落座，然后说，“告诉我。”

“您是里奇曼先生吗？尼古拉斯·里奇曼？”

“是的。”

“我是库尼克夫人，在环西部航空公司工作。我是从丹佛打来的。”

“什么事？”

“我们从费用单上得到了您的号码。有一张票卖给了丽莎·里奇曼——”

“我的妻子。这个周末我在等她。是她让您提前打电话给我的吗？”

“里奇曼先生，不是这样的。我们的乘客名单显示您的妻子于今晚搭乘了我们的903航班，从丹佛飞往波特兰。”

“那么？怎么了？出什么事了？她病了吗？”

“恐怕出事故了。”

沉默的气氛令我窒息。“严重吗？”我感觉手脚逐渐冰凉。

“我们的飞机在科罗拉多州格伦伍德斯普林斯西北大约十英里处坠毁了。现场地面人员反馈没有幸存者。我很遗憾，里奇曼先生。”

“没有一个人幸存？”我说，“我的意思是——”

“我真的很抱歉，”库尼克太太说，“如果情况有任何变化，我们会立即跟您联系。”

我机械地应道：“谢谢。”

我感觉库尼克太太想说些别的话，但是停顿了一会儿之后，她只是说：“晚安。”

在科罗拉多一处白雪皑皑的山坡上，我死了。

“活检结果是恶性的。”阿曼达说。

“好吧，”我说，“真糟糕。”她点点头。“给我讲讲我的选择。”破碎的金属碎片像牙齿一样猛烈撞击山坡。

我的病例不同寻常，这只是在相对的意义上说。阿曼达告诉我，前列腺癌是男人为其他方面的健康所受的惩罚。如果他们避免了其他每一种健康隐患，20 世纪的男人最终还是会被他们的前列腺杀死。就我而言，这个问题提早了二十年左右；我的运气太差。冷却中的金属噼里啪啦坠落，在雪地里嘶嘶作响，而后归于寂静。

假设癌症还没有转移，就还有几种可能性。但阿曼达认为在这个阶段，放疗或化疗的希望微乎其微。她建议做手术彻底切除前列腺。

“要不是你还有一大把宝贵的年头，我是不会建议这么做的，”她说，“我们通常不建议年纪较大的患者做。但你的总体身体状态很好，你可以应付得了手术。”

山坡上毫无动静。“最终结果会怎么样呢？”我说。

“你已经知道‘彻底切除’的后果了。”

我不是很介意做输精管结扎——我早就该做这个手术的。51 岁的时候我可以平静地接受绝育手术，但是——

“会造成性功能障碍吗？”我说，“哦，天啊。”我意识到自己的声音开始发紧了。“我不能那样做。”

“你绝对可以。”阿曼达坚定地说。“我认识你多久了？”她回答了自己的问题，“很长时间了。我很了解你，对你重要的事并非全都拴死在你那根阴茎上。”

我默默地摇了摇头。

“听着，该死的，死于癌症更糟。”

“不，”我固执地说，“也许吧。只要切除前列腺吗？”

不是的。阿曼达指着病历表上关于我的膀胱的记录。膀胱也会被切除。

“会从我体内接出管子吗？”我问，“假如我活着，我的余生将不得不随时带着一个排尿用的塑料袋？”

她不动声色地说：“你说得太夸张了。”

“但我说的是对的吧？”

她停顿一会儿后说：“本质上说，没错。”

而所有坏的假设就是问题的本质；推出好消息，则都假设癌细胞在手术过程中不会扩散或迁移到其他器官去。“不。”我说。这该死的糟糕的又讨厌的不公平对待！“去他妈的，不，这是我自己的选择。我不愿意那样活着。如果我完蛋了，那就一了百了吧。”

“尼古拉斯！打住吧，别自怨自艾了。”

“你不认为我有权利得到一些怜悯吗？”

“讲点道理。”

“你应该安慰我，”我说，“而不是跟我争论。你已经学过所有那些关于死亡和垂死的课程。应该是你讲点道理。”

她抿紧嘴巴。“我正在给你提建议，”阿曼达说，“然后你可以自行判断，随你他妈的便。”我已经好多年没见她发脾气了。

我们互相瞪视了将近一分钟。“好吧，”我说，“对不起。”

她并没有饶过我。“成天愁眉苦脸，甚至哭哭啼啼的。生气，愤怒，十年来我一直看着你深陷麻木的冰窖之中。”

我内心退却了。“我活下来了。这就够了。”

“不可能。你已经在假死的状态里枯坐十一年了，等待着有人凿开冰川把你解救出来。你就好像一颗台球，你总让人击空，偶尔能从你身上反弹回来什么，但是毫无效果。好吧，现在不是有某个人——而是有某件事，正在把你推入绝境。你准备躺倒听天由命吗？如果丽莎还活着，她不会想看到你这样做的。”

“别把她掺和进来。”我说。

“我不能不说。因为她，你对我来说越发重要了。她是我最亲密的朋友，记得吗？”

“好生对待她，”丽莎曾经说过，“她比我们两个都聪明。”丽莎已经明白情况；毕竟，是阿曼达介绍我们认识的。

“我知道。”我感觉晕头转向；拒绝、怨恨、麻木——过山车叮当作响准备最后一次俯冲。

“尼克，你有机会继续健康地活很多年。我希望你抓住这个机会，如果需要利用丽莎作为切入口，我愿意。”

“如果这意味着像一个电子人太监，尿液淋漓、四处爬行的话，我不想活下来。”过山车在轨道边缘摇摇欲坠。

阿曼达注视着我，很久之后，她诚恳地说：“有一个外部的机会，成功的可能性不大。我听那边的一个朋友说的，新墨西哥介子物理研究所正在寻找一名实验对象。”

我努力搜索记忆："粒子束疗法？"

"π 介子。"

"这挺冒险的。"我说。

"你在跟我争论吗？"她笑了。

我也笑了："不是。"

"想试试吗？"

我的笑容消失了："我不知道。我会考虑的。"

"这足够让人欢欣鼓舞了，"阿曼达说，"我会打几个电话，看看研究者会不会对你感兴趣，就像我预料你会对他们感兴趣一样。你最近都待在家里吧？我会通知你的。"

"我还没有说'行'呢。咱们就互相通知吧。"我没有告诉阿曼达，但我离开她的办公室时，脑子里只想着死亡。

尽管听起来可能很戏剧化，我去市中心参观了几家五金店，观摩了他们展出的手枪。两个小时后，我厌倦了摆弄武器。钢铁似乎一如既往地冰冷和不近人情。

那天下午晚些时候我回到家时，电话答录机上只有一条留言：

"尼克，我是杰基·丹顿。对不起，我有一段时间没打电话了，但你知道是怎么回事。我觉得你会想知道，克里斯本周早些时候准备召开一场新闻发布会——可能是周一下午。我认为他很焦虑，因为他还没有拿出一套恰当的理论来解释过去几周出现的三颗 II 型超新星和六颗标准新星。不过我认识的人还没有一个能办得到。我们都花了很多时间钻研，彻夜不眠，都快变成吸血鬼了。等我知道会议的确切时间后再联系你。我想现在大概讲了三十秒，所以我——"录音带播放完毕。

当电话机倒带并复位时，我陷入了沉思，心想着冬天的篝火。

三颗II型超新星？我解释着：出现一颗，不足为奇；出现两颗，纯属巧合；出现三颗，则大有文章了。

我一时冲动，慢慢拨通了丹顿家里的电话。没有人接。然后拨往伽莫夫峰天文台，电话线路都很繁忙。在我看来，我需要杰基·丹顿，这是很合情理的。我不仅仅为了向她咨询，也不仅仅为了获知新闻发布会的消息，我需要延伸跟她之间的友谊。我想借她的马格南左轮手枪，据我所知，她把枪藏在天文台办公室一个锁着的抽屉里。我知道我可以请她帮这个忙。她经常在下班后用那支手枪，对着峰顶岩石一侧的靶子射击。

占线信号上规律恼人的忙音使我恢复了理智。再等一下，我告诉自己。里奇曼，你到底打算做什么？

答案是什么都不做，时机来到，为时尚……早。

深夜，我拉开滑动玻璃门，惊落了二层露台上的积雪。我不知羞耻地任由自己奢侈地半开着门，以便当我注视天空时，屋里的暖流会流泻出来围绕着我。一堆堆高耸的层积云掠过喀斯喀特山脉上空，星星在云层间时隐时现。即便如此，那三颗超新星还是统治了整个夜晚。我用眼睛画出假想的线段，把这些点连起来，从而解开谜团。在这幅图画中，你能找到多少不可思议的谜题呢？

我不情愿地把目光从这新闻头条级别的现象上移开，搜寻旧时喜爱的星星。我分辨出火星上的红点。

几年前，我有过一个可笑的计划，我跑到尤金找一位催眠师——她自称如此。在报道了奥克兰的一次航空航天医学会议以后，我就一直沿着海岸线行驶。在新奥尔良市附近的某个地方，我服用了处方药，喝了被禁卖的苏格兰威士忌，一时胃口大开，吃完了一顿海鲈大餐。夜里的某个时候，我想起美国喷气推进实验室（JPL）

曾经使用图像增强方案，用以提高“水手号”和“维京号”火星登陆器等设备发回的遥测照片的清晰度。当时在我看来，人类计算机的记忆可以借助某种方式被增强，通过催眠而变得清晰，这是合乎道理的。真是令人目眩神迷的幻想。但它们好歹充作理论依据和精神刺激，使我足以从古兹曼夫人开在俄勒冈州边境另一边的“劝告/催眠/健康”机构里取得结业证书。古兹曼夫人的皮肤颜色和她家污迹斑斑的硬木门一样。她强调外观和衣着，那种样子是我们凡人眼中关于吉卜赛人的刻板印象。披肩和水晶球歪曲了形象。我觉得她是越南人。不管怎样，她使我相信她可以催眠，然后她哄劝我返回过去的时间。

就在丽莎钻进机舱之前，她停下脚步，站在舷梯最上头转过身来向我挥手；她的黑发在风中拂动，贴到她的脸上。

我本来应该把停滞的教训铭记在心的，熵并不容易克服。

古兹曼夫人所做到的是将丽莎的最后形象定格。然后她推近镜头，如此接近，我就像站在丽莎旁边一样。我有时还会在梦魇中看到：她的目光注视着远方。她的皮肤有报纸上的照片那样的颗粒感。我看到，但摸不着。我说话，但她不回答。我冷得发抖——

——把玻璃门再拉开一些。

那儿！一只眼睛在太空中睁开了。一道刺眼的强光燃烧着，像夜间厨房里的冰箱灯一样冷冽。火星似乎消失了，消逝于远在它身后的新星发出的光辉中。又是一颗新星，我想。新的眼睛让我着迷，无法动弹，就像一个孩子把一只新捕捉的飞蛾牢牢钉在标本簿上那样。

尼克？

谁？

尼克……

你是幻听。

在露台上，笑声在我周围萦绕。我以为笑声会把树上的雪摇落下来。山中的寂静震动了。

那个秘密，尼克。

什么秘密？

你已经51岁了，可以破译它了。

别拿我开玩笑。

谁在开玩笑？不管剩下多少时间——

嗯？

你已经花了十一年的时间在做梦、游荡、任由别人摆布你。

我知道。

真的吗？那就按照那个去做吧。选择你的行动。再没有一个爱你的人能告诉你更多了。不管剩下多少时间——

我无法控制地颤抖着，紧紧抓住露台的栏杆。一幅转瞬即逝的、黑白点彩肖像画消散在树林中。从一根树枝到另一根树枝，从顶部树枝到底部树枝，结块的雪纷纷破碎而后散落，积聚着动能。树木脱去了冰雪的斗篷。雪粉盘旋着滚到露台上，像尖利的钻石触碰我的脸。

十一年比瑞普·凡·温克尔[1]沉睡的一半时间还长。“该死，”我说，“去你的。”我们珍惜我们的睡眠。坟墓安详地坐落在树林中。“去你的。”我又说道，抬头望着天空。

在俄勒冈州一处白雪皑皑的山坡上，我不再是死人了。

是的，阿曼达。我答应。

1.《瑞普·凡·温克尔》是美国作家华盛顿·欧文创作的著名短篇小说。瑞普为人热心，靠耕种一小块贫瘠的土地养家糊口。有一天，他为了躲避唠叨凶悍的妻子，独自到附近的赫德森河畔兹吉尔山上去打猎。他遇到当年发现这条河的赫德森船长及其伙伴，在喝了他们的仙酒后，就睡了一觉。他醒后下山回家，才发现时间已过了整整二十年，一切都十分陌生。

在阿尔伯克基转机后，我们乘坐罗斯航空公司的一架小型支线班机进入洛斯阿拉莫斯。我以前从来没有坐过这么古老的德·哈维兰双水獭飞机，我希望以后再也不需要了；我首先要搭乘灰狗长途汽车离开洛斯阿拉莫斯。当我们接近山区时，乘务员和其他十六名乘客中的半数都在颠簸中呕吐了。我没料到会有山。我以为洛斯阿拉莫斯位于灌木沙漠中，与阿尔伯克基西南部的那种一样。相反，我发现这座小城坐落在两三千米高的树木繁茂的山坡上。

飞行员镇定的声音从机舱内部通话系统里传来，宣布我们即将着陆，报告机场温度，以及洛斯阿拉莫斯的人均博士学位数超过其他所有美国城市的事实。“仅次于新西伯利亚科学城[1]。”我从窗户转过来面对阿曼达说。她闭着眼睛，眼眶周围的皮肤皱起。她还不必使用晕机袋。我有一种感觉，尽管我们是老朋友，尽管她有个同事兼丈夫愿意照看诊所，尽管她有帮助病人的急迫心理以及观察外国实验的热切愿望，但是阿曼达可能正在后悔陪我去她所谓的“介子工厂”。

双水獭飞机像低空轰炸一样着陆，然后我们就降落到了地面。滑行穿过停机坪的时候，我突然有一种似曾相识的感觉：一年前，一个朋友驾驶塞斯纳飞机把我送到北方那时候的感觉。洛斯阿拉莫斯的机场看起来很像西塔科机场的民航终点站，在那里我遇到了那位西雅图女诗人。当时，我们碰巧都在快餐店排队。我点评了她精心制作的海达式项链吊坠。我们坐在同一张桌子边聊天，想不到她曾听说过我。

“我非常欣赏您的作品。”她说。

关于我理想中的这位女诗人就说这么多，只使用精准的意象。

---

1. 即阿卡杰姆戈罗多克，始建于 1957 年，目前拥有三十个包括自然科学、技术科学等在内的综合科研实体。

荒谬的想法。她曾经是、现在也是一流的女诗人。我仅仅把她当作“来自西雅图的女诗人”，而不是任何其他的什么。这种疏远外界的人格解体[1]态度是我的症状之一吗？

阿曼达睁开眼睛，无精打采地笑着说：“我也该请医生了。”乘务员打开了舱门，新墨西哥山区稀薄的空气使我们两个都恢复了活力。

新墨西哥介子物理研究所的大部分建筑都隐藏在山崖底下。作为特邀记者和实验对象，我认为我们有机会比大多数病人和他们的医生更全面地参观研究所。我所看到的一切都让我想起经典科幻电影中昂贵的布景：主环形加速器的内部，泛着蛋壳般的白色光芒，像《2001 太空漫游》里的空间站走廊一样弯曲延伸开去；直线加速器和助推器区域；通往介子医疗装置的笔直隧道；看起来像某种时间机器的直径五米的气泡室[2]。

我曾经参观过伊利诺伊州的费米实验室和日内瓦的欧洲核子研究组织，所以我对这些设施的用途有大致的了解。尽管如此，我还是很难向阿曼达解释高能粒子物理学的构成，它像《爱丽丝梦游仙境》中的迷宫一样错综复杂。但后来，作为我的治疗联络人、年轻的女生物物理学家德莱尼也没做到。对介子、π 介子、强子、轻子、重子、J 粒子、费米子和夸克，以及奇异性、颜色、强子的性质和粲[3]等量子性质的分类变得困难起来。特别是粲，其短暂易逝的性质解释了为什么某些类型的放射性衰变应该发生，却没有发生。我最终堕入了夸克、反夸克、粲夸克、新夸克和小夸克的迷雾中。

---

1. 人格解体是一种感知觉综合障碍，特征为自我关注增强，持续或反复出现对自身或环境感到疏远或陌生的不愉快体验。
2. 气泡室是 1952 年美国物理学家唐纳德·格拉泽的发明，用以探测高能带电粒子径迹的一种有效的仪器。
3. 夸克的一种。

有个爱开玩笑的人在管理中心的接待处办公桌上放了块牌子，上面写着："见到你就迷醉。"[1]

"这是开玩笑的，对吧？"阿曼达试探性地问。

"除了这点趣味，这话也不会更有意思了。"我说。

德莱尼对待每一句话都极度认真，因此一点儿也没笑。"一些技术员认为这很有趣。我不敢苟同。"

我们不断地对即将开展的治疗方案进行修改。我乐观地为那本书做好札记：用放射疗法治疗癌症的主要问题是，硬性辐射不仅杀死癌细胞，还会辐照周围的健康组织。但在20世纪70年代中期，癌症研究人员发现了一种更有前途的工具：亚原子粒子的定型射束，可以选择性地将射束聚焦于肿瘤组织。

德莱尼比阿曼达小了大约20岁；因为年轻一点，她似乎在扮演传授者时得到一种反常的满足感。"小规模的原子核分裂——"

"小规模？"阿曼达天真地说。

"——比裂变原子弹小。原子核的大量结合力奇迹般地转变为物质。"

"奇迹般地？"阿曼达说。我站在台球桌库边容易击球的地方望着她，试图在绿丝绒台布上击球入袋。我们三个人在新墨西哥介子物理研究所的娱乐休息室的台球房里轮流玩。

"呃，"德莱尼说，她的演讲节奏中断了，"物理学的简洁表达方式。"

"现实的简洁表达方式，"我说，盯着球杆没有抬头看，"奇迹的性质和粲的性质一模一样。"

阿曼达轻声地笑了："这就是我想知道的一切。"

---

1. 原文是"Charmed to meet you."，其中"charmed"是双关语，因此这句话也有"（我）见到你就变成粲粒子"的意思。

与我的病例相关的奇迹是原子胶，介子，一种裂变形成的粒子。更确切地说，我的奇迹是带负电荷的 π 介子，属于介子的一种。电磁场可以把 π 介子聚焦成一个可控的射束，然后打中一个特定的靶——我。

“物理学上没有奇迹，”德莱尼一本正经地说，“我刚才用错了词。”

我没打中。轻轻一击，母球错过了十一号球，缓缓地滚进角袋。我已经意外地为阿曼达摆开了一个好局势。

她检查了一下台面，笑了：“别心浮气躁。”[1]

“那很好。”我说。多亏 π 介子的独特性质，原子胶确实会脱开。当 π 介子相互碰撞并被另一个原子的原子核捕获时，它们会转变为纯能量。这就是一次微型的核爆炸。

阿曼达也没打中。德莱尼的嘴角微微上翘，一脸满意。她俯身在台面上，双手非常平稳。“成倍增加 π 介子，成倍增加靶原子核，你就能引发一次可控的核聚变爆炸，释放出比进入的 π 介子束更多的能量。哈！”

她打进了十一号球和十二号球，然后清台。阿曼达和我互相交换眼色。“重新摆球。”德莱尼说。

“轮到你了。”阿曼达对我说。

就我的病症而言，新墨西哥介子物理研究所的医疗装置会向我顽固的前列腺发射一束定向的 π 介子射束。如果一切按计划进行，截获我的癌细胞原子核的 π 介子将在一系列原子爆发中重新转变为能量。因为癌细胞对射束更加敏感，组织损伤可以得到控制，局限在我的致癌肿瘤以内。

---

1. 原文是“Don’t come unglued.”。在这里是个双关语：字面意思是“别脱胶”；用作美国俚语，意思是“别心浮气躁”。

想着自己就像一个微型的核战场，我感觉非常奇妙。想着自己也像是新的斯塔格运动场[1]或橡树岭国家实验室[2]，则又觉得十分荒谬。

德莱尼其实是一个出类拔萃的台球高手。她一心一意要赢，而且她确实每局都赢了。我决定把这解释为一个积极的预兆。

"是时候了。"阿曼达说。

"你没必要这么说话，像是要带一名死刑犯人去坐电椅似的。"我把白色的医护服牢牢地系好，穿上拖鞋。

"不好意思。你在担心吗？"

"只要德莱尼把我看作她朝着诺贝尔奖努力的一个部分就行了。"

"她没问题的。"在无菌的瓷砖房间里，她说话的声音听起来非常空洞。我们一起走进走廊。

"我，我正在想办法争取卡林加奖[3]。"我说。

阿曼达摇了摇头。浓密的头发在她的脸侧拂动。"只要我的病人得到一个良好的预后，我就满意了。"在门外，德莱尼和两个技术员带着轮床等着我。

这情景实在令人羞愤难当。我赤裸着身体趴在一条长凳式的操作台上，背上盖着一块布，张开臀部，对着医疗装置：一根牢牢固定的陶瓷靶管，从我的肛门打开一条独立通道，直达前列腺。监控设备和防护罩把我密闭在里面。我觉得很热，非常不舒服。阿曼达给我注射了好几针，全是化学药剂，我只知道其中一部分的名字。现在我头昏脑涨，无法判断这么多难受的感觉中，哪一种是最让人

---

1. 第一次核反应堆实验的发生地。
2. 美国能源部所属的一个大型国家实验室，成立于 1943 年。
3. 联合国教科文组织于 1951 年设立，每两年颁发一次。获奖者必须在其职业生涯中，致力于向大众介绍科学、研究和技术，同时致力于在国际上宣传科学技术的重要性。

恼火的。

“祝你好运，”阿曼达说过，“治疗过程很快，在你发觉之前就能结束。”当时我感觉她轻轻地拍了拍我的侧腹。

我想我听到了电气设备逐步就位的嗖嗖声。我能意识到我的大脑在这段时间慢慢停止运转。我甚至连几十亿电子伏就要顺着通道，把 π 介子术射进我的屁股都记不得了。我听到了无法辨别的声音。也许是一扇巨大的金属门在摩擦声中关上了。

我的大脑在一条化学的河流中畅游；我等待着即将发生的事情。

我想我听到了机制的滚动轴承在滑槽里当啷作响；不，是粒子以每秒三十万公里的速度从巨大的环形磁铁中呼啸而过，然后进入医疗装置；它们穿过一系列可调节的滤波向我飞驰而来；接近时，它们的速度减慢，再减慢，能量逐渐耗散；然后通过最后的管子进入我的身体。在我的身体里面……

π 介子在内部原子海洋中航行一段相对有限的时间，然后一个接一个停留，从一处聚集的景观，变成两处。π 介子猛冲向靶核。在某一时刻，π 介子不再是 π 介子；临界质量重新转变成能量。能量会爆发、膨胀、耗散，最后消失。其他爆炸在一些散布面空间爆炸，继而引发更大散布面空间里的连续爆炸。

黑暗与光明交替更迭。

亮光聚合成一个球体；巨大，炽热，在黑暗中熊熊燃烧。球体不知怎的受到打击，被刺破了，开始向内坍塌。它内部的温度上升到临界水平。达到六亿度时，引发碳融合核聚变，形成更重的元素。当燃料耗尽时，球体会进一步坍塌，温度再次上升，更重的元素再次形成，又相继被消耗。这个循环不断重复，直到核熔炉制造出铁元素，不能再引发核反应了，核心的火熄灭了。如果没有聚变反应的外部平衡，球体会启动最终的坍塌。温度达到一千亿度。每一步可能的核反应都圆满完成了。

球体在最后一次狂暴的灾变中爆炸。它的能量爆发，又逐渐减弱，最终被熵所吞噬。这个过程耗费的时间不超过太阳光到达并照亮地球所用的时间。

“你感觉如何？”阿曼达倚身过来，进入我的视野，遮住了我头顶的环形荧光灯。

“感觉？”我好像含着一嘴的棉花糖在说话。

“感觉。”

“与什么相比呢？”我说。

她笑了：“你做得很好。”

“我刚才一只脚搁在加速器上呢。”[1]我说。

她看上去很困惑，继而大笑起来：“你很快就会好的。”她缩了回去，灯光又照在我的脸上。

“松开刹车。”我咕哝着。我咯咯笑起来。有什么东西刺痛了我的胳膊。

我想德莱尼希望我留在新墨西哥州继续观察，直到她期盼的诺贝尔颁奖典礼在斯德哥尔摩举行；我没有时间浪费在这些事情上。我怀疑我们谁也没有时间。阿曼达开始担心我的忧郁寡言；起初她把这些归咎于我的药物治疗，后来又归咎于德莱尼和她的同事正在强加给我的两周的测试。

“见鬼去吧，”我说，“我们得离开这里。”阿曼达和我单独待在房间里。

---

1. 这句话套用了英语的一个习惯说法：“一只脚踏进坟墓里”，表示快死了，差点死去。

"什么？"

"给我推测一下预后情况。"

她笑了。"我觉得你争取一下卡林加奖也挺好。"

"也许吧，"我赶紧补充道，"但我不再是个病人了，我现在是一个实验对象。"

"那么？我们该怎么办呢？"

我们在夜色的掩护下逃离了新墨西哥介子物理研究所，艰难地在灌木丛中穿行半公里，终于抵达了公路。在那里我们搭了一辆便车进城。

"这太疯狂了。"阿曼达一边从毛衣里挑出蓟刺一边说。

"这样做避免了激烈的争论。"我说，这时我们已接近洛斯阿拉莫斯的灯光。

当天最后一班公共汽车已经离开了。我想等到早上。尽管我强烈抗议，我们仍然是乘着罗斯航空公司的飞机逃跑的。"这是医生的命令。"当双水獭飞机轰然落在跑道上，阿曼达紧咬牙关说道。

我梦见了 π 介子。我梦见充满氢气的彩色气球，在夜里被点着、燃烧，我梦见印在报纸上的丽莎的脸庞。她的笑容既骄傲又悲伤。

阿曼达积了很多病人要照顾，够她烦恼的了，所以我把我的噩梦带到了天文台的杰基·丹顿那里。我告诉她我在加速器舱里产生的幻觉。我们各坐在小办公室的一端，互相凝视着对方。

"我很高兴你好多了，尼克，但是——"

"不是这样的，"我说，"还记得你有多么痛恨我关于新技术的赞美诗的那篇文章吗？你说太异想天开了？"我开始猜测，肆意地把 π 介子束、医生、超新星、不合理的统计数据、致癌肿瘤、燃烧地气球和神搅和在一起。

“诸神？”她说，“诸神？你打算把它写进下一篇专栏文章里吗？”

我点点头。

她看起来好像在审视一个新发现的精神病患者。“现在没有人需要这种报道，尼克。整个星球已经很不安了。新星辐射破坏臭氧层的可能性，潜在的遗传性损伤威胁，所有这些都让人们感到恐惧。”

“这只是猜测。”

她说：“你不能在拥挤的剧院里大喊‘着火了’。”[1]

“那在一个拥挤的世界里呢？”

她的声音透露出不快：“现在不能。”

“如果我是对的呢？”我感到很疲惫，“那怎么办？”

“变成一颗超新星？不可能。太阳根本没有那么大的质量。”

“但是变成一颗新星呢？”我说。

“可能吧，”她严谨地说，“但这在几十亿年内不应该发生。恒星演化——”

“——是一种理论，”我说，“不该不等于不会。今晚再去看一次那美妙的天空吧。”

丹顿什么也没说。

“你能接受太阳耀斑爆发吗？大型的？”

我能看出她脸上的反感，知道我应该闭嘴了，但我没有。“你相信上帝吗？任何的神？”她摇了摇头。我必须刨根问底。“那同心球宇宙[2]呢，像中国人雕刻的象牙球，一个宇宙套在另一个宇宙里面？”她的脸变白了。“选一张牌吧，”我说，“任何一张牌。一张万能牌。”

---

1. 一句西方格言，任何人都没有权利在一个拥挤的剧院里虚假地大喊“着火了”，指言论自由权不可能是绝对的，而必须被“公共政策”的考量所弱化和缓和，常被用于新闻界职业伦理讨论。
2. 地心说的一种，由柏拉图的学生科尼多斯的欧多克苏斯提出，共用二十七个以地球为中心的同心球壳解释了附着于球壳上的天体的视运动。

“你这个混蛋，闭嘴。”她抓着桌沿，指关节像她的嘴唇一样白。

“令人迷醉。”我说，无视了言语的魔力，忘记了信仰的代价。我认为她不是故意把她的路特斯跑车开落山顶路的。我不愿意相信。她肯定是在来找我的路上。

或许吧，她说过。

我的噩梦应该秘而不宣。所以在这里，我在地球的正午时分站在我的阳台上。无须担心臭氧层的破坏和随之而来的皮肤癌。突变效应和遗传损伤将不会成为问题。我不必担心截稿期限或者合同承诺。我遗憾的是没有任何人将会读到我介绍 π 介子治疗的著作。

所有这些——都有可能。

阳光明媚——在我的脑海里，这曲调像挽歌一样回响。

也许我错了。也许新星爆发终会消退。也许我并非行将就木。无所谓了。

我希望阿曼达现在和我在一起，或者我正站在杰基·丹顿的床边，甚至，我希望还有时间走到松林中，走到丽莎的墓前。现在没有时间了。

至少我出于自己的选择，已活到如今。

这就是那个秘密，尼克……

强光照亮了宇宙。

（唐伊豆　译）

未来的人类学

科幻小说和人类学一直有着特殊的亲缘关系。许多优秀的科幻短篇小说和长篇小说都与人类学问题有关。“消失的种族”的故事，虽则植根于传统游记故事，以引人入胜的浪漫冒险故事为主，基本上出自亨利·赖德·哈格德和埃德加·赖斯·巴勒斯那样身体力行者之手，然而却也提出了一些有趣的问题，比如这些远古民族的遗迹是如何幸存至几个世纪后的，从他们的能力和行为推测，他们所生活的时代究竟比现在更复杂，还是更原始。

后来的作家把未来或过去作为研究人类这个物种的一种手段。1906 年，H. G. 威尔斯向社会学协会（社会学研究集体活动中的人）进言，称应该用乌托邦的写作和批判方式来讨论理想社会。许多故事都是由专业人类学家撰写的，比如已故的查德·奥利弗，他在 20 世纪 50 年代专门创作这类故事，后来他成为得克萨斯大学阿灵顿分校的教授；伊利诺伊理工学院的利昂·E. 斯托弗（Leon E. Stover）；还有一些作品则是由有这方面天赋的非专业人士撰写的，比如麦克·雷诺兹（Mack Reynolds）、厄休拉·K. 勒古恩（其父亲是该领域的杰出学者）和伊恩·沃森等人。

在考虑人类物种的过去、现在和未来这点上，科幻小说与人类学有很大的相似之处。许多人类学家承认，他们进入这个领域是因为这是“最接近科幻小说的东西”。这种亲近感也许并不那么奇怪吧。

琼·D. 文奇（Joan D. Vinge）并不这么认为。“考古学是过去的人类学，”她说，“科幻小说是未来的人类学。”她出生于马里兰州巴尔的摩市，1971 年在圣地亚哥州立大学获得人类学学士学位。她曾在圣迭戈县做过一段时间的水下遗迹考古工作。1973 年，她开始写科幻小说，她的第一部小说《锡兵》（“Tin Soldier”）于 1974 年刊载于《轨道》第十四卷上。她嫁给了另一位科幻作家、圣地亚哥州立大学数学教授弗诺·文奇（Vernor Vinge），后再婚嫁给了吉姆·弗伦克尔（Jim Frenkel），他曾是戴尔图书的科幻编辑，也是蓝鸟图书的编辑和出版商，现在是托尔出版社的特约编辑。

她的故事见于各类杂志和选集。1978 年，《琥珀之眼》（“Eyes of Amber”）获得雨果奖。1979 年，《俯瞰》（“View from a Height”）和《火焰飞船》（“Fireship”）入围雨果奖终选，后者也入围了星云奖终选。她的作品被收录在《火船》（*Fireship*，1978）和《琥珀之眼及其他故事》（*Eyes of Amber and Other Stories*，1979）等小说集中。

文奇的第一部长篇小说《天堂地带的弃儿》（*The Outcasts of Heaven Belt*）出版于 1978 年。她的第二部作品《雪皇后》（*The Snow Queen*）发表于 1980 年，篇幅很长，雄心勃勃，是星云奖的终选入围作品，并获得雨果奖。接着出版了《世界末日》（*World's End*，1984）和《夏皇后》（*The Summer Queen*，1991），成了完整的三部曲[1]。《心灵术士》（*Psion*，1982）和《傀儡猫》（*Catspaw*，1988）另

1. 2000 年，她再度创作了同一世界观下的第四部小说《蓝色纠缠》。

成一个系列[1]。文奇为许多电影写过周边小说，包括《重返奥兹国》（1985）、《疯狂的麦克斯 3：超越雷霆》（1985）、《鹰狼传奇》（1985）和《圣诞老人》（1985）。

文奇曾说过，她倾向于“写人类学科幻小说，强调不同文化（人类和外星人）的互动，以及个人与周围环境的互动。在我的作品中，跨越隔阂沟通的重要性是常见主题”。最早发表于《类比》1978年6月刊上的《俯瞰》，便是一个例子：故事中一个女人因特殊的原因与世人隔绝，进入太空，踏上一条单向旅程，她又是如何说服自己接受永远无法回家的事实的。她余生只能生活在孤独之中，直到永远。

谁能够自愿承担这样的使命？在这样的极端情况下，谁能在孤独中保持理智呢？文奇的回答是：一个一生孤独的女人，生来就没有自然免疫力，在无菌的环境中长大，不受外界的污染，隔绝于他人的触摸、安慰——以及污染。因此，她自愿去一艘装备有天文仪器的飞船上执行一项任务，在太空中航行数千个天文单位，以便清晰地观察宇宙。（一个天文单位大约是九千三百万英里，即从地球到太阳的距离。）在走过了二十年和一千个天文单位之后，文奇给了这个故事一个粗暴的转折，让主人公陷入愤怒，接着是危险的抑郁期。

故事以日记的方式讲述（和查理·戈登的日记[2]不同，这是一份录音日记），所以作者不必向读者隐瞒重要信息，她可以和读者一步步分享埃米卢·斯图尔特的各种反应。接下来顿悟出现：埃米卢一度困惑于自己的动机，最终她意识到，她进入了天文学和航天领域，而不是医学或研究领域，是因为她认同穿着宇航服的宇航员，他们就像她自己一样，受到保护，免于致命环境的伤害。

1. 1996 年，这个系列有了第三部《梦陨》。
2. 指《献给阿尔吉侬的花束》。

故事开始于埃米卢回望太阳系，她从那里来到了这个她永远也回不去的地方：“我低下头，看见那巨大的，被空间与时间填满的深渊”，但是最终埃米卢实现了从个人到宇宙的升华。从“我”走向整个宇宙的变化体现了这篇科幻小说的主旨，她意识到自己拥有着其他人不可能获得的机会，能清晰地看到宇宙间的星云和尘埃，意识到一个人可以拥有俯瞰万物的视角。

（胡晓诗　译）

俯瞰

［美国］琼·D. 文奇

第七日，星期六

我想知道为什么少了几页！如果他们漏发了几页，我该怎么保证研究进度？

（长叹声）

听着，埃米卢：你在害怕，但这只是一时疏忽，你知道的，没人会故意这样对你。放松点，很快就好了。明天你就能拿到那几页纸。要是哈维·威姆斯明白事理的话，你还会得到他的道歉。

但是，整整五页纸啊，还有内容目录，怎么能弄漏呢？何况怎么会漏了目录呢。

万一有政变呢？西北部终于被完全占领了，他们在审查媒体——就像是那个“没有祖国的人”[1]，从现在起他们发送给我的所有东西都是有删减的。

连科学领域也这样？

---

1. 1863 年美国作家爱德华·埃弗雷特·希尔的短篇名作。

还是威姆斯打算把我逼疯？

天啊……多希望这是场短途旅行。看看我，指甲都不剩多少了。

（“啊呀呀，喂，真漂亮。喂？喂？”）

（“奥兹曼迪亚斯，离我头发远点，你这小坏蛋。”笑声，“小鹦鹉想吃饼干吗？这儿呢……温柔点！乖孩子。”）

它飞起来的时候超级漂亮。我的眼睛离不开它，一刻也不愿错过，二十年过去了仍是如此。金刚鹦鹉与众不同，羽毛长得如彩虹那样斑斓绚丽，但它也因此成为我们的宠物，世事皆是如此好坏参半。

二十年。真难以置信，可又明知事实如此，现在想起来越发古怪。我照镜子时瞥见了自己的白发，皱纹已悄悄爬上脸颊。威姆斯的头发都秃了！头秃得像个鸡蛋，一双眼睛眯在眼镜后面。不知不觉中，我们怎么都变成这副模样了？时间既比你想得漫长，又比你想得要短暂。

用十二天的时间等别人回个消息已是足够漫长，过去的二十年则更加漫长。但不知怎么的，我总觉得我好像是上星期才离开家的。我时常清理线路，一遍又一遍地检查，脑海中总回忆着家的画面，有时候，我甚至觉得自己能穿越，进入另一个现实，但当我低下头，看见那巨大的，被空间与时间填满的深渊时，我又一次意识到我不可以。你回不去了。

特别是当你在太空中驶出将近一千个天文单位的时候。现在就快到了，那是第一个节点，下周四就到了。哦，那瓶等了这么久的香槟，那视差景观[1]！我拥有的设备不亚于任何近地空间中的设备，又有前所未有的宇宙视角；得益于这些，我成为唯一一个获得深空

1. 指从差别很大的角度重新观看熟悉景象所得的景观。本文主角是以几乎垂直于地球轨道的方向飞出太阳系的。作者故意用“视差”这个字面上和天文学术语相同的词做文字游戏。

博士学位的天体物理学家。谈谈我的实地工作吧。

想来有些奇怪的是，如果“前进观测站”的质量再减小一千多吨，机器就能取代我。可装置如此之大，于是我以人类超强的灵活性，无限的求知欲，成为最合适的执行者。我走得越远，我的判断能力和反应能力就变得越重要。这是第一个，也可能是最后一个载人星际探测器，踏上了通往无限的单向旅程……进入一个我们自身的太阳系内的气体和尘埃都无法包裹的宇宙……配备着能看到从伽马射线到超长波范围内一切事物的眼睛，和聆听星辰之声的耳朵。

还有埃米卢·斯图尔特，这被俘虏至此的观众。如果所有飘浮在太空中的惰性碎屑，无论多么小，都有成为星星的潜力，那我正飘浮在星星上空……那些黑暗的星星啊，光芒就在它们心底悄然闪耀着，只是碍于命运的阻挡，它们无法发光，而命运也不允许它们越过临界点引燃自己。

说到引燃：刚刚到达的激光束为我带来了每天的动力，让我移动得更快，这样我就能到达宇宙的更深处。我睡前会看看“蓝天”；我一直是个夜猫子。我敢肯定他们设计的太阳帆没法像天空那样滤光……但我很满意结果如此。天蓝色一直是我的激情所在——它的颜色，质地，如水般纯净。这个颜色略有偏差，但没关系，因为我已经不记得原本的天空了。这片“天空”实际上是捕光器，像一把蓝色的太阳伞。从前我站在地球上仰望时，原本的天空好似也是如此，就像一把蓝色的阳伞……我想知道，以前有人这么说过吗？如果有人知道，大声告诉我吧——

有人在听吗？有人在吗？

（“谁在乎呢？来吧，奥兹——上来。我冥想的时候，咱们顺便下到观景台去，试着回忆一下过去的日子。”）

威姆斯，该死，你得给我赔罪！

第八日，星期天

这个白痴。这个不可容忍的笨蛋——他怎么能这样对我呢？这么久了，他难道还不了解我吗？让我疑惑又害怕地等了十二天，这十二天里我愚蠢地想遍了所有的可能性，手和脑都无事可做，成天瞎想，自找苦吃——

给我个回音吧。天呐，他一定是个虐待狂！要是我能找到他，一定以其人之道还治其人之身。

只是我知道这件事不是他的错，他也不是有意要伤害我……我甚至不能通过怪罪他来减轻我自己的痛苦。

我不知道如果他的影像在传达到这里时没有六天的延迟，我会怎么做？如果我能与他进行实时通话，我会怎么做？我会怎么说呢？也许没什么改变。

当你意识到，你已经抛弃了全部生命时，你能说些什么呢？

他面前放着褪色的吸墨纸，他正摆弄着笔，捡起他的月球纪念岩石，又把岩石放下来——像个抽屉里放着定时炸弹的人一样，满世界寻找着——然后还唠叨着："那，别担心，埃米卢。没问题的……"他这样说了五分钟，直到我大喊："该死的！怎么了？"

"我想你也许根本不会注意到那几页……"他带着狡黠的微笑说。我嘟哝道："哈维，我是被监禁了二十年，但我脑子可没坏。"

"那个，我还是先解释一下——"哦，看他脸上的表情。"生物技术有了突破。如果你回到地球，你……嗯，你身体的免疫系统兴许能……恢复正常。"然后他低下头，好像已经目睹了我脸上的表情。

恢复正常，恢复正常。除此之外我什么都听不到了。我生来就没有免疫力，没有对疾病的防御能力，没有治愈的方法。没有，没有，没有。这就是我在地球上隔着密闭房间的塑料墙壁，隔着密封宇航服的头盔所听到的一切……现在一切都变了。他们能治好我了，但我回不了家。我知道我能被治愈，我知道总有一天可以的。但现在我只能当作没听见，一切都为时已晚。

那为什么我不能忘了我本可以自由自在……

我今天没有答复威姆斯。去他妈的威姆斯吧。没什么可说的。

什么都不重要。

我太累了。

第九日，星期一

睡不着。我怎么也忘不掉这件事……最后吃了些药，睡了一整天，感觉糟透了，蠢透了，怎么样也忘不掉。

我醒过来的时候，它还萦绕着我，还萦绕着我。

这不公平——!

我不想再说了。

第十日，星期二

已经周二了。我已经无所事事两天了，甚至还没开始检查中继信标，那该死的东西这个星期必须要丢出去。我没有力气，好像动不了，只是枯坐着。但我必须得回去工作了，必须……

可我还是忍不住看了印出的资料，希望自己能找出点瑕疵，这件事就不会变成我一生中最大的笑话。二十年来，我一直祈祷有人能找到治愈我的方法，但在接下来的二十年里，我根本不在乎了。现在治愈的方法已经被发现了，接下来的二十年里我还会憎恨这缺陷吗？

不……我恨我自己。我本可以获得自由，他们本可以治愈我的病；要是我留在地球上就好了。要是我有点耐心就好了。但现在太晚了……晚了二十年了。

我想回家。我想回家……但是你不能回家了。就在不久之前，我还那么说过，那么漫不经心地说过？你不能：你，埃米卢·斯图尔特，你在监狱里，你一直都在监狱里。

这一切都深深地印在我的脑海里。为什么是我？为什么我要成为最终的受害者——在我的一生中，我从没有闻过海风的味道，也从未在灌木丛中摘下浆果扔进嘴里，没有感受过父母的亲吻，还有男人的身体……因为对我来说，这些都是致命的东西。

当我还是个小女孩的时候，住在维多利亚市——我只有三四岁，就快要明白我是个只能困在自己世界中的囚犯。我记得，早晨我看到父亲在去博物馆之前吐口水擦鞋。我微笑着，那么调皮，“爸爸……让我出来吧，我来帮你——”

他走到我的隔离墙前，把手臂伸进套中拥抱我，温柔地说：“不行。”然后他哭了起来。我也哭了，我不知道为什么我让他不开心……

学校里的孩子都指着我这个怪物嘲笑我是“太空人”；这些年来，无论我去哪儿，总有些没情商的人问同样的蠢问题，最糟糕的是，还有人并不愚蠢，也非麻木不仁，就像杰弗里……不，我不会想杰弗里的！那时的我不能让自己去想他。我永远无法靠近一个男人，因为我永远无法触摸他……

现在已经太晚了。我自愿走上这条没法回头的路时，我是在控制自己的命运吗？还是，我只是在逃离一种无助的生活——无力逃避我所恨的一切，无力拥抱我所爱的一切。

我假装这条路与众不同，也至关重要……但我真的相信吗？不！我只是想钻进地缝里逃避，再也不出来，我太害怕了。

我害怕有一天，我会忍不住打开四周的塑料墙壁，或是脱掉头盔和衣服，无拘无束地走出去，去呼吸新鲜空气，在小溪中涉水，感受肌肤的接触……然后死去。

所以现在我把自己关在这个与世隔绝的坟墓中，虽生犹死。一个完全无菌的环境。当我死去时，肉体甚至不会腐烂。我从未真正活过，也不会像别人那样尘归尘，土归土，真正地死去。再也找不到第二个如此完美的无生命环境了——从各种意义上说都是。

我常在洗澡后站在镜前看着自己的身体。淡褐色的眼睛，棕色的头发有着浓密的波浪，不怎么夹杂灰色……身材不错，虽不是那样凹凸有致，也不是完全没有吸引力。可除了我，从来没人这么想过。昨晚我又做了个那样的梦……我很久没有做这个梦了……这一次，我在维多利亚的省博物馆[1]旁边的公园里，坐在一只雕刻的木兽上。但我不是个穿着隔离衣的孩子，而是个女大学生，穿着白色短裤和亮色的棉衬衫，阳光洒落在我的肩膀上，杰弗里的手臂揽着我的腰……我们手牵着手沿着海湾散步，走在维多利亚城的灯柱下，灯柱上挂着鲜艳的花篮，每个瞬间都是那样新鲜自然。但总是，总是这样，就在他最后把我抱在怀里的时候，就在我即将……我醒了过来。

当我们死后，终于从现实中醒来，所有的梦想都会成真吗？等我死后……在这个电脑控制的坟墓里，我将被带到永恒未知的空间深处，无人追悼，无人怀念。随着时间的推移，所有气体都会渐渐渗漏流失；而我那美丽的尸体，躺在那里，如白雪公主那般沉入孤

1. 维多利亚市的皇家不列颠哥伦比亚省博物馆的简称。

独的长眠，慢慢被吸干水分，变成一具木乃伊，皱巴巴的皮如羊皮纸，覆盖在凸出的骨骼上……

（喂？喂，亲爱的？晚安。是的，不，也许吧……唉，喂食时间到了！）

（哦，奥兹曼迪亚斯！是的，是的，我知道……我还没喂饱小鹦鹉呢，真抱歉，我知道，我知道……）

（叮当声和摇铃声）

为什么我如此自私？就因为我吃不下饭，便希望它也禁食。

……不，我只是忘记了。

它不明白发生了什么，但它知道有些不对劲；它嘴脚并用地爬上灯杆，就像爬上三脚架上的梁木，用玻璃珠似的鸟眼睛盯着我，死死盯着我，嘴里喃喃地说着什么。像个疯子！我忍不住想把它关进碗橱里，或是别的什么东西也行。但随后它侧身靠近我的肩膀，吻了我——温柔地爱抚着我的脸颊，即使那鹰钩般弯弯的嘴能像咬碎葡萄一样咬碎核桃——它让我知道它很担心，它很在乎我。我抚摸着它的羽毛表示感谢，告诉它一切都好……其实我并不好，它也知道。

它曾怨恨过自己的生活吗？如果可以逃脱，它会吗？一个与同类完全不同的生活，在一个无菌泡泡里长大，成为一只关在笼子里的鸟，陪伴着一个关在笼子里的人……

我只是一只关在镀金笼子里的鸟。我想回家。

第十一日，星期三

我为什么要写这本日记？我难道真的相信有一天某个外星人会发现这本日记，或者某个来自地球光辉未来的星际飞船能追上我……

光辉未来，扯淡吧。那些愚蠢、自私、目光短浅的傻瓜，他们把我送走后，就把太空计划抛诸脑后；现在再没有人会在乎我。只要他们不宣布我死了，把我忘掉，我就算幸运了。

不管怎么说，谁会在意一个独自在笨重太空探测器上的女人几十年来日复一日的想法呢？真是自以为是。

今天我给大部分轴承都上了润滑油。我干了一堆活，全是为了能让这东西转向地球……转向太阳……转向这整个该死的太阳系。我甚至看不见地球，在这两个月亮直径大的小光斑里，连冥王星也找不到；对我的肉眼来说，它太黯淡，太渺小，太遥远了。太阳也不过是一粒耀眼的星尘，我都不需要眯起眼睛看它，只能用望远镜寻找……

当你还是个孩子的时候，看到那些太阳系的图画和模型，上面那巨大的块状行星和环绕太阳流动的金色尾迹，很有趣对吗？不知何故，你无法抑制自己对它的期待。而如今我在这里，在太阳北极之上一千个天文单位的地方，从高处向下俯瞰……它看起来就完全不同了。它看起来什么也不像，即使用了望远镜。那只是个巨大的光斑，围绕着它的所有行星和卫星都如同苍白微小的钻石碎片，和困于同一黑暗天穹中的其他几十颗不显眼的恒星一样，让人区分不清。如此毫无意义，如此微不足道……如此令人失望。

今天，我花了五个小时听我的日记，回顾过去，试图找到一些我曾忽略的东西，一些我突然不再拥有的东西。

有些东西我一开始是拥有的，但我现在糟透了；我那亲爱的小鹦鹉，正在我独属的天文观察站的房间里蹦蹦跳跳地唱歌。这里就像是天堂，哪怕我在里面度过一辈子，也还不够去发现和完成我想要的一切。我永远不会无聊，不，不可能的……

而且，在我飞离同地球有关联的区域之前，还有很多东西等着我去了解，抵达之后又会有全新的东西引起我的兴趣，当然，在那之前我还可以轻易地和我亲爱的导师威姆斯博士交流，和这个世界交流。

（谁会想到，这个老色鬼，我在哈佛大学的论文导师，这个跟他的其他学生开玩笑说“女人为了守贞会付出多大努力”的人，我和他会不得不共度一生呢？）

奥兹曼迪亚斯说的第一句话……我在太空的第一个生日……一周年纪念……终于拿到了博士学位，用电脑打印出来，用交叉的胶带把证书贴在墙上……

日日夜夜，让我遍体鳞伤……我的五周年……我的八周年……我的十周年……我穿越了磁层顶，成为第一个真正的星际空间旅行者……但那时候，已经没有人可以和我聊天了，没有人可以和我分享这段经历。连从地球上飘出的广播和电视信号也断断续续，难得一现；与外界现实的接触越来越少。单调乏味的例行公事，无聊得令人发呆——有时我站在大厅里尖叫着，只为了能找点新感受；倾听别人永远听不到的回声，假装他们会叫我的名字；努力去相信听见了什么声音，那声音不是我的声音，也不是我的回声，更不是奥兹曼迪亚斯的嘲笑声。

（“喂，小可爱，这有个食罐。喂，在吗？”）

（“奥兹曼迪亚斯，离我远点——”）

我在履行使命的过程中，始终有一种潜在的信念：我来这里的目的，不仅仅是出于我自身的自私原因，也不仅仅是为了美国国家航空和航天局（可能他们现在给它起了别的什么鬼名字），也是为了人类，为了科学。通过冥想，我明白了内在宁静的真正价值，且通过创造一种内在的平静，我已经与外在的宁静达到了平衡。冥想能训练我，让我与自己和宇宙的灵魂保持着联系……但从那以后，我就再也无法冥想了。内心的寂静化为了我对自己的愤怒，我已记不起平静的声音。

到目前为止，我究竟发现了什么？什么都没有。没有什么值得我分析，浪费我优秀的学识，还有我的自由。太空比任何人想象得都要空虚，你可以掰着手指数一数我路过的那些冰冷的尘埃或小星球，我迷惘的灵魂无助地在这近乎完美的真空中坠落……我们都如此。用我那长得荒谬的天文卷尺，精确地探测至 NGC 2419 距离和其他一些特征，并据此对一些更遥远的区域做出新的预估。但我并没有发现什么微型黑洞无休止地吞噬着真空；我也没有刺穿那些遮蔽了超长波的，迷雾一般的无形星云；我也没有发现地球之外存在生命，哪怕是一点点不确定的痕迹。回顾太阳系，我没有看到任何东西能确切地证明人类的存在。当我扫描时，我只听到电磁噪声，没什么连贯性。只有威姆斯每隔十二个夜才会出现，如同最后一个活着的人……天啊，我还没回复他。

何必呢？让他也紧张一下吧。何必为这些烦恼呢，何必浪费我宝贵的时间。

哦，我宝贵的时间。若是在地球上，我的生命就只剩下一半了。

二十年的岁月，我都挺过来了，我以为我很安全。二十年后，我自律自控的外表一触即碎。我真是个自欺欺人的伪君子。还记得十八年前我说过天空像一把蓝色的阳伞吗？大概十五年前又说了一遍，十年前，五年前……

明天我就快飞到一千个天文单位了。

第十二日，星期四

我把望远镜烧坏了。我把望远镜烧坏了。我把它指向地球，夜晚的激光照射进来时，直接照进了望远镜的喉部，把它烧坏了。我很惭愧……我是故意的吗，是下意识的吗？

（“晚安，满天星辰。晚安啊，晚安……”）

（“该死，我想听听另一个人类的声音——！”）

（回音：“声音，声音，声音，声音……”）

当我发现自己犯了错，第一反应是逃跑。我跑啊跑，穿过大厅……其实只是绕圈子而已：天文台，我的监狱，我……我无从逃脱。我终会回到这个绿墙环绕的房间，这里有书桌和终端机，橱柜里塞满了成千上万的东西，卫生纸、磁带和氧气罐……我可以确切地说出到我的卧室要走多少步，我在床上编织软毛毯花了多长时间……我在黑暗和寂静中坐了多久，设置曝光程序，收听来自二十亿光年外的射电星系微弱的脉冲。这里永远一成不变，了无新意。

我最终回到这里时，有条新信息在等着我。威姆斯。屏幕里的他喝得近乎神志不清，在冲我咧嘴大笑。“祝贺你，”他叫道，“在这个历史性的时刻！埃米卢，我们正在实验室里庆祝呢；介意我们加入你的行列吗，去距地一千个天文单位的地方——”我从未见过他喝醉。他们一定是想为我做些好事，提前六天做好计划……

为了庆祝，我大喊着不知道怎么学会的脏话，直到嗓子哑了，喉咙发痛。

后来，我在书桌前坐了很久，手里攥着一把小刀。我不想死——我一直太怕死而不想死——但我想伤害自己。我想给自己添个新伤口，把我的注意力从那可怕的事情上转移开，那东西像颗内爆的星星一样吞噬着我。或者只是为了惩罚自己，我不知道。但我有这种想法：我可能会相当平静地割伤自己，而另一个我却惊恐地看着这一切。我甚至已经把刀压在我的肉上……最后我还是停下来，把刀收起来了。这太疼了。

我不能再这样下去了。我有责任和义务，可我无法面对事实。没有应急自动维修装置我该怎么办？……但这是我余生的任务，谁也没法来代替我。

后来。

刚刚这里来了位客人。这听起来很奇怪。更奇怪的是——客人是唐老鸭。我今天收到了整整半集儿童卡通片，我几个月来收到并录制的第一段连贯的、非定向的、不来自波束的电视节目。我一生中从未像现在这样欢喜地见到一个人。真是个惊喜，很高兴你能来……奥兹曼迪亚斯也喜欢它；它倒挂在柜子下面的秋千上，一只脚夹着饼干，咯咯地笑着说："给个吻吧，啪——啪——啪……"看了三遍，我竟然笑了；后来我回过神来。这对我有帮助，或许我会在睡前再看上一遍。

第十三日，星期五

今天是星期五，也是第十三天，真有趣，可怜的"黑色星期五"，它犯了什么错要承担这莫须有的骂名，即使这一天会在冥冥之中使我不幸，这周余下的几天也好不到哪里去，从上个周末开始，时间仿佛静止了。

今天我修好了望远镜，只是更换烧坏的零件而已。有些工作需要穿上防护服到外面去做。我有阵子没做外部维护了。很奇怪，当我独自走出气闸进入太空时，总是既兴奋又害怕。你完全只能靠自己，没有任何其他帮助，也远离任何事情。在那一刻，只是在那一刻，你会突然非常怀疑自己……

但当你把绳索拖到身后，穿着磁化靴子沿着船壳哐哐向前时，那种感觉就像有了压舱铅块一样让人安心。打开灯，寻找问题，找到后开始工作；问题解决了……当生活似乎已经被撕裂，茫然随波逐流，用你的双手工作便好像是在海洋中下了锚，让你安心，无论是做一些不需要动脑筋的例行杂务，还是修理工作。

真的看到烧焦的电线和熔化的金属时，我感到一阵恐慌：我没想到望远镜损坏得这么严重，好像已经无法再修复。它们看起来完了，彻底坏了，我的脚紧紧地抓着船壳，呜咽着，双手在手套里紧握，那一刻，我像个惊慌失措的婴儿。但后来我冷静下来，在这里撬一下，在那里拧松螺丝，旋开一个组件……渐渐地，我一步一步地把所有东西都替换掉了。

我终于完成了，感到相当平静，几天来第一次如此平静；上个星期那几近让我窒息的消息，似乎对我发挥自己的能力略有阻碍。不过后来我的状况好多了；虽然我仍没有太多的力量。我已用尽了全力，只为了克服自己的惰性。

我关了灯，绕着船体走了一会儿，然而——就在那时，我不敢回到里面去：我看着太阳帆中凸起的黑色圆盘，我就居住其中，而它下方是无线电天线较小的圆盘，天文台的圆柱体无休无止地围绕着旋转的“阳伞”的中轴转动，天线随之渐次遮蔽群星……

这景象让我感到头晕目眩，于是向四周的星空望去。不受大气或灰尘的阻碍，没有阳光的照耀，即使是用我这未经仪器增强的薄弱感官，也能感受到宇宙的无垠。那银河系的璀璨光辉，那恒星与星云的深远，最遥远的星系就在那方屏息凝神……像我一样。我意识到自己正身处一片无人涉足过的海洋，迷失在永恒之中。

真是奇怪，这个想法深切地触动了我的心，我却一点也不觉得惆怅：它完全来自另一种价值尺度，就像宇宙本身一样。仿佛整个宇宙伸出手指来触摸我，触碰到我，以我作为连接的节点，让我更加意识到自己的渺小。

某种程度上，我感到些许欣慰。当你凝视着如此浩瀚的宇宙，宇宙也冷静疏离地凝视着你，无论是自负的痛苦或是膨胀的自我，都会消减下去……

关于太空还有一件事对我来说具有重要意义——在这里，任何人在出舱门前都必须穿上宇航服。我们都是异乡人，没有谁比别的物种更适合生存。我和这里的其他物种一样，彼此平等。

我必须时刻牢记。

第十四日，星期六

我来到这里是情有可原的。有果皆有因。

今天早上我又可以冥想了。不是用老方法，比如清空思想那样的普通方法，而是让问题填满整个脑海。不是与之斗争，而是让它们融入我对过去的记忆。我放起音乐，音乐是最好的助力；让每一段乐曲所唤起的图像自由地连接和互动。

最后，我可以确信我的处境是自由选择的结果。没人强迫我这么做。我做志愿者是完全自愿的。我得到这个职位是因为美国国家航空和航天局认为我比可选范围内的其他人都更加优异。

我的动机碰巧是那些无法解决的恐惧，或是想要逃避我无从应对的事情，这并不重要。这真的不重要。有时候，撤退是解决问题的唯一选择，只有疯子才意识不到这一点，只有疯子。世上那些“理智”的人，不也一样在生活中的某地秘密地逃亡吗？即便他们不存在缺陷。

如果他们要逃跑，也会向某个目标奔去，而不仅仅是跑开而已。在我孤注一掷成为这个项目的一员之前，就已经选择了天体物理学家的职业。我本可以成为一名医学研究人员，独自寻找自身疾病的治疗方法。我本可以带着对整个太空和“太空人”的憎恨，穿着我那该死又丑陋的无菌服跌跌撞撞地走完一生……

我还记得我6岁的时候，第一次在电影里看见宇航员在太空工作的样子……他们看起来和我一样！可没人取笑他们。那么，我怎能不爱太空呢？

（我怎能不爱杰弗里呢？他那一头乌黑的头发，穿着蓝色的飞行服，肩上有一块星旗。可怜的杰弗里，可怜的杰弗里，在被取消资格之前，他从没有实现过自己的太空梦。我不会再谈杰弗里了。再不会了。）是的，我本可以留在地球上等待治愈！即便那时候我也知道，在未来的某天，应该会出现某种疗法的。选择去太空，而不是留在地球，这决定既艰难又简单。

我觉得，真正让我下定决心的是，他们对我有足够的信心。他们相信我有能力顺利地管理这个太空天文台和我的生活，直到我生命的尽头。数十亿美元和千吨重的设备压在我身上，如同阿特拉斯[1]支撑着他的世界。

阿特拉斯也曾试图摆脱他的负担；因为无论他是多么重要，责任对他来说仍是一种负担。但是他又把他的担子扛了回去，不是吗？无论是好是坏……

今天我埋头苦干，几乎补上了一周的数据处理和维护工作，虽然还是没做完。当我详查的时候，发现奥兹曼迪亚斯就像处理每天收到的新闻一样，用掉了那五页纸：在它们上头拉屎。正合我意！我笑了又笑。

是的，我还活着。

---

1. 希腊神话中的擎天巨神。

第十五日，星期日

云开雾散。

一点也没夸张——在我最新处理的数据中，又出现了一系列超长波段的图像。遮挡在我前方的气体中有一个缺口，一个纵横三十光年或四十光年的云隙，也许有五十光年！太棒了，多美妙的景观。在这里，我眼中的万物显出何等美妙的景观；在这里，我的视野无限延伸：向着前方的路，向着逝去的风景，抑或向地球的回望。

回望。我不会阻止自己回望，我希望时空可以变化，希望有两个我，一个在这里，一个在地球上正常生活着；这样我就不会永远怀抱着遗憾生活。

（“喂！怎么了？快停下！”）

（“嘿，当心！如果你喝了酒，就别飞。”）

该死的鸟……我有点伤感，因为我今天开了个派对，喝了一整瓶香槟。是的，我开了个派对……奥兹曼迪亚斯和我，我们俩开的。我们专属的一千个天文单位庆祝派对。我想迟做总比不做好，至少我们有了一些具体的东西来留存欢乐——照片。就算这次不够尽兴，至少我希望下次到两千个天文单位回顾往事时，能觉得这次还是可以的。很快就到了，到时再庆祝一番。我可能会活到八千个天文单位的地方。管他呢，我要冲向一万个天文单位——

喝完香槟后……奥兹曼迪亚斯觉得1998年真是伟大的一年，感谢上帝，它喝酒没我那么快……我放起施特劳斯的圆舞曲和《船歌》，我爱柏林爱乐乐团；曲子的音符犹如爱人的吻。我把窗外的景色投射到大屏幕上，船舱幻变成一个星光闪烁的舞厅，我与我的影子缓缓共舞。这一刻，我不再穿着连体裤，戴着耳机在深渊上方舞动身体，而是在 19 世纪维也纳的舞厅里，穿着几码长的绸缎和蕾丝舞裙，在舞池里跳着华尔兹。若能真在那里度过片刻时光，我愿付出一切。不必一生，无需一年，只要一晚，一曲便足矣。

这又是一件我永远无法完成的事。有那么多的事情我们都不能完成。任何人，出于各种各样的原因——时间，天赋，生活无情的捉弄。我们都身处一场通往无限的单向旅程之中。如果幸运的话，我们会得到一份值得倾注一生的工作，一些相伴一生的人。如果非常幸运的话，两者都有。

我还有威姆斯。有时候，我觉得我们就像一对老夫妻，多年来，彼此愈发能够理解宽容。上帝知道，我们从未是灵魂伴侣，却对彼此的沉默感到自在……

我想该是我回答他的时候了。

（胡晓诗　译）

形式与内容

在文学评论家之间，特别是在评论家和读者之间，有一场一直在持续的争论：形式和内容，相对来说何者更为重要？一般而言，评论家以及一部分作者坚持形式重于内容——也就是说，“选择哪些字词和如何将它们化为一个整体”比“发生了什么事”更为重要。有些人实际上是坚持小说的这两个方面是不可分割的，离开形式就没有内容——但对于离开内容就没有形式这点，恐怕大家没有这么大的信心。在萨缪尔·德雷尼[1]题为《大约 5 175 单词》(“About 5,175 Words”）的文章中，他如此表述这一观点：“若将‘内容’置于‘形式’的对立面，则无‘内容’可言。”

从最基本的意义上看，这一断言真真切切：没有字词，则句子不复存在。但从文学评论的层面而言，拒绝承认二者的差别，也就抹杀了讨论任何一方面的可能。这给科幻小说带来了不少麻烦，因

1. 据冈恩教授回忆，《大约 5 175 单词》是他在早年为托玛斯·D. 克莱尔森教授（美国编辑、作家、评论家，最早的科幻研究者之一，科幻研究协会的第一任会长）所写的评论文章。标题的“5 175”即为该文章的大致单词数。他写过多篇以类似的玩笑方式命名的评论文章。

为科幻小说是作为一种流行的大众娱乐方式发展起来的，它更关注“讲故事”，而不是“形式”。评论家们和教师们一直对“内容”予以忽视甚或贬低：值得讨论的只有深奥的东西，而故事，哪怕最幼稚的读者也能领会。

在一篇讨论乔治·泽布洛斯基（George Zebrowski）作品的文章中，伊恩·沃森区分了他所谓“在美国科幻小说界流行”的两种类型，即“高层次”的“具有美学理想的作品”，和“低层次”的“手腕娴熟的冒险小说”。他认为，科幻小说应追求成为第三种类型：采用一切必要的手段，精细地展示思想内容，而非“纯化到只剩下叙事，或者只剩下故事”——那样最多也只能向读者传达“脑力运动的虚假幻象”。

沃森引用乔治·泽布洛斯基的作品作为他描述的（第三种类型）的样本。泽布洛斯基于1945年生于奥地利城市菲拉赫。他的父母是被德国军队从波兰抓到了德国，当作奴工的。泽布洛斯基在婴儿时期被带到了意大利，然后去了英国，在那里一直待到6岁。1951年，他作为流散人员[1]来到美国，在曼哈顿上了小学，然后去了迈阿密，之后回到纽约布朗克斯区，在那里他升入了中学。

泽布洛斯基后来进了纽约州立大学宾汉姆顿分校，于1969年在那里的哲学专业获得了文科学士学位。他做过各式各样的工作，但从很小的时候开始，他就知道自己想从事写作。他早年对科幻小说就有兴趣，1968年又参加了号角科幻作家写作营，于是之后转而进军科幻小说领域。两年后，他的第一个故事《233号站上的水雕家》（“The Water Sculptor of Station 233”）发表在了《无限》[2]（*Infinity*）第

1. 1948年，美国通过《（战时）流散人员法案》（或译《战时错置人员法案》），宣布在一定时间内接收大量在二战中流离失所，已无法返回家园的欧洲难民到美国，给予他们永久居留权。法案在帮助了许多二战受害者和为美国吸收大量劳动力的同时，也让许多前纳粹帮凶得以逃出欧洲。
2.《无限》是1970年代的美国科幻系列选辑，共出版过五辑，第六辑未刊，终止。《无限》和1950年代的《无限科幻》杂志之间有一定关系。

一辑上，他从此成为职业作家。同年他担任了美国科幻和奇幻小说作家协会的会刊[1]主编，在这个位置上一直坐到了1975年，然后在1983年到1991年之间又和帕梅拉·萨金特共担此任。他发表的第四个短篇故事《异神》（“Heathen God”）进入了星云奖终选名单。他还在先修学院里教授过科幻课程。

泽布洛斯基的第一部小说《欧米伽点》（*The Omega Point*）于1972年出版。这是三部曲中的一本，另两部分别是《尘与星辰》（*Ashes and Stars*，1977）和《心灵之镜》（未单独出版）。这三本的合集作为《欧米伽点三部曲》（*The Omega Point Trilogy*）在1983年出版。《星网》（*The Star Web*，1975）成为他第二个三部曲《陌生的太阳》（*Stranger Suns*，1991）的开头。1994年，泽布洛斯基与查尔斯·佩莱格里诺（Charles Pellegrino）合作写了《杀戮之星》（*The Killing Star*），之后又和他合写了一部《星际旅行》。他之前和帕梅拉·萨金特也经常这样合作。1999年他的小说《兽性轨道》（*Brute Orbits*）获得约翰·W. 坎贝尔纪念奖。1999年他出版了《群星洞窟》[2]（*Cave of Stars*）。他2002年的短篇小说选集《灵巧思维》（*Swift Thoughts*）广受好评。

泽布洛斯基曾编辑了几本选集，包括《明天的今天》（*Tomorrow Today*，1975）、《人－机》（*Human-Machines*，1975，与托马斯·N. 斯科蒂亚合编）、《超光速》（*Faster than Light*，1976，与杰克·丹恩合编）、《造物》（*Creations*，1983，与艾萨克·阿西莫夫合编）、《飞天》（*Skylife*，2000，与格雷戈里·本福德合编）等。他编辑整理了《托马斯·N. 斯科蒂亚精选集》（*The Best of Thomas N. Scortia*，1981），还编纂了四本名为《协同效应》（*Synergy*）的科幻新作选，

---

1. 会刊为该协会面向会员的季刊，接受投稿，也对外发售。
2. 下文提到的《宏观生命》的续集。

并为皇冠书局编了一套科幻经典小说选辑。

迄今为止，泽布洛斯基最主要的成就是他雄心勃勃的长篇小说《宏观生命》(*Macrolife*，1979)。该书受到了阿瑟·C. 克拉克和杰勒德·K. 奥尼尔[1]（Gerard K. O'Neill）等人的高度赞誉。书中讲了这样一个故事：人类进化的下一步是向宇宙进军，离开"泥巴球"，避开他们难以避免的种族灭亡的险境，进入资源和空间无限丰富的太空，永不停息地向前发展。像奥拉夫·斯特普尔顿的《最早的人和最后的人》(*Last and First Men*）一书一样，《宏观生命》的时间跨度极为广阔，从"宏观世界"概念开始形成的现在出发，直写到一千亿年后宇宙开始崩塌的将来。这样的跨度必然要求大量的陈述、讲解，读者要有从主人公的肩膀后看出去的视角。有位书评家怀疑书中塞满了这些内容后到底还算不算小说。与此相反，沃森说，泽布洛斯基"深深迷恋着未来学"，而科幻小说"从它是内容导向的这点来考虑，实际上可谓是种说教文学"。泽布洛斯基和常被拉来与他做比较的斯特普尔顿都是哲学专业出身的。

《言语清扫工》("The Word Sweep"）于 1979 年 8 月初次发表于《奇幻与科幻杂志》上。小说具有典型的哲学味，却并不是长篇宏论；相反，作者在小说中精确地思考了语言和智慧之间、真实与虚幻之间、现实与人类超越现实的雄心之间的关系。小说的观念源于卡夫卡式的荒诞：言语具有了物质形态，它们不断堆积，以至人们须对说话的量制定限额，以免自己为言语所埋。故事由此自然而然地延伸，致力于讲述人们对如此奇幻的发展会做出的现实反应，但结束于超越这个现实。

（何锐　译）

---

1. 美国物理学家，杰出的太空专家。

言语清扫工

[美国]乔治·泽布洛斯基

菲利克斯走进派对会场时，地上的言语已经积了厚厚一层，好似落叶。11点5分，房间里本应没多少话才对。

“安静！”他忍不住大声叫道。

这个词在空中成形，然后飘到他脚边，落在了地板上。角落里有一对耳聋的夫妇用手势继续着他们的谈话。所有人都看着菲利克斯。他觉得胃部阵阵抽搐。他本该打个要求安静的手势，而不该出声。

一个有双褐色大眼睛的娇小女子走到他面前，递给他一杯饮品。他啜了一口。伏特加。她在用这种方式表达：是的，我们知道，你的工作是监督限制人们闲聊的份额，这糟透了。以到处破坏派对来糊口肯定是毫无乐趣可言的，你这个可怜虫。我们都知道。

在场的人纷纷点头，对她表示赞许。

菲利克斯对自己的失态感到可耻。他勉强挤出个微笑，便转身出去，再次走入10月冰凉的夜晚。

在街区尽头，压缩机正等着清扫工们去打扫转角屋子里的垃圾。

菲利克斯庆幸自己不必在内城区[1]工作。那边管得很松，人们的唠叨经常能把整个小区都埋在下头足有四五英尺。

他深深吸了口气。监管五个市郊的街区还不算太坏。更好的是他的巡逻地段每月一换，因此他不可能会跟某一个居民区的人太过熟谙。

他的紧张感渐渐消失。至少这次的聚会没给他带来麻烦。他看得出那些来客都在努力保持安静，尽量在晚间少说话，为他们对说话和饮酒的自控而自豪。在这儿他还没见过有人屁股下面坐着一堆废话。这是个好街区，比他上个月负责的地段好太多了。

空空荡荡的街上来了一条狗，从他身边跑过。菲利克斯注意到了狗嘴上的口套。没问题。

他慢慢地朝家走去。经过压缩机旁时，那上面的灯亮了，然后这台机器动了，安静地朝下一个街区开去。走过两条街之后，他转了个弯，以避开街区广场——那儿刚开完政治集会，人们现在还在打扫。

家里电话屏幕上有条留言：

> 亲爱的：你回家后我们分配一下言语份额。我会把我那一份省出来的。
>
> ——朱恩

这些话让他有些光火，那种紧张感也回来了。他清空了屏幕，对这条留言大为不满，因为它破坏了他一路走回来才获得的镇静效果。

1. 随着城市发展，中产阶级外移后被新城区包围在中央的旧城区，居民多为贫民，治安以及环境等各方面都较差。

他走进卧室，躺倒在床上。他努力地回忆着言语开始实体化之前的情形，但想不起多少。第一次发生那种事的时候，他应该只有四五岁。他记得那些华夫饼似的玩意儿，字母和字母连接到一起，有多少人讲话就会形成多少风格各异的东西。

起初这还是件新鲜事，但不久就成了一场持续不断的暴风雪。全城的人们每天都不得不去清扫灾难留下的垃圾，每年三百六十五天，天天得把那些言语用卡车送到焚化厂和填埋场去。言语只在高温下才会燃烧，而且那时还会散发出一种必须收集起来的毒气。曾有个旨在为这种气体找到用途的项目，但焚化消耗的能量太多了，得不偿失；后来人们还发现，这种气体毫无用处。

精神病治疗业务完全停止了，然后改用计算机打印输出或是不涉及语言文字的治疗方式。电影回到了配字幕的默片时代，只有那些非常富有的人才能付得起每次有声电影结束后运走垃圾的费用。歌剧表演缩水成了配上音乐的哑剧……

菲利克斯睁开眼睛，在黑暗中坐起。远处不知哪里有个狂人在街道上奔跑。他只能隐约听到那尖叫声，但这已经响得足以让他想起从前他成了个狂人的时候。

在一个夜里，在城镇边缘附近的一棵巨大的榆树下，他无法自控，差点把自己给埋进言语中。他捧着自己的肚子，大声叫嚷着脏话，那些词从他体内喷涌而出，仿佛要用数量压倒天上的星星。

后来，布鲁诺·布莱克，一位世界巨变之前就已经完全成年的人，向菲利克斯解释了这种现象。原因在于沉默，这种没完没了、思维不断转动着的沉默，让他失去了控制，无数其他的人也是这样失控的。某一天，对说话的需求忽然就变得无法克制，就像是一阵风席卷而来，让人无力抵抗，赋予人滔滔不绝的自由，剥夺智慧和自制力，让人的嘴巴变成江河，言语从中奔流而出，就像是在打仗……最终，奇妙的荒谬言语清理了他的大脑。

此刻，当他在深夜里听着远方狂人的号叫时，菲利克斯又体会到了精简表达是种考验；仿佛丛林鼓声，在他周围不断增强，威胁着要在他入睡时抹去他所有的自制力，以快乐诱惑着他。比沉默强烈许多的快乐……

他环顾漆黑的房间。紧闭着的卧室门矗立在墙角，这诡谲的结构似乎在示意门那边有一整个新世界……

远处的声音停息了。那家伙被他们抓住了。撒姆森、温克、布莱克——街区所有监察员聚集起来，镇住了这场乱子。言语清扫工们已经在工作了，清扫、压缩，运往填埋场。

有一阵子，菲利克斯怀疑那个狂人可能就是布鲁诺。但他很快就否定了这个猜测。布鲁诺的嗓音要比那低沉得多。或许是位女性吧。菲利克斯放松心情，躺回床上。

半夜里他醒了过来，起身来到书桌边。他看到电话屏幕在闪动，这才注意到朱恩的留言。新的留言写道：

> 你这杂种！看在基督的分上，回我啊。你是不是又跟布鲁诺在一起了？你们俩在搞什么鬼？

他清空屏幕，打开台灯。然后他坐下来，拿出布鲁诺的日记。他在灯光下看着日记，回忆起这些年来它多少次为他解除重负。他的手指在颤抖。在日记的每一页上都是他想要倾吐的话语，但布鲁诺已经把它们都写下来了。

他随手翻开日记，看着上面工整的笔迹。布鲁诺讨厌废话——即使是写在纸上，毫无害处的废话也一样。每一个字母都结构精当，每句话都思维深邃而又清晰明了。要是把这些话念出来，它的数量也不会超过任何人一天的言语配额。

他读到的是较早的一则日记：

> 1941 年 7 月 23 日
>
> 言语一开始物质化，语言和物理现实间的区别就模糊了。说出的言语呈现各种形状和尺寸，端赖于讲话者的表达。人们被强加以保持沉默的法律，世上有些地方甚至开始用无声执行的死刑来惩治违反者。这种物质化的速率必须不惜一切代价降下来，以免世界陷入全球性的经济萧条……

萧条来了，又去了，留下了一套新的行为规范，言语清扫工，压缩机，还有街区监察员——以及一个谜团，这个谜团和存在之谜同样深奥。布鲁诺深信，必然存在一个谜底；他的日记就反映了他对这个问题所做的二十年探索。菲利克斯觉得，正是存在谜底的可能，才让自己不至于崩溃。要是布鲁诺不回来了，我真不知道自己会做出什么。

有人在捶打大门。菲利克斯站起身来，出去查看。

他打开门，朱恩走了进来。她径直越过他，冲进起居室，打开了那儿的电灯。

菲利克斯关上门，看着她。

“你当我不存在吗！”她咆哮道。

“你”字很纤弱，撞到地毯时就碎成了一个个零件；“当”像是条连环铁锁，哐当一下撞上了咖啡桌面，制造出几团无意义的东西，然后停下不动。“我”像只麻雀，被他一把抽到了墙上，摔得粉碎，创造出更多无意义的碎块。“吗”缓缓落到地毯上，“不”紧挨着它插进了毯绒。“存”和“在”在半空中撞到一起，它们的字母四下飞散。

菲利克斯摊开双手，不敢说话，唯恐下一刻他体内的黑暗中那个狂人就会溜出来，控制住他。难道朱恩不知道他活得多辛苦吗？他已经告诉过她上百次了。她长满雀斑的脸上开始流露出一丝同情之色，这表情让他想起了给了他一杯酒的那个褐色眼睛的小个子女人；但这神情突然消失了。朱恩转身向门外走去。

“我们完了！”她出门时大声喊道。她甩上了身后的门，那些言语没能飞出门外，掉在了大衣架上。他看着她这番喧嚣制造出的毫无意义的碎块，庆幸着门上的垫子够好。

他在心中叹了口气，在灯旁边的扶手椅上坐下。不管他多留恋她，至少以后不会再有额外的压力了。他意识到，自己得赶快去找布鲁诺了。

壁炉上方的挂钟指着凌晨4点。

他打开收音机，倾听垂怜世人的音乐。一个个音符依次成形，而后消散。一台羽管键琴加入了演奏，音符在消失前持续得更久了点。他久久凝视着那些音符生生灭灭，产生了布鲁诺在日记里多次表示过的困惑：是何种宇宙间的公理，允许音乐得以存续？史卡拉第的奏鸣曲进入了最后的乐章，清澈的乐声越来越快，颤抖的音符像尘雾般弥漫了整个房间……

朱恩从不喜欢布鲁诺，她体内没有那种黑暗。跟所有忘记了由话语所创造的自我醒觉的人一样，她并不需要说话。

他关上了收音机，心里好奇着隔壁的塞利格曼先生是否又把自己埋在了梦话当中。有多少孩子睡觉的时候得戴着训练口套，直到他们学会自控？

他的手又开始发抖了。说话的欲望正不断加强，几乎快赶上他失常的那几天了。是朱恩的到来引发的，失去她对他的影响比他所以为的还要巨大。

“朱恩。”他轻声呼唤着，心里充满了怀念。

这言语中的字母以流畅的曲线相连成一个圆，飘落到地毯上。他弯腰把它捡起，丢进了镶着毛毡的垃圾桶里。

他的手仍在发抖。他站起身，来回踱步。几分钟后他发现卧室里的电话屏幕又亮了。他穿过敞开的门，在桌旁坐下。屏幕上显示：

据报垃圾填埋场那边出了乱子。你今早上班时去查看一下。

——韦伯

他想：大概是有个同事发疯了，他们想要我带他回家。

菲利克斯换了衬衣和鞋子，来到外面。他从停车位上解下自行车，跨上龟裂的皮坐垫，骑上空荡荡的街道。

郊外的平房周围升起了清冷潮湿的雾气。只有五分之一的街灯亮着，这些也随着天光渐明而开始熄灭了。他估计自己要骑半个小时才能到填埋场。

他记得那儿曾是块干燥的平地，风一吹就尘云大起。这地方很快就会再也容纳不下更多的言语或者垃圾了；除了一处特别地方有个窟窿之外，到处都填满了。得另找个地方了。

菲利克斯靠近填埋场时，注意到路旁两边的草有些奇怪。晴朗的蓝天上，太阳已高高升起，那些草忽然间看上去像是动物的毛，从红色的皮肤中长出来，凌乱不堪。他立起身子蹬车爬坡。空气中有种刺鼻的类似柠檬的怪味。

他骑到坡顶，停了下来。

填埋场上长满了树，看起来像是新生的苔藓，又像是巨大的西兰花。那股刺鼻的味道更浓了。

他坐回到坐垫上，歪歪扭扭地朝山下骑去。

他到达山谷底部时，被寂静包围了起来，就好像他来到了世界静默的中心。森林渐渐近了，他心里琢磨着它来自一场大规模植树运动的可能，但随即意识到那不可能，时间太短了。

他穿过了第一排树。那些树看起来非常年轻，犹如少女的臂膀，弯曲着朝上伸展，末端摊开做出邀请的姿势；在枝条间长着柔软的黄绿色苔藓。

他踩着踏脚板继续前行，越来越感到不安，但这儿寂静的氛围安宁而和平，让他平静下来。树上柠檬味的香气驱走了他大脑中的睡意。

他骑到了一小片空地上，在一个大窟窿边上猝然刹住。布鲁诺·布莱克坐在洞底，自言自语，言语在他身边堆叠起来。

“你好，布鲁诺。”这些言语在空中成形，顺着沙土坡面往下滑去。

那金发男子抬起头。“下来。”他的言语从口中蹦出，落在一堆言语顶上。

菲利克斯往下走去。

“这儿很安全，”布鲁诺叫道，“我们想说多少话都可以。”

菲利克斯走到坐在地上的布鲁诺身前，发现这大个子的衣服又脏又破。

“你得让我帮你脱离这种状态。”菲利克斯说。

只有头三个字实体化然后掉在他脚边。

“注意到了吗？”

“布鲁诺，这儿是怎么回事？”

这次没有任何言语成形，仿佛那种效应整个开始消退了。

“只有这儿会这样，”布鲁诺说，“其他任何地方都不会。”

菲利克斯坐到这位面色红润的男人身边，双眼紧盯着他。

“布鲁诺——你认识我吗？”

“当然，菲利克斯，别犯傻了。你是我的朋友啊。”

“你在这干什么？”

“我想我已经搞明白了——全都明白了：这件事为什么会发生，还有为什么在此不会。”最后三个词在空中成形，那些小小的，恶心的灰色扭曲字母在空中飘浮，好似烟雾。

布鲁诺大手一挥把它们拨开。

“菲利克斯，我应该是真的明白了。我并没有发疯。”

菲利克斯听到一阵狂风从洞上呼啸而过，仿佛有什么东西发怒了。他回想起许多年前，一个学校里的露天操场，孩子们在那里默默地打着排球的情形。

“你有铲子吗？”

“没有，”菲利克斯说，“不过我可以去弄一把来。”

这回又没有言语显形。布鲁诺望着他。

“很奇妙，对吧？”

“布鲁诺——这种状况持续多久了？”

“约一个月吧。”

“一个月内发生了这么多变化？”

“那些树木是从被掩埋的言语堆里长出来的，菲利克斯，这些言语怀孕了。”

两人之间陷入了沉默。这沉默是清晰的，没有那些言语阻隔。

“这现象时有时无。”布鲁诺说道。这句话里的言语全都显了形。所有的字母都是扭曲的，像是些歪歪扭扭的树枝，落到布鲁诺的大腿上。

“有种力量在操纵这一切。”他边把那些字母撣开边说话，“等我们找到它之后，这一切就会结束了。全部的关键就在于一把铲子。”

这段话听起来有种奇特的感觉。

“路岔口那有个工具库房，”菲利克斯说道，“不过你真的没事吗？”

“我只是外表糟糕了些。”

又没有言语出现。菲利克斯惊奇万分地爬出洞去。布鲁诺肯定是真的知道了些什么。

菲利克斯带着两把铲子回来时，布鲁诺已经在用双手刨地了。菲利克斯把铲子丢下去，然后攀缘而下。

“在全世界发生的这一切不可能是自然现象。”布鲁诺边说边捡起一把铲子动手开挖。菲利克斯捡起另一把铲子，他们开始背对背掘地。

“为什么不是？”菲利克斯问。

“也可能是——空间结构发生了某种变形，对我们的声音做出响应，让言语显形。我认为这不是自然现象，于是前去寻找不发生这种现象的地方。”

“为什么会发生这种事？”

“也许和政治有关吧，”布鲁诺说，“有人在计划搞出某种思维控制手段，但结果失控了。我觉得，在那之前，我们的政客们和遥远太空中的某个外星文明取得了联系，可能是某种心灵感应式的联系，然后学会了如何制造……某些装置。也许那个外星文明认为它能让我们的思维更精简些。”他笑了。“你看，这不仅是说那些诗歌之类的把戏。语言和制造工具一样，跟我们的智力与自我意识的发展息息相关。我们运用语言的能力高低和我们的智愚高下是一致的。是习惯的自动化程序窒息了我们的思维，是教条的迷宫……”

他停了下来。“不是这个洞。我们得去别的地方试试。”

菲利克斯觉得，也许仅仅只是布鲁诺发了疯而已。

“如果你想影响一种文明，”布鲁诺继续说道，“就限制它使用语言，从而观察其固有天赋的发展。就像盲人的听觉会更发达……”

菲利克斯爬出地洞，伸手把布鲁诺拉了上来。

一阵风吹过填埋场，轻轻拂过这片奇特的小树林，好像它意识到了有外人闯入。地上落满了树叶。有些看起来部分腐败了，就像是些扭曲变形的古钱币；其他一些蜷曲起来，成了些小小的管子。风抓住它们，把它们杂乱无章地卷起，分过去些动能，让它们飞升空中。菲利克斯再一次有种感觉，自己似乎站在了全世界的边缘。他有些好奇，朱恩看到他和布鲁诺在一起会怎么想。

这时，他注意到那些树看起来很像字母，也是歪歪扭扭的，与埋在地里成千上万的言语相呼应。

“我们找棵树，挨着它挖。”布鲁诺说。这九个字从他口中飞出，被风吹起，然后风把它们丢在了枝丫间。它们停在那儿，像是几只乌鸫。

菲利克斯走到最近的一棵树旁，开始挖掘。布鲁诺也挤了过去。太阳已近中天。

“试试看。”布鲁诺说。没有言语现形。“也许是我们说话时，头脑中发生的某种变化导致了这些言语……”

“你是说也许并不存在什么仪器？”

“那是什么？”布鲁诺指着某个方向问道。

土壤中露出了一根晶莹透亮的棍子。菲利克斯走进挖出的坑洞，继续挖掘，布鲁诺则停下来歇息。一台复杂的机器渐渐被挖了出来。它呈立方体状，由玻璃和金属质连接而成，闪闪发光的管线和接头形成了一个迷宫，表面平滑如镜，满是立体图形。

“这……这像一块巨大的珠宝。”菲利克斯说。

“我就怕会这样，”布鲁诺说，“我觉得这里可能有一个转播装置，一个发生器，把说出的话转变成真实物体的东西，当然，要覆盖全球。我本希望能找到这个网络的本地中心……”

“嗯，那现在这个是？”

布鲁诺紧紧捂着胸口，向前仆倒。他忙用铲子支撑住了身体。

“你病了。”菲利克斯边说边在他身边蹲了下来。

“我的心脏……但你听着！我可能要死了，但是你得听好……”

布鲁诺瞪大眼睛，表情痴迷，那样子就像是自知他对真相的理解比周围一切的欺瞒都要强大得多。他倒向地面，然后又坐起来靠在那棵树上，一只脚放在挖出的窟窿里。

“千万别动，我来帮你。”菲利克斯说。

“听我说！”他抬起一只手擦了擦眼睛。然后他盯着那架奇异的机器开口了，发出轻柔的男高音：“人类堕入了一场梦境。也许这是由于某种严重的缺陷，来自灵魂的扭曲。暗喻和明喻，词形变化，同义反复，这些给灵魂施加重负，让它长期过劳——而人类这种生灵渴望着能直接了解宇宙，厌倦了透过感知猜度谜语，厌倦了体察真实万物的投影——透过眼睛这朦胧的窗户，耳朵那喧嚣的通道……”

他的语声变得忧郁而悲哀。“触觉的盲目，味觉和嗅觉的欺骗，让我们日渐沮丧。孩子们的宇宙介于所知和未知之间，不多也不少，让我们越发泄气。我们焦虑地脱离无知，飞抵的却只是相对的知识，被撕扯于满足和不足之间，伟大和渺小之间。我们永远也不会全知全能，但又绝非毫不足道。这种绝望感太过煎熬，它将我们推进了这普遍的幻觉中。”他闭上了眼睛。菲利克斯看见他朋友的脸上挂着泪珠。

“但也许这重负其实来自外头。”菲利克斯说道。

“我倒宁可是那样。但这愚蠢的机器……”

他咳嗽起来，紧紧揪住自己的胸口。

“布鲁诺！”

菲利克斯拾起铲子，朝那台美轮美奂的机器砸去。这一击是为了客观性，为了打开一条通往幻觉之外宇宙的道路，为了结束那些挣扎着要从他体内脱出的凶蛮言语对他的折磨。他又狠狠砸了一下机器。也许这一击会改变人类思维中的某些东西。

“就算我们把它毁灭了，”布鲁诺喘着气大声说，“我们也不知道清醒后又会是什么样子。”

菲利克斯打了第三下。

“它只是我们‘找到答案’的愿望的投影，菲利克斯……”

世界昏暗下来，风把树枝吹到他们身上，吹到机器上。那装置闪烁了一下，消失不见了。菲利克斯奋力挣脱像蛇一样缠着他的树枝。布鲁诺那儿传来了一声可怕的声响。菲利克斯朝他爬去，紧紧盯着他的脸。布鲁诺的眼睛像机器上的水晶一样，晶莹闪亮，凝视着某个无底深渊。

“我看明白了。”布鲁诺清了清嗓子说，他的声音颤抖。

菲利克斯环顾四周。一个黑色的包袱皮儿被拖了下来，笼罩整个世界。

“看明白了什么？”

“我看明白了一切！”这话语震响十方，但却没有显出形状。

“我什么都看不明白。”黑暗密不透风。

“失去知觉……盲目，我们在这里一无所有。”布鲁诺喃喃低语。

菲利克斯竭力张望着。黑幕动了一下。他耳中听到了一声号叫，眼前闪过一片紊乱的色彩；他觉得自己随时会撞到一堵墙上。

“我们一无所有，”布鲁诺说，“只有束缚，耻辱的枷锁，套在一个能扩展为无穷大又可聚焦小到无穷小的意志上……”

时空倾侧，菲利克斯正在下坠。混沌潜入他体内。不是那种概率感，或者是服从其本身规律的统计乱数，而是无意识的，不可预测的流变、残忍、不羁、无可救药——现实脉动着的根源。他感受着它，以唯一可能的方式，透过有限的感官那受限的测度——一团灰色的，怪异的东西，位于时间的中央，位于思维的核心，包围着整个空间，一个宇宙惊吓盒，随时准备好为所有的伪装提供谎言，一个中心点[1]，永远也无法击败，只存在于检算的向度中。

“布鲁诺！”菲利克斯大声叫道，但他发出的声音毫无意义。

黑暗消退了。他看到布鲁诺倚树坐着。

“你没事啦！”菲利克斯如释重负地叫道。

布鲁诺抬起头，但他们之间仿佛隔着一堵障壁。“Wic more tos repeton.”。[2]他笑着说。

“什么？”

“Repeton，tos?”。

他们面面相觑，最后一点信息划过沉默的桥梁[3]，向他们揭示出眼下的状况。

菲利克斯向前迈进了一步，但布鲁诺似乎在自动后退，就好像他周围有个无形的框架，好像有某种力量在把他往后推。

---

1. 图论和社会学术语，意思是该节点和其他节点之间的联系（向度）是最多的。
2. 从这里开始到末尾，原文布鲁诺说的话全是些乱七八糟的字母组合，隐隐能猜出某些意思但无法确定，故直接引用原文。
3. 指他们从对方的表情看出对方并没有听懂自己的话。

菲利克斯意识到，他们身处牢笼。除非我们能够彼此接触，否则我们只能孤单死去。他再也不能碰到朱恩了，甚至无法跟她讲话；他们只能通过望远镜错误的一端看着对方，竭力想要用些无法索解的话给最简单的东西重新命名。我们的病，我们超越这世界的渴望，已将一切扭曲。

布鲁诺在向他招手。“Tos? Wixwell, mamtom, ono!”。他耸了耸肩，“Prexel worbout it.”。他又说。

菲利克斯咒骂起来，但吐出的言语变成两份不可辨识的东西，落到他脚边的地面上。

（何锐　译）

历史与超验之间的辩证法

科幻小说的演进，是矛盾双方之间的拔河。这矛盾双方，包括荒诞与现实之间，超自然与自然之间，精妙与平淡之间，凡尔纳的追随者们和威尔斯的追随者们之间。早期科幻小说（以月球之旅、其他异世界之旅为主题的类科幻小说）沉浸于宏大主题之中，不可避免地因对时空之旅的强制性自我重复而滑向平庸。然而，威尔斯的追随者们，则专注于非凡之处的日常方面。许多年来，凡尔纳党获得了胜利，然而，伴随着坎贝尔的推动，海因莱因的（高超）技巧，以及阿西莫夫冰冷的理智，威尔斯党得到了一个近乎平等的位置，直到新浪潮运动反叛，以及最近向奇幻故事及科学奇幻[1]故事的退却。

换句话来说，在科幻小说这一体裁里面，无论如何，辩证法始终存在于问题的心脏：心脏收缩时，幻想喷薄；心脏舒张时，现实回归。因为这个故事，理应是科幻小说，而非主流小说，甚或未来

1. 科学奇幻，一种兼具科幻及奇幻的存在。

主义小说。因而，人物的境况必须不同于平常，但境况又必须合理化，否则故事将会沦为空想。无论如何，平衡在这两者之间相互转换：有时候是幻想占主导，有时候是现实占主导，这取决于潮流，取决于时代，取决于作家，甚至取决于同一作家的特定情绪状态。

伊恩·沃森将他自己的作品描述为“历史与超验之间的辩证法”，历史的部分用来框定日常生活的框架，而超验的部分，让故事超乎日常经验之外。沃森出生于英格兰的圣奥尔本斯，在牛津大学贝利奥尔学院读书，于 1963 年获得英文学士学位，1965 年获文学学士学位，于 1966 年获得硕士学位。1965 年至 1967 年，他在坦桑尼亚的达累斯萨拉姆的大学学院里教书；1967 年至 1970 年，在东京教育大学和庆应大学教书（以及一年的日本女子大学临时教席）；1970 年至 1976 年，在伯明翰理工学院的艺术设计中心教书。其后，他成为一名全职作家，并担任英文期刊《基地》（*Foundation*）的专题编辑和固定撰稿人。

沃森卖掉的第一篇文章，是《索因卡[1]的森林之舞》（“Soyinka's Dance of the Forests”），刊于乌干达杂志《过渡》（*Transition*），1966 年第 27 期上。从 1969 年 11 月的《土星下的屋顶花园》（“Roof Garden under Saturn”）起，他的小说开始出现在《新世界》杂志上。他的小说集《超慢时间机器》（*The Very Slow Time Machine*），出版于 1979 年。其他的选集包括《中暑》（*Sunstroke*，1982）、《慢鸟群》（*Slow Birds*，1985）、《邪水》（*Evil Water*，1987）、《营救仪式》（*Salvage Rites*，1989）、《斯大林之泪》（*Stalin's Teardrops*，1991），还有最近的《伟大的逃脱》（*The Great Escape*，2002）。

1969 年，沃森出版了一本少儿读物，《日本：从一只猫的视

1. 即沃莱·索因卡，尼日利亚著名文学家，1986 年获诺贝尔文学奖。《森林之舞》是他的名作之一，发表于 1960 年。

角》(*Japan: A Cat's Eye View*)。1973 年，他的第一本科幻小说《嵌入》(*The Embedding*)在科幻世界里一鸣惊人，并赢得了约翰·W. 坎贝尔纪念奖年度最佳科幻小说奖的第二名。随后发表的有《约拿工具包》(1975),《高潮机器》(1976，法文译本，并没有相应的英文版),《火星印加人》(1977),《外星大使馆》(1977),《奇迹访客》(1977),《上帝的世界》(1979),《快乐花园》(1980),《在天国的桥下》(1981，与迈克尔·毕晓普合著),《死亡猎手》(1981),《契诃夫的旅行》(1983)，始于《河流之书》(1984)的“黑电流”系列,《转变》(1984),《巴比伦的娼妇》(1988),《火虫》(1988),《后之巫，王之巫》(1988),《记忆的苍蝇》(1990)，关于超自然力量的两本书——《幸运的收获》(1993)和《落月》(1994),《神谕》(1997)，等等。他还出版了另一本关于日本的青少年读物《明日日本》(1977), 他还和斯坦利·库布里克[1](Stanley Kubrick)一起工作了一年，为史蒂夫·斯皮尔伯格(Steven Spielberg)的《人工智能》做故事创作，为此，沃森获得了该电影情节策划编剧的署名权。

沃森是在日本开始写科幻小说的，他将此视为处理“我名义上教授的英国文学和我实际上所处的外界环境信息之间的矛盾”的生存之道。他认为科幻小说是“一种通用的生存策略——灵活而大胆地思考未来的变形工具”。他的小说特别地关注“现实和意识之间的关系”[通过语言学(《嵌入》)，对鲸鱼智能的推测(《约拿工具包》)，进化问题(《外星人大使馆》)，新颖的生命形式(《火星印加人》)，UFO 理论(《奇迹访客》)等多种方式来检验这个主题]。他的小说提出这样的一个疑问，“人类对于现实的本质，生命和宇宙存在的原因，达到某种最终的理解——这是可能，抑或永不可能”。但这

1. 奥地利犹太裔美国电影导演，编剧、制作人。1968 年，凭借科幻片《2001 太空漫游》奠定其在影坛的地位。代表作品还有《奇爱博士》《发条橙》等。

种对于超验的关注，是牢牢地根植于硬科学的基础之上的，是根据“一种强有力的，支撑所发生的事件的社会政治因素”发展而出的。他将他所工作的领域称为“不严谨的……社会派科幻小说……位于语言学、哲学、社会人类学、认识论的交叉点上”。

《2080年世界科幻大会》(“The World Science Fiction Convention of 2080”)于1980年10月发表于《奇幻与科幻杂志》上，该期杂志于第38届世界科幻大会在波士顿召开期间发售。它或许并非典型的沃森式小说。它是一种令人愉快的嬉闹，以描述科幻小说本身的社会生态作为一种间接的方式，来描述当文明退回到19世纪初的科技水平时的“崩塌”。更重要的是，它描绘了那种激发科幻小说创作的精神。

非科幻会议参与者们应该知道的是，2080年世界科幻大会里面的那些活动：举办各种集会、派对、宴会，观影，颁发奖项，邀请尊贵的获奖者发表获奖感言，是现代的世界性会议的传统。在沃森的小说里，这些活动并未因一个更为原始的时代而变。然而，在那个即将到来的时刻，一位获奖者做了一个感人肺腑的讲演，他声称，由于行星和恒星现已远离人力所能触及的范围，它们将更为确定地成为科幻小说的财富。它们现已归于科幻小说的神话学范畴。

这一辩证法还在继续。或许，归根结底，这篇小说并非一篇典型的沃森式作品。

（刘思慧　译）

2080年世界科幻大会

［英国］伊恩·沃森

何等盛会！四百余人齐聚一堂，写作者们，爱好者们，还有杂志编辑们——他们成功地经过这一路的旅程，来到新波士顿郊区外的这些帆布帐篷里面。

有三个我们每个人都认识的人没能成功抵达，在开幕式上，包含一个简短的“追思式”，用以向他们中的每个人致意，并以一分钟的默哀为终结。致库尔特·罗西尼，英雄式奇幻[1]的大师——在从遥远的加利福尼亚来的路上，死于一支印第安人的箭矢。致苏西·麦金托什，她那些令人愉快的木版画（去年夏天从穆斯乔[2]起，由马帮运送而来）装饰了我们的节目手册——而她死于温尼伯湖[3]外的一群野狼之口。致亲爱的查米安·琼斯，我们最大的损失，三年前在坦帕[4]的上一届世界科幻大会化装舞会上广受好评的泰坦女王，从育空[5]到佛罗里达湾，她的微缩模型佩戴在诸多粉丝胸前最靠近心脏的地

1. 即“剑与魔法”类奇幻。
2. 加拿大萨斯喀彻温省南部城市。
3. 美洲中部的大型湖泊。
4. 位于美国佛罗里达半岛西岸的海港城市，属希尔斯伯勒县。
5. 加拿大十省三地区之一，位于加拿大的西北方，以流经该地区的育空河命名。

方——在她路过查尔斯顿[1]时，遇上了正在那里劫掠的海盗，并被谋杀。（是否，她还在北非什么地方过着隐秘的宫廷生活，甚至成了那儿的什么皇后？不！是否，她只是音讯隔绝，尺素不传，被迫切断了与粉丝圈之间的缓慢联系？不存在的！她用一把短刃英勇地捍卫自己的名誉，而后死了。）

另有十几位也没有如期到达，他们也是有入场资格的。我们希望，他们只是迟到了——被一阵逆风阻隔，或被一条断裂的车轴拖累。反正，我们总会知道的，等大约六个月后，他们的个人杂志运上商道之后。

在酒吧帐篷里，围着蒸馏器，绕着烤牛肉，以及在艺术帐篷里，以德雷尼、海因莱因、勒古恩这些旧时代的大师为原型的精美刺绣和蜡染布之中，我们向老朋友和同僚致意，并交换我们旅途的见闻。我本以为，我自己的旅程足够惊险的了，我从南苏格兰步行而来，而后骑马，而后乘坐运河龙舟，最后的五周里，我乘帆船横渡风暴肆虐的大西洋（我们的迫击炮上满了膛，以应对袭击者）！但是和一些其他人的经历比起来，我的就不值一提了：那些印第安人啊，穷山恶水啊，法外狂徒啊，雇佣兵啊，像捕蝇草紧紧包围着你的信众团体啊，陆军入职培训中心啊，瘟疫区啊，还有技术狂聚居的城邦！我甚至早到了两周半，还设法带上了一部新小说的手稿，这部手稿在我的背包里面，是我在帆船上为挣船费而打工的间隙写的，打算卖给“修道士”刘易斯顿，小纽约的索拉利斯出版社的负责人。

这部新小说叫作《毕宿五[2]见闻》，是关于一次从月球殖民地开始，穿越元空间，到达外星行星轨道毕宿五的星际之旅的。尽管是

1. 是南卡罗来纳州的主要港口，位于美国东部南卡罗来纳州东南沿海科佩尔河与阿什莱河汇合处。
2. 星宿名，即金牛座 α，距离地球六十五光年。

我作为作者自己这样讲，但我也要说，它是对于评论家苏文[1]曾经说过的“认知疏离”的一次充满野心的尝试——但我无法将这本书的内涵，仅仅通过几行字传达出来；另外，现在的地点也并不适宜——虽然我确实是在一个外国作家讨论小组，讨论我自己现已广为人知的早期小说《外星演员电影制作指南》（新戈兰茨出版社，爱丁堡），这部小说四年前才刚刚出版。（哈，我们科幻世界的出版和发行速度！）

在这小组里，和我一起的，还有法国人亨利·阿波利奈尔，他的小说《金星的月中》，这部关于强大的计算机化官僚体系和主观时间扭曲的作品，至今仍因它的独创性而饱受赞誉——明显地超过了库尔韦和金瑞这样的法国老派大师们；还有墨西哥人盖布里埃尔·索摩查——令人振奋的邂逅；还有我岛上的同伴，杰米·塞门兹，我上次面对面遇上他还是在 2077 年，两年一度的吉卜赛朋克节上——自从雨果奖的提名两年前出炉，顺着商道流出，一路越过大洋开始，他的《人造人》就是今年获奖的一大热门候选作品。

但是，在新波士顿的帐幕下，关于我们精彩绝伦的聚会，我还是捡重点的说吧。直白地说，这次的讨论小组乏善可陈。可怜的杰米，他在乘船而来的路上，得上了在舱底横行的某种过敏症，现在他的嗓子深受影响，他的声音甚至不能传到帐篷的后排……

说重点，那么——电影。是的，确实是。就像一年前在传单上宣传的那样，我们发现了一部电影！这是怎样的一部电影啊。工匠们做了个手摇投影仪，它的光源就是太阳光本身，经由一个安置在帐篷之外的，由镜子和透镜组成的精妙系统来完成聚焦；在波士顿的这周里，这一名为《寂静地奔跑》的作品一共放映六次，我们紧

1. 达科·苏文，加拿大科幻文学批评家。他认为，科幻的必要和充分条件是疏离和认知的相互作用。

紧盯着屏幕，为之沉迷，为之争论，并祈祷雨云不至于使光线变得暗淡。不要嘲讽这部电影的标题是否适宜，没人有办法激活任何音轨。总之，我们都深深地为之沉醉。

拍卖会:噢，挺不错的体验。有一本“双料王牌”[1]在售！还有一本早期科幻图书俱乐部版本的拉里·尼文选集。还有，从250到260期每一期的《轨迹》杂志[2]，它们因年代久远而发黄变脆。以及我们自己的后崩塌时代[3]早期，一些有趣的和有历史感的小玩意儿，例如说，一本小说的卷轴版手抄副本（刚好在我们重获手动印刷术之前），小说作者是伟大的泰莎·布莱恩——她的“贾塔尔”系列的一部分。《轨迹》的那些副本换了一匹漂亮的斑点矮种马——为此付出了自己的坐骑的那位亚拉巴马人，非常开心地带着它们一路步行回家。但是，那本“双料王牌”（菲利普·K.迪克的《未来博士》和《不用心灵传送的人》背对背订在一起）置换了一根纤细的金条。

接着是索拉利斯出版社的派对，亨利·纪尧姆在派对上喝苹果酒喝高了，跳起了康康舞，还试图向在场的每一个人献媚——许多手绘速写应运而生，纷纷“抓拍”下这一画面，甚至第二天还有一幅水彩画出现在了早晨的市集。

而后是宴席，塞满香料的兔肉煲，而后是……雨果奖：对于在2075年至2078年这三年间，我们领域内的最佳作品，授予山毛榉雕刻的一只火箭飞船。首先，最佳同人小说奖，获奖者是爱丽丝·特特尔的《野性的呼唤》，她来自新芝加哥；其次，最佳故事奖，在半年刊《木星》或《奇幻》刊登的故事里选择，由哈莫尼·弗里德兰德和她的感人肺腑的《触地》获得，该故事发表于四年前的《木星》

1. 原文是“Ace Double”，是指一本书包含两个封面，两部作品，一部正着印，一部反着印。
2. 美国知名科幻杂志，曾设立轨迹奖。
3. 在文中虚拟的21世纪初，发生过一次科技崩塌，此后的科学倒退为约19世纪水平，称为后崩塌时代。

上；最后，是我们饱受期待的雨果奖，由我们波士顿尊贵的获奖者，杰里·梅尔策获得（正如所有人的预料，除了杰米·塞门兹！），他的获奖作品是具有跨越宇宙的视角的《星际之人啊，你往何处去？》。

但我视为最珍贵的记忆的，始终是杰里·梅尔策的获奖感言。他的感言的标题是“一些存在永不逝去”。讲演刚刚开始，我就被之吸引，为之振奋，并觉生命重获肯定。

杰里现在已经接近60岁了，这几乎是个奇迹，因为现在的平均期望寿命，已经下跌到了40岁左右。他因冻伤失去了一只耳朵，所以常常戴着一只浣熊皮帽，来遮掩自己的缺失。他是密苏里河上的一个撑筏人。

环视着帐篷里满满的四百余张面孔，他睿智而自信地笑了笑。他缓慢地开口说话。

“一些存在永不逝去。对这些存在来说，其真实与美好只会永远增长。科幻小说正是这样的存在之一。我这样说，是因为，科幻小说是虚构之物：它是受造的，是我们部落传说的凝结，而这些最好的传说都是关于人性的。现在，科学研究和探索都已宣告终结”——他轻蔑地露齿而笑——“我们已确乎实实在在地，可以自由地创造我们的科学和我们的世界。科幻总是被糟践，被科学事实捆住它的双手，劈头盖脸地鞭打。这样的情况现在过去了——大部分那些神圣的科学事实，那些夸克，那些类星体，还有我不知道的什么玩意儿——不会再有了！它们已皆成神话，俱付歌谣。科幻小说自由了，今日在场的各位，我们都清楚这点。我的朋友们，我们重新成为荷马，我们重新成为卢西安[1]——因为科学已成神话，而我们正是神话的创作者。数学复又是我们的了，土星复又是我们的了，半马阿尔

1. 希腊讽刺作家，雄辩家。与前文的荷马一样，代指在蒙昧时代探索世界与真理的人。

法星[1]复又是我们的了，迷人的月球——复又是我们的了。我们可以于一种荣光之中阅读昔日的大师杰作，而这种荣光，是20世纪末的那些可怜人永远不会有的！我要对诸位说，一些存在永不逝去。它们的美好只会加增。现在，我们可以让这种神秘的美，比以往的任何时候，都令人迷失，使人陶醉，让人惊叹！这是我的《星际之人啊，你往何处去？》的真正含义！”

他一直说到大会的委员会在帐篷里点燃鲸鱼油的火把，然后他又多聊了一会儿。最后，他被人们高高地举在肩膀上抬出帐篷，来到星空下的绿茵之处。而就是此刻，一颗星星划过天空，留下闪闪发光的彗星尾巴，那应该只是一颗卫星，在旧时代[2]里留下的一颗行将死亡的人造卫星，它燃尽了，而后扎进了大西洋，深深沉于数英寻下。它大抵只是一颗普普通通的流星——然而我不这样想。在场并没有人这样想。我们欢呼，四百多人的欢呼因星坠齐震，与此同时，杰里回过了头，然后微笑。

他做出了一个安抚的手势，示意我们安静下来。“我的朋友们，”他大声说，“我们确乎拥有群星。我们确乎拥有。我们已得未曾有，从另个角度来说。逝去的恒星，那么多逝去的世界，我甚至不会觉得吃惊——逝去的宇宙。现在，天狼星是我们的了。老人星[3]是我们的了。天心密集的恒星都是我们的了。它们所有。”他的手抓向天空。它仿佛已握住了银河，我们又一次爆发出了欢呼。

两天后的清晨，伴随着密集的告别，或许过度自信的“2083年再见！”之后——我与我的同伴杰米一起，下到新波士顿，去往通向海港的路，他一路还醉醺醺的，看是乘下周还是下下周回到利物浦

1. 半人马座阿尔法星的简称。
2. 过去的工业时光，即大约我们现在。
3. 船底座α星，距离太阳系约三百一十光年。为夜空中第二亮恒星。

的船。不过，回程中我已经不用再工作了。我将《毕宿五见闻》卖给了“修道士”刘易斯顿，换了一捆皮毛，在我们那寒冷的岛上这东西需求量很大。

大约一年吧，我会收到我的免费样书，它是用索拉利斯出版社所特有的又粗又黑的字体手工印制的，由一些穿过边境的运羊车顺便捎过来。如果“修道士”干活儿比较快，商道也还通畅的话，谁知道呢，它可能就会赶上 2082 年的投票——投票会在圣塔芭芭拉的一个渔村里举行，我得穿过平原，穿过沙漠，穿过荒地，才能到达那儿。我有可能安全无恙地到达圣塔芭芭拉吗？实话实说，我已经迫不及待了。今年的盛会是如此美妙的盛会，届时我一定会搭乘帆船——再改乘驿马车，哪怕天崩地裂也要去。

我捅了捅杰米的肋骨。

“我们拥有星辰，”我说，“我和你。”

（刘思慧　译）

将寻常之事变得陌生

科幻小说的功能之一是让人们习惯于离奇的事物，让未来看上去合理，让不寻常的事情显得平凡普通。科幻小说的成就之一是教育读者去克服人性中惯有的对于未知的恐惧心理。H. G. 威尔斯指出了这种功能，约翰·W. 坎贝尔在黄金时代出版的《惊奇故事》杂志中对这种功能做出了经典的论述（“我想要那些能在 25 世纪的杂志上发表的小说”[1]）。海因莱因（“最优秀的现代作家……创造了一些真正卓越的创作手法”[2]）完善了将塑造奇异氛围的信息潜移默化地注入到故事之中的写作手法（“介绍了大量的背景信息以及相关的内容，但并没有强硬地侵入故事情节的叙述之中”），而不再通过老式手法来创作，那些写作手法如同向外行、学生和记者做报告或者做展示一般。

但科幻小说的另外一个可贵之处在于，科幻小说可以在平凡之

1. 背景不详。多名科幻研究者均表示坎贝尔说过这种话，但具体语句有所出入。
2. 见于坎贝尔在 1946 年为格罗夫·康克林的《最佳科幻小说选集》所写的序言。下一处括号中的引文也出于此。

中发现陌生，在日常之中发现离奇。它并不让离奇的事物变得平常，而是让平常的事物变得离奇。这种科幻小说让读者以一种不受蒙蔽的眼光来看待世界，让读者第一次清晰明确地看待那些司空见惯的事物，并让读者欣赏到就在自己家附近隐藏着的神秘之处。

卡罗尔·埃姆什威勒（Carol Emshwiller）就是一位多年以来一直在作品中实现这种效果的作家。她生于密歇根州的安娜堡，于1949年在密歇根大学获得音乐与设计专业的学士学位。1949年至1950年间，她以富布赖特奖学金[1]获得者的身份在巴黎国立高等美术学院学习。她在1949年与科幻插图画家（后来成为实验电影[2]制片人）埃德·埃姆什威勒[3]（Ed Emshwiller）结婚，并育有三子。她的写作生涯开始较晚，30岁左右才开始写作，其处女座《这就是爱情》（“This Thing Called Love”）直到1955年才发表于《未来科幻》（*Future Science Fiction*）第28期上。不久之后，她开始在《科幻小说季刊》（*Science Fiction Quarterly*）上发表小说，之后又在《奇幻与科幻杂志》上发表。终于，她的小说出现在各种各样的文学杂志和原创科幻选集之中，比如《轨道》、《新星》[4]和《夸克》[5]。

卡罗尔·埃姆什威勒发表作品的速度并不快，但她许多年笔耕不辍，也发表了一百余篇短篇小说。其短篇小说集《事业的乐趣》（*Joy in Our Cause*）出版于1974年。其他两部短篇小说集《离群边

1. 时任美国阿肯色州的参议员詹姆斯·威廉·富布赖特所提出的一项奖学金项目，由美国政府资助学生前往国外学习。
2. 实验电影，又称实验片、前卫电影、先锋电影，是一种电影制作风格，往往不遵循传统电影惯例而采用非线性叙事、不同步的声音、胶片划伤等非传统模式。
3. 知名于科幻绘画及实验电影领域，曾因其绘制的科幻艺术作品五次荣获雨果奖。
4.《新星》第十一卷《女性与奇迹》（1977）翻译自帕梅拉·萨金特主编的美国科幻小说选集《神奇女性》，其中收录卡罗尔·埃姆什威勒的短篇小说《性和 / 或莫里森先生》（“Sex and/or Mr. Morrison”，1967）。
5. 卡罗尔·埃姆什威勒的短篇小说《一段在J. H. B. 蒙斯托斯先生的流浪汉之旅中可能发生的插曲》（“A Possible Episode in the Picaresque Adventures of Mr. J. H. B. Monstrosee”，1970）发表于《夸克》第二期。

缘》(*Verging on the Pertinent*)和《结束一切的开始》(*The Start of the End of It All*)分别出版于1989年和1990年。《男性俱乐部的报告与其他故事》(*Report to the Men's Club and Other Stories*)出版于2002年。她的第一部长篇小说《卡门的狗》(*Carmen Dog*)出版于1988年,《莱多伊特》(*Ledoyt*)出版于1995年,《飞跃人山》(*Leaping Man Hill*)出版于1999年,《山》(*The Mount*)出版于2002年。她还为两个一小时公共电视节目写了剧本,并获得1975年度纽约州创意艺术家公共服务奖金以及1979年至1980年年度国家艺术资助奖金,还曾获得麦克道威尔艺术村[1]奖金。她曾担任纽约州创意艺术家公共服务奖金的评委,参与过许多写作营,在许多学院和大学做过朗诵,并曾在《小杂志》[2](*The Little Magazine*)编委会工作。她还在纽约大学继续教育学院教授短篇小说的写作。

在埃姆什威勒的早期写作生涯中,她尝试在小说之中将情节替换为其他的重要文学元素,并省去明喻和暗喻,最终将角色变形为她称作"自我"的东西。因此,她的作品变得更具有实验风格,更像是主流的实验小说家的作品,而不是在科幻杂志和短篇小说选集中的作品,尽管她的大部分小说都发表在那些科幻杂志和选集上。理查德·科斯特拉尼茨[3]称她的作品有"严谨的离奇之感"。

在《20世纪科幻作家》一书中,加拿大文学家道格拉斯·巴伯评论道:"很多科幻小说……倾向于让人们习惯于未知(因此那些奇异的地点,或者银河系本身,不过是一些非常寻常的'不寻常'冒险所发生的地方罢了)。"他还写道:"埃姆什威勒的小说迫使我们去

1. 麦克道威尔艺术村是位于美国的一个非营利机构,由作曲家爱德华·麦克道威尔及其妻子钢琴家玛丽安·麦克道威尔所创立,每年吸引大量的艺术家来此驻留创作。卡罗尔·埃姆什威勒于1973年获得该机构的奖金。

2. 美国20世纪70年代前后短暂发行过的一个半学术期刊,以非主流文学为主要对象。还有很多可归类于"小杂志"但并未以此为名的刊物。

3. 美国艺术家、作家和评论家。

重新审视我们一直觉得平平无奇的日常生活，然后会发现它实在是奇怪，而且，没错，我们对它一无所知。”

《雪怪》(“Abominable”) 首次发表于《轨道》第二十一卷（1980）上，是一篇关于两性差异的寓言，但以科幻小说的形式来讲述。作者利用了许多科幻小说的惯例，尤其是关于搜寻喜马拉雅山雪怪（又被称为大脚怪或者雅提[1]）的情节以及两性分离的桥段，如同菲利普·怀利[2]（Philip Wylie）在《消失》（*The Disappearance*）中所写的情节那样。

这篇小说可以在两个层面上来阅读。在情节层面，小说描述了一个女性从男性所处的世界中消失的时代。男人们派出搜寻小队去寻找那些女人，仿佛她们是一种带着神秘感的传奇生物。这个时代中谣言四起，那些关于她们的存在、态度、外貌、行为和价值观的谣言被男人们不断讨论，就如同讨论喜马拉雅山雪怪的传说那样。在隐喻层面，这个小说表现出以下主题：男性处于性方面的迷惘、文化上的无知以及自我认同的危机之中，不能理解女性以及她们的需求、愤怒和怨恨。两个层面上的故事都用浅显易懂但引人共鸣的文字所讲述，字里行间体现出作者的智慧。

（赵佳铭　译）

1. 雅提（Yeti）是尼泊尔语中喜马拉雅山雪怪一词的音译。
2. 美国作家，其作品《消失》的主要设定为所有人突然发现异性在他们的生活中消失了。这部小说探讨了美国社会在女性主义运动之前所存在的对男性和女性的双重标准问题。

雪怪

［美国］卡罗尔·埃姆什威勒

我们正挺进一个陌生的地方，故意装出漫不经心的样子。我们有时把胳膊肘拐出去，有时用双手扶着屁股，在有机会的时候还跑到岩石上玩个单脚站立。左边一直是条河，就像他们之前和我们说的那样。右边呢，一直有小山坡。一遇到电话亭，我们就停下来打电话。因为暴风和冰霜的影响，电话总是打不通。头儿说我们已经到了有人目睹她们出现过的区域。他在电话里和我们说，现在我们得开始时刻注意那些分成两瓣的奇怪脚印。那些脚印还不如一个小男孩的脚印大，还显得异常精巧。“爬树上去，”头儿说，“或者爬电线杆上去，能爬什么就爬什么，然后使劲喊几个你们记得的名字。”于是我们就爬到一根杆子上，按照字母顺序开始大喊：爱丽丝，贝蒂，伊莱恩，珍，琼，玛丽琳，玛丽[1]……但喊完之后什么事儿都没发生。

我们一行是七个非常爷们儿的男人，都穿着海军陆战队制服，尽管我们并不是海军陆战队员（有一个例外）。但人们都觉得这种制服能吸引到她们。我们七个看上去都像是各自领域的专家，毫无生

1. 均为常见英文女子名，按照英文字母顺序排列。

活情趣的那种（不管天气怎么样，我们的衣领都在脖子那儿敞着）。我们是“飞速追逐其虚假身份认同的不明物体委员会”的研究小队。我们的枪喷出火花和星星，吐出巧克力樱桃，还发出巨响。现在已经是可以正面全裸的年头了，是一个“我干吗不答应呢？”取代“我没准可以吧”的年头了。现在这个年头已经有了那种设备，可以感觉到七十五码之外一个温暖的、有心跳的、活着的躯体，而且还能导航过去。我们就正好有一台这种设备。（没准哪天我愿意试试看，对着自己用用这个设备。）从另一个方面说，我们只带了几张模模糊糊的照片，塞在皮夹里，大多数还都是好几个月之前在某个不知道是哪儿的地方拍的。其中的一张据说是头儿的老婆。拍照的距离太远了，我们看不清楚她的脸，但她穿着她的那件毛皮大衣。头儿觉得他认出来了，还说她没什么大碍。

现在这儿除了大雪啥也没有。我们为了那些生物受了多大的罪啊！

把照片握在掌心，想象一下她们的玉体吧……那丰满的、四英尺高的、让人浮想联翩的小美人儿……五官根本看不清楚，眼睛就是两个小点儿（别具特色的头发几乎盖住了整张脸），脚和脑袋都不重要。想象一下我们真找到了她们之后的场面吧，但也别光顾着傻笑，准备接受那丰满乳房和圆润嘴唇的挑战，以及……（当然是那最大的挑战啦。）如果拼尽全力，我们肯定能拿下！我们要么带着英名凯旋，要么至少，来个完美收场，不要让别人对我们的失误指指点点吧？

我们目前发现了这些蛛丝马迹，说明她们的确存在（她们特别粗心大意，在心烦或者着急的时候更严重，要是我们不知道这一点的话，估计我们都会觉得这些东西是她们故意掉在我们的必经之路上的。而且她们又是那种神经质的生物，特别容易冲动，经常是要么心烦，要么着急，要么又心烦又着急）……我们在路上发现了这些：一根还冻着的芦笋；一份从杂志上随手扯下来的木莎卡[1]食谱，要用到洋葱汤浓缩粉；一个女式小钱包，里面装着几张皱皱巴巴的美钞；还有一包火柴。（很明显她们能生火，我们对此深感欣慰。）

现在头儿说要离开河流，去小山坡上看看，尽管那些小山坡因为春天的融雪和雪崩而危机四伏。指南针指向北方，我们整天都在碎石和冰块上跌跌撞撞，心里很清楚，她们现在可能已经朝着南边走了，一伙人都朝南走了，还感觉自己毫无价值、面目可憎、没人怜爱。她们走的方向有无穷无尽的可能性，所以任何方向都有可能是错的。但我们还是相信我们走的是正确的方向，毕竟一开始我们发现了那些微弱的迹象。

我们当中有个人是富有经验的心理分析师，而且是歇斯底里症和受虐癖方面的专家。（尽管没看过任何实际病例，他还是一直致力于这方面的研究。）他说，我们要是找到她们了，她们可能会发出一些上不来气儿一般的怪声，但这些声音没什么意义，而且经常被误认为是笑声。他还说，对待这些声音的最好办法可能就是真把它们当成笑声。另一方面，如果她们微笑的话，这是一种简单的条件反射，目的是为了解除我们的戒备心。（据人们发现，她们微笑的频率是我们的 2.5 倍。）他还说，有时候她们会发出一种神经质的傻笑，这从本质上来说源于性欲。而且，如果她们看到我们就这么傻笑，

1. 希腊传统菜肴，用肉末和茄子做成，有些地区的木莎卡还会加其他蔬菜。

这可能是个很好的兆头。他讲到，无论怎么样，除了我们的名字和军衔，我们什么都不能告诉她们。要是她们生气了，我们就得当心，当心她们别把怒气撒到自己头上来。

那些照片上有个人叫格蕾丝，但是她现在至少有 55 岁了。在一个月明之夜，趁着头儿忘了盯着她那边，她从一个路边小餐馆溜走了。但除了一如既往地指挥那些需要指挥的事情，头儿还能做什么呢？我们也同意这一点。头儿说，那时候她已经接受了对她的限制，至少在头儿能看出的范围内，她已经接受了行动方面的限制了。他最后把这事儿归罪于她还没被完全同化，或者看不清楚那么明显的客观事实。直到好几年之后，他才不去纠结这件事了。

我现在就想遇到一个她这样的女人。她会不会敢问我从哪儿来，为什么和她们看起来这么不一样？我们是怎么演化出和她们截然相反的性格特点的？她们是不是住在地下？那有着宽敞的厨房、有着被烤炉烤得暖烘烘的多间避难所、有着姜饼香气的地下？那些育龄的女人，她们是不是靠着某个死了很久的高个儿红头发喜剧演员或者摇滚明星的冷冻精子，怀了一胎又一胎？不管怎么样，这倒也是种猜测。

但现在，我们眼前所见让我们一下子陷入寂静。找到了一个！就在我们上面，身材高大（或者看起来高大）而且身着盛装（就像头儿的照片里那样）：头戴硕大的貂皮帽，耳朵上戴着些闪闪发光的装饰，单脚站立，一动不动（看起来足足保持了五分钟）。那也许只是一只直立起来的熊（阳光直射，刺着我们的眼），而当我们在半小时后到达那里时，它已经消失了。心理分析师在脚印旁边守了一晚上，准备好了他独有的一套花言巧语，但他实在没那份运气。

这些消息已经通过电话传回头儿那里了（“告诉她，我觉得我爱她。”头儿说），他决定，我们自己也要穿上那一套行头……能和脚印吻合的鞋子，那些貂皮的、狐狸皮的和豹皮（仿冒产品）的外套，外套下面罩着几层合适的内衣。我们决定在雪地上用香蕉围着营地摆成一圈，香蕉就摆在我们营地的七十五码之外。我们还设置好了我们那台实时躯体温度传感器。这样的话，当她们出来拿香蕉的时候，我们就跟着她们回到她们的藏身之处，一路跟到她们那黑暗的圣所去。我们的摄像人员会做好准备，把她们见到我们的第一反应拍下来，准备在电视上播出。她们会喜欢被我们跟着的。她们一直都是这样。

我们希望她们能清楚我们在各自专业领域的声望，即便她们对这一点只有种模糊的感觉也好。

那些实时躯体温度传感器确实鸣响了警报，但它们似乎没办法确定任何准确的方向。在早上，所有的香蕉都没了。

这是因为她们不愿意老实待着……不愿意严肃对待任何事情。没人能协调好她们的行动，所以她们朝着不同的方向跑开了。她们总是从手头的任务上把注意力转移开，总是直接就下结论，总是做些没有根据的假设，总是什么事都想当然，或者，反过来说，什么事都不想当然（比如说，爱情）。大自然的力量站在她们那边，没错，（这力量是混乱吗？）但是我们也有其他的力量。这次我们会把香蕉摆成一条长长的、非常有逻辑感的直线。

想象一下，我们终于来到了她们的厨房！最高大的山峰都被彻底挖空了，我的天！还有那股味儿！到处都乱七八糟的！她们每天的生活多么单调！我们不会相信我们看到的一切。她们可能还会告诉我们，一切都好，从来没这么好过。她们可能会觉得她们再也不需要靠近什么权力中心了。她们甚至会说她们喜欢这种不能给任何人施加权力的地方……每个人都没什么权力地生活着，像朋友一样，彼此间传递着她们特有的温柔信息，从她们之中最不起眼的人传递到另一个不起眼的人。她们可能还会说，我们反正几乎不会留心她们，也不会注意到她们已经消失了。她们会说我们总是和她们想不到一块儿去，从来不知道她们到底是谁，到底是什么样的人，也从不关心这些。好吧，我们确实感觉到了这一点……感觉到挺长时间了。我们感觉我们的生命中缺了一块，但是说不太清楚缺的是什么。我们没给过她们报酬，她们大都没钱，但即便如此我们还是关心她们的。我们要告诉她们这一点，还告诉她们头儿觉得他可能爱着她们中的一个人。

这是心理分析师为了后续研究所绘制的图：

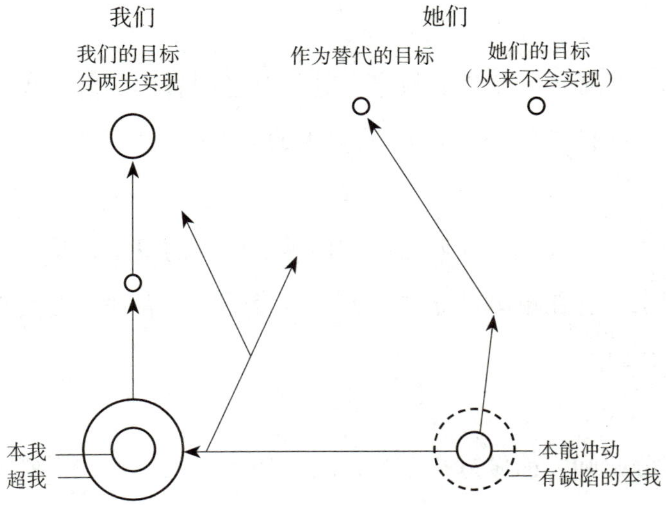

（她们的本能冲动朝向我们的超我做出响应，之后反弹回她们作为替代的目标并 / 或偏向我们的目标。）

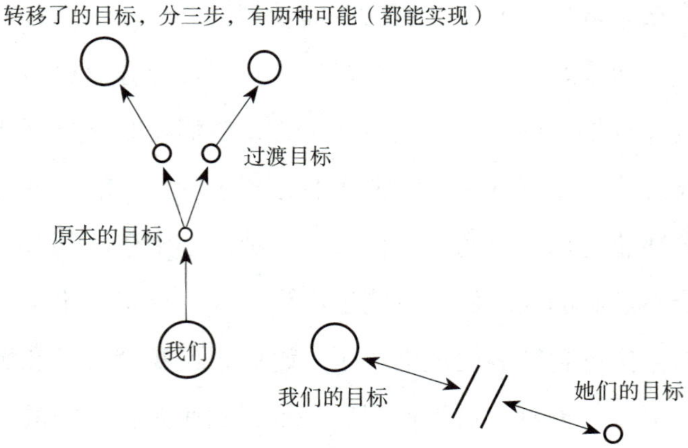

但这次她们根本就没拿那些香蕉。（我们给她们的东西总是不太对。）好吧，最后一次，给她们这些东西（又给了她们一次机会）：一些看起来像玉石的玻璃珠子、一套精美的进口厨房用具、一本题为《如何克服与异性相处时的羞涩》的自助指南。尤其是为了让她们开心，我们还把自己奉献给了她们，作为儿子、父亲或者爱人（随她们选）。

心理分析师说，她们有权享有她们自己的看法，但是我们还是想弄清楚，我们应该允许她们享有多大的自主性。

我们中有个人说，我们之前在山顶上看到的只不过是只熊。他说他想起来，它在单脚站立之后就弓着身子四脚着地。但是她们可能也会这么做。

心理分析师之前做过一个梦，之后他就和我们说，不要害怕那些凶猛的阴道（这里是象征性说法），我们应该迎上去，把她们压在身下（尽管实际上我们正在往上爬），然后把鱼扔到子宫里面（那都是最好的龙利鱼片，也是象征性的说法）。

嗯，如果我有个女人，我要给她洗脚（字面意义），给她洗后背，还要冒冒险给她洗洗前面。让水流冲过我们的身体，让她们的长发低垂下来。我乐意偶尔抽出点时间来，即便是在做重要的活儿的时候也得抽出时间，来干点这种几乎没啥意义的小事，并且偶尔听听她们毫无意义的唠唠叨叨，至少要装得像是在听。但如果那个女人是格蕾丝的话，那到时候的情况肯定和我现在想的不是一回事，不过我也说不清楚会是啥样。

夜深了，我们围坐在营火旁边，讲着各式各样关于她们的古老故事。但这时候我们感觉到的恐惧和我们小时候在类似环境下讲这些故事时感觉到的恐惧不一样，因为现在我们知道她们可能真的就潜伏在黑暗之中，恐怖之处在于，我们其实完全不知道她们身材有多高！我们不知道该相信哪种说法。一方面，她们可能有我们的两倍大，但也有可能如头儿坚持声称的那样，她们几乎都比我们要矮小，当然也就更弱一点。我们当中那些看重神话的人曾经虚弱无助地说过，她们大到足以把我们吞进胃里（从下面吞进去），几个月之后再从嘴里把我们喷射出来。那些看重人类学的人说，她们可能是人类找了好久的缺失的一环，他们认为这一环存在于大猩猩和人类之间的某处（尽管在进化程度上可能比爪哇猿人高不少）。因此，（从逻辑的角度来说）她们无疑比我们矮小，身形可能还有些弯曲，但是并不一定更弱。我们当中那些沉迷于性的人不太关注别的事情，他们只想知道，她们的性高潮和我们的性高潮是不是一样，是不是都是那种生理反应。我们中那些浪漫的人觉得她们会是些可爱迷人的尤物，就算她们在生气的时候也是这样，这和她们高不高大、强不强壮也没关系。另外一些人看法正相反。如何安慰她们去面对生活中的一些客观事实，甚至有没有可能安慰好，我们的看法也参差不齐，因为她们中 72% 的人认为自己卑微下贱，65% 的人认为自己心理脆弱，只有 33.33% 的人不会仅仅因为自己是个女人而感到羞耻。这样的话，怎么才能突破她们心中由自我防护和抵触情绪组成的心理防线呢？很明显，争论是不可避免的。（85% 的人会开始老调重弹。）我们不喜欢不愉快的感情冲突，试图不惜一切代价来阻止这种事情发生。但是我们也意识到，在一段亲密关系中作为主导的一方，是不会轻松的。尽管如此，要是有一群这种生物，只会在固定的某一天出现（仍然几乎是隐形的），主要的工作就是打扫卫生，那该多好啊！

我们已经为她们预设好了底座呢。

即使（或者说，万一）她们不怎么能达到我们的水准，她们无论如何还是会让我们意识到，我们所有人的内心中都有着动物的本性，有着兽性……我们也会心情低落，也会心潮澎湃……我们有着我们几乎不知道的生命力……她们可能会让我们意识到很多我们从没考虑过的事情。

但现在，我们从头儿那听到一条奇怪而且令人不安的消息。他和我们说，有些政界的显要人物宣称那些目击事件都不过是编出来的故事……甚至是骗局。他们还说，那些照片已被证实都被篡改过，其中有一张是在雪山背景上叠加了一个大猩猩的图像，另外一张其实是一个男人穿着女装。（只剩下两张照片还没办法解释。）有些人承认自己撒了谎。有些人甚至从来都没去过那些目击事件发生的地方。我们看到的东西肯定是光影造成的错觉，或者更可能是附近的一只熊。而且（他们很肯定这一点）我们之中有一个骗子，他自己偷走了香蕉，而且还用一根长棍子的一端挑着一只旧鞋印下了那些脚印。此外，想象一下，要是我们发现她们事实上的确存在的话，那只会给我们的现状额外增加难题。我们还得成立委员会，在她们洗碗的日子过到头之后给她们找些事情，以免她们会无聊。我们还得去寻找治疗方法，去治疗身上一些特定部位的癌症、月经不调、阴道痉挛或者其他一些什么痉挛。社会中将会冒出来一大群附庸风雅的艺术爱好者（比如业余诗人和画家），头儿评论说，没了她们，社会照样运转得很好。为什么我们要去找她们，就好像她们是珠穆朗玛峰那样（而且她们和珠穆朗玛峰一样重要），只是因为她们在那儿吗？总之，我们的搜索经费用完了。头儿甚至怀疑我们还有没有钱再打一次电话。

尽管很难说清楚原因，这个消息让我们所有人都很沮丧。我们中有些人确信，或者说相当确信，外面的确有什么东西……就在视力所及的范围之外，就在听力所及的范围之外。我们有的人似乎有时候会在眼角的余光中看到一些彩色的东西一闪而过，就好像本来不可见的东西突然在那几秒钟变得可见了。这种感觉让人产生联想（我们中有几个人确实这么想了）：扔在床底下的袜子和内衣也是这样奇迹般地变干净了，叠得整整齐齐，出现在抽屉里，这也就像装满咖啡的杯子总是在需要的时候凭空出现一样，也就像冰箱里从来没有短缺过牛奶或者黄油一样……但我们是按照我们的时间表和预算而工作的。我们必须回到权力中心去，为了那些文明啊，政治啊之类的东西而工作……我们往回走了。

我一度严肃考虑过自己只身前往继续搜寻。我觉得，我或许可以一个人偷偷爬回去，静静地坐着，可能再穿上更能融入环境的衣服。如果我在那里坐得足够久（而且，不去大声地，讲出那些，关于她们的，吓人的，古老故事），也不去摆出一副高傲的姿态……肩膀别挺得那么僵硬……没准她们就会习惯于我的存在，甚至会来吃我手上的香蕉，之后在这微妙的事实之下及时开窍，承认我至高无上的权威，没准她们还能学会听从几句简单的命令。但我必须坚持服从我的使命。这也太糟糕了，尽管我确实想得到我的薪水、我的勋章并开始做下一项任务，我仍然想朝着这些生物再走一步，象征性的一步也好啊。我偷偷沿着原路溜回去，留下了一个绝对不可能看漏的记号，还在旁边围了一圈香蕉。我留下的记号她们肯定能看懂：一幅简单的男人裸体画；一个除了代表月亮之外啥用也没有的月牙符号；一个代表爱情的心形（在解剖学意义上绝对准确无误）；一个钟面，画着留下这些信息的时间；我的脚印轮廓，紧挨着她们的脚印轮廓（看起来就像一个问号挨在感叹号旁边）。我在最顶上写下“致格蕾丝”。我在那儿坐了一会儿，然后侦听着呼气的声音，而且我觉得我确实听到了什么……我觉得，我在明朗洁白的雪地上看到了一些模模糊糊的白色身影。很明显，她们是故意让我们看不到的（如果她们真的在那儿的话）。所以如果我们看不到她们，这不是我们的错。

好吧，要是这就是她们想要的，那就让她们自己对着月亮号吧（或者乐意干啥就干啥），让她们烧着自己家的火炉跳着舞吧。让她们就那么活着吧，正如俗话所说，“在男人的阴影下活着”[1]。她们活该。

1. 带暗示性的文字游戏。原文字面和珍·古道尔的名著《在人类阴影下》（中译本改名为《黑猩猩在召唤》）相同。

我问心理分析师：“我们到底是谁啊？”他说，我们中大概 90% 的人都以各种不同的方式问过这个问题，而剩下大概 10% 的人似乎自己找到了某种答案。他说，不管费不费心去问这个问题，我们在本质上一直会是这样的，一直是我们已经成为的那种人。

（赵佳铭　译）

科学与小说

在爱伦·坡和凡尔纳之后，科幻小说就一直以在其故事中融入科学信息为荣。这个流派的拥护者说，除了推测和叙事的激励外，科幻小说还为年轻读者提供了科学背景。雨果·根斯巴克很珍视科幻小说可以使读者转而投身科学界和工程界的观点，他说，那些发表在《惊奇故事》杂志上的小说是一层包裹在科教药片外的虚构糖衣。他和后来的编辑会特别点出为杂志撰稿的“真正的”科学家们，而且根斯巴克还尝试在编辑和作者的名字后加上学位描述的字母组合。例如，爱德华·爱默·史密斯这位作者名字后通常跟着“博士”这样的描述，尽管他获得的是食品化学博士学位，大部分职业生涯是作为一名甜甜圈配料研究专家。

其他科学家也是如此：数学家埃里克·坦普尔·贝尔（Eric Temple Bell）以约翰·泰恩（John Taine）为笔名写了冒险故事，艾萨克·阿西莫夫拥有化学博士学位，却写了关于机器人和银河帝国的故事。另一方面，天文学家 R. S. 理查森（R. S. Richardson）以菲利普·莱瑟姆（Philip Latham）的笔名写了许多故事，里面包含了丰富的天文学知识。还有天文学家弗雷德·霍伊尔（Fred Hoyle）的推测性小说也许并不比他关于物质连续创造的理论更天马行空。即使有时科学家们没有在他们专长的领域内写作（可能受到了他们已知的不可能性限制），他们对于科学方法和科学程序的认知也常常塑造了他们的小说，因而根斯巴克和坎贝尔至少在某种意义上是正确的。

然而，这个流派所追求的最理想的结合，应该是真正的科学和小说的综合，而这很少实现。哈尔·克莱门特（Hal Clement）设计的精美的外星世界算是一个例子，同样地，波尔·安德森也有一些符合条件的作品。已故的罗伯特·福沃德博士（Robert Forward）曾是令人着迷的科学推测的源泉，他把自己的很多物理学知识写成了小说。

一篇优秀小说的目标不仅仅是反映科学，其本身应该也是科学的，这可以有两种实现途径。一种是像爱德华·布莱恩特这样的天才作家，他们对于科学有足够的了解，可以使之成为他们工作中不可缺少的一部分；另一种是科学家们，他们学着如何才能写得足够好，以期望能处理他们科学中的重要元素。其中主要的困难是必须掌握写作和科学这两个领域。一般来说，作家们对科学的了解不够，而科学家们也罕有懂得写作艺术的。一个更根本的问题可能是并非每个人都有这样的理想，许多作家和评论家都拒绝承认科学与这个问题有任何关系。

格雷戈里·本福德便是这样一位意识到了这种理想性，并利用自己的才能实现了理想的科学家。他出生于亚拉巴马州莫比尔市，是家里的双胞胎兄弟之一，他于 1963 年在俄克拉何马大学获得物理学学士学位，之后分别于 1965 年和 1967 年在圣迭戈加利福尼亚大学获得硕士和博士学位。自那时起他就成为一位工作型科学家，1967 年至 1969 年之间在劳伦斯辐射实验室担任研究员，1969 年至

1972 年担任研究型物理学家，1972 年起在加州大学欧文分校任教。

本福德早年是一位活跃的科幻小说粉丝，曾编辑了一本粉丝杂志。他的专业写作始于 1965 年 6 月发表于《奇幻与科幻杂志》上的《冒名顶替》（“Stand In”），此后他向各种杂志和原创选集投了大量的短篇小说和中篇小说。他和戈登·埃克隆（Gordon Eklund）在 1974 年凭共同创作的《如果星星是神》（“If the Stars Are Gods”）获得了星云奖，他的故事被收录在《外星人的肉体》（*In Alien Flesh*，1986）和《物质的终结》（*Matter's End*，1994）里。

本福德的第一部长篇小说《黑暗深处》（*Deeper than Darkness*）于 1970 年问世，1978 年再版时改名为《暗障星辰》（*The Stars in Shroud*）。其他长篇小说有：《木星计划》（*Jupiter Project*，1974）、《如果星星是神》（中篇小说的扩展，1977，与戈登·埃克隆合著）、《在夜之海洋中》（*In the Ocean of Night*，1977）、《寻找低能儿》（*Find the Changeling*，1980，与戈登·埃克隆合著）、《湿婆下降》［*Shiva Descending*，1980，与威廉·罗茨勒（William Rotsler）合著］，以及《时间景象》（*Timescape*，1980）。其中《时间景象》是本福德将科学、推测和叙述结合起来的最有效的例子。它描述了一种利用超光速粒子（速度比当前科学理论所允许的光粒子更快）实时发送信息的尝试。在不久的将来，科学家们面对灾难性的污染，试图向 1962 年的一位年轻教授研究员发送信号，以避免灾难的发生。逐渐有证据表明 20 世纪 60 年代的世界与真实世界不同，而这仅仅是这部小说包含的悖论之一。这部小说不仅描述了灾难和人们应对灾难的不同方式，而且还探讨了科学家们如何“做”科学以及像真正的人类一样行动。它获得了约翰·W. 坎贝尔纪念奖、星云奖和英国科幻小说协会奖。

《时间景象》将本福德的写作提升到了一个新的高度，在评论、书信以及诸如《穿越太阳海》(*Across the Sea of Suns*，1984）等小说中，他为硬科幻进行了强有力的辩护。《在夜之海洋中》(*In the Ocean of Night*）中的奈杰尔·沃姆斯利在《穿越太阳海》中卷土重来，之后该系列又有四部小说，讲述了银河系中心有机、无机文明之间规模宏大的冲突，分别是《天空大河》(*Great Sky River*，1987)、《光潮》(*Tides of Light*，1989)、《愤怒的海湾》(*Furious Gulf*，1994）和《驶向灿烂的永恒》[1]（*Sailing Bright Eternity*，1995)。在这期间，他还写了《反抗无限》(1983)、《神器》(1985)、《彗星之心》[1986，与大卫·布林（David Brin）合著]、《冷却器》(1993)、《基地的恐惧》(1997)、《宇宙》(1998)、《火星种族》(1999）和《食者》(2000)。本福德还为《惊奇故事》《奇幻与科幻杂志》等以及报纸的科学专栏撰写文章，并制作、讲解了有关科学的电视节目。

《底片》(“Exposures”）在1981年7月6日首次发表于《艾萨克·阿西莫夫科幻杂志》上，具有复杂的主题和技巧。这篇小说是一个具有映射价值和深刻含义的故事，故事中出现的不同情节线索在结尾处交织成一句明确的陈述。

故事的叙述者是位年轻的天文学家，他正在研究一些神秘的天文底片，上面有从遥远的星系NGC 1097喷射出来的红色和蓝色喷射流。同时他对过去生活的回忆也阐述了他拥有的感情生活：小时候为周日早餐准备餐桌，担任祭坛男孩；文中也描述了他日常生活中的平凡细节：献血，帮助儿子解决阅读难题，参加小学家长会。在这种设定下注入了一个神奇的元素——人马座A的计算机图片，人马座A是一个离我们星系核心很近的射电源，不应该有那里的图片，并且那些图片是从不可能的角度和距离拍摄的。在故事的结尾，这

1. 1999年他又为这个“银河系中心”系列写了一个短篇小说《渴望无限》，发表于《遥远地平线》上。

位年轻的科学家解决了NGC 1097难题，同时也揭开了人马座A图片的神秘面纱。第二个问题的答案预示在遥远的未来，将会发生世界范围的灾难，但由于缺乏可靠的数据支持，科学界无法接受这一发现。我们这位不知名却很有个性的天文学家将要面临终生的艰苦努力，以寻找支持他理论的数据，同时并不透露出他灵感的来源。

这个故事不仅通过主人公渊博的知识体系，而且也通过他接受答案的意愿揭示了科学的有效性，无论多么困难，都应该接受并尊重答案，因为这是唯一能解释所有数据的方法；科学有效性还通过文中对于先天的（也是必要的）科学保守主义（“科学的标准是严格的、不留情面的——谁会有不同的标准呢？”）的描述来证明，而不是传统科幻小说里大喊一声“找到了！”这样的过程。这个故事的科学感体现在它和任何“新浪潮”文学作品中的故事一样坦率，语言、句子结构和细节将图像和隐喻结合在一起，形成了异常激动人心的最终场景，所有不同的元素汇聚，就像是一曲交响乐重奏起它的主题，本福德在他其他的作品中也使用过这样的手法。

《底片》讲述的是学习的过程，通过底片，我们有可能从中学习到一些东西，也有可能一无所获，这取决于我们是否能够集中注意力并做出正确的推断。它是关于科学本身的：“科学并不等于最终的结果，而是在面对大量事实时能持续不断地深思。”它还涉及生与死、信仰与进程。它比较了癌症和在星系中心跃动、具有极大破坏力量的黑洞；比较了献血和圣餐会；还比较了阅读过程和对生活的探讨，前者是将短语按适当顺序排列成句子，后者是缓慢积累数据然后提出部分的暂时性的解释……

（筌婳　译）

底片

［美国］格雷戈里·本福德

拼图只能一块一块拼。昨天，我开始把自己在帕罗马山[1]上拍到的新底片摆出来，它们分别有不同程度的曝光。NGC 1097——一个离我们约两千万秒差距远的条纹螺旋星系——缓慢转动的旋涡凝滞在每张底片上。

放置底片的动作令我想起之前家里经常在周日分工合作准备早餐的情景。在那个举行神圣仪式的日子里，母亲还在睡觉，我把刀子、叉子、蛋杯和庄严的米白色瓷器摆放在餐桌上，然后退回到熹微的晨光里，审视我精准的布局。母亲最爱的奢华餐巾如金字塔一般坐落在蕾丝桌布上，从厨房门里流泻出的叮咚声和铿锵声预示着一顿佳肴即将完成。

我按照使用的光谱滤光片大小，将底片按顺序摆放，并分别标注上校准的光度。铺设了瓷砖的走廊里响起了桥厅的陶瓷声，透过门渗进了我的办公室：脚步声、远处的谈话声、小黑板上的粉笔刮擦声和敲门声。我用目镜仔细观察底片，感觉到一个巨大的星系正

1. 加州山名。加州理工大学的帕罗马天文台所在地。

在膨胀成形。

深度曝光显出了我之前关注的模糊喷射流。从 NGC 1097 伸出，一共有四个，两个红色的，两个蓝色的，沃尔森克罗夫特和齐利发现了最亮的三个，洛尔在喷气推进实验室发现了最后红色的那个。喷射流沿直线划过了显眼位置处那些尘埃和星星的斑驳阴影，没人知道是什么给它们染上了红色或蓝色。我试图用深色底片来估量喷射流的宽度。用叠加在透镜上的狭缝逐步收窄光圈，一直到我能测出那楔状光流的宽度。进一步收窄狭缝，就能够测量光谱，以判断蓝色和红色是来自星星还是被激发的气体云。

两束蓝色的喷射流从银河迸发而出，穿过螺旋臂后断开，坠入无尽的黑暗之中。一张拍摄了电离氢云发射光谱区的底片，显示出有 H II 型辐射，像一串小珠，埋在无边的冷却云那卷曲螺旋的通路中。在喷射流穿过的 II 区域位置，有些旋臂被向外推，有些干脆消失在喷射流中。

在每一束蓝色喷射流的对面，红色喷射流闪烁在遥远的银河边，它们也同样喷出串串 H II 小珠。

从旋臂的间隙中，我估计出这个条纹螺旋星系在喷射流蚕食它的过程中旋转了多少：大约十五度。我根据磁盘的速度测量结果，使用已知光谱线的多普勒频移推导出了 NGC 1097 的旋转周期：大约一亿年。这并不出人意料，我们自己的太阳绕银河系中心[1]旋转一周也大概需要相同的时间。体现出这些细节的光子在六千万年前就已经开始恒速航行，当时给它们编号的《新星云、星团总目录》还不存在，它们就是按那些编号葬身于我热情迎候它们的显影液中。我就是这样了解了你——NGC 1097。

---

1. 银河系中心是银河系自转轴与银道面的交点，而银河系的核球即银核是在人马星座方向。

这些喷射流很有特点。最亮的蓝色那束在一个直角转弯处改变了轨道面，最后变成了纯正的银色斑点。和它相对的喷射流，跟它的反方向奇怪地偏了十一度，沿着一条暖玫瑰色的路径延伸出很远的距离，跨度远远超过了母星系本身。我皱起眉头，舔了舔嘴唇，全神贯注地校准、计算和改进结果。显然，这些生硬又简洁的光学模式都试图向我传递一些信息。但是答案只会在它们该来的时候出现，一次一点。

有天夜里，我帮助儿子做阅读作业，试图告诉他这个发现。利用被他母亲现在意味深长地称作“单词袭击”的技巧，他掌握了大部分阅读技巧。然而，句子宏观全局层面上的问题仍然困惑着他。“拆成短语。”我催促他，揉乱了他浅棕色的头发，有点心烦意乱，因为我喜欢肉豆蔻的味道。（我始终认为我可以在黑暗中，在拥挤的人群里，仅用鼻子就找出我的孩子。我们的遗传密码为空气着上了色彩。）他翻阅着书，弄脏了一个边角。我的课堂秩序感渐渐回归，指示他阅读逗号间的文字，并在逗号处暂停下来，仔细考虑这里所有单词的含义。我一边说着，一边再次闻了闻他小麦般的头发。

我是个传统的天文学家，习惯了帕罗马山外壁的严寒、基德峰[1]庄严肃穆的景象，还有利克天文台潮湿闷热的空气。我昨天花了漫长的早晨研究了NGC 1097喷射流，试图用理论学家敏锐的眼光发现什么，走廊那头的罗杰·布兰德福德曾管这叫作“在数据上起舞”。我试图勉强建立些假设，要连我自己可疑的数学能力也能支撑得起来的。一个想法出现在我脑海中的那瞬间，我捕获了它。但是当我

1. 基德峰是美国亚利桑那州的一座山，是昆兰山脉的最高点。

把它抓到眼前，翻来覆去地仔细查看，并试图把各项代入重载方程推算的时候，却发现这只是一个已被否定的老想法改头换面而已。

我若有所思，觉得也许对图像进行计算机增强可以清除我的一些迷思。我把笔记带到了邻近的楼里，听着自己的脚步声在长长的拱廊里回响。加州理工学院的建筑大多采用伪西班牙风格，棕褐色灰泥墙饰以摩尔式窗户和瓷砖。新的那个图书馆紧挨着低矮的办公室和教学室，呈现出一种现代主义的压缩。我走进了阿尔弗雷德·斯隆物理与数学实验室，第N次纳闷，数学实验室该是什么样的，在我的想象中，实验室的负责人该是刘易斯·卡罗尔，我这么想着，走进了崭新的计算机终端室。可以调出我底片的索引在屏幕上陆陆续续显示出来。我用中值滤波器抑制了背景的变化，已有的标准程序可以提取出光谱的特定部分，我把它们调出来，将尘埃和空气中的噪声和图像饱和的尖峰平均化，这些尖峰来自我们星系中的前景恒星[1]。然而，一切如常。还是没有灵感。

我抿了口咖啡，从自己办公室带来的饼干盒中取出一块饼干，掰开来大肆咀嚼。我转动着杯子，看到咖啡在底部像一个暗色的圆盘一样摇晃，漩涡上的奶泡卷成了灰色的旋臂。我一饮而尽，翻开了另一张图片。

这张不是NGC 1097。我检查了一下编号，然后又看了看日志。不，这位置是我特意留出来等待以后归档时用的。这里应该没装东西。它们代表着我预留的电脑空间，因而理应是空白的。

可我认得这张图。这是人马座A的视图，它是一个强射电源，隐藏在银河厚重的尘埃带后面。在那条暗带后是我们银河系的一个星臂，星系的中心就在那里。我眯起眼，没错：这张图片是由对

1. 前景星，在同一视场内处在观测者和观测对象之间的恒星。

二十一厘米波长线（中性氢的发射）敏感的观测所形成的。我曾在观测银核的辐状曝光时看到过它，这边是沿着我们视线的红色氢气带。紧挨着它下方的是著名的热膨胀气体臂，长达九千光年。在它上面，是一个较小的绿色气体臂，以每秒一百三十五千米的速度向外移动，多年前我在几个研讨会上看到过这种现象。位于正中心的结是个长度不超过一到两光年的能量源，它以每秒 10^{40} 尔格的致命能量烹制了这一切。不过，我们星系的能量流还是比类星体少一千万倍。不管在那里的致密能量源是什么，它相对来说都很是安静。NGC 1097 位于遥远的南面，完全在银河系之外。卫星照相机的目标会偏离这么远吗？

我好奇地继续向下翻，下一个索引编号给出了人马座区域的另一个扫描图像，这一次看到的是向外移动的氨气云的发射光谱。毫无规律的光斑。我接着往下翻，呈现在我眼前的是一张甲醛发射视图。正在膨胀的巨大氢臂上布满了结，意味着云移动得越来越快，多普勒频移到了蓝色区域。

我不禁蹙额。不，这张人马座 A 的底片不是瞄偏了。这些位置的空间都是为我将来要输入的数据预留的。有个人占用了这些空间，是谁呢？我调出了识别码，但是什么也没有发现。就主日志而言，这些空间仍然是空的。

我准备动手擦掉它。我的手指停驻、盘旋，最终放了下来。这显然是处理过的高质量信息，一定有人需要它，他们不小心把它扔到了我的领地上，然而……

我的停顿有一部分是出于纯粹的欣赏。凝视着这些用颜色编码的光壳，我渐渐回想起这一切通常的样子：复杂得不可思议，术语纷繁复杂，被那些逝去已久的教授们的古怪术语所包围，那一大堆原子物理和热动力学能噎死人，那张复杂的大网最终在人们心中描绘出过去的一幅图像，一个骤变的、激烈的时代，其中的恒星而今已燃成灰烬，那时的太阳之间充满了躁动不安，还有窃窃私语着的氢。从这些数字中，我们推测出了所知的星空图景。从胶片上的一道尖锐"划痕"里，我们可以捕捉到某个元素的特征，并通过多普勒频移推导出其速度，然后测量划痕的宽度以得出速度的随机分量和热运动引起的随机抖动，最终推导出温度。所有这些信息都可以从一道划痕上得到。所以，我不可以擦掉它。

我9岁时，母亲认为我们都该出席仪式了，于是我参加了圣公会那冗长得难以忍受的祭礼，并且被迫到祭台上做助祭。我穿着朴素的长袍，第一个出现在仪式上，用一个笨拙的长装置和它滑动的烛心点燃了蜡烛。风琴音乐很柔和，不会干扰会众观看我笨拙地处理烛芯，我试图在给它加太多（以至于过量，会变成一团橘色的火球）和更糟糕地让它哀叹一声吐出最后一团黑烟之间寻求平衡。在整个仪式中，我时而跪着，时而站着，一边低声念着那些陈词滥调，一边想着我下午要打的垒球，还感觉到在我的长袍下聚集起来的灼人的热气。天气不好时，汗水会渐渐积聚，一滴汗珠贴在我的鼻子上。我会让它挂在那里，为我作无声的证词，牧师似乎从未注意到这一点。我时常陷入些绝对不符合神学的白日梦中，被逼人的湿热弄得昏昏沉沉，漏过了标志圣餐仪式开始的连祷词。一声低语划过凝滞的空气，于是我苏醒过来，看到牧师板着脸转过来，手里举着他用于宽恕的道具，等我把酒和薄饼拿给他祝圣。我会迅速站起来，用只有那些刚刚学会这句话的人才能汇聚起来的热情低声起誓，毫不胆怯地一边咕哝着这些话，一边抓起圣餐杯闻了闻甜腻的黑葡萄酒，又抓起几片薄饼，还发誓一旦抛光的胡桃木圣餐台栏杆前不再有那些仰望上方、奇怪地毫无表情的面孔，一旦这傻乎乎的风琴声停下，一旦我脱掉了这满是樟脑球臭味的长袍，我就要把这事抛到脑后，我要把它们从记忆里擦除。

我问雷德曼到底是谁把东西记录到我的库存空间里的。他检查了一遍，答案是：没有人。没有任何入侵那部分记忆系统的记录。“继续往下看”，我说道，回到了终端机上工作。

它们依然在那里，更过分的是，一些以前是空白的索引现在也被连上了内容。

NGC 1097 仍困扰着我，但我把这个问题推后了，转而去研究这些新的图片。它们被处理过，按多普勒频移编码，还过滤了噪声。为了确认这一发现，我又换回了之前的底片。结果很清晰了：它们是与众不同的。

目前的理论认为，膨胀气体臂处于振荡的外相。该理论认为，几亿年前，银河系中心发生的一次大爆炸启动了膨胀：一圈翻腾、旋转的环状气体向外膨胀，最终它的能量与银河质心对它的引力相等。随后，它的速度减慢，最终又朝中心回落，在回落过程中它旋转得越来越快，在旋转中储存能量，直到离心力阻止它冲向中心。因此，热云可以在引力势阱中振荡并缓慢冷却。

这些电脑改造过的底片陈述着另一种事实。多普勒频移过程中形成了一个圆锥体。在底片中心，数据的最大值远远高于之前观测到的任何值，超过了每秒一千公里，这比银河系本身的逃逸速度还要快。这些数值沿着锥体两侧逐渐平稳下降，到达先前底片上的频移值。

我打电话叫来了编程主任。他看了显示屏上的图像和数据，完全无法理解其含义，只知道它是如何到达那里的。他的结论很明确：这是人为差错。但是进一步的检查没有发现这类错误。“一定是从轨道传输过来的。”他若有所思地说。他输入命令追踪入侵者的时候看起来像是半睡着了。这些数据来自轨道上的新型可见光学-红外联合望远镜，JPL 程序强制执行了例行的增强和分析“神迹”。但轨道工作人员确信没有传输过这样的数据。事实上，望远镜因为检查和校准工作已经下线两天了。编程主任耸耸肩，许诺会去看看，手指拨弄着夹在他衬衫口袋上的无数支钢笔。

我盯着多普勒锥体，点开了下一条索引。锥体在生长，频移仍在变大。我注意到了别的事情，一股寒意渗进了我的身体，让终端室里的聊天声和机械打印断续输出的声音都消失不见了。

底片的视角变了。所有早期底片都以一定的倾斜角拍到了某块气体云。最新的底片略微往边上转了一点，照亮了 H II 聚集成团的一小块区域，也模糊了一部分热膨胀臂。出现了一些新的细节。如果是 JPL 程序完成了这样的旋转和频移，那么新的空间由于无法填充，会保持空白。现在它们不是空的，充满了明确的频移数值和详细的光谱指数。只有在原始数据包含这片区域的数字的情况下，JPL 程序才能生成它们。我盯着屏幕琢磨了很久很久。

那天晚上，我在黄昏时分一路驱车回家，穿过帕萨迪纳宽阔的林荫道。我想起来上个月在加州理工学院诊疗所的杀菌灯下献血的经历。他们把血装在一个奇怪的塑料袋里带走，在我肘部弯曲处留下一条小绷带。我的皮肤是半透明的，显露出蓝色静脉的分支脉络，那里刚刚被拍打过，像皮肤一样苍白。我以前从未看过自己身体上的这个部位，现在才发现它是如此细嫩、脆弱，有出人意料的开口。我记得我和妻子约会时，她喜欢我抚摸她肘部，然而我已经有很久没有碰她那里了。现在我自己的肘部被刺伤了，只为把生命装满另一个袋子，送到需要它的人那里。

那天晚上我又开着车，带着儿子去参加家长会。学校里面灯火通明，似乎在用它明亮的光线指挥着附近的居民，拉着他们从家里走出来。妻子带着女儿去了另一所学校，所以我失去了她那种能认出熟人的能力的荫庇。当有人跟我打招呼时，我一直不能分辨出他们的名字，也不能及时回应他们。我们街区的家长教师协会晚会上会聚了太多像我这样的技术型参与者，今晚我与他们相遇，说话如水银泻地般的妻子却不在身边。他们开着对于他们的大家庭而言过于紧凑的轿车，穿着随意舒适的鞋子、工作服和休闲裤，与这个正规场合相去甚远，携带着记录孩子功课的油腻文件夹，在会议中，他们举着这些文件夹与老师交谈。妻子们晒得很黑，特意穿上了清爽的印花连衣裙，轮番谈论着家长会政策、债券发行和班级规模等话题，语带嘲讽。儿子拉着我在教室里的每块展板前驻足观看，他在其中的一块展板上写了一些关于野生动物的段落。最佳展品是木卫一的模型，木星那个长得像比萨的卫星的模型，是儿子用一个网球和厚厚的硫黄色颜料做出来的。模型挂在漆黑的盒子里，看起来非常逼真。儿子在班上凭这个卫星模型作品获得了一等奖，老师先强调了这一点，然后说出了坏消息：他阅读做得很不好。显然，他把正确划分的短语——A，然后 B，接着是 C——安排成了不合逻辑的组合，C 排在了 A 前面，完全无视逗号和分号对他的提醒。“这是个小问题，”他的老师向我保证说，“但是确实需要关注。也许可以在家里，在您的监督下多读点书？”我点点头，其他科学家、计算机程序员和工程师的孩子们确实都没有这个困难，甚至可以在这个世纪结束之前，就知道下个世纪的指导性短语是什么了。我的儿子毫不胆怯、实事求是地接受了这个消息，然后跑开去帮忙制作蛋糕和冰袋。我看着他和那些长颈鹿一样笨拙可爱的姑娘混在一起，突然想起来自己曾听到传闻，说他老师的母亲死于癌症，也许这就是她眉间始终深刻皱着的原因。儿子拿着蛋糕过来了，我膝盖斜向上坐在小椅子上，与他一起分享。一切都很平静，突然我脑海中浮现出一个挥之不去的想法。我把盘子翻转过来，摸了摸它的形状，初步证实了自己的想法。我内心既兴奋又害怕，但十分确信这想法行得通——事实证明这是对的。擦去最后一点面包屑和糖衣，我低下头看到了儿子画的蜡笔图案，那是一个身形巨大的父亲和儿子在奔跑着投球，这个场景被小心翼翼地填进了一次性塑料碟的小圆盘里。

第二天早上，我完成了狭缝摄像底片的数据简化处理。通过仔细地叠合银河系和背景，我终于获得了连续的相片，它们大致显示出平行于最亮的蓝色喷气流的部分空间。对产生的微弱信号进行光度测定，可以得出射流强度的横截面。然后精确校准，获得中心喷射区的厚度。

数据有些零散，标准差比我想象的要大，然而我还是确信我已经得出了正确的结论。喷射流有一个明亮的核心和一圈模糊的光晕。核心的宽度不到一百光年，是一条由高度电离氢组成的细丝，像一把镰刀划过银河系外薄纱般的尘埃。它直尺般坚毅锋利的路径和纤细明亮的轮廓都指向了一幅诱人的画面——每根线都是被某个高能物体“刻”出来的。它吞没了路径上的一些物质；在吞噬的过程中，那些物质被加热到发出炽热的光辉，将紫外线和 X 射线喷到周边广大的区域内。接下来这些辐射电离了银河系中的气体，在物体背后留下一道光痕，就像野餐者在沿途抛下发光垃圾。

这些快速移动的喷射源最明显的可能就是黑洞。我沿着 NGC 1097 喷射流的细长轮廓反向追溯到银河系中时，它们几乎都与星系棒旋的几何中心精确相交。

昨晚，拖着昏昏欲睡的小男孩从家长会回来，我脱掉衣服后与妻子交谈。我讲述了儿子的教室、艺术成就和老师。妻子随口说出个让我心烦意乱的消息。显然我之前听到的传言有误，也许是她在早餐那阵向我讲述这个故事时，我在考虑一些别的问题。得了癌症的并不是老师的母亲，而是老师本人。我立刻感到深深的内疚，我几乎记不起那个女人的脸了，尽管才仅仅过了一个小时。我问那为什么她还在工作呢？妻子用她直截了当的新英格兰思维解释说，这总比盯着墙发呆要好。化疗只占用她一小部分时间。而且不管怎样，她可能需要这笔钱。窗外的夜晚似乎比屋内柔软的我们要坚固、冷峻、刚硬得多。我在玻璃窗里看到妻子脱下了印花连衣裙，向后仰身，胸部逐渐变薄成两弯新月，她的一节节脊柱勾勒出一条静谧的曲线，贴向床铺。我走到抽屉柜前，低头看了看光滑又整齐的长方形胡桃木柜面，上面扔着我尽职尽责照顾儿子一小时的成果：一篇关于狨猴的潦草文章、儿子的绘画集、阅读清单以及最上面老师那平淡无奇的评语。这感觉真奇怪：多年前一次出于爱，或至少是欲望的行为，创造出了这堆东西，这些小小生命向前跃进的印迹。我的双手仍保留着抱孩子的手感，可以寻找最适合的角度，我也能清晰地感觉到当儿子尝试直立行走时试探性的抓握。接着我的目光移到了他的文章上，我看到他疲于应付从句的概念，将想法互相堆叠以形成一个观点，而且按固定的框架写成句子。在最上面老师那流畅的笔迹中，我看出了一种空洞的圆熟，对她生活中一切束缚的否认。像学龄少女一样的笔迹在说，她必须继续走下去，这样才能在一屋子忙碌的孩子中强制自己忘掉刻骨的病痛。无论如何，她只能继续做下去。

有什么能量能够将黑洞推上深引力势阱坡，推出银河系中心呢？只有另一个黑洞。其中的动力学问题多年前——在另一篇论文中——由威廉·萨斯劳解决了，此类事可谓屡见不鲜。假设有一大群黑洞群围绕着彼此运行，所有黑洞都陷在引力洼地之中。它们偶尔会互相靠近，将附近的时空挤压变形，然后就像撞到一起的台球一样，将彼此弹开。如果有几个黑洞同时经历这样危险的接近碰撞，就会有一个黑洞从引力势阱中完全弹出。更复杂的碰撞可以将成对的黑洞朝相反的方向抛射，并保持角动量不变：这就是喷射流与反喷射流。但是为什么 NGC 1097 显示出两道蓝色喷射流和两道红色的呢？大概蓝色那些是被更大、能量更多的黑洞留下的冷光废物照亮；而根据动力学的一些细节，反喷射流肯定总是偏红的，而且又小又弱。

我去了装有空调的新图书馆，读了萨斯劳的论文。把一窝蜂似的黑洞群放在一个引力势阱——部分是由它们自身形成的——然后发生的事会有很多可能。部分黑洞可能形成一个紧密结构，轨道挨得很近，围绕它们自身，可以作为一个整体弹出。一旦这些亲密家族被孤立在星系的拖拽之外，它们就很可能像中心的黑洞群一样变得不稳定。它们会彼此碰撞弹开，驱逐走不受待见的成员。我眉头一皱，意识到这或许可以解释蓝色长喷射流惊人的直角转弯。一个黑洞向侧面推进，另外几个能量较低的小黑洞向反方向推进。

随着银河系失去它这些乖戾的孩子，喷射的可能性渐渐降低。一切都渐渐平息，但这需要花多长时间呢？NGC 1097 不比我们的星系年轻，在宇宙尺度上，六千万年的差距是微不足道的。

午后黄昏，距离我第一次摆开 NGC 1097 的底片刚过了二十四个小时，我收到了运行报告。报告上对于人马座 A 的数据没有任何解释，它是从在轨空间站收集到的，并且已经进行了适当的处理，但实际上我们并没有发出让视野旋转到那条轴线上的指令。运行报告也表示这很奇怪，这可能指出了一个有趣的指引，但是再没有更多的信息了。

又多了两块刚处理完成的底片。我在给雷德曼的运行报告中并没有提到，这些底片的分辨率高得惊人，那些膨胀溢出的云团，细节丰富到了史无前例的地步。我也没有指出视角倾斜得更多了，这样能以更好的视野观察向外突出的火舌。电脑用它们的多项式“叩诊法”，给出了一排排向下流动的数据流，里面包含的数字表明，有些物质从我们星系的枢轴中心被驱逐出去了。

加州理工学院的校园不大。我在棕榈树和有香气的桉树下慢吞吞地走着，打算去图书馆喝杯咖啡，回来的时候绕校园走一圈。门厅上铺了瓷砖，在它漆过的构面上，有一把时间之锤，那是一串多普勒数组，发生了蓝移，因为那东西正朝我们冲过来。天空中的一个凸起。无声的数字，其意无穷。

有许多细节需要考虑，也有很多计算需要进行，有诸多假设需要展开，就像一连串单薄的旗子。我不知道穿透性电离辐射流对地球的影响。也许它会影响高层大气，并改变一直飘浮在我们头顶上但我们却不曾留心的臭氧层。一长串被扰动的高能等离子体会呈扇面散开，漫过我们这整个可爱的银河系旋臂——把星尘飘带和恒星之河看作我们生长地方的邻居，这似乎挺奇怪的——搅拌，移动，加热。毕竟 NGC 1097 的喷射流就像擦过黑板的板擦一样，将 H II 串珠状区域擦得干干净净，终结了所有生命所能知道的问题。

NGC 1097 的数据清晰可靠，也许可以在《天体物理杂志快报》上发表一篇很好的论文。但是其他那些——没有清晰专业的道路可走。这些底片来自距银河系中心相当近的地方，那里的信息以光速向外传播，远快于那些气团膨胀的速度，而且距指向地球的径向矢量有小角度偏离。

今天下午我检查了在帕罗马山拍到的最新的人马座 A 的底片，没有发现任何异常现象。无多普勒膨胀，无流散质量，与卫星底片完全矛盾。

这就是问题的关键了：我们最大的地面望远镜——可靠的老“帕罗马”什么也没显示。这意味着有人在高轨道将数据输入到我们的卫星望远镜中——那些底片必须得在离银河系中心很近的位置拍好，然后带到这里，最后巧妙地掺进我们的日常天文观测中。这些底片说明在我们目不能及的尘埃带之外，有某些东西在剧烈扰动，但炽热的气体喷流还需要再花很长时间才能穿过那片黑色的屏障。

这些简单明了的事实出现在屏幕上，无声却又不容否认，和 NGC 1097 的数据相连。和我可能忽视的关系相连。有些天文学家在食变双星或球状星团的底片上苦苦劳作，他们很可能会不耐烦地抹去令人不快的彩色溅痕，不愿意花费精力去解码多普勒数据，未曾注意到右下角星系尘埃臂上持续存在的红斑，因此自然也不知道那里理应是什么样子。只有我将它与 NGC 1097 联系起来了，并且猜测出一个猛冲而来的黑洞会对一颗脆弱的行星产生什么影响：烧掉臭氧层，用高能粒子轰击地面，甚至用气体和尘埃遮住太阳。

但是用这种方式传递信息太奇怪了，是的，太“外星人”了。也许这就是他们必须选择的方式：安静、微妙且间接。使用的是只有隐约暗示的类比，可比起直接宣告来说还更让人困扰。当然，这可能只是长消息中的一个短语。他们从银河系中心出发，根本不知道我们在哪里，直到暴露了我们位置所在的无线电噪声气泡和他们擦身而过。因此他们会使用手头现有的数据，换个视角作图。数据本身很原始也很平静，它本身并不一定会引来人们的关注，必须被放在 NGC 1097 旁边的环境中。他们是怎么做到的？他们之前尝试过吗？这种方法遵循什么奇怪的逻辑？怎样……

把问题分成小片，一点一点来分析。有些数据我可以使用，有些数据不行。可以考虑进行进一步检查，重新观察人马座尘埃臂，或许可以观察到它开始膨胀变红，验证我们的猜想。我必须努力找出一座桥梁，能将我知道是对的但无法证明的猜想解释得令人信服。科学的标准是严谨而不宽容的，是啊，谁又会有不同的标准呢？我不能冲得太猛，每前进两步必须往后退一步，进行比较、提议和对照，并始终坚持忠于数据。不管我认为自己现在对这个问题了解多少，都要把数据放在第一位，由它们为我指明方向。

在希尔街不远处有一个小圣公会教堂，每周五傍晚举行圣餐。我在开车回家的路上一路沉思，穿过周围招揽消费者的霓虹灯海洋，然后看到教堂圣餐会的标志，停下了车。我那些 NGC 1097 的底片装在随身携带的手提箱里面，它们不同部分的图像在我胳膊下面，就像是些奇形怪状的细胞切片。我走进去，厚重的橡木门在我背后肃穆地砰然关上。中殿里有两位老人正在传递收集献金的编织筐。我选了个靠后的位置坐下来，漫不经心地打量着坐在前面长椅上的人群，他们的排布就像一片无思想的星星。一个男人走近，一片黄铜色的光被传到了我面前。我投了点东西进去，底部的碎片被我扰动了，叮当作响。熟悉的枯燥祷词在耳边嗡嗡作响，我百无聊赖地盯着前方的后脑勺，同以前一样感到毫无意义。我不相信那些，但毕竟在举行圣餐礼。这时有东西吸引了我的注意力，一个脑袋转了一下。通过某种类似三角测量的方法，我推测出那位的一些特征，发现比我更靠近祭坛上红色光线的她是我儿子的老师。她听得全神贯注。我也在听，边听边看着她，但想着的只有在熙熙攘攘的旋涡星系中心发生的吞噬。那光似乎变暗了，风琴声也消失了。“拿去，吃吧，这是基督的血和肉……”[1]圣餐就这样开始了。我等待着轮到我。虽然我不相信教义，但圣餐礼毕竟在举行。人们排着队依次前行，那个女人站起来了，确实是她，是那种手写体会带圆环和螺旋，在写字母“i”的时候会把顶上画成个小圈的女人。风琴微弱的音色渗入了凝滞的空气，我还在思考着 NGC 1097，思考着该如何撰写这篇论文，很多思想的碎片在我脑海中飞掠而过，思辨的金字塔正在成形……我差点就因此错过了前排末端老人的手势。离圣坛栏杆还有一半路程时，我突然意识到自己还拿着 NGC 1097 底片的手提箱，箱子歪过来碰到了我的肘部，压到了之前诊所抽血时留下的针孔，轻微的痛感蔓延开来，那个针孔证明我曾在那里输出血液，献出了一部分生命。我蹲下来，把箱子放到一边。有个人正在走近，他的长袍是钴蓝色和红色的，这点倒是跟我当教士助手那会儿不同。当然，在这样一个小规模的典礼中是没有助手的。首先供应的是一盘华夫饼，为我带来活力；圣血是第二道。拿去，吃吧。生命呼唤着生命。我能感受到前方的担子，我将用漫长的岁月来推进一个假说。然后我咽下圣餐，心里清楚我永远不会相信这套，但我还是会想要参加。此时我想起了我的儿子，想起很多碎片化的场景，想起拼图尚未拼完，我永远不可能真正看到它完成。我想起了作为一个天文学家，我将永远活在局部的、临时的知识之下。我想起，科学并不等于最终的结果，而是在面对巨量事实时能持续不断地深思。“拆成短语”——让我们生命的句子累积成形吧。

（箮婳　译）

1. 圣餐礼的例行用语，出自《新约全书 · 哥林多前书》。

现实与超现实

科幻小说是一种特殊类型的幻想文学，它通过让幻想看起来真实来完成自身使命。那么，真实感对科幻小说而言也许和幻想一样重要。如果对一个故事中事件的合理解释数量减少或者可信度降低，这个故事的科幻感便会减弱。这便产生了一个显著的矛盾：尽管科幻小说是幻想文学的一个子类别，但是故事的幻想性越强，它读起来就越不像科幻小说。

在类型小说的公式化贫民窟之外的文学世界里，第一次世界大战带来的前所未有的恐怖引发了一系列反应，其中之一就是“达达主义”。在艺术和写作中，它拒绝了宇宙中存在秩序的观念，将意识疯狂采纳为一种方法。大约在 1924 年，它发展成“超现实主义”。按照一位评论家的说法，它表现为“无序排列的偶然事件，很像梦里经历的事件或者回忆的随机序列”。“荒诞派戏剧”采用超现实主义方法，将人类描绘成一种在不可理解的宇宙中困惑不解的生物。“反现实主义”放弃了现实主义对情节、背景、动机、人物塑造、因果关系，有时还有逻辑的依赖。早期反现实主义作家有乔伊斯和卡夫卡。当代反现实主义作家——尽管表现手法不同，主要包括萨缪尔·贝克特[1]（Samuel Beckett）、豪尔赫·路易斯·博尔赫斯、约翰·霍克斯（John Hawkes）和约瑟夫·海勒（Joseph Heller）。

也许反现实主义终将不可避免地在科幻小说中站稳脚跟，而超现实主义将开始重塑科幻之梦。被新浪潮的实验解放之后，反现实主义和超现实主义将成为处理宇宙之奇与人心之秘的新方法。

乔治·亚力克·艾芬格被称为超现实主义者。他在美国俄亥俄州克利夫兰出生和长大。他曾两次就读于耶鲁大学，一次就读于纽约大学，后来都因为毕生的写作抱负而放弃了学业。他参加了 1970 年号角科幻作家写作营，并有三篇作品被收录在该写作营的第一部选集中。然而，他发表的第一篇文章是刊登在《奇妙故事》杂志 1971 年 4 月刊上的《八点半到九点》（"The Eight-Thirty to Nine Slot"）。他 1972 年的短篇小说《一了百了的最后之战》（"All the Last Wars at Once"）以及 1973 年的中篇小说《沙滩上的城市》（"The City on the Sand"），都进入了雨果奖的终选名单。

艾芬格的第一部长篇小说《熵对我意味着什么》（*What Entropy Means to Me*，1972 年）广受赞誉，而且进入了星云奖终选名单。艾芬格本人在 1973 年约翰·W. 坎贝尔纪念奖最佳新人作家奖中仅次于杰瑞·普尔内尔。他接着写了《亲戚》（1973）、《梦魇蓝》（1975，与加德纳·多佐瓦合著）、《那些温柔的声音：太空之路的不羁浪漫》（1976）、《死于佛罗伦萨》（1978，1980 年再版改名为《乌托邦三》）、《豪言壮语》（1979）、《记忆之狼》（1981）、《关键时刻》（1985）、《时间的鸟》（1986）、《引力失效时》（1987）、《太阳之火》（1991）和《流亡之吻》（1991）。他在 1971 年和 1972 年为漫威漫画写作，并

1. 爱尔兰剧作家、小说家。早期创作受乔伊斯和普鲁斯特的意识流主观叙事方法的影响。代表作有两幕剧《等待戈多》，另有长篇小说《莫菲》《马洛伊》等。获 1969 年诺贝尔文学奖。

将《人猿星球》（*Planet of the Apes*）连续剧中的四集——《逃亡之人》（*Man the Fugitive*，1974）、《逃到明天》（*Escape to Tomorrow*，1975）、《恐怖之旅》（*Journey into Terror*，1975）和《猿王》（*Lord of the Apes*，1976）改写成了小说。他的短篇小说被收录在《复杂的感情》（*Mixed Feelings*，1974）、《无理数》（*Irrational Numbers*，1976）、《肮脏的把戏》（*Dirty Tricks*，1978）、《闲散的快乐》（*Idle Pleasures*，1983）和《有趣的旧物》（*The Old Funny Stuff*，1989）中。他的小说《薛定谔的小猫》（"Schrodinger's Kitten"）获得了1989年雨果奖、星云奖和西奥多·斯特金纪念奖（Theodore Sturgeon Memorial Awards）。

《20世纪美国科幻作家》（*Twentieth-Century American Science Fiction Writers*）上的一篇文章评论道："他讽刺的机智，他对宇宙之荒谬的察觉，他对坚实细节的关注，以及他对不同风格的模仿，使他被拿来与豪尔赫·路易斯·博尔赫斯、约翰·巴斯、唐纳德·巴塞尔姆[1]和托马斯·品钦等作家相比较。"

艾芬格不喜欢信手拈来的标签，拒绝使用"超现实主义者"这个术语。"超现实主义是一个起点，而不是一种风格，"他写道，"十多年来，我一直在用科幻小说的传统材料，惯常的人物、背景和故事情节，以一种超现实主义的方式写小说。但除此之外，我还尝试探索超出超现实故事范围的人物性格、动机和对危机的反应。"

艾芬格还在他的作品中展现了对当代生活的不同态度和对人工制品的迷恋。正如罗伯特·西尔弗伯格在介绍《无理数》（*Irrational Numbers*）的文章中所说："艾芬格的素材包括当代流行文化中所有标准的廉价元素；他从中得出的却超越了流行……艾芬格有时会和

1. 美国后现代主义小说家，代表作是《巴塞尔姆的白雪公主》。

他的球童、疯狂的科学家和邪恶的电脑一起，做一些像洛杉矶的西蒙·罗迪亚和他的华兹塔[1]那样的事情。”

《薛定谔的小猫》于1988年发表在《万象》上。与艾芬格的“超现实主义”小说不同，它的出发点是“写一个好的、坚实的故事，直接来源于真正的科学思想”。从这个角度来说，它更像艾芬格的“布达因”小说三部曲——《引力失效时》(*When Gravity Fails*)、《太阳之火》(*A Fire in the Sun*)和《流亡之吻》(*The Exile Kiss*)，这些小说探讨了技术，尤其是生物技术对未来生存和个人认知的影响，并预测了一个由跨国公司控制的未来（很像那些从威廉·吉布森的《神经漫游者》中汲取灵感的赛博朋克作家，但艾芬格的独特之处在于他的人文关怀和他对中东主导概念的关注）。《薛定谔的小猫》以布达因街区为场景，但是这个故事不同于其他布达因小说，它将量子物理与“保守的、低技术的环境”进行对比。就像《粒子理论》和《底片》一样，它将科学背景与人类故事结合起来，令读者得以洞察人类在受到变化影响时的境遇。

（秦鹏　译）

1. 洛杉矶的地标之一，是一位叫作西蒙·罗迪亚的意大利移民，花了三十余年时间用玻璃、贝壳、瓷砖等废弃材料搭建出的高达约一百英尺的奇迹般的建筑物。

薛定谔的小猫[1]

［美国］乔治·亚力克·艾芬格

月初的清朗新月高悬在巷子西面的天空中。贾汗还不到12岁，这么小的年纪不用戴面纱，不过她还是戴了。她以前从来没有这么晚单独出去过。她听到欢庆活动的声音从远处传来。这是一个为期三天的节日，标志着斋月的结束。两个人醉醺醺地唱着歌走过小巷，还有两个人愤怒地高声争论着一些蜂蜜蛋糕的价格。笑声和喧嚷声传到贾汗耳朵里，仿佛来自另一个世界。过去的她一直都很喜欢开斋节，不过这一次她没有参加庆祝活动，而且她因为其他人仍然在参加而感觉有些奇怪。很快她就不再关注这些问题了。今年，她必须参加一个比任何节日都重要的会面。她叹了口气，耸耸肩：明年这个节日还会再来。今晚，只有银月相伴，她在蓝黑色的长袍里颤抖着。

贾汗·法蒂玛·阿舒菲往小巷深处又走了几英尺，离亮处更远了。在这条街上，那些本来不会出现在这个区域的人都在恣意玩乐。贾汗又哆嗦了一下，等待着。她渴望的那一刻会在黎明到来。即使

1. 薛定谔是奥地利物理学家。量子力学奠基人之一。本文标题化用了他著名的思想实验。

是现在，天空也已经足够黑暗，可以让月亮和第一批不安分的星星显现出来。在伊斯兰世界里，当一个人分辨不出白线和黑线的时候，黑夜才算是到来，现在还不能算是黑夜。贾汗用左手把长袍紧紧地裹在自己的身上。在她的右手里，被她的长袖遮挡着的，是她从父亲的房间里拿出来的那把寒光闪闪的利刃弯刀。

她饥肠辘辘，希望自己有钱买东西吃，但是她没有。在布达因，许多与她同龄的女孩都已经有办法自己挣钱了，然而贾汗不是其中之一。她向四周看了一眼，只见到遍地污物、潮湿泥泞的铺路石。小巷的臭气令她恶心。她感到无聊、孤独和害怕。这时，就好像整个肮脏的世界突然变成了另一种东西，某种完全陌生的东西，她看到了更多。

贾汗·阿舒菲今年 26 岁。她穿着一件样式保守的深灰色羊毛套装，剪裁要比流行的款式更长、更质朴，不过倒是挺适合年轻而聪慧的物理学家身份。她不喜欢珠宝首饰，习惯把黑色长发编成一条辫子，垂在背上。在与她杰出的老师和顾问在一起的时候，每天早上她都要花点工夫让自己看起来尽可能朴素一点。这是海森堡[1]的主意：在这个年月，谁会相信一位美女也可以是一名才华横溢的科学家？贾汗很快就知道，她不引人注目的愿望是徒劳的。黑皮肤和口音给她打上了外国人的标记。她显然不是欧洲人。也许她有部分地中海血统。大多数见过她的人都认为她很可能是犹太人。这里是德国哥廷根，时间是 1925 年。

在两年前写就的一篇论文中，杰出的马克斯·玻恩[2]第一次使用了“量子力学”这个表达。他正在主持大学物理学家们的一场会议。

1. 德国物理学家。量子力学创始人之一。曾与玻恩等合作建立矩阵力学。1927 年提出不确定关系。
2. 德国理论物理学家。量子力学奠基人之一。

他们讨论的是马克斯·普朗克[1]针对他自己的辐射理论提出的最新想法。普朗克已经在新兴的量子物理学领域发展出了一些基本的思想，却仍然用经典牛顿力学来描述光和物质的相互作用。这种方法显然是不足的，但迄今为止还没有出现更好的系统。在哥廷根的会议上，帕斯夸尔·约尔旦提出了一个折中的解决方案，然而还没等系主任玻恩做出答复，沃纳·海森堡猛烈地打起了喷嚏。

“你还好吧，沃纳？”玻恩问。

海森堡只是挥了挥手。约尔旦正要继续，海森堡又打起了喷嚏。他眼睛发红，眼泪顺着脸颊流下来。他显然很窘迫，转向他的研究生助理。“贾汗，”他说，“请立即安排一下，我得走了。这是我那该死的花粉热。我想马上离开。”

另一位与会者提出反对。“但是座谈会——”

海森堡已经站起身来。“你让普朗克直接去地狱好了，把德布罗意和他的物质波也带上。还有玻尔和他该死的跳跃电子。我再也受不了了。”海森堡晃晃荡荡地走了几步，离开了房间。贾汗留在后面，在她的日记里做了一些记录。然后她跟着海森堡朝他们的公寓走去。

布达因没有宣礼塔，但在城墙四周有许多清真寺。洪亮的声音从高大的古塔发出来，召唤信徒们去晨祷。“来祈祷吧，来祈祷吧！祈祷总比睡觉好！”

贾汗倚在一堵肮脏的墙壁上，听到了宣礼员的呼喊，但是她并没有在意。她盯着脚边的尸体，一个比她大几岁的男孩。她在布达因城里见过他，但并不知道他的名字。那把夺去了他性命的沥血弯刀仍然在她的手里。

---

1. 德国物理学家。提出“量子假说”，对量子论的发展有重大影响。

过了一会儿，三个人推开堵在巷口的人群挤了进来，低下头严肃地看着贾汗。他们当中有一个是警察，一个是负责诠释如何在现代生活中应用古代伊斯兰戒律的卡迪，第三个是从距离布达因东门不远的一座小清真寺匆匆赶过来的伊玛目。在城墙内，扒手、妓女、小偷和杀手都可以对彼此随意做他们喜欢的事。一例发生在布达因的死亡并没有引起城市其他区域的注意。

那名警官高大魁梧，长着浓密的黑胡子，眼神困倦。他的好奇仅仅是因为，他已经在布达因待了十五年，还没有经手过凶手是一名这么年轻的女孩的杀人案子。

那位卡迪还挺年轻，胡子刮得很干净，明显对伊玛目言听计从。在场的人都还不清楚这一事件应该由民事当局还是宗教当局负责。

伊玛目个子挺高，甚至比警察还高，但是肩膀又瘦又窄。然而，让他那么纤瘦的并不是苦行生活。他以两件事闻名：对日常事务冲突的常识，以及对自己享受世俗之乐的高度纵容。他也感到困惑和好奇。他留着灰白色的短须，目光柔和的棕色眼睛几乎全都隐藏在了慢慢侵蚀着他的脸的网状皱纹中。伊玛目也曾经和那位警官一样，留着浓密的黑胡子，但是他早已经过了凶悍的年纪。现在的他一副正派而和蔼的样子。事实上，这两种品行都与他没有什么关系，不过他发现培养这样的声誉是很有意义的。

“噢，我的孩子。”他用嘶哑的声音说。他非常沮丧。比起来查看附近街道上赫然横尸这种俗事，他更喜欢解读光荣的《古兰经》上那些晦涩难懂的篇章。

贾汗抬头看了看他，但什么也没说。她又低下头看她杀死的那个不知名的男孩。

“我的孩子啊，”伊玛目说，“告诉我，是你杀了这个孩子吗？”

贾汗平静地回看着老人。她浑身上下都被裹在头巾、面纱和长袍当中，能被他人看到的只有乌黑的眼睛和握着刀的细长手指。“是的，智者，”她说，“我杀了他。”

警察瞥了一眼卡迪。

“你向真主祈祷了吗？”伊玛目问道。如果这里不是布达因的话，他就不需要问了。

“是的。”贾汗说。这是实话。在她的一生中，她曾多次祈祷，她可能会在某个时候再次祈祷。

“你是否知道，真主创造的神圣的人类生命是不容剥夺的？”

“是的，智者。”

“那么你是否知道，对那些违反了这条法律的人，真主已经规定了惩罚措施？”

“我知道。”

“那么，我的孩子，告诉我们你为什么杀死这个可怜的孩子。”

贾汗把那把血淋淋的刀子扔到石头小路上。它发出刺耳的声音，然后搭在了尸体的一条腿上。“我杀了他，是因为他将来会伤害我。”她说。

“他威胁你了？”卡迪问。

“没有，尊者。”

“那么——”

“那么你怎么确定他会伤害你呢？”伊玛目说完了这句话。

贾汗耸了耸肩。“我已经看到过很多次了。他会把我扔在地上，玷污我。我看到过那些景象。”

在贾汗和这三名男子身后，仍然聚在巷口的人群发出了低语声。伊玛目的肩膀耷拉下来。警察耐心地等待着。卡迪看起来很沮丧。“那么他今天早上并没有伤害你？”伊玛目说。

“没有。”

“的确，就像你说的，他从来没有给你带来伤害？”

“没有。我不认识他。我从来没有和他说过话。”

“可是，”显然很不高兴的卡迪说，“你杀死他就是因为你所看到的？就像在梦里看到一样？”

“就像在梦中一样，尊者，但更真实，如同亲眼所见。”

“梦。”伊玛目咕哝着，“先知——愿真主降福于他，赐他平安——并没有说过仅仅因为梦中所见而谋杀可以得到赦免。”

人群中有一个女人喊道：“但她才 12 岁！”

伊玛目转过身，推开那群乌合之众走了出去。

“中士，”卡迪说，“羁押这个年轻的女孩。《正道》已经阐明了我们的责任。”

警官点了点头，走上前来。他把小女孩的手腕绑在一起，推着她走过小巷。一群农夫分开为他们让路。中士把贾汗带到一个潮湿的小牢房里，她要在里面等待审讯。一个由宗教长老组成的小组会根据伊斯兰教法来审判她，这是源自古老而高贵的《古兰经》的当代法典。

在肮脏的牢房里，贾汗并未感觉到痛苦。在布达因的生活已经让她熟悉了被剥夺一切的感觉。她耐心地等待着真主的意志。

她没有等太久。她又得到了一次简短的审讯，在此期间，委员会问了她许多伊玛目问过的问题。她全部毫不犹豫地做出了回答。她的法官们很伤心，但不得不做出裁决。他们给了她一个改变陈述的机会，但她拒绝了。最后，小组的高级成员站起身来面对着她。“哦，年轻人，”他用极不情愿的声音说，“根据先知——愿真主降福于他，赐他平安——所说，如果你所杀之人有意强施恶行于你，你的行为就会被认为是正当的。但你否认这一点。你归因于你的梦，你的幻视。这样不实的辩护无法让这个委员会认为你是无罪的。你必须接受明文写就的惩罚。明天早上日出前执行。”

贾汗的表情没有改变。她什么也没说。在她的许多幻视中，她也曾目睹过这一幕。有时候就像现在一样，她受到了宣判，有时候她被释放了。那天晚上，她吃了一顿丰盛的晚餐，在过去的贫苦生活中，她很少吃到那么好的东西。她睡了一夜。民事和宗教官员早上来找她时，她已经做好了准备。一位有名望的伊玛目对她说了很长时间，但是贾汗没有仔细听。她生命中剩下的活动和动作似乎都是机械式的，她已经不怎么在意。她任人引领，被问话的时候便没精打采地回答。她爬上了在大石玛清真寺的院子里搭建的平台。

“你感到后悔吗？”伊玛目轻轻地把手放在她的肩膀上，问道。

贾汗已经按要求跪下，头放在断头台上。她耸耸肩。“不。”她说。

“我的孩子，你感到愤怒吗？”

“不。”

“那么，愿真主保佑你平安。”伊玛目走开了。贾汗看不到刽子手，但是当大斧在黎明的第一缕微光中被举起时，她听到了旁观者的齐声叹息，然后斧刃落下。

贾汗在巷子里发抖。目睹自己的死亡总是让她异常不安。时间并没有过去很久，第五次也是最后一次呼叫祈祷的声音在不久之前刚刚响过，现在已经是晚上了。四周的庆祝活动更加热烈了。死于断头台的后果并没有阻止她去做要做的事情。她紧紧抓住那把刀，希望时间能快点过去，她想到了别的事情。

1925 年 5 月底，在距离德国海岸约五十英里的赫尔戈兰岛，他们在一家旅馆里安顿下来。贾汗在一间舒适的房间里休息放松。女房东让她的丈夫把海森堡和贾汗的行李放在最好的、最昂贵的房间里。海森堡非常希望摆脱过敏反应对自己的困扰。他还打算了解一下哥廷根的同事们提出的理论和反理论之间晦涩难懂的融合。与此同时，每次与贾汗碰面，女房东都要做出一副严肃的怒视表情，但又什么话都不说。博士先生本人太专注于工作，考虑不到那些鸡毛蒜皮的小事，比如礼节、道德、这次赫尔戈兰岛休养对声誉造成的影响，或者贾汗的内心是否平静。即便有人对这一安排表现出讶异，海森堡显然也是无所察觉的。他四处走动，仿佛对所有的事情都不敏感，除了花粉数量和他偶尔差点从其上跌落的陡峭悬崖。

贾汗注意到老妇人的不认可。然而在她二十六年的生活中，贾汗过着一种充实而艰苦的生活。在她的待考虑事项清单上，他人的不认可处于非常低的位置。她曾见过太多的人遭受遗弃，直至饿死；太多的人被剥夺了土地，沦落到赤贫的境地；太多的外来者以真主的名义被杀害；太多的人经过司法的复杂运作被致残或者斩首。这些年来，贾汗一直保存着她父亲那把曾经沥血的弯刀。现在它被塞在她的谢德兰羊毛毛衣下面，仍然和以前一样致命。

海森堡的健康状况在岛上得到了改善，从他们的房间里还可以看到大海的美丽景色。于是他的心情很快好了起来。一天早晨，在和他一起沿着海岸线散步的时候，贾汗念了光荣的《古兰经》上的一段话。

贾汗哭了，因为她知道无论她做多少好事，其分量都不会超过她已经做过的错事。

然而海森堡只是凝视着翻滚的灰色海浪。他没有仔细听那些神圣的诗句，不过贾汗打动了他。他嘴角微颤，泛起一个犹豫的小小微笑。贾汗用胳膊搂住他，安慰他，因为他看起来很冷，然后她把他带回到旅馆。天气转冷了，空气中弥漫着来自海洋的雾气。他们一起听着海鸥的叫声。那些鸟儿有的冲入水中捕鱼，有的在沙滩上空盘旋。贾汗想的是她所诵读的世界末日。海森堡想的却是世界的开始，以及它仍在严守的秘密。

他们喜欢每日在岛上平静地散步。现在，贾汗比以前更加频繁地带着她那本《古兰经》，经常给他念短诗。这些伊斯兰教经文和海森堡一生中听过的《圣经》文学差别很大，他不加评论地聆听着。不过在他看来，某些特定的想象只对他有意义。

贾汗终于看到他感觉良好了。海森堡再次把全部时间用于破解量子物理学当前研究中的难题。这既是他的职业，也是他放松的方式。他告诉贾汗，世界上最优秀的科学家们都在疯狂地拼凑一个粗疏的数学模型，尝试用它解释所有观测到的数据。无论采用什么方法，他们都不能把数据整合到一个统一的理论中。然而，他会找到问题的关键，他对此很有信心。他不太确定他该如何做到，不过，他当然也还没有真正地完全投入到这个问题上。

贾汗没有开心起来。她又念了《古兰经》上的一段话。

海森堡开怀大笑。“你的真主不仅仅是在谈论哥廷根，”他说，“他也想到了玻尔，还有柏林的爱因斯坦。”

贾汗因为他的不敬之语皱起了眉头。这是卡菲尔——非信徒——不敬而无知的嘲讽。她想知道，那个从来没有真正对她有所要求的古老宗教现在是否仍然是她的一部分。她想知道，经过了这么多年，如果再次走在布达因狭窄、拥挤、嘈杂的道路上，她会有什么样的感觉。“你不可以说那样的话。”她最后说。

“嗯？”海森堡说。他已经忘记了自己对她说了什么。

“看那边，”贾汗说，“你看到了什么？”

“海洋，”海森堡说，“波浪。”

“真主创造了这些波浪。你对此知道些什么？”

“我可以确定它们的频率。我可以测量它们的振幅。”

“测量！”贾汗叫道。多年以来她自己接受的科研训练突然被想象中她的传统受到的侮辱所掩盖。“看这里，”她要求道，“一堆沙子。真主创造了这些沙子。你对它了解多少？”

海森堡不明白贾汗想要告诉他什么。“有了合适的工具，”说话的时候，他有点担心冒犯她，“在适当的条件下，我可以拿一粒沙子告诉你——”他的话突然中断了。他像个老人似的慢慢地站起来，先看看大海，然后低头看看海滩，然后又看回海面。“波，”他喃喃地说，“粒子，没什么区别。所有这些数字都是我们可以测量的。我们无法测量玻尔的轨道，因为它们根本不存在！所以我们看到的光谱线是由两个状态之间的过渡引起的。成对的状态，是的。但是这意味着，为了描述它们，我们需要一种新的数学表达式，引用列出了所有可能的参考表格——”

“沃纳。”贾汗知道他现在已经忘记了她。

“仅仅计算就需要几天，甚至几周。”

“沃纳，听我说。这座岛太小了，你可以把一块石头从这一头扔到那一头。我可不想在你取得什么辉煌突破的时候坐在这个冰冷的海滩上，或者坐在你那荒凉而又沉闷的悬崖上。我要说再见了。”

“什么？贾汗？”海森堡眨眨眼睛，回到了现实世界。她再也不能面对他了。她另一只手的指缝间流出了一把沙子。

这时，她突然想到：如果在朝麦加的方向祈祷之前没有水施行必要的洗礼，你也可以用干净的沙子代替。她开始哭泣。她听不清海森堡对她说的话——即便他确实是在对她说话。

几个小时后，小巷里变得更冷了。贾汗裹紧长袍，来回踱步。她对这个特别的夜晚有过四年的幻视，瞥见过一些它可能的结果。有时候这个年轻人在黎明后不久就在小巷里看见她，有时候他没有。

有时候她杀了他，有时候她没有。当然还有一个悬而未决的问题，那就是她的行为会给她带来自由还是死刑。

第一次出现幻视时，她不知道发生了什么，也不知道自己看到了什么。她只知道恐惧、痛苦和惊骇。男孩把她粗暴地撂在地上，扯破她的衣服，强奸了她。然后，幻视就结束了。贾汗没有告诉任何人这件事，她的家人会认为她疯了。大约三个月后，幻视又回来了，只是这一次有点微妙的不同。她和上一次一样在巷子里，但这一次她微笑着向男孩示意，邀请他。他笑了笑，跟着她走进了小巷。当他把手放在她的肩膀上时，她把父亲的弯刀刺进了男孩的肚子里。幻视呈现给她的就这么多。她甚至比看到强奸场景时还要害怕。

随着时间的流逝，幻视呈现出其他形式。她现在已经确信，她看到的未必就是她的未来、那个确定无二的未来，而是某一个未来，每个未来成为现实的可能性都和其他未来一样。这些幻视不可能全部成真。在一些幻视中，她看到自己在这座城市生活到了老年，就在布达因的这个肮脏角落里。在另一些幻视中，她搬到了某个看起来一点儿也不伊斯兰的奇怪地方，而且她说的语言绝对不是阿拉伯语。她不知道这些矛盾的景象是在试图告诉她什么还是警告她什么。贾汗希望知道这些版本当中有哪些是她必须经历的。不久之后，就好像是为了奖励她的信仰，她开始有了暴力色彩更少的幻视：她可以看到短期内的未来，找到丢失的物品，或者预警那些不幸的旅行计划，或者预测农作物价格的涨跌。邻居们一开始觉得很好笑，后来开始害怕她。贾汗的母亲劝她不要对任何人说这些“梦”，否则她搞不好会被关进某个可怕的机构里。贾汗从来没有对父亲说过她的幻视，因为贾汗从来没有告诉过父亲任何事情。在那个家庭里，就像在布达因的其他家庭——以及这座城市的其他地方一样——父亲并不太关心他的女儿们。儿子们才是他的骄傲。他有三个强壮的儿子，他坚信有一天他们会极大地增加阿舒菲家族的声望和财富。贾汗知道他错了，因为她已经看到了他的儿子们会变成什么样子——两个会死在与犹太人的战争中；第三个是懦夫、弱者，会逃亡到美国去。但贾汗什么也没说。

一个幻视：刚刚过了黎明。那个年轻人——贾汗一直没能得知他的名字——沿着石头铺就的街道走向她藏身的小巷。贾汗甚至不必往外看一眼就能知道。她深吸一口气，走了几步，来到街上，向左看，引起了他的注意。她做了一个简明的手势，然后转身走向那阴暗小巷的深处。她确信他会跟着她。她的肚子在生疼，在咕噜作响，她紧张得浑身发抖。那个年轻人把手放在她的肩膀上，低声提出某种不雅的建议。这时她把手伸向了隐蔽的刀子，然而并没有抓住它。他粗暴地把她撂倒在地，扒下她的衣服，强奸了她，然后把她留在那里。她几乎瘫痪了，在潮湿、难闻的石头上哭泣和咒骂。后来有两名妇女发现了她，带她去看医生。她们最担心的事情得到了证实：她的名誉已经被无法挽回地破坏了。从成长为那个伊斯兰社区中一个普通的成年女性这层意义上来说，她的生活实际上已经结束了。其中一个女人把贾汗送回了家，把这个消息告诉了她的母亲，而她的母亲又必须告诉她的父亲。贾汗躲在她和姐妹们共同居住的房间里，听到了家具被猛烈砸坏的声音和她父亲刺耳的污言秽语。现在已经无计可施。贾汗不知道攻击者的名字。她被毁了，沦落到比毫无价值还要糟糕。一个不再是处女的年轻女子，不可能得到聘礼。多年来，养育一个毫无价值的女儿，只希望能够从将来的婚约中收回投资——现在一切希望化作了泡影。毫不奇怪，贾汗的父亲——一个愚昧无知的生物——感到被出卖了。没有人同情贾汗。真相无论是怎样的，都改变不了事实。她拥有的只有姐妹和母亲的哭泣。从那天早上起，贾汗被永远断绝了与家庭的关系，被赶出了她的房子。贾汗的父亲和三个兄弟甚至都不会看她，也不会向她告别。

岁月流逝得越来越快。贾汗变成了一个街头妇女。有一段时间，凭借着青春和美貌，她过上了很好的生活。然后，随着几十年的岁月在她身上留下无法改变的痕迹，她发现哪怕一顿饭和一间睡房也很难挣到了。她年纪越来越大，越来越痛苦，内心充满了对自己的厌恶。她恨她的父亲和家人吗？不，她的命运是由真主的意志所决定的，无论她有多么无法理解；或者是在多年前的那条小巷里，那个事关选择和命运的时刻，由她自己的胆怯决定的。她无法做出判断。无论答案是什么，洞察和智慧现在也不可能带给她任何好处。根据真主的神秘设计，她的生活就应该如此。她不需要去理解。

最终，人们发现她在憔悴和饥饿中死去了。她的尸体扭曲着，生前为了取暖而抱成了一团。巧合的是，贾汗被发现的地方正是那个年轻人毫无顾忌地剥夺了她在这个世界上获得幸福的机会的小巷。她死后，没有人哀悼她。也许仁慈的真主会怜悯她，向她展现她生前几乎未能从左邻右舍得到的宽容。对贾汗来说，那里一直是一个寒冷的地方。

在与海森堡疏远的一段时间里，贾汗在苏黎世与埃尔温·薛定谔共事。起初，薛定谔的想法令她感到困惑，因为它们违背了海森堡的许多基本假设。就目前而言，海森堡不认可任何简单的原子图像、任何模型。薛定谔比哥廷根团队的那些人年纪更大、思想更保守，他想要不借助新的数学方法和难以捉摸的意象解释量子现象。他将电子视为波函数，但又与德布罗意的波不同。在物理世界中，波的特性众所周知，没有歧义。然而，当薛定谔计算能量水平的变化如何影响他的电子波时，他得到的答案与观测到的数据不一致。

“我漏掉了什么？”他问道。

贾汗摇了摇头。“在我出生的地方，人们说，不要因为海市蜃楼而把水壶里的水倒出来。”

薛定谔揉揉疲倦的眼睛，低头看了看手里的那沓纸张。“我又怎么知道，这些水值得保存，还是该进下水道？”贾汗没有回答这个问题，薛定谔不满意地把自己的工作搁置一边。几个月后，几篇论文显示，在考虑到相对论效应后，薛定谔的计算相当符合实验结果。

薛定谔很高兴。“在我的心里，我一直知道量子物理学将被证明是一个理智的世界，而不是一个充斥着幽灵、被鬼神力量统治的领域。”

“它现在对我来说似乎是不真实的。”贾汗说，“如果你说电子是波，你是在说它是一个幻影。在海洋里，水就是波。至于声音，它是承载着波的空气。在你的方程式中有什么是波？”

“它是一种概率波。这是玻恩说的。我自己也不完全理解。”他说，“但是我的方程式把太多的东西解释成了幻象。”

“先生，”贾汗皱着眉头说，“也许在这种情况下，海市蜃楼是在你的水壶里，而不是在你面前的沙漠里。”

薛定谔笑了。“这可能是真的。我可能不得不放弃我的精神图片，但我不会放弃我的数学。”

那是城市里一个热得令人喘不上气的下午。当地的阿拉伯人似乎并没有受到炎热的困扰，但那一小队欧洲人却开始难受。他们的游船在小港口靠岸，然后他们安排了一趟行程，前往南方约五十英里处的城市。两个小时之后，旅行者们得出结论，这次探险是一个错误。

一行人当中有一位是德国数学家大卫·希尔伯特[1]，自 1895 年以来他便在哥廷根做讲师。陪同他的是他的妻子凯绥和他们的女仆克莱尔申。一开始，他们被陌生的城市所吸引，沉醉于异域的景色、声音和气味中。但过了一会儿，他们的感官就被新鲜事物塞得过多了，而最初的异国情调现在只显得凄惨萧瑟。他们缓缓穿过集市的时候，遮阳棚和树枝搭成的窄小游廊起不到太大遮蔽作用，他们渴望着一股凉爽的微风。阿拉伯男人穿着白色的长礼服，一边尖叫一边怒视着欧洲人。他们不可能知道阿拉伯人在说什么。一些人拖着装满脏杯子和罐子的小推车——水？茶？柠檬水？这没什么区别。每个摊位上都有霍乱在流连，每一个抓住行人衣袖的乞丐都是在传播伤寒。

希尔伯特的妻子虚弱地给自己扇着风。她差不多被击败了，濒临崩溃。希尔伯特绝望地四处张望着。“大卫，”希尔伯特的情人当中，希尔伯特夫人唯一能够容忍的女仆克莱尔申喃喃地说，“我们已经走得够远了。”

“我知道，”他说，“但我什么也没看到——哪儿都没有——”

“那边有一些女士和先生。我认为那是个吃饭的地方。把凯绥和我放在那里，找辆出租车，然后我们将回到船上。”

希尔伯特犹豫了。他不忍心把两个没有保护的女人留在那个狂乱的异教徒集市里。这时他看到妻子的脸色已经变得那么苍白，看到她眼皮耷拉下来、靠在克莱尔申肩膀上摇晃的样子。他点了点头。“我来帮你们吧。”他说。他们一起把希尔伯特夫人带到了餐厅，那里的温度并不低，但至少天花板上的吊扇让人有种吸到了新鲜空气的感觉。希尔伯特向一个衣着讲究的男人介绍自己。那个人和他的家人——妻子和四个孩子——坐在一张桌子旁。数学家尝试了三种

1. 德国数学家、逻辑学家。19 世纪和 20 世纪之交国际数学界的领袖人物。

语言，对方才听明白他的意思。他解释了他们遇到的情况，那位先生和他的妻子都向希尔伯特保证，他不必担心。希尔伯特跑出去找出租车。

他很快就迷路了。这里没有街道，没有欧洲意义上的街道。建筑物之间的狭窄空间便是小巷，通到小广场，便不再通向别的地方。其他的狭窄通道扭来扭去，让人摸不清方向。希尔伯特发现自己回到了一个露天集市，起初他以为这就是他开始寻找餐馆的地方，但是他错了。这完全是另一个集市，这个城市中的大概几百个集市之一。他开始感到恐慌。就算他设法找到了一辆出租车，他又怎么能把它送回妻子和克莱尔申等待的地方呢?

一个男人用手抓住了他。希尔伯特试图甩开那长长的手指。他看见一个消瘦的男人双腮深陷的脸庞，这人穿着条纹长袍，戴着一顶蓝色的针织帽。阿拉伯人不断地重复着几句话，但是希尔伯特根本听不懂。阿拉伯人牵着他的胳膊，半拉半推地引他穿过人群。希尔伯特听凭对方的引领。他们穿过两个集市，一个是卖锡器的，一个是卖家禽的。他们走进了一条石头铺成的街道，来到一处巨大的广场。广场的另一边是一座高塔林立的大清真寺，由粉红色的石头建成。希尔伯特的第一印象是敬畏，它就和泰姬陵一样伟岸。然后，他的向导又把他推到人群中，或者急匆匆地走到前面去为希尔伯特开路。广场上人挨人、人挤人。很快希尔伯特就明白了为什么——广场中央支起了一座平台，上面站着一个人，手执之物显然只能是一把刽子手的斧头。希尔伯特感觉自己胃里很不舒服。他的阿拉伯向导把所有人都推到一边，直到希尔伯特站在平台的脚下。他看到穿制服的警察和一个满脸胡须的老人带出来一个年轻的女孩。人群分开让他们过去。女孩非常可爱。希尔伯特看着她又大又黑的眼睛——“就像瞪羚的眼睛一样”，他回想起在奥马尔·海亚姆的书中读到的句子——还瞥见了她朴素的衣服遮掩不住的苗条身材。走上台阶的时候，她又向下看了看他。希尔伯特感到他的心在抽紧，感到一阵剧烈的战栗。这时她把目光移开了。

阿拉伯向导在希尔伯特耳边尖叫。这对数学家来说毫无意义。他惊恐地看着贾汗跪了下来，同时刽子手举起了他的执法利器。当人群爆发出猛烈的吼叫，希尔伯特注意到自己的衣服上溅满了红色的小斑点。阿拉伯人再次对他尖叫，并紧紧地抓住了他的手臂，直到他开始抱怨。阿拉伯人没有放开他。他用另一只手拿出了他的钱包。阿拉伯人笑了。在他的上方，希尔伯特看到几个人抬走了被斩首的女孩的尸体。

直到他付了一大笔钱之后，阿拉伯向导才放他走。

在小巷里，大概又过了一个小时。贾汗已经退到最黑暗的地方，坐在一个潮湿的角落里，双腿蜷起来，头靠在粗糙的砖墙上。她告诉自己，如果她能睡着，夜晚便会过得更快。但是她不肯睡觉，睡意袭来时，她会与之战斗。如果她睡过去，然后到上午晚些时候醒来，她的危险和机会便都会消失，那该怎么办呢？她唯一的同伴，新月，已经离开了她。她抬头看着星座的局部，那些星星作为群体的一部分容易辨认，现在作为个体却难以区分。这跟人是多么地不同啊，人恰恰相反。她叹了口气。她不是一个深刻的人，也不喜欢有什么深邃的思想。她认为这些都不是真正意义深远的想法，她只是被疲倦搞蒙了头脑。她慢慢地把头向前倾，双臂交叉搁在膝上，抱着头。夜晚已经过去了大半，街道上寂静无声。也许再过三小时天就要亮了……

很快，薛定谔的波动力学就被证明与海森堡的矩阵力学等效。

这是对两人的工作乃至整个量子物理领域的认可。最终，薛定谔的对电子过分简化的波图像被抛弃了，但是他的数学定律仍然是无可争议的。贾汗记得薛定谔预言过他可能需要迈出这一步。

贾汗终于回到了哥廷根，回到了海森堡身边。他已经“原谅了她的任性”，很高兴地欢迎她，因为海森堡对她怀有真挚的感情，而且他还有很多工作要做。他刚刚正式提出了后来人们所称的“海森堡不确定性原理”。这是第一次有人指出，中立的观察者在亚原子粒子的宇宙中不可避免地要扮演重要的、积极的角色。贾汗很轻松地掌握了海森堡的概念。其他科学家认为，海森堡只是对他们实验的局限性或者观测的质量提出了微不足道的批评。但其实这个原理的意义要比这深刻得多。海森堡曾说过，在任何情况下，人们都不可能同时知道电子的位置和动量。他永远地摧毁了中立观察者的假设。

“观察就是干扰。”海森堡说，“牛顿肯定不会喜欢这些想法。”

“爱因斯坦此时此刻仍然不喜欢它。”贾汗说。

“我希望每次他说‘上帝不对宇宙掷骰子’这句酸话时，我都能挣到一马克。”

“那就是他理解‘概率波’的方式。你若是不看，你便不可能知道电子的路径；但是一旦看了，你就改变了信息。”

“所以也许上帝不会和宇宙玩骰子。”海森堡说，“他玩的是二十一点，只要他袖子里面没有多余的王牌了，他就会创造出一个——先创造袖子，然后创造王牌。他能翻出来比统计学概率更多的二十一点。等等，贾汗！我不是在亵渎神灵。我并不是说上帝作弊。更确切地说，他发明了游戏规则，而且还在继续创造游戏规则，这使得他在我们这些可怜的物理学家以及我们滞后的理解力面前占尽优势。我们就像一群乡巴佬，在观看谁知道是天才还是江湖骗子的人玩纸牌把戏。”

贾汗思考了这个比喻。“在索尔维会议上，玻尔介绍了他的互补原理，即电子是波函数，直到它被探测到，这时候波函数坍缩成一个点，你就知道电子在哪里了。那么它就成了一个粒子。爱因斯坦也不喜欢这个想法。”

“那是上帝的纸牌把戏。”海森堡耸耸肩说，“什么样的游戏适合让真主用来对付我们？”

“物理。”贾汗说。海森堡笑了。

“你是否知道，真主创造的神圣的人类生命是不容剥夺的？”

“是的，智者。”

“那么你是否知道，对那些违反了这条法律的人，真主已经规定了惩罚措施？”

“我知道。”

“那么，我的孩子，告诉我们你为什么杀死这个可怜的孩子。”

贾汗把那把血淋淋的刀子扔到石头小路上。它发出刺耳的声音，然后搭在了尸体的一条腿上。“我当时是在庆祝开斋节。”她说，“这个男孩跟着我，我害怕了。他做了下流的手势，并大声喊出了可怕的东西。我匆忙离开，但是他追着我跑。他抓住我的肩膀，把我压在墙上。我试图逃跑，却挣脱不开。他嘲笑我的恐惧，然后打了我很多次。他拖着我走过最狭窄的街道，那些没有多少见证者的地方，然后他把我拉进这个卑鄙的地方。他告诉我，他想要玷污我，还用污秽的细节描述了他打算怎么做。就在那时，我拔出了父亲的弯刀刺了他。我整夜都在为他的意图和我的行为而感到恐惧，我也向真主祈求宽恕。”

伊玛目用颤抖的手抚过贾汗的面颊。“我的孩子啊，真主是全智的，是完全宽容的。让我和你一起回到你的家，以便我让你的父母放下心来。”

贾汗跪在伊玛目的脚边。“感谢真主。”她低声说。

“荣耀归于真主。”伊玛目、警官和卡迪一起说。

十多年后，贾汗有了自己的女儿，把这个故事讲给她们听。但是在后来的日子里，孩子们没有听从父母的警告，贾汗和她丈夫的儿女也做了许多蠢事。

黎明悄悄溜进了贾汗等待的那条狭窄小巷。她非常困也非常饿，但是她站了起来，摇摇晃晃地走了几步。她的肌肉麻痹了，她能听到耳孔里自己的心跳声怦然作响。贾汗一只手扶在砖墙上稳住了自己。她慢慢地走到小巷的入口处，向外凝视着。一个人都看不见。左边、右边，都不见那个男孩过来。贾汗一直等到另外几个人出现，开始了新的一天的工作。于是她把弯刀再次藏在袖子里，离开了小巷。她匆匆赶回父亲的家。她的母亲需要她帮忙做早餐。

贾汗现在已经40多岁了。她剪短了黑发，戴上了一副笨拙的眼镜。忧虑、糟糕的饮食和失眠已经偷走了她的美貌。她穿着一件白色的实验服，拿着一个剪贴板。那是她的一部分，正如同她的头衔，阿舒菲博士。这里不再是哥廷根了，而是柏林，战争正在走向败局。她仍然和海森堡在一起。他保护了她，直到她自己在科学上的威信足以保护他们。在那个时候，纳粹官员不得不给予她“名誉”雅利安人的身份，就像他们对犹太物理学家和数学家所做的那样，因为他们需要后者的合作。正是贾汗对海森堡的长期忠诚使她留在了德国。她对这场战争毫不关心，这些人不是她的同胞，英国人、法国人、俄国人或者美国人也不是。她唯一的兴趣是在她的工作中，在对物理学的钻研中，在对发现的无尽期待中。

因此，当德国的原子弹计划脱离了德国军队的控制，被移交给德意志帝国研究委员会时，她很高兴。首先要做的事情之一是在柏林的凯撒·威廉物理研究所召开一次研究会议。会议将在最严密的安全措施下进行，不会提前发布任何初步的议题清单，以防外国特工看到诸如“裂变横截面”和“同位素浓缩”之类的术语，从而推测出这些物理学家的长期目标。

与此同时，出于为政府高官考虑，德意志帝国研究委员会决定在同一天举行另一场会议。他们的想法是，在凯撒·威廉研究所的会议上发言的科学家们可以用平实的语言对他们的工作进行简短的基本总结，以便让政治和军事领导人了解核武器研制的进展情况。然后，在向外行进行陈述之后，物理学家们可以聚集起来，用他们更专业的术语来讨论同样的问题。

海森堡认为这是个好主意。那是 1942 年，物资、政治支持和资金变得越来越难找。军方想把所有可用的研究资源投入火箭项目，他们认为核实验没有取得足够的成功。海森堡是一个理论物理学家，而不是工程师。他不知道该如何告诉委员会，铀弹的研制必须是缓慢而有条不紊的。理论上每一个新的步骤都必须经过仔细测试，每一次实验都要付出巨量的时间和金钱。然而，德意志帝国只关心积极的结果。

一天晚上，贾汗独自一人在德意志帝国研究委员会的行政办公室里，正在用打字机针对他们一次重要的同位素分离技术测试打出自己的建议。她在书桌上看到两摞文件。其中一摞列出了物理学家为那些几乎没有科学背景的德意志帝国部长准备的概要。她把那些文件藏在自己的公文包里。第二摞是物理学家们自己的会议的秘密议程：舒曼博士的《作为武器的核物理》、哈恩博士的《铀原子的裂变》、海森堡的《铀裂变产生能量的理论基础》等等。参加技术研讨会的每个人在进入演讲厅后都会得到一个必须签署的项目。贾汗在安静的办公室里想了很久。她想起了自己悲惨的童年。她回忆起她来到欧洲的情形和她后来认识的那些人，她来到这里之后的生活。她想到了当她躲在科学的象牙塔里不问世事的时候，德国发生了怎样的改变。最后，她想到了这个新德国可能会用铀弹做什么。她知道她必须做什么了。

只花了几分钟时间，她就把那些高度技术性的议程塞进已经写好第三帝国领导人地址的信封。她已经确保没有人会参加那简短的介绍性讨论会。贾汗很容易就能想象出政治和军事领导人会对那些无法理解的科学论文做出何种回应——简略而有礼貌的致歉，表明那天他们不会在柏林，或者日程安排太繁忙以致无法参加。

一切都那么简单。德意志帝国的统治者没有听到这些讨论，也没有意识到德国有多么接近开发出原子弹。德意志帝国永远失去了被及时造出的那样一种炸弹拯救的希望——这一切都是因为错误的邀请信息被塞进了几个信封里。

贾汗从梦中醒来，发现夜已极深。过不了多久，天空就会洒满阳光。她的焦虑很快就会有个了断。她会知道那个男孩将走到巷子里，还是将远离她；她会知道自己将被他强奸，还是将鼓起勇气保卫自己；她会知道自己将被判谋杀，还是将被无罪释放。她有能力看到所有与她有关的事情的结果。尽管如此，她还是很累，很饿，很不舒服，所以想要放弃这场坚守。回家的冲动是强烈的。然而她一直相信，她的幻视是真主赐予的礼物，而忽视这些明确的警告可能是对他的冒犯。为了真主，也为了她自己，她不情愿地选择在这一夜剩下的时间里继续等待。从昨晚开始，她看到了很多幻视——比她生命中的任何一天都要多——一些不曾见过，一些和多年前的差不多。它几乎可以和真主向先知——愿真主降福于他，赐他平安——宣示的盖德尔夜相比拟，只不过这是个意义很小的凡人版本。然后，贾汗因为把自己和那位信使做比较而感到内疚和亵渎了神明。

她跪下来，面对着麦加，向真主祈祷。

结束祈祷之后，她站起来，靠在墙上。她想知道这一段祷文是否预示着她很快就会成为孤儿。她希望真主明白，她从来没有设想过在她的父母身上发生什么可怕的事情。贾汗愿意承受真主的意志带来的任何痛苦，但是让她的父母与她共同承担似乎并不公平。她在潮湿、寒冷的空气中颤抖着，凝视着天空是否有发亮的迹象。她假装那些星星已经开始消失了。

广场上人挨人、人挤人。很快希尔伯特就明白了为什么——广场中央支起了一座平台，上面站着一个人，手执之物显然只能是一把刽子手的斧头。希尔伯特感觉自己胃里很不舒服。他的阿拉伯向导把所有人都推到一边，直到希尔伯特站在平台的脚下。他看到穿制服的警察和一个满脸胡须的老人带出来一个年轻的女孩。人群分开让他们过去。女孩非常可爱。希尔伯特看着她那又大又黑的眼睛——“就像瞪羚的眼睛一样”，他回想起在奥马尔·海亚姆的书中读到的句子——还瞥见了她朴素的衣服遮掩不住的苗条身材。走上台阶的时候，她又向下看了看他。希尔伯特感到他的心在抽紧，感到一阵剧烈的战栗。这时她把目光移开了。

阿拉伯向导在希尔伯特耳边尖叫。这对数学家来说毫无意义。他惊恐地看着贾汗跪了下来，同时刽子手举起了他的执法利器。希尔伯特喊了起来。他的向导紧紧地抓着局外人的胳膊，但是希尔伯特愤然抽身，并把那个人甩进了一群戴面纱的女人当中。在混乱中，希尔伯特跑上了断头台的台阶。伊玛目和警察愤怒地看着他。人群开始因为这一中断，这个欧洲卡菲尔——异教徒——的亵渎行为狂叫起来。希尔伯特跑向警察。“你必须阻止这一切！”他用德语喊道。他们听不懂他的话，还试图把他从平台上拉下来。“住手！”他用英语尖叫道。

一名警察回答了他。“这不能停下。”他粗声粗气地说，“那个女孩犯了谋杀罪。她被判有罪，她无法向受害者家属赔付血债。她必须以命抵命。”

“血债！”希尔伯特喊道，“那是野蛮的！你会仅仅因为一个小女孩没钱而杀死她吗？血债！我来付你这该死的血债！多少钱？”

那名警察与其他人商量了一下，然后去找伊玛目寻求指导。最后，那个说英语的警官回来了。“四百基亚姆。”

希尔伯特用颤抖的双手拿出了他的钱包。他数了数钱，带着明显的厌恶交给了警察。伊玛目用微弱的声音喊出了某种宣示。那些话很快就在人群中传播开来，旁观者们因为他们的早间娱乐遭到破坏而愈加愤怒起来。“带她走，快点。”警官说，“我们保护不了你们，众怒难犯。”

希尔伯特点点头。他抓住了贾汗瘦削的手腕，拽着她一前一后地向前走。她用阿拉伯语问他问题，但他无法作答。他在险恶的人群中奋力前行，两人一次又一次被石头击中。希尔伯特在想自己做了些什么，以及他和那个女孩是否能够活着走出清真寺的院子。他对年轻女性的喜爱——这在哥廷根是一个公开的玩笑——是他这样做的全部动机吗？他是在下意识中决定营救这个女孩，把她带回德国？还是有着更值得称赞的原因？他永远不会知道。他被自己吓了一跳：当他试图保护自己和那个女孩免受人群的猛烈攻击时，他想到的只有如何向他的妻子凯绥和他的情妇克莱尔申解释这个女孩。

1957年，58岁的贾汗·法蒂玛·阿舒菲居住在美国新泽西州的普林斯顿。巧合的是，阿尔伯特·爱因斯坦曾也来到这里，并度过了他生命最后的时光。在1955年他去世之前，他们在他的房子里度过了许多愉快的下午。一开始，贾汗想和爱因斯坦讨论量子物理学，她甚至对他说了海森堡对于他反对上帝与宇宙玩骰子做何评论。爱因斯坦闻言并不是太开心，从那时起，他们只谈论纳粹党上台之前德国的美好时光。

然而，今天下午，贾汗坐在普林斯顿大学的演讲厅里，听着一位年轻人朗读一篇引人注目的论文，他的博士论文。他的名字叫休·埃弗雷特[1]，他宣称有一个能够解决量子世界所有悖论的解释，一种看待它们的简单但奇怪的方式。他的新想法包括了哥本哈根解释，并解释了那些思路不太开放的物理学家可能提出的所有反对意见。他首先指出，量子力学提供的预测在与实验数据进行对比时总是正确的。量子物理一定是连贯而有效的，这毫无疑问。问题在于量子理论已经开始引出一些不那么诱人的替代品。

薛定谔的猫悖论——盒子里的猫只是一个量子波函数，在一个观察者观察其状态前非生非死——被消灭了。埃弗雷特证明了这只猫并不是鬼魅般的波函数。他说波函数并不会“坍缩”，不会选择这一种可能或者那一种。他说，观察的过程选择了一个现实，但另一个现实仍然存在，就像我们的世界一样“真实”。粒子不会随机选择哪条路径，而是会在刚分支出来的独立世界中选择每一条路径。当然，在粒子层面上，这意味着每时每刻都有大量的分支产生。

贾汗知道这个近乎形而上学的想法会遭到大多数物理学家的冷遇，但是她有特殊的理由去接受它。它解释了她的幻视。她瞥见了

1. 美国量子物理学家，以提出多世界理论而闻名。

那个对她来说是“真实”的特定分支，还有那些对其他版本的她来说是“真实”的分支，她自己的分身生活在无数的平行世界里。现在，听着埃弗雷特的介绍，她笑了。她看到听众当中的另一个年轻人，穿着一件T恤，上面写着：“魏格纳：你认为你的朋友可以喂我的猫吗？海森堡不确定。谢谢你，薛定谔。”她觉得这很有趣。

埃弗雷特读完后，贾汗感觉很好。她的感觉不是平静，更像是一场酝酿了很久的争论之后的释放。贾汗回想着，从布达因小巷里的那个黎明算起，她这一路走来经过的千回百转。她又笑了，伤心地笑了。她深吸一口气，然后吐出来。她做过多少件事，有多少事情发生在她身上！它们构成了这漫长而奇怪的生命。唯一剩下的问题是：利用此时此刻的无形资源，她还要构建出多少不可计数的未来？当她坐在那里——在一些世界里——贾汗知道，无须她的意愿，无须她的许可，未来也会延续下去。她在意的不是明天什么时候到来，而是哪个明天会到来。

贾汗看到了它们，但她还是什么都不懂。她想，中国人说“千里之行始于足下”。这话好没远见！伴随着迈出的每一步，或者没有迈出的每一步，一千次千里之行开始了。她坐在椅子上，直到所有人都离开了演讲厅，然后才慢慢地站起来。她的后背和膝盖都在作痛，她走了一步。她想象着无数贾汗的镜像和她一起迈出了这一步，而另外无数个却没有。而在这一刻的所有世界里，这都是迈向未来的又一步。

最后，毫无疑问：黎明来临了。贾汗抚着她父亲的弯刀，感到一阵兴奋。她脑子里闪过奇怪的话语。她喃喃地说：“海森堡不确定性原理。”她已经在朝巷口奔去。她没有惧怕。

（秦鹏　译）